가프가 본 세상

THE WORLD ACCORDING TO GARP
by John Irving

Copyright © John Irving, 1978
Korean Translation Copyright © MUNHAKDONGNE Publishing Corp., 2002

Korean Edition is published by arrangement with
ILA, London through Eric Yang Agency.
All rights reserved.

이 책의 한국어판 저작권은 에릭양 에이전시를 통해
ILA사와 독점 계약한 (주)문학동네에 있습니다.
저작권법에 의하여 한국 내에서 보호를 받는 저작물이므로
무단 전재 및 무단 복제를 금합니다.

이 도서의 국립중앙도서관 출판시도서목록(CIP)은
e-CIP 홈페이지(http://www.nl.go.kr/cip.php)에서 이용하실 수 있습니다.
(CIP제어번호: CIP2007001638)

존 **어빙** 장편소설 ― **안정효** 옮김

가프가
본 세상
②

문학동네

콜린과 브렌든에게

차례

헬렌, 사고를 치다

가아프는 마음속에서 울리는 도난 경보 같은 한밤중의 전화를 평생 두려워했다. 내가 사랑하는 사람은 누구인가? 처음 전화가 울리기 시작하자마자 가아프의 마음이 외친다—트럭에 받혀 묵사발이 난 사람은 누구, 맥주에 빠져 죽은 사람은 누구, 무시무시한 어둠 속에서 코끼리에게 치어 쓰러진 사람은 누구인가?

가아프는 자정이 지난 다음이면 그런 전화를 받을까봐 두려웠지만, 자기도 모르게 한 번 그런 전화를 스스로 걸기도 했었다. 제니가 그들을 찾아왔던 어느 날 저녁이었는데, 어머니는 쿠시 퍼시가 해산을 하다 탈장을 일으켰다고 지나가는 말로 했다. 가아프가 헬렌에게 그가 옛날 쿠시에게 품었던 정열에 대해서 가끔 농담도 하고 헬렌이 쿠시 얘기로 그를 놀리기도 했지만, 그는 이 소식을 듣지 못했었고, 쿠시가 죽었다는 말에 가아프는 거의 어리벙벙해질 지경이었다. 쿠시맨 퍼시는 그토록 활동적이고, 그토록 화끈하고 발랄했었기 때문에 그렇게 죽는다는 일은 불가능하게 여겨졌다. 앨리스 플레처라면 무슨 사고를 당했더라도 그러려니 했을 테니까 충격이 덜 심했으리라. 슬프게도 '고요한 앨리스'에게는 무엇인가 항상 일이 벌어진다는 사실을 그는 알았다.

가아프는 멍청하게 부엌으로 걸어 들어가서는 사실상 시간도 의식하지 못하고, 언제 맥주 한 깡통을 더 땄는지 기억도 못 하면서 퍼시네 번호를 돌렸고, 전화가 울렸다. 서서히 가아프는 비계 스튜가 한참 걸려 잠이 깨어 전화를 받으러 오는 모습을 상상했다.

"맙소사, 도대체 어디다 전화를 거는 거야?" 부엌으로 들어오며 헬렌이 물었다. "새벽 두시 십오분에!"

가아프가 전화를 끊기 직전에 스튜어트 퍼시가 나왔다.

"여보세요?" 비계 스튜가 걱정스럽게 말했고, 가아프는 구석으로 몰린 암탉처럼 불안하게 그의 옆, 침대에서 일어나 앉는 나약하고도 골이 빈 밋지의 모습이 눈앞에 선했다.

"잠을 깨워 미안합니다." 가아프가 말했다. "이렇게 늦은 시간이라는 걸 의식하지 못했어요." 헬렌은 머리를 설레설레 흔들더니 얼른 부엌에서 나갔다. 부엌 문간에 나타난 제니의 얼굴에는 어머니가 아들에게나 보일 만한 그런 비판적인 표정이 나타났다. 그것은 보통 때의 분노보다는 실망이 더 많이 담긴 표정이었다.

"도대체 이거 누구야?" 스튜어트 퍼시가 말했다.

"저 가아프예요, 선생님." 다시금 어린 소년이 된 가아프는 자신의 유전인자에 대해 사과하는 뜻으로 말했다.

"이런 제기랄." 비계 스튜가 말했다. "무슨 일이야?"

제니는 쿠시 퍼시가 벌써 여러 달 전에 죽었다는 말을 모르고 안 했는데, 가아프는 방금 당한 재난에 대해 조의라도 표하려고 했다. 그래서 그는 주저했다.

"심심한 조의를 표합니다.(영어로는 '미안합니다'와 같은 표현이다—옮긴이)" 가아프가 말했다.

"그 말은 벌써 했어, 벌써 했단 말야." 스튜어트가 말했다.

"방금 얘기를 들었어요." 가아프가 말했다. "그리고 정말로 제 마음이 얼마나 아픈지 선생님하고 퍼시 부인에게 말씀드리고 싶었어요. 선생님한테는 제가 겉으로 잘 표현을 못 했을지는 모르지만, 정말이지 저는 무척 좋아해서……"

"이 더러운 자식!" 스튜어트 퍼시가 말했다. "이 어미하고 붙을 놈, 이 쪽발이 똥덩어리 같은 자식!" 그는 전화를 끊었다.

이런 정도까지의 혐오감은 가아프도 각오가 되지 않았던 상태였다. 하지만 그는 상황 판단을 잘못했었다. 통화의 배경을 그가 제대로 깨달은 때는 몇 년이 지난 다음이었다. 가엾은 푸우 퍼시, 머리가 희끗한 베인브릿지는 어느 날 제니에게 설명을 하게 된다. 가아프가 전화를 걸었을 때는 쿠시가 죽은 다음 어찌나 오래 되었던지 스튜어트는 가아프가 쿠시를 잃은 그의 슬픔을 같이 나누려고 했다는 의도를 깨닫지 못했다. 가아프가 전화를 걸었을 때는 검은 야수 봉커스가 마침내 숨을 거둔 암울한 날의 한밤중이었다. 스튜어트 퍼시는 가아프가 항상 증오하던 개에게 거짓된 조의를 표함으로써 잔인한 농담을 하려고 전화를 걸었다고 오해했다.

그리고 이제, 가아프의 전화가 울렸을 때, 그는 잠결에 본능적으로 뻗는 헬렌의 손을 의식했다. 그가 전화를 잡으니까 헬렌은 마치 생명과 안전이나 마찬가지인 그의 몸을 붙잡고 매달리듯 두 무릎으로 그의 다리를 꽉 죄었다. 가아프의 머릿속에는 여러 가지 불길한 생각이 스쳐 지나갔다. 월트는 집에 잠들어 있었다. 던컨도 랄프네 집이 아니라, 제 침대에서 잠들었다.

헬렌은 생각했다—아버지의 심장이 드디어. 때때로 그녀는 이런 생각도 했다—그들이 드디어 어머니를 찾아내고 신분을 확인했어. 시체 안치소에서.

그리고 가아프는 생각했다—놈들이 엄마를 살해했나봐. 아니면 40명의 처녀를 사람들 앞에서 강간한 다음이라야 유명한 여권주의 자를 해치지 않고 풀어주겠다고 덤빌 놈들이 인질로 그녀를 잡아두었는지도 모른다. 그리고 그들은 또한 내 아이들의 목숨도 요구하고, 뭐 그런 식이리라.

전화를 건 사람은 로버타 멀둔이었고, 그래서 가아프는 희생자가 제니 필즈라고 확신했다. 하지만 피해자는 로버타였다.

"그이가 날 버렸어요." 커다란 목소리로 울먹이며 로버타가 말했다. "나를 버렸단 말예요. 나를요! 이런 일이 믿어져요?"

"맙소사, 로버타." 가아프가 말했다.

"아, 난 여자가 되기 전에는 남자들이 얼마나 더러운 인간인지 전혀 몰랐어요." 로버타가 말했다.

"로버타야." 아내가 안심하도록 가아프는 헬렌에게 속삭였다. "애인이 차버린 모양이군." 헬렌이 한숨을 짓고, 가아프의 다리를 풀어주고는 돌아누웠다.

"당신은 관심도 없겠죠, 안 그래요?" 로버타가 마음을 떠보느라고 가아프에게 물었다.

"제발 이러지 말아요, 로버타." 가아프가 말했다.

"미안해요." 로버타가 말했다. "하지만 당신 어머니에게 전화를 하기는 너무 늦었다는 생각이 들었어요." 제니가 자기보다 늦게 잔다는 사실을 알았던 가아프는 그런 논리가 놀랍다고 생각했지만, 그는 로버타를 무척 좋아했고, 보아하니 그녀는 어려운 시기를 겪고 있었다.

"그이는 내가 여자로서는 모자라고, 성적으로 내가 그를 혼동시킬 뿐 아니라 나 자신도 남녀를 혼동한다고 그랬어요!" 로버타가 소리쳤다. "아, 맙소사, 망할 자식. 그냥 호기심으로 그랬던 모양예요. 그저 친구들에게 자랑이나 하려고 말예요."

"그런 녀석쯤은 당신이 분명히 혼줄을 낼 수 있었을 텐데요, 로버타." 가아프가 말했다. "똥줄 빠지게 잔뜩 두들겨패지 그랬어요?"

"당신은 이해를 못 해요." 로버타가 말했다. "난 이제는 더이상 어느 누구도 혼줄 빠지게 두들겨패고 싶지를 않아요. 난 여자란 말예요!"

"여자들은 누굴 흠씬 두들겨패고 싶은 기분을 통 안 느끼나요?" 가아프가 물었다. 헬렌이 손을 뻗어 그의 음경을 잡아당겼다.

"난 여자들이 무엇을 느끼는지 몰라요." 로버타는 흐느껴 울었다. "어쨌든 여자들이 느끼는 감정이 어떤지 난 모르겠어요. 난 내가 느끼는 기분만 알죠."

"그게 무슨 기분이죠?" 그녀가 얘기를 하고 싶어한다는 사실을 알고 가아프가 물었다.

"지금 난 그 자식을 똥줄 빠지게 두들겨패고 싶어요." 로버타가 고백했다. "하지만 그가 날 제멋대로 버리는데도 난 가만히 앉아 당하기만 했어요. 심지어 난 울기까지 했죠. 난 하루 종일 울었어요!" 그녀가 소리쳤다. "그리고 그는 나한테 전화를 걸고는, 혹시 아직도 내가 울고 있다면, 그건 내가 거짓으로 우는 거라는 소릴 했어요."

"거지 같은 자식." 가아프가 말했다.

"그가 원하던 건 신나게 한탕 뛰는 게 전부였어요." 로버타가 말했다. "남자들은 왜 그렇죠?"

"글쎄요." 가아프가 말했다.

"아, 당신은 그런 사람이 아니라는 건 나도 알아요." 로버타가 말했다. "아마 당신은 나한테 매력도 느끼지 않을 거예요."

"물론 당신은 매력적이에요, 로버타." 가아프가 말했다.

"하지만 당신에게는 그렇지 않아요." 로버타가 말했다. "거짓말 말아요. 난 성적인 매력이 없어요, 안 그래요?"

"사실 나한테는 그렇죠." 가아프가 고백했다. "하지만 많은 다른 남자들은 매력을 느끼겠죠. 당신은 매력이 있어요."

"하기야 당신은 좋은 친구이고, 그게 더 중요하죠." 로버타가 말했다. "나도 성적으로는 당신에게 매력을 느끼지 않으니까요."

"그건 전혀 상관없는 문제예요." 가아프가 말했다.

"당신은 너무 짧아요." 로버타가 말했다. "난, 섹스로 말하자면, 더 길어 보이는 사람들이 좋아요. 기분 상하지 말아요."

"난 기분 상하지 않았어요." 가아프가 말했다. "당신도 기분 상하지 말아요."

"물론이죠." 로버타가 말했다.

"아침에 전화를 걸지 그래요." 가아프가 제안했다. "그땐 기분이 좀 풀릴 테니까요."

"그만두겠어요." 뚱한 목소리로 로버타가 말했다. "난 기분이 더 나빠질 거예요. 그리고 난 당신한테 전화 걸었다는 사실을 창피하게 생각할 테고요."

"의사하고 얘길 해보지 그래요?" 가아프가 말했다. "비뇨기과 의사 있잖아요? 당신 수술을 맡았던 사람, 그 사람 당신 친구죠, 안 그래요?"

"내 생각에 그 사람 나하고 자고 싶은가 봐요." 로버타가 진지하게 말했다. "지금까지 의사가 나한테서 원했던 건 그게 전부였다는 생각이 들어요. 나를 유혹하고 싶은데, 그러려면 우선 나를 여자로 만들어야 했기 때문에 수술을 나한테 권했다고 생각돼요. 친구한테 들은 얘기인데, 그 사람들은 그런 면에서 악명이 높다더군요."

"미친 친구로군요, 로버타." 가아프가 말했다. "누가 뭘로 악명이 높다는 얘기죠?"

"비뇨기과 의사들요." 로버타가 말했다. "아, 난 모르겠어요. 비뇨기과라면 좀 으스스하지 않아요?" 사실 그랬지만, 가아프는 로버타를 조금이라도 더 불안하게 만들고 싶지가 않았다.

"어머니한테 전화해요." 그는 건성으로 말했다. "어머니가 기분을 돌려줄 뭔가를 생각해낼 테니까요."

"아, 훌륭한 분이시죠." 로버타가 흐느꼈다. "항상 뭔가 생각해주시지만, 난 내가 그분을 너무 많이 이용했다는 기분이 들어요."

"어머니는 도와주길 좋아하죠, 로버타." 가아프가 말했는데 그는 적어도 그 말이 진실임을 알았다. 제니 필즈는 동정심과 인내심의 화신이었고, 가아프는 잠을 자고만 싶을 따름이었다. "스쿼시 한판 뛰면 도움이 될지도 몰라요, 로버타." 가아프가 맥없이 제안했다. "공이라도 신나게 치도록 며칠 이리 오지 그래요?" 헬렌이 그에게로 몸을 돌려 얼굴을 찡그리고는 그의 젖꼭지를 깨물었는데, 헬렌은 로버타를 좋아했지만 성전환 초기에 로버타는 자기 얘기밖에 할 줄 몰랐다.

"난 너무나 기진맥진한 기분예요." 로버타가 말했다. "기운도 없고, 아무것도 없어요. 공을 칠 힘이 날지 모르겠어요."

"어쨌든 노력은 해봐야죠, 로버타." 가아프가 말했다. "무언가 하려고 해봐야죠." 화가 난 헬렌은 그에게서 몸을 돌렸다.

하지만 자신도 밤 늦게 오는 전화를 무서워해서 전화 내용이 무엇인지 알아내야 할 입장이 되기를 꺼리던 헬렌으로서는 가아프가 전화를 받을 때면 고마움을 느꼈다. 그래서 몇 주일 후 로버타 멀둔이 두번째로 전화를 걸었을 때 헬렌이 받았다는 사실은 이상한 일이었다. 전화가 가아프 쪽에 놓였으며, 남편의 몸을 타고 넘어야 수화기를 집어들 수가 있었으므로 가아프는 아내의 행동에 놀랐는데, 사실 이번에는 헬렌이 몸을 던져 돌진하다시피 하고는 재빨리 수화기에다 대고 속삭였다. "여보세요, 무슨 일이죠?" 로버타임을 알고 그녀는 잠을 못 자게 하려는 듯 가아프에게 수화기를 얼른 넘겨주었다.

그리고 로버타가 세번째로 전화를 걸었을 때, 가아프는 수화기를 집어들며 무엇인지 허전한 기분이 들었다. 무언가 모자랐다. "아, 안녕하세요, 로버타." 가아프가 말했다. 보통 때라면 그의 다리를 감싸 안았을 헬렌의 두 다리, 그것이 없었다. 그는 헬렌이 옆에 없음을 깨달았다. 그는 로버타에게 위로하는 얘기를 하며 한쪽이 빈 침대의 썰렁함을 느꼈고, 시계를 보니 로버타가 좋아하는 시간인 새벽 두시였다. 마침내 로버타가 전화를 끊은 다음 헬렌을 찾으려고 아래층으로 내려간 가아프는 거실 긴 의자에서 무르팍에 원고를 놓고 포도주 한 잔을 들고 혼자 꼿꼿이 앉은 그녀를 발견했다.

"잠이 안 와서." 그녀가 말했지만, 가아프로서는 얼핏 간파하지 못할 어떤 표정이 헬렌의 얼굴에 드러났다. 눈에 익은 표정이기는 했어도, 헬렌에게서는 그런 표정을 한 번도 본 적이 없다는 생각도 들었다.

"논문 읽어?" 그가 물었고 그녀는 머리를 끄덕였지만, 헬렌의 앞엔 원고가 하나뿐이었다. 가아프가 그것을 집었다.

"학생이 쓴 거야." 논문을 잡으려고 손을 내밀며 그녀가 말했다.

학생의 이름은 마이클 밀튼이었다. 가아프는 한 구절을 읽어보았다. "단편소설 같은데." 가아프가 말했다. "당신이 학생들에게 창작을 숙제로 주는 줄은 몰랐는걸."

"안 그래." 헬렌이 말했다. "하지만 학생들은 자기가 쓴 글을 봐달라고 무조건 나한테 맡기기도 해."

가아프는 한 구절 더 읽었다. 문체는 자아의식이 강하고 억지가 보였지만 틀린 곳은 눈에 띄지 않았으므로 기초만큼은 단단한 실력이었다.

"내가 가르치는 대학원 학생이야." 헬렌이 말했다. "아주 총명하지만……" 그녀는 어깨를 추스렸는데, 당황한 아이가 갑자기 태연한 체하는 듯한 그런 시늉이었다.

"하지만 뭐야?" 가아프가 말했다. 이런 늦은 시간에 헬렌이 그토록 계집아이 같은 모습이어서 가아프는 웃었다.

하지만 헬렌은 안경을 벗더니 '다른' 표정을, 그가 처음 보았던 아리송한 표정을 다시금 그에게 보였다. 불안하게 그녀가 말했다. "글쎄, 난 모르겠어. 어려서 그렇다고나 할까. 알잖아, 그냥 젊은 거. 아주 총명하지만, 어리다는 거."

가아프는 페이지를 넘겨 다른 구절을 절반쯤 읽은 다음 원고를 아내에게 돌려주었다. 그는 어깨를 추스렸다. "내가 보기엔 거지발싸개 같구만." 그가 말했다.

"아냐, 거지발싸개가 아냐." 헬렌이 진지하게 말했다. 오, 헬렌, 판단력이 명철한 선생이시여, 가아프는 이런 생각을 하며 잠자리로 돌아가겠다고 말했다. "난 조금 있다가 올라갈게." 헬렌이 말했다.

그리고 가아프는 위층 욕실에서 거울에 비친 자신의 모습을 보았다. 그제서야 그는 이상하게도 어색한 헬렌의 얼굴에서 보았던 표정의 의미를 깨달았다. 가아프가 그런 표정을 알았던 까닭은 전에 그것을, 헬렌의 얼굴에서는 한 번도 못 보았지만 자신의 얼굴에서 가끔 보았기 때문이었다. 가아프가 보았던 얼굴은 '죄의식'의 표정이었고, 그는 어리벙벙해졌다. 가아프는 한참 동안 잠을 못 이루고 누워 있었지만 헬렌은 침실로 올라오지 않았다. 아침에 가아프는 대학원 학생의 이름을 원고에서 얼핏 보았을 뿐인데도 마이클 밀튼이라는 이름이 가장 먼저 머리에 떠올라 깜짝 놀랐다. 그는 이제 잠이 깨어 곁에 누운 헬렌을 조심스럽게 살펴보았다.

"마이클 밀튼." 아내에게가 아니라 혼잣말로 가아프가 조용히 말했지만, 아내에게 들릴 만큼은 큰 소리였다. 그는 반응이 없는 그녀의 얼굴을 지켜보았다. 그녀는 몽상을 하고 정신이 다른 데 팔렸거나, 그냥 가아프의 말을 듣지 못한 모양이었다. 아니면 마이클 밀튼이라는 이름이 이미 그녀의 마음속에 박혀서, 가아프가 이름을 말했던 순간에 그녀는 속으로 벌써부터 그 이름을 되뇌이던 중이었으므로 가아프의 말을 의식하지 못했는지도 모른다, 그는 생각했다.

비교문학을 3년째 공부하던 대학원 학생 마이클 밀튼은 예일에서 프랑스어를 전공하고 평범한 성적으로 졸업했으며, 예비학교 시절은 밝히지 않으려는 경향을 보이기는 했지만, 스티어링 학교를 졸업했다. 자기가 예일을 다녔다는 사실을 누가 일단 알게 되면 그는 이 사실도 들먹이고 싶어하지 않는 경향을 보였지만, 프랑스에서 보낸 '고등학교 유학 시절' 만큼은 열심히 내세웠다. 마이클 밀튼이 떠드는 얘기를 들으면 어린 시절을 몽땅 유럽에서 지낸 듯한 인상을 받기 때문에 그곳에서 겨우 일 년밖에 지내지 않았다는 사실은 짐작하기가 어려웠다. 그는 스물다섯 살이었다.

비록 유럽에서 그토록 짧은 기간 동안만 살았으면서도 그는 평생 입게 될 옷을 모조리 그곳에서 가지고 온 듯싶어서, 트위드 저고리는 옷깃이 넓고 소매 끝동이 나팔처럼 벌어졌으며, 저고리와 바지는 모두 엉덩이와 허리를 두드러지게 드러내도록 재단해서 가아프가 스티어링에 다니던 시절의 미국인들까지도 '컨티넨탈(유럽 대륙식—옮긴이)' 이라고 부르던 그런 옷들이었다. (항상 단추 두 개를 끼우지 않고) 목을 풀어헤쳐 입는 마이클 밀튼의 셔츠 옷깃은 자연스러움과 강렬한 완벽성을 동시에 드러내는 그런 식으로, 일종의 르네상스적 기질을 발휘해서 널찍하고 느즈러졌다.

그와 가아프는 타조와 물개만큼이나 서로 달랐다. 마이클 밀튼의 몸은 옷을 입으면 우아했고, 벗으면 동물보다는 차라리 왜가리를 닮았다. 그는 호리호리하고 키가 큰 편이었으며, 맞춰 입은 트위드 저고리가 숨겨주었지만 벗고 보면 자세가 구부정했다. 그의 몸은 옷걸이 같아서, 옷을 걸어놓기에는 완벽했다. 홀랑 벗겨버리면 몸이랄 것도 없었다.

거의 모든 면에서 가아프와는 반대였으면서도 마이클 밀튼은 엄청난 자존심만큼은 가아프와 공통되는 면이어서, 결점인지 장점인지는 모르겠지만, 교만함에서는 두 사람 다 필적할 만했다. 가아프나 마찬가지로 그는 철저히 자신을 믿는 사람만이 보여주는 그런 공격적인 면을 지녔다. 헬렌이 일찍이 가아프에게 끌렸던 점은 바로 그런 자질 때문이었다.

이제 그 자질이 새로운 모습으로 나타났는데, 무척 다른 형태로 드러나기는 했지만 헬렌은 그것을 쉽게 인식했던 모양이었다. 그녀는 사실은 커네티컷의 자동차 뒷자리(미국의 젊은이들이 자주 성행위를 하는 곳—옮긴이)에서 그들의 짧은 삶의 대부분을 보냈으면서도 유럽에서 염세주의와 비관적인 지혜를 습득한 듯싶은 말투와 옷차림에 멋을 꽤나 부린 젊은이들에게서는 별로 매력을 느끼지 못했다. 하지만 헬렌은 어린 시절에 레슬러들에게서도 별로 매력을 느끼지 못했었다. 헬렌은 어처구니없는 허세만 아니라면, 자신감을 지닌 남자들을 좋아했다.

마이클 밀튼이 헬렌에게서 느꼈던 매력은 여자들은 별로 느끼지 않아도 많은 남자들이 그녀에게서 느꼈던 그런 매력이었다. 30대였던 그녀는 단순히 아름답기만 해서가 아니라 완벽한 인상을 주었기 때문에 사람의 마음을 끌었다. 그녀가 자기 관리를 잘했을 뿐 아니라, 그럴 만한 훌륭한 이유가 있었다는 사실은 확실히 구분해야 할 점이다. 헬렌의 경우에는 무섭고도 매혹적인 분위기가 피상적인 인상에서 끝나지를 않았다. 그녀는 크게 성공한 여자였다. 그녀는 삶을

매우 철저히 잘 통제하는 듯한 인상을 주어, 지극히 자신만만한 남
자가 아니고서는 그녀가 마주 빤히 쳐다보면 누구나 시선을 돌리게
마련이었다. 버스 정거장에서도 그녀와 시선이 마주치면 지금까지
헬렌을 빤히 쳐다보던 사람들이 눈길을 피하고는 했다.

헬렌은 영문과 주변의 복도에서는 그녀를 빤히 쳐다보는 시선을
별로 만나지 못했고, 모두들 용기가 나면 겨우 쳐다보기는 했어도
그 표정이 좀도둑 같았다. 따라서 그녀는 어느 날 젊은 마이클 밀튼
이 노골적으로 한참 동안 그녀를 쳐다보자 깜짝 놀랐다. 그는 복도
에서 우뚝 걸음을 멈추더니 그를 향해 걸어가던 헬렌을 응시했다.
사실상 시선을 피하게 된 사람은 헬렌이었고, 그는 돌아서더니 복도
를 내려가는 그녀를 지켜보았다. 그는 헬렌에게도 들릴 만큼 큰 소
리로 옆 사람에게 물었다. "저 여자 여기서 가르치는 사람인가, 아니
면 배우는 사람인가? 도대체 여기서 뭘 하는 여자지?"

그해 두번째 학기에 헬렌은 졸업반과 몇 명의 대학원생을 위한 세
미나인 '서술에서의 관점(觀點)' 강의를 맡았다. 헬렌은 현대소설에
서 특별히 관찰자의 견해에 입각한 서술상 기교의 발전과 복합성에
관심이 많았다. 첫 강의 시간에 그녀는 성긴 노란 콧수염을 기르고
멋진 셔츠의 단추를 두 개 풀어놓은 나이가 많아 보이는 학생이 눈
에 띄자 시선을 피하고는 설문지를 돌렸다. 설문지에는 다른 질문도
많았지만 학생들더러 왜 이 특정한 과목에 관심을 느꼈느냐고 묻는
항목도 나왔다. 그 질문에 대한 답으로 마이클 밀튼이라는 이름의
학생은 이렇게 썼다. '처음 당신을 보았을 때부터 나는 당신의 애인
이 되고 싶었기 때문입니다.'

강의가 끝난 다음, 사무실에서 혼자 남았을 때 헬렌은 설문지의
답을 읽어보았다. 그녀는 교실에서 누가 마이클 밀튼인지 알 듯싶었
는데, 다른 사람, 그녀의 눈에 띄지 않았던 어느 다른 남학생의 짓이

었다면 그녀는 설문지를 가아프에게 보여주었으리라. 가아프는 "그 망할 자식 이리 끌고 와!"라고 했겠고. 아니면, "그 녀석 로버타 멀둔하고 인사나 시키지"라고 했을 것이다. 그리고 두 사람 다 한바탕 웃고, 가아프는 학생들에게 꼬리를 친다고 그녀를 놀렸으리라. 누구든지 간에 남학생의 의도가 그들 사이에 공개되었더라면 실제로 관계가 맺어질 가능성이 없으리라는 사실을 헬렌은 알았다. 설문지를 가아프에게 보여주지 않았을 때 그녀는 벌써 죄의식을 느꼈지만, 만일 마이클 밀튼이 그녀가 짐작하는 인물이었다면 사건이 조금 더 진전되는 경과를 두고볼 생각이었다. 사무실에서, 그 순간에, 헬렌은 솔직히 사건이 '조금 더' 이상으로 진전되리라고는 예상하지 않았다. 조금쯤이야 무엇이 어떻겠는가?

만일 해리슨 플레처가 아직도 그녀의 동료였다면 헬렌은 설문지를 그에게는 보여주었으리라. 마이클 밀튼이 누구인지도 모르겠고, 비록 정말로 마음을 산란하게 만드는 그 남학생이더라도 그녀는 이 문제를 해리슨과 얘기했으리라. 해리슨과 헬렌은 과거에 이런 종류의 비밀이 몇 가지 있었고, 남을 크게 해치지 않는 이 영원한 비밀들을 그들은 가아프와 앨리스에게는 알려주지 않았었다. 헬렌은 그녀에 대한 마이클 밀튼의 관심을 해리슨에게 털어놓는다면 실질적인 관계를 피하는 또 하나의 길이 되리라는 것을 알았다.

하지만 그녀는 마이클 밀튼 얘기를 가아프에게 하지 않았고, 해리슨은 물론 다른 곳으로 일자리를 찾아 떠난 다음이었다. 설문지의 글씨는 시커먼 18세기풍의 필체였고, 특수한 만년필로 또박또박 써넣은 듯싶었으며, 마이클 밀튼이 써놓은 선언은 그냥 쓴 글씨가 아니라 무슨 영구한 기록 같아서, 헬렌은 그것을 읽고 또 읽었다. 그녀는 생년월일, 과거 학력, 영문과나 비교문학에서 지금까지 수강했던 과목 따위 질문서의 다른 답들을 살펴보았다. 성적을 확인했더니 점수가 훌륭했다. 그녀는 지난 학기에 마이클 밀튼을 가르쳤던 두 선생에게 전화를 걸었고, 그들은 두 사람 다 마이클 밀튼이 적극적이고, 허세에 가까울 정도로 자존심이 강하며, 훌륭한 학생이라고 알려주었다. 실제로 그런 얘기는 하지 않았어도 그녀는 두 선생 다 마이클 밀튼이 뛰어나기는 했어도 마음에 들지 않는 학생이라고 생각한다는 기미를 눈치챘다. (이제는 그가 누구인지 '확신'이 생긴) 그녀는 일부러 풀어놓은 셔츠 단추를 생각했고, 그녀가 단추를 채워주는 장면을 상상했다. 그녀는 입술 위에 희미하게 드러나던 그의 가느다란 콧수염이 생각났다. 나중에 가아프는 마이클 밀튼의 콧수염이 털의 세계와 입술의 세계에 대한 모욕이라고 말하면서, 어설픈 콧수염으로 서투른 흉내를 내느니보다는 차라리 싹 밀어버리는 쪽이 마이클 밀튼의 얼굴에 기여하는 바가 더 크리라고 생각했다.

하지만 헬렌은 마이클 밀튼의 입술에 난 이상하고도 작은 콧수염이 마음에 들었다.

"당신은 콧수염이라면 무조건 싫어하잖아." 헬렌이 가아프에게 말했다.

"난 그놈의 콧수염이 싫은 거야." 그가 말했다. "난 보통 콧수염에 대해서는 아무런 유감도 없어." 콧수염 키드를 겪은 이후로 모든 콧수염을 가아프가 증오했으므로 사실은 헬렌의 말이 옳았지만, 그는 고집을 부렸다. 콧수염 키드는 가아프로 하여금 콧수염이라면 영원히 질색을 하게 만들었다.

헬렌은 또한 곱슬거리고 금발 같은 마이클 밀튼의 길다란 구레나룻도 좋아했는데, 가아프는 머리카락이 텁수룩하고 숱이 많았으며, 봉커스가 뜯어먹은 귀를 가리기에 겨우 충분할 만큼 항상 길었어도, 구레나룻은 귀의 거의 꼭대기, 그러니까 검은 눈과 같은 높이에서 말끔히 잘라내었다.

헬렌은 또한 남편의 괴팍한 점들이 그녀의 마음에 걸리기 시작했다는 사실도 깨달았다. 작품을 쓰는 동안이면 괴팍한 짓을 하는 데바칠 시간이 줄어들지도 모르지만, 창작의 침체기에 빠져 미칠 듯고민하는 때여서인지는 몰라도, 그런 면이 아마도 더 자주 눈에 띄었기 때문이기도 하리라. 이유야 어쨌든지 간에 그녀는 이 괴팍함이거북하게 느껴졌다. 예를 들면 집으로 차를 몰고 올라오며 그가 곡예를 부리기라도 할 때는 가아프 자신의 이율배반성을 드러내기라도 하는 듯싶어서 헬렌은 화가 치밀었다. 사납게 차를 모는 사람들과, 새어나오는 가스 따위, 아이들의 안전에 대해서 그토록 법석을부리는 사람이면서도 가아프가 밤에 차를 몰고 들어와 차고로 달려들어가는 방법은 헬렌으로 하여금 질겁을 하게 만들었다.

차도는 길다란 내리막길을 벗어나 갑자기 꺾어지는 가파른 오름길이었다. 아이들이 침실에 잠들었다고 확인하고 나면 가아프는 시동과 불을 끈 채로 탄력을 이용하여 컴컴한 차도를 달려 올라와서는차도 꼭대기의 과속 방지턱을 굴러 넘어가 어두운 차고로 내려갔다.그는 엔진 소리와 불빛에 아이들이 잠을 깰까봐 그런다고 말했다.하지만 결국은 집 보는 여자를 태워다주기 위해 차를 돌리려면 결국시동을 걸어야만 했기 때문에, 헬렌은 그 장난이 그저 흥분감을 맛보기 위한 위험하고 어린애 같은 짓이라고 말했다. 그는 걸핏하면어두워진 차도에 둔 장난감들을 차바퀴로 밟고 나가거나, 차고 뒤쪽으로 충분히 밀어넣지 않은 자전거들을 들이받고는 했다.

(언젠가 집 보는 여자가 헬렌에게 시동과 전조등을 끈 채로 차도를 내려가는 '또다른 장난'을 싫어한다고 불평했는데, 가아프는 도로에 다다르기 직전에야 클러치를 풀고 전조등을 재빨리 켰다.)

초조한 사람은 내가 아닐까? 헬렌은 의아한 생각이 들었다. 그녀는 가아프의 초조함을 생각해보기 전까지는 자신이 초조하다는 생각은 하지 않았었다. 그리고 가아프의 일상 생활과 습관 때문에 그녀가 정말로 짜증을 느끼기 시작했던 것은 언제부터였던가? 알 수가 없었다. 그녀는 마이클 밀튼의 질문서를 읽었던 거의 그 순간부터 그런 것들에 짜증을 느끼게 되었음을 '의식'하게 되었다는 사실 정도만 알았다.

헬렌이 무례하고도 잘난 체하는 남학생에게 무슨 말을 할까 궁리를 하며 학교로 차를 모는 동안에 차의 기어 손잡이가 빠지고 노출된 자루에 손목이 긁혔다. 그녀는 차를 길가에 세우고 기어 손잡이와 그녀가 입은 상처를 살펴보았다.

나사못의 날이 뭉개져 손잡이가 몇 주일 전부터 빠져나왔고, 가아프는 테이프로 손잡이를 자루에 붙여놓으려고 몇 차례 시도했었다. 헬렌은 이런 엉성한 수리 방법에 대해서 불평했지만, 가아프는 솜씨를 자랑하고 나선 적이 전혀 없었고 차의 관리는 헬렌이 맡은 일이었다.

대부분 합의가 이루어지기는 했어도 일의 분담은 때때로 이렇게 혼란을 자아냈다. 비록 집안을 꾸려가는 일은 가아프가 맡았지만 (가아프의 말마따나 '옷을 다리는 일을 가지고 왈가왈부 따지는 사람은 당신이기 때문에') 다리미질은 헬렌이 했으며, (가아프의 말마따나 '날마다 타고 다니는 사람은 당신이니까 무엇을 고쳐야 할지 가장 잘 아는 사람도 당신이기 때문에') 차의 관리도 헬렌이 맡았다. 헬렌은 다리미질은 기꺼이 맡았어도 차는 가아프가 관리해야 한다고 믿었다. 그녀는 정비소에서 사무실까지 수리용 트럭으로 태워다 준다는 제안을 받아들여, 운전에 제대로 신경조차 쓰지 않는 정비공이 모는 지저분한 트럭을 타고 연구실로 갈 때면 기분이 좋지 않았다. 차를 고쳐주는 정비 공장은 헬렌에게 친절하기는 했지만, 그곳에

간다는 사실 자체가 그녀는 못마땅했고, 차를 맡긴 다음 그녀를 '누가' 직장까지 태워다주느냐 하는 촌극도 결국은 김이 빠졌다. "가아프 부인을 대학교까지 태워다줄 시간 있는 사람 누구 없어?" 수석 정비사가 기름투성이에 눅눅하고 컴컴한 차량 정비소에다 대고 소리친다. 그러면 기꺼이 나서지만 지저분하기 짝이 없는 서너 명의 청년이 바늘처럼 코가 뾰족한 집게와 나사뽑개를 던져버리고는 영차 힘을 주어 구덩이에서 기어올라와, 자동차 부속품으로 떨그렁거리는 비좁은 운전석에 잠깐 동안이나마 날씬한 가아프 여교수님과 함께 타고 학교로 가는 일을 맡으려고 얼른 앞으로 나선다.

가아프는 자기가 차를 끌고 가면 지원자가 늦게 나타나고, 걸핏하면 정비 공장에서 한 시간이나 기다리다가 결국은 어느 느림보를 살살 꾀어 집까지 차를 얻어타고 와야 했다고 헬렌에게 설명했다. 이렇게 아침 한나절을 망치고 나서 그는 볼보의 관리를 헬렌이 맡아야 할 일이라고 판단했다.

그들은 두 사람 다 기어의 손잡이를 놓고 문제를 질질 끌었다. "당신이 전화를 걸어 새 걸로 하나 주문만 해." 헬렌이 그에게 말했다. "내가 차를 끌고 그리로 가서 나사못으로 죄는 동안 기다릴 테니까. 하지만 이까짓 것을 고치느라고 사람들이 허송세월이나 하라고 하루 동안 차를 맡겨두고 싶진 않아!" 그녀가 손잡이를 던져주었지만, 그는 가지고 나가 그것을 엉성하게 자루의 위쪽에다 테이프로 붙였다.

어떻게 된 노릇인지 꼭 자기가 차를 쓸 때만 손잡이가 떨어진다고 그녀는 생각했지만, 하기야 물론 가아프보다는 헬렌이 차를 더 많이 탔다.

"염병할." 그녀는 투덜거렸고, 흉칙한 기어 자루를 그냥 드러낸 채로 차를 몰고 학교로 갔다. 기어를 바꿀 때마다 그녀는 손이 아팠고,

긁힌 손목에서 나온 피가 조금 새 스커트에 떨어졌다. 그녀는 차를 세우고 주차장을 가로질러 학교 건물을 향해 손잡이를 들고 갔다. 그녀는 손잡이를 하수도에다 버릴까 생각했지만, 위에 작은 숫자들이 박혀 있었으므로 학교에 가 정비 공장에 전화를 걸어 그 작은 숫자가 무엇인지 물어보기로 작정했다. 그런 다음에야 마음대로 아무 데나 버려도 좋겠고, 가아프에게 우편으로 부쳐볼까 하는 심술까지 생겼다.

하찮은 일로 이런 기분이었을 때 헬렌은 그녀의 연구실 문 앞에서 멋진 셔츠의 꼭대기 단추 두 개를 풀어 멋을 부린 젊은이를 만나게 되었다. 그의 트위드 저고리 어깨에는 약간 속을 덧댄 부분이 눈에 띄었고, 머리카락은 조금 지나치게 부드럽고 너무 길었으며, 칼처럼 가느다란 콧수염의 한쪽 끝은 입가에서 너무 아래로 처졌다. 그녀는 이 젊은 남자를 사랑해야 좋을지, 몸단장부터 시켜줘야 좋을지 판단이 서지를 않았다.

"일찍 나왔군요." 연구실 문을 열려고 그에게 기어 손잡이를 넘겨주며 그녀가 말했다.

"다쳤어요?" 그가 물었다. "피가 나는데요." 약간 긁힌 손목의 상처는 거의 출혈이 멎었기 때문에, 그가 피 냄새를 유난히 잘 맡는가 보다고 헬렌은 나중에 생각했다.

"의사가 될 계획인가요?" 연구실로 들어오는 그를 막지도 않으며 그녀가 물었다.

"전에는 그럴 생각이었죠."

"근데, 왜 그만뒀어요?"

아직도 그를 쳐다보지 않으면서, 이미 정돈이 말끔히 된 책상을 정돈하느라고 돌아다니고, 그녀가 원하는 그대로 조절을 해놓은 베네치아 창가리개를 다시 조절하며 그녀가 물었다. 그녀는 안경을 벗었고, 그래서 막상 그녀가 쳐다봤을 때 그는 희미하고 어른어른거리는 모습이었다.

"유기화학 때문에 막혔어요." 그가 말했다. "난 그 과목을 취소했죠. 더구나 난 프랑스에서 살고 싶기도 했고요."

"아, 프랑스에서 살았어요?" 자신에 관해서 특출한 자질들 가운데 하나가 그 사실이었기 때문에 서슴지 않고 그 얘기를 슬쩍 꺼냈음을, 그리고 마땅히 그렇게 물어봐야 한다는 사실을 환히 알았기 때문에 헬렌이 물었다. 그는 심지어 설문지에도 그런 얘기를 언급했었다. 그가 아주 얄팍한 인간임을 그녀는 당장 깨달았고, 그가 조금이나마 이지적이기를 바라기는 했었지만 이 얄팍함에 대해서, 마치 그런 자질이 그를 그녀에게 덜 위험한 인물로 만들고, 따라서 그녀가 훨씬 자유로워지기라도 한다는 듯 묘한 안도감을 느끼기도 했다.

그들은 프랑스 얘기를 했는데, 유럽에는 한 번도 가본 적이 없으면서도 마이클 밀튼 못지않게 프랑스 얘기를 잘 하던 헬렌에게는 대화가 즐거웠다. 그녀는 또한 그가 자기 강의를 듣겠다는 이유가 빈약하다는 얘기도 했다.

"이유가 빈약하다고요?" 미소를 지으며 그가 다그쳤다.

"첫째, 그것은 이 과목에서는 바랄 수도 없는, 철저히 비현실적인 기대예요." 헬렌이 말했다.

"아니, 그럼 벌써 애인이 있다는 말입니까?" 아직도 빙그레 웃으며 마이클 밀튼이 물었다.

그의 경박함이 너무나 심해서 그녀에게는 오히려 모욕으로 느껴지지도 않았고, 그녀는 남편만 있어도 충분하고, 학생이 왈가왈부할 일이 전혀 아니며, 학생과 나는 다른 물에서 논다고 쏘아붙이지도 않았다. 대신에 그녀는 바라는 바가 그렇다면 적어도 단독 연구 과목을 등록해야 했었으리라고 말했다. 그는 기꺼이 과목을 바꾸겠다

고 했다. 그녀는 2학기에는 단독 연구 과목을 절대로 맡는 일이 없
다고 말했다.

헬렌은 그가 철저히 포기하게끔 이끌지는 않았음을 알았지만, 그
렇다고 해서 부추기지도 않았다. 마이클 밀튼은 한 시간 동안 서술
기법에 관한 그녀의 강의를 놓고 진지하게 얘기했다. 그는 버지니아
울프의 『파도』와 『제이콥의 방』에 관해서 아주 인상적으로 얘기했지
만, 『등대로』에 관해서는 별로 신통치 못했으며 『댈러웨이 부인』은
읽은 척만 하고 있음을 헬렌은 알았다. 그가 간 다음 그녀는 마이클
밀튼을 평가했던 두 동료의 견해에 동의할 수밖에 없었으니, 그는
능변이었고, 잘난 체하고, 경박했는데 이런 못마땅한 면에도 불구하
고, 아무리 얄팍하고 야한 듯싶어도 어떤 연약한 총명함을 지녔고,
웬일인지 그것 또한 마음에 들지 않는 면이었다. 다른 선생들이 눈
여겨보지 못했던 점은 그의 교만한 미소와 도전적으로 벗어버린 듯
한 옷차림이었다. 하지만 헬렌의 동료들은 남자였으므로, 헬렌처럼
마이클 밀튼의 미소가 정확히 어느 만큼이나 오만한지 의식할 입장
이 아니었으리라. 헬렌은 그 미소를 나는 이미 당신을 알고, 당신이
좋아하는 모든 것을 안다고 말하는 뜻으로 이해했다. 그것은 약을
올리면서도 그녀를 유혹하는 미소였고, 헬렌은 미소를 그의 얼굴에
서 지워버리고 싶었다. 그것을 지워버리는 한 가지 방법은 마이클
밀튼에게 그녀에 관해 그가 전혀 아무것도 알지 못하고, 그녀가 무
엇을 좋아하는지도 전혀 모른다는 점을 납득시키는 것임을 헬렌은
알았다.

그녀는 또한 그를 납득시킬 방법이 별로 많이 그녀에게 부여되지
않았다는 점도 알았다.

집으로 몰고 가느라고 기어를 처음 바꾸었을 때, 노출된 자루의
뾰족한 끝이 손바닥 아래쪽을 날카롭게 파고들었다. 그녀는 기어 손

잡이를 마이클 밀튼이 어디 두었는지 확실히 알았는데, 쓰레기통 위 창턱에 놓았으니 청소부가 발견하면 아마 버릴 터였다. 아무리 봐도 버려야 마땅한 물건이기는 했지만, 헬렌은 작은 숫자를 정비 공장에 전화로 알려주지 않았다는 사실이 생각났다. 그러니까 그녀나 가아프는 정비 공장에 전화를 걸어서 망할 놈의 숫자를 알려주는 대신 차형과, 제작년도 따위 설명을 늘어놓으며 주문해야만 하고, 틀림없이 맞지 않는 손잡이를 받고 말리라.

하지만 헬렌은 연구실로 돌아가지 않기로 했고, 청소부에게 전화를 걸어 손잡이를 버리지 말라고 부탁하는 일이 아니더라도 벌써 걱정거리들은 많았다. 그리고 이미 늦었는지도 모른다.

어쨌든 그것은 내 잘못이 아니니까, 헬렌은 생각했다. 가아프의 잘못이기도 해. 어쩌면 어느 누구의 잘못도 아닐지 몰라, 그녀는 생각했다. 흔히 생기는 그런 일이니까.

하지만 그녀가 죄의식을 전혀 느끼지 않았던 바는 아니다. 아직은 말이다. 다른 과목에서 제출했던 옛 논문들을 읽어보라고 마이클 밀튼이 그녀에게 주었을 때, 적어도 이 정도는 용납해도 되고, 학생이 하는 공부의 내용이라면 아직도 결백한 토론을 위한 주제였으므로 헬렌은 그것을 받았고, 그리고 읽었다. 더욱 대담해지고, 그녀에게 더욱 강한 애착을 느끼게 되면서 그가 단편소설이나 프랑스에 관한 한심한 시 따위, '창작물'까지 보여줬을 때도 헬렌은 그들의 기나긴 대화가 학생과 선생 사이의 비판적이고 건설적인 관계에 의해 인도를 받는다고 믿었다.

그의 작품에 관해서 할 얘기가 생기면 점심을 같이 먹어도 별로 흠이 될 일은 아니었다. 어쩌면 두 사람 다 그 작품이 별로 특별하지 않다는 사실을 알았는지도 모른다. 마이클 밀튼에게는 헬렌과 같이 시간을 보낼 이유를 마련하는 어떤 종류의 화제라도 다 좋았다. 헬렌으로서는 그의 작품이 바닥났을 때, 그가 시간을 짜내어 써놓은 모든 논문을 거치고 났을 때, 두 사람이 다 아는 모든 책에 관한 얘기를 하고 난 다음, 그때 찾아올 필연적인 종말에 대해서 조바심이 났다. 그러면 그들에게는 새로운 화제가 필요하리라는 사실을 헬렌은 알았다. 헬렌은 또한 이것은 그녀 혼자만의 걱정이며, 마이클 밀튼은 그들 사이에 어떤 불가피한 화제가 대두해야 좋을지를 벌써부터 준비해왔다는 사실도 그녀는 알았다. 그는 헬렌이 결심을 하기만을 짜증스러울 정도로 느긋하게 기다리는 중이었고, 혹시 그가 설문지에 썼던 답을 다시금 대담하게 거론하지나 않을까 가끔 헬렌은 궁금해했지만, 그럴 눈치는 아니었다. 다음 행동은 그녀가 취해야 했으므로, 그가 설칠 필요가 없음을 두 사람 다 알았는지도 모른다. 그는 인내심을 발휘함으로써 자기가 얼마나 어른스러운지를 그녀에게 과시하리라. 무엇보다도 헬렌은 그로 하여금 놀라게 하고 싶었다.

하지만 그녀에게는 새롭기만 했던 어떤 감정들 가운데 헬렌이 싫어한 것이 한 가지 있었는데, 그녀가 행한 모든 일에 대해 항상 옳다고 느꼈던 헬렌 홈으로서는 이제 와서 죄의식을 느끼고 싶지 않았다. 헬렌은 죄의식을 벗어난 마음의 상태에 거의 도달한 기분을 느끼기는 했지만 완전히 그 상태를 소유하지는 못했다. 아직은.

필요한 감정을 그녀에게 제공하게 될 사람은 가아프였다. 아마도 그는 경쟁자가 생겼음을 인식한 모양이었는데, 가아프는 경쟁의식 때문에 창작을 시작했고, 비슷한 경쟁적인 충동에서 마침내 침체기를 벗어나게 되었다.

헬렌이 다른 사람의 '작품'을 열심히 읽고 있음을 그는 알았다. 그녀가 문학 이상의 무엇인가를 염두에 두었으리라고는 깨닫지 못했지만, 가아프는 어떤 다른 사람의 '글' 때문에 아내가 밤에 잠을 이루지 못한다는, 작가로서의 전형적인 질투를 느꼈다. 가아프는 처음에 「그릴파르처 하숙」으로 헬렌에게서 사랑을 구했다. 다시 그녀에게 구애를 해야 한다고 그는 본능적으로 느꼈다.

젊은 작가로 하여금 글을 쓰기 '시작' 하게 만드는 동기로는 그만하면 납득이 갔지만, 이제는 그의 집필, 특히 그토록 오랫동안 중단했던 다음인지라 그가 글을 쓰기 위한 동기로는 그런 정도의 이유라면 아리송한 것이었다. 그는 모든 것을 다시 생각하고, 샘물이 다시 차기를 기다리고, 적절한 침묵의 기간을 거쳐 미래를 위한 저서를 준비하기에 필요한 과정을 거치던 중이었는지도 모른다. 그가 헬렌을 위해 쓴 새 단편소설은 착상에서 어딘가 억지로 꾸민 부자연스러운 상황을 드러냈다. 그 작품은 삶의 내면에 관한 참된 반응을 표출시키기보다는 작가의 불안을 배설하기 위해서 쓴 것이었다.

너무나 오랫동안 글을 쓰지 않았던 작가에게는 아마도 그것이 필수적인 훈련이었겠지만, 그 작품을 그녀에게 내밀 때 보여준 다급한 태도에 대해서는 헬렌은 신경을 쓰지 않았다. "드디어 뭔가 하나 완성했어." 그가 말했다. 저녁식사를 끝낸 다음이었고 아이들은 잠들었으며, 헬렌은 마이클 밀튼의 마지막 작품에 다다라서 더이상 읽을 것도 없고 그들이 나눌 얘기도 없었으므로 마음을 안정시키게끔 오랫동안 성교를 하고 싶어서 그와 함께 잠자리에 들기를 원했다. 헬렌은 가아프가 내놓은 원고에 대해서 조금이라도 실망감을 나타내어서는 안 된다는 사실을 알았지만, 너무 피곤한 나머지 더러운 접시들 사이에 쪼그리고 앉은 채 원고를 물끄러미 쳐다보기만 했다.

"설거지는 내가 혼자 하겠어." 아내가 작품을 읽도록 여유를 마련해주려고 가아프가 제안했다. 그녀는 읽은 것이 너무 많아 가슴이 답답해졌다. 그녀가 마침내 섹스, 적어도 로맨스라는 주제에 다다르게 된 상태였으므로, 가아프가 그것을 어서 제공하지 못한다면 마이클 밀튼이 대신 해결해줄지도 모를 노릇이었다.

"난 사랑을 받고 싶은데." 두둑한 팁을 받으리라는 자신이 생긴 웨이터처럼 접시들을 모으던 가아프에게 헬렌이 말했다. 그는 아내를 보고 웃음을 터뜨렸다.

"소설부터 읽어." 그가 말했다. "하는 건 그 다음이니까."

그녀는 남편이 정한 순서가 못마땅했다. 학생들 사이에서는 재능이 있기는 했어도 평생 습작이나 쓰며 창작 공부를 하는 데 그치리라고 헬렌이 생각했던 마이클 밀튼의 습작과 가아프의 '작품'은 전혀 비교가 되지 않았다. 작품이 문제가 아니었다. 문제는 '나'이고, 나는 누가 나에게 신경을 써주기를 바라는 거야, 헬렌은 생각했다. 가아프의 구애 방법이 그녀에게는 갑자기 반발을 자극했다. 가아프가 구애를 하는 '대상'이 어쩐지 작품 같아서였다. 우리들 사이의 문제는 분명히 그것이 아닌데, 헬렌은 생각했다. 사람들 사이에 노출되었거나 노출되지 않은 주제들이라면 마이클 밀튼 때문에 헬렌이 가아프보다 훨씬 앞선 상태였다. '사람들이 마음속에 품은 생각을 서로 솔직히 털어놓기만 한다면 얼마나 좋으랴'고 제니 필즈가 썼지만, 이것은 순진하고도 용서받아 마땅한 오류였고, 그런 간단한 문제를 사람들이 극복하기가 얼마나 어려운지는 가아프나 제니 두 사람다 환히 아는 터였다.

가아프는 헬렌이 작품을 다 읽기를 기다리며 조심스럽게 설거지를 했다. 훈련이 잘 된 선생이었던 헬렌은 본능적으로 빨간 연필을 꺼내 들고 읽기 시작했다. 나는 학생이 아니니까 저런 식으로 내 작품을 읽으면 안 되는데, 가아프는 생각했다. 하지만 그는 계속해서 설거지를 했다. 그는 아내를 말릴 길이 없음을 알았다.

감시

T. S. 가아프 작

날마다 5킬로미터씩 달리기를 하는 동안에 나는 차를 몰고 다니는 입심이 좋은 사람을 자주 만나는데, 그는 내 옆으로 차를 끌고 와서는 (안전하게 운전석에서 내다보며) 나에게 묻는다. "무슨 훈련을 하시죠?"

규칙적인 심호흡이 비결임을 알았기 때문에 나는 숨이 찬 적이 별로 없어서, 대답을 할 때 절대로 헐떡이거나 헉헉거리지 않는다. "난 자동차들을 추적하려고 체력 관리를 하죠." 내가 말한다.

이쯤 되면 운전자의 응답이 다양하게 나오는데, 다른 모든 것도 그렇지만 그들의 대답은 어리석음의 정도를 여러 형태로 드러낸다. 물론 그들은 내 말이 진담이 아니라는 사실을 전혀 깨닫지 못하는데, 내가 운동을 하는 까닭이 길에서 만난 그들의 차를 적어도 탁 트인 길에서 추적하기 위해서는 아니다. 나는 그들을 따라잡을 능력이 있다고 가끔 믿기는 하지만, 그들을 그냥 가게 내버려둔다. 그리고 몇몇 운전자들이 믿듯이 나는 남의 눈을 끌기 위해 탁 트인 도로에서 달리기를 하지는 않는다.

우리 동네에는 달리기를 할 장소가 없다. 중거리 주자나마 되고 싶으면 사람들은 교외 주택 지역을 벗어나야 한다. 내가 사는 곳에는 건널목마다 네 갈래길에 정지 신호등이 나타나고, 구간이 짧고, 직각으로 꺾어진 길모퉁이들은 발에 부담이 간다. 또한 인도는 개들이 돌아다녀서 위험하고, 아이들의 장난감이 여기저기 떨어졌으며, 가끔 잔디밭 물뿌리개로 물을 뿌려 미끄럽기도 하다. 그리고 달릴 만한 여유가 보인다하면 삐걱거리는 지팡이나 목발로 위태위태하게 몸을 지탱하며 한복판으로 걸어가는 노인이 나타나게 마련이다. 양심이 조금이라도 있는 인간이라면 그런 사람에게 "비켜요!"라고 소리를 지르지는 못한다. 안전하게 멀리 떨어졌어도 보통 때의 속도로 내가 지나가면 노인들이 놀라고는 하는데, 나는 그들에게 심장마비를 유발시키고 싶은 마음은 절대로 없다.

그래서 훈련을 하려면 넓은 도로가 필요하지만, 나는 주택 지역에서 달리는 훈련을 쌓는다. 나 같은 속도라면 우리 동네에서 과속으로 달리는 차를 넉넉히 따라가 잡고도 남는다. 정지 신호등마다 건성으로나마 멈추는 시늉이라도 한다면, 차는 다음 건널목에서 브레이크를 밟아야 하니까 시속 70킬로미터 이상은 힘들다. 나는 항상 그들을 따라가 잡는다. 나는 잔디밭을 가로지르고, 포치를 건너고, 놀이터 그네와 유아용 수영장을 직선으로 통과하고, 나무 울타리를 뚫고 나가거나 뛰어넘기도 한다. 그리고 내 '엔진'은 소리가 안 나고, 지속적이고, 항상 양호한 상태이니까 다른 차들이 오면 그 소리를 들을 수가 있으며, 정지 신호등이 나타나도 멈출 필요가 없다.

결국 나는 그들을 따라가 잡고, 차를 세우라고 손을 흔들면 그들은 항상 멈춘다. 사람들이 확실히 차를 추적하는 내 실력에 감탄하기는 하지만, 과속 운전자들이 겁을 먹는 까닭은 그런 이유 때문이 아니다. 그렇다, 그들은 거의 모두가 어리기 때문에 내가 '어른'이라는 데 대해서 거의 언제나 위압당한다. 나는 단순하게 얘기를 시작한다. "너 아까 저기서 아이들 봤지?" 불안하고 큰 목소리로 내가 묻는다. 과속 운전의 고참들은 그런 질문을 받으면 혹시 내 아이를 치지 않았나 해서 당장 겁을 낸다. 그들은 어느새 수세로 몰린다.

"난 어린 자식이 둘이야." 내가 그들에게 말한다. 나는 목소리에 일부러 극적인 요소를 부여해서, 말을 할 때는 약간 목소리를 떤다. 나는 터져나오려는 울음이나 형언하지 못할 분노를, 또는 그 두 가지를 다 억누르는 척한다. 아마도 그들은 내가 유괴범을 추적하거나, 미성년자 강간범이라고 그들을 의심한다고 생각하리라.

"무슨 일인가요?" 그들은 하나같이 똑같은 질문을 한다.

"자넨 내 아이들을 보지 못했어, 안 그래?" 내가 되풀이해서 묻는다. "빨간 마차를 탄 어린 계집아이를 끌어주는 어린 사내아이 말야." 물론 이것은 지어낸 얘기이다. 나에게는 아들이 둘이고, 그들은 별로 어리지도 않고, 마차도 가지고 놀지 않는다. 그 순간에 아이들은 텔레비전을 보거나, 자동차도 없고 안전한 공원에서 자전거를 타는지도 모른다.

"아뇨." 당황한 과속 운전자가 말한다. "난 아이들, 아이들 몇 명은 봤어요. 하지만 말씀하신 아이들은 보지 못한 것 같은데요. 왜 그러시죠?"

"하마터면 네가 그애들을 죽일 뻔했기 때문에 그래." 내가 말한다.

"하지만 난 애들을 보지 못했다니까요!" 과속 운전자가 항의한다.

"넌 너무 빨리 달렸기 때문에 못 본 거야!" 내가 말한다. 이 말이 튀어나오면 그들은 유죄가 증명된 듯한 태도를 보이는데, 나는 항상 그 말을 확고한 증거인 것처럼 얘기한다. 그리고 그들은 전혀 자신이 없어진다. 나는 이 부분을 너무나 잘 연습해두었다. 이때쯤에는 힘껏 달리느라고 나온 땀이 콧수염과 턱 끝에서 운전석 쪽 문으로 뚝뚝 떨어져 흘러내린다. 그들은 아이들 때문에 정말로 걱정이 된 아버지가 아니고서야 그토록 열심히 뛰어 쫓아오고, 그토록 미친 사람처럼 노려보고, 그토록 음흉한 콧수염을 누가 기르겠느냐고 믿는다.

그들은 "미안합니다"라고 말하기가 보통이다.

"이 동네에는 아이들이 많아." 나는 항상 그들에게 말한다. "네가 차를 빨리 몰고 싶다면 다른 곳들도 있어, 안 그래? 아이들을 위해서 부탁하는데, 제발 앞으로는 이 부근에서 과속 운전은 하지 마." 이제는 내 목소리가 전혀 험악하지를 않고, 오히려 애원하는 말투이다. 하지만 그들은 눈물이 글썽이는 내 정직한 눈의 뒤에는 감정을 억누른 광적인 인간이 숨어 있음을 안다.

보통 그들은 젊은 애들이기가 예사이다. 그들은 약간 기분을 내고 싶은 욕구를 느끼고, 틀어놓은 라디오에서 나오는 음악의 미친 듯한 박자에 맞춰서 차를 몰고 싶어할 따름이다. 그리고 난 그들의 버릇을 고쳐놓으리라고 기대하지는 않는다. 나는 그저 그들이 다른 곳에서 그런 짓을 하기만 바랄 뿐이다. 나는 넓은 도로는 그들의 고유라고 양보해서, 그곳에서 운동을 할 때면 내 자리를 벗어나지 않는다. 나는 뜨거운 모래와 자갈밭, 갈기갈기 찢어진 고양이들과, 토막난 새들과, 쭈그러진 콘돔이 흩어진 곳, 맥주병 유리들투성이인 도로변을 따라 달린다. 하지만 우리 동네에서는 차가 왕이 아니다. 아직은.

보통 그들은 말귀를 알아듣는다.

5킬로미터 달리기를 한 다음 나는 팔굽혀펴기를 55번, 그리고는 5백미터 단거리 경주를, 그 뒤에는 일어나앉기 55회, 목으로 버티기를 55회 한다. 내가 5라는 숫자를 각별히 좋아해서 그런 것이 아니고, 그저 너무 여러 가지 다른 숫자를 염두에 두어야 할 필요가 없다면 신경을 안 쓰고 힘든 운동을 하기가 훨씬 쉽기 때문이다. 늦은 오후(다섯시쯤에) 샤워를 하고 저녁 동안에 나는 맥주를 다섯 깡통 마신다.

나는 차들을 밤에는 추적하지 않는다. 우리 동네도 그렇지만 어느 동네에서도 아이들은 밤에 바깥에서 놀면 안 된다. 밤이면 차가 현대세계의 어디에서나 왕 노릇을 한다고 나는 믿는다. 교외 주거 지역에서까지도.

사실상 밤에 나는 집을 나서거나 식구들이 바깥으로 나가게 내버려두는 일이 거의 없다. 하지만 언젠가 나는 틀림없이 무슨 사고가 났으리라는 생각에 알아보려고 밖으로 달려나갔는데, 어둠 속에서 갑자기 전조등이 똑바로 하늘을 찌르더니 폭발이 뒤따랐고, 박살이 난 유리의 소음과 금속성 비명이 침묵을 깨뜨렸다. 겨우 반 구간 떨어진 캄캄한 우리집 앞길의 한복판에서 랜드로버 한 대가 뒤집혀 기름과 휘발유를 쏟아내어 달이 비칠 정도로 깊고도 잔잔한 웅덩이를 이루었다. 들려오는 소리라고는 뜨거운 파이프와 꺼진 엔진 속에서 열기가 내는 '핑' 소리뿐이었다. 랜드로버는 지뢰를 밟고 뒤집힌 탱크처럼 보였다. 도로가 울퉁불퉁 잔뜩 튀어나오고 갈라진 것을 보니 자동차가 여러 차례 구른 다음에야 이 자리에 주저앉은 모양이었다.

운전석 쪽 문은 아주 조금만 열렸지만, 다행히 문의 등을 켜기에는 충분했다. 불이 켜진 운전석에는 거꾸로 뒤집힌 채 아직도 운전대를 잡고 그대로 어느 뚱뚱한 남자가 살아 있었다. 그는 다친 듯하지는 않았다. 그의 머리는 지금은 물론 바닥이 된 차의 천장에 엉거주춤 얹혔지만, 남자는 각도가 이렇게 달라진 사실을 희미하게만 의식하는 듯싶었다. 그는 또 하나의 머리처럼 그의 바로 옆에 놓인 커다란 갈색 보울링 공 때문에 어리벙벙한 표정이었는데, 사실상 보울링 공과 뺨을 맞댄 그는 아까는 자기 어깨에 얹고 있다가 잘려버린 애인의 머리가 닿는 감촉을 느꼈는지도 모를 노릇이었다.

"로저, 자네야?" 남자가 물었다. 나는 그가 나에게 얘기하는지, 보울링 공에게 얘기하는지 판단이 서지 않았다.

"로저가 아닌데요." 양쪽을 대변해서 내가 대답했다.

"로저 그 친구 멍청이죠." 남자가 설명했다. "우린 공(balls, 음낭을 뜻하기도 한다―옮긴이)이 바뀌었어요."

뚱뚱한 남자가 괴이한 섹스 실험에 관한 얘기를 하는 것 같지는 않았다. 나는 뚱뚱한 남자가 보울링 얘기를 한다고 생각했다.

"이건 로저의 공예요." 뺨에 닿은 갈색 공을 가리키며 그가 설명했다. "가방에 안 맞는 걸 보았을 때 내 공이 아니라는 사실을 깨달았어야 하는 건데. 내 공은 어느 누구의 가방에도 잘 들어가지만, 로저의 공은 정말 이상해요. 내가 공을 가방에 넣으려고 애를 쓰는 사이에 차가 다리에서 떨어졌어요."

우리 동네에는 다리가 하나도 없었지만 나는 그 상황을 상상해보려고 애썼다. 하지만 나는 갈증이 난 남자의 목구멍으로 넘어가는 맥주처럼 벌컥거리며 쏟아지는 휘발유 소리 때문에 정신이 그쪽으로 쏠렸다.

"밖으로 나오셔야 되겠어요." 나는 거꾸로 뒤집힌 보울링 선수에게 말했다.

"난 로저를 기다리겠어요." 그가 대답했다. "로저가 곧 뒤따라올 테니까요."

그리고 아닌게 아니라 이동중인 군대 행렬에서 떨어져 나온 한 쌍이기라도 한 듯 또 한 대의 랜드로버가 나타났다. 로저의 랜드로버는 전조등을 켜지 않고 오던 중이어서 제때 멈추지를 못했고, 뚱뚱한 남자의 랜드로버와 박치기를 해서, 붙여놓은 화차처럼 서로 진동하며 길거리를 10미터는 굴러내려갔다.

보아하니 로저는 정말로 멍청해 보였지만, 나는 당연한 질문만 하고 말았다. "당신이 로저인가요?"

"그렇소." 시커멓고 삐걱거리며 흔들거리는 랜드로버 속에서 남자가 말했고, 앞창과 전조등과 엔진 앞가리개에서 작은 파편들이 시끄러운 색종이 조각처럼 길바닥으로 쏟아졌다.

"로저가 아니면 누구겠어요!" 불을 켠 운전석에 아직도 살아서 거꾸로 매달린 뚱뚱한 남자가 투덜거렸다. 나는 그의 코에서 피가 약간 나는 것을 보았는데, 보울링 공에 맞아 깨진 모양이었다.

"로저, 이 멍청이야!" 그가 소리쳤다. "자네가 내 공을 가져갔어!"

"그럼 내 공은 다른 사람이 가져갔겠구만." 로저가 대답했다.

"자네 공은 내가 가지고 있어, 이 멍청아!" 뚱뚱한 남자가 소리쳤다.

"글쎄, 그것이 모든 것에 대한 해답은 아냐." 로저가 말했다. "자네는 내 랜드로버를 타고 있어." 로저는 컴컴한 운전석에서 담배에 불을 붙였고, 부서진 차에서 나올 생각도 없는 듯싶었다.

"당신이 불을 켜야 되겠어요." 내가 그에게 제안했다. "그래야 저쪽 뚱뚱한 남자가 당신 랜드로버에서 나오죠. 사방에 휘발유투성이예요. 담배를 피우면 안 될 것 같은데요." 하지만 두번째 랜드로버의 동굴 같은 침묵 속에서 로저는 내 말을 못 들은 체하고 계속해서 담배를 피웠으며, 뚱뚱한 남자는 무슨 꿈을 처음부터 다시 꾸는 듯 또다시 소리쳤다. "자넨가, 로저?"

나는 집으로 돌아가 경찰에 전화를 했다. 우리 동네에서 대낮에 그런 수라장이 벌어졌더라면 내가 조금도 참지 않았겠지만, 서로 랜드로버를 바꿔 타고 보울링을 하러 가는 사람들이라면 주택 지역에서 과속으로 차를 모는 보통 사람들이 아닐 터여서 나는 그들이 정말로 길을 잃었다고 생각했다.

"여보세요, 경찰이죠?" 내가 말했다.

나는 경찰에게서 무엇은 기대해도 좋고 무엇은 기대하지 말아야 한다는 상식을 훤히 터득한 터였다. 나는 그들이 범인을 체포하려는 시민을 제대로 지원하지 않는다는 사실을 알았는데, 과속 운전자들을 신고했던 나는 그 결과에 실망했다. 그들은 자세한 얘기는 듣고 싶어하지도 않았다. 경찰은 체포해야 할 사람들이 있어서 바쁘다는 핑계를 댔지만 나는 경찰이 근본적으로 과속 운전자들과 한패이며, 경찰은 그들 대신 범인을 체포하는 시민들을 고맙게 여기지도 않는다고 믿었다.

나는 사고 현장의 위치를 신고했고, 항상 그렇듯이 전화를 거는 사람은 누구냐고 그들이 묻자 나는 '로저'라고 말했다.

경찰을 잘 아는 터여서 나는 그들이 신고자에 관심이 많다는 사실을 알았다. 경찰이란 범죄자들을 괴롭히기보다는 범죄를 신고한 사람을 괴롭히는 데 항상 더 열심인 듯싶었다. 그리고, 빤한 일이지만, 그들은 도착하자마자 곧장 로저부터 찾았다. 나는 가로등 불빛 밑에서 그들이 모두 말다툼을 하는 광경을 구경했지만, 대화는 한두 마디씩밖에 못 들었다.

"저 친구가 로저예요." 뚱뚱한 남자가 거듭거듭 말했다. "저 사람이 틀림없는 로저라니까요."

"난 당신들한테 전화를 건 로저가 아니란 말예요." 로저가 경찰관들에게 말했다.

"그건 사실예요." 뚱뚱한 남자가 소리쳤다. "이 로저는 세상이 무너져도 경찰에 전화를 걸 위인이 아니에요."

그리고 잠시 후에 그들은 컴컴한 우리 동네에다 대고 다른 로저를 소리쳐 부르기 시작했다. "여기 사는 로저라는 사람 또 있어요?" 한 경찰관이 외쳤다.

"로저!" 뚱뚱한 남자가 소리를 질렀지만, 컴컴한 우리집과, 동네의 다른 컴컴한 집들은 물론 고요하기만 했다. 날이 밝으면 그들이 모두 가버리고 없으리라는 것을 나는 알고 있었다. 쏟아진 기름과 깨진 유리만 남으리라.

항상 그렇듯이 자동차들이 파괴된 꼴을 보고 기분이 좋아지고 마음이 놓인 나는 거의 동틀녘이 되어 엉거주춤 달라붙은 랜드로버들이 마침내 따로 떨어져 질질 끌려갈 때까지 구경했다. 차들은 주택 지역에서 교미를 하다가 들킨 두 마리의 지친 코뿔소 같은 모습이었다. 로저와 뚱뚱한 남자는 보울링 공을 휘둘러가며 우리집 근처의 가로등들이 꺼질 때까지 서서 말다툼을 했고, 그리고는 신호라도 받은 듯, 그리고 어디로 가야 할지 환히 아는 듯, 악수를 나누고 다른 방향으로 헤어져 걸어갔다.

경찰은 로저가 또 한 사람 있으리라는 가능성에 아직도 신경이 쓰여서인지 아침에 조사를 하러 나왔다. 하지만 과속 운전자를 내가 신고할 때마다 아무 정보도 알아내지 못했듯이, 이번에는 나에게서 경찰은 아무 정보도 알아내지를 못했다. "글쎄요, 또 그런 일이 발생하면 꼭 우리들한테 알려주세요." 이것이 그들의 입버릇이다.

다행히도 나는 경찰을 필요로 할 때가 거의 없었고, 보통은 초범을 내 나름대로 효과적인 방법으로 처리한다. 꼭 한 번 나는 같은 운전자를 세워야 했는데, 그 사람도 두 번으로 끝이었다. 그는 핏빛으로 칠한 파이프 수리 트럭을 몰던 건방진 젊은이였다. 야한 노란 빛깔의 글씨로 트럭의 운전석 문에는 회전 굴착기 및 모든 파이프 공사를 처리한다고 선전해놓았다.

O. 펙토, 수석 수리공 및 대표

재범의 경우라면 나는 더욱 빨리 본론으로 들어갔다.

"난 경찰에 신고할 거요." 내가 젊은이에게 말했다. "그리고 당신 사장 O. 펙토 씨에게도 전화를 걸고요. 지난번에 사장하고 통화를 하는 건데 그랬구만."

"내가 바로 사장이요." 젊은이가 말했다. "이놈의 파이프 수리 사업은 내 사업체란 말예요. 거지 같은 수작 말아요."

그리고 나는 정상적이고 기본적인 권위에 까딱도 하지 않는, 작달막하면서도 출세한 젊은이인 O. 펙토 본인과 맞서고 있음을 깨달았다.

"이 동네에는 아이들이 많아요." 내가 말했다. "그중에는 내 아이도 둘이나 되죠."

"그래요, 그 얘긴 당신한테 벌써 들었어요." 목청을 가다듬듯 엔진을 가속시키며 파이프 수리공이 말했다. 어린 턱에 그가 기르던 풋내기 수염의 흔적이나 마찬가지로, 그의 표정에는 음험한 분위기가 감돌았다. 나는 한 손은 손잡이에, 다른 손은 돌려 내린 창문에 얹고 있었다.

"제발 여기선 속력을 내지 말아요." 내가 말했다.

"그렇게 해보죠." O. 펙토가 말했다. 나는 그 정도로 넘겨버리려고 했지만, 수리공이 담배에 불을 붙이더니 나를 보고 히죽 웃었다. 나는 그 녀석의 얼굴에서 '온 세상의 조롱'을 보는 듯싶었다.

"그렇게 차를 몰다가 다시 한번 나한테 잡혔다가는 회전 굴착기를 당신 똥구멍에 박아버릴 거요." 내가 말했다.

O. 펙토와 나, 우리들은 서로 노려보았다. 그러더니 수리공은 엔진을 콱 밟아 가속시키며 클러치를 탁 풀었고, 나는 뒤로 펄쩍 인도로 튀어 나가야 했다. 그때 하수도 속에 빠진 금속으로 만든 아이들 장난감인 작은 덤프 트럭이 눈에 띄었는데, 앞바퀴들이 빠지고 없었다. 나는 얼른 그것을 집어들고는 O. 펙토를 쫓아 달려갔다. 다섯 구간을 쫓아간 다음에야 나는 덤프 트럭을 집어던지기에 충분할 만큼 가까이 접근하게 되었는데, 덤프 트럭은 수리공의 운전석에 맞아 요란한 소리를 냈지만 조금도 피해를 주지 않고 되튀어 떨어졌다. 그렇기는 해도 O. 펙토는 기겁을 해서 브레이크를 콱 밟았고, 트럭의 짐 싣는 쪽에서 길다란 파이프 대여섯 개가 휙 튀어나오고, 금속 서랍 하나가 덜컹 열리더니 나사 뽑개와 묵직한 철사 몇 타래가 와르르 쏟아졌다. 수리공은 운전석에서 뛰어내리고는 문을 쾅 닫았는데, 손에는 스틸손 나사 돌리개를 들고 있었다. 보아하니 그는 핏빛으로 시뻘건 트럭이 우그러지면 신경이 꽤나 곤두서는 모양이었다. 나는 떨어진 파이프 하나를 움켜잡았는데, 길이가 5피트쯤 되는 그 파이프로 나는 재빨리 트럭의 왼쪽 꼬리등을 박살 냈다. 벌써 한참 동안 모든 일이 5라는 숫자를 중심으로 자연스럽게 내 주변에서 벌어졌다. 예를 들면 (잔뜩 펼 때의) 내 가슴은 둘레가 인치로 55였다.

"당신 차 꼬리등이 깨졌구만." 내가 수리공에게 알려주었다. "이런 꼴로 차를 몰고 다니면 안 돼."

"이번에는 내가 당신을 경찰에 고발하겠어, 이 미친 자식아!" O. 펙
토가 말했다.

"시민으로서 널 체포한다." 내가 말했다. "당신은 제한 속도를 어겨서
내 아이들의 생명을 위험에 빠뜨렸어. 같이 경찰서로 가자구." 그리고
나는 길다란 파이프를 트럭의 뒤쪽 번호판 밑으로 쑤셔넣고는 번호판
을 편지처럼 구부려 접었다.

"당신 내 트럭에 다시 손만 대보라구." 수리공이 말했다. "그랬다간
당신 곤란해질 테니까." 하지만 손에 든 파이프가 배드민턴 채처럼 가
볍게 느껴진 나는 거침없이 휘둘러 다른 꼬리등도 박살냈다.

"넌 벌써 곤란해졌어." 나는 O. 펙토에게 지적했다. "너 이 동네에서
다시 차를 몰게 되는 경우가 혹시 생기게 되면, 1단 기어만 넣고 깜박
이를 켜." 우선 그는 깜박이등을 수리부터 해야 되겠다고 나는 (파이프
를 휘두르며) 생각했다.

바로 그때 어느 나이 많은 여자가 집에서 나오더니 이런 소동을 지
켜보았다. 그녀는 나를 한눈에 알아보았다. 내가 그녀의 집이 위치한 길
모퉁이에서 사람들을 많이 붙잡기 때문이다. "아, 잘하는 짓이야!" 그녀
가 소리쳤다. 나는 그녀에게 미소를 지었고, 그녀는 나를 향해 어기적
거리며 오다가 잘 가꾼 잔디밭에 떨어진 장난감 덤프 트럭이 눈에 띄
자 걸음을 멈추었다. 그녀는 장난감을 집더니 역겨움이 역력한 표정으
로 그것을 나에게 가져왔다. 나는 장난감과, 꼬리등과 깜박이가 깨진 유
리와 플라스틱 조각들을 픽업 트럭 뒤에다 실었다. 우리 동네는 깨끗하
고, 나는 지저분한 것을 혐오한다. 달리기를 하는 동안 큰길에서 내 눈
에 띄는 것이라고는 지저분한 쓰레기뿐이다. 나는 다른 파이프들도 뒤
에다 실었고, (투사의 창처럼) 아직도 들고 있던 길다란 파이프로는 길
가에 떨어진 나사뽑개와 철사 뭉치를 쿡쿡 찔렀다. O. 펙토는 그것들을
주워 모아 금속 서랍 속에다 다시 넣었다. 그는 운전보다는 확실히 파

이프 수리를 더 잘하는 모양이어서, 손에 든 스틸손 나사 돌리개가 아주 편안해 보인다고 나는 생각했다.

"당신 부끄러운 줄을 알아야 해." 노부인이 O. 펙토에게 말했다. 파이프 수리공이 그녀에게 눈을 부라렸다.

"이 친구 진짜 악질예요." 내가 그녀에게 말했다.

"한심하구만." 노부인이 말했다. "다 큰 어른이 말야." 그녀는 파이프 수리공에게 말했다. "그러면 못써."

O. 펙토는, 나사돌리개를 나에게 집어던지고는 트럭으로 뛰어 올라가 뒤로 몰아 노파를 깔고 넘어갈 듯한 표정으로 슬금슬금 운전석으로 다가갔다.

"조심해서 운전해." 내가 그에게 말했다. 그가 안전하게 운전석으로 오른 다음에 나는 길다란 파이프를 픽업으로 밀어넣었다. 그리고는 노부인의 팔을 잡아 길을 따라 걸어가도록 부축했다.

타이어가 타는 냄새와 관절에서 뼈가 빠져나오는 듯한 흉칙한 소음과 더불어 트럭이 도로변에서 튀어나가 달아난 다음 나는 연약한 팔꿈치를 통해 노부인이 떨고 있음을 느꼈고, 그녀의 두려움이 조금쯤 나에게 전달되었으며, 내가 O. 펙토를 성나게 만들었던 만큼 누구인가를 분노하게 만든다는 일이 얼마나 위험한 짓인지를 나는 깨달았다. 나는 그가 다섯 구간쯤 멀리서 미친 듯 과속으로 차를 모는 소리를 들었고, 길거리 부근에서 돌아다닐지도 모르는 모든 개와, 고양이와, 아이들을 위해 기도했다. 현대의 삶이란 확실히 과거의 삶보다는 살아가기가 다섯 곱절쯤은 어렵다고 나는 생각했다.

나는 과속 운전자들에 대한 투쟁을 중단해야 되겠다고 생각했다. 나는 그들에게 너무 심하게 굴기는 하지만, 조심성이 없고 위험하며 너저분한 생활 방식으로 나 자신의 삶과 내 아이들의 생명을 직접적으로 위협하는 자들을 보면 너무나 화가 난다. 나는 항상 차들을 증오했고,

바보처럼 차를 모는 사람들을 증오했다. 나는 다른 사람들의 생명을 그
토록 위험에 빠뜨리는 사람들을 너무나 미워한다. 자동차 경주를 하려
면 사막으로 가서 할 노릇이지! 주택 지역에다 옥외 엽총 사격장이 문
을 열게 할 수는 없어! 원한다면 비행기에서 뛰어내려도 좋지만, 그런
짓은 바다 위에서나 해야지! 내 아이들이 사는 곳에서는 어림도 없다.

"당신이 없으면 동네가 어떻게 될지 모르겠어." 노부인이 큰 소리로
혼잣말처럼 떠들었다. 나는 그녀의 이름을 전혀 기억하지 못한다. 내가
없으면 동네는 오히려 평화로울지도 모르지, 나는 생각했다. 훨씬 위험
할지는 몰라도 평화롭게. "모두들 너무나 차를 빨리 몰아." 노부인이 말
했다. "당신이 없었더라면 난 가끔 녀석들이 우리집 거실로 박살을 내
며 뛰어들었으리라는 생각이 들어." 하지만 나는 내가 80대 노인들과
똑같은 불안감을 느끼며, 내가 지닌 두려움이란 나처럼 젊은 중년기 사
람들에게 정상적인 두려움이 아니라 노망이 든 불안한 걱정과 마찬가
지라는 생각에 거북한 기분이 들었다.

내 삶이란 얼마나 믿어지지 않을 정도로 따분한가! 노부인을 그녀의
집 앞문을 향해 돌려 세우고 길거리의 갈라진 곳들을 넘어가도록 방향
을 잡아주며 나는 생각했다.

그러자 파이프 수리공이 되돌아왔다. 나는 노부인이 내 품에 안겨 죽
는 줄 알았다. 파이프 수리공은 차도에서 뛰어올라와 노부인의 집 잔디
밭 위로 우리들 옆을 전속력으로 지나가며 채찍처럼 어린 나무를 깔아
뭉개고는 U자 회전을 하느라고 트럭이 하마터면 굴러 전복할 뻔했지
만, 나무 울타리를 잔뜩 무너뜨리고 5파운드짜리 스테이크만한 크기로
땅바닥에서 잔디 조각이 떨어져나오게 했다. 그러더니 인도로 도망치던
트럭이 도로변에서 뒷바퀴가 튀는 바람에 짐 싣는 곳에서 도구들이 폭
발하듯 마구 튀어나왔다. O. 펙토는 다시금 우리 동네를 공포로 휘몰아
넣으며 길거리에서 행패를 부리는 중이어서, 난폭한 수리공이 닷지와

휠롱의 길모퉁이에서 다시 차도로 뛰어드는 순간에 주차해놓은 차의 뒤쪽이 긁혀 차의 트렁크가 충격으로 덜컹 열리더니 계속해서 흔들거렸다.

충격을 받은 노부인을 부축해서 안으로 들어간 나는 경찰에 전화를 걸었고, 아이들이 집 밖에 나오지 못하게 하라는 얘기를 하려고 아내에게도 전화를 했다. 파이프 수리공은 광분한 상태였다. 나는 동네 사람들을 도와준답시고 미친놈들을 내가 더욱 미치게 만들 뿐이라고 생각했다.

노부인은 어수선한 거실에서 화초처럼 조심스럽게 페이슬리 모직물 의자에 앉았다. O. 펙토가 다시 돌아와 이번에는 거실 퇴창에서 몇 인치 간격을 두고 차를 몰아 경적을 울려대며 어린 묘목들을 심어놓고 자갈을 덮은 화단을 파헤치고 지나갔지만, 노부인은 전혀 움직이지도 않았다. 나는 최후의 공격을 하려고 기다리며 문간에 섰지만, 모습을 드러내지 않는 편이 훨씬 현명한 짓이라고 생각했다. 만일 O. 펙토가 나를 보았다면 그가 집 안으로 차를 몰고 들어오리라는 사실을 나는 알았다.

경찰이 도착했을 때쯤에는 파이프 수리공이 콜드 힐과 노드 레인의 교차로에서 스테이션 왜건을 피하려다가 트럭이 굴렀다. 트럭은 모로 눕고, 그는 쇄골이 부러졌다. 그런데도 그는 운전석에 꼿꼿하게 앉아 있었으며, 머리 위에 달린 문으로 기어나올 수도 없었지만, 나오려고 애를 쓰지도 않았다. O. 펙토는 차분해 보였고, 라디오를 듣고 있었다.

그 이후로 나는 험하게 차를 모는 사람들의 성미를 덜 자극하려고 애썼으며, 차를 세우고 그들의 못된 버릇을 욕하려고 할 때 혹시 그들이 반발하는 기미가 보이면 경찰에 신고하겠다는 말만 하고 얼른 자리를 피한다.

알고 보니 O. 펙토라는 위인이 사회적인 상황에 대해 지나치게 격렬한 반응을 보인 역사가 길다는 사실은 나로 하여금 스스로 나 자신을 용서하게 용납하지는 않았다. "내 말 들어요. 파이프 수선공을 당신이 길거리에서 추방했다는 건 아주 잘한 일예요." 아내가 나한테 말했는데, 사실 아내는 남들의 행동에 내가 너무 간섭이 심하다고 걸핏하면 힐뜯고는 했었다. 하지만 나는 평범한 일꾼을 미치게 만들었으며, 발광 상태 동안에 만일 O. 펙토가 아이를 하나 죽였다면 그것이 누구의 잘못일까 하는 생각만 했다. 부분적으로는 내 잘못이라고 나는 생각한다.

현대에서는 모두가 도덕적인 문제이거나, 아니면 더이상 도덕적 문제란 존재하지도 않는다는 것이 내 견해이다. 요즈음에는 타협이란 없고, 아니면 모두가 타협뿐이다. 전혀 영향을 받지 않고 나는 감시를 계속한다. 전혀 마음이 놓이지가 않는다.

아무 말도 하지 말아야 한다, 헬렌은 속으로 다짐했다. 그냥 가서 남편에게 키스하고 몸을 비벼대고는 가능한 한 빨리 위층으로 끌고 올라가고, 거지 같은 단편소설 얘기는 나중에 하지, 훨씬 나중에, 그녀는 자신을 타일렀다. 하지만 헬렌은 그가 그냥 넘어가지 않으리라는 것을 알았다.

설거지가 끝났고, 가아프는 식탁에서 그녀와 마주 앉았다.

헬렌은 가장 멋진 미소를 지으려고 애쓰며 그에게 말했다. "나 당신하고 잠자리에 들고 싶은데."

"작품 마음에 안 들어?" 그가 물었다.

"침대에서 얘기해." 그녀가 말했다.

"헛소리 마, 헬렌." 그가 말했다. "그건 내가 오래간만에 완성한 작품이란 말야. 난 당신이 작품을 어떻게 생각하는지 알고 싶어."

그녀는 입술을 깨물고 안경을 벗었는데, 빨간 연필로는 아무 표시도 하지 않았다. "나 당신 사랑해." 그녀가 말했다.

"그래, 그래." 짜증스럽게 그가 말했다. "나도 당신을 사랑하지만, 섹스는 아무 때나 해도 되잖아. 작품은 어때?" 그리고 그녀는 마침내 긴장이 풀어졌고, 웬일인지 그에게서 해방된 기분을 느꼈다. 나는 노력은 했어, 그녀는 벅찬 안도감을 느끼며 생각했다.

"그까짓 작품 알 게 뭐야." 그녀가 말했다. "그래, 난 그거 좋아하지 않아. 그리고 난 그런 얘기도 하기 싫어. 보아하니 당신은 내가 원하는 건 관심도 없구만. 당신은 밥상에 앉은 어린아이나 마찬가지여서, 자기 먹을 생각부터 하지."

"마음에 안 들어?" 가아프가 말했다.

"뭐 나쁘진 않아." 그녀가 말했다. "그저 별로 대단치 않다는 것뿐이지. 시시하고, 약간 고리타분해. 당신이 무언가 준비하는 중이라면, 난 당신이 시작하는 작품이 어떤지 궁금해지지만, 이건 시시한 작품이라는 걸 당신도 알아야 해. 이건 시운전인 셈이야, 안 그래? 당신은 이런 장난은 왼손으로도 할 수 있어, 안 그래?"

"재미있는 얘기야, 안 그래?" 가아프가 물었다.

"그래, 재미야 있지." 그녀가 말했다. "하지만 재미라는 게 농담처럼 웃기는 데서 그만이야. 모두가 웃고 넘길 익살뿐이지. 내 얘긴, 이 작품이 지닌 게 뭐야? 자신에 대한 풍자일까? 당신은 자신을 비웃을 만큼은 늙지도 않았고 작품도 많이 쓰지 않았어. 이건 자신을 위한 자신의 정당화이고, 사실상 자기 자신 이외에는 아무 얘기도 없지. 웃겨."

"염병할." 가아프가 말했다. "웃긴다구?"

"당신은 글을 잘 쓰면서도 늘 할말이 없는 사람들처럼 얘기를 했어." 헬렌이 말했다. "그래, 이건 뭐라고 해야 될까? 분명히 「그릴파르처 하숙」은 아니고, 「그릴파르처 하숙」의 5분의 1도 못 따라가겠어. 가치로 봐선 그 작품의 10분의 1밖에 안 되겠다구." 헬렌이 말했다.

　"「그릴파르처 하숙」은 내가 최초로 쓴 주요 작품이었어." 가아프가 말했다. "이건 완전히 다르고, 완전히 다른 종류의 소설이란 말야."

　"그래, 하나는 무언가 얘기하고, 또 하나는 아무 얘기도 안 하니까." 헬렌이 말했다. "하나는 사람들에 관한 얘기이고, 또 하나는 당신 얘기뿐이지. 하나는 신비와 정밀성을 지녔는데, 또 하나는 재치밖에 없어." 헬렌의 비판적인 기능이 일단 작용하고 나면, 그것은 떨쳐 버리기가 어렵다.

　"두 작품을 비교한다는 건 공평한 짓이 아냐." 가아프가 말했다. "이 작품이 훨씬 떨어진다는 건 나도 알아."

　"그렇다면 이 얘기는 더이상 하지 말자구." 헬렌이 말했다.

　가아프는 한참 동안 시무룩했다.

　"당신은 『간통한 아내를 둔 남편의 두번째 바람』도 좋아하지 않았어." 그가 말했다. "그리고 다음 작품도 마찬가지로 좋아하지 않을 거야."

　"다음 작품이 뭔데?" 헬렌이 물었다. "당신 또 소설 쓰고 있어?"

　그는 또 시무룩했다. 헬렌은 그녀에게 이런 소리를 하게 만드는 남편이 미웠지만, 그녀는 그를 원했고, 그를 사랑한다는 것도 알았다.

　"제발." 그녀가 말했다. "우리 침대로 가자니까."

　하지만 이제는 자기가 약간 잔인해져도 좋은 기회가 왔음을 깨달은 가아프는 조금이나마 진실을 캐내고 싶었으며, 그녀를 쳐다보는 눈이 환히 빛났다.

　"말은 더이상 한 마디도 하지 마." 그녀가 애원했다. "침대로 가자구."

　"당신은 내가 쓴 작품들 가운데서 「그릴파르처 하숙」이 제일 훌륭하다고 생각하는구만, 안 그래?" 그가 물었다. 그는 아내가 두번째 소설을 어떻게 생각하는지 이미 알았고, 헬렌이 『기나긴 기다림』을 좋아하기는 해도 첫 소설은 첫 소설이라고 생각한다는 것도 알았다. 그렇다, 아내는 「그릴파르처 하숙」이 가장 훌륭하다고 생각했다.

"지금까지는 그렇지." 그녀는 부드럽게 말했다. "당신은 사랑스러운 작가이고, 내가 그렇게 생각한다는 건 당신도 알잖아."

"난 내 잠재력을 충분히 발휘하지 못한 것 같아." 가아프가 음흉하게 말했다.

"앞으로는 발휘하겠지." 남편에 대한 공감과 사랑이 점점 고갈되는 목소리로 그녀가 말했다.

그들은 서로 빤히 쳐다보았고, 헬렌이 시선을 돌렸다. 그는 위층으로 올라가기 시작했다. "침실로 올 거야?" 그가 말했다. 그는 아내에게 등을 보였고, 그의 의도와 헬렌에 대한 감정을 그녀는 알 길이 없었는데, 그가 그것을 그녀에게서 감추었거나, 아니면 지긋지긋한 '작품' 속에 파묻어버렸기 때문이었는지도 모른다.

"좀 있다가." 그녀가 말했다.

그는 층계에서 기다렸다. "읽을 게 있어?" 그가 물었다.

"아냐, 당분간은 읽을 게 없어졌어." 그녀가 말했다.

가아프는 위층으로 올라갔다. 그녀가 올라갔을 때는 가아프가 이미 잠든 다음이었고, 헬렌은 절망감을 느꼈다. 조금이나마 그녀 생각을 해주었다면 어떻게 잠이 들었겠는가? 하지만 사실상 그의 머릿속에는 너무나 많은 생각이 오고가서 혼란을 일으켰고, 그는 무엇이 무엇인지를 알 길이 없었기 때문에 잠이 들었던 셈이다. 만일 어떤 한 가지에 감정을 집중시킬 수만 있었다면 그는 아내가 위층으로 올라왔을 때 아직 깨어 있었으리라. 그랬다면 그들은 많은 것들을 구제했을 터였다.

어쨌든 그녀는 침대에서 남편 옆에 앉아 마음이 내키는 이상의 다

정함을 느끼며 그의 얼굴을 지켜보았다. 헬렌은 마치 그녀를 기다리며 깨어 있기라도 한 듯 그가 잔뜩 발기한 상태를 보았고, 그녀는 그를 입 안에 넣고는 사정을 할 때까지 부드럽게 빨았다.

그는 놀라서 잠이 깨었고, 어디에 누구하고 같이 있는지를 깨닫자 무척 미안해하는 표정이었다. 하지만 헬렌은 조금도 죄의식을 느끼는 얼굴이 아니었으며, 다만 서글프기만 할 따름이었다. 가아프는 나중에 그가 랄프 부인을 꿈꾸고 있었음을 헬렌이 눈치챈 듯한 기분이 들었다.

그가 욕실에서 돌아왔을 때는 아내가 잠든 다음이었다. 그녀는 곧 잠에 빠졌다. 마침내 죄의식이 사라진 헬렌은 마음대로 꿈을 꾸어도 되도록 해방된 기분을 느꼈다. 가아프는 그녀 옆에서 말똥말똥한 정신으로 누워서, 아이들 때문에 그녀가 잠이 깰 때까지, 놀랄 정도로 순진한 그녀의 얼굴을 지켜보았다.

13

월트, 감기 걸리다

가아프는 월트가 감기에 걸리기만 하면 늘 잠을 제대로 못 잤다. 그는 아들과 자신, 두 사람 몫의 호흡을 하려고 애를 쓰는 사람 같았다. 가아프는 밤중에 일어나서 아이에게 키스를 하고 코를 비벼대어서, 남이 보면 가아프가 자기에게로 옮게 해서 월트로부터 감기를 몰아내려고 한다는 생각이 들게 했다.

"하느님 맙소사." 헬렌이 말했다. "겨우 감기를 가지고 뭘 그래. 던컨은 다섯 살 때 겨우내 감기를 앓았는데." 열한 살이 거의 다 되니 던컨은 감기라면 졸업한 듯싶었지만, 다섯 살인 월트는 나을 만하면 또다시 고통스러운 감기에 걸리고는 해서, 들락날락하는 만성 감기라도 앓는 셈이었다. 3월 질퍽한 철이 되자 가아프가 보기에는 월트의 저항력이 완전히 기진맥진한 것 같았고, 아이는 쉴새없이 마른 기침을 했으며, 가아프는 밤마다 월트의 심한 기침 소리에 잠에서 깨어났다. 가아프는 가끔 월트의 가슴에 귀를 대고 잠들었다가 아들의 심장이 고동치는 소리가 안 들리면 겁이 덜컥 나서 깨고는 했지만, 아이는 그냥 아버지의 묵직한 머리를 밀어내어 가슴에서 치우고는 몸을 굴려 보다 편한 자세로 잤다.

의사와 헬렌은 가아프에게 입버릇처럼 말했다. "기침 정도 가지고 뭘 그래요."

하지만 월트가 밤중에 호흡에 이상을 일으키면 가아프는 기겁을 해서 당장 잠이 깨었다. 따라서 그는 로버타가 전화를 걸 때는 깨어 있기가 보통이었고, 힘세고 덩치 큰 미즈 로버타 멀둔의 늦은 밤 고뇌는 예상하던 바인지라 이제는 가아프를 두렵게 하지 않았지만, 가아프 자신이 불안해서 잠을 못 이루게 되자 헬렌이 짜증을 부렸다.

"작품이라도 다시 시작했다면 당신 피곤해서 밤마다 절반을 깨어 있지는 않았을 거야." 그녀가 말했다. 가아프가 상상 때문에 잠을 못 잔다고 헬렌이 그에게 말했고, 그가 작품을 충분히 많이 쓰지 못한다는 한 가지 증거는 다른 일들에 동원되는 잉여 상상력이 너무 많기 때문임을 가아프는 알았다. 예를 들면 갖가지 꿈의 맹공격이었는데, 가아프는 이제 아이들에게 벌어지는 무시무시한 사건들만 꿈으로 꾸었다.

어느 꿈에서는 가아프가 외설 잡지를 읽는 동안에 끔찍한 사건이 벌어졌다. 그는 무척 외설적인 사진 한 장을 자꾸만 자꾸만 보았다. 가아프가 가끔 몸을 같이 풀던 대학 팀의 레슬러들이 그런 사진을 지칭하던 스티어링 시절의 어휘들이 달라지지 않았음을 가아프는 깨달았다. 사진을 구하기가 훨씬 쉬워졌다는 점이 달라졌을 뿐, 명칭은 그대로였다.

가아프가 꿈속에서 본 사진은 외설 사진들 중에서는 최고 수준이었다. 발가벗은 여자들의 사진에서는 얼마나 많이 보이느냐에 따라 명칭이 달라졌다. 성기는 안 보이고 음모만 보이면 그것은 숲 사진,

또는 그냥 숲이라고 했다. 때로는 털로 부분적으로 가려지기는 했어도 성기가 보인다면 그것은 비버였는데, 음모와 국부가 몽땅 드러나는 비버는 그냥 숲보다야 훨씬 좋았다. 만일 국부를 '벌린' 경우라면, 그것은 '째진 비버'였다. 그리고 외설의 세계에서는 가장 훌륭하다고 꼽히지만, 만일 모든 것이 '번들거릴' 때는, 그것은 '촉촉하고 째진 비버'였다. 촉촉하다는 사실은 여자가 발가벗고 홀랑 노출되었을 뿐 아니라, '준비'도 되었다는 뜻이었다.

레슬러들이 촉촉하고 째진 비버라고 하는 사진을 꿈속에서 보다가 가아프는 문득 아이들이 우는 소리를 들었다. 어느 집 아이들이 우는지를 몰랐지만, 헬렌과 어머니 제니 필즈가 나타났고, 그들이 모두 층계를 내려와 줄을 지어 옆으로 지나가는 바람에 그는 보던 사진을 감추려고 애썼다. 그들은 위층에서 무슨 끔찍한 소리를 듣고는 잠이 깨었고, 지하실이 방공호라도 된다는 듯, 더 아래쪽 지하실로 내려가는 중이었다. 그리고 이런 생각이 드는 순간에 가아프는 '콰앙' 하는 둔탁한 폭음을 들었고, 회벽이 무너지며 번득이는 섬광도 보았고, 어떤 무시무시한 사건이 닥치려는지 얼핏 사태를 파악했다. 아이들은 둘씩 짝을 지어 보모들처럼 침착하게 방공호로 이끄는 헬렌과 제니를 따라 킹킹 홀쩍이며 내려갔다. 그들은 마치 가아프가 아이들을 모두 저버렸으며 이제는 도울 힘이 하나도 없다는 듯, 어렴풋한 서글픔과 멸시를 나타내며 그를 쳐다보았다.

적기가 날아오는지 감시를 하는 대신에 그는 촉촉하고 째진 비버만 구경했다는 말인가? 정확히 왜 그가 그토록 심한 죄의식을 느꼈고, 왜 그들이 학대라도 당한 듯한 눈으로 그를 쳐다보았는지는, 꿈의 본질이 그렇듯, 영원히 뚜렷하게 밝혀지지 않았다.

아이들의 행렬 맨 끝에 선 월트와 던컨은 여름 야영지에서 흔히 그렇듯 짝을 지어 손을 맞잡았는데, 가아프의 꿈에서는 그런 행동이 아이들에게 벌어진 재난에서 자연스럽게 나타나는 반응으로 보였다. 어린 월트가 악몽의 손아귀에 잡혀 잠에서 깨어나지 못하며 울어대는 듯한 그런 울음소리를 가아프는 들었다. "난 나쁜 꿈을 꾸고 있어." 그가 훌쩍거렸다. 그는 아버지를 쳐다보더니 소리를 지르다시피 했다. "난 나쁜 꿈을 꾼다구!"

하지만 가아프의 꿈에서는 가아프가 아이를 꿈에서 깨울 힘이 없었다. 어리고도 예쁜 얼굴에 조용하고도 용감한 숙명의 표정을 띠고 던컨은 침울하게 어깨 너머로 아버지를 돌아다보았다. 던컨은 최근에 무척 어른스러워 보였다. 던컨의 표정은 던컨과 가아프 사이의 비밀이었는데, 이것은 꿈이 아니고, 그가 월트를 도울 길이 없다는 사실을 두 사람 다 알았다.

"나를 깨워주세요!" 월트가 소리쳤지만, 길다란 아이들의 행렬은 방공호 속으로 사라지는 중이었다. (키가 던컨의 팔꿈치 정도였던) 월트는 던컨의 손아귀에 잡혀 몸을 비틀며 아버지를 돌아다보았다. "난 꿈을 꾸고 있어요!" 자신에게 납득이라도 시키려는 듯 월트가 소리를 질렀다. 가아프는 속수무책이었고, 아무 말도 하지 않았고, 마지막 층계를 그들을 따라 내려가려는 시도도 하지 않았다. 그리고 쏟아지는 석회가 모든 것을 새하얗게 덮었다. 폭탄이 자꾸 떨어졌다.

"넌 꿈을 꾸고 있어!" 가아프는 어린 월트의 등뒤에다 대고 소리쳤다. "악몽을 꾸는 거야!" 거짓말인 줄 알면서도 그가 소리쳤다.

그러다가 헬렌이 그를 걷어차고, 가아프는 정신이 들고는 했다.

아마도 헬렌은 제멋대로 날뛰는 가아프의 상상이 월트로부터 그녀에게로 방향을 돌릴까봐 겁이 났는지도 모른다. 만일 가아프가 월트에 대해서보다 절반만큼이라도 헬렌 걱정을 했더라면 그는 무슨 일이 벌어지리라는 낌새를 눈치챘을지도 모른다.

헬렌은 벌어지는 상황을 자기가 마음대로 통제한다고 믿었는데,

(늘 그러듯이 연구실 문을 열어 구부정한 마이클 밀튼더러 방으로 들어오라고 함으로써) 적어도 시작만큼은 그녀가 이끌어 나갔었다. 일단 안으로 들어서자 그녀는 문을 닫고 그가 숨을 돌리려고 도망칠 겨를도 주지 않으려고 가느다란 목을 움켜잡고는 얼른 입에다 키스하며 무릎으로 그의 두 다리 사이를 짓눌러 비볐고, 그는 쓰레기통을 걷어차며 공책을 떨어뜨렸다.

"더이상 따질 건 하나도 없어." 숨을 몰아쉬며 헬렌이 말했다. 헬렌은 혀로 그의 윗입술을 핥으며, 콧수염이 마음에 드는지 어쩐지를 알아보려고 했다. 적어도 지금 당장은 콧수염이 좋다고 그녀는 단정했다. "마이클의 아파트먼트로 가지. 다른 곳은 안 돼." 그녀가 말했다.

"강 건너편인데요." 그가 말했다.

"어딘지는 나도 알아." 그녀가 말했다. "깨끗해?"

"물론이죠." 그가 말했다. "그리고 강이 내다보이는 경치도 근사하죠."

"난 경치 따윈 관심 없어." 헬렌이 말했다. "깨끗하기만 하면 좋아."

"상당히 깨끗해요." 그가 말했다. "더 깨끗이 치울 수도 있어요."

"우린 마이클의 차만 사용해야 해." 그녀가 말했다.

"난 차가 없는데요." 그가 말했다.

"차가 없다는 건 나도 알아." 헬렌이 말했다. "하나 구하도록 해."

놀라기는 했지만 이제는 자신감을 되찾은 그가 미소를 지었다. "지금 당장 구하라는 얘기는 아니겠죠, 안 그래요?" 콧수염을 그녀의 목에다 비벼대면서 그가 물었다. 그는 그녀의 젖가슴을 만졌다. 헬렌은 그의 포옹에서 몸을 빼내었다.

"언제든 마음 내킬 때 하나 구해." 그녀가 말했다. "내 차는 절대로 사용하지 않을 거고, 마이클하고 시내를 싸돌아다니거나 버스를 타고 왔다갔다하는 꼴을 남들에게 보이고 싶지 않으니까. 만일 어느 누구라도 이러는 걸 알게 되면, 그건 끝이야. 알겠지?" 그녀는 책상에 앉았고, 그는 책상을 돌아와서 그녀를 만져달라는 초청을 받지 못한 듯한 분위기를 눈치채고는, 학생들이 늘 앉는 의자에 앉았다.

"그럼요, 잘 알겠어요." 그가 말했다.

"나는 남편을 사랑하고, 절대로 그이한테 마음의 상처를 주고 싶지 않아." 헬렌이 말했다. 마이클 밀튼은 미소를 짓지 않을 만큼은 똑똑했다.

"내가 당장 차를 하나 구하겠어요." 그가 말했다.

"그리고 아파트먼트는 직접 치우든지 누구를 시켜서라도 깨끗하게 청소를 하고." 그녀가 말했다.

"물론이죠." 그가 말했다. 이제서야 그는 용기를 내어 약간 미소를 지었다. "내가 어떤 종류의 차를 구하길 바라시죠?" 그가 물었다.

"그런 건 난 개의치 않아." 그녀가 말했다. "항상 정비 공장에나 들어가 있지 않고, 굴러다니기만 하면 돼. 그리고 의자를 접는 차는 구하지 마. 앞쪽 의자가 길다란 것으로 마련하라구." 그는 어느 때보다도 놀라고 어리벙벙한 표정이었고, 그래서 헬렌이 설명했다. "난 앞좌석에 편안히 누울 자리가 넉넉했으면 좋겠어." 그녀가 말했다. "난 마이클 옆에 앉은 나를 아무도 보지 못하게 마이클 무르팍에 머리를 얹고 엎드릴 생각야. 알겠지?"

"걱정 마세요." 다시 빙그레 웃으며 그가 말했다.

"좁은 세상이거든." 헬렌이 말했다. "아무에게도 들켜서는 안 돼."

"여긴 그렇게까지 작은 도시는 아니에요." 마이클 밀튼이 자신 있게 말했다.

"어느 도시나 다 작은 법이야." 헬렌이 말했다. "그리고 이곳은 마이클의 생각보다 훨씬 작아. 내가 얘기를 해볼까?"

"무슨 얘기요?" 하고 그가 물었다.

"마이클은 마지 톨워드하고 자는 사이야." 헬렌이 말했다. "마지는 내가 강의하는 비교문학 205를 수강하는데, 3학년 아이지." 헬렌이 말했다. "그리고 마이클은 아주 어린 대학생과도 사귀는데, 덕슨의 영어 150을 수강하는 여학생은 1학년이겠고, 마이클이 그 여자하고 자는지는 난 모르겠어. 같이 잔 적이 없다면, 그건 노력 부족 때문은 아니었겠지만." 헬렌이 덧붙여 말했다. "내가 알기로는 마이클은 같은 학년 학생들은 한 명도 건드리질 않았어. 아직까지는." 헬렌이 말했다. "하지만 분명히 내가 모르고 넘어갔거나, 과거에 일어났던 지나간 사건이 있을지도 몰라."

마이클 밀튼은 어색하면서도 자랑스러운 태도였고, 보통 때 자신의 표정을 가누는 그의 능력이 어찌나 철저하게 노출되었는지 헬렌은 그의 얼굴에 나타난 표정이 아니꼬워서 시선을 돌려버렸다.

"이 도시는 그 정도로 좁고, 그건 어느 도시나 마찬가지야." 헬렌이 말했다. "만일 나를 가지게 되면, 마이클은 다른 여자들은 어느 누구도 가지면 안 돼." 그녀가 말했다. "난 젊은 여자들이 얼마나 눈치가 빠른지도 알고, 그들이 얼마나 말이 빠른지도 알아."

"그러죠." 당장 받아쓰기라도 하려는 듯한 태도로 마이클 밀튼이 말했다.

헬렌은 갑자기 무슨 생각이 났는지 잠깐 동안 놀란 표정을 지었다. "운전면허증은 땄겠지?" 그녀가 물었다.

"아, 그럼요." 마이클 밀튼이 말했다. 그들은 두 사람 다 웃었고, 헬렌은 다시 마음을 놓았지만, 키스를 하려고 그가 책상을 돌아오자 헬렌은 머리를 저으며 돌아가라고 손을 저었다.

"그리고 여기서는 절대로 다시는 나한테 손대지 마." 그녀가 말했다. "연구실에서는 어떤 은밀한 일도 없을 테니까. 난 문을 채우지 않아. 난 문을 닫는 것조차 좋아하질 않지. 이젠 문 좀 열어줘." 그녀가 부탁했고, 그는 시키는 대로 했다.

　그는 차를 한 대 구했는데, 옆을 진짜 나무로 댄 큼직한 구식 스테이션 왜건인 뷰익 로드매스터였다. 한국 전쟁 이전의 크롬과 진짜 떡갈나무를 붙인 묵직하고도 번쩍거리는 1951년형 뷰익 다이나플로우였다. 무게는 5,550파운드, 그러니까 거의 3톤에 달했다. 휘발유가 19갤런에 오일이 8리터가 들어갔다. 본디 가격은 2,850달러였지만, 마이클 밀튼은 6백 달러도 안 주고 이 차를 구했다.

　"진짜 8기통에, 연료통은 320입방이고, 동력 조타에다 단일 배출 카터 기화기를 갖추었죠." 판매원이 마이클에게 말했다. "녹도 별로 심하게 나지 않았어요."

　사실 그 차는 길이가 5.5미터에 폭이 거의 2미터나 되었으며, 엉킨 피처럼 탁하고 눈에 띄지 않는 빛깔을 칠했다. 앞좌석이 어찌나 길고 깊었던지 헬렌은 무릎을 거의 구부리지 않고, 또는 마이클 밀튼의 허벅지에 머리를 얹지 않고도 길게 엎드릴 여유가 넉넉했지만, 그래도 어쨌든 머리를 그의 허벅지에 얹었다.

　그녀는 필요에 의해서 허벅지에 머리를 얹지는 않았고, 매끄럽고도 큼직한 의자의 적갈색 가죽에서 나는 낡은 냄새를 가까이서 맡으며 계기반을 구경하는 게 즐거웠다. 그녀는 마이클의 다리가 뻣뻣해졌다가 풀어지고, 브레이크와 가속기 사이를 오가느라고 넓적다리가 아주 조금씩 위치를 바꾸는 감촉이 좋았기 때문에 그의 허벅지에다 머리를 얹었다. 차에는 클러치가 없었으므로 운전하는 사람이 가끔 한 번씩 한쪽 다리만 움직이면 그만이어서 머리를 얹어도 허벅지가 편안했다. 마이클 밀튼은 신경을 써서 동전들을 왼쪽 앞 호주머니에다 넣었고, 그래서 코듀로이 바지의 부드러운 옷솔기만 헬렌의 뺨 살갗에 희미한 자국을 남겼으며, 때로는 그의 솟아오른 발기가 그녀의 귀에 닿거나 목덜미의 머리카락 속으로 파고들었다.

가끔 그녀는 '뷰익 8'이라는 글자를 이빨에 가로질러 물고 있는 물고기의 입처럼 딱 벌어진 크롬 엔진 앞막이가 달린 커다란 차를 타고 시내를 횡단하는 듯한 동안 그를 입으로 받아들이는 상상을 해보았다. 하지만 그것은 안전한 행동이 아님을 헬렌은 알았다.

모든 일이 안전하지 못한지도 모른다는 첫 징후가 나타난 것은 무엇이 못마땅한지 설명 한마디도 없이 마지 톨워드가 헬렌의 비교문학 205에서 수강 취소를 시켰을 때였다. 헬렌은 마지가 그 과목을 싫어하지는 않았었으리라는 걱정이 되어 설명을 들어보려고 어린 미스 톨워드를 연구실로 불렀다.

3학년이었던 마지 톨워드는 어떠한 설명도 의무적이 아니라는 사실을 알 만큼은 학교에 관해서 잘 알았는데, 어느 학기에나 어떤 일정한 기간까지는 선생의 허락이 없이도 학생은 자유롭게 아무 과목이나 취소해도 괜찮았다. "이유가 꼭 필요합니까?" 여학생이 무뚝뚝하게 헬렌에게 말했다.

"아니, 그렇진 않아." 헬렌이 말했다. "하지만 혹시 이유가 있다면 그냥 그 이유가 무엇인지 듣고 싶어."

"꼭 이유를 대야 할 필요도 없어요." 마지 톨워드가 말했다. 그녀는 대부분의 학생들보다 더 오래 헬렌의 응시를 버텼고, 그러더니 나가려고 자리에서 일어섰다. 그녀는 예쁘고 자그마하며, 학생치고는 옷을 상당히 잘 입는다고 헬렌은 생각했다. 마이클 밀튼의 과거 여자친구와 현재의 취향에서 일관성을 억지로나마 찾아본다면, 그는 옷차림이 멋진 여자들을 좋아하는 듯싶었다.

"그래, 일이 이렇게 되어서 섭섭하구나." 마지가 나가려고 하자 여학생이 실제로 아는 바가 무엇인지 떠보려고 헬렌이 진심으로 말했다.

그녀가 비밀을 안다고 판단한 헬렌은 당장 마이클을 탓했다.

“마이클이 벌써 불어버렸지?” 전화로는 그에게 냉정하게 말할 자신이 있었으므로 헬렌은 차갑게 말했다. “도대체 마지 톨워드를 어떻게 떼어버린 거야?”

“아주 부드럽게요.” 마이클 밀튼이 느긋하게 말했다. “하지만 방법이 어떻든 간에 떼어버리는 건 떼어버리는 거 아니겠어요?” 헬렌은 섹스 이외의 분야에서 그가 훈시를 하려고 하면 못마땅했지만, 그 한 가지에서만큼은 마음대로 하도록 용납해줘야 할 필요를 느꼈다. 그녀는 달라서, 사실상 누가 이끄느냐는 개의치 않았다. 때때로 그는 거칠었지만 절대로 위험하지는 않다고 헬렌은 생각했고, 만일 그녀가 단호하게 어떤 행위에 대해서 저항하면 그는 중단했다. 언젠가 그녀는 ‘아냐! 난 그건 싫고, 그건 안 하겠어’라고 말할 수밖에 없는 상황이 닥쳤다. 하지만 마이클에 대해서 그렇게까지 자신은 없었던 터라 그녀는 ‘부탁이야’라고 덧붙여 말했다. 그는 한 번 중단했었던 행위를 그녀에게 강요했지만 방법은 달라서, 헬렌에게도 괜찮은 그런 식이었다. 그를 완전히 믿기가 어렵다는 점이 그녀에게는 자극적이었다. 하지만 ‘입을 다무는 점’에서 믿지 못한다는 상황은 얘기가 달랐고, 만일 그가 입을 열었다는 사실만 헬렌이 알면 다 끝장이었다.

“난 개한테 아무 얘기도 하지 않았어요.” 마이클이 고집했다. “나는 ‘마지, 다 끝난 일이야’ 뭐 그런 식으로 얘기했죠. 난 다른 여자가 생겼다는 말도 전혀 하지 않았고, 물론 당신 얘기는 꺼내지도 않았어요.”

“하지만 전에 마이클이 내 얘기를 하는 걸 마지가 들었을지도 몰라.” 헬렌이 말했다. “그러니까, 일이 벌어지기 전에 말야.”

“어쨌든 개는 당신 과목을 전혀 좋아하지 않았어요.” 마이클이 말했다. “그런 얘기는 언젠가 나누었죠.”

"내 과목을 전혀 좋아하지 않았다고?" 헬렌이 말했다. 그녀는 이 말에 정말로 놀랐다.

"글쎄요, 별로 똑똑한 여자는 아니니까요." 짜증스럽게 마이클이 말했다.

"마지는 모르는 게 좋겠어." 헬렌이 말했다. "진담이니까, 마이클이 알아봐야 해."

하지만 그는 아무것도 알아내지 못했다. 마지 톨워드는 그에게 얘기를 하지 않으려고 했다. 그는 전화로 전에 알았던 여자친구가 다시 그를 찾아왔기 때문에 터진 일이었고, 그녀가 다른 도시에서 찾아왔는데 묵을 곳이 없다 보니 사건이 꼬리에 꼬리를 물고 벌어져 그렇게 되었다는 핑계를 대려고 해보았다. 하지만 그가 얘기를 매끈하게 가다듬을 틈도 주지 않고 마지 톨워드는 전화를 끊었다.

헬렌은 조금 더 눈치를 살폈다. 그녀는 며칠 동안 초조하게 가아프를 지켜보았고, 언젠가는 가아프와 섹스를 하며 실제로 죄의식을 느꼈는데, 하고 싶어서가 아니라 혹시 무슨 일이 잘못 되지나 않았는지 남편이 이상하게 생각할까봐 그를 안심시키기 위해 일부러 섹스를 했기 때문에 죄의식을 느꼈다.

그는 생각을 별로 많이 하지 않았다. 힘이 세기는 했어도 아이들과 아내에게는 아주 얌전한 남자였던 가아프는 헬렌의 허벅지 뒤쪽에 작고 단단한 멍이 몇 군데 든 곳을 보고 의아해했던 적이 한 번 있기는 했다. 그는 또한 레슬러였었기 때문에 손가락에 눌려 멍든 자국이 어떻게 생겼는지도 알았다. 그리고는 하루인가 이틀 후에 그는 아들과 레슬링을 하느라고 붙잡았던 바로 그 자리, 던컨의 팔 뒤쪽에서 비슷한 작은 손가락 자국이 눈에 띄었고, 가아프는 사랑하는 사람들은 자기도 모르게 보통 때보다 훨씬 세게 움켜잡는 모양이라고 결론을 지었다. 그는 헬렌에게 났던 손가락 자국도 자기가 냈었다고 판단했다.

그는 너무 자존심이 강한 남자여서 쉽게 질투를 하지는 않았다. 그리고 어느 날 아침 잠이 깨었을 때 그의 입술에서 떠돌던 이름도 어느덧 잊어버렸다. 헬렌으로 하여금 밤중에 깨어 있게 만들었던 마이클 밀튼의 원고도 이제는 집 안에서 눈에 띄지 않았다. 사실상 그녀는 점점 더 일찍 잠자리에 들었는데, 휴식이 필요했기 때문이었다.

한편 헬렌은 볼보의 날카롭게 노출된 기어 자루를 점점 좋아하게 되었는데, 하루를 끝내고 사무실에서 집으로 돌아올 때 손바닥 밑쪽에 찔리는 자루의 감촉이 좋았고, 눌리는 힘으로 피부가 찢어지기 직전이라는 기분이 들 때까지 걸핏하면 손으로 자루를 눌러대고는 했다. 그렇게 하면 눈물이 글썽거릴 정도까지 아팠으며, 헬렌이 집에 도착해 텔레비전이 놓인 창문에서 두 아들이 손을 흔들고 소리를 지르거나, 헬렌이 부엌으로 걸어들어갈 때 식구들을 위해 가아프가 어떤 저녁 식사를 마련했다는 얘기를 하면 다시 자신이 깨끗해진 기분이 들었다.

어느 누구라도 그들의 관계를 알아내면 당장 그 순간에 끝장이라고 비록 마이클에게 일러두기는 했어도 처음에 상상했던 것보다 이제는 끝을 내기가 훨씬 어려우리라는 점을 알았던 터라 헬렌은 혹시 마지 톨워드가 알까봐 겁이 났다. 그녀는 부엌에서 가아프를 껴안으며 마지 톨워드가 모르기만 바랐다.

마지 톨워드는 사리분별을 못 하는 무지한 여자였지만, 마이클 밀튼과 헬렌의 관계에 대해서만은 무지하지를 않았었다. 모르는 것이 많기는 해도 그것만큼은 알았다. 그녀는 마이클 밀튼과 그녀 사이의 얄팍한 풋사랑은 그녀 나름대로 생각한 것처럼 '섹스를 초월했다'고 믿는 반면에 헬렌은 마이클을 그냥 즐길 따름이라고 판단했다는 점에서는 사리판단이 부족했다. 사실상 마지 톨워드는, 그녀의 표현을 빌리면, ‘섹스에 탐닉’했고, 마이클 밀튼과 그녀의 관계에서 다른 요소를 찾아보기란 정말로 어려운 일이었다. 하지만 헬렌과 마이클 밀튼의 관계가 그런 유형이었으리라는 그녀의 추측도 전적으로 틀리지는 않았다. 마지 톨워드는 너무 길게, 사건이 벌어진 기간을 너무 길게 잡았다는 면에서는 무지했지만, 이 경우에는 그녀의 추측이 옳았다.

전에 마이클 밀튼과 헬렌이 실제로 마이클의 ‘작품’ 얘기를 할 때도, 그때도 마지는 그들이 육체관계를 가졌다고 추측했었다. 마지 톨워드는 마이클 밀튼과 가질 만한 관계란 다른 종류의 관계가 아무것도 없으리라고 믿었다. 그 한 가지 면에서는 그녀가 무지하지를 않았다. 그녀는 헬렌과 마이클이 유지하게 될 관계를 헬렌 자신보다도 먼저 알았을지도 모른다.

그리고 영어영문학과 건물의 4층 여자 화장실에서, 바깥에서는 들여다보이지 않고 안에서 내다보기만 하는 유리창을 통해서 마지 톨워드는 주차장에서 미끄러져 나가는 임금님의 관 같은 3톤짜리 뷰익의 앞창 색유리로 차 속을 보게 되었다. 마지는 길다란 앞좌석을 따라 뻗쳐 엎드린 가아프 부인의 날씬한 두 다리를 보았다. 가장 친한 친구하고가 아니라면 그것은 차를 타고 가기에는 묘한 방법이었다.

마이클 밀튼을 잊고 헬렌의 집을 잘 알아두기 위해 먼 거리를 걷고는 했던 마지는 자신보다도 그들의 일상생활을 더 잘 알았다. 그녀는 어느 누구보다도 훨씬 판에 박힌 가아프의 일상생활에도 곧 익숙해졌는데, 헬렌의 남편은 아침이면 이 방 저 방으로 서성거리며 돌아다니는 모습을 보니 무직자인 모양이었다. 직장도 없는 남자, 그것은 부정한 아내에게 속을 만한 멍청이라는 마지 톨워드의 추리와 딱 맞아떨어졌다. 한낮에 그는 육상복 차림으로 문을 박차고 뛰어나와 달려갔으며, 몇 킬로미터를 달린 다음에 돌아와서는, 거의 언제나 그가 나간 사이에 도착하는 우편물을 읽었다. 그리고는 다시 그는 집 안에서 서성거리며 돌아다니고, 샤워를 하러 가는 사이에 옷을 한 가지씩 벗어 던졌으며, 샤워를 하고 나온 다음에는 옷을 천천히 입었다. 부정한 아내를 둔 남자라고 그녀가 상상한 유형에는 어울리지 않는 한 가지 양상이었지만, 가아프는 몸이 좋았다. 그리고 그는 왜 부엌에서 그토록 시간을 많이 보낼까? 마지 톨워드는 그가 혹시 해고당한 요리사는 아닐까도 상상해보았다.

그러면 아이들이 집으로 왔고, 아이들을 보니 마지 톨워드는 작고도 부드러운 마음이 아파왔다. 그는 아이들과 놀 때는 상당히 착해 보였는데, 마누라가 밖에서 흐물흐물하도록 '깔리는' 동안 멍청하게 아이들과 즐거워하는 남자라면 마지가 상상하던 멍청하게 속는 남편의 개념과 썩 잘 어울렸다. 가아프가 잘 알았던 '깔린다'는 말도 레슬러들이 쓰던 표현이었고, 스티어링의 피와 멍투성이 시절에도 같은 어휘를 썼었다. 촉촉하고 째진 비버를 깔았다고 자랑을 늘어놓는 애들이 항상 있게 마련이었다.

그래서 어느 날, 육상복 차림으로 문을 박차고 가아프가 튀어나온 다음, 마지 톨워드는 그가 달려가버릴 때까지만 기다린 후에 우편물에 섞어넣을 생각이었던 향수를 뿌린 편지를 가지고 가아프의 집 현관으로 올라갔다. 그녀는 가아프가 편지를 읽은 다음 (희망사항이었지만) 아이들이 집으로 오기 전에 제정신을 차릴 시간이 넉넉하게끔 아주 조심스럽게 계획을 세웠다. 그녀는 이런 소식은 이런 식으로, 갑자기 전해야 한다고 생각했다. 그러면 정신을 차리고 아이들을 대할 준비를 갖출 적절한 시간이 마련될 터였다. 이것 또한 마지 톨워드가 잘 모르는 한 가지 상황이었다.

글을 잘 쓸 줄 몰랐기 때문에 그녀에게는 편지를 쓰는 일 자체도 고생이었다. 그리고 편지에 향수를 뿌린 까닭은 일부러 그러고 싶어서가 아니라, 마지 톨워드가 소유한 모든 종이 조각은 향수를 친 것들뿐이었기 때문이었는데, 조금만 생각을 해봤더라도 그녀는 이런 편지에 향수가 어울리지 않으리라는 사실을 깨달았겠지만, 이것 또한 그녀가 모르는 일들 가운데 하나였다. 그녀는 학교에 제출하는 숙제까지도 향수를 뿌렸고, 비교문학 205에서 마지 톨워드가 제출한 첫 논문에서 '냄새'를 맡은 헬렌은 흠칫했었다.

가아프에게 전한 마지의 편지는 이런 내용이었다 :

당신 부인은 마이클 밀튼과 '관계를 결속' 했습니다.

마지 톨워드는 나중에 자라면 누가 죽었다는 말 대신에 '서거하셨다'고 말하는 그런 사람이 될 소질을 보였다. 따라서 그녀는 고상한 말을 고른다는 뜻에서 헬렌과 마이클 밀튼이 '관계를 결속' 했다고 표현했다. 그리고 향기가 감미로운 편지를 손에 들고 그녀가 가아프의 집 현관에 망설이며 서성거리려니까 비가 내리기 시작했다.

달리기를 하는 가아프를 비보다 더 빨리 돌려 세우는 것은 또 없었다. 그는 젖은 운동화를 싫어했다. 그는 춥거나 눈이 내려도 달렸지만, 비가 내리면 투덜거리며 집으로 뛰어가 날씨가 나쁠 때의 불쾌한 기분으로 한 시간 동안 요리를 했다. 그리고는 비옷을 걸치고 레슬링 연습에 늦지 않도록 체육관으로 가는 버스를 잡아 탔다. 도중에 그는 탁아소에서 월트를 데리고 같이 체육관으로 갔고, 체육관에 도착하면 던컨이 학교에서 돌아왔는지 보려고 집으로 전화를 했다. 때때로 그는 음식이 아직 덜 익었는지 따위를 살피라고 던컨에게 지시를 했지만, 보통 그저 자전거를 탈 때 조심하라고 던컨에게 일러두고, 불이나, 폭발 사고나, 무장한 도둑이나, 길거리의 소동 따위가 벌어질 경우에 어느 번호를 돌려야 할지를 던컨이 아는지, 긴급 전화 번호들을 물어보는 정도로 그쳤다.

그리고는 레슬링 연습이 끝나면 월트와 함께 샤워를 했고, 다시 전화를 할 때쯤이면 헬렌이 집에 와 기다리다가 그들을 데리러 왔다.

따라서 가아프는 비를 싫어했고, 레슬링을 좋아하기는 했어도 비가 오면 이런 간단한 생활계획표는 엉망이 되었다. 그래서 마지 톨워드는 숨을 몰아쉬며 화가 난 그가 현관에서, 그녀의 등뒤에서 불쑥 나타나리라고는 예기치도 않았다.

"아아아아!" 흐르는 피를 멈추게 하려고 어느 동물의 대동맥을 움켜쥐듯이 향수를 친 편지를 움켜잡고 그녀가 소리쳤다.

"안녕하세요?" 가아프가 말했다. 가아프가 보기에 그녀는 집 보는 여자 같았다. 그는 얼마 전부터 집 보는 여자에게는 손을 대지 않도록 스스로 길을 들였다. 그는 솔직한 호기심을 느끼며 그녀에게 미소를 지었고, 그것이 전부였다.

"아아아." 마지 톨워드는 말이 나오지를 않았다. 가아프는 그녀가 손에 쥔 구겨진 편지를 쳐다보았고, 그녀는 눈을 감더니 불로 손을 집어넣듯이 그것을 가아프에게 내밀었다.

처음에 가아프는 그녀가 무슨 볼일 때문에 찾아온 헬렌의 학생이라는 생각이 들었었지만, 이제는 다른 생각이 들었다. 그는 여자가 말을 못 한다는 사실을 알았고, 그에게 편지를 넘겨주는 행위에 대해서 지극히 꺼림칙해하며 쪽지를 내밀던 말 못 하는 여자라면 가아프가 만난 사람들 가운데 엘렌 제임스파뿐이었고, 그래서 또다른 으스스한 엘렌 제임스파가 그에게 자기 소개를 하려고 한다는 생각을 하니 그는 순간적으로 화가 벌컥 치밀어올랐다. 아니면 고명하신 제니 필즈의 은둔자 아들인 그에게서 무엇인가 낚아내려고 미끼를 던지러 찾아온 여자일까?

안녕하세요! 나는 마지예요. 나는 엘렌 제임스파입니다.

그녀는 멍청한 소리를 적은 쪽지를 내밀리라.

엘렌 제임스파가 무엇인지 아시나요?

그러다 보면 어느새 그들은 예수에 관한 소책자를 당당하게 집집마다 돌리며 찾아다니는 멍청이 종교인들처럼 한심한 조직을 이루게 되리라고 가아프는 생각했다. 엘렌 제임스파가 지금은 예를 들어 이 여자처럼 어린 아가씨들에게까지 손을 뻗친다는 생각을 하니 그는 속이 뒤집힐 지경이었는데, 이 여자는 평생 혀를 원할지 원하지 않을지 판단을 내리기에는 너무 어리다고 그는 생각했다. 그는 설레설레 머리를 흔들고는 쪽지를 받지 않겠다고 손을 저었다.
"예, 예, 알아요. 나도 알아요." 가아프가 말했다. "그래서 어쨌단 말예요?"
가엾은 마지 톨워드는 이러한 사태가 벌어지리라고는 상상도 못했었다. 그녀는 어떻게 해서든지 알려야 할 나쁜 소식을 전해야 한다는 끔찍한 의무를, 그 엄청난 짐을 지고 찾아온 복수의 천사나 마찬가지였다! 하지만 그는 벌써 안다고 하지 않는가! 그리고 전혀 개의치도 않는다.
그녀가 쪽지를 두 손으로 어찌나 꽉 움켜잡았는지, 아름답고 떨리는 젖가슴으로부터, 그녀로부터, 더욱 짙은 향기가 풍겨나갔고, 어린 아가씨의 체취가 그녀를 노려보며 서 있던 가아프 너머로 물결치며 지나갔다.
"그래서 어쨌다는 거냐고 내가 그랬잖아요?" 가아프가 말했다.
"당신은 자신의 혀를 잘라버리는 사람을 내가 존경하기라도 한다고 정말로 기대합니까?”

마지는 억지로 한마디 말을 내뱉었다. “뭐라구요?” 이제는 겁이 덜 난 그녀가 말했다. 그제서야 그녀는 이 가엾은 남자가 왜 하루 종일 직업도 없이 집 안에서 서성거리기만 하는지 짐작이 갔는데, 보아하니 그는 정신이상 같았다.

가아프가 들어보니 목이 졸리는 듯한 ‘아아아아악’도 아니고, 짤막한 ‘아아아’도 아니었으니, 그것은 혀가 잘린 말이 아니라 뚜렷이 알아들을 만한 어휘였다. 그것은 완전한 단어였다.

“뭐라구요?” 그가 말했다.

“뭐라구요?” 그녀가 다시 말했다.

가아프는 그녀가 가슴에 댄 쪽지를 물끄러미 쳐다보았다.

“당신 말할 줄 알아요?” 그가 말했다.

“물론이죠.” 그녀는 볼멘 소리를 했다.

“그건 뭐죠?” 쪽지를 가리키며 그가 물었다. 하지만 이제 그녀는 부정한 아내에게 속은 정신이상인 남편, 그가 무서웠다. 그가 무슨 짓을 할지는 하느님이나 알 노릇이었다. 아이들을 죽이거나, 그녀를 죽일지도 모르지만, 어쨌든 마이클 밀튼쯤은 한 손으로도 죽일 만큼 힘이 세어 보였다. 그리고 꼬치꼬치 캐물을 때는 어느 남자나 다 험악해 보인다. 그녀는 가아프에게서 현관 쪽으로 물러섰다.

“기다려요!” 가아프가 소리쳤다. “그거 나한테 오는 편지 아니에요? 그거 뭐죠? 헬렌한테 가는 건가요? 당신 누구요?”

마지 톨워드는 머리를 흔들었다. “잘못 알았어요.” 그녀가 나지막이 말했고, 도망치려고 몸을 돌린 그녀는 비에 젖은 우편집배원과 부딪쳐서, 집배원은 가방에서 우편물을 쏟았고, 그녀는 다시 가아프에게로 밀려났다. 가아프는 비엔나의 층계에서 우편집배원을 굴러내려 영원히 무법자로 낙인이 찍힌 망령든 곰 두나를 머릿속에 그려

보았다. 하지만 마지 톨워드에게 벌어진 상황이라고는 현관 바닥으로 쓰러져 스타킹이 찢어지고 한쪽 무릎이 까진 정도였다.

거북한 순간에 들이닥쳤다는 생각이 들어서인지 집배원은 흩어진 편지들 중에서 가아프의 우편물을 찾으려고 더듬거렸지만 이제 가아프는 울음을 터뜨린 여자가 가지고 있는 쪽지에만 관심을 느꼈다. "그건 뭐죠?" 그가 부드럽게 물으며 그녀를 부축해서 일으켜 세우려고 했지만, 그녀는 그냥 주저앉아 있으려고 했다. 그녀는 계속해서 흐느껴 울었다.

"미안해요." 마지 톨워드가 말했다. 그녀는 얼이 빠졌고, 가아프 주변에서 약간 너무 오래 지체한 모양이어서, 이제는 그가 상당히 좋아졌고, 이런 소식을 그에게 전해준다는 일을 그녀는 상상하기도 힘들었다.

"무릎은 별로 심하게 다치지는 않았군요." 가아프가 말했다. "하지만 뭘 갖다 닦아내야 되겠어요." 그는 붕대와 상처에 바를 소독약을 가지러 안으로 들어갔고, 그녀는 이 틈을 타서 절름거리며 도망쳤다. 그녀는 비밀을 그의 면전에서 털어놓기도 힘들었지만, 그렇다고 해서 숨길 수도 없는 노릇이었다. 그녀는 그에게 전할 쪽지를 두고 갔다. 집배원은 버스들이 서는 길모퉁이를 향해 옆길로 절뚝거리며 내려가는 그녀를 지켜보면서 가아프 부처에게 무슨 일이 생겼나 잠깐 궁금한 생각이 들었다. 그들은 다른 집들보다 우편물을 훨씬 많이 받는 듯싶기도 했다.

가아프가 워낙 편지를 많이 쓰는 통에 가엾은 그의 편집자 존 울프는 답장을 쓰는 데에도 애를 먹었다. 그리고 서평을 써야 할 책들도 많았고, 가아프는 그런 책들을 적어도 억지로나마 읽어내기는 했던 헬렌에게 주었다. 헬렌이 받은 잡지도 있었는데, 가아프가 생각하기에는 잡지가 굉장히 많은 듯싶었다. 가아프가 구독하는 잡지라면 겨우 두 가지, 『별미 요리』와 『아마추어 레슬링 뉴스』뿐이었다. 물론 청구서들도 많았다. 그리고 요즈음에는 편지 이외에는 아무 글도 쓰지 않는 제니에게서도 자주 편지가 왔다. 그리고 가끔 짤막하면서도 다정한 편지가 어니 홈에게서 왔다.

가끔 해리슨 플레처는 두 사람에게 모두 편지를 썼고, 앨리스는 미사여구만 늘어놓고 알맹이가 전혀 없는 편지를 아직도 가아프에게 보냈다.

그리고 지금은 평상시의 우편물 이외에도 향수 냄새가 지독하고 눈물로 젖은 쪽지도 나왔다. 가아프는 소독약 병과 붕대를 내려놓았고, 여자는 구태여 찾아보려고 하지도 않았다. 그는 구겨진 편지를 집어들고는 내용이 무엇인지 어느 정도 짐작이 간다는 기분이 들었다.

그런 기미를 보여주는 사건이 그토록 많았는데도 왜 지금까지 눈치를 못 챘을까 그는 의아하게 생각했지만, 지금 생각해보니 전에도 의식하기는 했었어도 이런 정도로 진지하게는 따져보지 않았을 따름이었다. 찢어지지 않도록 천천히 쪽지를 펼치려니까 그 소리는, 가아프 주변의 모든 것이 싸늘한 3월이었고 울퉁불퉁한 땅이 녹아 진창으로 변하는 중이었어도, 가을처럼 상큼했다. 그가 펼치니까 작은 쪽지가 뼈처럼 딸깍 소리를 냈다. 향수 냄새를 건성으로 맡으며 가아프는 짤막하고 날카롭게 울부짖는 듯하던 여자의 한마디 말이 머리에 떠올랐다. "뭐라구요?"

그는 '뭐'는 알았고, '누구하고'는 몰랐는데, 어느 날 아침 그의 머릿속에 자꾸만 떠오르다가 잠시 후에 사라졌던 이름이 생각났다. 쪽지는 물론 그에게 이름을, 마이클 밀튼이라는 이름을 되알려주었다. 그 이름이 가아프의 귀에는 그가 아이들을 데리고 가는 가게에서 파는 특별한 종류의 새로 나온 아이스크림 이름처럼 들렸다. 스트로베리 스월, 초크풀 초콜릿, 모카 매드네스, 마이클 밀튼.(이렇게 머릿글자가 같은 경우를 두음이 맞는다고 한다—옮긴이) 그것은 구역질 나는 이름이었고, 그 구역질 맛을 입술에 느끼는 듯한 기분을 느끼며 가아프는 하수도로 터벅터벅 내려가 악취가 고약한 쪽지를 갈기갈기 찢어 쇠살 틈으로 집어넣었다. 그런 다음에 그는 집으로 들어가 전화번호부의 이름을 읽고 또 읽었다.

지금 생각하니 헬렌은 오래 전부터 누구하고인가 '관계를 결속' 했던 듯싶었고, 가아프도 얼마 전부터 그런 사실을 알았던 기분이었다. 하지만 이름이 그 따위라니! 마이클 밀튼이 뭐야! 가아프는 어느 파티에서 그를 처음 소개받았을 때 헬렌에게 그런 종류의 인간형에 관한 설명을 했었다. 가아프는 헬렌에게 마이클 밀튼 같은 사람을 '웜프(만화 〈팝아이〉의 등장인물 웜피에서 연유한 명칭으로 콧수염을 좋아하는 사람, 또는 사내답지 못한 남자를 가리킨다—옮긴이)'라고 부른다는 설명을 했고, 그들은 그의 콧수염 얘기를 했다. 마이클 밀튼이라니! 가아프는 그 이름을 어찌나 여러 번 읽었는지, 던컨이 학교에서 돌아왔을 때도 아직 전화번호부를 들여다보고 있어서, 던컨은 아버지가 또다시 상상해낸 주인공들에게 붙여줄 이름을 찾아내느라고 바쁜 줄 알았다.

"월트는 아직 안 데리고 왔어요?" 던컨이 물었다.

가아프는 잊어버렸었다. 그리고 월트는 감기까지 걸렸는데, 가아프는 생각했다. 감기가 걸린 아들이 나를 기다리게 해서야 안 되지.

"우리 같이 가서 데리고 오자." 가아프가 던컨에게 말했다. 가아프가 전화번호부를 쓰레기통에 던져버리자 던컨은 깜짝 놀랐다. 그리고 그들은 버스 정류장으로 걸어갔다.

가아프는 아직 비가 내리는데도 육상복 차림 그대로였고, 던컨은 그것을 이상하다고 생각했지만 아무 말도 하지 않았다. 그가 말했다. "나 오늘 두 골 넣었어요." 무슨 이유에서인지는 몰라도 던컨의 학교에서는 축구만 했고, 가을, 겨울, 여름 가리지 않고 언제나 축구만 했다. 학교가 작기도 했지만 축구만 하는 이유가 또 있었는데, 가아프는 그 이유를 잊어버렸다. 그러면서도 그는 그 이유가 전혀 못마땅했다. "두 골을 넣었다구요." 던컨이 되풀이해서 말했다.

"잘했구나." 가아프가 말했다.

"하나는 머리로 받아서 넣었어요." 던컨이 말했다.

"머리로?" 가아프가 말했다. "그거 대단한데."

"랄프가 나한테 절묘하게 공을 보내줬거든요." 던컨이 말했다.

"그건 또 더 대단하구나." 가아프가 말했다. "랄프도 잘한 거야." 그는 던컨을 팔로 끌어안았지만, 키스를 하려고 하면 던컨이 어색해 하리라는 사실을 그는 알았고, 자신이 키스를 해도 가만히 있는 사람은 월트뿐이라고 그는 생각했다. 그러자 그는 헬렌에게 키스하는 장면을 상상하다가 하마터면 버스의 앞으로 발을 헛디딜 뻔했다.

"아빠!" 던컨이 말했다. 그리고 버스 안에서 그는 아버지에게 물었다. "아버지 괜찮아요?"

"그럼." 가아프가 말했다.

"난 아빠가 레슬링장으로 갈 줄 알았어요." 던컨이 말했다. "비가 내리니까요."

월트의 탁아소에서는 강 건너편이 보였고, 가아프는 전화번호부를 보고 외워둔 마이클 밀튼의 주소를, 그곳의 정확한 위치를 짐작해보려고 애썼다.

"어디 갔었어요?" 월트가 불평했다. 그는 기침을 하고, 콧물을 흘리고, 몸에는 열이 있었다. 그는 비가 오면 레슬링을 하러 가기가 예사였다.

"이왕 시내로 나왔으니 우리 모두 레슬링장으로 가는 게 어때요?" 던컨이 말했다. 그는 점점 더 합리적인 얘기를 했지만 가아프는 "아

냐, 오늘은 레슬링을 하고 싶지 않아"라고 말했다. "왜 싫어요?" 던
컨이 궁금해했다.

"달리기 운동복을 입었으니까 그렇지, 병신아." 월트가 말했다.

"시끄러워, 월트." 던컨이 말했다. 그러지 말라고 가아프가 말릴 때
까지 그들은 버스 안에서 티격태격 말다툼을 했다. 월트는 아프고,
싸우면 감기에 나쁘다고 가아프가 이유를 설명했다.

"난 아프지 않아요." 월트가 말했다.

"아냐, 넌 아파." 가아프가 말했다.

"그래, 넌 아프다구." 던컨이 약을 올렸다.

"시끄럽다, 던컨." 가아프가 말했다.

"아버지 기분이 좋지 않은 모양예요." 던컨이 말했고, 가아프는 사
실 기분이 나쁘지는 않다고 던컨을 안심시키기 위해 키스를 해주고
싶었지만, 키스를 하면 던컨이 멋쩍어하기 때문에 대신 월트에게 했
다.

"아빠!" 월트가 불평했다. "아버지는 온통 젖고 땀투성이예요."

"달리기 운동복을 입어서 그렇다니까, 병신아." 던컨이 말했다.

"쟤가 나더러 병신이라고 그랬어요." 월트가 가아프에게 일렀다.

"나도 들었어." 가아프가 말했다.

"난 병신 아냐." 월트가 말했다.

"아냐, 넌 병신이야." 던컨이 말했다.

"둘 다 입 닥쳐." 가아프가 말했다.

"아빠는 기분이 굉장히 좋으신가봐, 안 그러니, 월트?" 던컨이 동
생에게 물었다.

"물론이지." 월트가 말했고, 그들은 자기들끼리 싸우는 대신에 비
가 점점 더 심해지는 가운데 집에서 몇 구간 떨어진 곳에서 버스를
내릴 때까지 아버지를 약 올리기로 작정했다. 세 사람이 흠빡 젖어

집까지 아직 한 구간 남은 곳까지 왔을 때 과속으로 달리던 차 한 대가 그들 옆에서 갑자기 속력을 늦추었고, 한참 애를 쓴 다음 창문이 내려오더니 김이 서린 차 안에서 기진맥진하고 번들거리는 랄프 부인의 얼굴이 가아프의 눈에 띄었다. 그녀는 그들을 보고 히죽 웃었다.

"너 랄프 못 봤니?" 그녀는 던컨에게 물었다.

"못 봤어요." 던컨이 말했다.

"그 멍청한 녀석은 비를 피할 줄도 모르지." 그녀가 말했다. "그건 당신도 마찬가지인 모양이군요." 그녀는 다정하게 가아프에게 말했고, 그녀가 아직도 빙그레 웃고 있기에 가아프도 마주 미소를 지으려고 했지만, 할말이 아무것도 생각나지를 않았다. 빗속에서 그에게 약을 올릴 기회를 쉽게 그냥 놓칠 랄프 부인이 아니었지만, 보아하니 그는 표정을 제대로 가누지 못한 모양이었다. 놀려대기는커녕 그녀는 가아프의 음산한 미소를 보더니 갑자기 충격을 받은 표정으로 창문을 다시 올려 닫았다.

"또 만나요." 그녀는 소리치더니 차를 몰고 가버렸다. 천천히.

"또 봅시다." 가아프가 그녀의 등뒤에서 중얼거렸다. 그는 저 여자에 대해서 감탄했고, 아마도 이런 끔찍한 사태도 결국은 잊게 되겠고, 그러면 그는 랄프 부인을 만나게 되리라고 생각했다.

집으로 들어간 그는 뜨거운 물로 월트에게 목욕을 시키느라고 욕조로 아들과 함께 들어갔는데, 자주 그러듯이, 이것은 몸집이 자그마한 아들과 레슬링을 벌이기 위한 핑계에 지나지 않았다. 던컨은 이제 커서 같이 욕조에 들어가기가 어려웠다.

"저녁식사는 뭐죠?" 던컨이 위층에서 소리쳤다.

가아프는 저녁식사를 잊고 지어놓지 않았음을 깨달았다.

"저녁을 깜빡 잊었구나." 가아프가 소리쳤다.

"잊어버렸다구요?" 월트가 그에게 물었지만, 가아프는 월트를 욕조에 쑤셔박고 간지럼을 태웠고, 월트는 대항을 하느라고 저녁 얘기를 잊어버렸다.

"저녁식사를 잊어버렸단 말예요?" 던컨이 아래층에서 소리를 질렀다.

가아프는 욕조에서 나가지 않기로 작정했다. 그는 수증기가 월트의 폐에 좋으리라고 믿어서 자꾸만 뜨거운 물을 더 받았다. 그는 월트가 놀고 싶어하는 한 욕조 속에 아이와 같이 있으려고 했다.

그들이 아직도 욕조 안에 있을 때 헬렌이 집으로 돌아왔다.

"아빠가 저녁을 잊어버렸어요." 던컨이 당장 그녀에게 일러바쳤다.

"아빠가 저녁을 잊어버려?" 헬렌이 말했다.

"까맣게 잊어버렸어요." 던컨이 말했다.

"어디 계시냐?" 헬렌이 물었다.

"월트하고 목욕하는 중예요." 던컨이 말했다. "벌써 몇 시간째 목욕만 했어요."

"맙소사." 헬렌이 말했다. "물에 빠져 죽었는지도 몰라."

"그랬다면 당신이 얼마나 좋아할까?" 가아프가 위층 욕실에서 소리를 질렀다. 던컨이 웃었다.

"아빠는 기분이 굉장히 좋아요." 던컨이 어머니에게 말했다.

"보아하니 그런 모양이구나." 헬렌이 말했다. 그녀는 몸을 지탱하려고 기댄다는 사실을 그가 눈치채지 못하게 조심하며 던컨의 어깨에 살그머니 손을 얹었다. 그녀는 갑자기 몸의 균형을 잃어버린 듯한 기분을 느꼈다. 층계 밑에서 우물쭈물하며 그녀는 가아프를 향해 위쪽에다 대고 소리쳤다. "오늘은 일이 잘 안 풀린 모양이지?"

하지만 가아프는 그녀에 대해서 너무나 심한 증오를 느꼈고, 그 증오심을 월트가 보거나 듣기를 원하지 않았기 때문에 자제하기 위해 물 밑으로 미끄러져 들어갔다.

아무 대답도 없자 헬렌은 던컨의 어깨를 더 꽉 움켜잡았다. 제발, 아이들 앞에서는 그러지 말았으면, 그녀는 생각했다. 가아프와 어떤 언쟁을 벌인다는 문제에서 자기가 수세를 취해야 할 입장이라는 새로운 상황에 처한 헬렌은 겁이 났다.

"내가 올라갈까?" 그녀가 소리쳤다.

아직도 대답이 없었고, 가아프는 더이상 숨을 멈추기가 힘들었다.

월트가 아래층 헬렌에게 마구 소리를 질렀다. "아빠는 물 속으로 들어갔어요!"

"아빠 정말 웃겨." 던컨이 말했다.

가아프가 숨을 쉬려고 올라오려는 순간에 월트가 다시 소리를 질렀다. "아빠는 숨을 멈추었어요!"

헬렌은 "제발" 하고 앓는 소리를 했다. 그녀는 어떻게 해야 할지를 몰랐고, 움직일 힘도 없었다.

일 분쯤 후에 가아프가 월트에게 속삭였다. "나 아직 물 속에서 안 나왔다고 엄마한테 그래, 월트. 알았지?"

월트는 이것이 기차게 재미있는 장난이라고 생각하는 듯싶었고, 아래층의 헬렌에게 소리를 질렀다. "아빠는 아직도 물 속에서 안 나왔어요!"

"세상에." 던컨이 말했다. "우리 시간을 재야 되겠어요. 틀림없이 기록일 거예요."

하지만 이제 헬렌은 전율을 느꼈다. 던컨이 그녀의 손에서 벗어났고, 숨을 멈추는 묘기를 구경하려고 아들이 층계를 올라가기 시작하자, 헬렌은 두 다리가 납덩이처럼 무겁다고 느꼈다.

두 사람이 나란히 발가벗고 커다란 거울 앞 욕실 깔개 위에 서서 가아프가 수건으로 월트의 몸에서 물기를 닦아내고 이미 욕조에서 물을 빼는 중이었지만, 월트가 소리를 질렀다. "아직도 물 속에 있어요!" 던컨이 욕실로 들어서자 가아프가 조용하라는 시늉으로 손가락을 입에 갖다댔다.

"자, 이제는 같이 소리쳐." 가아프가 속삭였다. "셋을 헤아리면, '아빠는 아직도 물 속에 있어요!' 하는 거야. 하나, 둘, 셋."

"아빠는 아직도 물 속에 있어요!" 던컨과 월트는 동시에 고함쳤고, 헬렌은 자신의 폐가 터져나가는 기분을 느꼈다. 그녀는 입에서 비명이 흘러나간다고 느꼈지만 아무 소리도 나지 않았고, 그녀에게 앙갚음을 하기 위해 아이들이 보는 앞에서 스스로 물에 빠져 죽고는 왜 그런 짓을 했는지 설명해야 하는 일은 그녀에게 맡긴다는 그런 계략을 꾸밀 사람이라고는 가아프밖에 없으리라고 생각하며 층계를 달려 올라갔다.

그녀는 울음을 터뜨리며 욕실로 뛰어들어갔고, 던컨과 월트가 어찌나 놀랐는지 그들이 무서워하지 말라고 얼른 자신을 가누어야만 했다. 가아프는 거울 앞에서 알몸으로 천천히 발가락들 사이의 물기를 닦아내며, 레슬러들에게 어니 홈이 빈틈을 어떻게 찾아내느냐 하는지를 가르칠 때와 같은 그런 표정으로 그녀를 지켜보았다.

"당신 너무 늦었어." 그가 아내에게 말했다. "난 벌써 죽었으니까. 하지만 당신이 신경을 써준다는 걸 보니 가슴이 뭉클하고, 좀 놀랍기도 하구만."

"이 얘기는 우리 나중에 할까?" 단순히 재미있는 장난이었기를 은근히 바라며 그녀가 물었다.

"엄마가 우리들한테 속았어요!" 헬렌의 엉덩이 위쪽의 뾰족한 뼈를 찔러대며 월트가 말했다.

"맙소사, 만일 우리들이 아빠한테 그런 장난을 쳤다면 아빠 정말이지 핏대깨나 올렸을 거예요." 던컨이 아버지에게 말했다.

"아이들이 저녁을 못 먹었는데." 헬렌이 말했다.

"저녁은 아무도 못 먹었어." 가아프가 말했다. "당신은 먹었는지 모르겠지만."

"난 기다려도 돼." 그녀가 말했다.

"나도 그래." 가아프가 말했다.

"아이들에겐 내가 뭘 좀 만들어주지." 월트를 욕실에서 밀어내며 헬렌이 나섰다. "달걀하고 시리얼이 있을 거야."

"그게 저녁예요?" 던컨이 말했다. "오늘 저녁은 진수성찬이 되겠네요." 그가 말했다.

"난 그냥 잊어버린 거야, 던컨." 가아프가 말했다.

"난 토스트 먹을래요." 월트가 말했다.

"토스트도 만들어줄게." 헬렌이 말했다.

"당신 정말 그런 거 다 할 줄 알아?" 가아프가 물었다.

그녀는 그에게 미소를 짓기만 했다.

"세상에, 토스트쯤은 나도 만들 줄 알아요." 던컨이 말했다. "내 생각에 시리얼이라면 월트도 만들 줄 알고요."

"계란은 까다롭지." 웃으려고 애쓰며 헬렌이 말했다.

가아프는 계속해서 발가락 사이의 물기를 닦았다. 아이들이 욕실에서 나간 다음에 헬렌이 다시 머리를 안으로 디밀었다. "미안해. 난 당신을 사랑해." 헬렌이 말했지만 그는 수건으로 꼼꼼히 닦기만 하고 머리를 들지 않았다. "난 전혀 당신 마음을 상하게 하고 싶지 않았어." 그녀는 말을 이었다. "어떻게 알아냈지? 난 당신 생각이 한시도 머리에서 떠나질 않았어. 그 여학생이 알려주었나?" 헬렌이 속삭였지만 가아프는 발가락에 신경을 집중할 따름이었다.

(애완동물에게 먹이를 주는 격이었구나! 라고 나중에 그녀는 혼자 속으로 생각했지만) 아이들에게 저녁을 차려주고 난 다음 그녀는 위

층의 남편에게로 돌아갔다. 그는 아직도 거울 앞에, 욕조 가장자리에 발가벗고 앉아 있었다.

"그 남자는 아무 의미도 없어. 그 남자가 당신에게서 빼앗아간 건 하나도 없으니까." 그녀가 말했다. "이제는 다 끝났어. 정말야."

"언제부터?" 그가 물었다.

"지금부터." 그녀가 가아프에게 말했다. "난 그 남자한테 말을 해야 되겠어."

"말을 하지 마." 가아프가 말했다. "그냥 눈치로 알게 해."

"그렇게는 안 돼." 헬렌이 말했다.

"내 계란에 껍질이 들어갔어!" 월트가 아래층에서 소리를 질렀다.

"내 토스트가 탔어!" 던컨이 말했다. 아이들이 의도적으로 그랬는지 어땠는지는 몰라도, 그들은 부모가 서로 상대방으로부터 다른 일로 관심을 돌리게 공모를 하는 셈이었다. 아이들이란 부모를 떼어놓아야 할 때를 알아내는 무슨 본능이라도 타고나는 모양이야, 가아프는 생각했다.

"그냥 먹기나 해!" 헬렌이 그들에게 소리쳤다. "그렇게까지 형편없지는 않으니까."

그녀는 가아프를 잡으려고 했지만 그는 몸을 비켜 욕실 밖으로 나가더니 옷을 입기 시작했다.

"밥만 다 먹으면 내가 너희들한테 영화 구경 시켜주마!" 그는 아이들에게 소리쳤다.

"무엇 때문에 그러는 거야?" 헬렌이 물었다.

"난 당신하고 여기 같이 있고 싶지 않아." 그가 말했다. "우린 외출하겠어. 당신은 웜프 같은 자식한테 전화를 걸어 작별 인사나 해."

"그 남자가 날 만나려고 할 텐데." 헬렌이 멍청하게 말했다. 가아프가 사실을 알게 된 지금, 일이 다 끝났다는 현실은 그녀에게 노보

카인 같은 효력을 발휘했다. 처음에는 가아프의 마음을 얼마나 아프게 할까 걱정했던 그녀의 감정이 이제는 약간 수그러들었고, 그녀는 다시 자신에 대해서 민감해졌다.

"그 친구 속 좀 상해보라구 해." 가아프가 말했다. "당신 다시는 그 사람 만나면 안 돼. 헤어지기 전에 마지막으로 한 번 한다든가 그런 것도 안 되고, 헬렌. 그냥 작별 인사를 해. 전화로."

"마지막으로 한번 하겠다는 애긴 아무도 안 했어." 헬렌이 말했다.

"전화를 써." 가아프가 말했다. "아이들은 내가 데리고 나가겠어. 우린 영화 구경을 할 거야. 우리들이 돌아오기 전에 다 끝냈으면 좋겠어. 당신 다시는 그 남자 안 만나게 말야."

"안 만나겠다고 약속하겠어." 헬렌이 말했다. "하지만 알려주기 위해서는 꼭 한 번 만나야 해."

"보아하니 당신은 상황을 아주 멋지게 처리했다고 생각하는 모양이야." 가아프가 말했다.

어느 정도까지는 사실 헬렌은 그렇게 느꼈기 때문에 아무 말도 하지 않았다. 그녀는 방종의 기간 동안 가아프와 아이들을 조금도 게을리 하지 않았다고 느꼈으며, 그녀 뜻대로 지금 상황을 처리할 정당한 권리가 그녀에게 있다고 생각했다.

"우리 이 얘기는 나중에 하는 게 좋겠어." 그녀가 말했다. "좀 입체적인 파악이 나중에는 가능할 거야."

아이들이 방으로 뛰어들어오지 않았다면 그는 아내를 때렸으리라.

"하나, 둘, 셋." 던컨이 월트에게 신호를 했다.

"시리얼이 쉬었어요!" 던컨과 월트가 함께 소리를 질렀다.

"얘들아, 제발." 헬렌이 말했다. "아빠하고 난 싸움을 하는 중이란다. 아래층에 내려가."

아이들이 그녀를 노려보았다.

"부탁이야." 가아프가 그들에게 말했다. 우는 얼굴을 보이지 않으려고 그가 아이들에게서 돌아섰지만 던컨은 눈치를 챈 듯싶었고, 헬렌은 분명히 알았다. 월트는 눈치를 못 챘는지도 모른다.

"싸워?" 월트가 말했다.

"가자." 월트의 손을 잡으며 던컨이 말했다. 던컨은 월트를 침실에서 끌어냈다. "가자, 월트." 던컨이 말했다. "잘못했다간 우리 영화 구경 못 하겠어."

"그래, 영화 구경!" 월트가 소리쳤다.

던컨이 월트를 이끌고 층계를 내려가고, 작은아들은 몸을 돌려 뒤돌아보고—그들이 떠나갈 때의 태도를 의식하자 가아프는 두려움을 느꼈다. 월트가 손을 흔들었지만 던컨은 계속해서 그를 끌어당겼다. 밑으로, 방공호로 사라지고. 가아프는 옷 속에 얼굴을 파묻고 울었다.

헬렌의 손길이 닿자 그는 "나한테 손대지 마"라고 말하고는 계속해서 울었다. 헬렌은 침실 문을 닫았다.

"아, 이러지 마." 그녀가 애원했다. "그 사람은 아무것도 아니니까. 이럴 만한 가치도 없는 인물이야. 난 그냥 그를 즐긴 데 지나지 않아." 그녀가 설명하려고 했지만 가아프는 세차게 머리를 흔들고는 바지를 그녀에게 던졌다. 그는 아직도 옷을 반쯤만 입은 상태였는데, 남자들에게는 이것도 아니고 저것도 아닌 듯한 그런 상태가 가장 타협적인 단계일지도 모른다고 헬렌은 생각했다. 옷을 반쯤만 입은 여자는 힘을 좀 지닌 듯싶지만 남자는 알몸일 때처럼 멋있지도 못하고, 옷을 다 입었을 때처럼 안정감을 주지도 못했다. "제발 옷을 입어." 바지를 되돌려주며 그녀가 속삭였다. 그는 바지를 받아 끌어올리며 계속해서 울었다.

"당신이 하라는 대로 할 테니까." 그녀가 말했다.

"다시는 그 사람 안 만나겠지?" 그가 말했다.

"그래. 단 한 번도 안 만나겠어." 그녀가 말했다. "절대로 다시는 안 만나."

"월트가 감기에 걸렸어." 가아프가 말했다. "월트는 외출조차도 하면 안 되지만, 영화 구경은 별로 나쁘지 않겠지. 그리고 우린 늦지 않을 거야." 그가 덧붙여 말했다. "가서 아이가 옷을 따뜻하게 잘 입었는지 봐." 그녀는 시키는 대로 했다.

그는 화장대에서 아내가 속옷을 넣어두는 꼭대기 서랍을 열어 잡아빼고는 곰이 앞발로 큼직한 먹이를 들고 정신없이 뜯어먹듯, 기막히게 보드랍고 향기로운 옷 속에다 얼굴을 파묻었다. 방으로 돌아와 헬렌이 그런 꼴을 보자 그는 수음을 하다 들킨 기분이었다. 당황한 그는 서랍을 무릎에 내리쳤고, 아내의 속옷이 사방으로 흩어졌다. 그는 부서진 서랍을 머리 위로 치켜들더니, 무슨 동물의 허리를 꺾어버리듯 화장대 모서리에다 후려쳤다. 헬렌이 방에서 도망쳤고, 그는 옷을 마저 입었다.

그는 던컨이 상당히 말끔히 식사를 끝낸 접시와, 월트가 저녁을 안 먹고 식탁과 마룻바닥에 온통 엎질러놓은 그릇을 둘러보았다. "너 밥을 잘 안 먹으면, 월트, 자라서 웜프가 될 거야." 가아프가 말했다.

"난 자라지 않겠어요." 월트가 말했다.

그 말을 듣고 가아프는 부르르 몸을 떨고는 돌아서서 어찌나 큰 소리를 질렀는지 월트가 깜짝 놀랐다. "너 다시는 그런 소리 하지 마." 가아프가 말했다.

"난 어른이 되고 싶지 않아요." 월트가 말했다.

"아, 알겠어." 가아프가 누그러지며 말했다. "그러니까 넌 아이로 사는 게 좋다는 거지?"

"그래요." 월트가 말했다.

"월트는 정말 웃겨요." 던컨이 말했다.

"가서 차를 타." 가아프가 말했다. "그리고 싸움은 그만 해."

"아빠도 싸웠잖아요." 던컨이 조심스럽게 말했지만, 아무도 반응을 보이지 않으니까 던컨은 월트를 부엌에서 데리고 나갔다. "가자." 그가 말했다.

"그래, 영화 구경 가야지!" 월트가 말했다. 그들은 밖으로 나갔다.

가아프가 헬렌에게 말했다. "어떤 경우에라도 그 사람 이 집에 들여놓았다 하면, 그 친구 살아서 나가지 못할 줄 알아. 그리고 당신도 나가면 안 돼." 그가 말했다. "무슨 일이 있어도 말야. 부탁이야." 그가 덧붙여 말했고, 그녀에게서 돌아서지 않을 수가 없었다.

"아, 여보." 헬렌이 말했다.

"그 자식 똥구멍 같은 놈이야!" 가아프가 중얼거렸다.

"당신하고야 전혀 같지 않다는 거, 모르겠어?" 헬렌이 말했다. "전혀 당신하고 같지 않은 사람일 수밖에 없었어."

그는 집 보는 여자들과 앨리스 플레처를, 그리고 랄프 부인에 대한 설명하기 어려운 애착을 생각했고, 물론 그는 아내의 말이 무슨 뜻인지를 알았고, 부엌 문을 걸어나갔다. 바깥은 비가 내리고 벌써 어두워졌으며, 비가 얼어붙을 기세였다. 차도의 진흙은 젖었지만 단단했다. 그는 차를 돌리고, 버릇대로 차를 차도의 꼭대기로 대더니 엔진과 불을 껐다. 볼보가 굴러내려갔지만, 그는 컴컴한 차도의 커브를 환히 알았다. 아이들은 점점 짙어지는 어둠 속에서 자갈과 미끄러운 진흙 소리를 듣고 신이 났으며, 자동차 진입로 밑에서 클러치를 탁 풀고 짤까닥 불을 켜자 월트와 던컨은 환호성을 올렸다.

"우리 무슨 영화 보러 가는 거예요?" 던컨이 물었다.

"아무거나 너희들 보고 싶은 거." 가아프가 말했다. 그들은 포스터를 살펴보려고 시내로 차를 몰고 갔다.

차 안은 춥고 눅눅했으며 월트는 기침을 했고, 앞창에는 자꾸 안개가 서려 영화관에서 무엇을 상영하는지 보이지를 않았다. 월트와 던컨은 분리된 두 앞좌석 사이의 갈라진 틈에 누가 서서 가느냐를 놓고 계속해서 다투었는데, 무슨 이유에서인지 뒷좌석에서는 항상 그 자리가 최고라고 여긴 그들은 누가 거기 서거나 무릎을 꿇고 앉느냐를 두고 항상 싸워서, 서로 밀쳐대느라고 기어를 돌릴 때면 가아프의 팔꿈치에 부딪히고는 했다.

"둘 다 거기서 나와." 가아프가 말했다.

"여기 있어야만 보여요." 던컨이 말했다.

"나 혼자 보면 돼." 가아프가 말했다. "그리고 서리 제거 장치가 어찌나 거지 같은지 어쨌든 아무도 앞창을 통해 바깥을 볼 수가 없어." 그가 덧붙여 말했다.

"볼보 회사에다 편지라도 내시지 그래요?" 던컨이 제안했다.

가아프는 서리 제거 장치의 결함에 관해 스웨덴으로 편지를 보내는 상상을 했지만, 별로 오랫동안 그 생각을 하지는 않았다. 뒤쪽 바닥에서 던컨은 월트의 발을 깔고 꿇어 앉아 그를 두 의자 사이의 틈에서 밀어냈고, 이제는 월트가 울고 기침을 했다.

"내가 먼저야." 던컨이 말했다.

가아프가 냅다 기어를 내렸고, 자루의 노출된 끝이 손을 찔렀다.

"이거 보이지, 던컨?" 가아프가 화를 내며 말했다. "이 기어 보이지? 이건 창이나 마찬가지야. 내가 갑자기 차를 세워야 할 때 넌 이 위로 엎어지고 싶으냐?"

"왜 그걸 고치지 않아요?" 던컨이 물었다.

"그놈의 의자들 사이에서 나오란 말야, 던컨!" 가아프가 말했다.

"기어 자루가 몇 달째 그런 꼴예요." 던컨이 말했다.

“몇 주일 정도겠지.” 가아프가 말했다.

“위험하다면 고쳐놨어야죠.” 던컨이 말했다.

“그건 너희 엄마가 맡은 일이야.” 가아프가 말했다.

“엄마는 아빠가 해야 할 일이라고 그러던데요.” 월트가 말했다.

“너 기침은 어떠냐, 월트?” 가아프가 물었다.

월트가 기침을 했다. 작은 가슴속 축축한 폐에서 울려나오는 소리가 아이에게는 너무 크다고 여겨졌다.

“맙소사.” 던컨이 말했다.

“굉장히 심하구나, 월트.” 가아프가 말했다.

“이건 내 잘못이 아니에요.” 월트가 불평했다.

“물론 네 잘못은 아냐.” 가아프가 말했다.

“아니에요, 개 잘못예요.” 던컨이 말했다. “월트는 물구덩이 속에서 보내는 시간이 반은 되니까요.”

“그렇지 않아!” 월트가 말했다.

“무슨 영화가 재미있겠는지 찾아봐, 던컨.” 가아프가 말했다.

“의자 사이에 무릎을 꿇고 앉기 전에는 난 보이질 않아요.” 던컨이 말했다.

그들은 차를 몰고 돌아다녔다. 영화관들은 모두 같은 거리에 있었지만 그들은 어느 영화를 볼지 결정하느라고 몇 차례 그 앞을 지나쳤고, 다음에는 주차할 장소를 찾느라고 또 몇 차례 지나갔다.

아이들은 얼어붙은 비로 지금은 죽죽 줄무늬가 진 인도변의 영화관 입구 큰 차양 밑에서 사람들이 줄을 지어 기다리는 영화를 보겠다고 결정했다. 가아프가 월트의 머리에다 양복 저고리를 덮어주었더니 월트는 순식간에 옷차림이 남루한 길거리의 거지, 험한 날씨에 동정을 구하려는 비에 젖은 난쟁이 같은 모습으로 변했다. 그는 어느새 물구덩이에 빠져 두 발이 홈빡 젖었고, 그러자 가아프는 그를 잡아올려 가슴에 귀를 대고 소리를 들어보았다. 가아프는 월트의 젖은 신발 속의 물이 곧장 그의 작은 폐로 흘러들어가는 듯한 생각이 들었다.

"아빠는 정말 괴짜야." 던컨이 말했다.

월트는 이상한 차를 보고 손가락으로 가리켰다. 피가 엉긴 듯한 빛깔에, 옆구리에는 나무 장식을 붙이고, 가로등 불빛을 받아 노란 나무가 반짝이는 커다랗고 칙칙한 차가 네온 불빛을 반사하고, 번들거리는 물구덩이들을 물탕을 튀며 지나 질퍽한 거리를 빠른 속도로 내려갔다. 옆구리 장식은 달빛 속으로 미끄러져나가는 거대한 물고기의 길다랗고 미끈한 갈빗대처럼 보였다. "저 차를 봐요!" 월트가 소리쳤다.

"세상에, 영구차로구나." 던컨이 말했다.

"아냐, 던컨." 가아프가 말했다. "저건 옛날 뷰익이야. 네가 태어나기도 전에 나온 거지."

던컨이 영구차로 잘못 보았던 뷰익은, 마이클 밀튼이 오지 못하게 막느라고 헬렌이 온갖 수단을 다 부렸음에도 불구하고, 지금 가아프의 집으로 향하는 중이었다.

"난 마이클을 만나면 안 돼." 전화를 걸고 헬렌은 그에게 말했다. "아주 얘기는 간단해. 그이가 알아내면 이렇게 되리라고 내가 말했듯이, 다 끝났어. 지금까지 마음을 아프게 한 것만도 그런데, 더이상 남편 마음에 상처를 주지는 않겠어."

"난 어떡하고요?" 마이클 밀튼이 말했다.

"미안해." 헬렌이 말했다. "하지만 마이클은 알았잖아. 이렇게 되리라는 걸 우린 두 사람 다 알았어."

"난 당신을 만나고 싶어요." 그가 말했다. "내일은 어때요?"

하지만 헬렌은 그녀가 오늘 밤으로 끝장을 내야 한다는 목적 하나만을 위해 가아프가 아이들을 영화관으로 데리고 갔다는 말을 그에게 했다.

"내가 그쪽으로 가겠어요." 그가 말했다.

"아냐, 여기선 안 돼." 그녀가 말했다.

"드라이브를 가는 게 어때요?" 그가 말했다.

"난 외출도 할 수가 없어." 그녀가 말했다.

"내가 가겠어요." 마이클 밀튼이 말하고는 전화를 끊었다.

헬렌은 시간을 확인했다. 얼른 보내기만 한다면 별일 없으리라고 그녀는 생각했다. 영화는 적어도 한 시간 반은 계속되리라. 그녀는 무슨 상황이 벌어지더라도 절대로 그를 집 안에 들여놓지 않겠다고 작정했다. 그녀는 전조등이 자동차 진입로를 올라오는지 지켜보다가, 뷰익이 차고 바로 앞에서 어두운 선창가에 정박한 커다란 배처럼 멈춰 서자 밖으로 달려나가 마이클 밀튼이 미처 열 틈도 주지 않고 운전석 쪽 문을 몸으로 밀어 막았다.

그녀의 발치에서 비는 어느새 진눈깨비로 바뀌어, 떨어지는 동안에 굳어져 얼음 방울들이 되었으며, 돌려 내린 창문을 통해 그에게 얘기를 하려고 몸을 구부리자 노출된 목덜미를 바늘처럼 아프게 때렸다.

그는 당장 헬렌에게 키스를 했다. 헬렌은 가볍게 그의 뺨에다 키스하려고 했지만, 그는 얼굴을 돌려 억지로 혀를 그녀의 입 안으로 밀어넣었다. 다시금 그녀는 폴 클레의 〈선원 신밧드〉를 포스터만한 크기로 복사한 그림을 침대 위에다 붙인 그의 조잡한 아파트먼트 침실이 눈앞에 어른거렸다. 화려한 모험가이지만 유럽의 미(美)에도 민감한 남자, 그는 자신을 그런 인물이라고 생각한다고 헬렌은 추측했다.

헬렌은 그에게서 몸을 뒤로 젖혔고, 블라우스를 촉촉히 적시는 차가운 비를 느꼈다.

"우린 중단하면 안 돼요." 그가 처절하게 말했다. 헬렌은 그의 얼굴이 얼룩진 까닭이 열린 창문으로 들이치는 비 때문인지, 아니면 눈물 때문인지 알 수가 없었다. 놀랍게도 그는 콧수염을 깎아버렸고, 윗입술은 월트의 작은 입술처럼, 발육이 안 되고 오므라진 아이의 입술을 약간 닮았는데, 그런 입술은 월트에게서는 사랑스러워 보였지만, 연인의 입술이라고 그녀가 상상한 것과는 거리가 멀었다.

"콧수염은 어떻게 했어?" 그녀가 물었다.

"당신이 콧수염을 좋아하지 않는다는 생각이 들었어요." 그가 말했다. "당신을 위해 깎아버렸죠."

"하지만 난 콧수염을 좋아했는데." 차가운 비를 맞아 부르르 떨며 그녀가 말했다.

"부탁인데, 이리 들어와요." 그가 말했다.

그녀는 머리를 저었고, 블라우스가 차가워진 살갗에 달라붙고 길다란 코듀로이 스커트는 쇠사슬 갑옷처럼 무거웠으며, 높다란 장화는 얼어붙는 진눈깨비를 밟고 미끄러졌다.

"난 당신을 아무 데도 데리고 가지 않겠어요." 그가 다짐했다. "우린 그냥 여기, 차 안에 앉아 있기만 해요. 우린 그냥 끝날 수는 없어요." 그가 되풀이해서 말했다.

"언젠가는 끝내야 한다는 걸 우린 알았어." 헬렌이 말했다. "우린 이게 얼마 동안만 계속되리라는 걸 알았잖아."

마이클 밀튼은 반짝거리는 경적의 손잡이에 머리를 얹었지만 아무 소리도 나지 않았고, 커다란 뷰익은 시동이 꺼진 상태였다. 빗물이 창유리를 흘러내리자, 차에는 천천히 얼음의 껍질이 덮였다.

"제발 안으로 들어와요." 마이클 밀튼이 앓는 소리로 말했다. "난 여기서 꼼짝도 하지 않겠어요." 그가 날카롭게 덧붙여 말했다. "난

그 사람을 두려워하지 않아요. 난 그 사람이 바라는 대로 할 필요가
없어요."

"하지만 그건 내가 바라기도 하는 거야." 헬렌이 말했다. "마이클
은 가야 해."

"난 안 가겠어요." 마이클 밀튼이 말했다. "난 당신 남편에 관해서
도 알아요. 난 그 사람에 관해서 뭐든지 다 알아요."

헬렌이 금했기 때문에 그들은 가아프 얘기를 입에 올린 적이 한
번도 없었다. 그는 마이클 밀튼의 말이 무슨 뜻인지를 몰랐다.

"그 사람은 시시한 작가예요." 마이클이 대담하게 말했다. 그녀가
알기로는 마이클 밀튼이 가아프의 작품을 전혀 읽지 않았으므로, 헬
렌은 놀란 표정을 지었다. 그는 언젠가 살아 있는 작가의 작품은 전
혀 읽지 않는다고 그녀에게 말했고, 작가란 죽은 한참 후에야 진가
가 입체적으로 드러난다고 주장했다. 마이클 밀튼의 이런 면을 가아
프가 몰랐으니까 다행이지, 알았더라면 틀림없이 가아프는 이 젊은
이를 더욱 경멸했으리라. 그 사실이 이제는 가엾은 마이클에 대한
헬렌의 실망감을 약간 굳혀주었다.

"우리 그이는 아주 훌륭한 작가야." 그녀가 나지막이 말했고 오한
을 느껴 어찌나 심하게 부르르 떨었는지 포개었던 두 팔이 벌어졌
고, 그녀는 다시 팔을 겹쳐 젖가슴을 감싸야 했다.

"그 사람은 일류 작가가 아니에요." 마이클이 선언했다. "히긴스가
그러더군요. 당신은 남편이 과에서 어떤 취급을 받는지 꼭 알아야
해요."

헬렌이 의식하고 있었듯이, 히긴스는 유별나게 괴팍한데다가 골칫
거리 동료였으며, 거기다가 잠이 오게 할 정도로 따분하고 굼뜬 위
인이었다. 헬렌은 히긴스가 과를 대변하는 인물이라고는 거의 믿지
않았지만, 보다 불안정한 여러 다른 동료들이나 마찬가지로 히긴스

는 과의 다른 사람들에 관해 대학원 학생들에게 쓸데없는 소리를 습관처럼 잔뜩 늘어놓았는데, 아마도 이런 필사적인 방법으로 히긴스는 학생들의 신임을 얻게 되리라고 느꼈던 모양이었다.

"난 어떤 면에서라도 가아프에게 과에서 관심을 가져주리라는 건 몰랐는데." 헬렌이 느긋하게 말했다. "대부분의 선생은 아주 최근 작품은 전혀 읽지 않으니까."

"읽은 사람들은 시시하다고 그래요." 마이클 밀튼이 말했다.

이 경쟁적이고 처량한 입장 표명은 남학생에 대한 헬렌의 마음을 따스하게 녹여주지를 않았고, 그녀는 집으로 들어가려고 돌아섰다.

"난 안 가겠어요!" 마이클 밀튼이 소리를 질렀다. "난 우리들 문제로 그와 맞서겠어요! 지금 당장요. 그 사람은 우리더러 이래라 저래라 할 권리가 없어요."

"이건 내 뜻이라니까, 마이클." 헬렌이 말했다.

그는 경적에 축 늘어져 엎드려 울기 시작했다. 그녀는 차로 가서 창문 안으로 그의 어깨를 만졌다.

"내가 잠깐 같이 앉아 있어줄게." 헬렌이 말했다. "하지만 마이클은 가겠다고 나한테 약속을 해야 돼. 남편이나 아이들에게 이런 꼴을 보이고 싶지 않아."

그는 약속했다.

"열쇠 이리 줘." 헬렌이 말했다. 그녀를 태우고 멋대로 차를 몰고 가버릴지도 모른다고 의심해서 그녀가 믿어주지 않았다는 데 대해 마음이 상한 그의 애절한 표정이 다시금 헬렌의 마음을 아프게 했다. 그녀는 열쇠 꾸러미를 길다란 스커트의 뚜껑 달린 깊숙한 호주머니에 넣고는 손님 자리로 돌아가 차에 탔다. 그는 창문을 올렸고, 그들은 서로 건드리지 않고 앉았으며, 그들 둘레의 창문들은 김이 서렸고, 얼음 껍질이 덮인 자동차가 삐걱거렸다.

그러더니 그는 완전히 목을 놓아 울며 자기에게는 헬렌이 프랑스 전체보다도 더 중요하다고 말했는데, 물론 프랑스가 그에게 얼마나 중요한지는 그녀도 잘 알았다. 그래서 헬렌은 그를 안아주고, 시간이 얼마나 지났으며, 얼어붙은 차 속에서 얼마나 빨리 지나가고 있는지 심한 두려움을 느꼈다. 긴 영화가 아니더라도 아직 반 시간이나 45분은 넉넉히 남았겠지만, 마이클 밀튼은 갈 생각이 염두에도 없었다. 도움이 되기를 바라며 그녀는 힘차게 키스도 해주었지만 그는 축축하고 차가운 그녀의 젖가슴을 어루만지기 시작했다. 그녀는 바깥 얼어붙은 진눈깨비 속에서나 마찬가지로 그의 손길이 차갑게만 느껴졌다. 하지만 그가 만져도 헬렌은 그냥 내버려두었다.

"착한 마이클." 이런저런 생각을 하며 그녀가 말했다.

"우리들이 이렇게 끝나서야 되겠어요?" 그는 이 말만 했다.

하지만 헬렌은 벌써 끝났고, 그녀는 그가 어떻게 끝나도록 만드나 하는 생각뿐이었다. 헬렌은 그를 밀어 운전하는 자세로 꼿꼿이 세워 놓고는 긴 의자에 길게 엎드려 스커트를 다시 끌어내려 무릎을 덮고 머리를 그의 허벅지에다 얹었다.

"제발 잊지 마." 그녀가 말했다. "제발 노력하라구. 우리들이 어떻게 되는지 알면서도 나를 차에 태우고 가도록 마이클을 그냥 내버려두었던 것, 내게는 그때가 가장 좋았어. 마이클은 행복할 수 없어? 그때를 기억하고 그냥 물러설 수가 없어?"

그는 운전석에 뻣뻣하게 앉아 운전대를 움켜잡은 두 손을 떼지 않으려고 애쓰고, 그녀의 머리 밑에서 양쪽 넓적다리가 불끈거리고, 발기한 것이 그녀의 귀를 눌렀다.

"이 정도로 그냥 끝내도록 해, 마이클." 그녀가 부드럽게 말했다. 그리고 그들은 낡은 뷰익을 타고 다시 마이클의 아파트먼트로 간다고 상상하며 얼마 동안 그대로 있었다. 하지만 마이클 밀튼은 상상만 가지고는 버티지를 못했다. 그는 한 손을 헬렌의 목덜미로 돌려 아주 꽉 움켜잡고 다른 손으로는 바지 앞자락을 열었다.

"마이클!" 그녀가 날카롭게 말했다.

"항상 그러고 싶었다고 그랬잖아요." 그가 일깨워주었다.

"끝났다니까, 마이클."

"아직은 안 끝났어요." 그가 말했다. 음경이 이마를 스치고 속눈썹을 누르자 이 남자가 과거의 마이클, 아파트먼트의 마이클, 가끔 그녀에게 힘으로 군림하던 마이클로 되돌아갔음을 깨달았다. 그녀는 그것이 지금은 달갑지 않았다. 하지만 반항하면 난처한 사태가 벌어지리라, 그녀는 생각했다. 그녀는 가아프까지 등장하는 상황을 상상하자 어떤 대가를 치르더라도 그런 난처한 사태는 피해야 한다고 자신을 납득시키기에 이르렀다.

"이 따위 못된 짓 하지마, 마이클." 그녀가 말했다. "만사를 망쳐놓지 말라구."

"그렇게 해보고 싶었다는 얘기를 항상 했잖아요." 그가 말했다. "하지만 안전하지 못해서 그만뒀다고 그랬어요. 헌데 지금은 안전해요. 차가 움직이지도 않으니까요. 지금은 어떤 사고도 일어나지 않아요." 그가 말했다.

묘하게도 갑자기 그가 그녀의 입장을 쉽게 해결해주었음을 헬렌은 깨달았다. 그녀는 더이상 그를 부드럽게 떨쳐버려야 한다는 조바심을 느끼지 않았고 무엇이 우선하는지 그녀로 하여금 판단하게끔 그토록 강력하게 도와준 그에게 고마움조차 느꼈다. 그녀에게는 가아프와 아이들이 우선이라는 사실을 의식하고 그녀는 굉장히 안도감을 느꼈다. 월트는 이런 날씨에 떨며 바깥에 나가서 돌아다녀서는 안 된다고 헬렌은 생각했다. 그리고 하찮은 모든 동료들과 대학원 학생들을 다 합친 것보다 그녀에게는 가아프가 훨씬 중요함을 알았다.

　마이클 밀튼에게서 헬렌은 본질적인 저속함을 보고 말았다. 얼른 끝내버리자, 그를 입 안으로 넣으며 그녀는 무감각하게 생각했다. 그러면 가겠지. 남자들이란 일단 사정을 하고 나면 상당히 빨리 욕구가 줄어든다고 그녀는 씁쓸하게 생각했다. 그리고 마이클 밀튼의 아파트먼트에서 짧은 기간 동안 경험한 바로는 지금은 그것이 오래 걸리지 않으리라는 사실을 헬렌은 알았다.

　시간도 역시 그녀의 결정에서 한 요인이 되었는데, 그들이 보러 간 영화가 아무리 짧더라도 이십 분은 남았다. 그녀는 훨씬 잘 끝낼 수도 있었지만 훨씬 곤란해졌을 수도 있었던 난처한 사태의 마지막 남은 일을 치르는 듯한 각오로 임했고, 적어도 가족이 그녀에게는 우선한다는 사실을 자신에게 납득시켰다는 사실에 약간이나마 자부심을 느꼈다. 지금 당장은 그렇지 않더라도 언젠가는 가아프까지도 이것을 고맙게 여길지도 모른다고 그녀는 생각했다.

　그녀는 어찌나 각오가 단단했던지 목을 움켜잡았던 마이클 밀튼의 손이 풀리는 기미도 거의 의식하지 못했고, 그는 실제로 이 경험을 자동차로 헤치고 나아가기라도 하려는 듯 두 손으로 다시 운전대를 잡았다. 마이클은 제멋대로 생각하게 내버려두지, 헬렌은 생각했다. 그녀는 가족을 생각했고, 진눈깨비가 이제는 거의 우박만큼이나 굳어졌음을 의식하지 못했는데, 얼어버린 빗발은 작은 못들을 박으려고 두드리는 수많은 망치처럼 커다란 뷰익에서 튀었다. 그리고 그녀는 두터워지는 얼음의 무덤 밑에서 삐걱거리고 우지끈거리는 소리도 의식하지 못했다.

　그리고 그녀는 따뜻한 집 안에서 울리는 전화 소리도 듣지 못했다. 그녀가 엎드린 곳과 집 사이에는 험악한 날씨와 다른 방해 요소가 너무나 많았다.

한심한 영화였다. 아이들의 전형적인 취향에 맞춘 영화, 대학촌의 전형적인 취향이라고 가아프는 생각했다. 나라 전체가 전형적이고. 온 세상이 다 전형적이고! 가아프는 마음속으로 격노했고, 월트의 고생스러운 호흡과 자그마한 코에서 더러운 개울물처럼 흘러내리는 콧물에 더 신경을 썼다.

"숨이 막힐지 모르니까 그 강냉이 튀김 목에 걸리지 않게 조심해라." 그는 월트에게 귓속말을 했다.

"나 숨 안 막혀요." 거대한 화면에서 조금도 눈을 떼지 않으며 월트가 말했다.

"어쨌든 넌 호흡이 별로 잘 안 되잖아." 가아프가 투덜거렸다. "그러니까 입에 너무 많이 쑤셔넣지 마. 숨쉴 때 같이 넘어갈지 모르니까. 분명히 넌 코로는 전혀 숨을 못 쉬잖아." 그리고 그는 아이의 코를 다시 닦아주었다. "풀어." 그가 속삭였다. 월트는 코를 풀었다.

"큰일났죠?" 던컨이 귓속말을 했다. 가아프는 월트의 콧물이 얼마나 뜨거운지를 느꼈는데, 체온이 틀림없이 거의 39도는 되겠어! 그는 생각했다. 가아프는 던컨을 힐끗 곁눈질로 쳐다보았다.

"아, 그래, 큰일났어, 던컨." 가아프가 말했다. 던컨은 영화 얘기였다.

"마음을 놓으세요, 아빠." 머리를 저으며 던컨이 말했다. 아, 그래야 되겠지, 가아프는 알았지만, 마음대로 되지 않았다. 그는 월트를, 그애의 엉덩이가 얼마나 완벽하고 자그마한지를, 작은 다리가 얼마나 튼튼하지를, 그리고 달리기를 하고 난 다음 귀 뒤쪽 머리가 촉촉하게 젖었을 때 나는 땀 냄새가 얼마나 감미로운지를 생각했다. 그토록 완벽한 몸은 병을 앓아서는 안 된다고 그는 생각했다. 이렇게 날씨가 험악한 밤이니 차라리 헬렌이 나가게 하거나, 그 망할 자식한테 아내가 연구실에서 전화를 걸어 그걸 제 귓구멍에나 박으라 말하라고 그랬어야 하는데, 가아프는 생각했다. 아니면 전기 소켓에다 박든지. 그리고는 스위치를 올리면!

그 거지같은 자식한테는 내가 직접 전화를 하는 건데 그랬어, 가아프는 생각했다. 내가 한밤중에 불쑥 녀석을 찾아갔어야 하는데. 로비에 전화가 있는지 보려고 통로를 걸어 올라가던 그는 월트가 아직도 기침하는 소리를 들었다.

벌써 그와 통화를 하지 않았다면 자꾸 걸려고 애를 쓰지 말고, 이제는 내 차례라고 얘기해야지, 가아프는 생각했다. 이 순간에 헬렌에 대한 그의 감정은 배반감을 느끼기도 했지만 솔직히 사랑하기 때문에 그녀를 소중하게 느끼기도 했으며, 지금 그는 얼마나 심한 배반감을 자신이 느끼는지, 또는 정말로 얼마나 많이 아내가 그에게 마음을 쓰려고 노력했는지 곰곰이 따져볼 시간이 없었다. 그녀를 미워하는 감정과 끔찍이 그녀를 사랑하는 감정 사이에 미묘한 갈등이 생겼고, 그녀가 원하던 바에 대한 공감도 없지는 않아서, 따지고 보면 그런 욕구는 자기도 마찬가지였고, 오히려 확실히 더 심했음을 그는 알았다. 항상 너무나 착했던 헬렌이 이런 식으로 당한다는 일이 공평하지 못하다는 생각조차 들었는데, 그녀는 선량한 여자였으므로 훨씬 재수가 좋았어야 마땅했다. 하지만 헬렌은 전화를 받지 않았고, 그녀에 대한 가아프의 미묘한 감정은 이 순간에 갑자기 사라졌다. 그는 분노만을, 배반감만을 느꼈다.

개같은 년! 그는 생각했다. 전화가 울리고 또 울렸다.

그놈을 만나러 나갔구나. 아니면 우리집에서 그 짓을 하는지도 몰라! 그는 생각했다. 그는 '마지막으로 한 번'이라고 그들이 속삭이는 말이 귓전에 생생했다. 조명이 침침한 유럽의 레스토랑에서 '거의' 이루어졌던 아슬아슬한 관계를 다룬 어색한 단편소설들을 쓴 하찮은 위인. (누가 장갑을 잘못 끼워 중대한 순간을 영원히 상실하기도 하고, 어느 단편소설에서는 남자의 셔츠가 목이 너무 꼭 끼기 때문에 여자가 그만두자고 결심한다.)

그런 개소리를 헬렌이 어떻게 읽었을까! 그리고 맵시나 부리는 몸을 아내가 어떻게 만졌을까?

"하지만 영화는 반도 안 끝났어요." 던컨이 불평했다. "곧 결투가 벌어져요."

"우린 가야 해." 가아프가 그들에게 말했다.

"싫어요!" 던컨이 이를 악물고 말했다.

"월트가 아파." 가아프가 어물어물 말했다. "여기 있으면 안 돼."

"난 안 아파요." 월트가 말했다.

"월트는 그 정도로 아프진 않아요." 던컨이 말했다.

"자리에서 일어나." 가아프가 그들에게 말했는데, 그가 던컨의 셔츠 앞자락을 잡아 끌어올리는 것을 보자 월트는 먼저 통로로 쪼르르 달려나갔다. 투덜거리며 던컨은 발을 질질 끌고 그를 따라갔다.

"결투가 뭐야?" 월트는 던컨에게 물었다.

"정말 신나는 거지." 던컨이 말했다. "이제 넌 절대로 그걸 보지 못하게 됐구나."

"그 따위 소리 마, 던컨." 가아프가 말했다. "한심하게 그러지 말라구."

"한심한 사람은 아빠예요." 던컨이 말했다.

"그래요, 아빠." 월트가 말했다.

볼보는 얼음으로 뒤덮였고, 앞창은 완전히 시야가 가렸으며, 가아프는 여러 가지 흙털개나 눈을 쓸어내는 망가진 솔 따위 잡동사니가 트렁크 속 어디엔가 있으리라고 생각했다. 하지만 3월쯤에는 겨우내 차를 타고 다녀 그런 장비가 많이 닳았거나, 아이들이 가지고 놀다가 잃어버렸으리라. 어쨌든 가아프는 앞창을 닦느라고 시간을 보낼 생각은 없었다.

"어떻게 보려고 그래요?" 던컨이 물었다.

"여기는 내가 사는 곳이야." 가아프가 말했다. "눈으로 꼭 볼 필요는 없어."

하지만 그는 운전석 쪽 창문을 돌려 내리고 우박처럼 단단한 진눈깨비 속으로 얼굴을 내밀어야 했고, 그런 식으로 그는 집을 향해 차를 몰았다.

"추워요." 월트가 부르르 떨었다. "창문 닫아요!"

"앞을 보려면 열어놓아야 해." 가아프가 말했다.

"아빠는 안 보고도 갈 줄 알았는데요." 던컨이 말했다.

"나 너무 추워요!" 월트가 소리쳤다. 그는 기침을 요란하게 했다.

하지만 모두가 헬렌의 탓이라고 가아프는 판단했다. 월트가 감기로 아무리 고생하고, 병이 더 심해지더라도 아내의 탓이고, 이것은 아내의 잘못이었다. 그리고 극장에서 용서받지 못할 만한 태도로 가아프가 아들을 휘어잡아 자리에서 일으켜 세운 데 대해 던컨이 아버지에게서 느꼈던 실망감, 그것도 그녀의 탓이었다. 개같은 년과 애송이 놈팡이 때문에!

하지만 그러면서도 찬 바람과 진눈깨비 속에서 눈물을 글썽이며 그는 자기가 헬렌을 얼마나 사랑하는지, 다시는 아내 모르게 바람을 피우지도 않겠고, 이런 식으로 다시는 그녀에게 마음의 상처를 주지 않겠다고 약속하리라는 생각을 혼자 했다.

똑같은 순간에 헬렌은 양심이 깨끗해짐을 느꼈다. 가아프에 대한 그녀의 사랑은 아주 순수했다. 그리고 마이클 밀튼이 낯익은 징후들을 나타내는 모습을 보고 그녀는 사정을 할 때가 다 되었음을 의식했다. 허리를 구부린 각도와 묘하게 잡아뽑은 엉덩이, 거의 다른 쓸

모가 없는 안쪽 넓적다리 근육에 힘을 주고, 이제 거의 다 끝났구나, 헬렌은 생각했다. 그녀의 코는 그의 허리띠 장식의 차가운 놋쇠에 닿았고, 뒤통수는 갑자기 3톤짜리 뷰익이 출발이라도 하리라고 예상하는 듯 마이클 밀튼이 움켜잡은 운전대 아래쪽에 쿵쿵 부딪혔다.

가아프는 시속 60킬로미터쯤의 속도로 자동차 진입로의 아래쪽에 이르렀다. 그는 3단 기어를 놓고 내리막길을 벗어나며 도로를 나오자마자 가속기를 밟았고, 얼어붙은 진눈깨비로 차도가 얼마나 반들거리는지를 얼핏 보았으며, 짤막한 오름길 커브에서 볼보가 미끄러질지도 모른다고 잠깐 걱정했다. 그는 도로의 상태를 파악할 때까지 기어를 넣고 있었으며, 그만하면 좋다는 판단이 서자 뾰족한 기어자루를 탁 풀며 즉시 엔진과 전조등을 껐다.

그들은 시커먼 빗속으로 미끄러져 올라갔다. 비행기가 활주로에서 떠오르는 순간 같은 기분이어서 두 아이는 신이 나서 소리를 질렀다. 가아프는 분리된 좌석 사이의 틈으로 서로 좋아하는 자리를 차지하려고 아이들이 그의 팔꿈치로 몰려드는 것을 느꼈다.

"어떻게 이제는 볼 수 있나요?" 던컨이 물었다.

"아빠는 안 봐도 알아." 월트가 말했다. 월트의 목소리에서는 심한 긴장감이 느껴졌고, 가아프는 월트가 자신의 마음을 진정시키고 싶어한다는 사실을 깨달았다.

"난 여기라면 다 훤해." 가아프가 그들을 안심시켰다.

"물 속에서 가는 것 같아요!" 던컨이 숨을 멈추고 소리쳤다.

"꿈을 꾸는 것 같아!" 형의 손을 잡으려고 팔을 뻗으며 월트가 말했다.

14

마르쿠스 아우렐리우스가 본 세상

제니 필즈는 그리하여 다시금 간호사 노릇을 하게 되었는데, 여권 운동을 보살피며 하얀 제복을 입고 여러 해를 보낸 다음이어서인지 제니는 그녀가 맡을 역에 적절한 옷차림이었다. 개머리 항구 필즈 저택으로 가아프 일가가 거처를 옮기기로 한 결정은 제니의 제안에 따라서였다. 제니가 그들을 받아줄 방이 많았고, 몰려왔다가 물러가며 온 세상을 깨끗이 씻어내는 바다의 소리도 치료에 도움이 되는 듯싶었기 때문이었다.

그래서 평생 동안 던컨 가아프는 바다 소리를 들으면 그의 회복기를 연상하게 되었다. 할머니가 붕대를 풀자 던컨의 오른쪽 눈이 있던 자리에서는 무엇이 바닷물처럼 쏟아졌다. 부모는 그 텅 빈 구멍을 보면 견딜 수가 없었지만 제니는 환자의 상처가 사라질 때까지 빤히 지켜보는 데는 이력이 난 여자였다. 던컨에게 유리 눈알을 처음 보여준 사람도 할머니 제니 필즈였다. "보이지?" 제니가 말했다.

"커다랗고 갈색인데 네 왼쪽 눈만큼은 아름답지 못하지만 여자들에게는 네 왼쪽 눈을 먼저 보게 하기만 하면 돼." 여권주의자에게는 별로 어울리지 않는 말이라고 생각했지만, 누가 뭐라고 해도 자신은 우선 간호사라고 제니는 항상 말했다.

던컨의 눈은 분리된 의자들 틈으로 몸이 앞으로 튀어나올 때 빠져나왔는데, 엎어지는 그를 제일 먼저 막은 물건이 기어 자루의 노출된 꼭지였기 때문이었다. 의자들 사이의 틈으로 가아프가 오른쪽 팔을 뻗었지만 너무 늦었고, 던컨은 그 밑으로 지나 오른쪽 눈이 빠지고, 안전 벨트를 푸는 장치에 낀 오른손의 세 손가락이 부러졌다.

누가 따져봐도 볼보는 시속 40킬로미터, 기껏해야 50킬로미터 이상은 달리지 않았지만 충격은 놀랄 정도였다. 관성으로 달리던 가아프의 차가 들이받았어도 3톤짜리 뷰익은 한 치도 물러서지를 않았다. 볼보를 탄 아이들은 충격을 받은 순간에 계란 상자에서 꺼내 종이 봉투에 그냥 넣은 달걀이나 마찬가지였다. 뷰익 안에서도 충격은 놀라울 만큼 강렬했다.

헬렌은 머리가 앞으로 튀어나가 운전대 자루를 이슬아슬하게 비켜났고, 대신 목덜미가 부딪혔다. 레슬러들의 자식이라면 대개 목 힘이 셌기 때문이었는지 헬렌은 목이 부러지지 않았지만 거의 육 개월 동안 부목(副木)을 대고 지냈으며, 등은 죽을 때까지 그녀를 괴롭혔다. 마이클 밀튼이 튀어오르는 바람에 세차게 부딪쳐서인지 오른쪽 쇄골도 부러졌고, 틀림없이 마이클 밀튼의 허리띠 장식이었겠지만 무엇이 콧잔등에 깊은 상처를 내어 아홉 바늘이나 꿰매야 했다. 헬렌은 어찌나 세차게 입을 꽉 다물었는지 이빨이 두 개가 부러졌고, 혀도 두 바늘 꿰매야 했다.

처음에 그녀는 핏덩어리가 입 안에서 돌아다니는 기분을 느끼고는 혀를 물어 끊어진 줄 알았고, 머리가 너무나 심하게 지끈거려서 숨을 쉬어야 할 때까지는 감히 입을 벌리지 못했고, 오른쪽 팔은 움직이지를 않았다. 그녀는 자기 혀라고 생각한 물건을 왼손 손바닥에다 내뱉었다. 그것은 물론 혀가 아니었다. 그것은 마이클 밀튼의 음경 4분의 3이 잘린 토막이었다.

얼굴에 뿜어댄 피를 헬렌은 휘발유라고 생각해서, 자신이 아니라 가아프와 아이들의 안전이 걱정되어 비명을 지르기 시작했다. 그녀는 무엇이 뷰익을 들이받았는지 알았다. 그녀는 가족이 어떻게 되었는지 보려고 마이클 밀튼의 허벅지에서 빠져나오려고 버둥거렸다. 그녀는 혀라고 생각한 물건을 뷰익 바닥에 뱉어버렸고, 성한 왼쪽 팔로는 그녀를 무르팍으로 운전대에다 짓누른 마이클 밀튼을 후려 갈겼다. 그제서야 그녀는 자기 이외에도 누군가 비명을 지르는 소리를 들었다. 물론 마이클 밀튼도 비명을 질러댔지만, 헬렌은 그를 제쳐놓고 볼보 쪽으로 귀를 기울였다. 비명을 지르는 사람은 던컨이라고 그녀는 확신했고, 피가 흐르는 마이클 밀튼의 무르팍 너머로 왼팔을 뻗어 문의 손잡이를 잡았다. 문이 열리자 그녀는 믿어지지 않을 정도의 힘을 느끼며 마이클을 밖으로 밀어냈다. 마이클은 잔뜩 꼬부리고 일어나 앉은 자세를 단 한 번도 고치지 않았고, 아직도 운전석에 앉은 자세 그대로 얼어붙은 듯 진눈깨비 속에 모로 누워서 거세당한 황소처럼 피를 흘리며 고함을 질렀다.

거대한 뷰익의 문에 달린 불이 켜지자 가아프는 볼보 속의 참혹한 피투성이 장면을, 울부짖는 구멍만 뚫리고 피가 철철 흐르는 던컨의 얼굴을 희미하게나마 보게 되었다. 가아프도 고함을 지르기 시작했지만 흐느낌 정도의 소리밖에 나오지를 않았고, 자신이 내는 묘한 소리에 어찌나 겁이 났는지 그는 던컨에게 부드러운 목소리로 얘기를 하려고 했다. 그제서야 가아프는 말이 나오지 않는다는 사실을 깨달았다.

던컨이 엎어지지 않도록 막으려고 팔을 쭉 내밀 때 그는 운전석에서 거의 몸이 완전히 옆으로 돌았고, 얼굴이 운전대에 세차게 부딪혀 턱뼈가 깨지고 혀가 너덜너덜해졌다(열두 바늘). 개머리 항구에서 가아프가 회복하던 여러 주일 동안에는 엘렌 제임스파를 많이 접한 경험이 제니에게는 다행이어서, 입이 철사로 닫힌 가아프는 글로써서 어머니에게 얘기를 했다. 던컨은 글을 읽을 줄은 알았어도 남은 한쪽 눈에 필요 이상으로 힘을 주지 말라는 지시를 받았기 때문에 가아프가 가끔 타자기로 여러 페이지에 걸쳐 쓴 얘기를 제니가 소리내어 던컨에게 읽어주고는 했다. 시간이 흐르면 잃어버린 눈이 없더라도 남은 눈으로 충분하겠지만 가아프는 당장 하고 싶은 말이 많았고, 그 말을 할 수단이 없었다. 던컨과 (그녀에게도 여러 쪽씩 썼지만) 헬렌에게 그가 하는 말을 어머니가 걸러서 전달한다는 사실을 깨닫자 가아프는 아픈 혀를 전혀 움직이지 않으며 철사를 통해 끙끙거려 불만을 나타냈다. 그러면 훌륭한 간호사였던 제니 필즈는 현명하게 그를 독방으로 옮기고는 했다.

"여기는 개머리 항구 병원이군요." 언젠가 헬렌이 제니에게 말했다. 헬렌은 말을 할 수는 있었어도 조금밖에 하지 않았고, 할말이 몇 쪽에 달하지도 않았다. 헬렌은 제니보다 훨씬 잘 읽었고 혀는 두 바늘만 꿰맸기 때문에 회복기의 대부분을 던컨의 방에서 얘기를 읽어주며 보냈다. 회복 기간에는 헬렌보다 제니 필즈가 가아프를 훨씬 잘 다루었다.

헬렌과 던컨은 자주 던컨의 방에서 나란히 앉았다. 던컨은 성한 한쪽 눈으로 카메라처럼 바다 풍경을 하루 종일 쳐다보았다. 한 눈으로 살아가는 데 익숙해진다는 과정은 카메라로 세상을 보는 데 익숙해지는 경우나 마찬가지여서, 원근감이나 초점의 문제가 비슷했다. 던컨이 이 사실을 터득할 준비가 되었다고 여겨졌을 때 헬렌은 외알

렌즈 반사 사진기를 사주었는데, 던컨에게는 그런 종류가 가장 적합했다.

던컨 가아프가 나중에 회고하게 되지만, 그가 화가나 사진작가 같은 예술가가 되겠다고 처음으로 생각해본 때는 거의 열한 살이 다 되었던 이 무렵의 일이었다. 비록 운동신경이 발달하기는 했어도 눈이 하나뿐이어서 그는 (아버지와 마찬가지로) 공을 가지고 하는 운동이라면 영원히 꺼리게 되었다. 달리기를 할 때도 시야가 제한되어 거추장스럽고, 그래서 자기가 멍청해졌다고 던컨은 주장했다. 던컨이 레슬링까지도 관심이 없어지자 가아프는 더욱 서글퍼졌다. 던컨은 사진기의 관점에서 얘기했고, 원근감 때문에 생긴 어려움 가운데 한 가지는 매트가 얼마나 떨어졌는지 모르겠다는 점이라고 아버지에게 말했다. "레슬링을 할 때면 컴컴한 속에서 아래층으로 내려가는 듯한 기분을 느껴요." 그는 가아프에게 말했다. "실제로 닿아 몸으로 느끼기 전에는 난 언제 바닥에 떨어질지를 모르겠어요." 가아프는 물론 사고 때문에 던컨이 스포츠라면 불안해한다는 결론을 내렸지만, 헬렌은 던컨이 운동을 잘하고 신경이 확실히 잘 연결되었어도 전부터 좀 소심하고 위축된 성격이기 때문에 항상 참여를 하지 않으려는 경향이 나타난다고 그에게 일깨워주었다. 신념과 우아함, 그리고 뻔뻔스러움까지도 드러내며 모든 새로운 상황에 몸을 내던지는 용맹한 월트만큼은 분명히 정력적은 아니었다. 그들 중에서는 월트가 진짜 운동에 소질이 있다고 헬렌이 말했다. 얼마 후에 가아프는 아내의 말이 옳으리라고 판단했다.

"헬렌이 옳을 때가 많다는 건 너도 알잖아." 제니가 개머리 항구에서 어느 날 밤 가아프에게 말했다. 사고가 일어난 지 얼마 안 되었고, 던컨도 방을 혼자 쓰고, 헬렌도 방을 혼자 쓰고 가아프도 역시 방을 혼자 쓰던 때였으므로 그 말의 의미는 여러 가지로 해석이 가능했다.

헬렌이 옳을 때가 많다고 어머니가 그에게 말했지만, 가아프는 화가 난 표정으로 제니에게 쪽지를 써주었다.

이번만큼은 그렇지 않아요, 어머니.

쪽지가 의미한 바는 아마도 마이클 밀튼이었으리라. 모든 것이 다 그렇다는 의미이기도 했고.

헬렌이 사표를 낸 표면적인 이유는 마이클 밀튼 때문이 아니었다. 나중에 가아프와 헬렌이 다같이 생각해냈듯이, 제니의 커다란 해상(海上) 병원으로 간다면 불쾌한 기억이 엉긴 집과 입구의 자동차 진입로를 떠날 방법이 마련되는 셈이었다.

그리고 교수들의 윤리 규범에서는 '도덕적 추행'은 해고의 근거로 열거되기는 했지만, 그 문제는 한 번도 토론의 대상이 되지 않았으며, 학생과 잠자리를 같이 한 사건을 너무 가혹하게 다루려고 하지도 않았다. 그것은 교수가 재고용되지 않는 숨겨진 이유가 되기는 해도 해고의 이유가 되기는 드문 일이었다. 학생의 음경을 4분의 3이나 물어뜯은 행위는 학생들에 대한 학대행위에서 상당히 심한 정도라고 헬렌은 생각했을지도 모른다. 장려까지 할 정도는 아니었어도 학생들과 잔다는 사건은 흔히 일어나게 마련이었으며, 학생들을 평가하고 분류하는 훨씬 나쁜 다른 방법도 많았다. 하지만 성기를 잘라버린다는 처벌은 나쁜 학생이라고 해도 확실히 가혹했으며, 헬렌은 틀림없이 자신을 벌하고 싶은 충동을 느꼈으리라. 그래서 그녀는 그토록 견실하게 다져온 일을 계속하는 기쁨을 자신으로부터 박탈했고, 책과 그에 따른 토론이 항상 그녀에게 제공했던 자극도 자신으로부터 스스로 박탈했다. 나중에 헬렌은 죄의식을 느끼지 않겠다고 거부함으로써 불행으로부터 자신을 상당히 구제하기는 했는데, 사실이 그렇기도 했지만 좋은 여자였던 자기가 사소한 무분별 탓에 지나치게 고통을 받는다고 믿을 만큼 강한 여자였기 때문에 나중에 그녀는 마이클 밀튼과 얽혔던 모든 일을 생각하면 슬프기는커녕 오히려 화가 났다.

하지만 적어도 얼마 동안 헬렌은 자신과 가족의 치료를 돌보게 되었다. 어머니가 없이 자랐고, 제니 필즈를 어머니로 대할 기회도 거의 없었던 터라 헬렌은 개머리 항구에서의 치료 기간에 순순히 응했다. 그녀는 던컨을 치료함으로써 마음을 진정시켰고, 제니가 가아프를 간호해주기를 바랐다.

두려움과, 꿈과, 섹스가 얽힌 초기의 경험을 모두 옛 스티어링 학교의 진료소 분위기 속에서 겪었던 가아프에게는 이런 병원 같은 상황이 조금도 새롭지가 않았다. 그는 적응했다. 하고 싶은 말을 글로 쓴다는 과정은 그를 조심하게 만들었으므로 도움이 됐고, 하고 싶다고 '생각' 했을지도 모르는 많은 말을 다시 고려하게 해주었다. 즉흥적인 생각들을 글로 써놓고 보면 그는 이런 말은 하지도 못하겠고 해서는 안 된다는 사실을 깨달았고, 고쳐 쓰려는 생각이 들 때쯤에는 더욱 깨닫는 바가 많아져서 아예 던져버리고는 했다. 헬렌에게 주려고 썼던 어느 쪽지는 이런 내용이었다.

4분의 3으로는 충분하지 않아.

그는 이것을 버렸다.
그리고 실제로 써서 헬렌에게 주었던 쪽지의 내용은 이러했다.

　난 당신을 탓하진 않아.

　나중에 그는 쪽지를 또하나 썼다.

　그리고 그건 내 탓도 아니었어.

라는 내용의 쪽지였다.

　이런 방법을 통하지 않으면 우리들은 다시는 완전해지지 못해요.

　가아프는 어머니에게 썼다.
　그리고 제니 필즈는 하얀 옷을 입고 소금기가 눅눅한 집에서 간호를 하고 가아프의 쪽지들을 배달하느라고 이 방 저 방으로 부지런히 돌아다녔다. 그가 그나마 쓸 수 있는 글이라고는 이런 쪽지들이 고작이었다.
　물론 개머리 항구의 집은 워낙 여러 사람이 회복하는 데 사용했었다. 상처를 입은 제니의 여인들은 이곳에서 자신감을 되찾았고, 바다 냄새가 나는 방들은 기나긴 슬픔의 역사를 지녔다. 그중에는 성전환을 하고 난 후 가장 힘들었던 기간을 이곳에서 제니와 함께 살았던 로버타 멀둔의 슬픔도 포함되었다. 사실 로버타는 혼자 사는 데 실패했고 여러 남자와 사는 데도 실패해서, 가아프 가족이 거처를 이곳으로 옮겼을 때는 그녀가 다시 개머리 항구로 돌아와 제니와 함께 사는 중이었다.
　봄이 되어 날씨가 따뜻해지고 던컨의 오른쪽 눈이 박혔던 자리의 구멍이 서서히 아물어 모래가 달라붙을 위험이 줄어든 다음에 로버타는 던컨을 바닷가로 데리고 나갔다. 남이 던진 공에 대한 원근감 문제를 던컨이 깨달았던 것은 바닷가에서였는데, 로버타 멀둔은 던컨과 공받기를 하다가 미식 축구 공으로 아이의 얼굴을 정면으로 때렸다. 그들은 공놀이를 포기했고, 로버타는 필라델피아 이글스 팀에서 전에 타이트 엔드로 뛰던 시절에 그녀가 보였던 모든 묘기들을 모래밭에다 도표로 그려 던컨에게 설명하는 정도로 만족했는데, 그녀가 90번 선수 로버트 멀둔이었을 때 그녀가 참여했던 이글스 공격진의 역할에 얘기의 초점을 맞추었고, 던컨을 위해 가끔 터치다운 패스(패스를 해서 엔드 존까지 가는 6점짜리 득점—옮긴이)나, 떨어뜨렸던 공이나, 그녀가 범했던 오프사이드 반칙이나, 지극히 악질적으로 다른 선수를 쳤을 때의 장면들을 재연했다. "카우보이스 팀하고 붙었을 때였어." 그녀는 던컨에게 말했다. "달라스에서 경기를 하는 중이었는데 모두들 에이트 볼(당구에서 제8번 공이 재수 없다는 미신에서 연유한 표현으로 재수 없는 놈이라는 뜻—옮긴이)이라고 부르던, 풀밭의 뱀 같은 그놈이 내가 못 보는 쪽에서 덤벼들었어……" 그리고 로버타는 평생 못 보는 쪽이 생긴 말없는 아이를 쳐다보고는 재빨리 화제를 바꾸었다.

가아프에게는 로버타의 얘기란 성전환에 관한 야릇하고 자세한 내용을 의미했고, 가아프가 아마도 자신의 문제와는 너무나도 동떨어진 문제에 관해 얘기를 듣고 싶어할지도 모른다고 로버타는 말했다.

"난 내가 여자였어야 한다고 그전부터 생각했었어요." 그녀는 가아프에게 말했다. "나는 어느 남자가 나한테 섹스를 해주는 꿈을 꾸었고, 꿈에서는 내가 항상 여자였고, 다른 남자가 나한테 성교를 해주는 꿈을 꾼 적은 한 번도 없었어요." 동성애를 하는 남자들에 관한 로버타의 언급에는 혐오감이 암시 이상으로 강하게 드러났는데, 영원히 소수 계층에 단단히 뿌리를 내리겠다는 결정을 내리는 과정에서 사람들은 우리들이 상상하는 이상으로 다른 소수 계층들에게 오히려 덜 너그러울지도 모른다는 가능성이 가아프에게는 이상하게 생각되었다. 제니 필즈와 함께 지내며 개머리 항구에서 기운을 되찾으려고 찾아와서 고민하는 다른 여자들에 관해서 불평할 때 로버타는 못된 여자처럼 굴기까지 했다. "그 저주받을 레즈비언 패거리 말예요." 로버타가 가아프에게 말했다. "그들은 당신 어머니를 어처구니없이 엉뚱한 각도로 부각시키려고 해요."

"난 가끔 그것이 어머니가 존재하는 이유라는 생각이 들어요." 가아프가 로버타를 놀렸다. "어머니는 사람들이 사실과는 다르게 어머니를 파악하게 함으로써 그들을 기쁘게 해주죠."

"하기야 사람들이 나를 혼란시키려고 그랬죠." 로버타가 말했다. "내가 수술을 받으려고 각오를 다지는 동안에 그들은 나를 말리려고 자꾸 설득했어요. '동성애를 하라구.' 그들이 말했어요. '만일 남자들을 원한다면 지금 그대로 남자를 구하면 돼. 만일 여자가 되면 자넨 농락만 당하고 말아.' 사람들이 나한테 말했어요. 그들은 모두 겁쟁이였죠." 로버타가 결론을 내렸지만, 로버타가 슬프게도 거듭거듭 농락을 당했다는 사실을 가아프는 알았다.

로버타의 격렬한 흥분은 독특한 기질도 아니어서, 가아프가 곰곰이 생각해보니 어머니의 집에서 지내고, 어머니의 보살핌을 받는 다른 여자들도 모두 편협한 마음의 희생자들이었지만, 그가 만난 대부분의 여자들은 특히 서로 너그러움을 베풀 줄 몰랐다. 그런 종류의 집안 싸움을 전혀 납득지 못했던 가아프는 그들을 모두 진정시켜 기쁘게 해주고 서로 머리채를 잡아채지 못하게 관리하는 어머니의 재주에 감탄했다. 로버트 멀둔이 실제로 수술을 받기 전에 여러 달이나 질질 끌었음을 가아프는 알았다. 그는 아침에 로버트 멀둔으로 옷차림을 하고 나가서는 여자 옷을 사들였고, 청소년이나 남자들의 집회에서 연설을 하고 받은 대연회의 출연료를 모아 성전환 비용을 댔다는 사실은 거의 아무도 몰랐다. 저녁이면 개머리 항구에서 로버트 멀둔은 제니와 그녀의 집을 함께 쓰는 비판적인 여자들 앞에서 새 옷을 입은 그의 모습을 보여주었다. 에스트로겐 호르몬이 작용해서 젖가슴이 커지기 시작하고 타이트 엔드였던 몸매가 전반적으로 달라지게 되자 로버트는 연회 순례를 집어치우고 상당히 보수적인 가발을 쓰고 남자 같은 여자 옷을 입고 개머리 항구의 집을 나서서, 수술을 받기 훨씬 전부터 로버타 행세를 해보았다. 의학상으로 이제 로버타는 대부분의 다른 여자들과 성기나 비뇨기가 같았다.

"하지만 물론 난 임신을 할 수는 없어요." 그녀는 가아프에게 말했다. "난 난자 생산도 못하고, 월경도 하지 않아요." 다른 여자들도 수백만 명이나 그렇다고 제니 필즈가 그녀를 안심시켰었다. "내가 병원에서 집으로 돌아왔을 때 당신 어머니가 나한테 또 무슨 얘기를 했는지 알아요?" 로버타가 가아프에게 말했다.

개머리 항구가 로버타에게는 '집'이라고 알았던 가아프가 머리를 저었다.

"자기가 아는 대부분의 사람들보다 내가 성별(性別)이 덜 애매하다고 그랬어요." 로버타가 말했다. "나에게는 그 말이 정말로 격려가 되었어요." 그녀가 말했다. "난 질이 닫히질 않아 항상 끔찍한 확장기를 사용해야만 했고, 내가 기계나 마찬가지라고 느끼고는 했었으니까요."

우리 착한 어머니.

라고 가아프가 휘갈겨 썼다.

"당신이 쓴 작품에서는 사람들에 대한 동정심이 굉장히 많이 드러나죠." 로버타가 불쑥 그에게 말했다. "하지만 실생활에서는 당신에게서 동정심이라곤 별로 눈에 띄질 않아요." 그녀가 말했다. 제니도 항상 같은 이유로 그를 비난하고는 했다.

하지만 지금은 훨씬 많은 동정심을 느낀다고 그는 믿었다. 그는 철사로 턱을 잠가놓고, 아내는 하루 종일 팔을 목에다 끈으로 걸고 지내며, 던컨은 아름다운 얼굴이 반쯤만 온전하게 남은 지금, 가아프는 개머리 항구로 떠돌아 흘러온 다른 초라한 인간들에 대해서 훨씬 너그러워졌다.

그곳은 여름철 피서지였다. 제철이 아니어서 오션 레인 거리의 끝 하얀 바닷가와 회녹색 언덕들을 따라 들어선 저택들 가운데 사람이 사는 집이라고는 포치와 다락방들을 갖추고 하얗게 칠하고 판자로 지붕을 얹은 저택뿐이었다. 가끔 개가 한 마리 나타나 파도에 쓸려온 뼈 빛깔의 나무를 킁킁거리며 냄새 맡았고, 몇 킬로미터 내륙으로 들어간 곳에 위치했으며 전에는 여름 별장으로 썼던 집에서 살아가는 은퇴한 사람들은 가끔 바닷가를 산책하며 조가비를 주워 살펴보고는 했다. 여름이면 바닷가는 어디를 가나 수많은 개와, 아이들과, 노부인을 돌보는 보모들투성이었고, 선창에는 눈부신 빛깔의 배가 항상 한두 척 정박했다. 하지만 가아프 가족이 제니와 같이 지내려고 거처를 옮겨왔을 때는 해안선이 황량해 보였다. 겨울의 거센 밀물에 쓸려 올라온 더러운 쓰레기로 지저분해진 바닷가에는 인적을 찾아보기가 힘들었다. 4월 내내 그리고 5월 내내 대서양은 멍이 든 것처럼 검푸른 빛깔, 헬렌의 콧잔등 빛깔이었다.

제철이 아닐 때 읍내를 찾아오는 사람들은 유명한 간호사 제니 필즈를 찾아왔다가 길을 잃은 여자들임이 곧 밝혀지고는 했다. 여름철에는 그런 여자들은 제니가 어디에 사는지 아는 사람을 찾으려고 하루 종일 개머리 항구를 헤매고는 했다. 하지만 개머리 항구에 사는 사람이라면 누구나 알아서, 길을 묻는 상처받은 아가씨들과 여자들에게 '오션 레인 거리의 끝에 위치한 마지막 집'이라고 알려주었다. "호텔만큼이나 큰 집이랍니다. 한눈에 알아볼 거예요."

이렇게 찾아온 사람들은 때때로 바닷가로 우선 터벅터벅 걸어나가 한참 동안 집을 구경한 다음에야 용기를 내어 제니가 혹시 집에 있는지 보러 왔고, 가끔 홀로, 또는 둘이나 셋씩, 바람이 심하게 부는 모래 언덕 위에 쪼그리고 앉아 그곳으로 들어가면 어느 정도의 동정심을 얻게 될까 가늠해보려는 듯 집을 쳐다보는 그들이 가아프의 눈에 띄고는 했다. 한 사람 이상일 때면 그들은 바닷가에서 회담을 벌이고 그들 가운데 한 사람이 선발되어 문을 두드리는 동안 다른 사람들은 부를 때까지 그 자리에 가만히 있어!라는 명령을 받은 개처럼 모래 언덕 위에서 웅숭거리고 기다렸다.

헬렌은 던컨에게 망원경을 사주었고 바다가 내다보이는 방에서 던컨은 우물쭈물거리는 방문객들을 몰래 살펴보고는 문을 두드리기 몇 시간 전에 그들이 나타나리라고 예고하는 일이 많았다. "누가 할머니를 찾아왔어요." 그가 말한다. 초점을, 항상 초점을 맞추며. "나이는 스물네 살쯤 되었어요. 열네 살일지도 모르고요. 파란 배낭을 메었어요. 손에 오렌지를 들었지만 그걸 먹을 것 같진 않아요. 누가 같이 왔는데, 다른 여잔 얼굴이 안 보여요. 그 여자는 엎드렸고, 아니군요, 토하는 모양인데요. 아니에요, 무슨 마스크를 쓰네요. 아마 다른 여자의 엄마인 모양인데—아니에요. 언니겠어요. 아니면 그냥 친구인지도 모르고요."

던컨이 보고를 계속한다. "이제는 오렌지를 먹는군요. 별로 맛이 없나 봐요." 그러면 로버타가, 그리고 때로는 헬렌도 보게 된다. 문을 열어주는 사람은 가아프이기가 보통이었다.

"그래요, 우리 어머니죠." 그가 말한다. "하지만 지금은 장을 보러

나가셨어요. 어머니를 기다릴 생각이라면 들어오시죠." 그리고 그는 미소를 짓기는 하지만 은퇴한 사람들이 바닷가에서 조가비를 살펴보듯 방문객을 쉴새없이 찬찬히 뜯어본다. 그리고 턱이 아물고 망가진 혀가 다시 자라 완전해지기 전까지는 종이를 잔뜩 준비해 가지고 가아프는 문을 열어주러 갔다. 손님들 가운데 많은 사람들은 쪽지를 내밀어도 전혀 놀라지 않았는데, 그 까닭은 그들이 의사를 전달하는 방법도 또한 그 한 가지뿐이었기 때문이었다.

안녕하세요, 내 이름은 베스예요. 난 엘렌 제임스파입니다.

그러면 가아프는 그의 쪽지를 여자에게 건네준다.

안녕하세요, 내 이름은 가아프입니다. 난 턱이 깨졌어요.

그리고 그는 손님들에게 미소를 짓고, 상황에 따라 알맞은 두번째 쪽지를 내준다. 이런 내용이 적힌 쪽지도 있었다.

부엌에 가면 장작을 때는 스토브를 활활 지펴놓았어요. 왼쪽으로 돌아가세요.

그리고 이런 내용의 쪽지도 있었다.

거북해하지 말아요. 어머니는 곧 돌아오시니까요. 여긴 다른 여자들도 있어요. 그 사람들 만나고 싶어요?

이 무렵 가아프는 스포츠 재킷을 다시 입기 시작했는데, 그것은 스티어링이나 비엔나 시절에 대한 향수를 느껴서가 아니었고, 옷차림에 신경을 쓰는 여자라고는 로버타뿐인 듯싶은 개머리 항구에서 옷을 잘 입어야 할 무슨 필요성이 생겼기 때문도 아니었고, 다만 종이를 무척 많이 가지고 다녀야 했으므로 주머니들이 필요했기 때문이었다.

그는 모래밭에서 달리기를 시도했지만 턱이 흔들리고 혀가 이빨에 부딪히는 바람에 포기해야 했다. 하지만 그는 모래밭을 따라 몇 킬로미터씩이나 걸었다. 경찰차가 제니의 집으로 젊은이를 데리고 왔던 날 그는 산책을 나갔다 돌아오는 길이었는데, 경찰관은 커다란 앞쪽 포치로 올라가도록 팔짱을 끼고 젊은이를 부축해주었다.

"가아프 선생님이신가요?" 경찰관 한 사람이 물었다.

가아프는 산책을 나갈 때면 운동복 차림이어서 종이를 하나도 휴대하지 않았지만 '그렇습니다, 내가 가아프 선생입니다' 라는 뜻으로 머리를 끄덕였다.

"이 청년 아시나요?" 경찰관이 물었다.

"물론 알죠." 젊은이가 말했다. "당신네 경찰관들은 도대체 아무도 믿지를 않아요. 당신들은 마음의 여유가 없다니까요."

그는, 가아프가 느끼기에는 여러 해 전처럼 생각되는 어느 날 밤, 랄프 부인의 내실에서 가아프가 몰아냈던, 보랏빛 카프탄 청년이었다. 가아프는 누구인지 모르겠다고 할까 생각했지만, 머리를 끄덕였다.

"이 청년은 돈을 한 푼도 갖고 있지 않았어요." 경찰관이 설명했다. "이 부근에 살지도 않고, 직장도 없어요. 어디 학교도 다니지 않고 가족에게 전화를 걸었더니 식구들은 이 사람이 어디 사는지조차도 몰랐고, 어디로 갔는지 별로 알고 싶어하지도 않더구만요. 하지만 이 청년은 당신하고 같이 지내니까 당신이 신원 보증을 해주리라고 했어요."

가아프는 물론 말을 할 수가 없었다. 그는 철사 올가미를 손으로 가리키고는 손바닥에다 글을 쓰는 동작을 흉내냈다.

"치열 교정은 언제부터 받았나요?" 청년이 물었다. "대부분의 사람들은 나이가 훨씬 어릴 때 그런 걸 하는데요. 이렇게 괴상하게 생긴 치열 교정틀은 처음 봐요."

가아프는 경찰관이 내준 교통 위반 발부장의 뒤에다 썼다.

　예, 이 사람은 내가 책임을 지겠어요. 하지만 난 턱이 부러졌기 때문에 이 사람을 위한 신원 보증을 하기가 힘드는군요.

청년은 경찰관의 어깨 너머로 쪽지를 읽어보았다.

"맙소사." 히죽 웃으며 그가 말했다. "상대방 녀석은 어떤 꼴이 되었나요?"

그 녀석은 음경이 4분의 3이나 달아났지, 가아프는 생각했지만 그런 내용을 교통 위반 딱지나 어디에도 쓰지 않았다. 끝까지.

알고 보니 청년은 감옥에 들어가 지내는 동안 가아프의 소설들을 읽었다.

"만일 당신이 그 책들의 저자인 줄 알았더라면 난 그렇게까지 불손하게 굴지는 않았을 거예요." 청년이 말했다. 그는 이름이 랜디였고, 가아프의 열렬한 애독자가 되었다. 가아프는 그의 독자층을 이루는 주류가 부랑아들, 외로운 아이들, 발육이 늦은 어른들, 괴짜들, 그리고 어쩌다 가끔 도착적인 취향에 물들지 않은 온전한 시민들이라고 굳게 믿었다. 하지만 랜디는 마치 가아프가 이제는 자기가 순종하는 유일한 선각자나 된다는 듯 찾아왔다. 개머리 항구 어머니의 집에 충일하는 정신에 따라 가아프는 청년을 차마 쫓아버리지를 못했다.

로버타 멀둔은 가아프와 그의 가족에게 일어난 사고를 랜디에게 요약해서 보고하는 일을 맡았다.

"저 근사하고 덩치 큰 아가씨는 누구죠?" 랜디가 얼이 빠져 가아프에게 물었다.

누군지 모르겠어?

가아프가 썼다.

필라델피아 이글스에서 타이트 엔드였는데.

하지만 가아프가 역겨워하는 태도조차도 호감을 느낀 랜디의 열성이 수그러들게는 하지 못했다. 당장은. 청년은 몇 시간 동안 던컨과 말동무를 해주었다.

무슨 소리를 늘어놓으며 말동무를 하는지는 하느님이나 아실 노릇이지.

가아프가 헬렌에게 불평했다.

아마 마약에 대한 자기 경험을 모조리 던컨에게 얘기하는지도 몰라.

"청년은 마약 같은 거 전혀 가까이하지 않아." 헬렌이 가아프를 안심시켰다. "당신 어머니가 직접 물어봤어."

그렇다면 자기가 범한 범죄의 신나는 역사를 던컨에게 늘어놓겠지.

가아프가 썼다.
"랜디는 작가가 되고 싶어해." 헬렌이 말했다.

글을 쓰고 싶어하지 않는 사람이 없구만.

가아프가 썼다. 하지만 그 말은 진실이 아니었다. 가아프 자신은 이제 더이상 글을 쓰고 싶지 않았다. 글을 쓰려고 하면 지극히 끔찍한 소재만이 머리를 들고 그를 맞았다. 그는 그것을 잊고, 기억 속에 그것을 소중히 간직해야 하며, 예술을 통해 흉악하게 과장시켜서는 안 된다는 사실을 알았다. 그것은 광증이나 마찬가지였지만, 가아프가 글을 쓰겠다는 생각만 하면 머리에 떠오르는 소재라고는 추잡한 곁눈질과, 방금 쏟아진 내장 덩어리와, 죽음의 악취 따위였다. 그래서 그는 글을 쓰지 않았고, 쓰려는 시도조차 하지 않았다.
마침내 랜디가 가버렸다. 그가 가는 뒷모습을 보고 던컨은 섭섭해했지만 가아프는 마음이 놓였고, 랜디가 그에게 남기고 간 쪽지를 누구에게도 보이지 않았다.

나는 무엇을 하더라도 당신만큼 훌륭히 해낼 능력이 없어요. 비록 그것이 사실이긴 하지만, 내 머릿속에 그런 생각을 깨우쳐줄 때 당신은 조금은 너그러웠어도 괜찮았을 거예요.

그래, 내가 친절한 위인이 아니어서 어쨌다는 얘기야, 가아프는 생각했다. 그래서 어쨌다는 말인가? 그는 랜디의 편지를 던져버렸다.

철사를 떼어내고 혀에서 얼얼한 기운이 사라진 다음 가아프는 다시 달리기를 시작했다. 날씨가 더워지자 헬렌은 수영을 했다. 그녀는 수영, 특히 평영이 쇄골을 튼튼하게 하고 근육 상태를 회복시키는 데 좋다는 얘기를 들었지만, 그래도 수영을 하려면 통증을 느꼈다. 그녀는 곧장 바다로 한참 나갔고, 그리고는 해안선을 따라, 가아프가 보기에는 몇 킬로미터씩이나 수영을 했다. 그녀는 바닷가가 가까우면 파도의 방해를 받기 때문에 물이 훨씬 잔잔한 그토록 먼 곳까지 나간다고 했다. 하지만 가아프는 걱정이 되었다. 그와 던컨은 헬렌을 살펴보느라고 가끔 망원경을 사용했다. 무슨 일이 벌어지면 나는 어떻게 해야 하나? 가아프는 궁금했다. 그는 수영이 서툴렀다.

"엄마는 수영 잘해요." 던컨이 그를 안심시켰다. 던컨도 수영 솜씨가 훌륭해지는 중이었다.

"너무 멀리 나가니까 그래." 가아프가 말했다.

여름 피서객들이 도착할 때쯤에는 가아프 가족은 약간 덜 유별나게 운동을 해서, 이른 아침에만 모래밭이나 바다에서 놀았다. 여름날 사람들이 몰리는 때나 초저녁이면 그들은 커다랗고 시원한 제니 필즈의 집으로 은둔해서 그늘진 포치에 앉아 세상 사람들을 구경했다.

가아프는 몸이 조금 좋아졌다. 그는 글을 쓰기 시작했는데, 처음에는 조심스럽게 길다란 기둥 줄거리의 요약이나 주인공들에 관한 서술을 마련했다. 그는 적어도 혼자 생각으로는 주인공이 될 만하다고 여겼던 남편, 아내, 아이는 피했다. 그는 대신에 가족이 아닌 외부 사람인 형사에게 신경을 집중했다. 가아프는 작품 속에서 어떤 공포가 술렁일지를 환히 알았고, 어쩌면 그러한 까닭에 그는 경찰 수사관이 범죄와 거리가 멀듯, 자신의 개인적인 불안감으로부터 거리가 먼 등장인물을 통해 주제에 접근했는지도 모른다. 도대체 내가 왜 경찰 수사관에 관한 얘기를 쓴다는 말인가? 그는 생각했고, 그래서 수사

118

관을 가아프까지도 이해하기가 쉬운 어떤 사람으로 바꿔놓았다. 그러자 가아프는 악취 그 자체에 접근하게 되었다. 던컨의 눈구멍에서 붕대를 풀었고, 아들은 여름 햇살에 그을은 얼굴과 거의 멋질 정도로 어울리는 까만 눈가리개를 착용했다. 가아프는 마음을 다져먹고 장편소설을 쓰기 시작했다.

『벤젠하버가 본 세상』을 시작한 때는 가아프의 회복기였던 늦여름이었다. 이 무렵에 마이클 밀튼은 퇴원해서 비탄에 빠진 얼굴을 하고 수술 후의 구부정한 모습으로 걸어다녔다. 제대로 배액(排液)을 못한 결과로 감염이 되고 흔한 비뇨기의 병으로 악화되어 그는 음경의 나머지 4분의 1도 수술을 받아 제거해야 했다. 가아프는 이런 사실을 전혀 몰랐고, 이 무렵에는 얘기를 들었다고 해도 조금도 마음이 기쁘지 못했으리라.

헬렌은 가아프가 다시 작품을 시작했음을 알았다.

"난 그걸 안 읽겠어." 그녀가 말했다. "단 한 단어도. 당신이 그걸 써야 한다는 마음은 알지만, 난 전혀 작품을 보고 싶지 않아. 당신 기분을 해칠 뜻은 없지만, 당신이 이해를 해야 해. 난 그 사건을 잊어야만 하고, 당신이 꼭 그것을 써야겠다면, 그야 써야지. 사람들은 이런 일들을 여러 가지 방법으로 묻어버리니까."

"이건 꼭 그 사건을 다룬 것은 아냐." 가아프가 말했다. "난 자서전적인 소설은 쓰지 않아."

"그것도 알아." 그녀가 말했다. "그래도 난 어쨌든 작품은 읽지 않겠어."

"물론 나도 이해는 해." 그가 말했다.

글을 쓴다는 것은 고독한 작업임을 그는 전부터 알았다. 외로운 인간이 그만큼 더 외로움을 느껴야 한다는 것은 어려운 일이었다. 돌처럼 단단한 여자니까 제니는 읽으리라는 사실을 그는 알았다. 제니는 그들이 모두 회복되는 과정을 지켜보았고, 새로운 환자들이 들어오고 나가는 모습도 보았다.

그들 가운데 한 사람이 로렐이라는 이름의 입맛 떨어지는 젊은 아가씨였는데, 그녀는 어느 날 아침 식사를 하다가 던컨에 대한 말을 실수했다. "나 다른 방에서 자면 안 될까요?" 그녀는 제니에게 물었다. "망원경에, 사진기에, 눈가리개까지 찬 으스스한 애가 싫어서요. 그 녀석은 씨팔 해적처럼 나를 염탐질만 하죠. 어린아이들까지도, 심지어는 애꾸눈까지도 눈으로 내 몸을 샅샅이 뒤져댄다니까요."

가아프는 바닷가에서 동이 트기 전에 달리기를 하다가 넘어져 다시 턱을 다쳤고, 다시금 철사로 묶어 입을 잠가놓은 다음이었다. 그는 이 여자에게 하고 싶은 말을 써줄 종이를 휴대하지 않았고, 그래서 식탁 수건에다 아주 서둘러 획획 갈겨 썼다.

좆이나 빨아.

그는 휘갈겨 쓴 냅킨을 놀란 여자에게 집어던졌다.

"보세요." 여자가 제니에게 말했다. "난 바로 이런 생활을 겨우 이제야 벗어난 여자예요. 항상 어떤 남자인가는 나를 못살게 굴고, 어느 미친놈이 물건 큰 사내랍시고 날 윽박지르고는 하죠. 누가 그게 좋대요? 더구나 여기서 이런 짓을 하다니, 이게 뭐예요? 내가 이런 꼴이나 또 당하려고 여기까지 온 줄 알아요?"

씹이나 하다 뒈져라.

가아프의 다음 쪽지의 내용이었지만, 제니는 여자를 밖으로 끌고 나가 던컨의 눈가리개와, 망원경과, 사진기에 얽힌 역사를 들려주었고, 여자는 그곳에서 머무는 마지막 며칠 동안 가아프를 피하느라고 무척 열심히 노력했다.

그녀는 겨우 며칠만 묵었고, 그러자 뉴욕 번호판을 단 멋쟁이 차를 끌고 누가 그녀를 데리러 찾아왔는데, 그는 아닌게 아니라 항상 '물건 큰 사내랍시고' 가엾은 로렐을 못살게 구는 미친놈처럼 보였다.

"여봐, 허깨비들아!" 그는 옛날 구식 연인들처럼 커다란 포치 그네에 앉아 있던 가아프와 로버타에게 소리쳤다. "로렐이 잡혀산다는 게 이 갈보집인가?"

"우린 그 여잘 잡아둔 건 아닌데." 로버타가 말했다.

"닥쳐, 이 덩치만 큰 레즈비언아." 포치로 올라오며 뉴욕 남자가 말했다. 그는 스포츠카의 모터가 그냥 돌아가게 놔두어서, 차는 혼자 부르릉거리다가 저절로 조용해지고, 그리고는 또다시 부르릉거렸다. 남자는 카우보이 장화에 초록빛 스웨이드 나팔바지 차림이었다. 로버타 멀둔만큼은 못 되었어도 그는 키가 크고 가슴이 딱 벌어졌다.

"난 레즈비언이 아냐." 로버타가 말했다.

"어쨌든 당신은 순결한 처녀도 아니잖아." 남자가 말했다.

"씨팔년의 로렐은 어디 갔지?" 그는 두 젖꼭지 사이에 환한 초록빛 글씨를 박은 오렌짓빛 셔츠를 입었다.

몸집을 키워라!

라는 내용이었다.

가아프는 쪽지를 써주려고 호주머니에서 연필을 찾았지만, 몸에 지닌 것이라고는 이 무례하기 짝이 없는 위인에게는 적용되지 못할 듯한 옛날 쪽지들, 자주 사용하던 쪽지들뿐이었다.

"로렐은 당신이 찾아오길 기다리나?" 로버타 멀둔이 남자에게 물었고, 가아프는 로버타가 또다시 자기가 남자인지 여자인지 혼동하고 있음을 알았는데, 그녀는 똥줄이 빠지게 이 멍청한 자식을 두들겨팰 적당한 구실을 마련하려고 이 남자를 자극하는 중이었다. 하지만 가아프가 보기에 남자는 로버타에게 질 만한 상대가 아닐 듯싶었다. 에스트로겐이 바꿔놓은 부분은 로버타의 몸집뿐이 아니어서, 로버타가 자칫 잊어버리기 쉬운 그런 정도까지 과거 로버트 멀둔의 근육을 제거해놓았다.

"이봐, 귀여운 녀석들아." 가아프와 로버타 두 사람에게 남자가 말했다. "만일 로렐이 여기서 썩 나오지 못한다면 내가 이 집을 싹 쓸어 없애버리겠어. 어쨌든 여긴 도대체 뭐하는 곳이지? 소문은 누구나 다 알아. 로렐이 어디로 갔는지 알아내는 데 난 조금도 힘이 안 들었으니까. 뉴욕의 헐렁한 잡년들이라면 누구나 이런 계집년들의 소굴을 환히 알거든."

로버타가 빙그레 웃었다. 그녀가 커다란 포치의 그네에서 앞뒤로 몸을 구르기 시작하는 모습을 보자 가아프는 속이 울렁거려 토할 듯한 기분을 느꼈다. 가아프는 미칠 듯이 호주머니를 뒤져 쓸모없는 쪽지들을 얼른얼른 읽어 넘겼다.

"이봐, 광대 같은 위인들아." 남자가 말했다. "난 어떤 종류의 잡것들이 이곳으로 모여드는지 잘 알아. 여긴 동성애를 하는 여자들의 본부라더구만, 안 그래?" 그가 카우보이 장화로 커다란 포치 그네의 언저리를 밀어대자 그네가 엉뚱한 방향으로 움직였다. "그리고 당신은 뭐야?" 그는 가아프에게 물었다. "당신이 주인 어르신네야? 아니면 궁정의 내시?"

가아프가 남자에게 쪽지를 내밀었다.

부엌에 가면 장작을 때는 스토브를 활활 지펴놓았어요. 왼쪽으
로 돌아가세요.

하지만 지금은 8월이었으므로, 그것은 틀린 쪽지였다.
"이건 또 무슨 개수작이야?" 남자가 말했다. 그리고 가아프는 호주
머니에서 튀어나온 첫번째 쪽지인, 또다른 카드를 그에게 내밀었다.

거북해하지 말아요. 어머니는 곧 돌아오시니까요. 여긴 다른 여
자들도 살아요. 그 사람들 만나고 싶어요?

"좆같은 소리 그만 해!" 남자가 말했다. 그는 커다란 덧문을 향해
걸어가기 시작했다. "로렐!" 그가 고함쳤다. "너 그 안에 있어? 이 개
같은 년아!"
하지만 그를 만나러 문간으로 나온 사람은 제니 필즈였다.
"안녕하세요?" 그녀가 말했다.
"난 당신이 누구인지 알아요." 남자가 말했다. "그 멍청이 같은 제
복이 눈에 익었어요. 우리 로렐은 당신 같은 인간형이 아니에요. 그
여잔 씹하는 걸 좋아하니까요."
"당신하고 하는 건 좋아하지 않을지도 몰라요." 제니 필즈가 말했다.
이때 몸집을 키워라! 셔츠를 걸친 남자가 제니 필즈에게 어떤 끔찍
한 폭력을 당장이라도 행사했을지는 알 길이 없는 일이 되어버렸다.
로버타 멀둔은 놀란 남자에게 몸을 십자형으로 엇갈려 막는 방어 자
세로 덤벼 뒤에서부터 두 무릎의 뒤쪽을 약간 한쪽으로 치우쳐 공격
했다. 그것은 로버타가 필라델피아 이글스에서 선수로 활약하던 시
절에는 15야드나 물러나야 하는 반칙에 해당하는 악질적인 강타였
다. 남자가 포치 선반의 회색 널빤지에 얼마나 세게 부딪혔는지, 매

달아놓은 화분들이 흔들거렸다. 애를 썼지만 그는 몸을 일으키지 못했다. 그는 미식 축구라는 스포츠에서 15야드 반칙에 해당되는 걷어차기를 당해 무릎 부상을 입고 괴로워하는 듯싶었다. 그는 어느 누구에게도 더이상 주먹을 휘두를 만한 기력이 없었고, 달처럼 차분한 표정을 지은 얼굴은 고통스러워 약간 창백해진 채로 엎어져 있었다.

"그건 너무 심했잖아, 로버타." 제니가 말했다.

"내가 로렐을 데리고 오겠어요." 로버타가 수줍어하며 말하고는 안으로 들어갔다. 마음속 깊은 곳에서는 로버타가 어느 누구보다도 여자답다는 사실을 가아프와 제니는 알았지만, 몸만큼은 고도로 훈련된 바위 같았다.

가아프는 또다른 쪽지를 찾아내어 뉴욕 남자의 가슴, **몸집을 키워라!** 라는 글자가 박힌 자리에다 떨구었다. 같은 쪽지를 가아프는 여러 장이나 가지고 있었다.

안녕하세요, 내 이름은 가아프입니다. 난 턱이 깨졌어요.

"내 이름은 해롤드야." 남자가 말했다. "턱을 다쳤다니 정말 안됐구만."

가아프는 연필을 찾아내어 쪽지를 하나 더 썼다.

무릎을 다쳤으니 정말 안됐구만, 해롤드.

로렐을 데리고 왔다.

"어머, 자기." 그녀가 말했다. "자기 날 찾아냈구나!"

"난 씨팔 운전을 못 할 것 같구만." 해롤드가 말했다. 오션 레인에서는 남자의 스포츠카가 모래를 먹고 싶어 야단인 짐승처럼 아직도 씨근덕거렸다.

"나도 운전할 줄 알아, 자기." 로렐이 말했다. "자기는 괜히 내가 운전을 못 하게 할 뿐이지."

"지금은 운전을 하게 해주지." 해롤드가 끙끙거렸다. "내 말을 믿어."

"아, 자기." 로렐이 말했다.

로버타와 가아프는 남자를 들고 차로 갔다. "나 정말 로렐이 필요하다는 생각이 들어." 남자가 그들에게 고백했다. "망할 놈의 분리된 좌석 정말 밥맛 없어." 그들이 주춤거리며 그를 밀어넣은 다음에 남자가 불평했다. 해롤드는 차에 비해서 몸집이 컸다. 가아프는 자동차에 이토록 가까이 접근한 적이 여러 해 만에 처음인 듯한 기분이 들었다. 로버타가 가아프의 어깨에 손을 얹었지만, 가아프는 몸을 돌렸다.

"해롤드가 나를 필요로 하는 모양예요." 로렐은 어깨를 약간 으쓱하며 제니 필즈에게 말했다.

"하지만 저 여자가 왜 저런 남자를 필요로 할까?" 작은 차가 멀어져가는 사이에 제니 필즈가 혼잣말처럼 말했다. 가아프는 어슬렁거리며 자리를 떴다.

헬렌은 자기를 찾아오고 싶어하던 플레처 부부, 해리슨과 앨리스와 통화를 하는 중이었다. 아마 그들이 오면 도움이 될지도 몰라, 헬렌은 생각했다. 그녀의 판단은 옳았고, 또다시 무엇에 관해서인가 자신이 옳다는 사실은 틀림없이 헬렌의 자신감을 되찾아주었으리라.

플레처 부부는 한 주일 동안 머물렀다. 나이와 성별(性別)이 다르기는 해도 마침내 던컨이 같이 놀 만한 아이가 생겼고, 이 아이는 적어도 그의 눈에 관해서 잘 알았으며, 던컨은 눈가리개에 대한 주눅을 거의 다 잊었다. 플레처 부부가 떠난 다음에 그는 다른 아이들을 만나게 되고 그래서 그들이 질문을 하거나 놀려대기도 할지 모르는 대낮에도 혼자 바닷가로 서슴지 않고 나가는 일이 더 많아졌다.

전에도 그랬듯이 해리슨은 헬렌의 마음속 얘기를 들어주는 역할을 맡았는데, 그녀는 가아프에게 얘기하기는 너무 뻔뻔스럽기만 해도 꼭 누구에게인가는 털어놓아야 할 마이클 밀튼에 관한 얘기를 해리슨한테 털어놓게 되었다. 그녀는 이제 결혼생활에 대한 불안감과, 이 사고를 가아프와는 얼마나 다른 각도로 자신이 해결하려는지 얘기하고 싶은 욕구를 느꼈다. 해리슨은 아이를 하나 더 낳으라고 제안했다. 임신을 하라고 그는 충고했다. 헬렌은 이제는 피임약을 복용하지 않는다고 털어놓았지만, 사건 이후 가아프가 그녀와 같이 자지 않는다는 사실은 해리슨에게 얘기하지 않았다. 해리슨은 그들이 방을 따로 쓰고 있음을 눈치챘으므로 사실 그런 얘기는 할 필요가 없었다.

앨리스는 가아프더러 한심하게 쪽지를 써가며 대화를 나누는 짓을 그만두라고 권했다. 만일 노력만 한다면, 남이 들으면 이상하다고 할까봐 자존심 때문에 쓸데없는 걱정만 하지 않는다면, 그는 말을 하는 데 어려움이 없으리라. 하물며 나도 말을 하는데, 아무리 이빨과 가냘픈 혀와 모든 것을 철사로 함께 얽어놓았다고 하더라도 가아프는 속시원히 말을 해도 좋으리라고, 적어도 시도는 할 수 있으리라고 앨리스는 추리했다.

"애리슈." 가아프가 말했다.

"예." 앨리스가 말했다. "그건 내 이름이죠. 당틴 이름은 뭐죠?"

"아프." 가아프가 겨우 말했다.

하얀 옷차림으로 다른 방으로 가던 제니 필즈는 그 소리를 듣자 유령처럼 부르르 떨더니 발걸음을 서둘렀다.

"나 그애 보고 시허요." 가아프가 앨리스에게 고백했다.

"그래요, 당틴은 애가 물론 보고 팁겠죠." 울음을 터뜨린 그를 안고 앨리스가 말했다.

플레처 부부가 떠난 다음 한참 후에 헬렌이 밤에 가아프의 방으로 왔다. 그녀가 들었던 소리를 남편도 들었기 때문에 잠이 깬 가아프를 보고도 헬렌은 놀라지 않았다. 그 소리 때문에 그녀는 잠을 이루지 못했다.

최근에 제니를 찾아온 새 손님 누군가가 목욕을 하는 중이었다. 처음에 가아프 부부는 물이 괴는 소리를 들었고, 그리고는 철버덕 들어가 비누칠을 하고 물이 튀는 소리가 들려왔다. 콧노래를 부르는지 약간 경쾌한 노랫소리도 났다.

그들은 물론 월트가 목욕하는 소리를 들었던 시절이 머리에 떠올랐는데, 혹시 미끄러지는 소리가 나지 않나 귀를 열심히 기울였고, 아무 소리도 나지 않을 때면 가장 두려워했다. 그러면 그들은 "월트?"라고 소리쳐 부른다. 그리고 월트는 "왜요?"라고 말한다. 그러면 그들은 "아무 일도 아냐. 그냥 확인하고 싶어서!"라고 말한다. 물 속으로 미끄러져 들어가 익사라도 하지 않았는지.

월트는 두 귀를 물에 잠그고 누워 욕조의 벽을 기어오르는 그의 손가락들이 내는 소리를 듣기를 좋아했고, 가아프나 헬렌이 불러도 듣지 못하는 일이 많았다. 그는 욕조의 가장자리 위에서 갑자기 나타나 굽어보는 부모의 초조한 얼굴을 올려다보며 놀라고는 했다. "나 별일 없어요." 일어나 앉으며 그가 말한다.

"제발 대답만이라도 해야지, 월트." 가아프가 아들에게 말한다. "우리들이 부르면 대답만이라도 하라구."

"난 못 들었어요." 월트가 말했다.

"그럼 머리를 물 속에 처박지 마." 헬렌이 말했다.

"하지만 머리는 어떻게 감고요?" 월트가 물었다.

"그렇게 해서야 머리를 제대로 감을 수나 있니, 월트?" 가아프가 말했다. "날 불러. 네 머리는 내가 감겨줄 테니까."

"알았어요." 월트가 말했다. 그리고 그를 혼자 내버려두면 월트는 다시 물 속으로 머리를 잠그고 세상 소리를 그런 식으로 들었다.

헬렌과 가아프는 개머리 항구의 한 다락방, 어느 손님방에서 가아프의 좁다란 침대에 나란히 누웠다. 집에는 욕실이 너무나 많아서, 그들은 어느 욕실인지조차 확실히 모르며 귀를 기울였다.

"여자 같아." 헬렌이 말했다.

"여기서 말야?" 가아프가 말했다. "물론 여자겠지."

"처음에는 어린애인 줄 알았어." 헬렌이 말했다.

"알아." 가아프가 말했다.

"콧노래 때문에 그랬나봐." 헬렌이 말했다. "그애가 혼잣말을 잘 했다는 거 당신도 알지?"

"알아." 가아프가 말했다.

덧문들이 흔들리며 덜커덩거리고, 그토록 많은 창문을 하루 종일 열어두었고, 그리고 바다가 너무 가까워서 언제나 약간 눅눅한 침대에서 그들은 서로 껴안았다.

"나 아이 또 낳고 싶어." 헬렌이 말했다.

"좋아." 가아프가 말했다.

"가능한 한 빨리." 헬렌이 말했다.

"지금 당장." 가아프가 말했다. "그렇게 하지."

"혹시 딸이 태어나면, 당신 어머니 이름을 따서 제니라고 하자구." 헬렌이 말했다.

"좋아." 가아프가 말했다.

"아들이면 어떻게 해야 할지 모르겠어." 헬렌이 말했다.

"월트라고는 안 돼." 가아프가 말했다.

"알았어." 헬렌이 말했다.

"절대로 다시는 월트라고는 안 돼." 가아프가 말했다. "그러는 사람들도 있다고는 하지만."

"난 그러고 싶지 않아." 헬렌이 말했다.

"아들이면 다른 이름을 골라보지." 가아프가 말했다.

"난 딸이었으면 좋겠어." 헬렌이 말했다.

"난 상관없어." 가아프가 말했다.

"그야 물론이지. 사실은 나도 상관없어." 헬렌이 말했다.

"너무 미안해." 아내를 껴안으며 가아프가 말했다.

"아냐, 너무 미안한 건 나야." 그녀가 말했다.

"아냐, 내가 너무 미안해." 가아프가 말했다.

"내가 그렇다니까." 헬렌이 말했다.

"내가 그래." 그가 말했다.

그들은 굉장히 조심스럽게 섹스를 했다. 헬렌은 자기가 방금 수술실에서 나온 로버타 멀둔이고, 신품 생식기를 실험한다고 상상했다. 가아프는 아무 상상도 안 하려고 애썼다.

가아프가 상상을 시작하기만 하면 항상 피투성이 볼보만 눈앞에 어른거렸다. 던컨이 비명을 지르고, 바깥에서 헬렌이 부르는 소리가 들리고, 그리고 또 누가. 그는 운전대에서 몸을 비틀어 운전석 위에 무릎을 꿇고 앉아 두 손으로 던컨의 얼굴을 잡았지만, 피는 멈추지 않았고 가아프는 무엇이 잘못되었는지 다 확인하기가 불가능했다.

"괜찮아." 그는 던컨에게 속삭였다. "넌 별일 없을 테니까 조용히 해." 하지만 혀를 다쳤기 때문에 말은 안 나오고, 부드럽게 피만 뿜어대었다.

던컨은 계속해서 비명을 질렀고, 헬렌도 소리를 질렀으며, 또 누군

가, 꿈을 꾸는 개가 그러듯, 자꾸 신음을 했다. 하지만 가아프로 하여
금 그토록 무서워하게 만든 소리는 무엇이었던가? 또 무슨 소리가?

　"아무렇지 않으니까 내 말 믿어, 던컨." 그는 알아듣지 못할 말을
속삭였다. "넌 별일 없을 거야." 그는 아들의 목에서 손으로 피를 닦
아냈는데, 보아하니 목에는 찢어진 곳이 없었다. 그는 아들의 양쪽
관자놀이에서 피를 씻어냈지만, 그곳도 으깨진 곳이 없었다. 그는 확
인을 하려고 운전석 쪽 문을 발로 차서 열었고, 문의 불이 켜지자 그
는 두리번거리는 던컨의 한쪽 눈을 보았다. 그 눈은 도움을 구하려고
했으며, 가아프는 그 눈이 볼 수가 있음을 알았다. 그는 손으로 피를
더 닦아냈지만, 던컨의 다른 쪽 눈이 나오지를 않았다. "괜찮다." 그
는 던컨에게 속삭였지만 던컨은 더욱 큰 소리로 비명을 질렀다.

　아버지의 어깨 너머로 던컨은 열린 볼보의 문 앞에 선 어머니를
보았다. 그녀의 뭉개진 코와 갈라진 혀에서는 피가 철철 흘렀고, 어
깨 근처 어디가 부러진 듯 오른쪽 팔을 움켜잡고 서 있었다. 하지만
던컨이 무서워했던 것은 그녀의 얼굴에 나타난 공포였다. 또다른 무
엇이 그를 공포로 몰아넣었다.

　그것은 던컨의 비명도 아니고 헬렌의 비명도 아니었다. 그리고 끙
끙거리는 마이클 밀튼이 끙끙거리다 죽을지도 모른다는 사실을 알았
지만, 가아프는 개의치도 않았다. 그것은 다른 무엇이었다. 그것은 소
리가 아니었다. 그것은 소리가 없음이었다. 그것은 소리의 부재였다.

　"월트는 어디 있어?" 볼보 속을 들여다보려고 애쓰며 헬렌이 말했
다. 그녀는 비명을 멈추었다.

　"월트!" 가아프가 소리쳤다. 그는 숨을 죽였다. 던컨도 비명을 멈
추었다.

　그들은 아무 소리도 못 들었다. 그리고 가아프는 월트가 감기에
걸렸으므로, 아이의 가슴속에서 물에 젖은 듯한 씨근거리는 소리가

흘러나오면 옆방이나, 두 방이나 떨어진 곳에서도 들린다는 사실을 알고 있었다.

"월트!" 그들이 소리쳤다.

헬렌과 가아프는 나중에, 그 순간에 월트가 귀를 물 속에 잠그고 욕조를 더듬거리며 장난치는 그의 손가락 소리에 열심히 귀를 기울이고 있으리라는 상상을 했노라고 서로 귓속말로 얘기했다.

"난 아직도 그애 모습이 눈에 선해." 나중에 헬렌이 나지막이 말했다.

"항상 그렇지." 가아프가 말했다. "나도 알아."

"눈만 감았다 하면 그래." 헬렌이 말했다.

"맞아." 가아프가 말했다. "나도 알아."

하지만 던컨의 표현이 가장 훌륭했다. 던컨은 가끔 없어진 오른쪽 눈이 완전히 없어지지는 않은 듯한 기분이라고 말했다.

"마치 가끔 그 눈으로도 보이는 듯한 기분이 들어요." 던컨이 말했다. "하지만 그건 추억이나 마찬가지여서, 내가 보는 것―그건 현실은 아니에요."

"아마 그건 네가 꿈을 보는 눈이 되었는지도 모르지." 가아프가 그에게 말했다.

"글쎄요." 던컨이 말했다. "하지만 그건 너무나 생생하게 느껴져요."

"그건 네 상상의 눈이란다." 가아프가 말했다. "그건 아주 생생한 경우도 있어."

"그건 내가 아직도 월트를 볼 수 있는 눈예요." 던컨이 말했다. "아시죠?"

"알아." 가아프가 말했다.

레슬러의 자식들은 대개가 목이 단단하지만, 레슬러의 자식이라고 해서 누구나 다 목이 한없이 단단할 수야 없는 노릇이다.

던컨과 헬렌에게는 이제 가아프가 부드러움의 끝없는 저수지라도 마음속에 품은 모양이라고 느껴질 정도로 일 년 동안 그는 전혀 그들에게 짜증을 부리지 않았다. 오히려 그들이 가아프의 나긋나긋함에 짜증을 느끼게 되었으리라. 제니 필즈는 세 사람이 서로 일 년 동안은 보살펴줘야 하리라고 판단했다.

그해에 제니는 인간들이 지닌 다른 감정들을 그들이 도대체 어떻게 했을까 의아한 생각이 들었다. 헬렌은 아주 강한 여자여서 그런 감정들을 감추었다. 던컨은 없어진 눈으로만 그 감정들을 보았다. 그리고 가아프는? 그는 강했지만 그 정도로 강하지는 않았다. 그는 『벤젠하버가 본 세상』이라는 장편소설을 썼고, 그의 모든 다른 감정을 이 작품에다 쏟아넣었다.

『벤젠하버가 본 세상』의 제1장을 읽은 가아프의 편집자 존 울프는 제니 필즈에게 편지를 썼다. "마치 가아프의 슬픔이 그를 해괴한 사람으로 바꿔놓은 것 같아요."

하지만 T. S. 가아프는 피부로 느끼는 지혜를 동원해서 '인간의 삶에서는 그가 살아가는 세월은 한순간일 따름이요…… 지각은 희미한 불빛이며'라고 말한 마르쿠스 아우렐리우스만큼이나 해묵은 충동이 자기를 이끌어준다고 느꼈다.

15

벤젠하버가 본 세상

호프 스탠디시가 아들 닉키와 같이 집에 있을 때 오렌 라스가 부엌으로 들어섰다. 그녀는 설거지한 그릇의 물기를 닦던 중이었는데 길고도 날이 가느다랗고, 끝이 매끄러우며, 내장을 긁어내고 비늘을 벗기는 특수한 톱날형 낚시용 칼이 우선 눈에 띄었다. 세 살도 안 된 닉키는 아직도 높은 의자에 올라앉아 아침을 먹는 중이었고, 오렌 라스는 아이의 뒤로 다가가서 낚시칼의 톱날을 아이의 목에다 대고 눌렀다.

"그릇들을 저리 치워." 그가 호프에게 말했다. 스탠디시 부인은 시키는 대로 했다. 턱 밑의 칼을 간지럽게만 느낀 닉키는 낯선 이를 보고 목을 꼬르륵거렸다.

"왜 이래요?" 호프가 말했다. "원하는 건 다 주겠어요."

"물론 그래야지." 오렌 라스가 말했다. "당신 이름 뭐야?"

"호프요."

"난 오렌이야."

"좋은 이름이로군요." 호프가 말했다.

높은 의자에 올라앉은 닉키는 그의 목을 간질이는 낯선 이가 누구인지 보려고 해도 몸을 돌리기가 어려웠다. 그는 손가락에 축축한 시리얼을 움켜쥐었고, 오렌 라스의 손을 잡으려고 아이가 손을 내밀자 라스는 높은 의자의 옆으로 위치를 옮기더니 가늘고 잘 드는 낚시칼의 날로 사내아이의 통통한 뺨을 건드렸다. 그는 아이의 광대뼈 윤곽을 얼른 그려내듯 재빨리 살을 베었다. 그러더니 그는 순진하게 우는 닉키의 놀란 얼굴을 살펴보려고 뒤로 물러섰고, 아이의 뺨에서는 호주머니를 꿰맨 실처럼 가느다란 선을 이루며 피가 번져나왔다. 아이에게 갑자기 아가미가 생긴 듯한 모습이었다.

"나 장난으로 이러는 거 아냐." 오렌 라스가 말했다. 호프는 닉키에게 가려고 했지만 라스가 되돌아가라고 손을 저었다. "아이는 당신이 필요한 게 아냐. 시리얼도 관심이 전혀 없고. 아이가 원하는 건 과자야." 닉키가 울부짖었다.

"울면서 과자를 먹으면 목이 막혀 질식해 죽어요." 호프가 말했다.

"당신 나하고 말다툼이라도 하겠다는 얘기야?" 오렌 라스가 말했다. "질식해 죽는 얘기를 하고 싶어? 질식해 죽는 꼴을 보고 싶다면 내가 이 녀석 그걸 잘라 목구멍에다 쑤셔넣겠어."

호프는 닉키에게 zwieback(황갈색의 딱딱한 비스킷—옮긴이)을 하나 주었고, 아이는 울음을 멈추었다.

"알겠지?" 오렌 라스가 말했다. 그는 닉키를 앉힌 채로 높은 의자를 집어들어 가슴에 끌어안았다. "이제 우린 침실로 가는 거야." 호프에게 머리로 가리키며 그가 말했다. "먼저 가시지."

그들은 같이 복도를 내려갔다. 스탠디시 부부는 이 무렵 아이가 태어나자 불이 나는 경우에도 시골집이 더 안전하리라고 의견의 일치를 보았기 때문에 시골 주택에서 살았다. 호프는 침실로 들어갔고,

오렌 라스는 닉키를 앉힌 높은 의자를 침실 문 바로 밖에다 내려놓았다. 닉키는 출혈이 거의 멈추었고, 뺨에는 피가 조금만 남아 오렌 라스는 손으로 그것을 씻은 다음 바지에다 문질러 닦았다. 그러더니 그는 호프를 따라 침실로 들어섰다. 그가 문을 닫으니까 닉키가 울기 시작했다.

"부탁해요." 호프가 말했다. "아이가 정말로 질식해서 죽을지도 모르고, 높은 의자에서 내려올 줄은 아는데—의자가 자빠질지도 몰라요. 아이는 혼자 남고 싶어하지를 않거든요."

오렌 라스는 야간용 탁자로 가서 무르익은 배를 반 토막으로 자르듯 낚시칼로 전화줄을 간단히 싹둑 잘라버렸다. "나하고 말다툼을 할 생각이야 아니겠지." 그가 말했다.

그는 침대에 앉았다. 닉키가 울었지만, 발악하는 울음은 아니어서 곧 멈출지도 모르겠다는 생각이 들었다. 호프도 울기 시작했다.

"옷이나 벗어." 오렌이 말했다. 그는 여자가 옷을 벗도록 도와주었다. 그는 키가 컸고, 붉은 기운이 도는 금발 머리카락은 홍수로 쓰러진 키 큰 풀처럼 보드랍게 그의 머리에 찰싹 달라붙었다. 그에게서는 저장용 생목초(生牧草) 냄새가 났고 호프는 그가 부엌에 나타나기 직전에 입구 자동차 진입로에서 눈에 띄었던 하늘빛 픽업이 생각났다. "침실에도 융단을 깔았구만." 그가 말했다. 그는 호리호리했지만 근육이 불끈거렸고, 두 손은 자라면 덩치 큰 개가 될 그런 강아지의 발처럼 큼직하고 어색해 보였다. 그의 몸에는 털이 거의 없는 듯싶었는데, 너무나 피부가 하얀데다가 털이 너무 노란 빛깔이어서 그렇게 보였던 모양이다.

"당신은 우리 그이를 아는 사람인가요?" 호프가 물었다.

"언제 집에 오고 언제 집에 없는지 정도는 알지." 라스가 말했다. "들어봐." 그가 갑자기 말했고, 호프는 숨을 멈추었다. "들려? 당신

아이는 신경조차 쓰지 않아." 닉키는 침실 문 밖에서 과자에게 얘기를 하느라고 뭐라고 흥얼흥얼 중얼거렸다. 호프는 더 큰 소리로 울기 시작했다. 오렌 라스가 서투르고 빠르게 그녀를 만졌을 때, 그녀는 어찌나 메말랐던지 그의 흉악한 손가락조차도 넉넉히 받아들일 만큼 넓어지지 못하리라고 생각했다.

"제발 기다려요." 그녀가 말했다.

"나하고 말다툼할 생각은 말라니까."

"아니에요. 내 얘긴, 내가 도와주겠다는 거예요." 그녀가 말했다. 그녀는 복도의 높은 의자에 올라앉은 닉키를 생각하고는 가능한 한 빨리 그가 끝내주기를 원했다. "내가 더 잘 되게 돕겠다는 얘기죠." 납득을 시키기 힘든 태도로 그녀가 말했는데, 그녀는 이 말을 어떻게 해야 적절히 효과적으로 전달될지 알지 못했다. 오렌 라스가 한 쪽 젖가슴을 움켜잡는 방법에서 호프는 그가 여지껏 젖가슴을 한 번도 만져보지 못했음을 알았고, 손이 너무 차가워서 그녀는 움찔했다. 어색하게 서두르던 그는 머리 꼭대기로 그녀의 입을 받았다.

"잔소리 말라니까." 그가 끙끙거렸다.

"호프!" 누가 소리쳐 불렀다. 그들은 두 사람 다 그 소리를 듣고는 얼어붙었다. 오렌 라스는 끊어진 전화줄을 의아한 표정으로 쳐다보았다.

"호프?"

찾아온 사람은 친구이며 이웃인 마고트였다. 오렌 라스는 싸늘하고 편편한 칼날로 호프의 젖꼭지를 건드렸다.

"저 여잔 이리 곧장 걸어 들어올 거예요." 호프가 나지막이 말했다. "친한 친구거든요."

"이런, 맙소사, 닉키." 그들은 마고트가 하는 말을 들었다. "밥을 먹는다고 집 안을 온통 다 어질러놓았구나. 엄마는 옷 입고 있니?"

"난 두 사람하고 씹한 다음에 다 죽여야 되겠어." 오렌 라스가 속삭였다.

호프는 두 튼튼한 다리로 그의 허리를 틀어잡고는 칼이고 뭐고 가리지 않으며 그를 꽉 젖가슴에 부둥켜 안았다. "마고트!" 그녀가 소리쳤다. "닉키를 데리고 도망쳐요! 제발 부탁예요!" 그녀가 고함쳤다. "여긴 미친 남자가 있는데 우릴 모두 죽일 거예요! 닉키를 데리고 가요! 닉키를 데리고 가요!"

오렌 라스는 생전 처음 포옹을 당하기라도 하는 듯 뻣뻣하게 그냥 엎드린 채였다. 그는 몸부림도 치지 않고 칼도 사용하지 않았다. 그들은 두 사람 다 마고트가 닉키를 끌고 복도를 내려가 부엌문으로 나가는 소리를 들었다. 높은 의자의 다리 하나가 냉장고에 부딪혀 부러졌지만 마고트는 걸음을 멈추어 닉키를 의자에서 내리지도 않고 반 구간이나 그냥 길거리를 달려 내려가 그녀의 집까지 가서 문을 발길로 차 열었다.

"날 죽이지 말아요." 호프가 나지막이 말했다. "그냥 어서 빨리 가기만 하면 도망칠 수 있어요. 그 여잔 지금 이 순간에 경찰에 전화를 걸고 있어요."

"옷 입어." 오렌 라스가 말했다. "난 아직 당신을 가지지 못했는데, 꼭 가져야 되겠어." 그의 타원형 머리에 받혀 그녀는 입술이 이빨에 찢어져 피가 났다. "난 꼭 목적을 달성하겠어." 그가 다시 말했지만, 자신이 없었다. 그는 거세한 어린 숫송아지처럼 험하고 조잡했다. 장화를 겨드랑이에 낀 채로 그는 속옷을 하나도 입지 않고 그냥 겉옷만 걸치라고 하더니 맨발인 그녀를 밀치며 복도를 내려갔다. 호프는 픽업에서 그의 옆자리에 앉은 다음에야 남자가 남편의 플란넬 셔츠를 걸쳤다는 사실을 깨달았다.

"마고트가 아마 트럭의 번호를 적어놓았을 거예요." 그녀가 말했다. 그녀는 빠꼼이 거울을 돌려 자기 모습을 비쳐보고는 널찍하고 너풀거리는 옷깃으로 찢어진 입술을 찍어냈다. 오렌 라스가 팔로 그녀의 귀퉁이를 후려치자 호프는 운전석 옆자리의 문에 머리가 부딪혔다.

"난 이 거울이 있어야 뒤쪽을 본다구." 그가 말했다. "자꾸 말썽을 부리면 내가 정말 혼을 내주겠어." 그는 호프의 브래지어를 빼앗아 그녀의 두 손목을 그녀를 향해 입을 딱 벌린 장갑통 뚜껑의 두텁고 녹슨 경첩에다 묶었다.

그는 서둘러 시내를 벗어날 필요가 전혀 없다는 듯한 태도로 차를 몰았다. 그는 대학교 근처 건널목에서 길다란 차량 행렬 때문에 길이 막혔을 때도 초조해 보이지 않았다. 그는 길을 건너는 모든 통행인들을 지켜보았고, 학생 몇 명의 옷차림을 보고는 혀를 차며 머리를 설레설레 흔들었다. 트럭의 운전석 옆에 앉은 호프는 남편의 연구실 창문이 보였지만, 그 순간에 남편이 연구실에 있을지 아니면 강의를 들어갔는지 알 길이 없었다.

사실 남편은 4층 연구실에 있었다. 도어시 스탠디시는 신호등이 바뀌는 것을 창문으로 보았는데, 차량이 움직이기 시작하자 수많은 학생의 무리가 건널목에서 잠깐 행군을 멈추었다. 도어시 스탠디시는 지나다니는 차량을 구경하기를 즐겼다. 대학촌에는 번쩍거리는 외제차들이 많았지만, 여기에서는 그런 차들이 농부들의 트럭, 옆구리에 얇은 널빤지를 대고 돼지나 소를 운반하는 차량, 이상한 추수용 기계 따위, 농장과 시골길을 돌아다녀 흙투성이인 주민들의 온갖 차량과 대조를 이루었다. 스탠디시는 농사라면 아무것도 몰랐지만, 동물과 기계들, 특히 위압적이고 위험해 보이는 차량들에 매혹되었다. 지금은 (무엇에 쓰는지 궁금하지만) 미끄럼대가 달리고, 무엇인지 무거운 물건을 잡아당기거나 들어올리기 위해 굵은 줄을 얼기설기 설치한 차가 한 대 지나갔다. 스탠디시는 모든 기계가 어떻게 작동되는지를 즐겨 상상했다.

바로 밑에서는 새파란 하늘빛 픽업이 차량들에 섞여 나아갔는데,
흙받이들은 곰보처럼 얽혔고, 엔진 앞막이는 잔뜩 찌그러졌고 부딪
쳐 죽은 날벌레들로 시커멓게 보였으며, 스탠디시는 그 속에 새들의
머리도 틀어박혔으리라고 상상했다. 도어시 스탠디시는 운전석 옆에
앉은 예쁜 여자를 얼핏 보았는데, 머리와 옆얼굴이 어쩐지 호프를
연상시켰고, 여자가 입은 옷의 빛깔도 아내가 좋아하던 그런 빛깔이
었다. 하지만 그는 4층에 있었고, 트럭이 지나가자 운전석의 뒤창은
진흙이 어찌나 두껍게 앉았는지 여자를 더이상 살펴볼 수가 없었다.
더구나 그는 아홉시 반 강의에 들어가야 할 시간이었다. 도어시 스
탠디시는 그런 흉칙한 트럭을 타고 가는 여자가 조금이라도 예쁘리
라고는 믿어지지 않았다.

"당신 남편은 보나마나 걸핏하면 여학생들하고 붙을 거야." 오렌
라스가 말했다. 그는 칼을 든 큼직한 손을 호프의 넓적다리에 얹었다.

"아니에요, 난 그렇게 생각하지 않아요." 호프가 말했다.

"개소리 마. 당신은 아무것도 몰라." 그가 말했다. "난 당신이 너무
좋아서 그만 하기를 원하지 않을 정도로 신나게 해주겠어."

"난 당신이 무슨 짓을 하건 개의치 않아요." 호프가 말했다. "이제
는 당신은 내 아이를 해치지 못하니까요."

"난 당신한테 할 것들이 있어." 오렌 라스가 말했다. "잔뜩."

"그래요. 당신은 큰마음 먹고 나선 거니까요." 호프가 놀리는 투로
말했다.

그들은 시골로 접어들었다. 라스는 한참 동안 아무 말도 하지 않
았다. 그러더니 그가 말했다. "난 당신이 생각하는 것만큼 미친 사람
은 아냐."

"난 당신이 조금도 미치지 않았다고 생각해요." 호프가 거짓말을
했다. "난 당신이 한 번도 섹스 맛을 못 봐서 잔뜩 꼴리고, 어리숙한

총각이라고 생각해요."

이 순간에 오렌 라스는 틀림없이 공포감에 힘입어 우세했던 그의 위치가 빠른 속도로 몰락하고 있음은 느꼈으리라. 호프는 동원이 가능한 모든 우월함을 확보하려고 했지만, 오렌 라스가 굴욕감을 느낄 만큼 정신이 온전한지는 알 길이 없었다.

그들은 시골길을 벗어나 어느 농가를 향해 길게 뻗은 흙길을 올라갔는데, 집의 창문들은 플라스틱으로 차단해서 부옇게 보였고, 듬성듬성한 잔디밭에는 트랙터 부속품이나 다른 쇠붙이 조각들이 지저분하게 흩어졌다. 우편함에는 R, R, W, E & O 라스라고 적어 놓았다.

이곳 라스 집안 사람들은 유명한 소시지 재벌 라스 집안과는 관계가 없었고, 보아하니 양돈을 하는 듯싶었다. 호프는 지붕이 비스듬하고 녹슨 잿빛 바깥채 시설물이 줄지어 선 풍경을 보았다. 갈색 헛간 옆의 비탈길에는 다 자란 암퇘지가 모로 누워서 고생스럽게 숨을 헉헉거렸고, 돼지 옆에서는 호프가 보기에 오렌 라스를 생산한 바로 그 돌연변이에 의해 생겨난 듯한 두 남자가 호프를 올려다보았다.

"이제 검정 트럭을 써야 되겠어." 오렌이 그들에게 말했다. "사람들이 이 차를 찾으려고 야단들일 테니까." 그는 호프의 손목을 장갑 통에 묶어놓은 브래지어를 능숙하게 칼을 놀려 잘랐다.

"일이 더럽게 됐구만." 한 남자가 말했다.

다른 남자가 어깨를 으쓱했는데, 그는 무슨 모반(母斑)인지, 나무딸기를 뭉갠 듯한 빛깔의 붉은 반점이 얼굴에 있었다. 사실은 그래서 식구들이 그를 '나무딸기 라스'라고 불렀다. 다행히도 호프는 그런 사실을 알지 못했다.

그들은 오렌이나 호프를 쳐다보지 않았다. 숨을 몰아쉬는 암퇘지가 농가의 고요한 분위기를 연속으로 발사하는 줄방귀로 깨뜨렸다. "제기랄, 또 지랄이구만." 모반이 없는 남자가 말했는데, 눈을 제외하

140

면 그의 얼굴은 그나마 정상에 가까웠다. 그의 이름은 웰든이었다.

나무딸기 라스는 술처럼 돼지에게 내밀고 있던 갈색 병의 딱지를 읽었다. "'과다한 가스와 고창(鼓脹)을 유발시킬지도 모름' 이라고 적혔구만."

"돼지가 새끼를 이런 식으로 낳는다는 소린 하지 마." 웰든이 말했다.

"난 검정 트럭이 필요해." 오렌이 말했다.

"좋아, 열쇠는 차에 두었어, 오렌." 웰든 라스가 말했다. "너 혼자 힘으로 다룰 수 있을지 모르겠지만 말야."

오렌 라스는 호프를 검정 픽업 쪽으로 밀쳤다. 나무딸기 라스가 돼지 약병을 들고 호프를 빤히 쳐다보자 그녀가 말했다. "이 남자가 나를 유괴했어요. 날 강간하려고 그래요. 경찰에서는 벌써 이 사람을 찾고 있죠."

나무딸기는 계속해서 호프를 물끄러미 쳐다보았지만, 웰든은 오렌에게로 시선을 돌렸다. "너무 바보 같은 짓은 하지 않기만 바라." 그가 말했다.

"알겠어." 오렌이 말했다. 이제 두 남자는 돼지에게 온 정신을 쏟았다.

"나 같으면 한 시간 더 기다렸다가 다시 약을 먹이겠어." 나무딸기가 말했다. "이번 주일에는 수의사도 너무 자주 불렀잖아?" 그는 장화의 코 끝으로 진흙이 달라붙은 암퇘지의 목을 긁었고, 암퇘지는 방귀를 뀌었다.

오렌은 헛간 뒤 사일로(곡식이나 목초를 저장하는 탑 모양의 건물─옮긴이)에서 곡물이 쏟아져나오는 곳으로 호프를 끌고 갔다. 고양이보다 별로 크지도 않은 새끼 돼지 몇 마리가 안에서 놀았다. 오렌이 검정 픽업의 시동을 걸자 돼지 새끼들은 뿔뿔이 흩어졌다. 호프는 울기 시작했다.

"나를 보내주실 거예요?" 그녀는 오렌에게 물었다.

"난 아직 당신을 가지지 못했잖아." 그가 말했다.

맨발이었던 호프는 봄철 흙탕물로 발이 시커멓고 차가웠다. "나 발이 아파요." 그녀가 말했다. "우리 어디로 가는 거예요?"

그녀는 픽업 뒤쪽 짐칸에서 지푸라기가 뒤엉키고 얼룩덜룩한 낡은 담요를 보았다. 그렇구나, 그곳으로 가겠지, 그녀는 상상했다. 옥수수밭으로 들어간 다음 푹신푹신한 봄철 땅바닥에 벌러덩―그리고는 일이 다 끝나면 그녀는 목이 잘리고, 낚시칼로 찢겨 내장이 쏟아진 그녀의 시체를 담요로 둘둘 말아 사산(死産)한 가축처럼 픽업 바닥에 뻣뻣하게 버려두고.

"난 당신을 갖기에 좋은 곳을 찾아내야 해." 오렌 라스가 말했다. "집에서 해도 되겠지만, 그러면 당신을 여럿이서 나눠 가져야 하거든."

호프 스탠디시는 오렌 라스의 생소한 심리 상태를 알아내려고 애썼다. 그는 호프가 알던 인간들과는 다르게 돌아가는 기계였다.

"당신이 하는 짓은 나빠요." 그녀가 말했다.

"아냐, 그렇지 않아." 그가 말했다. "안 나빠."

"당신은 날 강간하려고 그래요." 호프가 말했다. 그는 지금은 구태여 호프를 장갑통에다 묶어놓지 않았다. 그녀가 도망칠 곳이 전혀 없었다. 그는 몇 킬로미터씩이나 되는 시골길 도로변의 공터를 따라 차를 천천히 몰았는데, 체스에서 기사가 전진하는 식으로 직각으로만 서쪽으로 이동해서, 한 칸 앞으로, 두 칸 옆으로, 옆으로 한 칸, 앞으로 두 칸, 이렇게 나아갔다. 그것이 호프에게는 목적도 없이 헤매는 것처럼 여겨졌지만, 나중에는 혹시 이 남자가 길을 너무나 잘 알기 때문에 마을을 하나도 거치지 않고도 상당히 먼 거리를 그렇게 가는지도 모른다는 생각이 들었다. 그들은 마을을 가리키는 표지판들만 보았고, 대학교에서 40킬로미터 이상은 오지 않았을 텐데도 호프는 콜드워터, 힐즈, 필즈, 플레인뷰 따위 이름('찬물' '언덕' '들판' '평원 풍경'을 뜻하는 이름들이다—옮긴이)들이 하나같이 생소했다. 아마 그것은 마을 이름이 아니라, 이곳에 사는 주민들이 날마다 눈으로 보는 곳들을 묘사하는 간단한 어휘조차 모르기 때문에 지형을 명시하기 위해 세워놓은 어리숙한 표지판에 지나지 않을지도 모른다고 그녀는 생각했다.

"당신은 나한테 이럴 권리가 전혀 없어요." 호프가 말했다.

"개수작 마." 그가 말했다. 그가 브레이크를 콱 밟는 바람에 그녀는 몸이 앞으로 획 쏠려 트럭의 단단한 계기반에 부딪혔다. 그녀는 이마가 앞창에서 튀었고, 손등은 코에 짓찧었다. 그녀는 가슴속에서 작은 근육이나 아주 가벼운 뼈 같은 무엇이 끊어지는 기분을 느꼈다. 그러더니 그는 가속기를 힘껏 밟았고, 그녀는 다시 의자로 털썩 떨어졌다.

"난 말다툼 싫어한다니까." 그가 말했다.

그녀는 코피가 났고, 두 손으로 감싼 머리를 앞으로 내밀고 앉았으려니까 피가 넓적다리로 뚝뚝 떨어졌다. 그녀는 코를 조금 훌쩍거렸고, 피가 입술로 떨어지더니 이빨을 덮어버렸다. 그녀는 머리를 뒤로 젖히고 피를 핥았다. 그랬더니 웬일인지 그녀는 마음이 가라앉았고, 생각을 정리할 여유가 생겼다. 그녀는 이마의 보드라운 피부 밑에서 빠른 속도로 시퍼렇게 응어리가 솟아오르는 기분을 느꼈다. 손을 들어 그녀가 혹을 만져보자 오렌 라스는 호프를 쳐다보더니 웃었다. 호프가 그에게 침을 뱉었고, 엷은 침에는 피가 분홍빛 무늬를 누볐다. 침은 그의 뺨에 달라붙어 그녀 남편의 플란넬 셔츠 옷깃까지 흘러내렸다. 발바닥만큼이나 넓적하고 편편한 그의 손이 호프의 머리카락을 잡으려고 뻗어왔다. 그녀는 두 손으로 그의 팔뚝을 움켜잡고는 손목을 입으로 왈칵 끌어다가 털이 자라지 않고 퍼런 혈관으로 피가 흐르는 부분, 연약한 부분을 깨물었다.

그녀는 어림도 없는 이런 방법으로 그를 죽일 생각이었지만, 겨우 살갗을 찢어놓을 시간밖에 없었다. 그는 힘센 팔로 호프의 몸을 발딱 세워 자기 무르팍에다 달랑 올려 앉혔다. 그는 호프의 목덜미를 운전대에다 찍어 눌렀고, 경적이 그녀의 머리를 꿰뚫고 울렸으며, 그는 왼손의 수도로 쳐서 호프의 코뼈를 부러뜨렸다. 그러더니 그는 왼손으로 다시 운전대를 잡았다. 그는 오른손으로 그녀의 얼굴을 배에다 대고 누르며 머리를 앞뒤로 휘둘렀고, 호프가 저항을 그쳤다는 사실을 깨닫고는 그녀가 머리를 그의 허벅다리에 얹고 엎드리게 놓아두었다. 그는 호프의 머릿속에서 울리는 경적 소리를 막으려는 듯 손으로 가볍게 그녀의 귀를 덮었다. 그녀는 코의 통증을 참으려고 눈을 감고 있었다.

그는 몇 차례 좌회전을 했고, 우회전을 또 했다. 방향을 바꿀 때마다 그들이 일 킬로미터쯤을 더 왔다는 사실을 그녀는 알았다. 그는 이제 그녀의 목덜미로 손을 옮겨 얹어놓았다. 호프는 다시 소리를 들었고, 머리카락을 파고 들어오는 그의 손가락을 느꼈다. 그녀는 얼굴 앞면이 얼얼했다.

“난 당신을 죽이고 싶지 않아.” 그가 말했다.

“그렇다면 죽이지 말아요.” 호프가 말했다.

“어쩔 도리가 없어.” 오렌 라스가 그녀에게 말했다. “우리들이 그걸 하고 난 다음에, 난 그래야만 해.”

이 말이 그녀에게 자신의 피를 맛보는 듯한 자극을 주었다. 그가 말다툼을 하고 싶어하지 않는다는 사실을 그녀는 알았다. 그녀는 강간이라는 첫번째 단계에서 그녀가 승산이 없음을 깨달았다. 그는 그녀에게 저지르고 말 터였다. 호프는 이미 거기까지는 저질러졌다고 간주해야만 했다. 지금의 문제는 목숨이었는데, 살아난다는 가능성은 남자를 먼저 처치해야 함을 뜻했다. 호프는 이것이 그가 체포되거나 죽게 만들어야 하고, 결국 그를 죽이는 것을 의미함을 알았다.

뺨의 감촉으로 그녀는 그의 호주머니 속에서 벌어지는 변화를 느꼈는데, 그의 청바지는 농장의 먼지와 기계의 기름으로 부드럽고 끈끈했다. 허리띠 장식이 그녀의 이마를 파고들었으며, 입술에는 허리띠의 기름이 밴 가죽이 닿았다. 그녀는 낚시칼이 칼집에 꽂혔음을 알았다. 하지만 칼집은 어디 두었던가? 그녀는 칼집이 보이지를 않았으며, 손으로 찾아볼 엄두도 감히 나지 않았다. 갑자기 그녀는 눈앞에서 뻣뻣해지는 음경을 보았다. 그러자 그녀는, 정말 처음으로, 온몸이 거의 마비된 기분이었고, 감당하지 못할 정도로 겁이 났고, 이제는 무엇이 먼저이고 무엇이 나중인지 분간할 능력도 없었다. 또다시 그녀를 도와준 것은 오렌 라스였다.

"이런 식으로 생각해봐." 그가 말했다. "당신 아이는 무사하잖아. 알겠지만 난 아이도 죽일 생각이었으니까."

오렌 라스 나름대로의 견실한 논리는 호프에게 모든 일을 선명하게 의식 속에서 부각시켰고, 그녀는 다른 차들의 소리를 들었다. 많지는 않았지만 몇 분마다 차가 한 대씩 지나갔다. 그녀는 눈으로 보고 싶었지만, 그들이 아까처럼 멀리 지나가지는 않음을 알았다. 우리들이 어디로 가야 하는지 그가 알기나 하는지는 모르겠지만, 어쨌든 목적지에 다다르기 전에, 지금 당장 해결해야 한다고 그녀는 생각했다. 그는 목적지가 어디인지를 분명히 알았다. 그가 이 길을 벗어나기 전에, 사람이 아무도 없는 곳 어딘가로 다시 그녀가 끌려가기 전에.

오렌 라스는 자리에서 몸의 자세를 바꾸었다. 발기 때문에 그는 거북함을 느꼈다. 호프의 따뜻한 얼굴이 허벅다리에 얹히고, 손으로는 그녀의 머리카락을 만지고 있으려니까 몸이 근질거렸다. 지금이

야, 호프는 생각했다. 그녀는 그것이 음경이라고 알면서도, 베개에다
훨씬 편안하게 자리를 잡는 듯, 그의 허벅지에서 얼굴을 움직였다.
그녀는 냄새가 고약한 바지 밑에서 솟아오른 물건이 그녀의 얼굴에
닿지 않을 때까지 얼굴을 옮겼다. 하지만 그녀의 입김이 그것에 다
다를 수가 있었고, 입 근처의 허벅지에서 불룩 튀어오른 거기에다
대고 그녀는 숨을 쉬기 시작했다. 코로 숨을 내쉬기는 너무 고통스
러웠다. 그녀는 키스를 할 때처럼 입술을 동그라미 모양으로 오므려
호흡을 조절해서 아주 부드럽게 불었다.
　오, 닉키, 그녀는 생각했다. 그리고 남편 도어시를. 그녀는 그들을
다시 만나기를 바랐다. 오렌 라스에게 그녀는 조심스럽게 따스한 입
김을 불어주었다. 그에게 그녀는 냉정한 한 가지 생각만 집중시켰
다―난 네 놈에게 맛을 보여주겠어, 이 개자식아.

　오렌 라스의 섹스 경험이란 호프가 끈질기게 입김을 불어대는 그
런 미묘한 행위를 겪지 못했음이 확실했다. 그는 호프의 얼굴에서
뜨거운 감촉을 다시금 느끼려고 그녀의 머리를 허벅지로 옮겨놓았
지만, 그러면서도 부드러운 숨결을 방해하고 싶지도 않았다. 그녀가
하는 행동은 그로 하여금 더 깊은 접촉을 원하게 만들었지만, 지금
그가 느끼는 야릇한 감촉을 상실한다고 상상하면 너무 괴로웠다. 그
는 몸을 꿈틀거리기 시작했다. 호프는 서두르지 않았다. 그가 몸을
움직이는 바람에 시큼한 청바지의 불룩한 부분이 마침내 그녀의 입
술에 닿았다. 그녀는 입술을 다물었지만 입을 치우지는 않았다. 오렌
라스는 허름한 옷솔기를 통해 들어오는 후끈한 바람을 느끼고는 끙
끙거렸다. 차가 한 대 가까워지더니 지나쳐 갔고, 그는 트럭의 방향
을 바로잡았다. 그는 도로의 중앙을 가로질러 차가 오락가락하기 시
작했음을 의식했다.

146

"뭘 해?" 그는 호프에게 물었다. 그녀는 부풀어오른 그의 옷에 아주 가볍게 이빨을 갖다대었다. 그는 무릎을 들어올려 브레이크를 콱 밟았고, 그녀는 머리가 심하게 진동했고, 코가 아팠다. 그는 그녀의 얼굴과 그의 허벅지 사이에다 손을 억지로 밀어넣었다. 호프는 정말로 심하게 그가 자기를 해치리라고 생각했지만, 그는 오히려 지퍼를 열려고 애썼다. "나 이러는 영화들 봤어." 그가 말했다.

"내가 할게요." 그녀가 말했다. 호프가 그의 바지 앞자락을 열려면 약간 일어나 앉아야 했다. 그녀는 이곳이 어디인지 살펴보고 싶었는데, 물론 그들은 아직도 한적한 시골에 나와 있었지만, 도로에는 페인트로 그은 선이 보였다. 그를 쳐다보지도 않고 그녀는 바지에서 그를 꺼내 입에 넣었다.

"맙소사." 그가 말했다. 그녀는 목이 막혀 질식할 지경이었고, 토할까봐 걱정이 되었다. 그러자 그녀는 뺨 속으로 그를 넣으면 훨씬 오래 버티기가 어렵지 않으리라는 생각이 들었다. 그는 파들파들 떨면서도 어찌나 꼼짝 않고 빳빳하게 앉았는지 그가 상상 속에서 겪었던 경험의 수준을 벌써 훨씬 넘어섰음을 호프는 알았다. 그래서 호프는 자신감과 시간적인 여유를 느끼며 마음을 가다듬었다. 그녀는 다른 차들의 소리에 귀를 기울이며 아주 천천히 계속했다. 그녀는 그가 속력을 늦추었음을 알았다. 그가 길을 벗어난다는 기미가 보이기만 하면 호프는 계획을 바꿔야 한다. 망할 놈의 물건을 내가 물어서 잘라낼 수 있을까? 그녀는 궁금했다. 하지만 그럴 수는 없으리라고, 적어도 충분히 빨리 그럴 수는 없으리라고 그녀는 생각했다.

그러자 바싹 붙어서 트럭 두 대가 지나갔고, 멀리서 또다른 차가 경적을 울리는 듯싶었다. 그녀는 더욱 빠른 속도로 일했고, 그는 허벅지를 더 높이 올렸다. 그녀는 트럭의 속도가 빨라졌다고 생각했다. 차가 한 대 지나갔는데, 굉장히 가까이 지나갔다고 그녀는 생각했다.

차는 그들에게 경적을 울렸다. "엿 먹어라!" 오렌 라스가 차에다 대고 소리를 질렀는데, 자리에서 그가 불끈불끈 튀어오르는 바람에 호프는 코가 아팠다. 호프는 그에게 무척 심하게 해를 끼치고 싶었으므로 지금은 그를 다치지 않도록 조심해야 했다. 그냥 제정신이 아닌 상태로 끌고 가기만 하면 돼, 그녀는 자신을 격려했다.

갑자기 트럭의 밑바닥으로 튀어오르는 자갈 소리가 났다. 그녀는 그를 입으로 꽉 물었다. 하지만 그들은 충돌을 하지도 않았고 길을 벗어나지도 않았으며, 그는 갑자기 길가에 차를 대고 세웠다. 트럭의 엔진이 멈추었다. 그는 두 손으로 그녀의 얼굴 양쪽을 잡았고, 그의 단단해진 허벅지가 그녀의 턱에 철썩거리며 부딪쳤다. 이러다가 난 숨이 막혀 죽나 보다, 그녀는 생각했지만, 그가 허벅지에서 호프의 얼굴을 들어올렸다. "아냐, 아냐!" 그가 소리쳤다. 작은 돌멩이들을 튕기며 트럭 한 대가 정신없이 달려 지나가느라고 그의 말을 방해했다. "난 그걸 끼지 않았어." 그가 말했다. "만일 당신한테 병균이 있다면, 균이 곧장 나한테로 헤엄쳐 들어올 거야."

입술이 쓰라려 화끈거리고 코가 지끈거리는 채로 호프는 무릎을 꿇고 앉았다. 그는 고무를 끼우려고 했지만, 작은 은박지 꾸러미를 찢어 그것을 꺼낸 그는 마치 눈부신 초록빛일 줄 알았다는 듯, 기대했던 바와는 완전히 다르다는 듯 빤히 그것을 쳐다보았다. 마치 그것을 어떻게 끼우는지 모르겠다는 듯. "옷을 벗어." 그녀가 쳐다보는 눈길에 당황해서 그가 말했다. 그녀는 길의 양쪽으로 펼쳐진 옥수수밭과 몇 미터 떨어진 광고 간판의 뒷면을 보았다. 하지만 집이나, 표지판이나, 갈라지는 길이 하나도 없었다. 자동차나 트럭도 오지 않았다. 그녀는 심장이 그냥 멈춰버릴 듯한 기분이었다.

오렌 라스는 그녀 남편의 셔츠를 벗어 창 밖으로 던져버렸고, 호프는 그것이 길에서 펄럭이는 것을 보았다. 그는 브레이크 페달에

장화를 대고 벗느라고 좁다랗고 노란 털이 난 무릎을 운전대에 부딪
혔다. "저리 비켜!" 그가 말했다. 그녀는 문 옆에 틀어박혔다. 문 밖
으로 나가더라도 그보다 빨리 달려 도망치기가 불가능하리라는 사
실을 그녀는 알았다. 그녀는 신발을 신지 않았고, 그의 발은 개처럼
튼튼해 보였다.

　그는 돌돌 말린 고무를 이빨에 문 채로 바지를 벗느라고 힘이 드
는 모양이었다. 그러더니 그는 바지를 벗어 어디론가 훌렁 집어던지
고는 알몸이 되었고, 음경이 거북의 가죽처럼 질긴 꼬리만큼이나 감
촉이 없는 물건이라는 듯 고무를 마구 밀어올렸다. 울음을 참으려고
해도 저절로 눈물이 흘러내리던 그녀가 겉옷의 단추를 풀려고 했더
니 그가 갑자기 드레스를 움켜잡고 머리 위로 잡아뽑으려고 했지만,
그녀의 두 팔에 걸렸다. 그는 아플 정도로 그녀의 팔꿈치를 잔등으
로 휙 꺾었다.

　그는 키가 너무 커서 차 안이 좁았다. 한쪽 문을 열어놓아야 했다.
그녀는 머리 위에 달린 손잡이로 손을 뻗었지만 그가 목을 물었다.
"그러지 마!" 그가 고함쳤다. 그는 이리저리 발길질을 했고, 그녀는
경적의 가장자리에 찢긴 그의 종아리에서 피가 나는 것을 보았다.
딱딱한 그의 발뒤꿈치가 운전석 쪽 문의 손잡이를 걸어찼다. 양쪽
발로 그는 문을 차서 열었다. 그녀는 잿빛으로 문질러놓은 듯한 길
을 그의 어깨 너머로 보았고, 길다란 그의 두 발목이 차도로 뻗쳐
나갔지만, 이제는 지나다니는 차량이 없었다. 그녀는 문에 짓눌린 머
리가 아팠다. 그녀는 의자에서 몸을 꿈틀거려 그의 밑에서 더 아래
쪽으로 내려갔고, 이 움직임 때문에 그는 알아듣지 못할 무슨 소리
를 질렀다. 그녀는 고무를 낀 음경이 그녀의 배 위로 미끄러지는 감
촉을 느꼈다. 그러더니 그는 온몸을 도사리며 그녀의 어깨를 사납게
깨물었다. 그는 절정에 올랐다!

"제기랄!" 그가 소리쳤다. "벌써 끝났잖아!"

"아니에요." 그를 껴안으며 그녀가 말했다. "아니에요, 당신은 더 할 힘이 있어요." 그녀와 일을 다 치렀다는 생각이 들면 그가 자기를 죽이리라는 사실을 그녀는 알았다.

"훨씬 더 오래요." 먼지 냄새가 나는 그의 귓전에다 대고 그녀가 말했다. 그녀는 손가락을 침으로 적셔서 자신의 몸을 축축하게 했다. 맙소사, 난 절대로 이 남자를 내 몸에 들어오게 할 수가 없겠어, 그녀는 생각했지만, 손으로 그를 찾아낸 그녀는 고무가 윤활제를 바른 제품임을 깨달았다.

"어." 그가 말했다. 그는 꼼짝도 않고 그녀의 위에 엎드렸으며, 그녀가 그를 끌어다대니까 무엇이 어디에 달렸는지도 정말로 몰랐다는 듯 깜짝 놀란 눈치였다. "어." 그가 다시 말했다.

아, 이제는 어쩌나? 호프는 궁금했다. 그녀는 숨을 멈추었다. 빨간 불빛을 번득이며 휘잉 소리와 함께 열린 문 옆으로 차가 한 대 지나갔고, 경적이 요란하게 울리면서 볼멘 소리로 놀려대느라고 몇 명이 함성을 지르는 소리가 멀어지며 희미하게 사라졌다. 물론이지, 그녀는 생각했다. 우리들은 길가에서 차를 세워놓고 섹스를 하는 농부들처럼 보이겠고, 아마 이런 일은 늘 벌어지는지도 모른다. 경찰이 아니고서야 아무도 멈추지 않으리라고 그녀는 생각했다. 그녀는 들먹거리는 라스의 어깨 너머로 딱지를 떼며 불쑥 나타나는 경찰관의 둥그스름한 얼굴을 상상했다. '이것 봐요, 길바닥에서 이러면 곤란한데요.' 그가 말하리라. 그리고 '강간범예요! 이 남자가 나를 강간하는 중예요.'라고 그녀가 소리를 지르더라도 경찰관은 오렌 라스에게 눈을 찡긋하리라.

당황한 라스는 그녀 속의 무엇인지를 상당히 조심스럽게 더듬거리는 듯싶었다. 저절로 사정을 했다면, 그가 다시 사정할 때까지 나에게 시간이 얼마나 있을까? 호프는 생각했다. 하지만 그녀에게는 그가 인간보다는 염소처럼 느껴졌고, 그녀의 귓전에다 대고 뜨겁게 헉헉거리며 그가 아기처럼 목구멍에서 꼬르륵대는 소리가 그녀로서는 마지막으로 듣는 소리라고 상상했다.

그녀는 눈에 보이는 모든 사물을 찬찬히 살펴보았다. 시동을 걸려고 끼워놓은 열쇠 뭉치는 너무 멀어 손이 닿지도 않았지만, 열쇠 뭉치로 그녀가 무엇을 하겠는가? 그녀는 등이 아팠고, 그녀를 내리누르는 그의 체중을 옮기려고 계기반을 손으로 밀었는데, 이 움직임에 흥분한 그는 그녀에게 몸을 비비며 끙끙거렸다. "움직이지 마." 그가 말했고, 그녀는 그가 시키는 대로 하려고 했다. "어." 그는 좋다는 뜻으로 말했다. "그거 정말 좋아. 난 당신을 빨리 죽이겠어. 당신은 죽는 순간을 의식도 안 하겠지. 이렇게만 해주면 잘 죽여주겠어."

그녀는 매끄럽고 동그란 금속 단추에 손이 스쳤고, 손가락들이 닿았지만 그것이 무엇인지 보려고 얼굴을 돌리지도 않았다. 그녀는 장갑통이 열리는 단추를 눌렀다. 용수철로 열리는 뚜껑이 갑자기 그녀의 손에 무겁게 느껴졌다. 그녀는 장갑통에서 덜그럭거리는 물건들의 소리를 감추려고 길게 "아아아아아아!"라고 소리쳤다. 그녀는 손이 헝겊에 닿았고, 손가락으로 껄껄함을 느꼈다. 철사 한 타래가 손에 닿았고, 나사못과 못, 죔못, 다른 물건에 달린 경첩 따위 날카로운 물건들도 있었지만 너무 작았다. 그녀가 사용할 만한 무기는 하나도 없었다. 장갑통 안을 뒤지려고 손을 뻗으니 팔이 아팠고, 그녀는 운전석 바닥으로 손이 축 처졌다. 트럭이 또 한 대 지나가며 경적을 빵빵거리고 야유를 했지만, 더 자세히 구경하겠다고 속력조차 늦추는 일이 없자 그녀는 울기 시작했다.

"난 당신을 죽여야만 해." 라스가 신음했다.

"전에도 이런 짓 했어요?" 그녀가 말했다.

"그럼." 그가 말했고, 마치 야수적인 돌진이 그녀를 감탄시키리라고 생각한 듯 바보처럼 그녀 속으로 밀고 들어갔다.

"그리고 그들도 죽였어요?" 호프가 물었다. 이제는 목적도 잃은 그녀의 손은 차 바닥에 떨어진 무슨 물건을 만지작거렸다.

"짐승들이었어." 라스가 고백했다. "하지만 그것들도 죽었어야 했어."

호프는 속이 뒤집혔고, 손가락은 바닥에 놓인 낡은 저고리 같은 무엇을 움켜잡았다.

"돼지였나요?" 그녀가 그에게 물었다.

"돼지라니!" 그가 소리쳤다. "돼지하고는 아무도 안 해." 그가 말했다. 호프는 그런 사람도 아마 있으리라고 생각했다. "양하고 그랬지." 라스가 말했다. "그리고 송아지도 한 마리." 그녀는 얘기가 다른 화제로 돌아가자 그녀의 몸 속에서 그가 위축하는 것을 느꼈다. 그녀는 놓아주기만 하면 그녀의 두개골을 쪼개고 당장 튀어나올 듯싶은 흐느낌을 억지로 삼켜 참았다.

"제발 나한테 친절을 베풀도록 노력하세요." 호프가 말했다.

"아무 말도 하지 마." 그가 말했다. "아까처럼 움직여봐."

그녀가 움직였지만, 보아하니 방법이 틀린 모양이었다. "아냐!" 그가 소리쳤다. 그의 손가락들이 그녀의 잔등을 파고들었다. 그녀는 다른 방법으로 움직여보았다. "그래." 그가 말했다. 이제는 그가, 목적도 뚜렷하게, 기계적으로, 미련하게 움직였다.

아, 하느님, 호프는 생각했다. 오, 닉키. 그리고 도어시. 그러자 그녀는 손에 잡은 옷을 만져보았는데, 바지였다. 그리고 그녀의 손가락은 갑자기 점자책을 읽는 사람의 손가락처럼 능숙하게 지퍼를 찾아내고 다시 이동했으며, 손가락이 호주머니 속의 동전을 스쳤고, 널찍한 허리띠를 따라 미끄러졌다.

"그래, 그래, 그래." 오렌 라스가 말했다.

양이라니, 그리고 송아지도 한 마리, 호프는 속으로 생각했다. "아, 정신을 집중해줘요!" 그녀는 큰 소리로 외쳤다.

"말하지 마!" 오렌 라스가 말했다.

하지만 이제 그녀의 손은 길고도 딱딱한 가죽 칼집을 잡았다. 이 것이 작은 고리이고, 이것은 작은 금속 죔쇠로구나, 그녀의 손가락이 그녀에게 알려주었다. 그리고 이것은, 오, 그렇다 ! 이것은 바로 손잡이, 그녀 아들의 뺨을 베느라고 그가 사용했던 낚시칼에 달린 뼈로 만든 손잡이였다.

닉키의 상처는 심하지 않았다. 모두들 그가 상처를 어떻게 입었는지 알아내려고 애를 썼다. 닉키는 아직 말을 못했다. 그는 벌써 아물어버린 가늘고 반달 모양인 상처를 거울로 보고는 재미있어했다. "뭔가 아주 날카로운 물건이 틀림없어요." 의사가 경찰관들에게 말했다. 이웃에 사는 마고트도 턱받이에 묻은 피를 보고는 의사를 부르는 편이 좋겠다고 생각했으며, 경찰은 침실에서도 핏자국을 발견했는데, 하얀 크림빛 이부자리에는 핏방울 자국이 꼭 한 군데 묻었다. 폭력을 사용한 다른 흔적이 전혀 없었고 마고트는 스탠디시 부인이 나가는 것을 봤기 때문에 그들은 이 핏자국을 묘하게 생각했다. 호프는 아무렇지도 않아 보였다. 핏자국은 오렌 라스가 머리로 들이받아 찢어진 호프의 입술에서 떨어진 흔적이었지만 아무도 그런 진실을 알 길이 없었다. 마고트는 섹스가 벌어졌을지 모른다고 생각했지만, 그런 암시는 하지 않았다. 도어시 스탠디시는 너무 충격을 받아서 아무 생각도 나지 않았다. 경찰은 성교를 할 시간이 없었으리라고 판단했다. 의사는 닉키의 상처가 주먹으로 맞은 때문도 아니고, 의자에서 떨어진 때문도 아니라고 생각했다. "면도칼이었을까요?" 그가 짐작했다. "아니면 아주 날카로운 칼이었을 거예요."

몸집이 단단하고 혈색이 좋은 남자이며 정년 퇴직을 일년 앞둔 경감은 침실에서 끊어진 전화줄을 발견했다. "칼이로구만." 그가 말했다. "좀 묵직하고 날카로운 칼예요." 그는 이름이 아르덴 벤젠하버였고, 한때는 톨리도에서 총경이었지만, 그가 쓰는 방법은 정상이 아니라는 평을 들었다.

그는 닉키의 뺨을 가리켰다. "칼로 가볍게 훑친 상처예요." 그가 말했다. 그는 적절한 손목 놀림을 시범으로 보였다. "하지만 이 지역에서는 그런 칼놀림이 흔하지 않죠." 벤젠하버가 그들에게 말했다. "칼로 훑친 상처이지만, 사냥이나 낚시에 쓰는 칼이었을 것 같아요."

마고트는 오렌 라스가 시골 트럭을 타고 다니는 시골 청년이기는 하지만, 트럭에 칠한 빛깔은 도시와 대학교가 농부들에게 끼친 엉뚱한 영향을 나타내어 하늘빛이었다고 진술했다. 도어시 스탠디시는 그녀의 말을 그가 보았던 하늘빛 트럭이나, 호프와 비슷하다고 생각했던 여자하고도 연관을 짓지 않았다.

그는 아직 아무것도 이해하지 못했다.

"남긴 쪽지는 없나요?" 그가 물었다. 아르덴 벤젠하버는 그를 빤히 쳐다보았다. 의사는 마룻바닥을 내려다보았다. "아시죠, 인질금요." 스탠디시가 말했다. 그는 고지식하게 이해를 하려고 애쓰는 고지식한 남자였다. 그는 누군가 '납치'라는 말을 하는 소리를 들었다고 생각했는데, 납치를 당한 경우라면 인질금이 따르지 않는가?

"쪽지는 없었어요, 스탠디시 선생님." 벤젠하버가 그에게 말했다. "그런 사건은 아닌 모양예요."

"내가 문 밖에서 닉키를 발견했을 때 그들은 침실 안에 있었어요." 마고트가 말했다. "하지만 집을 나설 때 호프는 아무렇지도 않았어요, 도어시. 내가 똑똑히 봤어요."

그들은 침실 마룻바닥에서 발견한 호프의 속옷 얘기는 스탠디시에게 하지 않았고, 브래지어는 찾지 못했다. 마고트가 아르덴 벤젠하 버에게 스탠디시 부인은 늘 브래지어를 착용하는 여자라고 알려주 었다. 그녀가 맨발로 집을 나갔다는 사실도 그들은 알았다. 그리고 마고트는 시골 청년이 도어시의 셔츠를 입었다는 사실도 확인했다. 그녀는 차의 번호판을 일부만 읽었는데, 이 주(州)의 상업 번호판이 었고, 처음 두 자리 숫자를 보니 이 카운티(郡)의 번호였지만, 전체 숫자는 보지 못했다. 뒤쪽 번호판은 진흙으로 뒤덮였고, 앞쪽 번호판 은 없었다.

"그건 우리들이 알아내겠어요." 아르덴 벤젠하버가 말했다. "이 부 근에는 하늘빛 트럭이 별로 많지 않죠. 카운티 치안관의 부하들이 아마 알겠죠."

"닉키, 무슨 일이 벌어졌지?" 도어시 스탠디시가 아들에게 물었다. "엄마한테 무슨 일이 있었니?" 아이는 창문 밖을 가리켰다. "그러니 까 그자가 아내를 강간하려고 했다는 얘긴가요?" 도어시 스탠디시 가 그들 모두에게 물었다.

마고트가 말했다. "도어시, 알아낼 때까지 기다리기로 하죠."

"기다려요?" 스탠디시가 말했다.

"이런 질문을 하는 거 용서하십시오." 아르덴 벤젠하버가 말했다. "하지만 당신 아내가 누굴 사귀지는 않았겠죠, 안 그래요? 아시잖아 요."

스탠디시는 질문을 받고 침묵을 지켰지만, 심각하게 속으로 따져 보는 듯싶었다. "아뇨, 그렇지 않았어요." 마고트가 벤젠하버에게 말 했다. "그런 일은 절대로 없었어요."

"난 스탠디시 선생님에게 묻고 싶은데요." 벤젠하버가 말했다.

"맙소사." 마고트가 말했다.

"아뇨. 그렇지 않았다고 생각하는데요." 스탠디시가 수사관에게 말했다.

"물론 그런 일은 없었어요, 도어시." 마고트가 말했다. "닉키를 데리고 산책을 나갑시다." 그녀는 그에게 말했다. 그녀는 분주하고, 사리가 밝고, 호프가 무척 좋아하는 여자였다. 그녀는 하루에 다섯 번씩은 집을 드나들며 항상 무엇인가 마지막 정리를 했다. 일 년에 두 번씩 그녀는 전화를 끊었다가 다시 연결했는데, 그것은 어떤 사람들이 담배를 끊으려고 하는 것이나 마찬가지였다. 마고트는 자기 아이들이 있었지만 이제는 자라서 하루 종일 학교에 가서 지냈고, 그래서 호프가 혼자서 일을 보도록 자주 와서 닉키를 돌봐주고는 했다. 도어시 스탠디시는 마고트가 그런 여자려니 당연하게 생각했고, 그녀가 상냥하고 너그러운 사람임은 알았지만 그런 자질에 대해서 특별히 관심을 두지는 않았다. 지금 보니 그는 마고트에게 별로 두드러진 매력도 없음을 깨달았다. 그녀는 성적인 매력도 없다고 그는 생각했고, 누가 봐도 호프는 아름다운 여자였지만 아무도 마고트를 강간하려고 덤벼들지는 않으리라고 생각하니 스탠디시는 씁쓸한 기분이 치밀었다. 누구라도 호프를 원하리라.

도어시 스탠디시는 이 점을 완전히 잘못 알았고, 희생자가 누구이냐는 전혀 관계가 없다는 사실 따위, 강간에 관해서 그는 아무것도 몰랐다. 지금까지 사람들은 상상이 가능한 거의 모든 대상에게 강간을 시도해왔다. 아주 어린아이, 아주 늙은 사람, 심지어는 죽은 사람, 그리고 동물들까지도.

강간에 관해서는 환히 알았던 아르덴 벤젠하버는 일을 시작하겠다고 선언했다.

벤젠하버는 주위의 공간이 확 트여야 기분이 더 좋았다. 그가 처음 맡았던 일은 순찰차를 타고 산두스키와 톨리도 사이의 제2번 도로를 순찰하는 야간 근무였다. 여름이면 길가에는 맥주집과 보울링! 당구! 훈제 생선 요리! 그리고 싱싱한 미끼! 따위를 선전하는 엉성한 간판이 지저분하게 늘어섰다. 그리고 아르덴 벤젠하버는 산두스키 베이를 지나 에리이 호수를 따라 톨리도로 천천히 차를 몰며 술에 취해 차에 가득 탄 십대들이나, 불도 밝히지 않은 2차선 도로에서 그를 피해 살살 도망다니는 어부들이 나타나기를 기다렸다. 나중에 톨리도에서 총경이 되었을 때 벤젠하버는 대낮에 위험이 없는 이 도로를 다른 사람이 운전하는 차를 타고 돌아다녔다. 대낮에 보면 미끼 가게들과 맥주집들과 간이 음식점들은 너무나 노출되어 보였다. 그것은 굵은 목과, 두툼한 가슴과, 손목이 없는 두 팔, 그리고 마지막으로 셔츠를 벗으면 슬프고도 무기력한 똥배까지 드러나는 한때 두려워했던 깡패가 싸우려고 옷을 홀랑 벗는 광경을 지켜보는 셈이었다.

아르덴 벤젠하버는 밤을 싫어했다. 토요일 밤이면 조명을 더 밝혀야 한다고 벤젠하버는 톨리도 시청에 열심히 진정했다. 톨리도는 노동자들의 도시였고, 벤젠하버는 만일 시 당국에서 토요일 밤에 환히 길거리를 밝혀놓기만 한다면 찌르고 쑤시는 따위 전반적인 육체적 공격이 절반은 없어지리라고 믿었다. 하지만 톨리도 시에서는 그것이 어림도 없는 추측이라고 넘겨버렸다. 톨리도 시는 아르덴 벤젠하버의 수법에 회의를 느꼈던 터라 그의 제안이라면 아랑곳하지도 않았다.

이제 벤젠하버는 이 넓고 탁 트인 고장에서 마음이 느긋했다. 그는 위험한 세계에 관해서 항상 가지고 싶었던 입체적인 관점을 얻었고, 조명이 밝고 통제가 잘 되는 그의 왕국을 둘러보는 초연한 관찰자처럼 모든 것의 위에서, 편편하고도 탁 트인 땅을 헬리콥터를 타고 빙빙 돌았다. 카운티의 치안관 보조가 그에게 말했다. "이 근방에는 하늘빛 트럭이라면 한 대밖에 없어요. 라스 집안의 못된 녀석들이죠."

"라스 집안?" 벤젠하버가 물었다.

"한 가족이 몽땅 모여 살죠." 치안관 보조가 말했다. "난 거긴 나갈 생각만 해도 끔찍해요."

"왜?" 밑에서 헬리콥터의 그림자가 개울을 건너고, 길을 건너고, 옥수수밭과 콩밭을 따라 이동하는 것을 지켜보며 벤젠하버가 물었다.

"모두들 희한해요." 치안관 보조가 말했다. 벤젠하버는 얼굴이 푸석푸석하고 눈이 작지만 유쾌한 젊은이인 그를 쳐다보았는데, 길다란 머리가 꽉 끼는 모자 밑으로 크게 한 다발을 이루며 내려와 어깨로 늘어졌다. 벤젠하버는 헬멧 밑으로 쏟아져나올 만큼 길게 머리카락을 기르는 축구 선수들을 생각했다. 이제는 경찰관들까지도 그 모양이었다. 왜 그토록 많은 사람이 그런 꼴을 하고 싶어하는지 이해가 안 갔던 그는 곧 정년 퇴직을 하게 되어 다행이라고 생각했다.

"희한하다니?" 벤젠하버가 말했다. 그들은 쓰는 말투까지도 다 똑같다고 그는 생각했다. 그들은 거의 언제나 네다섯 마디 이상은 말을 하지 않았다.

"보니까, 바로 지난 주일에만 해도 한 동생에 관한 진정이 나한테 들어왔어요." 치안관 보조가 말했다. 벤젠하버도 잘 알듯이 사실은 신고라면 치안관이나 그의 사무실로 들어왔겠지만, 젊은 치안관 보조라도 넉넉히 처리할 만큼 간단한 일이어서 그를 내보냈을 텐데도, '진정이 나한테 들어왔어요'에서처럼 자연스럽게 '나'라는 말을 사용한다는 그의 버릇을 벤젠하버는 의식했다. 하지만 이런 사건에 왜 이토록 젊은 사람을 나한테 붙여주었을까? 벤젠하버는 궁금했다.

"막내의 이름은 오렌이죠." 치안관 보조가 말했다. "하나같이 이름도 희한해요."

"신고 내용이 무엇이었지?" 벤젠하버가 물었다. 그는 틀림없이 사람들이 사는 농가도 한 채 포함되었으며, 바깥채들과 헛간들이 아무렇게나 여기저기 뿔뿔이 흩어진 곳으로 뻗어나간 길다란 흙길 차도를 살펴보았다. 하지만 아르덴 벤젠하버는 어느 건물에 사람들이 사는지 알 길이 없었다. 그의 눈에는 모든 건물이 어쩐지 짐승들조차 들어가 살기에는 적절하지 않아 보였다.

"뭡니까." 치안관 보조가 말했다. "오렌이라는 청년이 어느 집 개하고 붙어 돌아다닌다는 거예요."

"'붙어 돌아다녀'?" 벤젠하버가 참을성을 보이며 물었다. 의미가 너무 막연한 말이라고 그는 생각했다.

"뭡니까." 치안관 보조가 말했다. "그 사람들은 자기네 개한테 오렌이 그걸 하려고 그랬다고 생각했어요."

"정말 그랬나?" 벤젠하버가 물었다.

"그랬을지도 몰라요." 치안관 보조가 말했다. "하지만 난 아무것도 알아내지 못했어요. 내가 거길 갔을 땐 오렌은 보이지도 않았고, 개는 아무렇지도 않아 보였어요. 그러니까 개하고 그걸 했는지 어쨌는지 알 길이 있어야죠."

"개한테 물어보지 그랬어요!" 벤젠하버가 보기에는 치안관 보조보다도 더 어려 보이는 청년인 헬리콥터 조종사가 말했다. 치안관 보조까지도 혐오하는 눈으로 그를 쳐다보았다.

"국민 방위군에서 내보낸 팔푼이죠." 치안관 보조가 벤젠하버에게 속삭였지만, 벤젠하버는 하늘빛 트럭을 찾아냈다. 차는 나지막한 헛간 옆, 바깥에 세워놓았다. 전혀 감추려고 애쓴 흔적이 없었다.

길다란 우리 속에서 돼지들이 선회하는 헬리콥터 때문에 미쳐 날뛰느라고 물결처럼 이리저리 몰려다녔다. 작업복 차림의 호리호리한 두 남자가 헛간으로 올라가는 비탈길 밑에 넙죽 엎드린 돼지 위로 쪼그리고 있었다.

"너무 가까이 대지 말아요. 풀밭에 착륙시켜요." 벤젠하버가 조종사에게 지시했다. "짐승들이 겁을 내니까요."

"오렌도 안 보이고 노인도 안 보이는데요." 치안관 보조가 말했다. "그 두 사람말고도 또 있지만요."

"자네가 그 두 사람한테 오렌이 어디 갔는지 물어봐." 벤젠하버가 말했다. "난 저 트럭을 살펴보고 싶으니까."

남자들은 분명히 치안관 보조와 아는 사이여서, 그가 가까이 가도 거의 거들떠보지도 않았다. 하지만 그들은 음침한 암갈색 양복과 넥타이 차림의 벤젠하버가 헛간 마당을 가로질러 하늘빛 픽업으로 가는 모습을 눈여겨 지켜보았다. 아르덴 벤젠하버는 그들을 쳐다보지 않았지만, 그래도 그들이 어떤 위인인지 짐작이 갔다. 멍청한 녀석들이로구나, 그는 생각했다. 악독한 인간, 이유도 없이 화를 내는 사람들, 위험한 남자들, 비겁하고 몰염치한 도둑들, 돈 때문에 살인하는 자들, 그리고 섹스를 위해 살인하는 자들—벤젠하버는 톨리도에서 온갖 나쁜 인간을 다 보아왔다. 하지만 벤젠하버는 웰든과 나무딸기 라스의 얼굴에 드러난 듯한 그런 느긋한 부패함은 별로 본 적이 없었다. 그는 어서 스탠디시 부인을 찾아내야 되겠다고 생각했다.

그는 무엇을 찾아야 할지를 알지 못하면서도 하늘빛 픽업의 문을 열었지만, 아르덴 벤젠하버는 미지의 사실을 어떻게 찾아내는지 요령은 알았다. 장갑통 뚜껑의 경첩에는 칼로 잘라낸 브래지어 한 조각이 아직도 묶였고, 바닥에 떨어진 다른 옷 두 가지. 그는 한눈에 사태를 쉽게 파악했다. 핏자국은 없었고, 브래지어는 부드럽고 자연스러운 베이지 빛깔이었고, 아주 고급이라고 아르덴 벤젠하버는 생각했다. 그는 따로 특징조차도 없는 온갖 종류의 시체를 보았는데, 옷을 보면 그 사람의 유형을 알았다. 그는 비단 브래지어 조각들을 한 손에 쥐고는 헐렁하게 늘어진 양복 저고리 호주머니에 양쪽 손을 넣고 라스 형제들과 애기를 나누는 치안관 보조에게로 마당을 가로질러 갔다.

"하루 종일 그 친구를 못 봤다는군요." 치안관 보조가 벤젠하버에게 말했다. "오렌은 가끔 외박을 한다는데요."

"저 트럭을 마지막으로 탄 게 누구냐고 물어봐." 벤젠하버는 직접 애기를 하면 그들이 말을 전혀 알아듣지 못하리라는 듯한 태도로 라스 형제들을 쳐다보지도 않으며 치안관 보조에게 말했다.

"그건 벌써 물어봤어요." 치안관 보조가 말했다. "기억을 못 하겠다고 그랬어요."

"저 트럭에 젊고 아름다운 여자가 마지막으로 탔던 때가 언제였느냐고 물어봐." 벤젠하버가 말했지만, 치안관 보조가 미처 대답할 틈도 주지 않고 웰든 라스가 웃었다. 벤젠하버는 포도주를 엎지른 듯한 얼룩이 얼굴에 앉은 자가 침묵을 지켜준 것이 고맙게 생각되었다.

"제기랄." 웰든이 말했다. "이 근방에는 '젊고 아름다운 여자'란 살지도 않고, 젊고 아름다운 여자가 저 트럭에 엉덩이를 붙였던 적은 한 번도 없어요."

"저 친구더러 거짓말쟁이라고 말해줘." 벤젠하버가 치안관 보조에게 말했다.

"자넨 거짓말쟁이야, 웰든." 치안관 보조가 말했다.

나무딸기 라스가 치안관 보조에게 말했다. "제기랄, 저 사람 뭐길래 여길 와서 우리들더러 이래라 저래라 말이 많지?"

아르덴 벤젠하버는 호주머니에서 세 조각이 난 브래지어를 꺼냈다. 그는 남자들 옆에 엎드린 암퇘지를 보았는데, 돼지는 겁에 질린 한쪽 눈으로 한꺼번에 그들을 모두 쳐다보는 듯싶었고, 다른쪽 눈이 무엇을 쳐다보는지는 알 길이 없었다.

"저 돼지는 암놈이야, 숫놈이야?" 벤젠하버가 물었다.

라스 형제들이 웃었다. "이게 암퇘지라는 건 누구나 다 알죠." 나무딸기가 말했다.

"숫놈 돼지의 불알을 직접 잘라본 적이 있나?" 벤젠하버가 물었다. "자네들이 직접 하나, 아니면 다른 사람들한테 시키나?"

"거세는 우리들 손으로 해요." 웰든이 말했다. 제멋대로 털이 귀에서 위로 쭈볏 솟아오른 그는 산돼지를 좀 닮았다. "우린 거세시키는 건 환히 알아요. 별로 대단한 일도 아니니까."

"좋아." 그들과 치안관 보조가 보도록 브래지어를 치켜들며 벤젠하버가 말했다. "그래, 이런 성범죄의 경우에는 새로운 법이 바로 그런 식으로 처벌하지." 치안관 보조나 라스 형제들 아무도 입을 열지 않았다. "지금은 어떤 성범죄라도 거세를 시키는 처벌을 적용할 수가 있어." 벤젠하버가 말했다. "만일 그래서는 안 될 어떤 사람하고 하거나, 그것을 막도록 우리들을 도와주지 않음으로써 어떤 여자가 난행을 당하는 행위를 방조하는 경우가 생기면, 그러면 우린 당신들을 거세시켜도 된다구." 벤젠하버가 말했다.

웰든 라스는 동생 나무딸기를 쳐다보았고, 동생은 약간 어리벙벙한 표정이었다. 하지만 웰든은 벤젠하버에게 곁눈질을 하고 말했다. "그건 당신들이 직접 하나요, 아니면 다른 사람들을 시키나요?" 그는 형을 쿡 찔렀다. 나무딸기가 히죽 웃으려고 했더니 모반이 비스듬히 늘어났다.

하지만 두 손으로 브래지어를 뒤집어보고 또 뒤집어보던 벤젠하버는 지극히 무표정했다. "물론 그건 우리들 손으로 하진 않아." 그가 말했다. "이제는 그런 일을 해내는 온갖 새로운 장비들이 생겼으니까. 그건 국민 방위군에서 맡아하는 일이야. 그렇기 때문에 우린 국민 방위군 헬리콥터로 왔어. 우린 당신들을 그냥 국민 방위군 병원으로 실어다주기만 하고, 당신들은 다시 집으로 얼마 후에 날아오게 돼. 별것 아냐." 그가 말했다. "자네들도 잘 알겠지만."

"우린 식구가 많아요." 나무딸기 라스가 말했다. "우린 형제들이 굉장히 많다구요. 우린 오늘 누가 무슨 트럭을 타고 내일 누가 어느 트럭을 몰고 돌아다니는지를 몰라요."

"트럭이 또 있나?" 벤젠하버가 치안관 보조에게 물었다. "트럭이 또 있다는 얘긴 나한테 안 했잖아?"

"그래요, 검정 트럭이죠. 내가 깜빡 잊어버렸었어요." 치안관 보조가 말했다. "검정 차도 있어요." 라스 형제들이 머리를 끄덕였다.

"그 차 어디 있지?" 벤젠하버가 물었다. 그는 침착했지만 긴장했다. 형제들이 서로 쳐다보았다. 웰든이 말했다. "난 아까부터 그 차 못 봤는데."

"오렌이 타고 나갔는지도 몰라." 나무딸기가 말했다.

"아버지가 타고 나갔는지도 모르겠고." 웰든이 말했다.

"우린 이런 헛수작이나 늘어놓을 시간이 없어." 벤젠하버가 치안관 보조에게 날카롭게 말했다. "이 친구들 체중이 얼마나 나가는지 알아보고, 조종사가 다 태워 갖고 나갈 수 있는지 확인해야 해." 치안관 보조도 형제들 못지않게 멍청이라고 벤젠하버는 생각했다. "뭘 꾸물거려!" 벤젠하버가 치안관 보조에게 말했다. 그러더니 짜증스럽게 그는 웰든 라스에게로 돌아섰다. "이름은?" 그가 물었다.

"웰든." 웰든이 말했다.

"체중은?" 벤젠하버가 물었다.

"체중이라뇨?" 웰든이 말했다.

"몸무게가 얼마나 나가느냔 말야." 벤젠하버가 물었다. "자네를 헬리콥터로 싣고 가야 하니까 몸무게가 얼마나 나가는지 알아야 해."

"팔십 킬로그램쯤 되는데." 웰든이 말했다.

"자네는?" 벤젠하버가 보다 나이가 아래인 남자에게 물었다.

"구십이 좀 넘어요." 그가 말했다. "이름은 나무딸기고요." 벤젠하버는 눈을 감았다.

“그럼 백칠십이 좀 넘겠군.” 벤젠하버가 치안관 보조에게 알려주었다. “조종사한테 가서 그만큼 싣고 가도 되는지 물어보게.”

“우릴 지금 당장 어디로 데리고 가는 건 아니겠죠, 안 그래요?” 웰든이 물었다.

“우린 자네들을 그냥 국민 방위군 병원까지만 데리고 가는 거야.” 벤젠하버가 말했다. “그리고 만일 우리들이 여자를 찾아내고, 그 여자가 무사하면, 다시 집으로 데려다주겠어.”

“하지만 여자에게 무슨 일이 일어났다면 우린 변호사를 부르게 되는 거죠?” 나무딸기가 벤젠하버에게 물었다. “법정에서 도와주는 그런 사람 말예요. 그렇죠?”

“누구한테 무슨 일이 일어났다고 그랬나?” 벤젠하버가 그에게 물었다.

“있잖아요, 당신이 찾는 그 여자요.” 나무딸기가 말했다.

“글쎄, 만일 그 여자한테 사고가 생겼다면, 자네들을 벌써 병원에 데려다놓은 다음일 테니까 거세를 시키고는 바로 그날로 집으로 데려다주겠어.” 벤젠하버가 말했다. “불알을 까는 거라면 나보다 자네들이 더 환히 잘 알 텐데.” 그가 시인했다. “난 한 번도 거세하는 걸 본 적이 없지만, 시간은 오래 걸리지 않을 거야, 안 그래? 그리고 피도 많이 안 나겠지, 안 그래?”

“하지만 재판도 벌어지고, 변호사도 필요해요!” 나무딸기가 말했다.

“그야 새 법에서는 재판이고 뭐고 그 따위 것 하나도 없어.” 벤젠하버가 말했다. “성범죄는 특수한 것이고, 새 기계로는 거세를 시키기도 아주 쉬우니까, 그게 가장 그럴듯한 방법이지.”

“그래요!” 치안관 보조가 헬리콥터에서 고함쳤다. “무게는 됐어요. 데리고 갈 수 있대요.”

“제기랄!” 나무딸기가 말했다.

"시끄러워." 웰든이 말했다.

"내 불알은 못 잘라!" 나무딸기가 그에게 소리쳤다. "난 여자는 건드리지도 않았어!" 웰든이 나무딸기의 배를 어찌나 세게 때렸는지 동생은 옆으로 나둥그러져 널브러진 돼지 위로 떨어졌다. 돼지가 끽끽 비명을 지르고, 짤막한 다리를 파르르 떨고는 갑자기, 끔찍하게 배설했지만, 다른 움직임은 전혀 없었다. 나무딸기는 악취가 고약한 암퇘지의 배설물 옆에 자빠져 숨을 헉헉거렸고, 아르덴 벤젠하버는 웰든 라스의 급소를 무릎으로 차려고 했다. 하지만 웰든은 너무 빨랐고, 벤젠하버의 다리를 무릎쯤 잡더니 노인을 나무딸기와 가엾은 돼지 너머로 밀쳐 뒤로 자빠뜨렸다.

"제기랄." 벤젠하버가 말했다.

치안관 보조는 총을 뽑아 허공에다 한 방 쏘았다. 웰든은 귀를 막으며 무릎을 꿇고 주저앉았다. "별일 없나요, 경감님?" 치안관 보조가 물었다.

"그래, 물론 별일 없지." 벤젠하버가 말했다. 그는 돼지와 나무딸기 옆에 앉았다. 그는 조금도 수치심을 느끼지 않으며 자기가 그들과 상당히 비슷하다고 의식했다. "나무딸기." (그 이름만 들어도 너무 한심해서 저절로 눈이 감기는) 벤젠하버가 말했다. "만일 불알을 말짱히 달고 살아갈 생각이라면 여자가 어디로 갔는지 우리들한테 애기해." 남자의 모반이 네온 간판처럼 벤젠하버의 눈에 번득거렸다.

"너 잠자코 있어, 나무딸기." 웰든이 말했다.

그러자 벤젠하버는 치안관 보조에게 지시했다. "만일 저자가 다시 입을 벌리기만 하면, 이 자리에서 불알을 쏘아버려. 공연히 왔다갔다 고생할 필요도 없게 말야." 그리고 그는 치안관 보조가 실제로 그대로 할 정도로 멍청하지 않기만 하느님에게 빌었다.

"오렌이 끌고 갔지?" 벤젠하버가 물었다.

“모르겠어요.” 나무딸기가 말했다. “차에 태워 가지고 갔으니까요.”

“여기서 떠났을 때 여자는 말짱했나?” 벤젠하버가 물었다.

“글쎄요, 내가 보기엔 아무렇지도 않았던 것 같아요.” 나무딸기가 말했다. “그러니까, 오렌이 그때까지는 아직 여자를 해치지 않았던가 봐요. 그애가 여자를 아직 건드리지조차 않았었다는 생각이 들어요.”

“어째서?” 벤젠하버가 물었다.

“글쎄요, 벌써 건드렸다면, 왜 여자를 끌고 다니겠어요?” 나무딸기가 말했다. 벤젠하버는 또다시 눈을 감았다. 그는 몸을 일으켰다.

“얼마나 되었는지 알아봐.” 그는 치안관 보조에게 지시했다. “그 다음에는 이자들이 다시는 타고 다니지 못하게 저 하늘빛 트럭을 묵 사발로 만들어놓아. 그 다음에는 다시 헬리콥터를 타라구.”

“그리고 이 사람들은 여기 그냥 놔두고요?” 치안관 보조가 물었다.

“그럼.” 벤젠하버가 말했다. “나중에라도 이 작자들 불알을 잘라버 릴 시간은 얼마든지 있으니까.”

아르덴 벤젠하버는 조종사를 시켜 납치범의 이름이 오렌 라스이 며, 하늘빛이 아니라 검정 픽업을 몬다는 보고를 접수시켰다. 이 보 고는 또다른 보고와 함께 흥미 있게 맞아떨어졌는데, 주 경찰에서는 남자 혼자서 검정 픽업을 타고 ‘술이나 마약에 취했거나 무슨 이상 한 일이 벌어지기라도 한 듯’ 차선을 오락가락 넘나들며 위험하게 운전한다는 보고를 받았다. 당시에는 ‘하늘빛’ 픽업에 더 신경을 쓰 던 때였으므로 경찰관은 이 차를 추적하지 않았다. 아르덴 벤젠하버 는 물론 검정 픽업을 탄 남자는 사실 혼자가 아니었고, 호프 스탠디 시가 머리를 그의 허벅지에 얹고 엎드려 있었다는 사실을 알 길이 없었다. 얘기를 들은 벤젠하버는 만일 라스가 혼자였다면 여자에게 는 벌써 무슨 일이 벌어졌을 터여서 다시금 전율을 느꼈다. 벤젠하 버는 스위트 웰즈라는 읍내 근처의 시골길들이 교차하는 곳의 샛길

에서 마지막으로 목격된 검정 픽업을 찾으러 가야 하니까 어서 헬리
콥터로 오라고 치안관 보조에게 소리를 질렀다.

"그곳 알아?" 벤젠하버가 물었다.

"아, 그럼요." 치안관 보조가 말했다.

그들은 다시 공중으로 떴고, 밑에서는 겁에 질려 돼지들이 또다시
법석을 벌였다. 약을 먹고 사람에게 깔렸던 불쌍한 돼지는 그들이
왔을 때나 마찬가지로 꼼짝 않고 엎드린 채였다. 하지만 라스 형제
들은 보아하니 상당히 격렬한 싸움을 벌이는 중이었고, 헬리콥터가
그들로부터 더 높이, 더 멀리 떠오르자 세상은 아르덴 벤젠하버가
좋다고 인정하는 정상적인 수준과 훨씬 비슷하게 돌아갔다. 저 아래
동쪽에서 싸움을 벌이는 자그마한 모습들이 왜소하게 겨우 보이고,
그들의 피와 공포로부터 어찌나 멀리 떨어졌는지, 후환을 두려워하
지만 않는다면 나무딸기가 웰든한테 채찍질을 할지도 모르겠다고
치안관 보조가 말했을 때 벤젠하버는 톨리도 시절의 무표정한 웃음
을 웃을 만한 여유까지 생겼다.

"그들은 짐승같은 놈들이야." 젊은 나이여서 잔인성과 냉소적인
면에 아무리 익숙하다고는 해도 약간 충격을 받은 듯한 치안관 보조
에게 그가 말했다. "만일 둘이서 서로 죽인다고 하면, 그들이 평생
동안 먹어치울 식량을 먹게 되는 다른 사람들을 생각해보라구." 벤
젠하버가 말했다. 치안관 보조는 성범죄에 대해서는 즉석에서 거세
한다는 새 법에 관한 벤젠하버의 거짓말이 어처구니없는 지어낸 얘
기에 그치는 것이 아니며, 벤젠하버로서는 분명히 법이 그렇지는 않
지만 마땅히 그래야 된다고 생각하고 있음을 깨달았다. 그것이 아르
덴 벤젠하버가 톨리도에서 쓰던 수법들 가운데 하나였다.

"가엾은 여자 같으니라구." 핏줄이 불끈거리는 두 손으로 브래지
어 조각들을 쥐어짜며 벤젠하버가 말했다. "오렌이라는 자가 몇 살

이지?” 그는 치안관 보조에게 물었다.

“열여섯이나 열일곱 살일 거예요.” 치안관 보조가 말했다. “아직 어리죠.” 치안관 보조 자신은 적어도 스물네 살은 되었다.

“발기를 할 정도로 나이를 먹었다면, 그걸 잘라버려도 될 나이는 찼어.” 아르덴 벤젠하버가 말했다.

하지만 난 어디를 잘라야 하나? 아, 내가 어디를 자르면 좋을까? 길고도 가느다란 낚시칼을 손에 단단히 쥐고 호프는 궁리했다. 그녀의 손바닥에서는 맥박이 고동쳤지만, 호프는 마치 칼에게서도 따로 심장이 고동치는 듯한 기분을 느꼈다. 호프는 짓찧어대는 의자의 가장자리 그녀의 엉덩이까지, 칼날이 보일 만큼 손을 아주 천천히 들어올렸다. 톱니가 난 날을 사용해야 하나, 아니면 굉장히 날카로워 보이는 쪽을 쓰나? 그녀는 생각했다. 어떻게 이런 물건으로 사람을 죽일까? 땀을 흘리며 비비적거리는 오렌 라스의 엉덩이 바로 옆까지 그녀가 들어올린 칼은 아득하고도 싸늘한 기적이나 마찬가지였다. 잘라내야 하나, 찔러야 하나? 그녀는 방법을 알고 싶었다. 그의 뜨거운 두 손은 그녀를 들어올리고 움찔거리게 하려고 호프의 엉덩이 밑을 받쳐들었다. 그의 턱은 무거운 돌멩이처럼 그녀의 쇄골 근처 움푹한 자리를 파고들었다. 그러자 호프는 그가 한쪽 손을 밑에서 빼고, 바닥으로 뻗은 손가락들이 칼을 쥔 그녀의 손을 스치는 것을 느꼈다.

“움직여!” 그가 끙끙거렸다. “어서 움직이라니까.” 그녀는 허리를 들어올리려고 했지만 마음대로 되지 않았고, 엉덩이를 돌리려고 했지만 그것도 마음대로 되지 않았다. 호프는 그가 자기 나름대로의 독특한 동작을 찾아 절정에 오르려는 마지막 움직임이 무엇인지를 알아내려고 기를 쓰고 있음을 느꼈다. 그녀의 밑으로 들어간 손은 호프의 잔등 허리께를 바싹 눌렀고, 다른 손은 차의 바닥을 더듬었다.

그러자 호프는 그가 칼을 찾고 있음을 알았다. 그리고 빈 칼집에 그의 손가락이 닿았다 하면 끝장이었다.

"아아아아!" 그가 소리쳤다.

어서! 그녀는 생각했다. 갈빗대를 찔러? 옆구리를 찔러서 칼을 위로 쑤셔박거나, 두 어깻죽지 사이를 찍어 그의 잔등과 폐를 꿰뚫고는 짓눌린 그녀의 젖가슴까지 칼끝이 닿을 정도로 있는 힘을 다해서 곧장 찍어내릴까? 잔뜩 구부린 그의 잔등 위 허공에서 그녀는 팔을 휘저었다. 그녀는 기름을 바른 듯 반짝거리는 칼날을 보았고, 갑자기 솟아오른 남자의 손은 빈 바지를 다시 운전대 쪽으로 던져버렸다.

그는 호프에게서 몸을 일으키려고 했지만 하반신은 한참 동안 찾던 동작에 묶였고 엉덩이는 그가 주체하지 못할 정도로 파르르 경련을 일으켰으며, 가슴이 그녀에게서 떨어져나가며 그는 손으로 호프의 두 어깨를 힘껏 밀쳤다. 그의 두 엄지손가락이 그녀의 목을 향해 기어왔다. "내 칼은?" 그가 물었다. 머리를 재빨리 돌려 그는 뒤를 돌아다보고, 위를 올려다보았다. 양쪽 엄지손가락으로 그는 호프의 턱을 틀어 올렸고, 그녀는 목을 감추려고 했다.

그러자 그녀는 남자의 하얀 엉덩이를 가위처럼 얽었다. 두뇌는 갑자기 더 급한 다른 일이 생겼음을 틀림없이 알았겠지만 그는 아래쪽의 방아질이 멈춰지지가 않았다. "내 칼?" 그가 말했다. 그리고 호프는 그의 어깨 너머로 손을 뻗어 (자신도 그 동작을 보지 못했을 정도로 빨리) 매끈한 쪽의 칼날을 그의 목에다 찔렀다. 잠깐 동안 그녀는 아무 상처도 보지 못했다. 그녀는 남자가 그녀의 목을 조른다는 사실만 알았다. 그러다 그의 한쪽 손이 목에서 떨어지더니 자신의 목으로 갔다. 그는 호프가 보려고 하던 칼에 찔린 자리를 가렸다. 하지만 마침내 그녀는 꽉 움켜쥔 손가락들 사이로 흘러나오는 검붉은 피를 보았다. 그는 칼을 쥔 그녀의 손을 찾느라고 상처에서 손을 치웠고, 찢어진 목에서는 커다란 피거품이 그녀에게로 마구 쏟아졌다. 그녀는 속이 빈 빨대로 음료수의 바닥을 빨아들이는 듯한 소리를 들었다. 그녀는 다시 숨을 쉴 수가 있었다. 그의 두 손은 어디로 갔을까? 그녀는 궁금했다. 그 손들은 한꺼번에 그녀의 옆 의자로 힘없이 축 늘어지고는 겁에 질린 새처럼 그의 등뒤에서 파닥거리는 듯싶었다.

그녀는 길다란 칼날로 그의 허리 바로 위쪽을 쑤셨고, 칼날이 그토록 쉽게 들어갔다가 다시 나왔기 때문에 아마 신장 같은 무엇이 거기 달려 나오기라도 했나 보다고 생각했다. 오렌 라스는 아이처럼 그녀의 뺨에다 자기 뺨을 댔다. 물론 그때 그는 비명을 질렀겠지만, 첫번째 칼질에서 성대와 숨통이 싹둑 잘려버렸다.

호프는 그러자 더 높은 곳을 칼로 찔렀지만 갈비뼈인지 딱딱한 무엇이 닿았고, 몇 센티미터밖에 안 들어간 다음 시원치 않으니까 다시 칼을 뽑았다. 그는 그녀에게서 내려가고 싶기라도 한 듯 이제는 호프의 몸 위에서 버둥거렸다. 그의 몸은 비상 경보를 보냈지만, 신호가 제대로 전달되지 못했다. 그는 의자 등받이에 몸을 기대고 심호흡을 했지만 머리가 자꾸만 맥없이 늘어졌고, 아직도 움직이는 음경은 그대로 호프와 연결된 상태였다. 그녀는 이 틈을 타서 또다시 칼로 쑤셨다. 칼은 배의 옆쪽으로 찌르고 들어가 배꼽에서 5센티미터쯤 떨어진 곳까지 거침없이 찢고 나아가더니 무언가 큼직한 부분에 걸렸고, 그의 몸이 그녀 위로 다시 털썩 쓰러져서 그녀의 손목을 꼼짝도 못하게 짓눌렀다. 하지만 이것은 간단한 일이어서, 호프가 손을 비틀었더니 미끄러운 칼이 빠져나왔다. 그의 창자와 관련된 무엇이 풀어진 모양이었다. 호프는 그의 물컹거림과 냄새 때문에 너무 놀랐다. 호프는 칼을 바닥으로 떨어뜨렸다.

오렌 라스는 병으로 그리고 통으로 몇 개씩 쏟아내는 중이었다. 실제로 그녀의 몸에 실린 그의 체중이 훨씬 가볍게 느껴졌다. 그들의 몸이 어찌나 미끈거렸는지 호프는 쉽게 그의 밑에서 빠져나왔다. 호프는 그를 젖혀놓고는 트럭의 피투성이 바닥에, 그의 옆에 웅크리고 앉았다. 호프의 머리카락은 남자의 목에서 샘물처럼 뿜어나온 피로 흥건했다. 눈을 깜박이니까 속눈썹이 살갗에 달라붙었다. 남자가 한쪽 손을 불끈거리자 그녀가 손바닥으로 후려쳤다. "그만." 그녀가 말했다. 그의 무릎이 올라왔다가 힘없이 떨어졌다. "그만, 이제는 그만이라니까." 호프가 말했다. 그녀는 그의 심장, 그의 생명을 두고 그 말을 했다.

호프는 그의 얼굴을 쳐다보려고 하지 않았다. 그의 온몸을 뒤덮은 시커멓고 미끈거리는 액체와는 대조적으로 하얗고 ·투명한 콘돔은 인간을 이루는 피와 내장이라는 물질과는 상당히 거리가 먼 응결한 액체처럼 쪼그라든 음경을 감쌌다. 호프는 동물원에서 그녀의 진홍빛 스웨터에다 낙타가 뱉었던 가래침 덩어리가 머리에 떠올랐다.

그의 음낭이 수축했다. 그 꼴을 보고 호프는 화가 났다. "그만 해." 그녀는 이를 악물고 말했다. 음낭은 작고, 동그랗고, 팽팽해지더니, 다시 축 늘어졌다. "제발 그만 하라니까." 그녀가 나지막이 말했다. "제발 죽어." 마치 누가 들이마시기도 귀찮아서 내뱉은 듯, 아주 작은 한숨 소리가 났다. 하지만 얼마 동안 그의 곁에 쪼그리고 앉아서 호프는 가슴이 두근거렸고, 그녀의 맥박과 그의 맥박이 구분되지 않는 듯한 기분이 들었다. 나중에 호프가 생각해보니 그는 상당히 빨리 죽은 셈이었다.

픽업의 열린 문 밖에서는 오렌 라스의 하얗고 깨끗한 발과, 핏기가 사라진 발가락들이 햇빛을 받으며 하늘을 가리켰다. 햇살이 담뿍 쏟아지는 트럭 속에서도 피가 굳어가는 중이었다. 모든 것이 엉겨붙었다. 살갗이 마르는 동안에 호프 스탠디시는 팔뚝의 작은 털들이 빳빳해지고 살갗이 당기는 기분을 느꼈다. 미끄럽던 모든 것이 끈끈해졌다.

옷을 입어야 되겠어, 호프는 생각했다. 하지만 날씨가 어딘가 이상한 듯싶었다.

트럭의 창 밖에서 호프는 빠른 속도로 돌아가는 선풍기의 날개 사이로 빤짝이는 전등처럼 깜박거리는 햇빛을 보았다. 그리고 길가의 자갈들이 작은 소용돌이를 일으키며 솟아올랐고, 지난해에 심었던 옥수수의 그루터기들과 건조한 사금파리들이 굉장한 바람이라도 불어오는 듯 편편하고 썰렁한 땅바닥을 스치며 날아갔지만, 바람의 방향은 정상적이 아니어서, 이 바람은 곧장 밑으로 내리불었다. 그리고 저 소음! 그것은 마치 과속으로 달리는 트럭이 지나갈 때의 소리 같았지만, 길에는 아직도 차량이 없었다.

선풍이로구나! 호프는 생각했다. 그녀는 태풍이라고 해야 이해를 하는 동부 사람이어서, 날씨가 이상한 중서부는 싫어했다. 하지만 선풍이 뭐야! 그녀는 선풍을 한 번도 못 보았지만, 일기예보에서는 걸핏하면 '선풍주의보'를 떠들어대고는 했었다. 무엇을 주의하라는 말인가? 그녀는 항상 궁금하게 생각했었다. 이것, 사방에서 소용돌이치는 이 소음을 주의하라는 얘기로구나, 그녀는 추측했다. 날아다니는 흙덩이들. 갈색으로 변한 태양.

그녀는 너무나 화가 나서 싸늘하고 끈적끈적한 오렌 라스의 넓적다리를 후려갈겼다. 이런 일까지 겪고 났더니, 이제는 또 거지 같은 선풍이! 소음은 박살난 트럭을 깔고 지나가는 기차 소리와 비슷했다. 호프는 다른 트럭들과 승용차들이 벌써 휘말려든 깔대기 같은 회오리바람이 내려오는 장면을 상상했다. 웬일인지 그녀에게는 차들의 엔진이 아직도 돌아가는 소리가 들렸다. 열린 문으로 모래가 날아들어와 피범벅이 된 몸에 달라붙었고, 호프는 옷을 더듬어 찾았다. 소매가 달렸던 자리에는 구멍만 남았어도 그것이나마 입을 수밖에

별 도리가 없었다.

하지만 그녀는 옷을 입으려면 트럭 밖으로 나가야만 했다. 라스와 그가 쏟은 피범벅에다 이제는 길가의 모래까지 흩뿌려 들어오는 속에서 그녀는 몸을 가눌 만한 자리도 없었다. 그리고 바깥으로 나가면 그녀는 틀림없이 손에서 옷이 날아가버리고, 발가벗은 채로 하늘로 빨려 올라가리라고 생각했다. "난 미안하지 않아." 그녀가 나지막이 말했다. "난 조금도 미안하지 않아!" 그녀는 다시 라스의 시체를 후려갈기며 소리를 질렀다.

그러자 목소리가, 가장 시끄러운 확성기만큼이나 크고 무시무시한 목소리가 차 안에 있던 그녀를 뒤흔들었다. "그 안에 있으면 밖으로 나와라! 두 손을 머리에 얹어라. 밖으로 나오라. 픽업 뒤로 올라가서 엎드려!"

난 정말로 죽었구나, 호프는 생각했다. 나는 벌써 하늘나라에 왔고 저것은 하느님의 목소리야. 그녀는 종교를 믿지 않았는데 하느님이 존재한다면 그 하느님의 목소리는 욕을 잘 하고 시끄러운 소리이리라고 호프는 생각했다.

"어서 밖으로 나오라." 하느님이 말했다. "당장 나오라니까."

아, 나오라면 나가지, 그녀는 생각했다. 거지 같은 하느님. 이제 나를 어떻게 하자는 것일까? 강간이란 하느님까지도 이해하지 못할 만행이었다.

검정 트럭 위에서 덜덜덜거리는 헬리콥터 안에서 아르덴 벤젠하버는 메가폰에다 대고 고함쳤다. 그는 틀림없이 스탠디시 부인이 죽었다고 생각했다. 그는 트럭의 열린 문으로 뻗쳐 나온 발이 남자 것인지 여자 것인지 알 길이 없었지만, 헬리콥터가 내려가는 동안 그 발은 움직이지도 않았고, 너무나 썰렁하고, 햇빛을 받아도 핏기가 전혀 없어서 벤젠하버는 죽은 사람의 발이라고 확신했다. 죽은 사람이 오렌 라스이리라는 생각은 치안관 보조나 벤젠하버의 머리에 떠오르지를 않았다.

하지만 그들은 왜 라스가 추악한 행위를 치르고 난 다음 트럭을 버렸는지 이해가 되지 않았고, 그래서 벤젠하버는 조종사더러 헬리콥터를 트럭의 바로 위에서 정지시키라고 지시했다. "만일 녀석이 저 안에 아직도 여자하고 같이 있다면, 우린 저 자식이 기겁할 정도로 겁을 줘야 해." 벤젠하버가 치안관 보조에게 말했다.

호프 스탠디시가 뻣뻣한 두 발을 스치고 나와 차의 옆에 움츠리고 서서 바람에 날리는 모래가 눈에 들어가지 않도록 손으로 가리고 있으려니까 아르덴 벤젠하버는 확성기의 단추에 댄 손가락에서 맥이 풀리는 기분을 느꼈다. 호프는 펄럭거리는 겉옷으로 얼굴을 감싸려고 했지만 옷자락은 찢어진 돛처럼 그녀를 후려갈겼고, 트럭의 뒷문을 향해 손으로 더듬어 나가던 그녀는 피가 제대로 마르지 않은 몸의 여러 곳에 왕모래가 따갑게 달라붙자 몸을 움츠렸다.

"여자예요." 치안관 보조가 말했다.

"후진시켜!" 벤젠하버가 조종사에게 지시했다.

"맙소사, 저 여자 어떻게 된 거예요?" 겁이 나서 치안관 보조가 물었다. 벤젠하버는 확성기를 그에게 불쑥 넘겨주었다.

"물러서라구." 그가 조종사에게 말했다. "길 건너편에다 착륙시켜."

호프는 바람의 방향이 달라지는 것을 느꼈고, 선풍의 깔대기 속 소용돌이가 그녀 머리 위로 지나가는 듯싶었다. 그녀는 길 옆에 무릎을 꿇고 앉았다. 그녀의 손에서 날뛰던 드레스가 조용히 가라앉았다. 먼지 때문에 숨이 막히기 때문에 그녀는 옷으로 입을 막았다.

차가 한 대 왔지만 호프는 의식도 못했다. 어떤 사람이 길을 벗어난 검정 픽업을 오른쪽으로 하고, 길가에 착륙하려고 자리를 잡는 헬리콥터를 왼쪽으로 두고, 제 차선을 지키며 지나갔다. 피투성이로 알몸에 서걱거리는 모래로 뒤덮여 기도를 드리던 여자는 그녀 옆으로 차를 몰고 지나가는 그를 눈여겨보지도 않았다. 운전자는 지옥에서 돌아오는 천사의 환상을 보았다. 운전자는 반응이 얼마나 늦었는지 그가 본 모든 광경을 백 미터나 지나친 다음에야 놀랍게도 길에서 그냥 U자 회전을 시도했다. 속력을 늦추지도 않고, 차의 앞바퀴가 부드러운 도로변에 걸려 개천을 가로질러 미끄러져 땅을 갈아놓은 콩밭의 푹신한 봄철 흙에 빠졌고, 차가 범퍼까지 흙 속에 가라앉자 그는 문을 열 수가 없었다. 그는 창문을 돌려 내리고는 해안선에서 떨어져나간 잔교(棧橋)에 평화롭게 앉아 바다로 떠나가는 사람처럼 수렁 건너편 도로를 쳐다보았다.

"사람 살려!" 그가 소리쳤다. 여자의 모습이 어찌나 끔찍했는지 그는 근처에 그런 여자들이 또 있거나 그녀를 그런 꼴로 만든 사람이 누구인지는 몰라도 또다른 희생자를 찾아다니지나 않는지 무서웠다.

"하느님 맙소사." 아르덴 벤젠하버가 조종사에게 말했다. "저 바보가 무사한지 당신이 가봐야 되겠어요. 왜 아무한테나 운전 면허를 주지?" 벤젠하버와 치안관 보조는 헬리콥터에서 뛰어나와 차가 빠진 푸릇푸릇한 수렁으로 들어갔다. "제기랄." 벤젠하버가 말했다.

"맙소사." 치안관 보조가 말했다.

길 건너편에서 호프 스탠디시는 처음으로 그들을 올려다보았다. 두 남자가 투덜거리며 진흙 바닥에서 어기적거리고 그녀를 향해 나오는 중이었다. 헬리콥터의 프로펠러가 느릿느릿 돌아갔다. 차에서 멍청하게 내다보는 남자도 보였지만, 까마득하게 여겨졌다. 호프는 드레스에 발을 넣었다. 소매가 달렸던 한쪽 진동이 떨어져나가 구멍만 남았고, 호프는 팔꿈치 옆쪽에다 헝겊 한 조각을 핀으로 꽂지 않았다가는 젖가슴이 드러날 판이었다. 그제서야 호프는 두 어깨와 목이 얼마나 쓰라린지를 깨달았다.

숨이 턱에 차고 무릎 아래는 진흙에 푹 빠진 아르덴 벤젠하버가 불쑥 그녀의 앞에 나타났다. 진흙 때문에 바지가 다리에 착 달라붙어서, 호프는 그가 반바지를 입은 노인인 줄 알았다. "스탠디시 부인이시죠?" 그가 물었다. 호프는 그에게로 돌아서서 얼굴을 가리고 머리를 끄덕였다. "온통 피투성이로군요." 기력이 빠진 듯 그가 말했다. "이렇게 너무 늦게 와서 죄송합니다. 다치셨나요?"

호프는 돌아서서 그를 빤히 쳐다보았다. 그는 부어오른 양쪽 눈과, 부러진 코와, 이마에 생긴 시퍼런 혹을 보았다. "거의 다 남자가 흘린 피예요." 그녀가 말했다. "하지만 난 강간을 당했어요. 저 남자가 그랬죠." 그녀는 벤젠하버에게 말했다.

벤젠하버는 손수건을 꺼내서는 어린아이의 입을 닦아주듯 그녀의 얼굴을 찍어내려 했지만, 호프를 씻어준다는 일이 얼마나 엄청난 일인지를 생각하니 기가 질려 손수건을 치웠다. "미안합니다." 그가 말했다. "정말 미안해요. 우린 가능한 한 빨리 이리로 쫓아왔어요. 우린 당신 아들을 만났는데, 무사해요." 벤젠하버가 말했다.

"난 저 남자를 입에 넣어야 했어요." 호프가 그에게 말했다. 벤젠하버는 눈을 감았다. "그리고 그는 나한테 그걸 하고 또 했어요." 그녀가 말했다. "나중에 나를 죽일 생각이었고, 남자가 나한테 그런 말을 했어요. 난 그를 죽일 수밖에 없었어요. 그리고 난 미안하지도 않아요."

"물론 미안하지 않아야죠." 벤젠하버가 말했다. "그래서는 안 되죠, 스탠디시 부인. 난 당신이 최선의 길을 택했다고 확신합니다." 그녀는 그에게 머리를 끄덕이더니 눈을 떨구었다. 그녀는 벤젠하버의 어깨로 한 손을 내밀었고, 그녀가 벤젠하버보다 키가 약간 커서 그에게 머리를 얹으려면 호프가 엉거주춤 숙여야 하기는 했어도 그는 호프가 몸을 기대도록 해주었다.

　그제서야 벤젠하버는 치안관 보조를 의식하게 되었는데, 그는 오
렌 라스를 살펴보려고 운전석으로 올라갔다가, 수렁에 빠진 차를 운
전하던 놀란 남자를 데리고 길을 건너오던 조종사가 환히 보는 앞에
서 트럭의 앞쪽 흙받이에다 온통 토해놓았다. 햇빛이 비친 오렌 라
스의 핏기가 없는 발처럼 얼굴이 새하얘진 치안관 보조는 벤젠하버
더러 와서 보라고 애원했다. 하지만 벤젠하버는 스탠디시 부인을 가
능한 한 안심시켜주고 싶었다.

　"그러니까 당신은 강간을 당한 다음, 그가 긴장이 풀려 주의를 안
할 때 죽인 거로군요?" 그가 물었다.

　"아뇨, 도중이었죠." 그의 목에 기대고 호프가 말했다. 그녀의 끔
찍한 악취에 벤젠하버도 속이 뒤집힐 지경이었지만, 얘기를 듣느라
고 얼굴을 그녀에게 아주 가까이 가져갔다.

　"그럼 그가 당신을 강간하는 동안에 그랬단 말인가요, 스탠디시
부인?"

　"그래요." 그녀가 나지막이 말했다. "내가 칼을 찾았을 때 그는 아
직 내 속에 있었어요. 칼은 바닥에 떨어진 그의 바지에 들어 있었고,
일이 끝나면 그가 칼로 나를 죽일 생각이었으니까 어쩔 수가 없었어
요." 그녀가 말했다.

　"물론 그러셔야 했죠." 벤젠하버가 말했다. "그건 상관없어요." 그
말은 비록 남자가 그녀를 죽일 계획이 아니었더라도 호프가 어쨌든
그를 죽였어야 한다는 뜻이었다. 아르덴 벤젠하버는 아이의 살해라
면 예외일지 몰라도 어떤 살인도 강간처럼 중대한 범죄는 아니라고
믿었다. 하지만 자식이 없었던 그는 아이의 살인에 관해서는 아는
바가 모자랐다.

　그가 바깥에서 차를 타고 기다리는 동안 자동 세탁소에서 임신한
아내가 강간을 당한 때는 그들이 결혼한 지 일곱 달 후의 일이었다.

젊은 아이들 세 명의 짓이었다. 그들은 용수철 문이 달린 건조기를 하나 열어 문에다 그녀의 엉덩이를 올려놓고, 머리는 후끈한 건조기 속으로 밀어넣었는데, 뜨겁고 숨막히는 베갯잇과 홑이불 더미에다 대고 비명을 질러봤자 커다란 금속 북 같은 통 속에서는 그녀의 목소리만 정신없이 되울릴 따름이었다. 머리와 함께 양쪽 팔도 건조기로 들어간 그녀는 꼼짝도 못 했다. 다리는 마룻바닥에 닿지도 않았다. 그녀는 꼼짝도 하지 않으려고 했는지 모르지만 용수철 문 때문에 그들 세 사람 모두의 밑에서 그녀는 오르락내리락 튀었다. 청년들은 물론 그들이 강간하는 여자가 경찰 총경의 아내라는 사실을 까맣게 몰랐다. 그리고 토요일 밤 톨리도 시내를 밝힌 정도의 불빛을 모두 동원했다고 해도 그녀를 구할 길은 없었으리라.

그들 벤젠하버 부부는 이른 아침부터 활동하는 부지런한 사람들이었다. 그들은 아직 젊었고, 월요일 아침이면 밥을 먹기 전에 함께 세탁물을 가지고 자동 세탁소로 갔고, 세탁물이 돌아가는 동안 그들은 신문을 읽었다. 그리고는 세탁물을 건조기에 넣은 다음 집으로 가서 아침을 먹었다. 벤젠하버 부인은 벤젠하버와 경찰서로 가는 동안 세탁물을 찾았다. 아내가 세탁물을 가지러 들어가면 그는 차에서 기다렸고, 때로는 그들이 아침을 먹는 동안 누가 세탁물을 꺼내놓았기 때문에 벤젠하버 부인은 건조기를 몇 분 더 돌려야 했다. 그러면 벤젠하버가 기다렸다. 하지만 자동 세탁소에는 다른 사람이 거의 아무도 없었기 때문에 그들은 이른 아침을 좋아했다.

젊은 아이들 세 명이 나오는 것을 보았을 때야 그는 말린 빨래를 꺼내는 데 아내가 얼마나 많은 시간을 잡아먹었는지 걱정하기 시작했다. 하지만 세 번이라고 해도 여자를 강간하는 데는 시간이 별로 오래 걸리지 않는다. 벤젠하버는 자동 세탁소로 들어가 구두가 벗겨진 채 건조기에서 뻗쳐나온 아내의 두 다리를 보았다. 죽은 사람의

발을 벤젠하버가 보기는 이것이 처음은 아니었지만, 이 발은 그에게
는 아주 중요했다.

그녀는 빨래 때문이거나, 토하다가 질식을 당해 숨이 막혀 죽었지
만, 그들은 그녀를 죽일 생각은 아니었었다. 그 부분은 사고였고, 재
판 과정에서는 벤젠하버 부인의 죽음이 본질적으로 계획적이 아니
었다는 주장을 놓고 무척 떠들어댔다. 피고측 변호사는 청년들이
'그냥 강간만 할 계획이었지 죽이기까지 할 계획은 아니었다'고 말
했다. 그리고 '그냥 강간만'이라는 표현은, '그냥 강간만 당했다니
재수 좋은 일이고, 죽지 않았다니 신기하구나!' 따위 얘기에서처럼,
아르덴 벤젠하버에게는 소름이 끼치는 말이었다.

"당신이 남자를 죽인 건 잘한 일예요." 벤젠하버가 호프 스탠디시
에게 속삭였다. "우리들로서는 제대로 처벌할 방법도 없었을 테니까
요." 그는 그녀에게 털어놓았다. "그 자가 받아 마땅한 처벌을 말예
요. 잘하셨어요." 그가 속삭였다. "잘하셨어요."

호프는 경찰에 불려가서 훨씬 비판적인 조사를 또다시 받으리라
고 생각했으며, 적어도 훨씬 의심이 많은 경찰관을, 아르덴 벤젠하버
와는 확실히 다른 사람을 만나게 되리라고 예상했다. 무엇보다도 그
녀가 고마웠던 점은 벤젠하버가 틀림없이 60대에 들어선 노인이어
서, 아저씨나, 섹스에서는 더 까마득한 나이지만, 할아버지처럼 느껴
진다는 사실이었다. 그녀는 마음이 훨씬 가라앉았고, 별일 없다고 말
했으며, 허리를 펴고 그에게서 떨어져 섰을 때 호프는 그의 셔츠 옷
깃과 뺨을 자기가 피범벅으로 문질러놓았음을 보았지만 벤젠하버는
의식조차 하지 못한 것 같기도 했고, 어쨌든 개의치를 않았다.

"좋아, 어디 보세." 벤젠하버는 치안관 보조에게 말하고는 호프에
게 다시 부드러운 미소를 지었다. 치안관 보조는 열린 트럭의 운전
석으로 그를 안내했다.

"이런 세상에." 주저앉은 차의 운전자가 말했다. "하느님 굽어살피소서. 이걸 봐요. 그리고 저건 뭐죠? 맙소사, 봐요, 내 생각에 저건 간장(肝腸) 같아요. 간이 저렇게 생기지 않았나요?" 조종사는 얼이 빠져 멍하니 서 있었고, 벤젠하버는 두 남자의 옷깃을 잡아 사납게 그들을 쫓아버렸다. 그들은 호프가 정신을 가다듬고 있던 트럭 뒤쪽으로 가려고 했지만 벤젠하버가 이를 악물고 그들에게 야단쳤다. "스탠디시 부인에게 가까이 가지 말아. 가서 우리 위치를 무전으로 알려." 그는 조종사에게 말했다. "구급차나 뭐 그런 거 필요할 테니까. 우리들은 스탠디시 부인을 데리고 갈 거야."

"저 친구를 끌고 가려면 플라스틱 자루가 필요하겠어요." 오렌 라스를 가리키며 치안관 보조가 말했다. "사방에 뿔뿔이 흩어졌어요."

"나도 눈은 달렸어." 아르덴 벤젠하버가 말했다. 그는 운전석으로 들어가더니 기가 차다는 듯 휘파람을 불었다.

치안관 보조가 물었다. "이 친구 그걸 하는 동안……"

"맞았어." 벤젠하버가 말했다. 그는 가속기 디딤판 근처의 끔찍한 오물 속에 손을 담그면서도 아무렇지도 않은 듯싶었다. 그는 의자 옆 바닥에서 칼을 찾으려고 뒤졌다. 그는 손수건으로 싸서 칼을 집어들고는 자세히 살펴보더니 손수건으로 둘둘 말아 호주머니에 넣었다.

"보세요." 음모라도 꾸미듯 치안관 보조가 속삭였다. "강간범이 고무를 끼고 그런다는 얘기 들어봤나요?"

"흔한 일은 아니지." 벤젠하버가 말했다. "하지만 전혀 없는 일도 아냐."

"난 희한하다는 생각이 들어요." 치안관 보조가 말했다. 그는 벤젠하버가 콘돔의 부풀어오른 부분 바로 밑을 꼭 잡는 것을 놀란 눈으로 지켜보았는데, 벤젠하버는 고무를 재빨리 탁 뽑더니 한 방울도 흘리지 않고 햇빛에 들어 보았다. 자루는 정구공만큼이나 컸다. 새는 곳은 없었다. 그 속에는 피가 가득했다.

벤젠하버는 만족한 표정이었고, 고무풍선처럼 콘돔을 매듭지어 묶어 시야에서 사라질 정도로 멀리 콩밭으로 냅다 집어던졌다.

"난 이것이 강간이 아니었을지도 모른다고 누가 따지고 덤비는 걸 원하지 않아." 벤젠하버가 나지막이 치안관 보조에게 말했다. "무슨 얘긴지 알아?"

치안관 보조의 대답을 기다리지도 않고 벤젠하버는 스탠디시 부인이 기다리는 트럭 뒤쪽으로 갔다.

"저 청년, 저 사람 몇 살이었죠?" 호프가 벤젠하버에게 물었다.

"나이는 먹을 만큼 먹었어요." 벤젠하버가 그녀에게 말했다. "스물다섯이나 여섯 살쯤 되었죠." 그가 덧붙여 말했다. 그는 겨우 목숨을 건진 그녀가 스스로 위축당할 말은 아무것도 하고 싶지 않았다. 그는 조종사더러 스탠디시 부인을 부축해 태우라고 손으로 시늉했다. 그러더니 그는 치안관 보조에게로 가서 남은 일을 정리했다. "자네는 시체하고 저 서투른 운전자하고 같이 여기서 기다려."

그가 치안관 보조에게 말했다.

"난 서투른 운전자가 아니에요." 남자가 우는 소리를 했다. "하느님 맙소사, 길에 나와 선 저 여자를 당신이 보았다면……"

"그리고 저 트럭에는 아무도 접근 못 하게 해." 벤젠하버가 말했다.

벤젠하버는 길에 떨어진 스탠디시 부인의 남편 셔츠를 집어들고, 우스꽝스러운 뚱뚱보 걸음걸이로 헬리콥터를 향해 어기적거리며 뛰어갔다. 두 남자는 벤젠하버가 헬리콥터로 기어오르고 하늘로 떠오르는 과정을 지켜보았다. 미약한 봄철 햇살이 헬리콥터와 더불어 떠나는 듯싶었고, 그들은 갑자기 추위를 느꼈지만 어디로 가야 할지를 몰랐다. 진흙 바닥을 건너가야만 했기 때문에 주저앉은 차 속으로 들어갈 수는 없었다. 그들은 트럭으로 가서 뒷문을 내리고는 그 위에 앉았다.

"그 사람이 내 차를 끌어낼 견인차도 부를까요?" 운전자가 물었다.

"아마 그런 생각은 머리에 떠오르지도 않겠죠." 치안관 보조가 말했다. 그는 벤젠하버 생각을 했는데, 그를 존경하면서도 두려움을 느꼈고, 벤젠하버는 완전히 믿을 만한 사람도 아니라는 생각이 들었다. 치안관 보조가 지금까지 한 번도 따져본 적은 없었지만, 전통이라는 문제가 있었다. 어쨌든 치안관 보조에게는 한꺼번에 머리에 떠오르는 생각이 너무나 많았다.

운전자가 픽업 안에서 오락가락 서성거리자 뒷문에 올라앉은 치안관 보조는 몸이 출렁거려 짜증이 났다. 운전자는 운전석 뒤 한쪽 구석에 둘둘 말아 밀어놓은 더러운 담요를 꺼내고, 먼지와 진흙이 켜를 이루고 앉은 뒤창으로 들여다볼 자리를 닦아내고는 가끔 운전석 안의 뻣뻣하고 창자가 꿰져 나온 오렌 라스의 시체를 힐끔거렸다. 이제는 피가 다 말라붙었고, 얼룩덜룩한 뒤창으로 운전자가 보니 시체는 빛깔과 광택이 가지 비슷했다. 그는 뒷문으로 가서 치안관 보조 옆에 앉았고, 보조는 몸을 일으켜 트럭 안으로 다시 걸어 들어가 창문으로 갈기갈기 찢어진 시체를 들여다보았다.

"이거 알아요?" 운전자가 말했다. "비록 꼴은 엉망이었어도 그 여자 정말 얼마나 미인인지 알겠더군요."

"그래요, 맞아요," 치안관 보조가 동의했다. 그러더니 운전자가 그와 같이 트럭 뒤칸에서 서성거리며 돌아다녔고, 그래서 치안관 보조는 뒷문으로 가서 앉았다.

"화내지 말아요." 운전자가 말했다.

"나 화 안 났어요." 치안관 보조가 말했다.

"내 얘긴, 알잖아요, 여자를 강간하고 싶어했을 어느 사람하고도 내가 공감을 한다는 뜻은 아니었어요." 운전자가 말했다.

"당신이 그런 뜻으로 얘기하지 않았다는 거 나도 알아요." 치안관 보조가 말했다.

이런 일이 자기에게 벅차다는 사실은 알았지만, 운전자의 어수룩한 면을 보자 치안관 보조는 벤젠하버가 자기를 경멸하는 듯싶었던 그런 태도를 이제는 자신이 취하게 되었다.

"이런 광경을 당신은 자주 보시겠죠. 예?" 운전자가 물었다. "아시잖아요, 강간이니 살인이니."

"꽤 많이 보죠." 짐짓 의젓한 표정으로 치안관 보조가 말했다. 그는 지금까지 강간이나 살인 사건을 한 번도 본 적이 없었고, 지금도 그는 자신의 눈을 통해 이 사건을 실제로 보았다기보다는 아르덴 벤젠하버의 눈을 통해 이런 경험을 거치고 있음을 깨달았다. 치안관 보조는 무척 혼란한 기분이었고, 자기 자신만의 관점을 나름대로 추구하려고 했다.

"글쎄요." 다시 뒤창으로 들여다보며 운전자가 말했다. "나도 군대 있을 땐 별의별 것을 다 봤지만, 이런 건 처음예요."

치안관 보조는 대답할 말이 없었다.

"전쟁이라면 이 정도는 되겠군요." 운전자가 말했다. "이건 형편없는 병원 같아요."

치안관 보조는 저 멍청이가 라스의 시체를 구경하게 내버려두어도 좋은지, 그리고 그것이 문제가 되는지, 문제가 된다면 누구에게 문제가 될지 궁금한 생각이 들었다. 분명히 라스에게는 상관이 없었다. 하지만 괴물 같은 그의 가족에게는? 치안관 보조에게는 어떤가?―그는 자신에게 어떤 문제가 되는지조차도 알지 못했다. 그리고 벤젠하버라면 반대할까?

"이봐요, 개인적인 질문을 하나 하고 싶으니까 기분 나빠하지 말아요." 운전자가 말했다. "화는 안 내시겠죠?"

"좋아요." 치안관 보조가 말했다.

"알잖아요." 운전자가 말했다. "고무는 어떻게 되었죠?"

"무슨 고무요?" 치안관 보조가 물었다. 그는 벤젠하버의 정신 상태에 관해서 의문을 좀 가지기는 했었지만, 이 경우에는 벤젠하버가 옳았음을 전혀 의심하지 않았다. 벤젠하버가 본 세상에서는 어떤 시시하고 사소한 요소라도 강간이라는 만행을 가볍게 해주어서는 안 되었다.

같은 순간에 호프 스탠디시는 벤젠하버의 세계에서 마침내 안전함을 느꼈다. 호프는 그의 옆에 앉아 밭들 위로 오르락내리락 떠가며 멀미를 하지 않으려고 애썼다. 그녀는 다시 자신의 몸을 살펴보기 시작했다. 몸에서는 악취가 났고, 여기저기가 쑤셨다. 그녀는 너무나 속이 뒤집힐 정도로 역겨움을 느꼈지만 이 유쾌한 경찰관은 그녀의 참혹한 성공에 감격해서 감탄 어린 표정으로 앉아 있었다.

"결혼은 하셨나요, 벤젠하버 선생님?" 그녀가 물었다.

"예, 스탠디시 부인." 그가 말했다. "결혼했죠."

"정말 너무나도 친절하시군요." 호프가 말했다. "하지만 지금 난 토하고 싶어요."

"아. 그러세요." 벤젠하버가 말했다. 그는 발치에 놓인 기름을 먹인 종이 봉투를 집었다. 그것은 조종사의 도시락 봉투여서, 바닥에는 먹지 않은 감자 튀김이 좀 남았고, 기름기가 배어 기름 종이가 투명해졌다. 벤젠하버는 감자 튀김과 봉투 바닥을 통해 자신의 손을 볼 수가 있었다. "여기 있어요." 그가 말했다. "마음껏 토하세요."

그녀는 벌써 헛구역을 했고, 봉투를 그에게서 받더니 머리를 돌렸다. 호프가 뱃속에 들어찼다고 확신한 오물을 담기에는 봉투가 충분히 크지 못하다고 그녀는 느꼈다. 호프는 등을 치는 벤젠하버의 단단하고 묵직한 손을 느꼈다. 다른 손으로 그는 걸리적거리지 않게 헝클어진 그녀의 머리카락 한 다발을 치워주었다. "그래요." 그가 호프를 격려했다. "자꾸 해봐요. 모두 쏟아버리면 기분이 훨씬 좋아질 테니까요."

호프는 닉키가 속이 거북해할 때마다 자기도 똑같은 말을 했었다는 사실이 기억났다. 그녀는 벤젠하버가 그녀의 구토까지도 하나의 승리로 바꿔놓는 솜씨에 감탄했지만, 그녀는 정말로 훨씬 기분이 좋아졌고, 율동적인 심호흡은 그녀의 머리를 잡고 잔등을 두드리는 그의 차분하고 건조한 두 손만큼이나 마음을 진정시켰다. 봉투가 찢어져 쏟아지자 벤젠하버가 말했다. "잘 없애버리셨어요, 스탠디시 부인! 봉투는 필요 없으니까요. 이건 국민 방위군의 헬리콥터입니다. 국민 방위군더러 청소를 하라고 하면 돼요! 따지고 보면 사실 국민 방위군이 하는 일이 뭔가요?"

조종사는 험악한 표정을 조금도 바꾸지 않고 계속해서 비행했다.

"정말 벅찬 하루를 보내셨어요, 스탠디시 부인!" 벤젠하버가 말을 이었다. "남편은 당신을 무척 자랑스럽게 생각할 겁니다." 하지만 벤젠하버는 확인을 해보는 것이 좋겠고, 남자와 얘기를 나눠봐야 되겠다고 생각했다. 남편이나 다른 사람들은 강간에 대해서 항상 옳은 반응을 보이지 않는다는 사실을 아르뎐 벤젠하버는 경험을 통해 터득했다.

16

최초의 암살자

가아프의 편집자 존 울프가 그에게 편지를 보냈다. "'이것이 제1장입니다'라니 그게 무슨 소리예요? 이런 얘기가 어떻게 더 계속이 되나요? 지금 현재 상태로만 해도 너무 심해요! 어떻게 더 계속해서 쓰겠단 얘기죠?"

"얘기는 계속됩니다." 가아프가 답장을 썼다. "두고 보세요."

"난 보고 싶지 않아요." 존 울프가 전화로 가아프에게 말했다.

"제발 중단하세요. 당분간 치워두기만이라도 해요. 왜 여행이라도 떠나지 그래요? 당신한테, 그리고 헬렌한테도 좋으리라고 난 믿어요. 그리고 이제는 던컨도 여행을 해도 되잖아요, 안 그래요?"

하지만 가아프는 『벤젠하버가 본 세상』은 장편소설이 되어야 한다고 고집했을 뿐 아니라, 제1장을 잡지에 팔도록 존 울프가 노력해야 한다고 주장했다. 가아프는 대리인을 두었던 적이 없었고, 가아프의 작품을 처음 다루었던 존 울프는 제니 필즈의 모든 일을 돌봐주었을

186

때나 마찬가지로 가아프를 위해서도 모든 일을 보살펴주었다.

"그걸 팔라구요?" 존 울프가 말했다.

"그래요, 팔아요." 가아프가 말했다. "장편으로 발표하기에 앞서서 선전을 해요."

가아프의 처음 두 작품은 일부 발췌를 해서 잡지에 팔았었다. 하지만 존 울프는 (첫째) 출판이 불가능하고, (둘째) 혹시 누가 정말 멍청해서 막상 출판한다고 해도 최악의 혹평을 들으리라고 가아프에게 납득시키려고 애썼다. 그는 가아프가 '대단치는 않지만 진지한' 작가라는 말을 들으며, 처음 두 장편소설이 괜찮은 평을 받았고, 존경할 만한 후원자들과 '대단치는 않지만 진지한' 독자층을 얻었다고 말했다. 가아프는 '대단치는 않지만 진지한' 작가라는 평이 존 울프에게는 입맛이 당기는지 몰라도 자기는 싫다고 말했다.

"난 차라리 부자가 되어 백치들이 '진지'하다고 부르는 것을 걱정하지 않고 살았으면 좋겠어요." 그는 존 울프에게 말했다. 하지만 누가 도대체 그런 걱정을 초월할 수가 있을까?

가아프는 무서운 현실세계로부터 단절되는 일종의 고립을 돈으로 마련하기가 가능하다고 실제로 믿었다. 그는 던컨과 헬렌 그리고 새로 태어날 아기가 범죄자들에게 괴로움을 당하거나, 심지어는 그가 '자질구레한 삶'이라고 부르는 환경이 귀찮게 하지 않는 상태에서 살아갈 만한 일종의 요새를 상상했다.

"무슨 소리를 하는 거예요?" 존 울프가 그에게 물었다.

헬렌도 그에게 물었다. 그리고 제니 필즈도 물었다. 하지만 제니 필즈는 『벤젠하버가 본 세상』의 제1장을 좋아했다. 그녀는 이것이 모든 중요한 요소를 제대로 갖추었고, 그런 상황에서 누구를 마땅히 영웅화해야 할지를 뚜렷이 의식하고, 필연적인 만행을 표현했으며, '욕정'의 추악함을 제대로 괴이하게 제시했다고 생각했다. 사실 제1

장에 대한 제니의 호감은 존 울프의 비판보다도 가아프를 훨씬 거북하게 만들었다. 가아프는 무엇보다도 어머니의 문학적 판단력을 의심했다.

"맙소사, 어머니가 쓴 책을 보라니까." 그는 걸핏하면 헬렌에게 말했지만, 약속했던 대로 헬렌은 휘말려들어가지 않도록 노력했고, 가아프의 새 소설은 한 단어도 읽지 않으려고 했다.

"남편이 왜 별안간 부자가 되고 싶어하나요?" 존 울프가 헬렌에게 물었다. "이거 다 무슨 얘기죠?"

"나도 모르겠어요." 헬렌이 말했다. "내 생각에 그이는 그러면 우리들, 우리 모두가 보호를 받으리라고 믿는 것 같아요."

"무엇으로부터요?" 존 울프가 말했다. "누구로부터요?"

"책을 다 읽기 전에는 그건 알기 어려워요." 가아프가 편집자에게 말했다. "모든 사업이라는 건 지저분해요. 난 이 책을 사업이나 마찬가지로 취급하려고 하는 중이고, 당신도 그렇게 생각해주었으면 좋겠어요. 난 당신이 작품을 좋아하는지 어떤지는 관심도 없고, 그냥 팔아주기만 원해요."

"난 저속한 출판인이 아니에요." 존 울프가 말했다. "그리고 당신도 저속한 작가가 아니고요. 이런 얘기를 깨우쳐줘야 하다니, 마음이 언짢군요." 존 울프는 기분이 상했고, 가아프보다는 존 울프가 훨씬 더 잘 아는 사업에 관해 얘기하자고 주제넘게 덤비는 가아프를 보고 화가 났다. 하지만 그는 가아프가 어려운 시기를 거쳤음을 알았고, 가아프는 (그의 생각으로는) 훨씬 훌륭한 작품을 쓰게 될 훌륭한 작가라는 사실도 알았으며, 계속해서 그의 책을 출판하기를 원했다.

"모든 사업이 다 지저분해요." 가아프가 되풀이해서 말했다. "만일 이 책이 저속하다고 생각한다면, 그것을 팔기는 어렵지 않을 거예요."

"일이 그렇게 간단하지가 않아요." 존 울프가 처량하게 말했다. "무엇이 책을 팔리게 만드는지는 아무도 몰라요."

"그런 얘기는 벌써 들었어요." 가아프가 말했다.

"당신 나한테 그런 식으로 얘기하면 안 돼요." 존 울프가 말했다. "난 당신 친구예요." 가아프는 그 말이 사실임을 알기 때문에 전화를 끊고는 어느 편지에도 답장을 하지 않고 『벤젠하버가 본 세상』을 끝냈으며, 두 주일 후에 헬렌은 제니의 도움만 받으며 세번째 아이를 해산했는데, 아이가 딸이었으므로 헬렌과 가아프는 월트의 이름과 전혀 비슷하지 않은 사내아이 이름에 합의를 보는 문제가 완전히 없어졌다. 딸의 이름은 제니 가아프라고 했는데, 만일 가아프를 잉태하는 과정을 보다 전통적인 방법에 의존했더라면 그것이 바로 제니 필즈의 이름이 되었었으리라.(결혼하면 남편의 성을 따르기 때문이다—옮긴이)

제니는 그녀의 이름을 적어도 부분적으로나마 딴 아이가 마침내 태어나서 기분이 좋았다. "하지만 혼란이 좀 일어나겠어." 그녀가 경고했다. "제니가 두 명이라서 말야."

"난 항상 어머니를 '어머니'라고 부르잖아요." 가아프가 그녀를 일깨워주었다. 그는 어느 패션 디자이너가 벌써 드레스에 어머니 이름을 붙였다는 사실은 그녀에게 상기시키지 않았다. 왼쪽 가슴에다 새빨간 심장 모양을 박은 하얀 간호사복은 뉴욕에서 일 년쯤 인기를 끌었다. 심장의 상징에는 제니 필즈 오리지널이라는 글씨가 들어갔다.

제니 가아프가 태어났을 때 헬렌은 아무 말도 하지 않았다. 헬렌은 고마웠고, 사고가 터진 이후 처음으로 월트의 상실과 더불어 그녀를 짓누르던 광증에 가까운 슬픔으로부터 해방된 기분을 느꼈다.

같은 광증으로부터 가아프를 해방시켜준 『벤젠하버가 본 세상』은 뉴욕으로 보냈고, 존 울프는 원고를 거듭거듭 읽었다. 그는 가아프까지도 이 책의 운명이 어떻게 되리라는 사실을 깨우치게 될 정도라고 여겨지는 그런 구역질나게 조잡한 외설 잡지에 제1장이 게재되도록 주선했다. 잡지 이름은 『사타구니 화보』였고, 내용도 잡지 이름 그대로여서 난폭한 강간과 뻔한 복수에 관한 그의 단편소설이 실린 여러 쪽 사이에는 가아프가 어린 시절에 얘기를 들었던 촉촉하고 째진 비버가 가득했다. 처음에 가아프는 보다 훌륭한 잡지들은 시도조차 하지 않고 제1장을 그 잡지에 일부러 실었다고 존 울프를 비난했다. 하지만 울프는 모든 잡지사를 알아보았고, 이 잡지가 명단에서 제일 밑바닥이었으며, 가아프의 작품이 정확히 어떻게 해석되느냐 하는 점을 그런 사실이 잘 밝혀준다고 가아프에게 납득시켰다. 아무런 가치의 보상도 없이 노골적이고 선정적이기만 한 폭력과 섹스.

"그런 내용이 아니에요." 가아프가 말했다. "두고 보세요."

하지만 가아프는 『사타구니 화보』에 게재된 『벤젠하버가 본 세상』의 제1장에 관해 가끔 궁금한 생각이 들었다. 혹시 한 사람이라도 읽기나 했는지. 그 잡지를 산 사람들 가운데 누구라도 읽기나 했는지. 그 잡지를 산 사람들 가운데 누구라도 글자로 찍힌 부분을 보기나 하는지.

"사진에다 대고 자위행위를 한 다음 글을 몇 가지 읽는 치들이 있을지도 모르죠." 가아프는 존 울프에게 편지를 썼다. 그는 혹시 그것이 글을 읽기에 좋은 기분인지 궁금했는데, 자위를 하고 난 다음이라면 적어도 긴장은 풀리고, 어쩌면 쓸쓸해질지도 모른다. ("글을 읽기에는 훌륭한 상태죠." 가아프는 편지에서 존 울프에게 말했다.) 하지만 어쩌면 독자는 죄의식을 느끼고, 굴욕감과 벅찬 책임감도 느낄지 모른다. (그것은 글을 읽기에는 별로 좋은 상태가 아니라고 가아프는 생각했다.) 사실상 그것은 글을 쓰기에도 좋은 상태가 아님을 그는 알았다.

『벤젠하버가 본 세상』은 잔혹한 세계로부터 아내와 아이를 보호하려는 남편 도어시 스탠디시의 불가능한 욕망을 그린 작품이고, 그래서 아르덴 벤젠하버는 (계속해서 비정상적인 방법으로 범인들을 체포하던 나머지 경찰에서 사표를 내도록 강요를 받은 다음) 스탠디시 가족에게 고용되어 무장한 아저씨처럼 그들과 함께 살고, 사랑을 받는 가족 경호원이 되지만 결국 호프는 그를 거부하게 된다. 현실세계에서 최악의 상황을 체험한 사람은 호프이지만 세상을 가장 두려워하는 사람은 그녀의 남편이다. 벤젠하버가 그들과 같이 살면 안 된다고 호프가 고집하자 스탠디시는 주변을 떠나지 않는 무슨 천사처럼 계속해서 늙은 경찰관을 보살펴준다. 벤젠하버는 닉키를 따라다니며 감시하라고 보수를 받지만, 자신의 끔찍한 기억에 따른 발작적인 행동에 휘말려 무관심하고도 묘한 감시자가 되고, 점점 그는 스탠디시 식구들에게 보호자보다는 오히려 위협적인 존재로 여겨진다. 작가는 그를 '암흑의 언저리에서 겨우 살아가는 은퇴한 경찰관, 광명의 마지막 가장자리에서 서성이는 자'라고 서술했다.

호프는 아이를 하나 더 낳자고 고집함으로써 남편의 불안감을 막으려고 한다. 아이가 태어나지만, 스탠디시는 계속해서 괴이하고 새로운 피해망상증을 상상해낼 운명인 듯싶어서, 아내와 아이들이 습격을 받는다는 위협으로부터 훨씬 마음을 놓게 되자 이제는 호프가 부정한 관계를 벌인다고 의심한다. 서서히 그는 이것이 그녀가 (다시) 강간을 당하는 것보다 훨씬 더 그의 마음에 상처를 주리라는 사실을 깨닫는다. 따라서 그는 아내에 대한 자신의 사랑을 의심하고, 자신에 대한 회의를 느끼며, 죄의식에 빠져 벤젠하버에게 호프를 감시하고 그녀가 정숙한지 어떤지 판단해달라고 간곡히 부탁한다. 하지만 아르덴 벤젠하버는 더이상 도어시의 걱정을 대신 떠맡으려고 하지 않는다. 늙은 경찰관은 자기는 외부세계로부터 스탠디시의 가족을 보호하려고 고용되었지, 식구들이 저마다 원하는 대로 살아가려는 자유로운 선택을 제한하기 위해 고용되지는 않았다고 따진다. 벤젠하버의 지원이 없어지자 도어시 스탠디시는 위기감을 느낀다. 어느 날 밤 그는 집(과 아이들)을 무방비 상태로 남겨두고 아내를 염탐하러 나간다. 도어시가 없는 사이에 둘째아이는 닉키의 껌 한 조각 때문에 질식해 죽는다.

죄의식은 더욱 심해진다. 가아프의 작품에서는 항상 죄의식이 충일한다. (비록 아무도 그녀를 탓할 수는 없겠지만) 정말로 누군가를 만나던 터라 호프도 역시 죄의식에 시달린다. 책임감에 병적으로 짓눌린 벤젠하버는 발작을 일으킨다. 부분적으로 마비가 된 그는 도어시가 그에 대한 책임감을 느끼게 되자 다시 스탠디시 가족과 함께 살게 된다. 호프는 또 아이를 낳자고 제안하지만 이런 일들을 겪다 보니 스탠디시는 불임 수술을 해버린 다음이었다. 그는 호프의 애인을 부추겨서 목적을 달성해야 한다는 그녀의 의견에 동의하지만, '임신'을 시키는 데서 끝나야 한다고 못박는다. (이 책에서 제니 필즈가 '열성적인 얘기지만 너무 허황한 얘기'라고 지적한 부분은 이 부분뿐이었다.)

또다시 도어시 스탠디시는 '삶 자체보다는 연구실에서 벌이는 생명 실험에 가까운 통제된 상황'을 추구한다고 가아프는 밝혔다. 사랑을 하면 흠뻑 빠지고 아니면 아예 그만두려던 호프는 정에 약하기 때문에 그런 의학적인 타협에는 적응하지 못한다. 호프에게 '임신을 시키기 위한' 목적만을 위해 연인들이 만나야 한다고 고집하며 도어시는 그들의 소재(所在)와, 만나는 시간과 횟수를 통제하려고 애쓴다. 계획에 따라서뿐 아니라 호프가 정부를 몰래 만나기도 한다고 의심한 스탠디시는, 벌써부터 그가 동네에 출몰한다는 사실이 탐지

되었으며 납치와 강간까지도 범할지 모르는 가능성을 지닌 좀도둑이 나돌아다닌다고 노망한 벤젠하버에게 주의를 환기시킨다.

그래도 만족하지 못한 도어시 스탠디시는 (집에서 가장 예기치 못하는 시간에) 불쑥 예고도 없이 자기 집에 나타나고는 하는데, 호프가 수상한 짓을 하는 현장을 한 번도 잡지 못하지만 무기를 지녔고 노망기가 위험한 정도인 벤젠하버에게 오히려 도어시가 붙잡힌다. 몸이 불구이고 교활한 아르덴 벤젠하버는 바퀴 의자를 타고 말없이 놀랄 만큼 움직이는데, 아직도 체포 방법은 비정통적이다. 벤젠하버는 2미터도 안 되는 거리에서 도어시 스탠디시를 12구경 엽총으로 쏜다. 도어시는 (벽장에서라면 엿듣기가 쉬울 듯싶어서) 아내가 침실에서 전화를 걸 때를 기다리며 위층 삼목 벽장 속에 숨어 있다가 호프의 구두를 밟고 고꾸라진다. 물론 그는 총질을 당해 마땅했다.

상처는 치명적이다. 철저히 미쳐버린 아르덴 벤젠하버는 잡혀간다. 호프는 정부의 아이를 임신했다. 아이가 태어났을 때 열두 살 된 닉키는 집안에 감돌던 긴장감이 해소되어 홀가분한 기분을 느낀다. 그들 모두의 삶을 그토록 짓밟았던 도어시 스탠디시의 무서운 불안감이 마침내 그들에게서 제거되었다. 호프와 아이들은, 너무나 강인한 사람인지라 죽지도 않고, 정신 이상인 범죄자들을 위한 양로원에서 바퀴 의자에 앉아 자기 나름대로 악몽의 세계를 헤매며 살아가는 벤젠하버 노인의 황당무계한 헛소리까지도 받아주며 즐겁게 살아간다. 드디어 그는 갈 곳으로 간 셈이다. 본디 상냥한 사람들이었으므로 친절 때문만이 아니라, 그들의 온전한 정신이 얼마나 소중한지를 스스로 깨우치기 위해서도 호프와 아이들은 자주 그를 찾아간다. 두 아이가 살아 있고, 인내심도 많았기 때문에 호프는 노인의 횡설수설을 참아내고, 결국은 재미있다고까지 여기게 된다.

그런데 정신 이상 범죄자들을 위한 이 독특한 양로원은 개머리 항구에 있는 상처받은 여자들을 위한 제니 필즈의 병원과 놀랄 만큼 비슷하다.

이 작품은 '벤젠하버가 본 세상'이 잘못이라거나 그릇된 인식이라기보다는 따스함에 대한 세상 사람들의 욕구와 베풀 능력, 그리고 관능적 쾌락에 대한 세상 사람들의 욕구가 불균형하다는 얘기를 다룬다. 도어시 스탠디시도 '참된 세상살이'를 모르고, 아내와 아이들을 너무나 '자상하게' 사랑했기 때문에 너무 나약한 인간이 되었으며, 벤젠하버와 더불어 그는 '세상에서 살아가기에는 별로 어울리지 않는' 사람으로 여겨진다.

호프('희망'이라는 뜻—옮긴이)와 아이들이 보다 나은 기회를 가지기를 독자들은 희망하게 된다. 남자들보다는 여자들이 공포와 잔혹성을 이겨낼 능력이 훨씬 뛰어나고, 사랑하는 사람들에 대해서 우리들이 얼마나 나약한가 하는 불안감을 마음속에 묻어두는 능력도 지녔음을 이 소설은 은근히 내비친다. 호프는 나약한 인간의 세계에서 강한 승리자로 부각된다.

존 울프는 뉴욕에 앉아 가아프가 사용하는 언어의 끈끈한 현실과, 가아프 주인공들의 강렬한 개성이 작품을 통속소설의 범주로부터 벗어나게 해주기를 바랐다. 하지만 울프의 생각에 이 소설은 '삶의 불안'이라는 제목이라도 붙여 불구자와, 노인과, 미취학 아동들에게 어울리게끔 적절히 편집만 한다면 주간 텔레비전 연속극으로 훌륭할 듯싶었다. 존 울프는 『벤젠하버가 본 세상』은 '가아프가 사용하는 언어의 끈끈한 현실'이니 뭐니 남들이 떠들어도 사실은 신파조 외설 작품에 지나지 않는다는 결론을 내렸다.

물론 훨씬 뒤에는 가아프까지도 이것이 그가 쓴 가장 나쁜 작품임을 시인한다. '하지만 처음 두 작품을 망할 놈의 세상 사람들이 전혀 인정을 해주지 않았잖아요.' 그는 존 울프에게 편지를 썼다. '그러니까 세상이 나한테 진 빚이 있는 셈예요.' 대부분의 경우에는 일이 그렇게 돌아간다고 가아프는 느꼈다.

존 울프의 걱정은 책의 출판을 과연 정당화시키기가 가능하냐는 보다 근본적인 문제와 맞물렸다. 절대적으로 마음이 끌리지 않는 책들에 대해서 존 울프는 실패하는 경우를 최소화하는 제도를 하나 마련했다. 출판계에서 그는 인기를 끄는 책들을 점치는 올바른 판단력 때문에 부러움의 대상이 되었다. 어느 책이 훌륭하다거나 마음에 든다는 얘기와는 별도로, 만일 그가 인기를 얻게 되리라고 예언하는 소설은 거의 언제나 예언대로 되었다. 물론 그가 예언하지 않고도 인기를 끈 책이 많기는 하지만, 그가 인기를 얻으리라고 선언한 책이 인기를 끌지 못한 경우는 없었다.

그런 예감을 어디서 얻는지는 아무도 몰랐다.

그런 첫번째 경우가 제니 필즈였고, 그후 이 년에 한 번씩 그는 가당치도 않은 어떤 책으로 이런 능력을 계속해서 과시했다.

출판사에서 일하는 어떤 여자는 언젠가 존 울프에게 어느 책을 읽어도 덮어버리고 차라리 잠이나 자고 싶어진다는 말을 했었다. 책을 사랑했던 존 울프에게는 하나의 도전이어서, 여러 해 동안 그는 이 여자에게 좋은 책 나쁜 책들을 읽으라고 주었지만, 모든 책은 하나같이 그녀에게 수면제 노릇만 했다. 그녀는 무조건 책은 읽기 싫다고 존 울프에게 말했지만, 그는 이 여자를 포기하려고 하지 않았다. 출판사에서는 어느 누구도 이 여자에게 무엇이라도 읽어보라고 청한 적이 없었으며, 사실 그들은 그녀에게 어떤 견해도 물어보지 않았다. 이 여자는 출판사에 여기저기 쌓인 책들 사이로 돌아다니면서도 마치 그 책들은 재떨이이고 자기는 담배를 안 피우는 사람이라는 듯한 태도를 보였다. 그녀는 청소부였다. 날마다 그녀는 쓰레기통들을 비웠고, 직원들이 퇴근한 다음 밤이면 모든 사무실을 청소했다. 그녀는 월요일마다 복도의 양탄자를 진공 청소기로 청소했고, 화요일에는 진열장들의 먼지를 털었고, 수요일에는 비서들의 책상을 치웠고, 목요일에는 화장실 바닥을 문질러 닦았고, 금요일에는 모든 곳을 분무기로 환기를 시켰는데, 그래야 주말 내내 출판사 전체에 좋은 냄새가 차서 다음 주일 동안 잘 지내지 않겠느냐고 그녀는 존 울프에게 말했다. 존 울프는 여러 해 동안 그녀를 지켜보았지만, 책을 거들떠보는 시늉조차 한 적이 없었다.

책에 관해서 물어보았더니 얼마나 재미없어 하는지를 그녀가 솔직히 털어놓은 다음부터 그는 자신이 없는 책들, 그리고 굉장히 자신있다고 생각되는 책들을 실험하기 위해 이 여자를 이용했다. 그녀가 줄기차게 책을 싫어해서 존 울프도 거의 포기하게 되었을 때, 그는 이 여자에게 제니 필즈의 자서전인 『섹스의 이단자』 원고를 주었다.

청소부는 이것을 하룻밤 사이에 읽었고, 책이 출판된 다음에 자꾸자꾸 읽고 싶으니까 한 권 얻을 수 없겠느냐고 존 울프에게 부탁했다.

그후로 존 울프는 그녀의 견해를 신중하게 받아들였다. 그녀는 대부분의 책을 싫어했지만, 이 여자가 무엇인가 좋아했다 하면 그것은 존 울프에게는 거의 모든 사람이 적어도 그 책을 읽을 수 있음을 의미했다.

존 울프는 거의 기계적으로 청소부에게 『벤젠하버가 본 세상』을 주었다. 그리고 주말 동안 쉬려고 집으로 간 그는 다시 생각해보고는 그녀에게 전화를 걸어 읽어볼 필요도 없다는 얘기를 하려고 했다. 그는 제1장이 생각났고, 어느 누구인가의 할머니이고 (물론) 어머니이기도 한 이 여자의 기분을 상하게 해주고 싶지 않았는데, 그녀는 존 울프가 읽으라고 주는 모든 원고를 읽는 데 대해서 '보수'를 받고 있다는 사실을 전혀 몰랐다. 청소부치고는 엄청나게 많은 봉급을 그녀가 받는다는 사실은 존 울프만 알았다. 그녀는 훌륭한 청소부들은 누구나 다 봉급을 많이 받으며, 마땅히 그래야 한다고 생각했다.

그녀의 이름은 질시 슬로퍼였고, 존 울프는 뉴욕 전화번호부에서 J라는 머릿글자나마 밝힌 슬로퍼라는 이름이 하나도 없음을 알고 놀랐다. 보아하니 질시는 책 못지않게 전화받기를 좋아하지 않는 모양이었다. 존 울프는 월요일 아침에 우선 질시에게 사과부터 해야 되겠다고 마음속으로 다짐했다. 그는 『벤젠하버가 본 세상』을 출판하지 않는 것이 T. S. 가아프 자신을 위해서도 최선의 길이려니와 출판사를 위해서도 최선의 길이라는 사실을 그에게 납득시키기 위해 정확히 무슨 얘기를 해야 좋을지 머릿속에서 할말을 정리하느라고 애쓰며 참담하게 주말을 보냈다.

존 울프는 가아프를 좋아했고, 가아프를 믿었으며, (친구들이 소중하다는 한 가지 이유가 그것이지만) 자신이 거북한 입장이 되더라도 그에게 충고를 해줄 만한 친구들이 가아프에게는 없음을 알았기 때문에 그는 고통스러운 주말을 보냈다. 가아프를 너무나 사랑했기 때문에 그의 말이라면 모조리 사랑했고, 아니면 아예 침묵을 지키는 앨리스 플레처밖에 그럴 만한 사람이 없었다. 그리고 문학적인 판단력이 (있기나 한지도 전혀 모르겠지만) 존 울프가 생각하기에는 새로 채택한 그녀의 성(性)보다도 훨씬 생경하고 엉뚱한 로버타 멀둔도 있었다. 그리고 헬렌은 작품을 읽으려고도 하지 않았다. 그리고 존 울프가 알기로는 보통 어머니들이 아들에 대해서 보이는 편견이 제니 필즈에게는 결여되어서, 그녀는 아들이 쓴 어떤 훌륭한 작품들은 좋아하지 않는 애매모호한 취향을 보였다. 제니에게는 소재가 문제임을 존 울프는 알았다. 제니 필즈에게는 중요한 소재에 관한 책이 곧 중요한 책이었다. 그리고 제니 필즈는 가아프의 새 책이 여자들이 인고해야 하는 걱정거리들에 시달리는 바보 같은 남자의 얘기에 지나지 않는다고 생각했다. 책을 어떻게 쓰느냐 하는 것은 제니에게 전혀 문제가 되지 않았다.

책을 출판하는 문제에서 존 울프에게는 그것이 한 가닥의 관심거리였다. 만일 제니 필즈가 『벤젠하버가 본 세상』을 좋아했다면, 그것은 적어도 물의의 대상이 될 가능성을 지닌 셈이었다. 하지만 가아프와 마찬가지로 존 울프는 정치적인 인물로서 제니가 차지한 위치는 대중의 어렴풋하고 그릇된 인식에서 연유했음을 알았다.

존 울프는 주말 내내 그런 생각을 하고 또 했으며, 월요일 아침에는 우선 질시 슬로퍼에게 사과부터 해야 되겠다던 다짐을 완전히 잊어버리고 말았다. 눈이 시뻘겋게 충혈되고 다람쥐처럼 두리번거리며, 거칠고 갈색인 두 손으로 『벤젠하버가 본 세상』의 잔뜩 구겨진 원고 뭉치를 꽉 움켜쥐고 질시가 불쑥 나타났다.

"하느님 맙소사." 질시가 말했다. 그녀는 두리번거리며 눈알을 굴리고는 손에 든 원고를 흔들었다.

"아, 질시." 존 울프가 말했다. "미안해요."

"하느님 맙소사!" 질시가 볼멘 소리를 했다. "이토록 고생스럽게 주말을 보내긴 처음예요. 잠도 못 자고, 밥도 못 먹고, 가족과 친구들을 만나러 공동묘지에도 못 가고요."

질시 슬로퍼가 주말을 보내는 일정이 이상하게 여겨지기는 했지만 존 울프는 아무 말도 하지 않고, 십여 년 전에도 그랬듯이 그냥 그녀의 얘기만 들었다.

"이 사람 미쳤어요." 질시가 말했다. "정신이 말짱한 사람이라면 아무도 이런 책을 쓰지 않았을 거예요."

"당신한테 원고를 주는 게 아닌데 그랬어요, 질시." 존 울프가 말했다. "제1장이 어떻다는 걸 내가 염두에 두었어야 했는데."

"제1장은 별것 아니에요." 질시가 말했다. "제1장은 아무것도 아니죠. 내가 놀란 건 제19장 때문이었어요." 질시가 말했다. "하느님 맙소사, 하느님 맙소사!" 그녀는 볼멘 소리를 했다.

"19장을 읽었단 말예요?" 존 울프가 물었다.

"나한테 주신 건 19장까지밖에 없었잖아요." 질시가 말했다. "예수님, 하느님 맙소사, 얘기가 아직도 남았단 말예요? 더 계속되나요?"

"아뇨, 아니에요." 존 울프가 말했다. "거기서 끝이죠. 그게 전부예요."

"그만하기가 다행예요." 질시가 말했다. "더 할 얘기도 없을 테니까요. 결국 미치광이 경찰관 영감은 마땅히 당해야 할 걸 당했고, 미치광이 남편도 머리가 날아가버렸죠. 내 생각엔 남편의 머리는 날아가버려야 마땅했어요."

"거기까지 읽으셨나요?" 존 울프가 물었다.

"하느님 맙소사!" 질시가 소리쳤다. "자꾸만 두고두고 따지고 그러는 꼴을 보니까 오히려 남자가 강간이라도 당하지나 않았나 착각에 빠질 것 같은 생각이 들어요." 질시가 말했다. "내 생각에는 말예요. 남자들이란 다 그래요. 반쯤 죽도록 강간을 해놓고는 언제 그랬냐는 듯 스스로 좋아서 그걸 누구에게 주었느냐고 따지며 미친 듯 소동을 벌이죠! 주건 말건 그야 남자들이 상관할 일이 아니죠, 안 그래요?" 질시가 물었다.

"난 잘 모르겠어요." 어리벙벙해서 책상에 앉아 있던 존 울프가 말했다. "책이 마음에 들지 않았던 모양이로군요."

"마음에 들어요?" 질시가 뻑뻑거렸다. "마음에 들고 뭐고가 없어요." 그녀가 말했다.

"하지만 읽기는 했잖아요." 존 울프가 말했다. "왜 읽으셨죠?"

"하느님 맙소사." 마치 존 울프가 가엾다는 듯, 너무나 한심할 정도로 그가 멍청하다는 듯, 질시가 말했다. "난 가끔 당신이 찍어내는 이 책들에 관해서 뭘 조금이라도 알기나 하시는지 궁금하게 생각하죠." 머리를 설레설레 흔들며 그녀가 말했다. "난 왜 당신은 책을 찍어내고 나는 화장실 청소나 해야 되는지 이상하다는 생각이 가끔 들어요. 하기야 난 대부분의 책을 읽기보다는 화장실 청소가 더 좋다고 생각하지만요." 질시가 말했다. "하느님 맙소사, 하느님 맙소사."

"싫어했다면 왜 그걸 읽었나요, 질시?" 존 울프가 그녀에게 물었다.

"내가 뭘 읽을 땐 이유야 항상 똑같죠." 질시가 말했다. "무슨 일이 벌어지는지 알고 싶어서예요."

존 울프는 그녀를 물끄러미 쳐다보았다.

"대부분의 책에서는 아무 일도 벌어지지 않아요." 질시가 말했다. "하느님 맙소사, 그건 당신도 알잖아요. 그리고 또 어떤 책들은 말예요." 그녀가 말했다. "어떤 일이 벌어질지 빤하니까 그것도 읽을 필요가 없어요. 하지만 이 책 말예요." 질시가 말했다. "이 책은 어찌나 병적인지 무슨 일인가 벌어지리라는 건 알지만, 그게 뭔지 상상이 가질 않아요. 책에서 무슨 일이 벌어질지 상상할 수가 있으려면 자신도 병적인 사람이어야 해요." 질시가 말했다.

"그래서 그걸 알아내려고 읽었군요?" 존 울프가 말했다.

"책을 읽는 다른 이유는 없잖아요. 안 그래요?" 질시 슬로퍼가 말했다. 그녀는 (커다란 뭉치여서) 헉헉거리며 원고를 존 울프의 책상에 놓고는 월요일이면 질시가 허리띠처럼 뚱뚱한 허리에 감고 다니는 (진공 청소기의) 길다란 연결선을 집어들었다. "그게 책으로 나온 다음에 말예요." 원고를 가리키며 그녀가 말했다. "나도 한 권 얻었으면 좋겠군요. 상관없으시다면 말예요." 그녀가 덧붙여 말했다.

"한 권 갖고 싶어요?" 존 울프가 물었다.

"폐가 되지 않는다면요." 질시가 말했다.

"이제는 무슨 일이 벌어지는지 알잖아요." 존 울프가 말했다. "왜 다시 읽으려고 그러죠?"

"뭡니까." 질시가 말했다. 그녀는 당황한 표정이었는데, 존 울프는 질시 슬로퍼의 졸리운 표정은 보았지만 지금까지 난처해하는 표정을 본 적은 없었다. "있잖아요, 빌려주려고요." 그녀가 말했다. "세상 남자들이 어떤 위인들인지를 상기시켜주어야 할 내가 아는 사람이 생각날지도 모르죠." 그녀가 말했다.

"혹시 당신이 다시 읽게 될 날은 없을까요?" 존 울프가 물었다.

"글쎄요." 질시가 말했다. "아마 다 읽지는 않겠죠. 적어도 한 번에 다 읽거나, 당장 읽어치우는 일은 없을 거예요." 또다시 그녀는 당황한 표정이었다. "뭡니까." 그녀는 어색하게 말했다. "그러니까 내가 다시 읽어도 괜찮을 부분이 몇 군데 있는 것 같아서요."

"왜요?" 존 울프가 말했다.

"하느님 맙소사." 드디어 그에 대해서 짜증이 난 듯 피곤해진 질시가 말했다. "너무나 진실처럼 느껴져요." 진실이라는 어휘가 밤중에 호수 위로 날아가며 우는 되강오리 소리처럼 들리도록 그녀는 콧노래를 하듯 말했다.

"너무나 진실처럼 느껴진다구요?" 존 울프가 되풀이해서 말했다.

"하느님 맙소사, 그걸 당신은 모르나요?" 질시가 그에게 물었다. "어떤 책이 참되냐 아니냐를 만일 당신이 모른다면 정말이지 우린 서로 직업을 바꿔야 할지도 몰라요." 질시가 노래하듯 그에게 말했다. 그녀는 이제 진공 청소기의 줄을 꽂는 세 갈래짜리 튼튼한 플러그를 권총처럼 손으로 움켜쥐고 웃었다. "하지만 걱정이 되기는 하는군요, 울프 선생님." 그녀가 다정하게 말했다. "화장실을 어느 정도 깨끗하게 청소해야 할지를 모르실 테니까요." 그녀가 책상으로 가서 그의 휴지통을 들여다보았다. "언제 휴지통을 비워야 하는지도 모르실 테고요." 그녀가 말했다. "책이 진실할 때는 그것이 진실하다고 느껴져요." 그녀는 짜증스럽게 그에게 말했다. "'그래! 거지 같은 인간들은 항상 이런 식으로 행동하지'라는 소리가 나올 정도면 그 책은 진실한 거예요. 그러면 그 책이 참되다는 걸 우린 알게 되죠." 질시가 말했다.

휴지통 위로 몸을 수그리더니 그녀는 바구니 바닥에 달랑 놓인 종이 한 장을 집어 청소부 앞치마 호주머니에 넣었다. 그것은 존 울프가 가아프에게 보내는 편지를 쓰려고 애를 먹다가 구겨버린 첫 장이었다.

여러 달 후, 『벤젠하버가 본 세상』이 인쇄소로 넘어갈 때 가아프는 작품을 누구에게 헌납해야 할지 대상이 아무도 없다고 존 울프에게 불평했다. 그는 월트의 '추억'을 들먹일 생각은 없었는데, 그 까닭은, 자기를 실제보다 훨씬 진지한 작가라고 독자들이 생각해주기를 바라서 미끼를 던지려고, 자신이 당한 사고들을 유치하게 이용해먹으려는 값싼 수작이라고 생각했기 때문이었다. 그리고 그는 '제니 필즈의 이름을 업고 다른 모든 사람들이 공차를 얻어 타는 꼴'을 증오했었기 때문에 책을 어머니에게도 바치려고 하지도 않았다. 물론 헬렌은 어림도 없었고, 던컨이 읽도록 허락할 만한 책이 아니라서 던컨에게 바칠 수도 없다고 가아프는 약간의 수치심을 느끼며 생각했다. 아이는 아직 나이를 더 먹어야 했다. 그는 자신의 아이들이 읽지 못하게 금해야 할 무엇인가를 썼다는 데 대해 아버지로서 약간의 불쾌감을 느꼈다.

플레처 부부에게 책을 바친다면 그들이 거북해하리라는 사실을 그는 알았고, 앨리스 한 사람에게만 바친다면 해리에게 모욕이 될지도 모를 노릇이었다.

"나한테는 안 돼요." 존 울프가 말했다. "이 책은 안 되겠어요."

"난 당신을 생각하진 않았어요." 가아프는 거짓말을 했다.

"로버타 멀둔은 어때요?" 존 울프가 말했다.

"이 책은 로버타와 전혀 아무런 관계도 없어요." 가아프가 말했다. 하지만 가아프는 로버타라면 적어도 책을 바쳐도 마다하지는 않으리라고 생각했다. 자기에게 바쳐지기를 아무도 원하지 않는 책을 쓰다니 얼마나 웃기는 일인가!

"엘렌 제임스파에 바치면 어떨지 모르겠어요." 가아프가 씁쓸하게 말했다.

"공연히 사서 고생하지 말아요." 존 울프가 말했다. "그건 너무 멍청한 짓예요."

가아프는 골이 났다.

랄프 부인에게?

그는 생각했다. 하지만 그는 아직도 그녀의 진짜 이름을 몰랐다. 훌륭한 옛 레슬링 코치이며 헬렌의 아버지인 어니 홈이 있었지만, 어니는 그런 의사 표시를 이해하지도 못하겠고, 이 책을 좋아하지도 않으리라. 사실 가아프는 어니가 이 책을 읽지 않기를 바랐다. 누가 읽지 않기를 바라는 책을 쓰다니 얼마나 웃기는 얘기인가!

비계 스튜에게

그는 생각했다.

마이클 밀튼에게

그는 맥이 풀렸다. 그는 아무도 생각해낼 수가 없었다.

"내가 아는 사람이 하나 있어요." 존 울프가 말했다. "혹시 상관없을지 내가 그 여자한테 물어보죠."

"아주 재미있군요." 가아프가 말했다.

하지만 존 울프는 가아프의 책이 출판되게 그나마 힘을 썼던 사람이라고 그가 생각하는 질시 슬로퍼를 염두에 두고 있었다.

"이 여자는 당신 책을 좋아한, 아주 특별한 여자예요." 존 울프가 가아프에게 말했다. "그 여잔 이 책이 '진실하다'고 그랬어요."

가아프는 그 제안에 흥미가 생겼다.

"난 어느 주말에 그 여자에게 원고를 주었어요." 존 울프가 말했다. "손에서 떨어지질 않더라고 그 여자가 말했어요."

"왜 그 여자한테 원고를 주었죠?" 가아프가 물었다.

"그냥 원고를 읽기에 적당한 사람 같아서요." 존 울프가 말했다. 훌륭한 편집자는 그의 모든 비밀을 아무에게나 털어놓지는 않는다.

"그렇다면 좋아요." 가아프가 말했다. "아무도 없으니까 벌거벗은 기분이군요. 내가 고맙게 생각할 거라고 그 여자한테 전해주세요. 당신하고 가까운 친구인가요?" 가아프가 물었다. 가아프의 편집자는 그에게 눈을 찡긋했고, 가아프는 머리를 끄덕였다.

"아무튼 그게 다 무슨 얘긴가요?" 수상해하며 질시 슬로퍼가 존 울프에게 물었다. "그런 끔찍한 책을 나한테 '바친다'니, 그게 무슨 뜻이죠?"

"그건 당신의 반응이 저자에게는 소중했다는 걸 의미해요." 존 울프가 말했다. "그분은 당신을 염두에 두고 이 책을 썼다고 생각하죠."

"하느님 맙소사." 질시가 말했다. "나를 염두에 두고요? 그게 무슨 뜻이죠?"

"당신이 그의 책에 어떤 반응을 보였는지를 내가 저자에게 얘길 했어요." 존 울프가 말했다. "그랬더니 그는 당신이 완벽한 독자라고 생각한 모양예요."

"완벽한 독자요?" 질시가 말했다. "하느님 맙소사, 그 사람 미쳤군요, 안 그래요?"

"그분은 이 책을 바치고 싶은 다른 사람이 하나도 없어요." 존 울프가 시인했다.

"말하자면 결혼식에 증인이 필요한 그런 식인가요?" 질시 슬로퍼가 물었다.

"그런 셈이죠." 존 울프가 대답했다.

"내가 그 책을 인정하다는 의미는 아니겠죠?" 질시가 물었다.

"맙소사, 그럼요." 존 울프가 말했다.

"하느님 맙소사, 그건 아니라 이거죠?" 질시가 말했다.

"어떻게 생각하시는지 모르겠지만, 책의 어떤 내용에 대해서 당신을 탓할 사람은 아무도 없어요." 존 울프가 말했다.

"글쎄요." 질시가 말했다.

존 울프는 헌사가 어디에 실리게 되는지를, 그리고 다른 책들의 다른 헌사들을 질시에게 보여주었다. 질시 슬로퍼가 보기에는 모두 멋있어 보였고, 그녀는 점점 기분이 좋아져 제안이 마음에 들어 머리를 끄덕였다.

"그리고 말예요." 그녀가 말했다. "난 그 사람을 꼭 만나야 하거나 그런 건 아니죠?"

"그럼요." 존 울프가 말했고, 그래서 질시는 동의했다.

어쩌다가 가끔 '진지한' 책들이 '인기 있는' 책으로도 잠깐 반짝이는 묘한 현상으로 『벤젠하버가 본 세상』을 끌고 가기 위해서는 꼭 한 가지 천재적인 기교를 더 부려야 했다. 존 울프는 총명하고도 냉소적인 남자였다. 그는 신변잡기에 관한 가십을 미친 듯 읽어대는 독자들로 하여금 가끔 소설을 접하게 만드는 온갖 지저분한 자서전적 연상 작용을 환히 알았다.

여러 해 후에 헬렌은 『벤젠하버가 본 세상』이 성공한 까닭은 철저히 책의 표지 때문이었다고 말한다. 존 울프는 가아프로 하여금 자기 책의 날개 문안을 쓰게 하는 습관이 있었지만, 자신의 책에 관한 가아프의 서술이 어찌나 사념적이고 음울했던지 존 울프는 직접 처리해야 되겠다는 생각이 들어 애매한 문제의 핵심을 거침없이 찔렀다.

책의 날개 문안은 이러했다. "『벤젠하버가 본 세상』은 사랑하는 사람들에게 나쁜 일이 일어날까봐 너무나 걱정한 나머지 나쁜 일이 벌어지리라는 사실이 거의 확실해지는 그런 긴장된 분위기를 만들어내는 사람에 관한 얘기이다. 그리고 실제로 나쁜 일이 벌어진다."

날개의 선전문은 이렇게 이어졌다. "T. S. 가아프는 이름난 여권운동가 제니 필즈의 외아들이다." 자기가 이 문장을 썼고, '왜' 그런 말을 써넣었는지 아주 잘 알았으면서도 그의 작품과 관련지어 언급되기를 가아프가 절대로 원하지 않는 사항이라는 점도 알았기 때문에, 인쇄된 글을 보자 존 울프는 약간 떨었다. "T. S. 가아프는 또한 아버지이기도 하다." 날개 문안의 내용이었다. 그리고 존 울프는 그곳에 자기가 써놓은 쓰레기 같은 글을 보고 수치스러워 머리를 저었다. "그는 최근에 다섯 살 난 아들을 잃는 비극을 겪은 아버지이다. 사고의 후유증을 인고해야 하는 아버지의 고뇌로부터 이 고통스러운 소설이 잉태되어……" 그런 식으로 계속.

가아프의 견해로는 그것이 책을 읽게 만드는 가장 졸렬한 이유였다. 자신의 작품에 관해서 그 가운데 얼마만큼이 '진실'이며, 얼마만큼이 '개인적인 경험'에 바탕을 두었느냐는 질문을 받을 때가 가장 싫다고 가아프는 늘 말했다. 질시 슬로퍼가 얘기하던 좋은 뜻에서의 '진실'이 아니라, '현실생활'에서의 진실. 가아프는 굉장한 인내심과 자제력을 동원해서, 비록 그런 요소가 내포되었을 때라도 자서전적인 바탕 때문에 소설을 읽는다는 것은 가장 흥미가 없는 수준의 독서라고 말하기가 보통이었다. 그는 소설이라는 예술은 참되게 '상상'하는 행위이며, 어떤 예술이나 마찬가지로 선택 과정이라고 항상 말했다. 추억이나 개인적인 얘기, '추억거리도 안 되는 우리 삶의 모든 경험의 집합'이란 소설의 대상이 되기가 어렵다고 가아프는 말했다. "소설이란 삶보다 훨씬 잘 다듬어져야 한다." 가아프가 썼다. 그리고 그는 '개인적인 역경의 엉터리 이정표'라고 그가 이름지었던 현상, 그러니까 그들의 삶에서 무슨 중요한 사건이 일어났었기 때문에 그들이 쓴 책이 '중요'해진 작가들을 끊임없이 혐오했다. 그는 무엇이 실제로 일어났었기 때문에 소설의 한 부분을 이룬다면 그것은 '가장 나쁜' 이유라고 썼다. "세상의 모든 일이 언젠가는 실제로 일어났었다!" 그는 화를 냈다. "소설에서 무슨 일이 일어나는 유일한 이유는 그 상황에서 그것이 발생한다는 조건이 완벽한 요소이기 때문이다."

"당신에게 언제 일어났던 어떤 사건이라도 좋으니 아무것이나 나한테 얘기를 하세요." 언젠가 가아프는 인터뷰를 나온 기자에게 말했다. "그러면 내가 그 얘기를 발전시켜서, 세부적인 내용들을 실제보다 훨씬 훌륭하게 만들어놓겠어요." 어린 자식이 넷이나 되고 그 가운데 한 명은 암으로 죽어가며 자신은 이혼한 여자였던 기자는 믿어지지 않는다는 듯 빤히 그를 노려보았다. 가아프는 그녀가 불행해지기로 작정했고, 불행이 그녀에게는 엄청난 의미를 지녔음을 알았고, 그녀에게 부드러운 목소리로 말했다. "그것이 슬픈 얘기라면, 비록 아주 슬픈 얘기라고 해도, 난 더 슬픈 얘기를 지어낼 줄 알아요." 하지만 이 여자가 절대로 자기를 믿지 않으리라는 사실을 가아프는 그녀의 표정에서 읽었고, 여기자는 그가 한 말을 기록조차 하지 않았다. 그것은 그녀의 인터뷰에서 한 귀퉁이도 차지하지 못했다.

그리고 존 울프는 이것도 알았다—대부분의 독자들이 우선 알고 싶어하는 대상들 중에는 저자의 '삶'에 관한 모든 내용이 포함되었다. 존 울프는 가아프에게 편지를 썼다. "상상력이 제한된 대부분의 사람들에게는 현실을 발전시킨다는 개념이 단순한 허튼 소리에 지나지 않아요."『벤젠하버가 본 세상』의 표지 날개에서 존 울프는 가아프의 중요성에 관한 엉터리 의식('이름난 여권운동가 제니 필즈의 외아들')과 가아프의 개인적인 경험에 대한 감상적인 동정심('다섯 살 난 아들을 잃는 비극')을 자극했다. 두 가지 내용이 모두 가아프의 소설과는 본질적으로 관련이 없다는 사실쯤은 존 울프로서는 깊이 신경을 쓰지 않았다. 가아프는 진지한 문학보다는 돈이 더 좋다는 소리를 잔뜩 해서 존 울프의 화를 돋우었던 터였다.

"이건 당신의 최고 작품은 아니에요." 교정을 보라고 교정쇄를 보내며 존 울프가 가아프에게 편지를 썼다. "당신도 언젠가는 그걸 알게 되겠죠. 하지만 이것은 당신 작품들 중에서 가장 많이 팔릴 테니까 두고 보세요. 당신이 성공을 거두게 될 여러 가지 이유들을 어떻게 증오하게 될지를 아직 당신으로서는 상상하기가 불가능할 테니까, 몇 달 동안 외국에 나가서 지내라는 충고를 하고 싶군요. 내가 당신에게 보내주는 서평들만 읽으라는 충고도 해두겠어요. 그리고 모든 일은 한때뿐이니까, 시끄러운 상황이 다 가라앉은 다음에 당신은 고향으로 돌아와서 상당히 놀라운 액수의 돈을 은행에서 찾게 되겠죠. 그리고 당신은 『벤젠하버가 본 세상』의 인기에 힘입어 처음 두 소설도 사람들이 다시 읽게 되기를 바라도 되겠는데, 그 두 작품은 재평가를 받아야 해요.

헬렌에게 내가 미안해한다는 말을 전해주길 바라지만, 가아프, 내 생각에 당신이 꼭 알아둬야 할 점은 나는 항상 진심으로 당신 자신에게 무엇이 이로운지를 생각한다는 사실예요. 만일 책이 팔리기를 당신이 원한다면 우린 그걸 팔겠어요. '모든 사업은 다 지저분하게 마련'이니까요, 가아프. 그건 당신이 한 말예요."

가아프는 편지를 받고 무척 어리둥절했는데, 물론 존 울프는 그에게 표지 날개 문안을 보여주지 않았다.

"왜 미안하다는 거죠?" 가아프가 답장을 썼다. "찔찔 짜지 말고, 열심히 팔기나 해요."

"모든 사업은 다 지저분하게 마련이니까요." 울프가 되풀이해서 말했다.

"알아요, 알아요." 가아프가 말했다.

"내 충고를 들어요." 울프가 말했다.

"난 서평을 읽는 게 즐거운데요." 가아프가 항의했다.

"이번 서평들은 읽으면 안 돼요." 존 울프가 말했다. "여행을 해요. 부탁입니다." 그리고는 존 울프는 표지 날개 문안을 제니 필즈에게 보냈다. 그는 가아프가 출국하게 만들도록 도와주고, 비밀을 지켜달라고 부탁했다.

"출국을 하거라." 제니가 아들에게 말했다. "그것이 너 자신과 네 가족을 위해 할 만한 가장 좋은 일이니까." 한 번도 해외 여행을 해본 적이 없었던 헬렌은 그 제안에 입맛이 당겼다. 던컨은 아버지의 첫 작품인 「그릴파르처 하숙」을 읽었고, 비엔나로 가고 싶어했다.

"비엔나가 정말로 그런 곳은 아니란다." 가아프가 던컨에게 말했지만, 옛날에 쓴 단편을 아들이 좋아한다니까 가아프는 무척 감격했다. 가아프도 그 작품을 좋아했다. 사실상 그는 지금까지 쓴 다른 모든 작품들은 이 단편의 절반만큼도 마음에 들지 않는다는 기분이었다.

"갓 태어난 아기가 있는데, 왜 유럽에는 가요?" 가아프가 불평했다. "난 모르겠어요. 복잡한 일이니까요. 여권 수속에다가—아기는 주사도 잔뜩 맞고 뭐 그래야 하잖아요."

"너도 주사를 좀 맞아야 해." 제니 필즈가 말했다. "아기는 절대로 안전해."

"비엔나를 다시 보고 싶지 않아?" 헬렌이 가아프에게 물었다.

"아, 옛날에 죄를 지었던 곳, 그냥 상상만 해봐요." 존 울프가 유쾌하게 말했다.

"옛 죄요?" 가아프가 어물어물했다. "난 모르겠어요."

"부탁예요, 아버지." 던컨이 말했다. 가아프는 던컨이 원한다면 사족을 못 쓰던 터라 좋다고 승낙했다.

헬렌은 기분이 좋아진 나머지 신경을 써서 읽을 생각은 전혀 없었으면서도 얼핏 불안한 눈길로나마 『벤젠하버가 본 세상』의 교정지를 훑어보기까지 했다. 그녀의 눈에 가장 먼저 띈 내용은 헌사였다.

질시 슬로퍼에게

"도대체 질시 슬로퍼가 누구지?" 그녀는 가아프에게 물었다.

"사실은 나도 몰라." 가아프가 말했고, 헬렌이 그에게 얼굴을 찌푸렸다. "정말 모른다니까." 그가 말했다. "존이 아는 어떤 여자친구라는데, 이 책이 좋아 손에서 떨어지지 않더라고 그러더래. 울프는 그걸 무슨 길조라도 된다고 생각했고, 어쨌든 이건 존의 제안이었어."

210

가아프가 말했다. "그리고 나도 좋겠다는 생각이 들었고."

"흠." 교정지를 옆으로 밀어놓으며 헬렌이 말했다.

그들은 두 사람 다 말없이 존 울프의 여자친구를 상상했다. 존 울프는 그들과 만나기 전에 이혼한 몸이었고, 울프의 성장한 자식을 몇 명 만나기는 했어도 가아프 부부는 첫 번이자 마지막이었던 그의 아내는 본 적이 없었다. 여자친구들은 꾸준히 여럿 있었는데, 하나같이 깔끔하고 매끈한 매력을 지녔으며 모두가 존 울프보다 젊었었다. 몇 명은 출판계에서 일하는 여자들이었고, 대부분 저마다 이혼 경력을 쌓은 젊은 여자들이었으며 하나같이 돈이 많거나, 돈이 많다는 '분위기'를 지녔다. 가아프는 그들 대부분이 얼마나 멋진 체취를 풍기고, 립스틱의 맛이 어떠했고, 굉장히 화려한 그들의 옷이 얼마나 만지고 싶었는지를 기억했다.

백인과 쿼드룬(quadroon, 백인과 반 백인 사이의 혼혈아, 즉 흑인의 피가 1/4 섞인 사람—옮긴이) 사이에서 태어났으니까 8분의 1이 흑인인 옥토룬(octoroon)이었던 질시 슬로퍼를 가아프나 헬렌은 전혀 상상도 못 할 노릇이었다. 그녀는 피부가 엷은 빛깔을 머금은 송판처럼 부드러운 갈색이었다. 머리카락은 곱슬거리지 않고 짧았으며 매끈거리는 검은 빛깔이었고, 주름이 지고 반들거리는 이마 위로 아무렇게나 잘라낸 앞머리는 백발이 되어가는 중이었다. 그녀는 키가 작고, 두 팔이 길었으며, 왼손에는 무명지가 없었다. 오른쪽 뺨의 깊은 상처를 보면 그녀의 약손가락이 같은 싸움에서 같은 무기로 잘렸음을 상상하게 되는데, 틀림없이 불행한 결혼생활을 했을 테니까 그런 피해는 어느 부부싸움에서 당했으리라. 결혼생활 얘기를 그녀는 절대로 입 밖에 내지 않았다.

그녀는 나이가 마흔다섯쯤 되었지만 예순처럼 보였다. 그녀는 몸통이 곧 강아지들을 낳게 될 래브라도 사냥개 같았고, 발의 고통이 심해서 항상 다리를 질질 끌며 돌아다녔다. 몇 년 후에 그녀는 다른 사람은 아무도 만져보지 못하는 자신의 젖가슴에서 만져지던 덩어리를 너무 오랫동안 무시한 나머지 필요없이 암으로 죽고 만다.

(존이 알아냈듯이) 전화번호부에 그녀가 이름을 올리지 않았던 까닭은 헤어진 남편이 몇 달에 한 번씩 죽여버리겠다고 위협을 했고 그에게서 전화를 받기도 지겨웠기 때문이었으며, 그나마 전화를 놓았던 이유는 자식들이 수신자 부담으로 전화를 걸어 돈을 보내달라고 그녀에게 부탁하도록 하기 위해서였다.

하지만 질시 슬로퍼가 누구일까 하고 헬렌과 가아프가 상상했을 때는 처량하고도 고생스럽게 살아가는 옥토룬을 비슷하게나마도 맞추지 못했다.

"존 울프는 실제로 쓰는 일말고는 이 책을 위해 모든 일을 다 하는 것 같구만." 헬렌이 말했다.

"아예 쓰는 일도 그 사람이 했더라면 좋았을걸." 가아프가 불쑥 말했다. 가아프는 책을 다시 읽었고, 잔뜩 회의에 빠졌다. 「그릴파르처 하숙」에서는 세상 사람들이 어떻게 행동하는지가 분명하게 드러났다고 가아프는 생각했다. 『벤젠하버가 본 세상』에서는 자신감이 줄어들었는데, 그것은 물론 가아프가 나이를 먹었다는 징후였지만, 예술가라면 나이를 먹을수록 진보를 해야 한다는 사실도 그는 알았다.

아기 제니와 애꾸눈 던컨을 데리고 가아프와 헬렌은 서늘한 뉴잉글랜드의 8월에 유럽으로 떠났는데, 이 무렵이면 대서양을 횡단하는 대부분의 여행자들은 반대 방향으로 갔다.

"추수감사절을 지내고 떠나는 게 어떠냐?" 어니 홈이 그들에게 물었다. 하지만 『벤젠하버가 본 세상』은 10월에 출판될 예정이었다. 존 울프는 교정을 안 본 교정쇄를 여름 내내 돌려 갖가지 반응을 떠보

있는데, 모두들 열광적인 반응을 보여서, 작품을 칭찬하는 사람들도 열광적이었고, 혹평도 열광적으로 퍼부었다.

그는 실제로 출판될 책의 견본, 예를 들면 표지를 가아프가 보지 못하게 막느라고 애를 먹었다. 하지만 책에 대한 가아프 자신의 열성이 너무나 산발적이고 전체적으로 침체했으므로 존 울프는 그를 따돌리기가 어렵지 않았다.

가아프는 이제 여행 때문에 신이 났고, 앞으로 쓰려는 다른 작품들 얘기를 했다. ('좋은 징조'라고 울프는 헬렌에게 말했다.)

제니와 로버타는 가아프 일가를 보스턴까지 차로 태워다주었고, 거기서 그들은 뉴욕으로 가는 비행기를 탔다. "비행기 걱정은 하지 마라." 제니가 말했다. "떨어지지 않을 테니까."

"무슨 소리예요, 어머니." 가아프가 말했다. "비행기에 대해서 뭘 안다고 그러세요? 걸핏하면 떨어지는 게 비행기예요."

"두 팔을 날개처럼 쉴새없이 놀려보라구." 로버타가 던컨에게 말했다.

"아이에게 겁 주지 말아요, 로버타." 헬렌이 말했다.

"나 겁 안 나요." 던컨이 말했다.

"아버지가 자꾸 떠들어대면 너희들은 떨어질 리가 없어." 제니가 말했다.

"저이가 자꾸 떠들어대다보면 우린 절대로 착륙을 못할 거예요." 헬렌이 말했다. 그들은 가아프가 잔뜩 신경이 곤두섰음을 알았다.

"날 가만히 내버려두지 않으면 난 가는 동안 줄곧 방귀를 뀌겠어." 가아프가 말했다. "그러면 우린 왕창 폭발해버리겠지."

"편지나 자주 해라." 제니가 말했다.

다정한 틴치 영감과 지난번 유럽 여행이 생각나서 가아프는 어머니에게 말했다. "이번에는 난 흐, 흐, 흡수를 많이 하겠어요, 어머니.

난 편지는 하, 하, 한 통도 안 쓰겠어요.” 이 말에 그들은 모두 웃었고, 가아프는 어머니에게 작별 키스를 했다. 성전환을 한 이후로 키스의 다이너마이트가 되었던 로버타는 모든 사람들에게 몇 차례씩 키스했다.

“그만 해, 로버타.” 가아프가 말했다.

“당신들이 없는 동안에 아주머니는 내가 보살펴드리겠어요.” 로버타가 말했는데, 그녀의 큼직한 팔 때문에 제니는 왜소해 보였고, 갑자기 아주 작고 백발이 성성한 모습이 두드러졌다.

“아무도 날 보살펴줄 필요가 없어.” 제니 필즈가 말했다.

“오히려 어머니가 모든 사람을 보살펴주죠.” 가아프가 말했다.

그 말이 얼마나 진실인지를 알았기 때문에 헬렌은 제니를 포옹했다. 비행기를 탄 가아프와 던컨은 송영대에서 손을 흔드는 제니와 로버타를 보았다. 던컨이 비행기의 왼쪽 창 옆자리에 앉고 싶어했기 때문에 자리를 바꾸느라고 시간이 좀 걸렸다. “오른쪽도 마찬가지로 좋은데요.” 여승무원이 말했다.

“오른쪽 눈이 없을 땐 달라요.” 던컨이 쾌활하게 그녀에게 말했고, 가아프는 아들이 그토록 자신감이 넘치고 대담해진 모습을 보고 감탄했다.

헬렌과 아기는 통로 건너편에 앉았다. “할머니가 보이니?” 헬렌이 던컨에게 물었다.

“예.” 던컨이 말했다.

이륙하는 비행기를 보려고 사람들이 갑자기 송영대로 잔뜩 몰리기는 했어도 제니 필즈는 항상 그렇듯이 키가 작기는 해도 하얀 제복 때문에 유별나게 눈에 잘 띄었다. “나나(할머니의 애칭—옮긴이)가 왜 저렇게 키가 커 보이죠?” 던컨이 가아프에게 물었는데, 정말로 어깨가 우뚝 솟은 듯싶었다. 가아프는 로버타가 어머니를 아이처럼 번쩍 들어올리고 있음을 깨달았다. "로버타가 할머니를 들었어요!" 던컨이 소리쳤다. 가아프는 옛 타이트 엔드의 두 팔에 안전하게 안겨 공중으로 우뚝 솟아올라 잘 가라고 그에게 손을 흔드는 어머니를 보았고, 제니의 수줍고도 느긋한 미소가 머리에 떠올라 감격한 그는 제니가 비행기 속을 보지 못하리라는 사실을 빤히 알면서도 창 밖을 향해 손을 흔들었다. 처음으로 그는 어머니의 늙은 모습을 보았고, 그는 시선을 돌려 통로 건너편의 헬렌과 그들의 새로 태어난 아이를 보았다.

"자, 가는구나." 헬렌이 말했다. 헬렌이 비행기 타기를 무서워한다는 것을 가아프가 알았기 때문에, 헬렌과 가아프는 비행기가 이륙할 때 통로를 가로질러 손을 맞잡았다.

뉴욕에서는 존 울프가 그의 아파트먼트에서 그들을 묵게 했는데, 큰 침실은 가아프와 헬렌과 아기 제니에게 내주고, 고맙게도 손님 방에서 던컨과 같이 지내겠다고 했다.

어른들은 저녁을 늦게 먹고 코냑을 너무 많이 마셨다. 가아프는 앞으로 쓸 계획인 세 가지 소설에 관해서 존 울프에게 얘기했다.

"첫번째 소설은 '아버지의 환상'이라는 제목을 붙이겠어요." 가아프가 말했다. "그건 아이들을 많이 둔 이상주의자 아버지에 관한 얘기죠. 그는 아이들을 키우기에 좋은 자그마한 이상향들을 자꾸만 이루어놓고, 자식들이 자란 다음에는 작은 대학들을 설립해요. 하지만 대학과 아이들이 모두 파탄을 맞습니다. 아버지는 국제연합에서 연설을 하려고 자꾸 시도하지만, 똑같은 연설을 계속해서 고치고 또 고치기만 하다 보니 자꾸 쫓겨나기만 하죠. 그러자 그는 무료 병원을 운영하려고 하다가 대실패를 맛봅니다. 그리고는 전국 무료 교통망을 이룩하려고 노력합니다. 그러는 사이에 아내는 그와 이혼하고 자식들은 점점 나이를 먹어 결국 불행해지거나, 엉망이 되거나, 아니면, 아시잖아요, 지극히 정상적인 인간이 되죠. 아이들이 지닌 공통점이라고는 그들이 그 안에서 자라게끔 이룩하려고 아버지가 애썼던 유토피아에 관한 끔찍한 기억들뿐이죠. 마침내 아버지는 버몬트 주지사가 됩니다."

"버몬트요?" 존 울프가 물었다.

"예, 버몬트요." 가아프가 말했다. "그는 버몬트의 주지사가 되지만, 사실은 자기가 왕이라고 생각해요. 또 유토피아를 꿈꾸는 거예요."

"버몬트의 왕!" 울프가 말했다. "그 제목이 더 좋겠어요."

"아니에요, 아니에요." 가아프가 말했다. "그건 다른 책이죠. 아무 관계가 없는 책요. '아버지의 환상' 다음에 나올 두번째 책은 '버몬트의 죽음' 이라고 제목을 붙이겠어요."

"같은 주인공들이 등장해?" 헬렌이 물었다.

"아니, 아냐." 가아프가 말했다. "다른 얘기지. 이건 버몬트의 죽음에 관한 거야."

"글쎄, 난 사실 그대로 솔직하게 보여주는 걸 좋아해요." 존 울프가 말했다.

"어느 해, 봄이 오지를 않아요." 가아프가 말했다.

"하기야 버몬트(미국의 동북부에 위치한 추운 고장―옮긴이)에는 절대로 봄이 오지 않지." 헬렌이 말했다.

"아냐, 아냐." 얼굴을 찌푸리며 가아프가 말했다. "이해에는 여름도 오지 않아. 겨울은 끝날 줄을 모르지. 어느 날 날씨가 따뜻해지더니 모든 봉오리들이 피어올라. 오월쯤 되었겠지. 오월의 어느 날, 나무들이 움트고, 이튿날에는 잎이 피고, 그 이튿날은 모든 잎사귀들이 단풍이 들어. 벌써 가을이 된 거야. 나무에서는 낙엽이 지고."

"식물의 짧은 일생이로구만." 헬렌이 말했다.

"까불지 마." 가아프가 말했다. "하지만 일이 그렇게 돌아가는 거야. 다시 겨울이 오고, 겨울은 영원히 계속되지."

"사람들이 죽나요?" 존 울프가 물었다.

"사람들은 어떻게 되는지 확실히 모르겠어요." 가아프가 말했다. "물론 어떤 사람들은 버몬트를 떠나겠죠."

"나쁜 착상은 아니군." 헬렌이 말했다.

"어떤 사람들은 머물고, 어떤 사람들은 죽어요. 어쩌면 그들 모두 죽을지도 모르죠." 가아프가 말했다.

"그건 무슨 뜻이죠?" 존 울프가 물었다.

"나도 거기까지 써봐야 알게 될 테니까요." 가아프가 말했다. 헬렌이 웃었다.

"그리고 그 다음에 세번째 소설은요?" 울프가 물었다.

"그건 '거인을 무찌를 계략'이라는 제목을 붙이겠어요." 가아프가 말했다.

"그건 월레스 스티븐스의 시잖아." 헬렌이 말했다.

"그래, 물론이지." 가아프가 말했고, 그들을 위해 이 시를 낭송했다.

거인을 무찌를 계략

첫번째 여자

벌목도(伐木刀)의 날을 벼리고
시골뜨기가 어슬렁거리며 오면
나는 그보다 먼저 달려가
제라늄과 냄새가 안 나는 다른 꽃들에게
지극히 겸손한 향기를 발산하게 하리라.
그러면 그는 걸음을 멈추겠지.

두번째 여자

나는 그보다 먼저 달려가
물고기 알처럼 작은
빛깔을 뿌린 옷을 나부끼리라.
실을 보면
그는 낯을 붉히리.

세번째 여자

아, 저런…… 가엾은 사람!
묘하게 헉헉거리며
나는 그보다 앞서 달려가리라.
그러면 그는 귀를 기울이겠지.
탁한 음성들의 세계에서
나는 황홀하고 감미로운 말을 속삭이리라.
그러면 그는 녹고 말겠지.

"정말 멋진 시야." 헬렌이 말했다.
"소설은 삼부로 이루어졌어." 가아프가 말했다.
"첫번째 여자, 두번째 여자, 세번째 여자로요?" 존 울프가 물었다.
"그래서 거인이 녹아버렸어?" 헬렌이 물었다.
"어림도 없지." 가아프가 말했다.
"소설에서 그는 진짜 거인으로 나오나요?" 존 울프가 물었다.
"아직은 나도 모르겠어요." 가아프가 말했다.

"거인은 당신 아냐?" 헬렌이 물었다.

"그렇지 않기를 바라." 가아프가 말했다.

"나도 그렇지 않기를 바라." 헬렌이 말했다.

"그 소설부터 먼저 쓰지 그래요." 존 울프가 말했다.

"아냐, 제일 나중에 써." 헬렌이 말했다.

"'버몬트의 죽음'을 제일 나중에 써야 합리적이겠어요." 존 울프가 말했다.

"아니에요, 난 '거인을 무찌를 계략'을 마지막 작품이라고 봐요." 가아프가 말했다.

"기다렸다가 그건 내가 죽은 다음에나 써." 헬렌이 말했다. 모두들 웃었다.

"하지만 세 작품뿐이잖아요." 존 울프가 말했다. "다음엔 뭐죠? 세 작품 다음에는 어떻게 되나요?"

"내가 죽어요." 가아프가 말했다. "그러면 전부 해서 여섯 권의 소설이 되고, 그 정도면 충분해요."

모두들 다시 웃었다.

"그럼 당신이 어떻게 죽을지도 알아요?" 존 울프가 물었다.

"이런 얘기 그만 해요." 헬렌이 말했다. 그리고 가아프에게 그녀가 말했다. "만일 '비행기를 타고 가다가'라는 소릴 하면 난 당신을 용서하지 않겠어." 그녀 목소리에 담긴 약간 취한 농담 밑에 깔린 진지함을 의식하며 존은 두 다리를 뻗었다.

"두 사람은 자는 게 좋겠어요." 그가 말했다. "여행을 하려면 휴식을 취해야 하니까요."

"내가 어떻게 죽을지 알고 싶지 않아요?" 가아프가 물었다. 그들은 아무 말도 하지 않았다.

"난 자살을 할 거예요." 그가 유쾌하게 말했다. "완전히 지반을 굳히기 위해서는 그것이 거의 필연적이라고 여겨져요. 내 애긴 진담예요." 가아프가 말했다. "현대의 추세로 보면 그것이 작가의 진지성을 인식시키는 한 가지 방법이라는 데 당신도 동의하시겠죠? 창작이라는 '예술'이 항상 작가의 진지성을 뚜렷하게 드러내지는 못하게 마련이니까 때로는 한 인간의 개인적인 고뇌를 다른 방법으로 표현할 필요가 생겨요. 자살한다는 것은 결국 내가 진지했음을 의미하는 듯싶어요. 그건 진실예요." 가아프가 말했지만, 그의 풍자가 불쾌해서 헬렌은 한숨을 지었고, 존 울프는 다시 기지개를 켰다. "그리고 다음에는 지금까지 눈에 띄지 않았던 진지성이 갑자기 작품에서 많이 두드러지게 되죠." 가아프가 말했다.

가아프는 아버지이며 가장으로서 그의 마지막 임무가 그것이라고 걸핏하면 짜증스럽게 말했고, 자살을 했기 때문에 이제는 사람들이 굉장히 열심히 읽고 흠모하는 시시한 작가들의 예를 즐겨 열거하고는 했다. 어떤 경우에는, 가아프까지도 정말 흠모했던 자살한 작가들 중 적어도 몇 명은 그 행위가 이루어진 순간 그들의 불행한 결정에 따른 이런 다행스러운 면을 그들이 미리 알아차렸기만을 가아프는 바랐다. 정말로 자살을 하는 사람들이란 적어도 자살을 낭만적으로 미화(美化)하지는 않았고, 문학세계의 구역질나는 한 가지 습성이라고 가아프가 생각했지만, 그런 행위가 그들의 작품에 부여한다고 간주되는 '진지성'을 그들이 탐탁하게 여기지 않음을 그는 너무나 잘 알았다. 독자들 그리고 평론가들 사이의 그 못된 습성.

가아프는 또한 자기가 자살을 할 유형의 인간이 아님을 알았는데, 월트에게 사고가 생긴 후에는 약간 확신이 줄어들기는 했어도 그 사실을 알기는 알았다. 그는 자살이라면 강간만큼이나 거리가 먼 사람이었고, 실제로 그런 행위를 자신이 범하는 상상을 하기가 불가능했다. 하지만 그는 마땅히 농담은 배제하고 절망으로 뼈저린 편지를,

그가 남기게 될 최후의 말을 다시 한번 읽고 수정하는 동안 성공적인 그의 장난에 잔뜩 미소를 짓고 자살하려는 작가를 즐겨 상상했다. 가아프는 유서가 완벽해진 다음, 드디어 독자와 비평가들이 훨씬 훌륭하다고 여겨주게끔 만들어놓았음을 깊이 인식하고 음흉하게 웃으며 작가가 총이나 독약을 집어들거나 물로 뛰어드는 순간을 씁쓸하게 상상하고는 했다. 그가 상상했던 어느 유서의 내용은 이러했다. "백치 같은 그대들이 나를 잘못 판단하기도 이것이 마지막이다."

"정말 병적인 착상이로구만." 헬렌이 말했다.

"작가로서는 완벽한 죽음이지." 가아프가 말했다.

"시간이 늦었어요." 존 울프가 말했다. "비행기를 타야 한다는 걸 잊지 말아요."

존 울프가 잠을 자려고 들어간 손님 방에는 던컨이 아직도 말짱하게 깨어 기다렸다.

"여행 때문에 흥분했구나, 던컨." 울프가 아이에게 물었다.

"아버지는 전에 유럽에 갔었어요." 던컨이 말했다. "하지만 난 못 가봤죠."

"나도 알아." 존 울프가 말했다.

"우리 아버지가 돈을 많이 벌게 될까요?" 던컨이 물었다.

"그러길 바란다." 존 울프가 말했다.

"할머니가 너무 부자이기 때문에 우린 돈은 필요 없어요." 던컨이 말했다.

"하지만 자기 돈을 가지고 있는 것도 좋아." 존 울프가 말했다.

"왜요?" 던컨이 물었다.

"글쎄, 유명해지면 좋으니까." 존 울프가 말했다.

"우리 아버지가 유명해질 거라고 생각하세요?" 던컨이 물었다.

"그렇게 생각해." 존 울프가 말했다.

"할머니는 벌써부터 유명해요." 던컨이 말했다.

"나도 알아." 존 울프가 말했다.

"할머니는 유명한 걸 좋아하지 않나봐요." 던컨이 말했다.

"왜?" 존 울프가 말했다.

"모르는 사람이 너무 많이 모여들거든요." 던컨이 말했다. "나나가 그러셨어요. '집에 모르는 사람이 너무 많아.' 그런 말을 하시는 걸 들었어요."

"글쎄, 너희 아버지는 할머니처럼 그런 식으로 유명해지려면 아마 상당히 오래 걸릴 거야." 존 울프가 말했다.

"유명해지는 방법은 몇 가지나 되나요?" 던컨이 물었다.

존 울프는 긴 한숨을 조심스럽게 내쉬었다. 그러더니 그는 던컨 가아프에게 아주 인기 있는 책과 그냥 성공적인 책의 차이에 관한 얘기를 해주었다. 그는 정치서적과, 물의를 일으키는 책들과, 소설이라는 작품들을 얘기했다. 그는 던컨에게 도서 출판의 미묘한 문제점들을 얘기했고, 사실상 그는 가아프에게보다는 던컨에게 출판에 관한 그의 개인적인 견해를 더 많이 들려주는 혜택을 베풀었다. 가아프는 정말로 관심을 나타내지는 않았다. 던컨도 깊은 관심은 없었다. 던컨은 존 울프가 설명을 시작하자 상당히 빨리 잠이 들었기 때문에 미묘한 문제점들을 단 한 가지도 기억하지 못하리라.

던컨이 좋아했던 것은 존 울프의 어조가 고작이었다. 긴 얘기, 느릿느릿한 설명, 그것은 개머리 항구 집에서 그가 아무 악몽도 꾸지 않을 정도로 아주 깊이 잠들게 하려고 밤이면 그에게 얘기를 해주던 로버타 멀둔의 목소리, 제니 필즈의 목소리, 어머니의 목소리, 가아프의 목소리와 마찬가지였다. 던컨은 그런 어조에 익숙해졌고, 뉴욕에서도 그 목소리를 듣기 전에는 잠이 오지 않았다.

아침에 가아프와 헬렌은 존 울프의 벽장을 열어보고 재미있어했다. 보나마나 존 울프가 최근에 사귀는 미끈한 여자, 어젯밤에는 이곳에 와서 자라고 초청을 받지 못한 어느 여자가 입을 만한 예쁜 가운이 나왔다. 하나같이 가는 세로 줄무늬가 있고, 하나같이 우아하고, 하나같이 다리가 10센티미터쯤 길어서 가아프에게는 맞지 않을 검정 양복이 서른 벌이나 되었다. 가아프는 마음에 드는 양복을 하나 골라 바지 자락을 접어올린 채 입고 아침 식탁에 앉았다.

"세상에, 웬 양복이 그렇게 많아요?" 그가 존 울프에게 말했다.

"하나 가져요." 존 울프가 말했다. "두세 벌 가지고 가요. 지금 입은 양복도 가지고 가고요."

"너무 길어요." 한쪽 다리를 들어 보이며 가아프가 말했다.

"줄이면 되잖아요." 존 울프가 말했다.

"당신은 양복이라고는 한 벌도 없잖아." 헬렌이 가아프에게 말했다.

가아프는 양복이 어찌나 마음에 들었는지, 바지 자락을 올려 핀으로 꽂고는 공항으로 입고 나가겠다고 했다.

"맙소사." 헬렌이 말했다.

"당신하고 같이 다니는 걸 남들이 보면 난 좀 난처하겠어요." 존 울프가 솔직히 고백했지만, 그래도 그들을 공항까지 차로 태워다주었다. 그는 가아프 일가가 틀림없이 출국했음을 확인하고 싶었다.

"참, 당신 책 말예요." 차 안에서 그는 가아프에게 말했다. "한 권 준다는 걸 자꾸만 잊어버리는군요."

"그런 것 같아요." 가아프가 말했다.

"한 권 보내드리죠." 존 울프가 말했다.

"난 표지에 무엇이 실렸는지조차 본 적이 없어요." 가아프가 말했다.

"뒷장에는 당신 사진을 실었어요." 존 울프가 말했다. "오래된 사진인데, 틀림없이 당신이 본 사진예요."

"앞에는 뭐죠?" 가아프가 말했다.

"뭐랄까, 제목이 실렸죠." 존 울프가 말했다.

"아, 정말예요?" 가아프가 말했다. "난 당신이 제목은 빼놓기로 한 줄 알았는데요."

"제목뿐예요." 존 울프가 말했다. "무슨 사진 하나를 밑에 깔고요."

"'무슨 사진'이라뇨?" 가아프가 말했다. "무슨 사진이죠?"

"아마 내 서류 가방에 하나 있을지도 몰라요." 울프가 말했다. "공항에서 내가 찾아보죠."

울프는 자기가 『벤젠하버가 본 세상』을 '저질 통속소설'이라고 생각한다는 말을 자기도 모르게 해버렸던 터라 이제는 조심하는 중이었다. 가아프는 불쾌해하지는 않는 듯싶었다. "정말이지 굉장히 잘 쓴 작품예요." 울프가 말했었다. "하지만 그래도 아직 어딘가 통속소설 같고, 어쩐지 뭔가 너무 심한 기분이 들어요."

가아프는 한숨을 지었다. "인생이란 저질 통속소설예요, 존." 가아프가 말했다.

존 울프의 서류 가방에는 가위로 잘라낸 『벤젠하버가 본 세상』의 앞표지가 들었는데, 뒤표지에 실린 가아프의 사진과 날개는 물론 없었다. 존 울프는 오려낸 사진을 작별인사를 하기 직전에 가아프에게 줄 생각이었다. 오려낸 앞표지는 봉투에 넣었고, 그 봉투는 또다른 봉투에 넣어 봉했다. 존 울프는 가아프가 안전하게 자리에 앉을 때까지는 표지를 보지 못하리라고 상당히 자신 있게 믿었다.

가아프가 유럽에 도착하면 존 울프는 『벤젠하버가 본 세상』의 나머지 표지를 그에게 보낼 계획이었다. 울프는 가아프가 표지를 보고 화가 나 또 비행기를 타고 고향으로 날아오지는 않으리라고 믿었다.

"이건 다른 비행기보다 커요." 날개보다 조금 앞, 왼쪽 창가에 앉은 던컨이 말했다.

"바다를 다 건너가야 하기 때문에 더 커야 하지." 가아프가 말했다.

"제발 그 얘기는 다시 하지 마." 헬렌이 말했다. 던컨과 가아프가 앉은 자리에서 통로 건너편에서는 다른 사람의 아기나 파푸스(북미 인디언의 갓난아기—옮긴이)처럼 헬렌의 앞좌석 뒤에 매달린 아기 제니를 위해 여승무원이 복잡한 멜빵을 엮는 중이었다.

"존 울프는 아버지가 돈을 많이 벌고 유명해진다고 그랬어요." 던컨이 아버지에게 말했다.

"흠." 가아프가 말했다. 그는 존 울프가 준 봉투를 여느라고 따분하고도 짜증스러운 과정을 거치는 중이었다.

"정말예요?" 던컨이 물었다.

"그렇게 됐으면 좋겠어." 가아프가 말했다. 마침내 『벤젠하버가 본 세상』의 표지를 보았다. 그는 이렇게 심한 아찔함을 느낀 까닭이 거대한 비행기가 갑자기 무게가 없어졌다고 느꼈기 때문인지, 아니면 사진 때문인지 알 길이 없었다.

흑백으로 확대해서 망점이 눈송이만큼이나 커다란 사진은 병원에서 시체를 내리는 구급차를 보여주었다. 옆에 늘어선 사람들의 잿빛 얼굴에 나타난 표정은 침울하고 허망할 뿐이었다. 시트 밑의 시체는 작고, 완전히 덮였다. 사진은 어느 병원에서나 응급실이라고 표시한 입구의 긴급하고도 무서운 분위기를 드러내었다. 그것은 어느 병원, 어느 구급차, 너무 늦게 도착한 어느 작은 시체였다.

무슨 축축한 분위기를 내도록 처리된 사진은 망점이 크고, 사고가 비 내리는 밤에 발생했다는 인상을 주어서, 어떤 값싼 신문에서도 자주 보게 되는 그런 엉성한 사진 같았으며, 어떤 흔한 재난인지는 모를 일이었다. 그것은 언제 어디에서도 벌어질 만한 어떤 작은 죽음일 수도 있었다. 하지만 물론 그 사진은 가아프에게 엎어져 쓰러진 월트를 보았을 때 그들 모두의 얼굴에 드러났던 잿빛 절망을 상기시킬 뿐이었다.

저질 통속소설인 『벤젠하버가 본 세상』의 표지는 음산한 경고를 외쳐대었다—이것은 재난의 얘기이니라. 표지는 유치하지만 즉각적인 반응을 꾀했고, 추구하던 목표는 성공이었다. 표지는 갑작스럽고, 속이 뒤집히는 슬픔을 약속했고, 가아프는 책이 그런 내용을 전하리라는 사실을 알았다.

이때 만일 그가 작품과 그의 약력을 소개하는 표지 날개의 문안을 보았더라면 그는 유럽에 착륙하자마자 다음 비행기를 타고 뉴욕으로 틀림없이 돌아갔으리라. 하지만 그는 존 울프가 계획했던 그대로 이런 종류의 선전에 대해 자포자기할 시간을 가지게 될 터였다. 표지 날개를 읽게 될 때쯤이면 가아프는 끔찍한 앞표지 사진을 이미 받아들인 다음이리라.

헬렌은 끝까지 그 사진을 용납하지 못했고, 그런 짓을 한 존 울프를 용서하지도 않았다. 또한 그녀는 뒤표지에 실린 가아프의 사진도 절대로 용서하지 않았다. 그것은 사고가 일어나기 몇 년 전 던컨과 월트와 함께 찍은 가아프의 사진이었다. 헬렌이 그 사진을 찍었고, 가아프는 그것을 성탄절 카드 대신 존 울프에게 보냈다. 가아프는 메인의 어느 선창가에 있었다. 그는 수영복만 입었고, 체격이 굉장히 좋아 보였다. 사실이 그랬었다. 아버지의 어깨에다 가느다란 팔을 얹고 뒤에 선 던컨도 수영복 차림이었고, 무척 검게 탔으며, 머리에는 하얀 수영 모자를 여봐란 듯 삐딱하게 썼다. 그는 아름다운 두 눈으로 카메라를 비스듬히 내려다보며 잔뜩 미소를 지었다.

월트는 가아프의 무르팍에 앉았다. 월트는 방금 물에서 나왔기 때

문에 물개 새끼처럼 매끈거렸고, 가아프는 그를 수건으로 따뜻하게
감싸주려고 했으며, 월트는 몸을 꿈틀거렸다. 어머니가 사진을 찍고,
행복에 벅차서 장난스럽고 동그란 얼굴은 카메라를 보며 웃고.

사진을 보았을 때 가아프는 월트의 차갑고 축축한 몸이 자기의 체
온 때문에 따뜻하게 마르는 감촉을 느꼈다.

사진 밑에는 인간의 가장 숭고하지 못한 어느 본능에 호소하는 설
명이 붙었다.

T. S. 가아프와 아이들(사고가 발생하기 전)

책을 읽으면 무슨 사고였는지 알게 되리라는 그런 암시였다. 물론
그것은 사실이 아니었다. 비록 우발적인 사건들이 소설에서 엄청나
게 큰 역할을 담당한다고 얘기해도 좋겠지만, 『벤젠하버가 본 세상』
은 사실상 사고에 관해서 아무 얘기도 하지 않는다. 사진 밑에다 언
급한 사고에 관해서 독자가 알게 될 유일한 내용이라고는 표지 날개
에다 존 울프가 쓴 걸레 같은 문안 속에 들어 있었다. 하지만, 그렇
기는 해도, 불운한 운명을 맞게 될 아이들과 함께 찍힌 아버지의 사
진은 독자를 유혹할 훌륭한 미끼였다.

사람들은 제니 필즈의 슬픈 아들이 쓴 책을 떼를 지어 몰려가서
샀다.

유럽으로 가는 비행기에서 가아프가 상상력을 발휘할 대상이라고
는 구급차의 사진이 고작이었다. 그런 높은 고도에서도 그는 떼를
지어 몰려와서 책을 사는 사람들이 역겨웠고, 떼를 지어 사람들이
몰려오게 만들 그런 책을 쓴 자신도 역겨워졌다.

무엇이나 '떼'를 지으면, 특히 사람들이 그럴 때면 T. S. 가아프는
마음이 편치 못했다. 그는 비행기에 앉아서 어디에서도 다시 찾아내

지 못할 정도로 자신과 가족이 단절되어 따로 살게 되기를 바랐다.

"돈은 다 뭘하죠?" 던컨이 불쑥 그에게 물었다.

"돈이라니?" 가아프가 물었다.

"아버지가 유명해지고 부자가 되면 말예요." 던컨이 말했다. "우린 어떻게 하죠?"

"우린 굉장히 재미있게 지낼 거야." 가아프가 말했지만, 예쁘장한 아들의 외눈은 믿어지지 않는다는 듯 그를 뚫어져라고 쳐다보았다.

"여러분은 삼만오천 피트의 고도로 비행하게 됩니다." 조종사가 말했다.

"히야!" 던컨이 외쳤다. 그리고 가아프는 통로를 가로질러 아내의 손을 잡았다. 뚱뚱한 남자 한 사람이 불안한 걸음걸이로 통로 아래쪽의 화장실로 내려갔고, 가아프와 헬렌은 서로 시선만 주고받을 수밖에 없었다.

머릿속에서 가아프는 온통 하얀 옷차림으로 장대한 로버타 멀둔이 공중으로 번쩍 치켜올린 어머니, 제니 필즈의 모습을 그려보았다. 그것이 무엇을 의미했는지는 몰라도 군중의 위로 우뚝 솟은 제니 필즈의 모습은 『벤젠하버가 본 세상』의 표지에 실릴 구급차나 마찬가지로 그에게 소름이 끼치게 했다. 그는 던컨에게 두서없이 아무 얘기나 시작했다.

던컨은 집안끼리만 통하는 유명한 얘기인 월트와 저류(低流)(기슭에서 수면 밑으로 흘러 물러가는 파도, undertow — 옮긴이) 얘기를 꺼냈다. 던컨이 기억도 못 할 정도로 까마득한 옛날부터 가아프 일가는 여름만 오면 뉴햄프셔의 개머리 항구, 제니 필즈의 저택 앞, 무서운 저류가 사납게 날뛰는 수 킬로미터에 걸친 바닷가를 찾아가고는 했다. 월트가 물가 근처로 탐험을 나갈 만큼 자란 다음에 던컨은, 헬렌과 가아프가 여러 해 동안 던컨에게 했던 말을 월트에게 했다. "저류를 조심해라." 월트는 얌전히 물러섰다. 그리고 3년 동안 여름이면 월트는 저류에 관한 경고를 들었다. 던컨은 모든 구절을 기억했다.

"오늘은 저류가 심해."

"오늘은 저류가 거세구나."

"오늘은 저류가 고약해." 저류의 경우뿐 아니라 뉴햄프셔에서는 '고약하다'는 말은 항상 대단한 의미를 지녔다.

그리고 여러 해 동안 월트는 그것을 조심했다. 그것이 사람을 어떻게 하느냐고 그가 처음 물었을 때부터, 월트는 그것이 사람을 바다로 끌고 나간다는 얘기만 들었다. 그것은 사람을 밑으로 빨아들여 죽인 다음에 멀리 끌고 나간다.

던컨이 기억하기로는 월트가 개머리 항구에서 4년째 여름을 보낼 때였는데, 가아프와 헬렌과 던컨은 월트가 바다를 지켜보고 있음을 알았다. 그는 파도에서 일어나는 거품에 발목까지 잠긴 채 서서, 한 걸음도 움직이지 않으며 굉장히 오랫동안 파도 속을 들여다보기만 했다. 식구들은 그와 얘기를 하려고 물가로 내려갔다.

"너 뭐 하니, 월트?" 헬렌이 물었다.

"이 멍청아, 너 뭘 쳐다보니?" 던컨이 물었다.

"나 물밑 두꺼비(Under Toad)를 보려고 그래." 월트가 말했다.

"무얼 본다구?" 가아프가 말했다.

"물밑 두꺼비요." 월트가 말했다. "난 그걸 보고 싶어요. 그건 얼마나 큰 놈이죠?"

그리고 가아프와 헬렌과 던컨은 숨을 멈추었는데, 그들은 자기들이 지난 여러 해 동안 월트를 물밑으로 빨아들여 바다로 끌고 나갈 기회를 기다리며 물 속에서 살금살금 돌아다니는 거대한 '두꺼비'를 무서워하고 있음을 깨달았다. 무시무시한 '물밑 두꺼비'를.

가아프는 월트와 함께 그것을 상상해보려고 했다. 그것은 한 번이라도 물위로 떠오르려나? 그것이 물위로 올라왔던 적이 한 번이라도 있었을까? 아니면 항상 물밑에서 미끈거리고 부풀어오른 몸으로 돌아다니며 꺼풀이 앉은 혀로 핥아댈 발목들이 나타나기를 끊임없이 기다리려나? 흉악한 '물밑 두꺼비.'

헬렌과 가아프 사이에서는 물밑 두꺼비라면 불안감에 대한 암호로 통했다. ('물밑 두꺼비가 아니라 저류야, 이 멍청아!' 라고 던컨이 소리를 질러) 그 괴물이 무엇인지를 월트가 깨달은 한참 후에, 가아프와 헬렌은 이 괴수를 그들 자신의 위기의식에 대한 상징적인 표현으로 삼았다. 차량이 붐비거나, 길이 얼어붙거나, 밤 사이에 울적해지거나 하면 그들은 서로 말했다. "오늘은 물밑 두꺼비가 거세구만."

"생각나요?" 비행기에서 던컨이 물었다. "그게 초록색이냐, 갈색이냐 하고 월트가 물었던 거요."

가아프와 던컨이 함께 웃었다. 하지만 그것은 초록색도 아니고, 갈색도 아니야, 가아프는 생각했다. 그것은 나. 그것은 헬렌. 그것은 나쁜 날씨의 빛깔. 그것은 자동차의 크기였다.

비엔나에서 가아프는 물밑 두꺼비가 거세다고 느꼈다. 헬렌은 그것을 느끼지 못하는 듯싶었고, 열한 살 난 아이답게 던컨은 기분이 자꾸 달라졌다. 이 도시로 돌아왔다는 사실이 가아프에게는 스티어링 학교로 돌아간 것이나 마찬가지 기분이었다. 길거리, 건물들, 심지어는 미술관의 그림까지도 옛날 선생님들이나 마찬가지로 나이를 먹어서, 그는 그들을 겨우 알아보았고, 그들은 전혀 그를 알지 못했다. 헬렌과 던컨은 닥치는 대로 모든 것을 보았다. 가아프는 아기 제니와 돌아다니는 정도로 만족해서, 도시 자체만큼이나 괴이한 마차를 타고 길고도 따스한 가을 풍경 속을 배회하며 마차 안을 들여다보고는 아기가 마음에 든다고 혀를 차는 모든 노인들에게 머리를 끄

덕이고 미소를 지었다. 비엔나 사람들은 잘 먹고 편안하며, 가아프에
게는 생소해 보이는 사치를 누리는 듯싶었고, 러시아의 점령기나 전
쟁의 기억이나, 폐허의 자취들과는 까마득히 거리가 멀었다. 그가 어
머니와 같이 이곳에서 지내던 시절에는 죽어가는 중이었거나 벌써
죽어버렸던 비엔나가 이제는 옛 도시 대신에 새롭고도 보편적인 무
엇으로 성장했다고 가아프는 느꼈다.

그렇기는 해도 가아프는 던컨과 헬렌을 데리고 돌아다니며 구경
을 시키기가 즐거웠다. 그는 비엔나의 관광 안내 책자에 나온 역사
에 곁들여 자신의 개인적인 역사를 설명하는 관광을 시킨 셈이었다.
"그리고 이 도시에서 히틀러가 처음 연설을 한 곳이 여기야. 그리고
토요일 아침이면 난 여기서 쇼핑을 하곤 했지." 가아프의 관광 안내
는 계속되었다. "여긴 러시아가 점령했던 제4지역인데, 유명한 카를
스키르헤와 상·하 벨베데레가 이 지역에 있어. 그리고 우리 왼쪽으
로는 프린츠-오이겐-슈트라세와 아르겐티니어슈트라세 사이에 작
은 길거리가 나오는데 여기에서 어머니하고 나는……"

그들은 제4지역의 어느 깔끔한 팡송에서 방을 몇 개 얻었다. 그들
은 던컨을 영어로 가르치는 학교에 입학시킬 의논을 했지만, 아침마
다 차나 전차를 한참 타고 가야만 했고, 사실 그들은 반년 정도도
이곳에 체류할 계획이 아니었다. 막연하게나마 그들은 개머리 항구
에서 제니와 로버타와 어니 홈과 성탄절을 같이 지낼 상상을 했다.

존 울프는 마침내 표지까지 몽땅 갖춘 책을 보냈고, 가아프가 의
식한 물밑 두꺼비가 며칠 동안 견디기 어려울 정도로 커졌고 그러더
니 더 깊이 물속으로 차고 들어갔다. 물밑 두꺼비는 사라진 듯싶었
다. 가아프는 겨우 마음을 가다듬고 자제를 해서 쓴 편지를 편집자
에게 보냈는데, 그는 개인적으로 느낀 실망감을 표현했고, 사업을 위
해서 가장 훌륭한 선의에 따라 이렇게 할 수밖에 없었으리라는 점을

이해한다고 말했다. 하지만…… 하는 식으로. 사실 그가 울프에게 얼마나 화를 내겠는가? 물건을 가아프가 만들어주었고, 울프는 그것을 팔려고 했을 따름이다.

가아프는 처음 나온 서평들이 '달갑지 않다'는 소식을 어머니에게서 들었지만, 존 울프의 충고에 따라 제니는 어떤 서평도 편지에 동봉하지 않았다. 존 울프는 뉴욕의 주요 매체에 실린 서평들 가운데 처음으로 열광적인 찬사를 늘어놓은 내용을 오려냈다. "여성들의 운동이 마침내 뜻깊은 남성 작가에게 뜻깊은 영향력을 발휘했다." 어디선가 여성학 조교수로 근무하는 여자가 서평을 썼다. 그녀는 이어서 『벤젠하버가 본 세상』이 '많은 여성들이 시달려야만 하는 남성 특유의 신경병적인 압력에 관한, 남성에 의한 최초의 심층분석'이라고 했다.

"맙소사." 가아프가 말했다. "누가 들으면 내가 연구 논문이라도 쓴 줄 알겠어. 그건 내가 지어낸 얘기, 걸레 같은 소설인데 말야!"

"글쎄, 보아하니 이 여자는 그 소설을 좋아한 모양이야." 헬렌이 말했다.

"이 여자가 좋아한 건 소설이 아냐." 가아프가 말했다. "이 여자는 뭔가 다른 걸 좋아했어."

하지만 이 서평은 『벤젠하버가 본 세상』이 '여권주의 소설'이라는 소문을 퍼뜨리는 데 도움이 되었다.

"보아하니 나처럼 너도 우리들이 살아가는 시대의 여러 가지 민중의 그릇된 판단들 때문에 덕을 보게 생겼구나." 제니 필즈가 아들에게 편지를 썼다.

다른 서평들은 이 책을 '피해망상증에 사로잡히고, 광증이 넘치고, 근거도 없는 폭력과 섹스투성이'라고 했다. 가아프는 그런 서평을 대부분 보지 못했지만, 그런 평들도 판매에는 해가 되지 않았으리라.

어느 비평가는 '괴이한 과장을 하려는 경향이 제멋대로 날뛰기는 했지만' 가아프는 진지한 작가라고 시인했다. 존 울프는 그 얘기에 공감을 느꼈기 때문이었는지도 몰라도 서평을 가아프에게 보내고 싶은 충동을 억누르지 못했다.

제니는 자기가 늘 뉴햄프셔의 정치에 '얽혀 들어간다'는 편지를 보냈다.

"뉴햄프셔 주지사 선거 때문에 우린 시간을 몽땅 빼앗기고 있어요." 로버타 멀둔이 편지를 썼다.

어떤 여권주의 문제가 분명히 걸려 있었고, 현직 주지사 쪽에서 한심하게도 자랑거리로 살았던 몇 가지 가당치 않은 궤변과 범죄적인 측면도 역시 문제였다. 당국에서는 열네 살 난 소녀가 강간을 당했지만 유산을 허락하지 않음으로써 전국적인 퇴폐 풍조를 저지했다고 자랑했다. 주지사는 정말로 잘난 체하는 복고주의적 멍청이였다. 다른 문제들도 대두되었지만, 보아하니 뉴햄프셔의 주지사가 보기에는 가난한 자들에게는 그들의 가난한 상태가 마땅한 처벌이며, 하느님이 내린 정당하고도 도덕적인 심판이기 때문에 연방정부나 주에서 도와주면 안 된다고 믿는 것 같았다. 현직 주지사는 흉악하고도 교활했는데, 뉴욕의 이혼녀 '떼거리'들 때문에 뉴햄프셔가 희생당할 위험에 처했다고 그가 성공적으로 자극한 공포감이 훌륭한 본보기였다.

전해진 얘기에 의하면 뉴욕에서 이혼한 여자들이 떼를 지어 뉴햄프셔로 이동중이라고 했다. 그들의 목적은, 뉴햄프셔 여자들을 레즈비언으로 만들거나, 영 뜻대로 일이 안 돌아가면 적어도 이곳 여자들로 하여금 뉴햄프셔 남편들 모르게 부정을 범하도록 부추길 눈치였고, 그들의 목적 중에는 뉴햄프셔의 남편들이나 뉴햄프셔의 고등

학교 남학생들을 유혹하는 행위도 포함되었다. 뉴욕 이혼녀들은 보아하니 상대를 가리지 않고 널리 행해지는 난잡한 성행위와, 사회주의와, 부양비와, 뉴햄프셔 언론 매체에서 수상하게 '여성 군거(群居)'라고 일컫는 현상을 대변했다.

이른바 '여성 군거'의 중심지들 가운데 하나는 물론 개머리 항구, '과격한 여권주의자 제니 필즈의 소굴'이었다.

또한 '이런 개방주의자들 사이에서는 당연한 문제로 알려진' 성병도 널리 번지는 중이라고 주지사는 말했다. 그는 기막힌 거짓말쟁이였다. 사랑을 많이 받는 이 바보와 맞서서 주지사 후보로 출마한 사람은 여자임이 분명했다. 제니와 로버타, 그리고 (제니의 편지에 따르면) '뉴욕 이혼녀 떼거리들'이 그 여자를 위해 유세를 벌이는 중이었다.

어쩌다보니 전국에 배포되는 하나뿐인 뉴햄프셔 주의 신문에서는 가아프의 '퇴폐적인' 소설을 '새로운 여권주의 성서'라고 칭했다.

'우리 시대에서 도덕의 몰락과 섹스의 위험에 바치는 과격한 송가'라고 서해안의 어느 평론가가 썼다.

'방향을 잃고 헤매는 우리 시대의 폭력과 섹스의 투쟁에 대한 뼈아픈 항의'라고 다른 지방의 어느 신문이 평했다.

좋아하건 싫어하건 간에, 이 소설은 대부분 사람들에게 '새로운 화젯거리'였다. 소설이 성공을 거두기 위한 한 가지 방법은 그 소설이 어떤 사람과 관련된 새로운 화젯거리와 비슷하다는 사실을 부각시키는 것이다. 『벤젠하버가 본 세상』이 바로 그런 경우여서, 뉴햄프셔의 멍청한 주지사나 마찬가지로 가아프의 책은 화젯거리가 되었다.

"뉴햄프셔는 졸렬한 정치가 판치는 미개한 주예요." 가아프는 어머니에게 편지를 썼다. "제발 그런 데 얽혀들지 마세요."

"넌 늘 그런 소리만 하지." 제니가 편지했다. "집으로 돌아올 때쯤이면 너도 유명해질 거야. 어디 그러면 너는 얽혀들지 않나 봐야 되겠구나."

"그럼 두고 보세요." 가아프가 편지했다. "그런 것쯤이야 식은 죽 먹기죠."

대서양을 건너 오고가는 편지 때문에 정신이 팔려 일시적으로 가아프는 음침하고도 치명적인 물밑 두꺼비를 의식하지 못했지만, 이제 헬렌은 자기도 그 괴수의 존재를 인식하게 되었다고 말했다.

"우리집으로 가." 그녀가 말했다. "그만하면 재미있게 지냈잖아."

그들은 존 울프에게서 전보를 받았다. "거기 그냥 눌러 있어요." 전보의 내용이었다. "사람들이 떼를 지어 몰려들어 당신 책을 사니까요."

로버타는 가아프에게 티셔츠를 한 벌 보냈다.

뉴욕 이혼녀들은
뉴햄프셔에 도움이 된다.

라고 티셔츠에 적혔다.

"맙소사." 가아프는 헬렌에게 말했다. "귀국을 하더라도 이 어처구니없는 선거가 끝날 때까지는 기다려야 되겠어."

그리하여 그는 다행히도 어지러운 대중 잡지에 실린 『벤젠하버가 본 세상』에 관한 「여권주의에 입각한 반박문」을 읽지 못했다. 비평가는 '여자란 주로 구멍으로 이루어진 물체이고 사냥하는 남자들에게 마땅히 잡아 먹혀야 한다는 남녀 차별주의 관념을 끈질기게 옹호한다. (……) T. S. 가아프는 훌륭한 남자란 가족의 경호원이고, 훌륭한 여자는 절대로 다른 남자에게 그녀의 실질적이거나 상징적인 문으로 누가 들어오도록 거리낌없이 용납해서는 안 된다는 한심한 남성 신화를 계속 이끌어나간다'고 썼다.

심지어는 제니 필즈까지도 아들이 쓴 소설에 대한 '서평'을 써달라는 설득에 넘어갔는데, 가아프가 이것을 전혀 보지 못했다는 것도 다행한 일이었다. 제니는 가장 심각한 주제를 다루었기 때문에 그것이 아들의 작품들 가운데 대표작이기는 하지만 '반복되는 남자의 강박관념들 때문에 망쳐 여성 독자들에게는 따분할지도 모르는' 소설이라고 말했다. 하지만 아들은 아직도 젊고 앞으로 틀림없이 발전만을 계속할 훌륭한 작가라고 제니가 말했다. '마음은 올바르게 박혔으니까요.' 그녀는 덧붙여 말했다.

만일 그 서평을 읽었더라면 가아프는 비엔나에 훨씬 더 오래 머물렀을지도 모른다. 하지만 그들은 떠날 차비를 했다. 늘 그렇듯이 불안감이 가아프의 계획을 재촉했다. 어느 날 밤 던컨은 날이 저물기 전에 공원에서 돌아오지를 않았고, 그를 찾으러 밖으로 달려나가며 가아프는 헬렌을 뒤돌아보고 이것이 마지막 암시 같으니까 가능한 한 빨리 떠나야 되겠다고 소리를 질렀다. 일반적으로 도시생활은 가아프로 하여금 던컨 때문에 너무 걱정하게 만들었다.

가아프는 프린츠-오이겐-슈트라세를 따라 슈바르첸베르크플라츠의 러시아 전쟁 기념관을 향해 달려갔다. 근처에는 풀빵 가게가 있었는데, 저녁 때 밥맛이 떨어진다고 가아프가 자꾸 먹지 말라고 해도 던컨은 풀빵을 좋아했다. "던컨!" 그는 뛰어가며 소리쳐 불렀고, 둔탁한 석조 건물에 부딪혀 다시 튀어오는 그의 목소리는 물밑 두꺼비의 우억거리는 함성처럼 들렸고, 더럽고도 우둔한 괴물의 존재를 그는 끈끈한 숨결처럼 가깝게 느꼈다.

하지만 던컨은 풀빵 가게에서 기분좋게 그릴파르처 토르테를 우물우물 먹고 있었다.

"날이 점점 더 빨리 저물어요." 그가 투덜거렸다. "난 별로 늦지 않았어요."

가아프는 그렇다고 시인할 수밖에 없었다. 그들은 함께 집으로 걸어갔다. 물밑 두꺼비는 좁고 컴컴한 길거리로 올라가 사라졌거나, 던 컨에게 관심이 없는 모양이라고 가아프는 생각했다. 그는 파도가 발목을 감쳐 끌어당기는 기분을 상상했지만, 그런 기분도 곧 사라졌다.

전화 소리, 해묵은 경보의 외침, 경계 근무를 서다가 칼에 찔려 놀라 비명을 지르는 무사, 그 소리에 그들이 사는 하숙집이 놀랐고, 여주인은 벌벌 떨며 유령처럼 그들의 방으로 찾아왔다.

"Bitte, bitte(어서요, 어서요—옮긴이)." 그녀는 애원을 하며 왔다. 그녀는 흥분해서 약간 떨며 미국에서 온 전화라고 전했다.

새벽 두시경이었고, 난방이 꺼져 가아프는 떨며 노부인을 따라 하숙집 복도를 내려갔다. "복도의 융단은 얇았고 그림자 빛깔이었다." 그는 회고했다. 그는 여러 해 전에 그런 글을 썼다. 그리고 그는 나머지 주인공들, 헝가리 가수와, 손으로만 걸어다니는 남자와, 불안한 곰을, 그가 상상했던 슬픈 죽음의 곡예단 단원들을 찾아보았다. 하지만 그들은 없었고, 구부러진 허리를 지나치게 교정하려는 듯 부자연스럽게 꼿꼿하고 빈틈없는 자세로 그를 안내하는 노부인의 호리호리하고 꼿꼿한 모습뿐이었다. 벽에는 스피드 스케이팅 선수단의 사진들도 없었고, WC 문간에 세워놓은 외바퀴 자전거도 보이지 않았다. 층계를 내려가 포위당한 도시에 서둘러 세운 수술실처럼 천장에 썰렁한 전등을 달아놓은 방으로 들어간 가아프는 죽음의 천사를 따라온 기분이었고, 전화의 수화기에서 늪지대의 냄새가 나자 그는 여주인이 물밑 두꺼비가 태어나도록 돕는 산파라고 생각했다.

"여보세요?" 그가 나지막이 말했다.

그리고 로버타 멀둔의 목소리를 듣고 잠깐 마음이 놓였는데 또다시 버림을 받은 모양이라고, 별일 아니리라고 그는 생각했다. 아니면 뉴햄프셔 주지사 선거의 최근 소식일지도 모르고. 가아프는 궁금해하는 여주인의 늙은 얼굴을 올려다보았고, 그녀가 틀니를 끼우지 않았음을 깨달았는데, 두 뺨은 입 안으로 빨려 들어갔고 흐물흐물한 살이 턱 밑으로 축 늘어져 얼굴 전체가 해골처럼 맥이 풀렸다. 방에서는 두꺼비 냄새가 났다.

"당신이 이걸 신문을 보고서야 알게 되기를 원하지 않아요." 로버타가 말했다. "그곳에서 텔레비전에 나올지 어쩔지 난 확실히 알 수가 없어요. 신문도 그렇고요. 난 그저 당신이 그런 식으로 알게 되길 바라지 않아요."

"누가 이겼죠?" 전화가 뉴햄프셔의 신임 주지사나 물러날 주지사와는 별로 관계가 없음을 알면서도 가아프가 경쾌하게 물었다.

"총을 맞았어요. 당신 어머님이 말예요." 로버타가 말했다. "놈들이 죽였어요, 가아프. 망할 자식이 사슴 사냥총으로 어머님을 쐈어요."

"누가요?" 가아프가 나지막이 말했다.

"남자예요!" 로버타가 울부짖었다. '남자,' 그것은 그녀가 사용하는 어휘들 중에서 가장 나쁜 말이었다. "여자들을 증오하는 남자요." 로버타가 흐느껴 울었다. "사냥철이었고, 어쨌든 사냥철이 다 되었으니까 엽총을 든 사람을 아무도 수상하게 생각하질 않았어요. 그 남자가 어머님을 쏘았어요."

"돌아가셨어요?" 가아프가 말했다.

"쓰러지기에 내가 어머님을 붙잡았어요." 로버타가 소리쳤다. "어머님은 땅바닥으로 쓰러지지는 않았어요, 가아프. 아무 말씀도 안 하셨죠. 무슨 일이 벌어졌는지도 어머님은 전혀 모르셨어요, 가아프.

238

확실해요."

"남자는 잡았어요?" 가아프가 물었다.

"누가 그 남자를 쐈는지, 자신이 스스로 쐈든지 했어요." 로버타가
말했다.

"죽었나요?" 가아프가 말했다.

"그래요, 망할 자식." 로버타가 말했다. "그놈도 죽었어요."

"당신 혼자예요, 로버타?" 가아프가 물었다.

"아뇨." 로버타가 흐느껴 울었다. "여긴 사람이 많아요. 우린 당신
집에 와 있어요." 가아프는 그들의 지도자가 살해되어 개머리 항구
에 모여 통곡하는 모든 여자들의 모습이 눈에 선했다.

"어머님은 유해를 의과대학에 증정하기를 원하셨어요." 가아프가
말했다. "로버타?"

"듣고 있어요." 로버타가 말했다. "너무나 끔찍한 일예요."

"그게 어머님이 원하시던 바예요." 가아프가 말했다.

"나도 알아요." 로버타가 말했다. "당신도 귀국하셔야 되겠어요."

"당장 가겠어요." 가아프가 말했다.

"우린 어떻게 해야 할지 모르겠어요." 로버타가 말했다.

"할 일이 뭐가 있겠어요." 가아프가 말했다. "할 일은 아무것도 없
어요."

"뭔가 할 일이 틀림없이 있을 거예요." 로버타가 말했다. "하지만
어머니는 장례식은 절대로 원하지 않는다고 그러셨어요."

"그야 물론이죠." 가아프가 말했다. "어머니는 유해를 의과대학에
증정하시기를 원했으니까. 그건 당신이 알아서 처리해요, 로버타. 그
게 어머니가 원하던 바였으니까요."

"하지만 뭔가 할 일이 있을 거예요." 로버타가 항의했다. "종교적
인 의식은 아니더라도 뭔가 해야죠."

"내가 도착할 때까지는 아무 일도 벌이지 말아요." 가아프가 그녀에게 말했다.

"사람들이 야단예요." 로버타가 말했다. "시위를 벌이거나 뭐 그럴 기세예요."

"어머니에게는 가족이 나 한 사람뿐예요, 로버타." 가아프가 말했다. "사람들에게 그 얘기를 해요."

"어머님은, 아시겠지만, 우리들 많은 사람들에게 큰 의미를 지니신 분이셨어요." 로버타가 날카롭게 말했다.

그래, 그래서 목숨까지 잃었어! 가아프는 생각했지만, 아무 말도 하지 않았다.

"난 어머님을 보살펴드리려고 애를 썼어요!" 로버타가 소리쳤다. "난 주차장으로 들어가지 마시라고 말씀드렸어요."

"어느 누구의 탓도 아니에요, 로버타." 가아프가 부드럽게 말했다.

"당신은 누군가 잘못했다고 생각하죠, 가아프." 로버타가 말했다. "당신은 항상 그래요."

"제발, 로버타." 가아프가 말했다. "당신은 나에게 가장 가까운 친구예요."

"누구 탓인지를 내가 얘기하죠." 로버타가 말했다. "그건 남자들 탓예요, 가아프. 추악하고도 살인적인 남자들의 섹스 때문이라구요! 기분이 내키는 대로 우리들한테 섭을 못 하면, 그러면 당신들은 우리들을 온갖 방법으로 죽여요!"

"난 안 그래요, 로버타, 제발." 가아프가 말했다.

"당신도 마찬가지예요." 로버타가 힘없이 말했다. "어떤 남자도 여자의 친구는 될 수가 없어요."

"난 당신 친구예요, 로버타." 가아프가 말했고, 로버타는 깊은 호수에 내리는 비처럼 가아프의 마음을 푸근하게 해주는 목소리로 얼마 동안 울었다.

"너무 미안해요." 로버타가 속삭였다. "총을 든 남자를 내가 일 초만 빨리 보았더라도 난 총알을 몸으로 막았을 거예요. 내가 그랬으리라는 건 당신도 알아요."

"그랬으리라는 건 나도 알아요, 로버타." 자기라면 그랬을까 궁금하게 생각하며 가아프가 말했다. 그는 물론 어머니에 대한 사랑을, 그리고 지금은 뼈아픈 상실감을 느꼈다. 하지만 그는 같은 여자들 중에서 제니 필즈를 따르던 추종자들처럼 그런 헌신적인 마음을 어머니에 대해서 느꼈던 적이 한 번이라도 있었을까?

그는 밤늦게 전화가 와서 미안하다고 여주인에게 사과했다. 어머니가 돌아가셨다고 그가 설명했더니 노부인은 성호를 그었고, 움푹 들어간 두 뺨과 이빨이 하나도 없는 잇몸은 말이 없었어도 가족들의 죽음을 그녀가 많이 보아왔음을 뚜렷하게 증명했다.

헬렌이 가장 오래 울었고, 그녀는 제니의 이름을 딴 어린 제니 가아프를 품에서 내려놓으려고 하지를 않았다. 던컨과 가아프는 신문들을 찾아보았지만 텔레비전이라는 기적 이외에는 뉴스가 오스트리아까지 다다르려면 하루가 걸릴 터였다.

가아프는 하숙집 여주인의 텔레비전으로 어머니가 살해당하는 광경을 보았다.

뉴햄프셔의 상가 광장에서 무슨 선거 유세 소동이 벌어졌다. 뒤쪽에 깔린 풍경은 어렴풋하게나마 해안선을 연상시켰고, 가아프는 그곳이 개머리 항구에서 몇 킬로미터 떨어진 광장임을 알았다.

현직 주지사는 하나같이 변함 없는 멍청하고도 거지 같은 것들을 지지했다. 주지사와 대결하는 여자 입후보는 교육을 많이 받고, 이상주의자이고, 상냥해 보였고, 주지사가 지지하는 바로 그 변함 없는 멍청하고도 거지 같은 것들에 대한 분노를 자제할 능력이 거의 없는 듯싶었다.

상가 광장의 주차장은 픽업 트럭들이 빙 둘러쌌다. 픽업들은 사냥용 코트와 모자 차림의 남자들을 잔뜩 실었는데, 분명히 그들은 뉴욕 이혼녀들이 뉴햄프셔에서 장악한 세력에 반발하는 뉴햄프셔 지역 세력을 대변했다.

주지사와 대결하는 멋진 여자도 역시 뉴욕 이혼녀의 한 부류였다. 그녀가 뉴햄프셔에서 십오 년 동안이나 살았고, 그녀의 아이들이 이곳 학교를 다녔다는 사실을 현직 주지사와 픽업 트럭을 탄 채로 주차장을 에워싼 그의 지지자들은 인정하려고 하지 않았다.

팻말이 많았고, 야유 소리가 끊임없었다.

운동복 차림의 고등학교 미식축구 팀도 나와서 덜거덕거리는 스파이크 신발을 신고 주차장의 시멘트 바닥을 달렸다. 여자 입후보자의 한 아이가 그 팀의 소속이었고, 그는 어머니에게 투표하는 것도 완전히 남자다운 행동임을 뉴햄프셔 사람들에게 과시하겠다는 마음에서 축구 선수들을 주차장에 집결시켰다.

픽업 트럭을 탄 사냥꾼들의 견해로는 여자에게 투표한다면 그것은 동성애, 사회주의, 이혼 생활비, 그리고 뉴욕을 지지하는 행위였다. 텔레비전 방송을 보던 가아프는 그런 행위들이 뉴햄프셔에서는 용납되지 않는다는 인상을 받았다.

가아프와 헬렌과 던컨, 그리고 아기 제니는 비엔나의 하숙에 앉아 제니 필즈의 살해 장면을 구경할 참이었다. 당황한 늙은 여주인은 그들에게 커피와 작은 케이크를 내놓았지만, 조금이나마 먹은 사람이라고는 던컨뿐이었다.

그러자 주차장에 집결한 사람들에게 제니 필즈가 얘기를 할 차례였다. 그녀는 픽업 트럭의 뒤쪽에서 얘기했는데, 로버타 멀둔이 그녀를 뒷문으로 들어올리고는 제니를 위해 확성기를 조절했다. 가아프

242

의 어머니는 픽업 트럭에 타니까, 특히 로버타의 옆에 서니까 너무
나 작아 보였지만, 제니의 제복이 너무나 희었기 때문에 환하고 뚜
렷하게 우뚝 드러났다.

"나는 제니 필즈입니다." 그녀가 말하자 어떤 사람들은 휘파람을
불거나 야유를 퍼부었다. 주차장을 에워싼 픽업 트럭들이 요란하게
경적을 울렸다. 경찰은 픽업 트럭들더러 계속 운전해서 가라고 했지
만 그들은 가다가는 다시 돌아오고, 그리고는 또 이동했다. "여러분
은 대부분 내가 누구인지 압니다." 제니 필즈가 말했다. 야유와, 환호
성과, 경적 소리가 또다시 터져나왔고 바닷가에서 무너지는 파도처
럼, 결론을 내리듯, 날카로운 단 한 발의 총성.

어디서 울린 총성인지는 아무도 몰랐다. 로버타 멀둔은 가아프의
어머니를 두 팔로 잡았다. 제니의 하얀 제복에는 작고 시커멓게 흙
탕물이 튄 것 같은 얼룩이 나타났다. 그러자 로버타는 제니를 두 팔
로 안고 뒷문에서 뛰어내리더니 흩어지는 군중을 헤치고 힘든 첫번
째 다운을 하려고 공을 들고 달리는 노련한 타이트 엔드처럼 달려
나갔다. 모인 사람들이 비켜났고, 제니의 제복은 로버타의 품안에 거
의 푹 파묻혔다. 경찰차가 한 대 로버타에게로 마주 나아갔고, 서로
가까이 접근하자 로버타는 제니 필즈의 시체를 경찰차로 내밀었다.
잠깐 동안 가아프는 꼼짝도 않는 어머니의 하얀 제복이 군중들의 머
리 위로 들려 올라가고, 경찰관들이 그녀와 로버타를 차로 부축해서
태우는 모습을 보았다.

차는 그야말로 쏜살같이 달아났다. 에워싼 픽업 트럭들과 경찰차
몇 대 사이에서 벌어지는 듯한 총격전을 잡으려고 카메라가 우왕좌
왕했다. 나중에는 기름처럼 보이는 시커먼 웅덩이에 사냥 외투 차림
으로 쓰러져 꼼짝도 않는 남자의 시체가 나왔다. 그리고 그후에는
기자가 '사슴 사냥총'이라고만 밝힌 클로즈업이 나왔다.

사슴 사냥철이 아직 공식적으로 시작되지 않았다고 기자가 지적했다.

텔레비전 방송은 나체 장면이 없었다는 사실 이외에는 처음부터 끝까지 사건을 저질 통속소설처럼 다루었다.

가아프는 뉴스를 보게 해줘서 고맙다고 여주인에게 감사했다. 두 시간도 안 되어서 그들은 프랑크푸르트에 도착해서 뉴욕으로 가는 비행기로 갈아 탔다. 물밑 두꺼비는 그들과 함께 비행기를 타지 않았고, 비행기를 그토록 무서워하던 헬렌도 물밑 두꺼비를 의식하지 못했다. 당분간 물밑 두꺼비는 다른 곳으로 갔음을 그들은 알았다.

대서양 어딘가를 건너던 무렵 가아프가 생각하던 사실이라고는 어머니가 어떤 적절한 '유언'을 했다는 점이었다. 제니 필즈는 '여러분은 대부분 내가 누구인지 압니다' 하는 말로 인생을 끝냈다. 비행기에서 가아프는 그 구절을 시험 삼아 말해보았다.

"여러분은 대부분 내가 누구인지 압니다." 그는 나지막이 말했다. 던컨은 잠이 들었지만 헬렌은 그 말을 들었고, 통로를 가로질러 가아프의 손을 잡았다.

해발 수천 피트 상공에서, 폭력의 나라에서 그를 유명하게 만들어 주기 위해 태우고 가는 비행기 속에서, T. S. 가아프는 울었다.

17

최초의 여권주의자 장례식, 그리고 다른 장례식들

T. S. 가아프는 이렇게 썼다. "월트가 죽은 이후로 내 삶은 항상 에 필로그처럼만 느껴졌다."

제니 필즈가 죽었을 때, 가아프는 세월이 계획에 따라 흐른다는 의식을, 더욱 당혹감이 깊어지는 기분을 틀림없이 느꼈으리라. 하지만 그 계획이란 무엇이었을까?

가아프는 뉴욕 존 울프의 사무실에 앉아 어머니의 죽음을 둘러싼 과도한 계획들을 이해하려고 애를 썼다.

"난 장례식을 허락하지 않았어요." 가아프가 말했다. "어떻게 장례식이 열린단 말예요? 영구(靈柩)는 어디 있나요, 로버타?"

로버타 멀둔은 어머님이 원했던 곳으로 가셨다고 참을성 있게 설명했다. 문제는 영구가 아니라고 그녀는 말했다. 그저 무슨 추모식이 열릴 뿐이니까, 그것을 '장례식'이라고는 생각하지 않는 편이 좋으리라는 얘기였다.

신문들은 이것이 뉴욕에서 열리는 최초의 여권주의자 장례식이라고 보도했다.

경찰은 폭동이 예상된다고 했다.

"최초의 여권주의자 장례식요?" 가아프가 말했다.

"어머님은 너무나 많은 여자들에게 너무나 소중한 분이었어요." 로버타가 말했다. "화는 내지 말아요. 당신이 어머님을 소유한 건 아니니까요."

존 울프는 두리번거리기만 했다.

던컨 가아프는 맨해튼 위로 40층을 솟은 존 울프의 사무실에서 창 밖을 내다보았다. 던컨은 아마도 방금 내린 비행기를 아직도 타고 있는 듯한 기분을 약간 느꼈으리라.

헬렌은 다른 사무실에서 전화를 거는 중이었다. 그녀는 정다운 옛 고향에 사는 아버지와 통화를 하려고 애썼으며, 뉴욕에서 출발하는 그들의 비행기가 보스턴에 도착할 때 어니가 마중을 나와주기를 바랐다.

"좋습니다." 어린 아기 제니 가아프를 무릎에 앉히고 가아프가 천천히 말했다. "좋아요. 내가 이걸 좋아하지 않는다는 건 당신도 알지만, 로버타, 난 가겠어요."

"당신이 가겠다고요?" 존 울프가 말했다.

"아니에요!" 로버타가 말했다. "내 얘긴, 꼭 가실 필요는 없다는 거예요." 그녀가 말했다.

"나도 알아요." 가아프가 말했다. "하지만 당신 말이 맞아요. 어머니는 어쩌면 그런 걸 좋아했을지도 모르고, 그러니까 난 가겠어요. 무슨 일이 벌어질까요?"

"연설을 잔뜩 하겠죠." 로버타가 말했다. "당신은 가고 싶지 않을 텐데요."

"그리고 어머님의 책을 사람들이 읽게 되죠." 존 울프가 말했다. "몇 부 우리가 증정했어요."

"하지만 당신은 가고 싶지 않을 거예요." 로버타가 초조하게 말했다. "제발 가지 말아요."

"난 가고 싶어요." 가아프가 말했다. "멍청한 것들이 어머니에 관해서 무슨 얘기를 하든지 간에 난 야유를 하거나 투덜거리지 않겠다고 약속하겠어요. 혹시 흥미 있는 사람이 참석한다면 나도 읽어주고 싶은 어머니의 글이 있기는 해요." 그가 말했다. "어머니를 여권주의자라고 남들이 부르는 데 대해서 당신이 쓴 글을 읽어봤나요?" 로버타와 존 울프는 놀라서 잿빛 얼굴로 서로 쳐다보았다. "어머니는 이렇게 말씀하셨죠. '남자들에 대한 내 감정이나 내가 쓰는 글을 일컫는 표현으로서는 난 그런 딱지가 붙는 걸 싫어하고, 그 명칭도 싫어한다.'"

"난 당신하고 말다툼을 벌이고 싶지는 않아요, 가아프." 로버타가 말했다. "지금은 말예요. 어머님이 다른 말들도 했다는 건 당신도 잘 알죠. 어머니가 그런 명칭을 좋아했건 안 좋아했건 간에 어머님은 여권주의자였어요. 어머니는 여자들이 당하는 모든 부당한 일들을 지적하신 분이었고, 여자들로 하여금 스스로 살아가고 스스로 선택을 하게끔 해주신 분예요."

"그래요?" 가아프가 말했다. "그러면 어머니는 여자들에게 일어나는 모든 일은 그들이 여자이기 때문에 일어났다고 믿으셨나요?"

"바보가 아니고서는 그걸 믿지 않겠죠, 가아프." 로버타가 말했다. "당신은 우리 모두가 엘렌 제임스파인 것처럼 얘기를 하는군요."

"두 사람 다 제발 그만 해요." 존 울프가 말했다.

제니 가아프가 잠깐 꽥꽥거리더니 가아프의 무릎을 찰싹 때렸고, 그는 무르팍에 놓았던 생물체를 잊었었다는 듯 깜짝 놀라 딸을 쳐다보았다.

"왜 그러냐?" 그가 딸에게 물었다. 하지만 아기는 다시 잠잠해지더니 존 울프의 사무실이라는 풍경 속에서 나머지 사람들에게는 보이지 않는 어떤 무늬를 쳐다보았다.

"그 떠벌석 행사는 몇시에 벌어지죠?" 가아프가 로버타에게 물었다.

"오후 다섯시요." 로버타가 말했다.

"내 생각에는 뉴욕의 비서들 가운데 절반이 한 시간 일찍 퇴근할 수 있도록 그 시간을 택했다고 생각해요." 존 울프가 말했다.

"뉴욕에서 직장에 다니는 모든 여자들이 비서는 아니에요." 로버타가 말했다.

"네시와 다섯시 사이에 자리를 비우면 당장 눈에 띄는 건 비서들뿐이죠." 존 울프가 말했다.

"맙소사." 가아프가 말했다.

헬렌이 들어오더니 아버지와 통화를 못 했다고 말했다.

"레슬링 연습장에 계실 텐데." 가아프가 말했다.

"아직 레슬링 철은 시작이 안 됐어." 헬렌이 말했다. 가아프는 시계의 날짜를 보았는데, 마지막으로 비엔나에서 맞췄기 때문에 미국과는 몇 시간 차이가 났다. 하지만 스티어링에서는 추수감사절이 지난 다음에야 레슬링이 정식으로 시작된다는 사실을 가아프는 알았다. 헬렌의 말이 맞았다.

"체육관 사무실로 전화를 걸었더니 아버지가 집에 계시다고 그랬어." 헬렌이 가아프에게 말했다. "그래서 집으로 전화를 걸었는데, 받질 않아."

"공항에서 차를 한 대 빌리기로 하지." 가아프가 말했다. "그리고 어쨌든 우린 밤까지는 떠나지도 못해. 난 이 거지 같은 장례식에 가야 하니까."

"아니에요, 당신은 갈 필요 없어요." 로버타가 고집했다.

"사실은 말이지." 헬렌이 말했다. "당신은 가면 안 돼."

로버타와 존 울프는 또다시 놀라서 잿빛 표정을 지었고, 가아프는 그냥 영문을 모르는 듯 어리벙벙했다.

"내가 못 간다니, 그게 무슨 소리야?" 그가 물었다.

"이건 여권주의자의 장례식이야." 헬렌이 말했다. "당신 신문 기사를 읽어봤어, 아니면 제목만 보고 말았어?"

가아프는 트집을 잡는 표정으로 로버타 멀둔을 쳐다보았지만 그녀는 창 밖을 내다보는 던컨을 쳐다보았다. 던컨은 망원경을 꺼내 맨해튼을 살펴보는 중이었다.

"당신은 못 가요, 가아프." 로버타가 시인했다. "그건 정말예요. 정말 너무 화를 낼까봐 당신한테는 내가 얘길 안 했어요. 어쨌든 난 당신이 가고 싶어하지 않으리라고 생각했으니까요."

"난 허락이 안 된다는 얘긴가요?" 가아프가 말했다.

"이건 여자들을 위한 장례식예요." 로버타가 말했다. "여자들이 어머님을 사랑했고, 어머님의 죽음은 여자들이 애도하게 됩니다. 그게 우리들이 원하는 바예요."

가아프는 로버타 멀둔에게 눈을 부라렸다. "나도 어머니를 사랑했어요." 그가 말했다. "어머니에게는 자식이 나 하나뿐이었어요. 내가 남자이기 때문에 그 떠벌석 행사에 못 간다는 얘긴가요?"

"떠벌석 행사라는 소린 하지 말았으면 좋겠군요." 로버타가 말했다.

"떠벌석이 뭐예요?" 던컨이 물었다.

제니 가아프가 또다시 꽥꽥거렸지만 가아프는 듣지 못했다. 헬렌이 그에게서 아기를 받았다.

"그럼 어머니의 장례식에는 남자가 한 사람도 용납되지 않는다는 말예요?" 가아프가 로버타에게 물었다.

"아까 말씀드렸지만, 꼭 장례식이라고 하기는 어려워요." 로버타가 말했다. "그건 차라리 대집회나 마찬가지여서, 일종의 경건한 시위죠."

"난 가겠어요, 로버타." 가아프가 말했다. "당신들이 그걸 뭐라고 부르건 난 상관없어요."

"맙소사." 헬렌이 말했다. 그녀는 아기 제니를 데리고 사무실에서 나갔다. "난 아버지한테 다시 전화나 해봐야 되겠어." 그녀가 말했다.

"팔이 하나뿐인 사람이 보여요." 던컨이 말했다.

"제발 가지 말아요, 가아프." 로버타가 부드럽게 말했다.

"그 말이 맞아요." 존 울프가 말했다. "나도 가고 싶었어요. 어쨌든 난 어머님의 편집자였으니까요. 하지만 그들 뜻대로 하게 내버려 둬요, 가아프. 내 생각엔 제니도 그 착상을 좋아했을 듯싶어요."

"난 어머니가 무엇을 좋아했는지는 관심 없어요." 가아프가 말했다.

"아마 그 말이 맞을지도 모르죠." 로버타가 말했다. "그것이 당신은 그곳에 가서는 안 될 또 하나의 이유예요."

"여성운동을 하는 어떤 사람들이 당신의 책에 대해서 무슨 반응을 보였는지를 당신은 몰라요, 가아프." 존 울프가 그에게 충고했다.

로버타 멀둔은 눈알을 굴렸다. 어머니의 명성과 여성운동을 업고 가아프가 득을 본다는 비난은 전부터 듣던 얘기였다. 로버타는 제니가 암살을 당하자 존 울프가 재빨리 마련한 『벤젠하버가 본 세상』의 광고를 보았었다. 광고는 아들을 잃었고 '이제는 어머니까지도 잃은' 불쌍한 작가라는 병적인 인식을 전달했고, 가아프의 책은 그 비극에서도 득을 보려는 듯한 인상이었다.

존 울프까지도 후회했던 그 광고를 가아프가 전혀 보지 못했다는 것은 다행한 일이었다.

『벤젠하버가 본 세상』은 팔리고, 또 팔렸다. 여러 해에 걸쳐 이 책은 논란의 대상이 되고, 여러 대학에서 교재로 채택이 된다. 다행히도 가아프의 다른 책들도, 산발적으로나마 대학에서 교재로 채택되었다. 어느 과목에서는 제니의 자서전과 더불어 가아프의 세 소설과, 스튜어트 퍼시의 『에버레트 스티어링 아카데미의 역사』를 가르쳤다. 그 과목의 목적은 보아하니 '진실되다'고 여겨지는 책들을 섭렵하여 가아프의 '삶'에 관한 전부를 알아내려는 것이었다.

가아프가 이 과목에 관해서도 전혀 몰랐다는 것도 다행한 일이었다.

"다리가 하나뿐인 사람이 보여요." 몇 년이 걸릴 일이겠지만 모든 불구자와 병신들을 맨해튼의 길거리와 창문들에서 찾아내려고 하며 던컨 가아프가 말했다.

"제발 그만 해라, 던컨." 가아프가 말했다.

"정말 꼭 가고 싶다면 말예요, 가아프." 로버타 멀둔이 그에게 속삭였다. "변장이라도 하고 들어가야 할 거예요."

"남자가 들어가기가 그토록 힘이 든다면, 당신도 문에서 염색체 검사를 받지 않기나 바라는 게 좋겠네요." 가아프가 로버타에게 쏘아붙였다. 뺨이라도 맞은 듯 로버타가 움찔하는 모습을 보자 가아프는 공연히 그런 말을 했다고 당장 후회하고 그녀의 큼직한 두 손을 꼭 잡아주었고, 결국은 그녀가 손을 마주 꼭 쥐는 것을 느꼈다. "미안해요." 그가 나지막이 말했다. "만일 변장을 하고 들어가야 한다면, 내가 옷을 입을 때 당신이 도와주면 되니까 다행예요. 내 얘긴, 당신은 그 방면엔 이력이 났잖아요, 안 그래요?"

"그래요." 로버타가 말했다.

"이건 한심한 짓예요." 존 울프가 말했다.

"만일 여자들 가운데 몇 명이 당신을 알아보면 사지를 찢어놓겠다고 덤빌 거예요." 로버타가 가아프에게 말했다. "아무리 잘 봐준다고 해도 어쨌든 당신을 들어가게 그냥 놔두지는 않겠죠."

헬렌은 엉덩이에 매달려 빽빽거리는 제니 가아프를 데리고 사무실로 돌아왔다.

"밧저 학생감하고 통화를 했어." 그녀는 가아프에게 말했다. "난 학생감더러 아버지한테 연락을 해달라고 부탁했어. 어디로도 연락이 안 닿다니, 아버지답질 않아."

가아프는 머리를 저었다.

"이제는 그냥 공항으로 가는 수밖에 없어." 헬렌이 그에게 말했다. "보스턴에서 차를 세내어 스티어링으로 타고 가야지. 아이들은 쉬게 해." 그녀가 말했다. "그리고 뉴욕으로 다시 달려가 무슨 대모험이라도 하고 싶다면, 그건 당신 마음대로 해."

"당신은 가." 가아프가 말했다. "난 비행기로 가서 나중에 따로 차를 세낼 테니까."

"그건 말도 안 돼." 헬렌이 말했다.

"그리고 필요 없이 돈만 들고요." 로버타가 말했다.

"난 이제 돈이 많아요." 가아프가 일그러진 미소를 존 울프에게 지으며 말했지만, 울프는 마주 미소를 짓지는 않았다.

존 울프는 헬렌과 아이들을 공항까지 데려다주겠다고 나섰다.

"외팔이가 한 사람, 외다리가 한 사람, 절름발이가 두 사람, 그리고 코가 전혀 없는 사람도 하나." 던컨이 말했다.

"넌 좀 기다렸다가 아버지가 어떤 모습이 될지 한번 봐야 하는데." 로버타가 말했다.

어머니의 추모식에 참석하려고 여자로 변장해서 통곡하는 전직 레슬러. 가아프는 자신의 모습을 상상해보았다. 그는 헬렌과 아이들, 심지어는 존 울프에게도 키스를 했다. "아버지 걱정은 하지 마." 가아프가 헬렌에게 말했다.

"그리고 가아프 걱정도 하지 말아요." 로버타가 헬렌에게 말했다. "아무도 귀찮게 굴지 않을 정도로 내가 변장을 시켜놓을 테니까요."

"난 오히려 당신이 모든 사람들에게 귀찮게 굴지 않기를 바라."

헬렌이 가아프에게 말했다. 사람이 북적대는 존 울프의 사무실에는 어느 틈엔가 또다른 여자가 한 명 나타났는데, 아무도 그녀를 수상하게 여기지는 않았지만 이 여자는 아까부터 존 울프의 시선을 끌려고 애쓰던 참이었다. 그녀는 기다렸다가 모두들 한꺼번에 침묵을 지키는 순간에 입을 열었고, 모두들 그녀를 쳐다보았다.

"울프 선생님?" 여자가 말했다. 그녀는 늙었고, 갈색에 검고 회색이었으며, 발의 통증이 죽을 정도로 심한 듯싶었으며, 전기 연결선을 굵직한 허리에다 두 바퀴나 감았다.

"왜 그래요, 질시?" 존 울프가 말했고, 가아프는 여자를 빤히 쳐다보았다. 그녀는 물론 질시 슬로퍼였고, 존 울프는 작가들이 이름을 잘 기억한다는 사실을 잊지 말았어야 했다.

"어떨지 모르겠어요." 질시가 말했다. "혹시 오늘 오후에 조퇴를 해도 된다면, 혹시 선생님이 봐주시기만 한다면, 전 장례식에 가고 싶은데요." 그녀는 턱을 내리고, 가능한 한 얘기를 적게 하려고 말을 삼가며 뻣뻣하게 어물거렸다. 그녀는 낯선 사람들이 함께 한 자리에서는 입을 열기를 싫어했고, 더구나 가아프를 알아보고는 하늘이 무너져도 그에게 소개를 받고 싶지 않았다.

"그래요, 물론 가도 좋아요." 존 울프가 재빨리 말했다. 그는 그녀나 마찬가지로 질시 슬로퍼를 가아프에게 소개하고 싶지 않았다.

"잠깐만요." 가아프가 말했다. 질시 슬로퍼와 존 울프가 얼어붙었다. "당신이 질시 슬로퍼예요?" 가아프가 물었다.

"아니에요!" 존 울프가 불쑥 말했다. 가아프는 그를 노려보았다.

"안녕하세요?" 시선을 피하며 질시가 가아프에게 말했다.

"당신도 안녕하고요?" 가아프가 말했다. 그는 이 처량한 여자가, 존 울프가 한 얘기와는 달리, 그의 책을 좋아하지 않았다는 사실을 한눈에 깨달았다.

"당신 어머니 참 안됐어요." 질시가 말했다.

"감사합니다." 가아프가 말했지만, 그는, 그들 모두는, 질시가 무엇 때문인지 화가 치밀었음을 눈치챘다.

"어머니는 당신 같은 사람 두세 명보다 나았어요!" 질시가 갑자기 가아프에게 소리쳤다. 진흙처럼 누런 그녀의 두 눈에는 눈물이 고였다. "그 여자는 당신이 쓴 끔찍한 책 네다섯 권보다 훨씬 훌륭했어요!" 그녀는 낮은 목소리로 중얼거렸다. "하느님 맙소사!" 그들 모두를 존 울프의 사무실에 남겨두고 나가며 그녀가 투덜거렸다. "하느님 맙소사, 하느님 맙소사!"

절름발이가 또 한 사람, 던컨 가아프는 생각했지만, 그는 아버지가 자기의 인원 파악에 관한 얘기를 듣고 싶어하지 않는다고 생각했다.

뉴욕 시에서 최초로 거행된 여권주의자 장례식에서 상객들은 어떻게 처신해야 좋을지 잘 몰랐다. 그것은 아마도 집회가 열린 장소가 성당이나 교회가 아니라 아무도 귀를 기울이지 않는 연설들이 메아리치던 낡은 강당, 도시 대학 단지내의 아리송한 건물이었기 때문이었는지도 모른다. 거대한 공간은 록 음악의 연주와, 가끔 유명한 시인의 낭송과, 응원 소리가 울리던 약간 음침한 분위기를 풍겼다. 하지만 이 공간은 또한 대규모의 강연회들이 열렸으며, 수백 명이 노트 필기를 했던 진지한 지식의 터전이기도 했다.

장소의 이름은 간호학교 회관이었고, 따라서 제니 필즈에게는 묘하게 들어맞는 영광된 자리였다. 가슴에 작고 빨간 심장 모양을 박은 제니 필즈 오리지널 차림의 상객들과, 간호학교 구내에서 돌아다닐 듯한 다른 이유들이 엿보였지만 호기심이나 순수한 공감 그리고 두 가지 이유 모두 때문에 잠깐 멈춰 식장을 들여다보던, 늘 변함 없는 하얀 제복 차림의 진짜 간호사들을 구별하기는 힘든 일이었다.

서로 밀리고, 조용히 웅얼거리는 엄청나게 많은 청중들 중에는 하얀 제복이 많았고, 가아프는 당장 로버타에게 잔소리를 했다. "간호사 옷차림을 하면 좋으리라고 내가 그랬잖아요." 가아프가 이를 악물고 말했다. "그랬다면 난 덜 눈에 띄었을 텐데."

"난 간호사로 변장하면 당신이 두드러지게 눈에 띄리라고 생각했어요." 로버타가 말했다. "이렇게 많을 줄이야 몰랐죠."

"이건 전국적인 유행이 되겠어요." 가아프가 투덜거렸다. "두고 보라구요." 그가 말했다. 하지만 그는 더이상 얘기를 하지 않고, 모두들 그를 쳐다보며 어쩐지 그가 남자라는 사실이나, 로버타가 그에게 경고했듯이 적어도 그의 반감을 눈치챘으리라는 기분이 들어 로버타 옆에서 야한 옷차림으로 주눅이 들어 잔뜩 몸을 도사렸다.

그들은 무대와 연단에서 겨우 세 줄 물러나 거대한 강당의 한가운데 앉았고, 바다처럼 수많은 여자들이 들어와 줄줄이 뒤에 그리고 더 뒤에 앉았고, 넓게 터진 (의자가 없는) 홀의 뒤쪽에서는 식이 거행되는 동안 계속해서 앉아 있을 만큼 관심이 많지는 않아도 그냥 경의만 표하고 싶어서 찾아온 사람들이 줄을 지어 천천히 한쪽 문으로 들어와 천천히 다른 문으로 나갔다. 그들은 자리에 앉은 수많은 청중이 마치 뚜껑을 열어놓은 제니 필즈의 관이기라도 한 듯 천천히 걸어가며 구경을 하고 지나갔다.

창백한 혈색에, 요란한 옷차림에, 부자연스러운 변장 때문에 가아프는 물론 모든 여자들이 자기를 구경하고, 자기가 뚜껑이 열린 관이라는 기분이 들었다.

억지로 오겠다고 귀찮게 굴었기 때문이거나, 아니면 염색체에 관한 잔인한 농담 때문에 아마도 보복을 하고 싶어서인지 로버타가 그에게 이런 짓을 했으리라. 로버타는 가아프에게 오렌 라스의 픽업 트럭 빛깔인 값싼 하늘색 공수부대원 낙하복을 입혔다. 낙하복에는 가아프의 목에서 사타구니까지 이어지는 지퍼가 달렸다. 가아프는 엉덩이가 별로 크지는 않았지만 젖가슴, 보다 정확히 얘기하면 로버타가 그를 위해 만들어준 가짜 유방 때문에 쉽게 젖혀지는 뚜껑이 달린 호주머니들이 팽팽하게 부풀었고, 연약한 지퍼는 옆으로 비틀렸다.

“기막힌 몸매로군요.” 로버타가 말했다.

“거지 같은 소리 말아요, 로버타.” 가아프가 이를 악물고 말했다.

큼직하고 흉악한 브래지어의 끈이 그의 어깨를 파고들었다. 하지만 그가 남자인지 여자인지 의심이 가는 듯한 표정으로 어떤 여자가 빤히 쳐다볼 때마다 그는 그냥 몸을 옆으로 돌리고 가슴을 과시했다. 그러면 어떤 의혹도 제거되리라고 그는 바랄 따름이었다.

그는 가발에 대해서는 훨씬 자신이 없었다. 헝클어지고 꿀빛깔인 창녀의 금발을 썼더니 본디 머릿가죽이 가려웠다.

목에는 예쁜 초록빛 비단 스카프를 둘렀다.

거무튀튀한 얼굴에는 병자처럼 희뿌옇게 분을 발랐는데, 그래야 거뭇거뭇한 수염 자국이 안 보이리라고 로버타가 말했다. 상당히 얄팍한 입술은 버찌 빛깔이었지만, 자꾸 그가 핥아대는 바람에 립스틱이 뭉개져 한쪽 입가로 몰렸다.

“방금 키스를 당한 꼴이로군요.” 로버타가 그를 일깨워주었다.

가아프가 추위를 느꼈어도 로버타는 어깨가 너무 벌어져 보인다고 스키 파카를 못 입게 했다. 그리고 가아프는 로버타의 설명에 따르면 립스틱과 짝을 이루는 무슨 버찌 빛깔의 비닐로 만들고 무릎까지 올라오는 높다란 장화를 신었다. 가아프는 상점 진열창에 비친 자신의 모습을 보고는 십대 창녀 같다고 로버타에게 말했다.

“늙은이 십대 창녀죠.” 로버타가 말을 바로잡았다.

“동성애를 하는 공수대원이나요.” 가아프가 말했다.

“아니에요, 당신은 여자로 보여요, 가아프.” 로버타가 그를 안심시켰다. "별로 취향이 아름답지 못한 여자이긴 하지만, 여자는 여자죠."

그래서 가아프는 간호학교 회관에 앉아 꾸물거렸다. 그는 지갑이 겨우 들어갈 정도로 작고, 동양 무늬를 새기고 우툴두툴한 대마로 엮은 우스꽝스러운 손가방의 노끈을 비비 틀었다. 터질 듯 커다랗고 어깨에 걸쳐 메는 로버타 멀둔의 가방에는 가아프의 다른 존재를, 진짜 옷을 감춰두었다.

"만다 호튼 존스예요." 미리 준비한 딱딱한 연설문을 읽느라고 쥐처럼 생긴 머리를 밑으로 숙이고 콧소리로 얘기하는 야윈 매부리코의 여자를 가리키며 로버타가 속삭였다.

가아프는 만다 호튼-존스가 누구인지도 몰랐으므로 어깨만 으쓱하고 억지로 참고 연설을 들었다. 연설은 단결을 외치는 낭랑하고도 정치적인 호소에서부터 제니 필즈를 개인적으로 회고하는 뼈아프고도 고통스러운 얘기까지 다양한 내용이었다. 청중은 박수를 쳐야 할지 기도를 드려야 할지, 또는 그렇다고 소리쳐야 할지 아니면 음울하게 머리만 끄덕여야 할지 갈피를 잡지 못했다. 애도하는 분위기이면서도 긴급히 집결한 모임 같아서, 당장이라도 행진을 시작할 기세였다. 이런 생각을 하며 가아프는 이것이 그의 어머니와, 여성운동에 관해 그녀가 희미하게 이해한 관념에 다같이 어울리고 자연스러운 분위기라고 생각했다.

"샐리 데블린예요." 로버타가 속삭였다. 지금 연단으로 올라가는 여자는 명랑하고, 현명하고, 어렴풋하게나마 낯익어 보였다. 가아프는 당장 그녀로부터 자신을 방어해야 할 필요성을 느꼈다. 진심은 아니었지만 그냥 로버타의 약을 올리고 싶어서 가아프가 속삭였다. "다리가 멋있군요."

"당신 다리보다야 멋있죠." 가아프의 짐작에 그 손가락들 가운데 하나는 필라델피아 이글스의 선수로 활약하는 동안 무척 여러 번 부러졌겠지만, 힘센 엄지손가락과 던져준 공을 잡아내는 길다란 검지로 그의 허벅지를 아프게 꼬집으며 로버타가 말했다.

샐리 데블린은 부드럽고도 구슬픈 눈으로 선생님의 말씀에 귀를 기울이지 않고, 가만히 앉아 있지도 않는 학생들을 말없이 꾸짖는 듯 그들을 내려다보았다.

"어처구니없는 살인 행위를 생각하면 사실은 이런 행사는 필요도 없습니다." 그녀가 조용히 말했다. "하지만 그래도 제니 필즈는 너무나 많은 사람을 도와주었고, 역경을 맞은 여자들에게 너무나 많은 너그러움과 인내심을 보여주셨습니다. 다른 사람에게 도움을 받은 적이 한 번이라도 있는 모든 사람은 그분에게 발생한 일을 참혹하다고 생각해야 마땅합니다."

순간 가아프는 정말로 참혹한 기분을 느꼈고, 수백 명의 여자들이 한꺼번에 한숨을 짓고 흐느끼는 소리를 들었다. 옆에서는 로버타의 딱 벌어진 어깨가 들먹였다. 그는 바로 뒤에 앉은 어느 여자의 손이 흉칙한 하늘빛 낙하복 속에 꽉 죄인 그의 어깨를 움켜잡는 감촉을 느꼈다. 그는 어울리지 않는 역겨운 옷차림을 했다고 뺨이라도 맞는 줄 알았지만, 손은 그냥 어깨를 계속해서 쥐고 있었다. 아마 뒷 여자는 호응을 얻고 싶은 모양이었다. 가아프가 알기로는 이 순간에 그들은 모두 자매라고 느꼈다, 안 그런가?

그는 샐리 데블린이 무슨 말을 하는지 보려고 얼굴을 들었지만, 눈물이 가득 고여 미즈 데블린이 잘 보이지 않았다. 진심에서 우러나 목놓아 우는 통곡 소리! 그녀는 연설을 다시 계속하려고 애썼지만, 읽던 곳을 눈으로 찾기가 힘들었고, 원고가 마이크로폰에 닿아 부스럭거렸다. 그가 자주 보았던 어머니의 경호원들 같은 한 여자, 가아프가 전에 보았다고 생각되는 아주 힘세게 보이는 어느 여자가 샐리 데블린을 연단에서 내려가게 부축하려고 했지만, 샐리 데블린

258

은 내려가려고 하지 않았다.

"난 이럴 생각은 아니었어요." 자제력의 상실을 뜻하는 흐느낌을 계속하며 그녀는 아직도 울면서 말했다. "난 할말이 아직 많아요." 그녀가 항의했지만, 목소리를 가눌 수가 없었다. "염병할." 가아프를 감동시키는 존엄성을 보이며 그녀가 말했다.

덩치가 크고 거칠어 보이는 여자가 마이크로폰 앞에 홀로 섰다. 청중은 조용히 기다렸다. 가아프는 어깨에 얹힌 손이 그를 잡아당기는지, 떨리는 기분을 느꼈다. 무르팍에 포개놓은 로버타의 커다란 두 손을 보고 가아프는 어깨에 얹힌 손이 틀림없이 아주 작으리라고 생각했다.

덩치가 크고 거칠어 보이는 여자가 무슨 말을 하고 싶어했으며, 청중은 기다렸다. 하지만 그들이 영원히 기다려도 그녀의 말은 한 마디도 못 들을 터였다. 로버타는 그녀가 누구인지 알았다. 로버타는 가아프의 옆에서 일어서더니 마이크로폰 앞에 분노해서 조용히 서서 침묵을 지키던 덩치가 크고 거칠어 보이는 여자에게 박수를 보내기 시작했다. 다른 사람들도 로버타와 같이 박수를 쳤고, 이유도 모르면서 가아프까지도 박수를 쳤다.

"저 여자는 엘렌 제임스파예요." 로버타가 그에게 속삭였다. "저 여자는 아무 말도 못 해요." 그렇지만 이 여자는 고뇌하는 비통한 얼굴로 청중을 녹여버렸다. 그녀는 노래를 부르듯 입을 벌렸지만 아무 소리도 나지 않았다. 가아프는 잘려나간 혀의 뭉툭한 뿌리가 눈에 선했다. 그는 이 미치광이들을 어머니가 얼마나 후원했는지 기억이 났는데, 제니는 그녀를 찾아오는 모든 사람에게 하나같이 잘해주었다. 하지만, 가아프에게만 털어놓았는지는 몰라도, 제니는 결국 그들이 한 짓이 못마땅하다는 결론을 내렸다. "그들은 스스로 자신을 희생자로 만들었어." 제니가 말했다. "그러면서도 똑같은 행위를 남자들이 그들에게 범한다고 분노하지. 그냥 침묵의 선서를 하고, 남자들이 있는 자리에선 절대로 얘기를 하지 않으면 되잖아?" 제니가 말했다. "대의명분을 내세우기 위해서 자신을 불구로 만든다는 건 비논리적이야."

하지만 이제는 앞에 선 미친 여자에게 감동한 가아프는 세상에서 스스로 불구가 된 모든 자들의 역사는, 비록 비합리적이고 격렬하기는 해도, 무서운 아픔을 어떤 행위보다도 잘 표현한다고 느꼈다. '나는 정말로 고통스러워요.' 글썽거리는 눈물 때문에 그의 눈앞에서 희미해지던 여자의 커다란 얼굴이 말하는 듯싶었다.

그러자 그는 어깨에 얹힌 작은 손으로부터 아픔을 느꼈고, 여자들의 예식에 참석한 남자라는 자신의 상황이 생각났으며, 머리를 돌려보니 상당히 피곤해 보이는 젊은 여자가 뒤에 있었다. 낯이 익었지만 가아프는 그녀를 알아보지 못했다.

"난 당신을 알아." 젊은 여자가 그에게 속삭였다. 게다가 그를 안다는 사실이 달갑지도 않다는 말투였다.

로버타는 누구에게도 입을 열지 말고, 얘기를 하려고도 시도조차 하지 말라고 가아프에게 일러둔 터였다. 그는 이 문제를 해결할 준비가 되어 있었다. 그는 머리를 저었다. 그는 거대한 가짜 유방에 짓눌린 호주머니에서 종이 묶음을 꺼내고, 어울리지 않는 손가방에서 연필을 찾아냈다. 날카롭고도 집게발 같은 여자의 손가락들이 마치 도망치지 못하게 그를 붙잡고 놓지 않으려는 듯 어깨를 파고들었다.

안녕하세요! 나는 엘렌 제임스파입니다.

가아프가 종이에다 휘갈겨 써서 한 장을 뜯어 여자에게 넘겨주었다. 그녀는 받지도 않았다.

"그러시겠지." 그녀가 말했다. "당신은 T. S. 가아프야."

무대에 선 조용한 엘렌 제임스파가 아직도 지휘하던 고뇌하는 강당의 침묵 속에서 '가아프'라는 말은 미지의 동물이 트림하는 소리처럼 울려퍼졌다. 로버타 멀둔이 겁에 질린 얼굴로 뒤를 돌아보았는데, 그녀는 이 여자를 지금까지 한 번도 본 적이 없었다.

"덩치 큰 당신 친구가 누구인지는 모르겠어." 젊은 여자가 가아프에게 말했다. "하지만 당신은 T. S. 가아프야. 병신 같은 가발이나 커다란 젖통은 어디서 구했는지 모르겠지만 난 어디서 봐도 당신을 알아. 당신은 우리 언니하고 붙었던 이후로, 언니가 죽게 될 정도로 붙었던 이후로 조금도 달라진 게 없어." 젊은 여자가 말했다. 그리고 가아프는 적이 누구인지를 알았는데, 그녀는 퍼시 대가족에서 가장 나이 어린 막내였다. 베인브릿지! 열 살이 넘어서도 기저귀를 찼고, 가아프가 알기로는 지금도 그것을 차고 있을지 모르는 꼬마 푸우 퍼시.

가아프가 그녀를 보았더니, 자기가 그녀보다 유방이 컸다. 푸우는 남녀 구별이 안 가는 옷차림이었고, 머리는 인기 있는 유니섹스 스타일이었으며, 용모는 섬세하지도 않고 거칠지도 않았다. 푸우는 병장 계급장을 단 미 육군 셔츠를 걸쳤고, 뉴햄프셔의 새 주지사가 되기를 바라는 여자를 지지하는 선거 유세 단추를 달았다. 가아프는 주지사로 입후보한 여자가 샐리 데블린이라는 사실을 깨닫고 깜짝 놀랐다. 가아프는 그녀가 당선될 수가 있을까 의아한 생각이 들었다.

"안녕, 푸우." 가아프가 말했고, 틀림없이 증오했었고 이제는 아무도 부르지 않는 별명을 듣고 그녀가 흠칫하는 모습을 보았다. "베인브릿지." 가아프가 어물어물 말했지만, 이제는 화해를 하기가 너무 늦어버렸다. 늦어도 너무 늦었다. 그가 봉커스의 귀를 물어뜯었고, 스티어링 학교의 진료소에서 쿠시를 범했으면서도 사실은 전혀 그녀를 사랑하지 않았고, 그녀의 결혼식이나 장례식에도 가지 않았다.

가아프에게 어떤 원한을 품었든지 간에, 일반적으로 남자들을 얼마나 혐오했는지는 몰라도, 푸우 퍼시는 마침내 그녀의 적을 손아귀에 넣었다.

로버타는 커다랗고 따뜻한 손으로 가아프의 등허리께를 밀며 무거운 목소리로 재촉했다. "아무 말도 하지 말고, 빨리빨리, 여기서 빠져나가요."

"여기 남자가 들어왔어요!" 베인브릿지 퍼시는 간호학교 회관에서 애도의 침묵을 지키는 여자들에게 소리쳤다. 이 말을 듣자 무대 위에 어리둥절했던 엘렌 제임스파까지도 신음 비슷한 소리를 나지막이 냈다. "여기 남자가 있습니다!" 푸우가 소리를 질렀다. "그리고 이 사람은 바로 T. S. 가아프랍니다. 가아프가 여기 있어요!" 그녀가 외쳤다.

로버타는 그를 통로로 이끌고 나가려 했다. 타이트 엔드란 주로 가로막기를 잘해야 하고, 두번째로는 패스를 잘 받아야 하지만, 아무리 과거에 날리던 로버트 멀둔이었다고는 해도 그녀는 이곳의 모든 여자를 밀어치우기는 역부족이었다.

"미안합니다." 로버타가 말했다. "실례하겠어요, 미안합니다. 그분은 이 사람의 어머님이셨다는 걸 여러분이 이해하셔야만 합니다. 그분에게는 하나뿐인 자식이었죠."

나에게는 하나뿐인 어머니였어! 로버타의 잔등에 달라붙으며 가아프는 생각했고, 그는 푸우 퍼시의 바늘 같은 손톱이 갈퀴처럼 얼굴을 쥐어뜯는 것을 느꼈다. 그녀는 가아프의 가발을 낚아채었고, 그가 다시 가발을 나꿔채어 소중한 물건처럼 큼직한 젖가슴에 끌어안았다.

"저 자는 우리 언니하고 놀아나서 죽게 했어요!" 푸우 퍼시가 통곡했다. 가아프에 관해 그녀가 어떻게 그런 생각을 하는지 가아프로

서는 전혀 모를 노릇이었지만, 어쨌든 푸우는 분명히 그렇게 믿는
모양이었다. 그녀는 가아프가 일어난 의자를 타고 넘어와서, 마침내
통로까지 헤치고 나온 가아프와 로버타의 뒤를 따랐다.

 "제니는 우리 어머니예요." 자식이 있어 보이는 여자 앞을 지나며
가아프가 말했다. 그녀는 임신한 몸이었다. 경멸에 넘치는 그 여자의
얼굴에서 가아프는 이성(理性)과 상냥함을 보았고, 자제력과 경멸도
보았다.

 "지나가게 내버려둬요." 임신한 여자가 중얼거렸지만, 별로 마음이
내키지 않는 말투였다.

 다른 사람들은 훨씬 동정적인 듯싶었다. 누군가 가아프는 여기 참
석할 권리가 있다고 소리쳤지만, 어떤 종류의 동정심도 꽤나 결여된
다른 고함을 지르는 사람도 많았다.

 통로를 더 올라간 그는 누가 그의 가짜 유방을 후려갈기는 것을
느꼈고, 로버타에게 손을 내밀었지만, (미식 축구에서 말하듯) 로버
타가 수비가 심해 무력해졌음을 깨달았다. 그녀는 땅바닥에 엎어졌
다. 쪽빛 해군 외투를 걸친 젊은 여자 몇 명이 그녀를 깔고 앉은 것
같았다. 로버타도 역시 여자로 변장한 남자라고 그들이 생각할지도
모른다는 생각이 가아프의 머리에 떠올랐는데, 로버타가 진짜임을
알게 되면 그들은 마음이 언짢으리라.

 "도망쳐요, 가아프!" 로버타가 소리쳤다.

 "그래, 도망쳐라, 형편없는 씨팔놈아!" 쪽빛 외투를 걸친 한 여자
가 씨근덕거렸다.

 그는 뛰었다.

 회관의 뒤쪽에서 여자들이 밀리는 곳까지 거의 다다랐을 때 누가
그를 제대로 겨누어 후려쳤다. 그는 스티어링에서 레슬링 연습을 하
던 시절 이후로 음낭을 맞아본 적이 없었고, 너무 여러 해 전이라

급소를 맞으면 철저히 맥을 못 추게 된다는 인과관계를 망각하고 살아왔음을 깨달았다. 그들은 가아프의 손에서 가발을 빼앗으려고 자꾸만 덤볐다. 그리고 그의 자그마한 손가방도. 그는 마치 강도라도 만난 듯 손가방을 잔뜩 움켜잡았다. 그는 몇 차례 구둣발에 채고, 뺨을 몇 대 맞았고, 그러자 그의 얼굴에 뿜어지는 노부인의 박하 냄새가 나는 숨결을 느꼈다.

"일어나도록 해봐요." 그녀가 부드럽게 말했다. 가아프가 보니 그녀는 간호사였다. 진짜 간호사. 가슴에 멋진 심장 모양을 붙이지도 않았고, R. N.(Registered Nurse, 공인 간호사—옮긴이) 누구누구라고 밝힌 작고 파란 놋쇠 명찰만 달았다.

"내 이름은 도티예요." 적어도 예순 살은 됨직한 간호사가 그에게 말했다.

"안녕하세요." 가아프가 말했다. "고마워요, 도티."

그녀는 팔을 잡아 빠른 걸음으로 나머지 폭도 사이를 헤치며 그를 이끌고 나갔다. 그녀와 동행이면 아무도 그를 해치려고 하지 않는 눈치였다. 그들은 가아프를 보내주었다.

"택시 탈 돈 있어요?" 간호학교 회관 밖으로 나온 다음에 도티라는 간호사가 그에게 물었다.

"예, 있을 거예요." 가아프가 말했다. 그가 괴상한 손가방을 살펴보니 지갑은 그대로였다. 그리고 더욱 헝클어진 가발은 겨드랑이에 끼웠다. 가아프의 진짜 옷은 로버타가 가지고 있었으므로, 가아프는 최초의 여권주의자 장례식장에서 혹시 로버타가 나오지 않을까 부지런히 살펴보았지만 소용이 없었다.

"가발을 써요." 도티가 그에게 권했다. "잘못하다가는 복장 도착자로 오인을 받을지 몰라요." 그가 가발을 쓰려고 애를 쓰는 동안 그녀가 도와주었다. "사람들은 복장 도착자를 정말 험하게 다루어요."

도티가 덧붙여 말했다. 그녀는 백발이 성성한 자기 머리에서 핀을 몇 개 뽑아 가아프의 가발을 얌전히 제자리에 고정시켰다.

뺨의 할퀸 상처는 곧 피가 멎으리라고 그녀가 말했다.

간호학교 회관의 층계에서는 로버타와 훌륭한 상대가 될 듯싶은 키가 큰 흑인 여자가 가아프에게 주먹을 흔들어 보였지만 말은 한마디도 하지 않았다. 그녀도 역시 엘렌 제임스파였는지도 모른다. 다른 여자 몇 명이 모여들었고, 가아프는 그들이 노골적인 공격 여부를 고려하는지도 모른다는 두려움을 느꼈다. 이들 집단의 가장자리에 어정쩡하게 서 있으면서도 그들과는 아무 관계도 없어 보이는 유령 같은 소녀가 눈에 띄었는데, 겨우 성년이 될까 말까 한 아이는 금발 머리가 지저분했고, 커피로 얼룩진 접시처럼 생긴 눈은 마약 상습 복용자나 한참 울고 있던 사람의 꿰뚫어보는 눈 같았다. 노려보는 그녀의 눈초리에 가아프는 마치 소녀가 너무 큰 손가방 속에 권총을 숨긴, 여성운동을 위해 일하는 무슨 십대의 정신 이상 암살자라도 되는 듯 무서워서 얼어붙었다. 그는 지갑에 신용 카드가 잔뜩 들었음을 기억하며 초라한 자기 손가방을 움켜 잡았는데, 공항까지 택시를 타고 갈 현금은 넉넉했고, 신용 카드가 있으니까 보스턴까지 비행기를 타고 가서 나머지 식구들과 만나면 될 일이었다. 그는 우뚝 솟은 젖가슴에서 해방되고 싶었지만, 유방은 몸에 꼭 끼고 축 늘어져 이리저리 씰룩거리는 낙하복과 더불어 태어날 때부터 평생 그의 몸에 달려 있었던 기분이었다. 가진 것이라고는 그뿐이어서 그냥 참을 수밖에 없었다. 간호학교 회관에서 흘러나오는 소음을 듣고 가아프는 로버타가 싸움은 아니더라도 심한 언쟁에 깊이 얽혀들었음을 알았다. 기절을 했는지 몰매를 맞은 어떤 여자가 실려 나갔고, 경찰관들이 또 안으로 들어갔다.

"당신 어머니는 일류 간호사였고 모든 여성으로 하여금 자부심을 느끼게 해준 여자였어요." 도티라는 이름의 간호사가 그에게 말했다.
"틀림없이 훌륭한 어머니이시기도 했겠고요."

"물론 그러셨죠." 가아프가 말했다.

간호사가 그에게 택시를 잡아주었고, 그가 마지막으로 보았을 때
그녀는 길가에서 간호학교 회관을 향해 되돌아 걸어가고 있었다. 그
토록 위협적으로 보이던 건물 바깥 층계에 몰려 선 다른 여자들은
그녀를 괴롭힐 생각이 전혀 없는 듯싶었다. 경찰관이 또 도착했고,
가아프는 눈이 이상한 접시처럼 생긴 소녀를 찾아보았지만, 그녀는
다른 여자들 틈에는 없었다.

그는 누가 뉴햄프셔의 새 주지사가 되었느냐고 택시 운전사에게
물었다. 가아프는 굵직한 목소리를 숨기려고 애썼지만, 괴상한 꼴을
많이 보는 직업인지라 운전사는 가아프의 목소리나 옷차림에 놀라
지도 않는 표정이었다.

"난 외국에서 살다가 왔거든요." 가아프가 말했다.

"별로 신통한 얘긴 없답니다, 아가씨." 운전사가 그에게 말했다.
"그 계집은 끝장났죠."

"샐리 데블린 말예요?" 가아프가 말했다.

"그 여잔 그 자리에서, 텔레비전에 나오는 그 자리에서 히까닥했
어요." 운전사가 말했다. "암살당하니까 그걸 보고 어찌나 기겁을 했
는지 정신도 못 차렸죠. 그 여잔 연설을 했지만, 아시잖아요, 제대로
끝내지도 못하고 말았어요."

운전사가 말했다. "내가 보기에는 그 여자 정말 백치 같더군요. 그
정도밖에 자신을 주체할 능력이 없다면 주지사는 될 자격이 없어요."

그리고 가아프는 여자의 약점이 드러나는 과정이 눈에 선했다. 아
마도 못된 현직 주지사는 미즈 데블린이 감정을 주체할 능력이 없다
는 사실은 '과연 여자다운' 점이라고 말했으리라. 제니 필즈에 대한

감정을 노출시켜 위신이 깎인 샐리 데블린은 주지사로서 감당해야
할 어떤 애매모호한 일도 처리할 능력이 모자란다는 판단을 받았으
리라.

가아프는 수치심을 느꼈다. 그는 다른 사람들을 수치스럽게 생각
했다.

"이건 내 견해인데 말이죠." 운전사가 말했다. "총질 같은 사건이
터졌으니까 사람들은 이런 일은 여자에게 맡길 게 못 된다고 깨달은
거예요, 그렇잖아요?"

"입 닥치고 차나 몰아요." 가아프가 말했다.

"이봐요, 아가씨." 운전사가 말했다. "나더러 이래라 저래라 말이
많으면, 난 못 참는 성미예요."

"당신은 지저분하고 멍청한 인간예요." 가아프가 말했다. "그리고
만일 공항까지 입을 다물고 차를 몰지 않았다가는 내가 경찰을 불러
당신이 날 주물탕을 내려고 했다고 신고하겠어요."

운전사는 가속기를 꽉 밟고는 속도와 험한 운전 때문에 손님이 무
서워하기를 바라며 얼마 동안 분노의 침묵을 지키면서 차를 몰았다.

"차의 속도를 늦추지 않으면 당신이 날 강간하려고 했다고 경찰에
신고하겠어요." 가아프가 말했다.

"씨팔 괴상한 게 다 탔구만." 운전사가 말했지만, 속도를 늦추고
공항까지 한 마디도 더 말이 없이 차를 몰았다. 가아프는 팁으로 돈
을 택시의 엔진 덮개 위에 놓았고 동전 한 개가 덮개와 흙받이 사이
의 틈으로 굴러 들어갔다. "여자들이란 게 모두 씨팔." 운전사가 말
했다.

"남자들이란 게 모두 씨팔." 섹스의 전쟁이 계속되도록 지반을 닦
아놓는 임무를 자기 나름대로 완수했다는 미묘한 기분을 느끼며 가
아프가 말했다.

　공항에서 그들은 가아프에게 아메리칸 익스프레스 카드 이외에도 신분을 증명할 다른 자료를 요구했다. 당연한 일이었지만 그들은 T. S.라는 머릿글자에 관해서 물었다. T. S. 가아프가 누구인지를 모르는 것을 보니 비행기표 기록원은 확실히 문학의 세계와는 거리가 먼 듯 싶었다.

　그는 기록원에게 T는 틸리이고 S는 새라의 약자라고 알려주었다.

　"틸리 새라 가아프요?" 기록원이 말했다. 그녀는 젊은 여자였고, 묘하게도 매혹적이지만 창녀 같은 가아프의 옷차림을 노골적으로 못마땅하게 생각했다. "탁송하거나, 휴대하실 물건은 하나도 없나요?" 가아프는 질문을 받았다.

　"그래요, 하나도 없어요." 그가 말했다.

　"외투 없어요?" 역시 못마땅한 눈초리로 그를 뜯어보며 여승무원이 그에게 물었다.

　"없어요." 가아프가 말했다. 여승무원은 그의 굵은 목소리를 듣고 깜짝 놀랐다. "가방도 없고 걸어놓을 물건도 없어요." 미소를 지으며 그가 말했다. 가아프는 온몸이 그를 위해 로버타가 만들어준 이 기막힌 물건, '젖가슴'으로만 이루어졌다고 느꼈고, 그것을 속으로 밀어넣느라고 어깨를 숙이고는 구부정한 자세로 걸어다녔다. 하지만 '젖가슴'은 잘 들어가지 않았다.

　그가 자리를 골라 앉자마자 어느 남자가 옆으로 와서 앉았다. 가아프는 창 밖을 내다보았다. 승객들은 아직도 비행기로 서둘러 달려오는 중이었다. 그들 중에서 가아프는 금발 머리가 더럽고 유령 같은 소녀를 보았다. 그녀도 역시 외투나 휴대한 물건이 없었다. 폭탄도 넉넉히 들어갈 정도로 어색하게 큼직한 손가방 이외에는. 착잡한 기분으로 가아프는 엉덩이 밑에서 꿈틀거리는 물밑 두꺼비를 의식했다. 그는 소녀가 어느 자리에 앉는지 확인하려고 통로 쪽을 지켜보면서, 그의 옆 통로측 자리에 앉은 남자의 곁눈질을 의식했다.

"어때요." 다 안다는 투로 남자가 말했다. "비행하는 동안 내가 술이라도 한잔 살까요?" 서로 바싹 붙고 작은 그의 두 눈은 가아프의 터질 듯 팽팽한 낙하복의 비틀린 지퍼에 고정되었다.

가아프는 무엇인가 어울리지 않는다는 기분에 사로잡혔다. 해부학상으로 남자로 태어난 것이 그의 탓은 아니었다. 그는 뉴햄프셔의 주지사 후보로 나왔다가 낙선한 샐리 데블린, 현명하고 명랑해 보이는 그 여자와 조용한 시간을 보낼 수 있었으면 좋았으리라고 생각했다. 그는 그런 거지 같은 일을 맡기에는 그녀가 너무 착하다는 얘기를 해주고 싶었다.

"그 옷 참 멋있어요." 가아프의 옆자리에 앉아 곁눈질을 하던 남자가 말했다.

"네 귓구멍에다 그거나 박어." 가아프가 말했다. 그는 누가 뭐라고 해도 여러 해 전, 오래 전에 보스턴의 어느 영화관에서 바람둥이에게 칼질을 한 여자의 아들이었다.

남자는 몸을 일으키려고 끙끙거렸지만 의자의 벨트가 풀어지지를 않아서 쩔쩔맸다. 그는 어쩔 줄 몰라하며 가아프를 쳐다보았다. 가아프는 꽁꽁 묶인 남자의 무릎 위로 몸을 기울였는데, 로버타가 자기 몸에 더덕더덕 발라준 향수 냄새로 숨이 막혔다. 그는 의자 벨트가 제대로 작동하도록 잠금쇠를 짤까닥 풀어 남자를 해방시켜주었다. 그러자 가아프는 새빨개진 남자의 귀에다 대고 험악하게 귓속말로 욕설을 퍼부었다. "이봐, 비행을 할 때는 말야, 화장실로 가서 너 혼자 빨기나 해." 그는 겁에 질린 남자에게 나지막이 말했다.

하지만 남자가 가아프의 곁에서 뜨자 통로측 자리가 비어 다른 사람이 앉아야 할 터였다. 다음에 그 자리에 앉으려는 사람이 누구인지 어디 보자는 듯 가아프는 도전적으로 빈자리를 노려보았다. 가아프에게 다가온 사람을 보자 그는 순간적으로 자신감이 흔들렸다. 그녀는 아주 야위고, 뼈만 앙상한 계집아이다운 두 손으로 너무 커다란 손가방을 움켜잡고 있었다. 그녀는 먼저 묻지도 않고 그냥 자리에 앉았다. 오늘은 물밑 두꺼비가 아주 어린 소녀로구나, 가아프는 생각했다. 그녀가 가방에 손을 집어넣자 가아프는 손목을 잡아 가방에서 그녀의 손을 꺼내 무르팍에다 올려놓았다. 그녀는 힘도 없었고, 손에 총을 들지도 않았으며, 칼도 없었다. 종이 묶음과 밑고리까지 물어뜯은 지우개가 달린 연필뿐이었다.

"미안해요." 그가 나지막이 말했다. 암살자가 아니라면 그녀가 누구이고 어떤 사람인지 그는 짐작이 갔다. "왜 내 주변에는 언어 장애가 있는 사람들이 그토록 많을까?" 그는 언젠가 이렇게 썼다. "아니면 내가 작가여서 주변의 상처받은 모든 목소리들에 주의를 기울이기 때문일까?"

비행기에서 그의 옆에 앉은 '비폭력적인 유령'은 서둘러 뭐라고 쓰더니 그에게 쪽지를 내밀었다.

"그래요, 그래요." 그가 짜증스럽게 말했다. "당신은 엘렌 제임스파겠죠." 하지만 소녀는 입술을 깨물더니 맹렬히 머리를 저었다. 그녀는 그의 손에 강제로 쪽지를 떠맡기다시피 했다.

내 이름은 엘렌 제임스예요.

쪽지가 가아프에게 알려주었다.

나는 엘렌 제임스파가 아닙니다.

"아가씨가 바로 엘렌 제임스란 말예요?" 첫눈에 보고 알았어야 했고, 그러리라고 예상했던 터라 질문이 필요도 없었지만 그는 물었다. 열한 살 소녀로서 그녀가 강간을 당하고 혀를 잘린 일이 별로 오래 전이 아니었으니까, 나이가 맞아떨어졌다. 더러운 접시 같은 눈은 자세히 보니까 더러운 것이 아니고 불면증 때문인지 그냥 충혈이 되었을 따름이었다. 아랫입술은 연필의 지우개처럼 자꾸 물어뜯어서인지 너덜너덜했다.

그녀는 또 뭐라고 휘갈겨 썼다.

난 일리노이에서 왔어요. 우리 부모는 최근에 자동차 사고로 죽었죠. 난 당신 어머님을 만나려고 왔습니다. 내가 어머니에게 편지를 썼더니 직접 답장을 보내셨더군요! 아주 훌륭한 답장을 보내셨어요. 나더러 와서 같이 지내자고 청하셨죠. 어머니께서는 또 당신 책을 모두 읽어보라고 나한테 권하셨어요.

가아프는 자그마한 공책 종이들을 넘기며 계속 미소를 짓고 자꾸만 머리를 끄덕였다.

하지만 당신 어머니는 살해를 당하셨어요!

커다란 손가방에서 엘렌 제임스는 갈색 반다나 손수건을 꺼내 코를 풀었다.

나는 어느 여성 단체와 같이 지내려고 뉴욕으로 찾아갔어요. 하지만 난 벌써부터 엘렌 제임스파를 너무 많이 알고 있었죠. 내가 아는 사람들이라고는 그들뿐이어서, 성탄절 카드를 그들에게서 수백 통이나 받아요.

그녀는 이렇게 썼다. 그녀는 가아프가 읽는 동안 잠깐 기다렸다.
"그래요, 그래요, 틀림없이 그러리라고 믿어요." 가아프는 그녀를
격려했다.

　난 물론 장례식에 참석했습니다. 내가 참석했던 이유는 당신이
그곳에 오리라고 믿었기 때문이죠. 난 당신이 올 줄 알았어요.

그녀가 썼다. 그러더니 이번에는 그에게 미소를 짓느라고 멈추었
다. 그리고 그녀는 더러운 갈색 반다나에다 얼굴을 파묻었다.
"나를 만나고 싶었나요?" 가아프가 말했다.
그녀는 힘차게 머리를 끄덕였다. 그녀는 끔찍한 가방에서 너덜너
덜해진 『벤젠하버가 본 세상』을 꺼냈다.

　지금까지 내가 읽은 강간을 다룬 얘기 중에선 최고예요.

엘렌 제임스가 썼다. 가아프는 흠칫했다.

　이 책을 내가 몇 번이나 읽었는지 아세요?

그녀가 썼다. 그는 눈물을 글썽이며 흠모하는 그녀의 눈을 쳐다보
았다. 그는 엘렌 제임스파처럼 묵묵히 머리를 저었다. 그녀는 가아프
의 얼굴을 만졌는데, 손길이 어린애처럼 어설펐다. 그녀는 그가 셀
수 있게끔 손가락들을 들어 보였다. 자그마한 한쪽 손은 모두, 그리
고 다른 손도 대부분. 그녀는 가아프의 한심한 책을 여덟 번이나 읽
었다.

"여덟 번이라구요." 가아프가 중얼거렸다.

그녀는 머리를 끄덕이고 가아프에게 미소를 지었다. 일리노이에서부터 흠모하는 마음으로 만나려고 찾아왔던 그 여자는 아니지만, 적어도 그녀의 외아들과 나란히 앉았으니 그 정도라면 흡족한 터여서, 엘렌 제임스는 이제 그녀의 삶의 목적이 이루어진 듯, 비행기 좌석에 느긋하게 기대 앉았다.

"대학은 다녔나요?" 가아프가 물었다.

엘렌 제임스는 더러운 손가락 한 개를 들어 보이며 쓸쓸한 표정을 지었다.

"일 년요?" 가아프가 해석했다. "하지만 좋지 않았던 모양이군요. 제대로 안 됐나요?"

그녀는 열심히 고개를 끄덕였다.

"그럼 당신은 무엇이 되고 싶어요?" '어른이 되면' 이라는 말을 덧붙이고 싶은 충동을 겨우 억제하며 그가 물었다.

그녀는 가아프를 가리키고 낯을 붉혔다. 그녀는 그의 큼지막한 젖가슴에 손이 닿았다.

"작가요?" 가아프가 추측했다. 그녀는 긴장을 풀고 미소를 지었는데, 가아프가 그토록 쉽게 자기를 이해해주니까 기쁘다는 말을 하고 싶은 표정이었다. 가아프는 목이 메는 기분이었다. 그녀에게서 가아프는 그가 읽은 책에 등장하는 그런 불운한 아이들, 항체가 없기 때문에 질병에 대한 선천적인 저항력이 없는 아이 같은 인상을 받았다. 그들은 플라스틱 자루 속에 들어가서 살아야만 하고, 밖으로 나왔다가 흔한 감기만 걸리더라도 죽고 만다. 여기 일리노이의 엘렌 제임스는 이제 밖으로 나왔다.

"부모님이 두 분 다 돌아가셨나요?" 가아프가 물었다. 그녀는 머리를 끄덕이고, 짓씹은 입술을 다시금 깨물었다. "그리고 다른 가족은 하나도 없고요?" 그가 물었다. 그녀는 머리를 끄덕였다.

가아프는 어머니가 살았다면 어떻게 했을지 잘 알았다. 그는 헬렌이 개의치 않으리라는 사실도 알았고, 물론 로버타는 항상 도와줄 터였다. 그리고 상처를 받았다가 이제는 그들 나름대로 극복한 수많은 여자들도.

"좋아요, 아가씨한테는 이제 가족이 생겼어요." 가아프가 엘렌 제임스에게 말하고 그녀의 손을 잡았는데, 자기가 그런 제안을 하는 소리를 듣고 그는 놀라서 흠칫했다. 그는 『착한 간호사의 모험』이라는 케케묵은 통속소설 주인공 같은 역을 맡았던 어머니의 목소리가 메아리치는 듯한 소리를 스스로 했다.

엘렌 제임스는 너무 기뻐 기절이라도 할 듯 눈을 감았다. 여승무원이 좌석 벨트를 매라고 했어도 엘렌 제임스는 듣지 못했고, 가아프가 대신 벨트를 매줘야 했다. 보스턴으로 비행기를 타고 가는 짤막한 시간 동안에 그녀는 마음속 얘기를 글로 털어놓았다.

난 엘렌 제임스파를 증오해요.

그녀가 썼다.

난 절대로 나한테 이런 짓은 스스로 하지 않겠어요.

그녀는 입을 벌리더니 텅 빈 입안을 가리켰다. 가아프는 움찔했다.

난 말을 하고 싶어요. 난 온갖 얘기를 다 하고 싶어요.

엘렌 제임스가 썼다. 글을 쓰는 손의 군살이 박힌 엄지와 검지손

가락이 그녀의 다른 손의 사용하지 않는 다른 손가락들보다 크기가
두 배는 됨직해 보였으며, 글을 쓰느라고 그토록 발달한 근육을 가
아프는 한 번도 본 적이 없었다. 작가들이 글을 쓰다가 손에서 일으
키는 경련 따위는 엘렌 제임스와 거리가 멀리라고 그는 생각했다.

　하고 싶은 얘기가 자꾸만 생각나는군요.

　그녀가 썼다. 그녀는 한 줄 한 줄 그가 읽고 납득하기를 기다렸다.
가아프가 머리를 끄덕이면 그녀는 계속해서 썼다. 그녀는 지금까지
살아온 얘기를 몽땅 그에게 했다. 그녀에게 소중했던 유일한 사람인
고등학교 시절의 영어 선생. 어머니의 습진. 아버지가 너무 빨리 몰
고 돌아다니던 포드 머스탱.

　난 책을 굉장히 많이 읽었어요.

　그녀가 썼다. 가아프는 헬렌도 독서를 많이 했다고 알려주었으며
헬렌을 좋아하게 되리라는 얘기도 했다. 그녀는 희망에 잔뜩 부푼
표정이었다.

　청년 시절에 당신이 좋아했던 작가는 누구죠?

　"조셉 콘래드요." 가아프가 말했다. 그녀는 좋다는 듯 한숨을 지었다.

　난 제인 오스틴이 좋아요.

　"그것도 좋죠." 가아프가 그녀에게 말했다.

로간 공항에서 그녀는 서서도 꾸벅꾸벅 졸았고, 가아프는 통로를 따라 그녀를 몰고 가서 카운터에 기대어놓고는 차를 세내는 데 필요한 서류들을 작성했다.

"T. S.라구요?" 임대차 회사의 직원이 물었다. 가아프의 가짜 유방 한쪽이 옆으로 씰그러졌고, 임대차 회사 직원은 그의 하늘빛 몸뚱어리 전체가 폭발이라도 할까봐 불안한 듯한 표정이었다.

북쪽 스티어링으로 어두운 도로를 달리는 차 속에서 엘렌 제임스는 뒷좌석에 웅크리고 앉아 고양이 새끼처럼 잠을 잤다. 빠끔이 거울로 가아프가 보니 그녀는 무릎의 피부가 벗겨졌고, 잠을 자며 엄지손가락을 빨았다.

어떤 본질적인 개념이 이렇듯 어머니에게서 아들에게로 전해졌으므로 따지고 보면 제니 필즈를 위한 장례식은 제대로 이루어진 셈이었다. 지금 그는 누구를 위해서 간호사 노릇을 하는 중이었다. 더욱 본질적인 얘기지만, 가아프는 마침내 어머니의 재능이 무엇이었는지 이해하기에 이르렀으니, 그녀는 육감이 정확하고, 제니 필즈는 항상 올바른 일만 했다. 언젠가 그는 이런 교훈과 자신의 창작활동 사이의 관계를 이해하게 되기를 바랐지만, 그것은 개인적인 목표였으며, 다른 목표들이나 마찬가지로 시간이 좀 걸릴 터였다. 중요한 변화였지만, T. S. 가아프가 그의 어머니 제니 필즈와 훨씬 비슷해지려고 노력하기로 결심한 것은 진짜 엘렌 제임스가 그의 보호를 받으며 잠든 북쪽 스티어링으로 가는 차 속에서였다.

어머니가 살았을 때 그런 결심을 했더라면 굉장히 기뻐했으리라고 그는 생각했다.

가아프는 이렇게 썼다. "죽음이란 우리들이 준비를 갖출 때까지 기다려주기를 싫어하는 모양이다. 죽음이란 방자하고, 기회만 나면 극적인 장난을 즐긴다."

이리하여 가아프는 무방비 상태로, 적어도 보스턴에 도착한 후에는 물밑 두꺼비가 그에게서 도망쳤다는 의식을 하며, 잠든 엘렌 제임스를 안고 장인 어니 홈의 집으로 걸어 들어갔다. 그녀는 나이가 열아홉은 되었겠지만, 던컨보다 안고 다니기가 쉬웠다.

가아프는 어니의 침침한 거실에서 혼자 텔레비전을 보던 밧저 학생감의 늙은 얼굴과 마주치리라고는 예상치도 않았었다. 머지않아 정년 퇴직을 하게 될 늙은 학생감은 가아프가 창녀 차림이라는 사실을 납득하는 듯싶었지만, 잠든 엘렌 제임스는 겁에 질린 눈으로 빤히 쳐다보았다.

"그 여자도……"

"잠이 들었어요." 가아프가 말했다. "다들 어디 갔죠?" 그리고 자신이 질문하는 소리와 더불어 가아프는 고요한 집의 싸늘한 바닥을 가로질러 펄떡펄떡 물밑 두꺼비의 싸늘한 소리를 들었다.

"자네한테 연락을 하려고 애를 썼었는데." 밧저 학생감이 그에게 말했다. "어니 때문에."

"심장이로군요." 가아프가 추측했다.

"그래." 밧저가 말했다. "헬렌에게는 잠이 오는 약을 줬지. 위층에 있어. 그리고 난, 알잖아, 혹시 아이들이 일어나 무엇인가 필요해서 헬렌의 잠을 방해하지 못하도록 자네가 도착할 때까지 여기 머무는 게 좋겠다고 생각했어. 안됐네, 가아프. 때론 이런 일이 모두 한꺼번에 터지고, 어쨌든 그런 기분이 들지."

가아프는 밧저가 그의 어머니를 얼마나 좋아했는지도 알고 있었다. 그는 잠든 엘렌 제임스를 거실 긴 의자에 내려놓고는 그녀의 얼굴을 병적으로 시퍼런 빛깔로 만들어놓는 텔레비전을 껐다.

"자다가 그랬나요?" 가발을 벗으며 가아프가 밧저에게 물었다.

"어니를 여기서 발견하셨나요?"

이제는 가엾은 학생감이 불안한 표정이 되었다. "위층 침대에서였지." 밧저가 말했다. "내가 층계 위쪽에다 대고 소리를 쳤지만, 위로 올라가 찾아봐야 되겠다는 생각이 들더구만. 사람들에게 연락을 취하기 전에 내가 그 양반 좀 정돈을 해야 했어."

"정돈을 해요?" 가아프가 말했다. 그는 흉칙한 하늘빛 낙하복의 지퍼를 내리고는 유방을 꺼냈다. 늙은 학생감은 아마 이것이 이제는 유명해진 작가가 여행할 때 흔히 하는 변장쯤으로 생각한 모양이었다.

"헬렌에게는 절대로 얘기하지 않기 바라네." 밧저가 말했다.

"무슨 얘기인데요?" 가아프가 물었다.

밧저는 불룩 튀어나온 조끼 속에서 잡지를 꺼냈다. 그것은 『벤젠하버가 본 세상』의 제1장이 실린 『사타구니 화보』였다. 잡지는 무척 낡고 오래 사용한 듯 보였다.

"알겠나, 어니는 그걸 보고 있었어." 밧저가 말했다. "심장이 멎었을 때 말야."

가아프는 밧저에게서 잡지를 받고는 죽음의 장면을 상상했다. 어니 홈은 째진 비버 사진에다 자위행위를 하다가 심장이 멎었다. 이왕이면 그런 식으로 '가는 것'이 좋다는 농담이 가아프가 스티어링을 다니던 시절에 유행했었다. 그러니까 어니는 그런 식으로 갔고, 마음 착한 밧저는 코치의 바지를 끌어올리고는 딸이 못 보게 잡지를 감추었다.

"자네도 이해하겠지만, 검시관에게는 얘기를 할 수밖에 없었다네." 밧저가 말했다.

어머니의 과거에서 고약한 표현이 구역질처럼, 파도처럼 일렁이며 가아프의 마음속에 떠올랐지만, 그는 늙은 학생감에게는 얘기하지 않았다. 욕정은 또다시 선량한 인간을 쓰러지게 했도다! 어니의 고독한 삶이 가아프를 울적하게 만들었다.

"그리고 자네 어머니 말야." 컴컴한 스티어링 교정을 비치는 포치의 싸늘한 전등 불빛 밑에서 머리를 저으며 밧저는 한숨을 지었다. "자네 어머니는 대단한 분이었어." 노인은 생각에 잠겼다. "진짜 투사였지." 쭈글쭈글한 밧저가 자랑스럽게 말했다. "난 자네 어머니가 스튜어트 퍼시에게 써 보냈던 편지들을 아직도 간직하고 있어."

"학생감님은 우리 어머니한테 친절하셨죠." 가아프가 그에게 상기시켜주었다.

"자네도 알겠지만, 가아프, 어머니는 스튜어트 퍼시 같은 사람 백 명보다 훌륭했어." 밧저가 말했다.

"확실히 그러셨죠." 가아프가 말했다.

"알겠지만, 그 양반도 갔어." 밧저가 말했다.

"비계 스튜 말예요?" 가아프가 말했다.

"어제 그랬다네." 밧저가 말했다. "오랫동안 앓고 난 다음이었는데…… 오래 앓는다는 게 어떤지는 자네도 알겠지?"

"아뇨." 가아프가 말했다. 그는 그런 생각은 전혀 해본 적이 없었다.

"암이란 보통 그렇지." 밧저가 엄숙하게 말했다. "오랫동안 그걸 앓았어."

"저런, 안됐군요." 가아프가 말했다. 그는 물론 푸우를, 그리고 물론 쿠시를 생각했다. 그리고 가아프가 지금까지도 꿈속에서 그 귀의 맛을 보고는 했던 옛날의 도전자 봉커스를.

"스티어링 교회에서는 약간 혼란이 생기겠어." 밧저가 설명했다. "헬렌은 이해하니까 그녀가 자네한테 얘기해주겠지. 스튜어트를 위한 식이 아침에 거행되고, 어니는 같은 날 나중에 장례식을 치르기로 되었어. 그리고 물론 제니에 관한 소식은 들었겠지."

"무슨 소식인데요?" 가아프가 물었다.

“기념관.”

“하느님 맙소사, 아뇨.” 가아프가 말했다. “여기에 기념관을요?”

“그러니까 지금 여기 계집아이들이 있는데 말야.” 밧저가 말했다. “성숙한 여인들이라고 해야 되겠지만.” 머리를 저으며 그가 덧붙여 말했다. “난 모르겠어. 워낙들 어리니까. 내가 보기엔 계집애들이지.”

“학생들요?” 가아프가 말했다.

“그래, 학생들이지.” 밧저가 말했다. “여학생들은 진료소에 자네 어머니의 이름을 붙이기로 투표를 통해서 결정했다네.”

“진료소에요?” 가아프가 말했다.

“하기야, 자네도 알겠지만, 그 건물엔 지금까지 이름이 없었어.” 밧저가 말했다. “이곳 건물들은 대부분 이름이 있지만.”

“제니 필즈 진료소라.” 가아프가 멍청하게 말했다.

“꽤 괜찮은 얘기잖아, 안 그래?” 가아프도 그렇게 생각할지 자신은 없었지만 밧저가 물었고, 가아프는 개의치 않았다.

기나긴 밤 동안에 아기 제니는 한 번만 잠이 깨었고, 깊이 잠든 헬렌의 따스한 몸으로부터 가아프가 빠져나왔을 때쯤에는 엘렌 제임스가 벌써 우는 아기를 찾아내고는 병을 데우는 중이었다. 혀가 없는 엘렌 제임스의 입에서는 아기들에게 적절한 묘하게 칭얼거리고 흥얼거리는 소리가 부드럽게 흘러나왔다. 그녀는 일리노이의 어느 탁아소에서 일한다고 비행기에서 가아프에게 써주었다. 그녀는 아기라면 환히 알았고, 목소리까지도 흉내낼 줄 알았다.

가아프는 그녀에게 미소를 짓고 잠자리로 돌아갔다.

아침에 그는 헬렌에게 엘렌 제임스 얘기를 했고, 그들은 어니 얘기를 나누었다.

“주무시다가 돌아가셨다니 아버지에게는 잘된 일이지.” 헬렌이 말했다. "당신 어머니를 생각하면 말야."

"그래, 그래." 가아프가 아내에게 말했다.

던컨은 엘렌 제임스에게 소개를 받았다. 애꾸눈에 혀가 없는 여자, 우리 가족은 잘 어울리는구나, 가아프는 생각했다.

그녀가 어떻게 체포되었는지 설명하려고 로버타가 전화를 걸었을 때는 집 안에서 말을 하는 사람들 가운데 가장 덜 피곤했던 던컨이 어니의 심장마비에 관해서 그녀에게 설명해주었다. 헬렌은 하늘빛 낙하복과 속을 두툼하게 넣은 큼직한 브래지어를 부엌 쓰레기통에서 발견하고는 마음이 가벼워진 듯싶었다. 버찌 빛깔의 비닐 장화는 사실 가아프보다 그녀에게 더 잘 맞았지만, 어쨌든 그녀는 장화도 내다버렸다. 엘렌 제임스는 초록색 스카프를 가지고 싶어했으며, 헬렌은 옷을 좀더 사주려고 그녀를 데리고 장을 보러 나갔다. 던컨은 가발을 달라고 해서 얻어 가졌는데, 거의 아침 내내 쓰고 돌아다니는 바람에 가아프가 화를 냈다.

혹시 도와줄 일이 없느냐고 밧저 학생감이 전화를 걸었다.

새로 스티어링 학교의 시설물 관리 실장으로 임명된 남자는 가아프와 단둘이 얘기를 나누고 싶다면서 집으로 찾아왔다. 시설물 관리 실장은, 어니가 학교 사택에서 살았는데, 지금은 가능한 한 빨리 헬렌이 어니의 소유물들을 치워주었으면 좋겠다고 말했다. 가아프가 알기로는 본디 스티어링 집안의 저택이었던 밋지 스티어링 퍼시의 집이·밋지와 비계 스튜가 증정한 선물로 몇 년 전에 학교로 반납되었으며, 그 반납을 위한 기념식이 주선되었다. 가아프는 시설물 관리 실장에게 밋지한테 주어지는 것과 마찬가지로 헬렌에게도 세간을 치울 시간적인 여유를 달라고 말했다.

"아, 그 요란한 고물 집은 팔아치울 생각예요." 관리 실장이 가아프에게 귀띔을 했다. "아시잖아요, 형편없는 폐허니까요."

스티어링 집은 가아프가 기억하기에 형편없는 폐허가 아니었다.

"모든 역사가 얽힌 곳인데." 가아프가 말했다. "뭐니뭐니 해도 선물로 증정한 것인데—난 당신들이 그 집을 원하리라고 생각했죠."

"파이프 배선이 엉망이죠." 관리 실장이 말했다. 그는 점점 나이가 들면서 밋지와 비계 스튜가 집을 제대로 돌보지 않아 엉망인 상태로 만들어놓았다고 암시했다. "멋지고 유서 깊은 집이니 뭐니 그런 소리도 할 수는 있겠죠." 관리 실장이 말했다. "하지만 학교는 미래를 내다봐야 해요. 이곳에는 '역사'적인 게 너무 많아요. 우린 주거비를 몽땅 역사에 담가버릴 수야 없죠. 우린 학교에서 실제로 사용할 건물들이 더 필요해요. 낡은 저택에 무슨 수를 다 부려봐도, 그건 또 하나의 살림집에 지나지 않아요."

가아프가 헬렌에게 스티어링 퍼시 집이 팔리리라는 얘기를 하자 헬렌은 울음을 터뜨렸다. 물론 그녀는 사실상 아버지 때문에, 모든 것 때문에 울었지만, 그들이 어린 시절을 보냈던 가장 멋진 집을 스티어링 학교에서 원하지조차 않는다고 생각하니 가아프와 헬렌은 두 사람 다 마음이 답답했다.

다음에 가아프는 아침에 비계 스튜를 위해 연주했던 똑같은 음악이 어니를 위해서 다시 연주되지 않도록 스티어링 교회의 풍금 연주자에게 확인을 해야 했다. 이것은 헬렌이 문제로 삼았고, 그녀가 불안해하는 모습을 보고 가아프는 자기가 맡은 이 자질구레한 일이 무의미한 듯싶었어도 따지려고 하지 않았다.

튜더 양식을 흉내낸 납작한 건물인 스티어링 교회는 담쟁이가 어찌나 칭칭 감았는지 땅에서 툭 튀어나와 뒤엉킨 넝쿨을 뚫고 솟아오르려고 발버둥치는 모습이었다. 가는 세로 줄무늬를 넣은 존 울프의 검정 양복 바지는 양복점에서 제대로 손질을 하지 않고 그냥 접어올렸기 때문에 가아프가 퀴퀴한 교회 안을 들여다봤을 때는 발에 질질 끌렸다. 음울한 오르간 음악의 첫 파도가 연기처럼 가아프에게로 흘러왔다. 그는 충분히 일찍 왔다고 생각했지만, 비계 스튜의 장례식이 벌써 시작한 것을 보고는 가슴이 철렁했다. 손님들은 늙고 알아보기도 힘든 사람들이어서, 마치 자신들의 죽음을 예상해서 복합적인 공감을 느끼듯 어느 누가 죽어도 쫓아가 아무 장례식에나 참석할 만한, 스티어링 학교 사회의 노년층들이었다. 스튜어트 퍼시는 사귄 친구가 거의 없었으므로 장례식에 참석한 사람들은 주로 밋지가 스티어링의 자손이기 때문에 온 사람들이라고 생각했다. 자리에 마마 자국처럼 듬성듬성 앉은 미망인들의 베일이 달린 작고 검은 모자는 축 늘어진 검정 거미줄 같았다.

"잘 왔어요. 잭.(미국인들은 모르는 사람에게 애칭삼아 잭이나 맥 따위 이름을 붙여 부르는 습관이 있다—옮긴이)" 상복을 입은 남자가 가아프에게 말했다. 가아프는 거의 남의 눈에 띄지 않고 뒷줄로 몰래 스며들어와 지루하게 기다리는 시련을 다 겪고 나서 풍금 연주자와 얘기를 나누려던 참이었다. "관을 들 장정이 좀 모자라요." 남자가 말했고, 가아프는 그가 장의사에서 온 영구차 운전사라는 것을 알았다.

"난 관을 들 사람이 아니에요." 가아프가 속삭였다.

"들어야만 해요." 운전사가 말했다. "그러지 않으면 우린 저걸 절대로 여기서 끌어내지 못해요. 워낙 커서 말이죠."

영구차 운전사에게서는 여송연 냄새가 났고, 스티어링 교회의 햇빛이 흩뿌린 의자들을 얼핏 둘러보기만 해도 가아프는 그 남자의 말이 옳다는 사실을 알았다. 가끔 눈에 띄는 남자들이란 백발이나 대머리였고, 의자에 걸린 지팡이가 열서너 개 눈에 띄었다. 바퀴 의자도 두 개였다.

가아프는 운전사가 팔을 잡아도 그냥 내버려두었다.

"남자들이 더 올 거라고들 그랬는데요." 운전사가 투덜거렸다. "하지만 튼튼한 사람은 아무도 나타나질 않았어요."

가아프는 가족석 건너편인 훨씬 앞쪽 자리로 안내를 받았다. 가아프는 그가 앉아야 할 긴 의자에 길게 누운 어느 노인을 보고 깜짝 놀랐고, 이리 오라는 손짓을 따라 그는 퍼시 집안 자리로 가 밋지 옆에 앉았다. 가아프는 얼핏 의자에 누운 노인이 혹시 차례를 기다리는 또다른 시체는 아닐까 궁금한 생각이 들었다.

"저건 해리스 스톤풀 아저씨예요." 통로 건너편에서 죽은 사람처럼 보이는 잠든 사람을 머리로 가리키며 밋지가 가아프에게 속삭였다.

"호레이스 솔터 아저씨예요, 어머니." 밋지의 저쪽 옆에 앉은 남자가 말했다. 가아프는 피둥피둥 살찌고 혈색이 뻘건 그 남자가 퍼시 집안의 맏아들이고 유일하게 생존한 아들 스튜이 투임을 알았다. 그는 피츠버그에서 알루미늄 장사로 돈을 벌었다. 스튜이 투는 가아프가 다섯 살일 때 이후로 여태까지 가아프를 본 적이 없었고, 가아프가 누구인지 전혀 아는 기미를 보이지 않았다. 밋지도 역시 이제는 어느 누구도 알아보지 못하는 듯싶었다. 쪼글쪼글하고 백발에, 크기와 얼룩이 껍질을 벗기지 않은 땅콩 비슷한 갈색 반점들이 얼굴에 난 밋지는 머리를 제대로 가눌 힘이 없어서 무엇을 쪼아먹을까 결정을 내리지 못한 병아리처럼 가족석 의자에서 머리만 까닥까닥거렸다.

얼핏 보고 가아프는 스튜이 투와, 영구차 운전사와, 자기가 관을 들어야 하리라는 사실을 깨달았다. 그는 세 사람이 일을 해낼지 궁금했다. 이토록 사랑을 받지 못하다니 얼마나 끔찍한 일인가! 다행히도 뚜껑을 덮어놓은, 회색 배 같은 스튜어트 퍼시의 관을 쳐다보며 그는 생각했다.

"미안해요, 젊은이." 퍼시 집안에서 기르던 앵무새만큼이나 가볍게 그의 팔에다 장갑을 낀 손을 얹으며 밋지가 가아프에게 귓속말을 했다. "당신 이름을 난 기억할 수가 없네요." 우아하게 노망기가 들어가던 그녀가 말했다.

"저." 가아프가 말했다. 그리고 '스미스(Smith)'나 '존스(Jones)'쯤에서 이름을 찾다가 가아프는 어물어물 말이 새어나갔다. "스몬즈(Smoans)요." 이 말에 밋지와 가아프 자신은 똑같이 놀랐다. 스튜이투는 듣지도 못한 듯싶었다.

"미스터 스몬즈라고요?" 밋지가 말했다.

"예, 스몬즈요." 가아프가 말했다. "61년도에 졸업한 스몬즈입니다. 퍼시 선생님에게서 역사 강의를 들었죠." 태평양에서의 내 임무.

"아, 그렇군요, 미스터 스몬즈로군요! 이렇게 찾아와줘서 고마워요." 밋지가 말했다.

"소식 듣고 참 마음이 아팠어요." 미스터 스몬즈가 말했다.

"예, 우리 모두 마음이 아팠죠." 반쯤은 텅 빈 교회 안을 조심스럽게 둘러보면서 밋지가 말했다. 무슨 경련이 일어나는지 그녀는 얼굴전체가 떨렸고, 뺨의 늘어진 살이 가볍게 찰싹거리는 소리를 냈다.

"어머니." 스튜이 투가 그녀를 조심시켰다.

"알았다, 알았어, 스튜어트." 그녀가 말했다. 미스터 스몬즈에게 그녀가 말했다. "우리 아이들이 모두 여기 참석하지 못한 게 섭섭하군요."

물론 가아프는 멍청이 도우피의 손상된 심장이 이미 그를 앗아갔고, 윌리엄은 전쟁터에서 잃었고, 쿠시는 아기를 만들다 희생되었음을 알았다. 가엾은 푸우가 어디쯤 있을지 가아프는 막연하게나마 짐작이 갔다. 그는 베인브릿지 퍼시가 가족석에 없다는 사실이 오히려 마음이 편했다.

퍼시 집안의 나머지 사람들이 앉은 가족석에서 가아프는 또다른 어느 날을 회고했다.

"우린 죽은 다음에 어디로 가?" 쿠시 퍼시가 언젠가 어머니에게 물었다. 비계 스튜는 트림을 하고 부엌에서 나갔다. 전쟁이 기다리던 윌리엄, 심장에 지방질이 축적되는 중이던 멍청이 도우피, 나팔관이 뒤엉켜 생식을 하지 못했던 쿠시, 알루미늄에 빠져버린 스튜이 투…… 퍼시 집안의 모든 아이들이 그 자리에 모였다. 그리고 푸우에게는 나중에 무슨 일이 일어났는지는 하느님이나 알 노릇이었다. 널찍하고 으리으리한 스티어링 저택의 화려한 시골풍 부엌에는 어린 가아프도 있었다.

"글쎄, 죽은 다음엔 말이다." 밋지 스티어링 퍼시는 아이들, 그리고 어린 가아프에게 말했다. "우린 이런 집 비슷한 커다란 집으로 모두 가게 된단다."

"하지만 훨씬 더 크겠지." 스튜이 투가 진지하게 말했다.

"그랬으면 좋겠어." 윌리엄이 걱정스럽게 말했다.

멍청이 도우피는 무슨 얘기가 오고가는지 이해하지를 못했다. 푸우는 아직 어려서 말도 못 했다. 쿠시는 그녀가 어디로 갈지는 하느님만 알고 계시니까 그 말을 믿지 못하겠다고 그랬다.

가아프는 이제 팔리게 된 널찍하고 으리으리한 스티어링 저택이 머리에 떠올랐다. 그는 그 집을 사고 싶다는 생각이 들었다.

"미스터 스몬즈?" 밋지가 그의 옆구리를 찔렀다.

"어." 가아프가 말했다.

"관 말예요, 잭." 영구차 운전사가 속삭였다. 몸집이 잔뜩 부풀어오른 스튜이 투는 이제 아버지의 찌꺼기를 담은 엄청나게 큰 관을 심각한 표정으로 쳐다보았다.

"네 사람이 필요해요." 운전사가 말했다. "적어도 네 사람은 있어야 해요."

"아니에요, 나 혼자 한쪽을 들 수 있어요." 가아프가 말했다.

"미스터 스몬즈는 무척 힘이 세 보여요." 밋지가 말했다. "덩치가 별로 크지는 않지만 힘은 세죠."

“어머니.” 스튜이 투가 핀잔을 주었다.

“알았다, 알았어, 스튜어트.” 그녀가 말했다.

“네 사람이 필요해요. 그렇지 않고는 안 돼요.” 운전사가 말했다.

가아프는 그 말을 믿지 않았다. 그는 관을 들 자신이 있었다.

“당신들 두 사람이 다른 쪽을 맡아요.” 그가 말했다. “그러면 들릴 거예요.”

보아하니 관이 꼼짝도 안 할 듯싶어서 경악한 비계 스튜의 장례식 손님들이 나지막이 웅얼거리는 소리가 가아프에게 들려왔다. 하지만 가아프는 자신을 믿었다. 안에 담긴 것은 죽음뿐이었고, 어머니 제니 필즈의 무게, 어니 홈의 무게, 그리고 물론 (그 어느 누구보다도 무거웠던) 어린 월트의 무게를 통해 그는 그 무게가 어느 정도인지를 알았다. 그들이 저마다 얼마나 무거웠는지는 하느님도 알지만, 가아프는 비계 스튜의 포함(砲艦) 같은 관의 한쪽에 버티고 섰다. 그는 준비가 되었다.

필요한 네번째 사람이 되겠다고 나선 것은 밧저 학생감이었다.

“자네가 여기 올 줄은 전혀 몰랐구만.” 밧저가 가아프에게 나지막이 말했다.

“미스터 스몬즈를 아시나요?” 믿지가 학생감에게 물었다.

“61년도 졸업한 스몬즈입니다.” 가아프가 말했다.

“아, 예, 예, 스몬즈요, 그렇죠.” 밧저가 말했다. 그리고 비둘기를 받았던 스티어링 학교의 안짱다리 보안관은 가아프와 다른 사람들과 함께 관을 들었다. 그리하여 그들은 비계 스튜를 또다른 삶으로 보냈다. 더 크기만 바랐던 또다른 집으로.

스티어링 묘지로 그들을 태우고 갈 차로 터벅거리거나 비틀거리며 낙오병들처럼 걸어가던 사람들의 뒤에서 밧저와 가아프가 따라갔다. 늙은 손님들이 이제는 주변에서 사라진 다음에 밧저는 가아프를 버스터 스낵 그릴로 데리고 갔고, 그들은 커피를 받아놓고 마주 앉았다. 보아하니 밧저는 저녁이면 여자로 변장하고 낮에는 이름을 바꾸는 가아프의 버릇을 수긍하는 듯싶었다.

"아, 스몬즈." 밧저가 말했다. "아마 이제는 자네도 안정되고 부유하고도 행복한 삶을 누리게 되겠지."

"적어도 부유하게는 살겠죠." 가아프가 말했다.

가아프는 비계 스튜의 음악을 어니 홈을 위해 되풀이해서 연주하지 말라고 풍금 연주자에게 부탁한다는 일은 완전히 잊어버렸다. 어쨌든 가아프는 음악이 귀에 설어서, 다시 연주한다고 해도 알아들을 것 같지가 않았다. 그리고 교회에 없었기 때문에 헬렌도 모를 터였다. 그리고 어니도 모르리라고 가아프는 생각했다.

"당분간 우리들하고 같이 지내는 게 어떤가?" 밧저가 가아프에게 물었다. 버스터 스낵 그릴의 흐릿한 창문들을 향해서 힘세고 통통한 손을 휘둘러가며 학생감은 스티어링 학교를 가리켰다. "사실 여긴 나쁜 곳도 아냐." 그가 말했다.

"내가 아는 고향이라고는 이곳뿐예요." 중립을 지키는 태도로 가아프가 말했다.

가아프는 어머니가 전에, 적어도 아이들을 키우기에는 적당한 곳이라고 스티어링을 선택했었다는 사실을 알고 있었다. 그리고 가아프가 알기로는 제니 필즈의 육감은 정확했다. 그는 커피를 마신 다음 밧저 학생감과 다정하게 악수를 나누었다. 가아프에게는 아직 치러야 할 장례식이 하나 더 남았다. 다음에는 헬렌과 함께 장래를 의논할 참이었다.

18

물밑 두꺼비의 습성

헬렌은 영문과로부터 지극히 정중한 초청을 받기는 했어도 스티어링 학교에서 강의를 하기가 웬일인지 선뜻 마음이 내키지를 않았다.

"당신은 다시 강의를 하고 싶어하는 줄 알았는데." 가아프가 말했지만 헬렌은 그녀가 계집아이였을 때 계집아이들은 받아주지 않았던 학교에서 구태여 일자리를 얻기 전에 우선 당분간 기다려보고 싶었다.

"글쎄, 제니가 학교에 다닐 만큼 큰 다음이라면 모르겠어." 헬렌이 말했다. "그때까지는 독서를, 그냥 독서를 하는 정도로 만족이야." 작가로서 가아프는 헬렌처럼 책을 많이 읽는 사람들이 부럽기도 하면서도 경계했다.

그리고 마치 정말로 늙은 사람들처럼 삶에 대해서 그토록 조심스럽게 궁리하는 자신들의 상황 때문에 두 사람 다 걱정스러운 두려움을 이제는 느끼게 되었다. 물론 가아프는 아이들을 보호하려는 집념을 항상 지니고 살아왔으며, 이제서야 마침내 그는 아들과 계속해서 같이 살고 싶어했던 제니 필즈의 오래된 관념이 전혀 비정상이 아니었음을 깨달았다.

가아프 일가는 스티어링에 머물기로 했다. 그들은 평생 먹고살 돈이 넉넉했고, 헬렌은 마음이 내키지 않는다면 아무 일도 할 필요가 없었다. 하지만 가아프는 할 일이 필요했다.

"당신은 작품을 써야 되겠지." 헬렌이 지쳐서 물었다.

"당분간은 안 쓰겠어." 가아프가 말했다. "어쩌면 절대로 다시는 안 쓸지도 몰라. 적어도 당분간은 안 쓰겠어."

이 말이 상당히 심한 조로(早老) 현상의 징후라는 인상을 받았지만 헬렌은 정신력을 포함해서 이미 소유한 것을 온전히 간직하려는 욕망에서 파생된 그의 초조감에 감염이 되었으며, 부부간의 사랑이 지닌 취약성을 남편이 그녀와 함께 나누게 되었다는 사실도 의식했다.

가아프가 스티어링 체육부로 찾아가 어니 홈의 후임을 맡겠다고 자청했을 때 그녀는 아무 말도 하지 않았다. "보수는 필요없어요." 그는 그들에게 말했다. "난 돈이라면 관심도 없고, 그냥 레슬링 코치가 되고 싶을 뿐예요." 물론 가아프가 일은 훌륭하게 해내리라는 사실을 그들은 시인할 수밖에 없었다. 강력한 분야였던 레슬링은 어니의 후임이 없다면 몰락하기 시작할 운명이었다.

"돈은 하나도 원하지 않는다고요?" 체육부장이 물었다.

"돈은 하나도 필요가 없어요." 가아프가 말했다. "내가 필요한 것은 해야 할 무슨 일, 작품을 쓰는 게 아닌 어떤 다른 일예요." T. S. 가아프가 지금까지 배워서 할 줄 아는 바가 글을 쓰고 레슬링을 하는 두 가지뿐이라는 사실을 헬렌 이외에는 아무도 알지 못했다.

그가 (이 무렵에) 왜 작품을 쓰지 못했는지를 아는 사람은 아마도 헬렌 혼자뿐이었으리라. 헬렌의 생각은 나중에 비평가 A. J. 함스가 밝힌 견해와 비슷했는데, 함스는 가아프의 작품이 작가의 개인적인 과거와 점점 더 유사해짐과 동시에 점점 힘을 잃어간다고 했다. "점점 자서전적이 되어감에 따라 그의 작품은 자꾸 세계가 좁아졌고, 창작을 하기도 점점 거북해졌다. 기억을 파먹는 셈인 이런 작품은 그에게 개인적으로 훨씬 고통스러울 뿐만 아니라 모든 면에서 빈약하고 독창력이 모자란다는 점을 그는 알았던 듯하다." 함스가 썼다. 가아프는 「그릴파르처 하숙」의 눈부신 재능을 통해 자신에게, 그리고 우리 모두에게 그토록 일찍이 약속했던, 인생을 참되게 '상상'한다는 자유를 상실했다. 함스의 견해로는 가아프가 이제는 '기억'을 되살림으로써만 진실해질 수 있으며, 상상과는 뚜렷하게 다른 그 방법은 자신에게 심리적으로 나쁠 뿐 아니라 결실도 훨씬 적으리라는 지적이었다.

하지만 함스처럼 다 끝난 다음에 판단을 내리기는 쉬운 일이었고, 헬렌은 스티어링 학교에서 레슬링 코치 자리를 그가 받아들인 날 가아프의 문제가 그것이었음을 이미 알았다. 가아프가 어니만큼 훌륭히 해내기는 어림도 없다는 사실을 두 사람 다 알았지만, 그는 제대로 이끌어나갈 터였고, 가아프의 레슬링 선수들은 질 때보다는 항상 이길 때가 많으리라.

"동화를 써봐." 가아프 자신보다도 그의 창작활동을 더 자주 생각했던 헬렌이 제안했다. "모든 내용을 몽땅 상상으로만 써보라구." 그녀는 「그릴파르처 하숙」처럼'이라는 말을 절대로 하지 않았고, 그것이 가아프의 가장 훌륭한 작품이라는 그녀의 의견에 지금은 가아프도 동의한다는 사실을 알았어도 한 번도 그 얘기를 꺼내지 않았다. 슬프게도 그것은 첫 작품이었다.

작품을 쓰려고 할 때마다 가아프는 뉴햄프셔의 잿빛 주차장이나, 굳어버린 월트의 자그마한 몸집이나, 사냥꾼들의 반들거리는 외투와 빨간 모자나, 남자인지 여자인지도 모르고 혼자 똑똑한 체하던 광신적인 푸우 퍼시 따위, 그의 개인적인 삶에서 벌어졌던 둔감하고 전개가 되지 않은 사실들만이 눈앞에 어른거릴 뿐이었다. 그런 영상들은 아무런 의미도 달성하지 못했다. 그는 새 집 때문에 수선을 피우느라고 굉장히 많은 시간을 보냈다.

밋지 스티어링 퍼시는 스티어링 학교에 증정한 그녀 집안의 저택을 누가 샀는지 전혀 알지 못했다. 혹시 나중에라도 스튜이 투가 알아내더라도, 그는 가아프에 관한 기억이 착한 미스터 스몬즈에 관한 보다 새로운 인상 때문에 흐려졌을지도 모를 노릇이니까 섣불리 그런 이야기를 어머니에게 하지 않을 만큼은 똑똑한 사람이었다. 스튜이 투가 알루미늄 때문에 일이 많았기 때문에 어머니를 그 금속이 생산되는 곳에서 별로 멀지 않은 양로원으로 데려다놓았으므로 밋지 스티어링 퍼시는 피츠버그의 양로원에서 죽었다.

푸우가 어떻게 되었는지는 하느님이나 알 노릇이었다.

헬렌과 가아프는 교내에서 많은 사람들이 옛 스티어링 저택이라고 부르던 집을 수리했다. 퍼시라는 이름은 빠른 속도로 사라졌고, 대부분 사람들은 기억 속에서 이제 밋지를 항상 '밋지 스티어링'이라고 못박았다. 가아프의 새 집은 스티어링 교정이나 학교 일대에서 가장 멋진 곳이었고, 스티어링에 들어올 학생들이나 부모들에게 학교 구경을 시키는 안내를 맡은 스티어링 학생들은 '그리고 이곳에서 작가 T. S. 가아프가 삽니다. 이것은 1781년경에 본디 스티어링 집안의 저택으로 지은 건물입니다'라고 말하는 경우가 드물었다. 학생들은 그보다 훨씬 장난스러워서, 보통 이런 식으로 얘기했다. "그리고 이 집에는 우리 레슬링 코치가 삽니다." 그러면 부모들은 서로 얌전히 눈길을 주고받고, 입학을 고려하던 학생은 이렇게 묻기가 일쑤이다. "스티어링에서는 레슬링이 손꼽는 스포츠인가요?"

머지않아 던컨은 스티어링의 학생이 되리라고 가아프는 생각했는데, 그날을 생각하면 가아프는 어색하지 않을 기쁨이 예상되었다. 그는 던컨이 레슬링 연습장에 없으니까 섭섭했지만, 천성이 그래서인지 아니면 눈 때문인지 또는 두 가지 이유 모두 때문인지는 몰라도 완전히 편안하게 느낄 만한 장소인, 수영장을 아들이 발견한 것이 그나마 기뻤다. 던컨은 가끔 수건으로 몸을 감싸고 덜덜 떨며 수영장에서 레슬링 연습장으로 찾아와 열기가 쏟아져나오는 난방기 밑 부드러운 매트 위에 앉아 몸을 따뜻하게 했다.

"잘 되냐?" 가아프가 아들에게 묻는다. "너 몸은 젖지 않았겠지, 안 그러냐? 매트에 물을 흘리지 마, 알겠지?"

"그래요, 안 흘리겠어요." 던컨이 말한다. "수영은 잘 돼요."

헬렌은 레슬링 연습장을 훨씬 자주 들렀다. 그녀는 또다시 닥치는 대로 읽어대는 중이었고, ('사우나 속에서 책을 읽는 기분'이라는 표현을 자주 썼지만) 레슬링 연습장으로 책을 읽으러 와서는 이상할 정도로 누가 쾅 떨어지거나 고통스러운 비명 소리가 날 때면 가끔 읽던 책에서 눈을 들고는 했다. 레슬링 연습장에서 책을 읽는 데 헬렌에게 조금이나마 곤란했던 점이라면 안경에 자꾸 부옇게 끼는 안개였다.

"우린 벌써 중년에 들어섰나?" 그들의 아름다운 집에서 어느 날 밤 헬렌이 가아프에게 물었다. 집의 앞쪽 응접실에서는 날씨가 맑은 밤이면 제니 필즈 진료소의 불을 밝힌 정사각형 창문들이 보였고, 검푸른 잔디밭 너머로는 저 멀리, 가아프가 어렸을 때 살았던 진료소 별관의 문 위쪽에 외롭게 켜놓은 야간 보안등도 보였다.

"세상에." 가아프가 말했다. "중년이라구? 우린 벌써 은퇴를 했어. 우린 그런 신세라구. 우린 중년기를 몽땅 건너뛰어 곧장 노인의 세계로 뛰어들었지."

"그래서 당신 기분이 우울해?" 헬렌이 조심스럽게 물었다.

"아직은 안 그래." 가아프가 말했다. "우울한 기분이 들기 시작하면 난 뭔가 다른 일을 해야지. 어쨌든 뭔가 하기는 해야 해. 내 생각에는 말야, 헬렌, 우린 어느 누구보다도 출발이 유리했던 것 같아. 우린 오랫동안 뒷전에 물러나서 지낼 휴게 시간이 있거든."

헬렌은 가아프가 즐겨 쓰는 레슬링 용어에 신물이 났지만, 어쨌든 그런 속에서 성장했던 헬렌 홈과 레슬링은 오리와 물 사이였다. 그리고 작품은 쓰지 않더라도 헬렌이 보기에 가아프는 행복한 듯싶었다. 저녁이면 헬렌은 책을 읽고 가아프는 텔레비전을 봤다.

가아프의 작품은 가아프 자신이 원하던 바와 전혀 어긋나지는 않고 존 울프가 상상했던 것보다는 훨씬 더 이상하게 묘한 명성을 얻어나갔다. 『벤젠하버가 본 세상』이 얼마나 정치적으로 찬사를 듣거나 경멸을 당하는지 보고 가아프와 존 울프가 당황하기는 했어도 문제의 작품으로 얻은 명성 때문에, 심지어는 그릇된 이유에서까지도, 독자들은 가아프의 과거 작품들에도 관심을 쏟게 되었다. 가아프는 이른바 여성 문제에서 이쪽이냐 저쪽이냐 한쪽 편을 들어야 하고, 어머니와 그녀의 작품에 대한 그의 관계와 그의 책에 등장하는 여러 주인공들에게 부여된 '성별(性別) 역할'에 관해서 얘기를 하라는 여러 대학의 강연 초청을 공손하게 거절했다. 그는 이런 강연을 '사회학과 정신분석학에 의한 예술의 파괴'라고 불렀다. 하지만 그의 소설을 그냥 읽어달라고만 하는 초청도 그에 못지않게 많았고, 그런 초청은 가끔 한두 번씩, 특히 헬렌이 가고 싶어하는 곳이라면 받아들이고는 했다.

가아프는 헬렌과의 생활이 행복했다. 그는 더이상 아내 모르게 바람을 피우지 않았고, 그럴 생각은 별로 하지도 않았다. 젊은 여자들을 그런 식으로 보는 버릇을 마침내 몰아내게 되었던 이유는 아마도 엘렌 제임스와의 만남 때문이었는지도 모른다. 헬렌과 나이가 비슷하거나 더 많은 다른 여자들에 대해서는, 가아프에게 별로 힘든 일은 아니었지만, 의지력을 발휘해서 참았다. 그의 삶은 욕정의 영향을 받을 만큼은 받았다.

강간을 당하고 혀가 잘렸을 때 열한 살이었던 엘렌 제임스는 가아프 일가와 같이 살기 시작했을 때는 열아홉 살이었다. 그녀는 당장 던컨의 누나 노릇을 했고, 던컨도 엉거주춤 소속되었던 불구의 집단에서 한 구성원이 되었다. 그들은 무척 사이가 가까워졌다. 엘렌 제임스는 읽기와 쓰기를 아주 잘했기 때문에 던컨의 숙제를 도와주었다. 던컨 때문에 엘렌은 수영과 사진에 취미를 붙였다. 가아프는 스티어링 저택에다 암실을 마련했고, 그들은 캄캄한 속에서 현상을 하고 또 하느라고 몇 시간씩 보내며 던컨은 렌즈를 어떻게 열어야 하느니 노출이 어떠니 끊임없이 잔소리를 늘어놓았고 말을 못 하는 엘렌 제임스는 '우우우우'나 '아아아아' 소리만 했다.

헬렌은 그들에게 촬영기를 하나 사주었고, 엘렌과 던컨은 함께 각본을 써서, 젊은 청소부 여자와 키스를 하면 시각이 부분적으로 되살아나는 눈먼 왕자님에 관한 그들의 영화에 '스스로 출연했다.' 청소부 여자가 왕자에게 키스를 뺨에만 하도록 허락하기 때문에 왕자는 한쪽 눈만 시력을 되찾는다. 그녀는 혀가 없어졌기 때문에 창피해서 아무에게도 입에 키스하는 것을 허락하지 않는다. 서로 장애가 있어도 그들 젊은 남녀는 타협점을 찾고 결혼한다. 이 줄거리는 무언극과 엘렌이 쓴 자막을 통해 전달된다. 던컨이 나중에 한 얘기지만, 이 영화의 가장 좋은 점은 그것이 겨우 7분밖에 계속되지 않는다는 사실이었다.

엘렌 제임스는 또한 아기 제니를 돌보는 데도 헬렌에게 큰 도움이 되었다. 엘렌과 던컨이 아기를 잘 보았지만, 가아프는 그곳에 가면 아이가 걷거나 뛰거나 다치지 않고 넘어지는 방법을 익힐 수 있다면 서 일요일 오후면 딸을 레슬링 연습장으로 데리고 갔는데, 헬렌은 매트 때문에 아이가 발 밑의 세상은 감촉이 푹신푹신한 해면 같다고 잘못 판단하게 되리라고 반박했다.

"하지만 세상이 정말로 그렇게 느껴지는걸." 가아프가 말했다.

글을 쓰지 않게 된 이후로 가아프의 삶에서 지속된 마찰이라고는 그의 가장 친한 친구 로버타 멀둔과의 관계에서 야기되었다. 하지만 불화의 씨앗은 로버타가 아니었다. 제니 필즈가 죽은 다음에 가아프 는 그녀의 재산이 엄청나게 많으며 일부러 아들을 괴롭히고 싶은 생 각에서 그러기라도 했던 것처럼, 제니는 그녀의 어마어마한 돈과 개 머리 항구에 있는 상처를 입은 여자들을 위한 저택에 관한 유언장에 서 그를 집행인으로 설정해놓았음을 알았다.

"왜 하필이면 나예요?" 가아프가 소리를 버럭 질렀다. "왜 당신에 게 맡기질 않았죠?" 가아프는 로버타에게 고함쳤다. 하지만 로버타 멀둔도 자기가 집행인으로 지명되지 않았다는 사실이 상당히 불쾌 했다.

"난 상상도 못 하겠어요. 정말이지 왜 당신이죠?" 로버타가 시인 했다. "하고 많은 사람들 중에서 말예요."

"어머니는 나를 골탕 먹이려고 작정을 했었나봐요." 가아프가 결 론을 내렸다.

"아니면 어떻게 해서든지 당신 머리가 좀 깨게 하려고 작정하셨거 나요." 로버타가 암시했다. "정말 훌륭한 어머니셨어요!"

"이런, 맙소사." 가아프가 말했다.

여러 주일 동안 그는 그녀의 돈을 어떻게 쓰고 거대한 바닷가의 저택을 어떻게 이용해야 할지 그 의도를 제니가 밝힌 단 한 문장을 놓고 골똘히 따져보았다.

　나는 훌륭한 여인들이 찾아가서 마음을 가다듬고 그들 나름대로 그들의 세계를 되찾을 만한 그런 장소를 남기고 싶다.

“이런, 맙소사.” 가아프가 말했다.
“무슨 재단을 만들면 어떨까요?” 로버타가 떠보았다.
“필즈 재단요.” 가아프가 제안했다.
“그거 멋있어요!” 로버타가 말했다. “그래요, 여자들을 위한 재정적인 지원…… 그리고 찾아갈 수 있는 곳.”
“찾아가서 무얼 하나요?” 가아프가 말했다. “그리고 무엇을 위한 재정적인 지원이죠?”
“찾아가서, 필요하다면 건강을 회복하고, 필요하다면 혼자 지내며 마음을 정리하죠.” 로버타가 말했다. “그리고 원하는 사람은 글을 쓰거나 그림을 그려도 좋고요.”
“미혼모들에게 집도 제공하나요?” 가아프가 말했다. “‘건강 회복’을 위한 재정적 지원도 하고요? 이런 세상에.”
“진지하게 얘기합시다.” 로버타가 말했다. “이건 중요한 일예요. 모르시겠어요? 어머님은 당신이 그런 필요성을 이해하시기를 바랐고, 당신이 문제를 처리하게 되기를 원하셨어요.”
“그럼 누가 ‘훌륭한’ 여자인지는 누가 판단하죠?” 가아프가 물었다. “아, 맙소사, 어머니!” 그는 소리쳤다. “이런 거지 같은 일을 맡기다니 어머니 목이라도 비틀고 싶은 심정예요!”
“당신이 판단해야죠.” 로버타가 말했다. “그래야 당신도 생각을 하게 될 테니까요.”
“당신은 어쩌고요?” 가아프가 물었다. “이건 당신에게 어울리는 일예요, 로버타."

　로버타는 확실히 마음이 갈팡질팡했다. 그녀는 여성들의 욕구가 지닌 정당성과 복합성에 관해서 가아프와 다른 남자들을 교육시켜야 한다는 제니 필즈의 욕망에 공감을 느꼈다. 그녀는 또한 가아프가 그런 면에서 상당히 엉망이리라고 생각했지만, 자기는 잘 해내리라고 믿었다.

　"우리 그 일을 함께 해요." 로버타가 말했다. "그러니까 당신이 책임을 맡고, 난 옆에서 거들어주겠어요. 당신이 잘못을 범한다는 생각이 들면 내가 얘기해주죠."

　"로버타." 가아프가 말했다. "당신은 항상 내가 잘못한다는 소리만 하잖아요."

　로버타는 최고로 애교를 부리며 그의 입에다 키스를 하고 어깨를 주먹으로 쳤는데, 두 경우 다 어찌나 힘차게 그랬는지 가아프는 몸을 움츠렸다.

　"맙소사." 가아프가 말했다.

　"필즈 재단!" 로버타가 소리쳤다. "멋진 일이 벌어질 거예요."

　그리하여, 어떤 종류의 마찰이 없다면 아마도 세상에 대한 결속과 의식을 상실했을지도 모르는 T. S. 가아프의 삶에서는 불화가 계속되었다. 작품을 쓰지 않을 때 가아프로 하여금 살아가게 만드는 요소는 그런 갈등이었고, 로버타 멀둔과 필즈 재단은 그에게 아주 적게나마 갈등을 마련해주었다.

　로버타는 개머리 항구에 있는 필즈 재단의 상임 거주 유산 관리인이 되었고, 저택은 순식간에 작가촌, 휴양소, 출산 자문 진료소가 되었고, 조명이 잘 된 몇 개의 다락방은 화가들에게 빛과 고적함을 제공했다. 필즈 재단의 지원을 받으려면 어떤 자격을 갖춰야 하는지 궁금해하는 여자들이 많아졌다. 가아프도 그것이 궁금했다. 모든 신청자들은 로버타에게 편지를 냈고 로버타는 가아프를 좋아하거나 싫어하거나 의견이 분분했지만 하나같이 그와 말다툼을 벌이는 여자들로 소규모 운영진을 구성했다. 한 달에 두 번씩 로버타와 그녀의 이사진은 심술이 난 가아프를 참석시키고 모임을 열어 신청자들 가운데 합격자를 선발했다.

그곳으로 가기를 가아프는 점점 더 심하게 거부했지만, 날씨가 좋으면 그들은 개머리 항구 저택의 화사한 옆 포치에 모였다. "온갖 해괴한 인물들이 모여 죽치고 앉아 기다리죠." 가아프는 로버타에게 말했다. "그들을 보면 나는 옛날 생각이 나요." 그래서 다음에 그들은 이 사나운 여자들과 자리를 같이 해도 약간 더 마음이 편하다고 가아프가 느끼던 스티어링의 스티어링 저택, 레슬링 코치의 집에서 만났다.

그들을 모두 레슬링 연습장에서 만났더라면 틀림없이 가아프는 마음이 훨씬 더 편했으리라. 비록 그곳이라고 해도 로버트 멀둔으로서의 과거가 있던 여자는 가아프와 모든 문제를 놓고 싸움을 벌이리라는 사실을 가아프는 아주 잘 알았다.

신청자 제1048번의 이름은 찰리 풀라스키였다.

"신청자는 여자여야 한다고 알았는데요." 가아프가 말했다. "난 적어도 엄격한 기준이 한 가지나마 있다고 생각했죠."

"찰리 풀라스키는 여자예요." 로버타가 가아프에게 말했다. "그냥 전부터 이름이 찰리였을 따름이죠."

"내 생각엔 그것만 해도 실격의 이유가 충분하다고 생각하는데요." 누군가 말했다. 이 말을 한 사람은 가아프가 비록 그녀의 시를 대단하다고 생각하기는 했어도 걸핏하면 서로 맹렬한 대결을 벌이던 호리호리하고 빈약한 여류 시인 마르시아 폭스였다. 가아프는 이 여류시인처럼 언어의 절제를 구사할 능력이 전혀 없었다.

"찰리 풀라스키가 원하는 건 뭐죠?" 가아프가 기계적으로 물었다. 어떤 신청자들은 돈만 원했고, 어떤 사람들은 얼마 동안 개머리 항구에서 살기를 원했다. 어떤 여자들은 굉장히 많은 돈에다가 개머리 항구에서 영구히 지낼 방을 하나 요구했다.

"이 여자가 원하는 건 돈뿐예요." 로버타가 말했다.

"이름을 바꾸기 위해서인가요?" 마르시아 폭스가 물었다.

"직장을 집어치우고 글만 쓰고 싶다는군요." 로버타가 말했다.

"이런, 맙소사." 가아프가 말했다.

"직장을 그만두지 말라고 충고를 해줘요." 다른 작가들과 작가 지망생들을 못마땅하게 생각하는 그런 부류의 작가였던 마르시아 폭스가 말했다.

"마르시아는 사망한 작가들까지도 못마땅하게 생각하죠." 가아프가 로버타에게 말했다.

하지만 마르시아와 가아프는 미즈 찰리 풀라스키가 제출한 원고를 읽었고, 이 여자는 아무 일자리라도 그녀가 구할 수 있는 직장에 붙어 있어야 한다고 의견을 모았다.

신청자 제1073번은 미생물학 조교수였는데, 역시 책을 쓰고 싶어 직장을 떠나려고 했다.

"소설인가요?" 가아프가 물었다.

"분자 바이러스학 연구래요." 닥터 조운 액스가 말했다. 닥터 액스는 자기 나름대로 무슨 연구를 하려고 듀크 대학교 메디컬 센터에서 휴가를 받은 여자였다. 그것이 무엇이냐고 가아프가 물었더니 그녀는 '눈에 보이지 않는 혈관의 질병'에 이 여자가 관심이 있다고 아리송하게 설명했다.

　　신청자 제1081번은 보험에 들지 않은 남편이 비행기 추락 사고로 죽었다고 했다. 그녀는 다섯 살도 안 된 아이가 셋이나 되었고, 프랑스어과에서 석사 학위를 받으려면 아직 15학점을 더 따야 했다. 그녀는 학교로 돌아가서 학위를 따고 좋은 일자리를 구해야 하는데, 그러려면 돈과, 개머리 항구에서 아이들과 아이 보는 여자가 지내기에 충분한 방들이 필요했다.

　　이사회에서는 그녀에게 학위를 받을 때까지 공부를 마치고 아기 보는 여자를 상주시키기 위해 필요한 돈을 충분히 지급하겠지만, 아이들과 아이 보는 여자와 신청인이 모두 그녀가 학업을 마치기로 선택한 곳에서 살도록 하자고 만장일치로 가결했다. 개머리 항구는 아이들이나 아이 보는 여자들이 살 만한 곳은 아니었다. 이곳에는 아이를 한 명이라도 보거나 그 소리만 들어도 미쳐버리는 여자들이 있었다. 이곳에는 집 보는 여자들 때문에 비참해진 여자들도 있었다.

　　이 문제는 결정을 내리기가 간단했다.

　　제1088번은 좀 난처한 문제를 야기했다. 신청자는 제니 필즈를 죽인 남자와 이혼한 여자였다. 그녀는 아이가 셋이었는데, 그중 하나는 미성년자를 위한 교도학교에 다녔고, 제니 필즈의 암살범인 남편이 주차장을 돌아다니던 총을 휴대한 몇 명의 사냥꾼과 뉴햄프셔 주 경찰의 집중 사격을 받고 죽은 다음에는 양육비 조달이 중단되었다.

　　사망한 케니 트럭켄밀러와는 이혼한 지가 채 일 년도 안 되었다. 그는 친구들에게 아이들 양육비 때문에 뼛골이 빠질 지경이고, 여성 해방운동에 미쳐 날뛰더니 아내는 급기야 이혼을 하겠다고 날뛰더라는 얘기를 했었다. 트럭켄밀러 부인에게 유리한 쪽으로 일을 처리한 변호사는 뉴욕의 이혼녀였다. 케니 트럭켄밀러는 거의 십삼 년 동안 한 주일에 적어도 두 차례씩 아내를 두들겨패고, 세 아이를 저마다 몇 번씩이나 정신적, 육체적으로 학대했다. 하지만 트럭켄밀러 부인은 제니 필즈의 자서전 『섹스의 이단자』를 읽기 전에는 그녀 자신과, 그녀가 어떤 권리를 소유했는지를 제대로 알지 못했었다. 그녀는 매주 그녀가 얻어맞는 고통과 아이들이 당하는 학대가 십삼 년 동안 그녀의 문제이며 그녀의 '팔자소관'이라고만 생각했었는데, 이 책을 읽자 어쩌면 그것이 사실은 케니 트럭켄밀러의 탓일지도 모른다는 생각을 하기 시작했다.

케니 트럭켄밀러는 아내가 스스로 깨우친 생각을 여성운동의 탓으로 돌렸다. 트럭켄밀러 부인은 뉴햄프셔 노스마운틴 읍에서 그 전부터 개인 '미용실'을 경영했었다. 법정 판결에 의해서 케니가 강제로 집에서 쫓겨난 다음에도 그녀는 계속해서 미용사 노릇을 했다. 하지만 이제는 케니가 읍사무소 트럭을 끌지 않게 되었으므로 트럭켄밀러 부인은 미용사 노릇만 해서는 가족을 부양하기가 힘들었다. 그녀는 거의 알아보기도 힘든 신청서에다 '먹고살기 위해' 과거에도 마지못해 타협을 했었고, 앞으로도 양보하는 행위를 서슴지 않고 되풀이하리라는 얘기를 썼다.

자신의 성(姓)을 단 한 번도 내세우지 않았던 트럭켄밀러 부인은 이사회에서 그녀의 남편을 너무나 미워할 테니까 그녀에게 불리한 편견을 가지리라는 사실을 인식한다고 밝혔다. 신청을 무시하더라도 이해를 하겠노라고 그녀는 썼다.

(자신의 의사와는 아무런 관계도 없이) 명예이사가 되었고 명석한 경제적 판단력으로 인정받은 존 울프는 당장 '제니의 살인자와 관련된 불우한 인물'에게 그녀가 원하는 바를 제공하는 것보다 필즈 재단을 위해 더 좋고 효과적인 선전은 또 없으리라고 말했다. 그것은 당장 뉴스거리가 될 만했고, 엄청난 양의 기증 선물이 재단으로 틀

림없이 몰려들어 저절로 보상을 받게 되리라고 판단했다.

"기증이라면 우린 벌써부터 꽤 잘 해나가는 편예요." 가아프가 방어선을 쳤다.

"이 여자가 그냥 평범한 창녀라면 어쩌죠?" 불우한 트럭켄밀러에 관해서 로버타가 암시를 주었고, 모두들 그녀를 빤히 쳐다보았다. 로버타는 여자의 관점에서 생각하는 동시에 '필라델피아 이글스의 선수의 관점'에서도 생각할 능력을 갖추었다는 이점을 지닌 처지였다. "잠깐 생각을 해봐요." 로버타가 말했다. "신청자가 방탕한 보통 여자이고, 과거에도 늘 그랬듯이 지금도 항상 '양보'를 하며, 그걸 아무렇지도 않게 생각하는 사람이라면 어떨까요? 그렇다면 우린 눈 깜짝할 사이에 당하고, 남들의 웃음거리나 되겠죠."

"그러니까 우린 성분 검사가 필요하겠군요." 마르시아 폭스가 말했다.

"누가 이 여자를 만나서 얘기를 해봐야 되겠어요." 가아프가 제안했다. "믿을 만한 인물인지, 정말로 혼자 살아보려고 '노력'을 하는지 알아봐요."

그들은 모두 가아프를 빤히 쳐다보았다.

"글쎄요." 로버타가 말했다. "이 여자가 창녀인지 아닌지를 알아내는 일은 난 맡지 않겠어요."

"어림도 없어요." 가아프가 말했다. "난 못 해요."

"뉴햄프셔의 노스마운틴이 어디인데요?" 마르시아 폭스가 물었다.

"난 못 해요." 존 울프가 말했다. "그러지 않아도 난 뉴욕 밖에서 보내는 시간이 너무 많아요."

"아, 맙소사." 가아프가 말했다. "그 여자가 날 알아보면 어쩌죠? 아시잖아요, 사람들이 날 잘 알아본다는 거요."

"그 여잔 알아볼 것 같지 않아요." 가아프가 혐오하던 정신의학

사회사업가 힐마 블로크가 말했다. "당신 어머님이 집필한 것 같은 그런 자서전을 읽으려는 동기가 지극히 강한 사람들은 소설에 흥미를 느끼는 일이 거의 없고, 흥미를 느껴도 동기가 빗나간 것이죠. 그러니까, 그 여자가 만일 『벤젠하버가 본 세상』을 읽었다고 해도 그것은 당신의 신분 때문에 읽은 데 지나지 않아요. 그리고 그런 동기라면 책을 끝까지 읽을 이유를 충분히 유발시키지 못했겠고, 뭐니뭐니 해도 미용사라는 사실을 고려하고 모든 확률을 검토한다면, 이 여자는 맥이 풀려 결국 읽어내지 못했을 겁니다. 그리고 표지의 당신 사진도 기억하지 못하겠고, (당신은 물론 뉴스에 등장하는 얼굴이기는 했지만 사실은 제니가 살해된 무렵에만 뉴스 거리였으므로) 기억하더라도 얼굴만 막연히 기억하겠죠. 이런 여자는 텔레비전을 굉장히 많이 보고, 책의 세계와는 거리가 먼 사람예요. 나는 이런 여자가 당신 사진을 기억하리라는 데 대해 강한 회의를 느낍니다."

존 울프는 힐마 블로크에게서 시선을 피했다. 로버타까지도 시선을 돌렸다.

"고마워요, 힐마." 가아프가 조용히 말했다. '그녀의 성분에 관해 보다 구체적인 어떤 판단을 내리기 위해' 가아프가 트럭켄밀러 부인을 만나보기로 결정이 났다.

"적어도 그 여자의 이름이라도 알아내야죠." 마르시아 폭스가 말했다.

"틀림없이 이름이 찰리일 거예요." 로버타가 말했다.

그들은 이어서 지금 개머리 항구에 누가 거주하며, 누구는 체류 기간이 끝나가고, 누가 입주할 예정이라는 보고를 들었다. 그리고 또 무슨 문제는 없는가?

남쪽 다락방에 한 사람, 북쪽 다락방에 한 사람, 화가가 두 명 있었다. 남쪽 다락방의 화가는 북쪽 다락방 화가의 '빛'을 탐냈고, 두 주일 동안이나 그들은 사이가 나빠 아침 식탁에서도 얘기 한 마디 주고받지 않았고, 잃어버린 우편물을 놓고 누구 잘못이냐고 다투었다. 모두 그런 식이었다. 그러다가 보아하니 그들은 애인이 된 듯싶었다. 이제는 북쪽 다락방의 화가만 그나마 그림을 그려서, 훌륭한 빛을 받으며 하루 종일 모델을 서는 남쪽 다락방 화가를 그렸다. 발가벗고 돌아다니는 그녀는 집의 위층에 사는 작가들 가운데 적어도 한 사람, 그러니까 파도 소리 때문에 잠을 못 자겠다고 말한 클리블랜드 출신이며 동성애를 맹렬히 비난하던 극작가의 비위에 거슬렸다. 아마도 그녀의 신경에 거슬리던 것은 화가들이 섹스를 하는 소리였는지도 모르는데, 어쨌든 그녀는 '신경과민'이라는 소리를 들었던 터였고, 이곳에 상주하는 다른 작가가 개머리 항구의 모든 손님이 이 극작가가 집필중인 희곡의 일부를 낭독하자는 제안이 나오자 그녀의 불평은 당장 쑥 들어가버렸다. 계획은 모두 성공적으로 이루어졌고, 위층 사람들은 이제 즐거워졌다.

하지만 일 년 전에 가아프가 열렬히 추천했던 훌륭한 단편 작가인 '다른 작가'는 체류 기간이 다 끝나 곧 떠날 참이었다. 그녀의 방에는 누가 들어가야 하는가?

남편이 자살한 다음 그녀의 아이들을 보호할 권리를 최근에 시어머니에게 뺏긴 여자?

"그 여자는 받지 말라고 내가 그랬잖아요." 가아프가 말했다.

어느 날 예고도 없이 불쑥 나타난 두 명의 엘렌 제임스파?

"아니 잠깐 기다려요." 가아프가 말했다. "이건 또 무슨 소리예요? 엘렌 제임스파요? 예고도 없이 불쑥 나타났다고요? 그건 용납이 안 되는 일예요."

"제니는 그런 사람들을 항상 받아줬어요." 로버타가 말했다.

"지금은 달라요, 로버타." 가아프가 말했다.

엘렌 제임스파는 전에도 항상 그랬지만 별로 존경을 받지 못하고, 그들의 극렬한 행동이 (지금은) 점점 더 무의미하고 한심하게 여겨진다는 그의 주장에 이사회의 다른 임원들도 어느 정도 동감이었다.

"하지만 그건 거의 전통에 가까워요." 로버타가 말했다. 그녀는 캘리포니아에서 고생을 하다가 돌아온 두 명의 '늙은' 엘렌 제임스파 얘기를 했다. 여러 해 전에 그들은 개머리 항구에서 지냈는데, 그곳으로 돌아온다는 것이 그들에게는 일종의 정서적인 회복이나 마찬가지이리라고 로버타가 주장했다.

"맙소사." 가아프가 말했다. "그 사람들 쫓아버려요."

"당신 어머님은 항상 그런 사람들을 돌봐주셨어요." 로버타가 말했다.

"적어도 그들은 조용하긴 할 거예요." 말수가 적다는 점만큼은 가아프가 정말로 존경했던 마르시아 폭스가 말했다. 하지만 웃은 사람이라고는 가아프 혼자뿐이었다.

"내 생각엔 그 사람들 돌려보내셔야 할 것 같아요, 로버타." 닥터 조운 액스가 말했다.

"그들은 정말 사회 전체를 못마땅하게 생각해요." 힐마 블로크가 말했다. "그런 감정은 전염이 돼요. 그런 반면에 그들은 개머리 항구의 정신을 이루는 본질이나 거의 마찬가지죠."

존 울프는 시선을 피했다.

"암과 관련된 낙태에 관한 연구를 하는 박사도 있는데요." 조운 액스가 말했다. "그 여자는 어떡하죠?"

"그렇죠, 그 여자는 이층에 수용해요." 가아프가 말했다. "난 그 여자를 만나봤어요. 그 여잔 위층으로 올라오려는 모든 사람에게 똥줄 빠지게 겁을 줄 거예요." 로버타는 얼굴을 찌푸렸다.

개머리 항구 저택에서는 아래층이 가장 넓은 부분이어서 부엌이

둘이고 설비를 갖춘 욕실이 넷이었으며, 아래층에서만 무려 열두 명이 아주 아늑하게 따로 잘 만한 공간이 넉넉했고, 그리고 이제는 로버타가 회의실이라고 부르는, 제니 필즈가 살았을 때는 응접실이나 널찍한 휴게실로 쓰던 방도 여럿이었다. 그리고 밤낮으로 아무 때나 말벗이 필요한 사람들이 모이고, 음식과 우편물이 준비된 넓은 식당도 있었다.

작가나 화가들에게는 흔히 어울리지 않는 개머리 항구의 아래층은 가장 사교적인 활동이 왕성한 곳이었다. 가아프가 이사진에게 말한 적이 있듯이 '창문에서 뛰어내리지 않더라도 바다에 빠져 죽지 않고는 견디지 못할 환경'이기 때문에 자살 희망자들이 살기에는 아래층이 어울렸다.

하지만 로버타는 강인한 어머니처럼, 타이트 엔드답게 개머리 항구를 이끌어나갔고, 거의 누구나 무슨 일이라도 하지 못하게 설득할 능력을 키웠으며, 말이 안 통할 때는 누구나 힘으로 억누르면 그만이었다. 그녀는 제니보다는 지방 경찰과 훨씬 더 사이가 가까워졌다. 가끔 속이 상해서 바닷가를 멀리 달려가거나 마을의 해안 산책로에서 통곡하는 여자들이 눈에 띄면 경찰관들이 항상 로버타에게 얌전히 데려다 되돌려주었다. 개머리 항구 경찰서의 경찰관들은 모두 미식 축구 팬이었고, 과거에 로버트 멀둔의 험악한 다운필드의 차단 방어와 공격선상에서의 '야수적인' 묘기를 무척 존경했다.

"나는 어떤 엘렌 제임스파도 필즈 재단의 지원과 안락한 삶을 제공받을 자격이 주어지면 안 된다는 제안을 하고 싶은데요." 가아프가 말했다.

"찬성예요." 마르시아 폭스가 말했다.

"이건 공개 토론을 해야 할 문제인데요." 로버타가 그들 모두에게 말했다. "난 그런 규칙의 필요성을 납득하지 못하겠어요. 우린 정치적인 표현의 어리석은 형태라고 우리들 대부분이 동의하는 그런 자들을 후원하는 사업을 벌이는 건 아니지만, 그렇다고 해서 혀가 없는 이 여자가 정말로 도움이 필요한 상황에 처하지 않았다는 뜻은 아니고, 사실상 내가 주장하고 싶은 바는, 그들이 벌써 그들 자신을 추구하려는 뚜렷한 욕구를 과시했으며, 우린 그들로부터 앞으로도 소식을 듣게 되리라는 거예요. 그들은 정말로 빈궁한 사람들예요."

"그들은 미쳤어요." 가아프가 말했다.

"이건 너무 일반적인 얘기예요." 힐마 블로크가 말했다.

"목소리를 희생시키지 않고, 오히려 그들의 목소리를 사용하려고 투쟁하는 생산적인 여자들도 많아요." 마르시아 폭스가 말했다. "그리고 난 우매함과 스스로 선택한 침묵에 보상을 베풀어주는 건 찬성하지 못하겠어요."

"침묵에도 미덕이 있어요." 로버타가 말했다.

"맙소사, 로버타." 가아프가 말했다. 그러자 그는 이 암담한 화제에서 빛을 보았다. 무슨 이유에서인지 엘렌 제임스파는 케니 트럭켄밀러 같은 자들의 이미지보다도 더욱 그를 분노하게 만들었고, 비록 엘렌 제임스파가 유행에서 사라져가기는 해도 가아프가 만족할 정도로 빨리 사라지지는 못했다. 그는 그들이 없어지기를 바랐고, 없어지는 정도가 아니라 치욕을 당하기를 원했다. 헬렌은 그에게 이미 그들에 대한 가아프의 증오가 그들의 수준에 어울리지조차 않는다고 말한 적도 있었다.

"그건 단순한 광기야. 그들이 저지른 짓은 우매한 행동이라구." 헬렌이 말했다. "당신은 왜 그들을 무시하고 그냥 내버려두질 못하지?"

하지만 가아프가 말했다. "어디 엘렌 제임스에게 물어보죠. 그게 공정하겠어요, 안 그래요? 엘렌 제임스파에 대한 그녀의 견해를 엘렌 제임스에게 물어보자구요. 맙소사, 난 그들에 대한 그녀의 견해를 널리 알리고 싶어요. 그들이 엘렌 제임스로 하여금 어떤 기분을 느끼게 했는지 알아요?”

“이건 너무나 개인적인 문제예요.” 힐마 블로크가 말했다. 그들은 모두 엘렌을 만났었고, 그들은 모두 혀를 없애버리는 행위를 엘렌 제임스가 싫어하고, 엘렌 제임스파도 그녀가 증오한다는 사실을 알았다.

“당분간 이 문제는 뒤로 미루기로 하죠.” 존 울프가 말했다. “이 안건을 묵살할 것을 건의합니다.”

“제기랄.” 가아프가 말했다.

“좋아요, 가아프.” 로버타가 말했다. “투표를 합시다. 지금 당장.” 그들은 모두 가아프의 의견이 부결되리라는 것을 알았다. 그러면 깨끗해진다.

“내 제안은 철회합니다.” 가아프가 심술궂게 말했다. “엘렌 제임스파 만세로군요.”

하지만 그는 마음속으로는 물러나지는 않았다.

그의 어머니 제니 필즈를 죽인 범인은 광증이었다. 그것은 극렬주의였다. 그것은 이기적이고, 광신적이고, 괴이한 자아연민이었다. 케니 트럭켄밀러는 특수한 종류의 멍청이에 지나지 않아서, 참된 신봉자인 동시에 흉한(凶漢)이었다. 그는 어찌나 맹목적으로 자신에 대해서 연민했던지 그를 파멸시킨 개념을 제공한 사람들을 절대적인 적으로 간주하는 그런 남자였다.

그러면 엘렌 제임스파는 어디가 다르다는 말인가? 그런 여자가 과시한 행동은 똑같이 절망적이고, 똑같이 인간의 복합성에 대한 이해가 결여되지 않았던가?

“왜 이래요?” 존 울프가 말했다. “그들은 아무도 죽이지 않았어요.”

“아직은 안 죽였죠.” 가아프가 말했다. “그들은 준비가 갖추어졌어요. 그들은 불합리한 결정을 내릴지도 모르는데, 그러면서도 자기들이 옳다고 철저하게 믿어요.”

“그런 것만으로는 사람을 죽이진 못해요.” 로버타가 말했다. 그들은 가아프가 짜증을 부리게 그냥 내버려두었다. 달리 그들이 어쩌겠는가? 용납할 수 없는 것은 용납한다는 것, 가아프는 그런 면에서는 별로 소질이 없었다. 미친 사람들은 그를 미치게 만들었다. 가아프는 정상적으로 행동하려고 너무나 자주 애를 썼기 때문에, 그들이 광증에 휘말린다는 사실을 개인적으로 못마땅하게 생각했다. 정상을 유지하려는 노력을 포기하거나 실패하는 사람들이 나타나면 가아프는 그들이 노력을 충분히 하지 않았다고 의심했다.

“용납할 수 없는 걸 용납한다는 것은 시대가 우리들에게 요구하는 힘든 과업이야.” 헬렌이 말했다. 비록 헬렌이 이지적이고 흔히 자기보다 훨씬 통찰력이 깊다는 사실을 알기는 했지만, 엘렌 제임스파에 관한 문제라면 가아프는 상당히 무지한 정도였다.

물론 그들도 가아프에 대해서는 상당히 무지했다.

어머니와의 관계, 그리고 그의 작품들에 관한 가장 과격한 ‘가아프 비판’이 여러 엘렌 제임스파에서 쏟아져나왔다. 그들에게 씹힌 그는 그들을 씹었다. 왜 그런 사태가 시작되었는지, 그리고 꼭 그런 일이 벌어졌어야만 하는지는 납득이 잘 안 가지만, 주로 엘렌 제임스파의 선동을 통해 여권주의자들 사이에서는 가아프가 물의의 대상이 되었고, 그에 대한 반발로 가아프는 그들을 헐뜯었다. 아주 똑같은 이유들 때문에 가아프는 많은 여권주의자들로부터 호감도 샀고, 미움도 샀다.

엘렌 제임스파로 말할 것 같으면, 가아프에 대한 그들의 감정은 엘렌 제임스의 혀가 잘렸기 때문에 그들이 혀를 잘라버렸다는 상징적인 행동만큼이나 단순했다.

역설적인 얘기지만 장기간에 걸친 이 냉전을 격화시키게 될 사람은 엘렌 제임스였다.

그녀는 걸핏하면 버릇처럼 가아프에게 그녀가 쓴 글, 그러니까 여러 단편소설과, 일리노이나 부모에 관한 회고담과, 시와, 말을 못 하는 데 대한 고통스러운 비유와, 시각 예술이나 수영의 기쁨을 서술하는 글을 보여주었다. 그녀는 이지적이고 기교가 넘치고 끈질긴 정력을 보이며 글을 썼다.

"이 애는 진짜야." 가아프는 헬렌에게 자주 말했다. "이 아이에게는 능력이 있고, 정열도 있어. 그리고 밀고 나갈 힘도 갖추었으리라고 나는 믿어."

앞에서 언급된 '밀고 나갈 힘'이라는 단어를 헬렌은 못 들은 체하고 흘려버렸는데, 그것은 가아프가 그런 요소를 포기했으리라는 걱정이 들기 때문이었다. 그에게는 분명히 능력이 있고 정열도 있었지만, 헬렌이 생각하기에는 그가 좁은 길을 택했고, 방향을 잘못 잡았으며, 밀고 나갈 정력은 모두 엉뚱한 곳으로 발산되었다.

그런 생각을 하면 헬렌은 서글퍼졌다. 당분간은 레슬링이건, 심지어는 엘렌 제임스파이건, 가아프가 어디에 열을 올리거나 그냥 두고 보는 수밖에 없겠다고 헬렌은 가끔 생각했다. 그 까닭은, 정력은 정력을 낳게 되고, 머지않아 언젠가 가아프는 다시 작품을 쓰게 되리라고 그녀는 생각했기 때문이었다.

그래서 엘렌 제임스가 그에게 보여준 수필을 두고 가아프가 흥분했을 때도 헬렌은 너무 열을 올려 방해하지는 않았다. 수필의 제목은 '왜 나는 엘렌 제임스파가 아닌가, 엘렌 제임스 씀'이었다. 수필은 힘차고 감동적이었으며, 가아프는 감격해서 울기까지 했다. 이 글에서 그녀는 자기가 당한 강간과, 그녀와 부모가 겪어야 했던 그에 따른 고통을 회고했는데, 그것을 읽으면 엘렌 제임스파가 행한 짓거리는 무척 개인적이고 충격적인 경험을 완전히 정치적으로 모방한 값싼 행위처럼 여겨졌다. 엘렌 제임스는 엘렌 제임스파가 그녀의 고뇌를 연장시켰을 뿐이며, 그들은 그녀를 대중의 희생자로 만들어놓았다고 밝혔다. 물론 가아프는 대중의 희생자에게 감동을 잘 받는 기질이었다.

그리고 물론, 공정하게 얘기하자면, 엘렌 제임스파 가운데 선의의 사람들은 여자들과 소녀들을 그토록 야만적으로 위협하는 전반적인 공포를 널리 알리려고 의도했었다. 많은 엘렌 제임스파에게는 혀를 제거하는 끔찍한 흉내내기가 '전적으로 정치적인 행위'는 아니었다. 그것은 지극히 개인적인 공감의 행위였다. 어떤 경우에는 물론 엘렌 제임스파가 역시 강간을 당한 여자들이었고, 그들이 뜻하던 바는 그들의 혀가 실제로 없어졌다고 느끼겠다는 욕구였다. 남자들의 세계에서 그들은 영원히 말문이 막혔다고 느꼈다.

이 단체가 미치광이들투성이라는 점은 아무도 부인하지 않으리라. 심지어는 몇몇 엘렌 제임스파까지도 그 점을 부인하지 않을 터였다. 그들 주변의 다른 여자들과 다른 여권주의자들의 극단적인 심각성에는 흔히 못미치는 극단적 여권주의자들로 이루어진 선동적 정치 집단이라고 그들을 표현해도 별로 틀린 말은 아니었다. 하지만 열한 살 난 여자아이가 자신이 겪은 공포를 보다 은밀하게 혼자서 극복하기를 얼마나 원했을는지는 사실상 생각도 해보지 않고, 엘렌 제임스의 처지는 무시한 채 엘렌 제임스파가 단체로서 취한 행동에 비하면, 엘렌 제임스가 엘렌 제임스파들 가운데 어쩌다가 발견되는 그런 개인들을 고려하지 않고 그들을 공격한 것쯤은 아무것도 아니었다.

이제 막 성장하는 중이고 흔히 엘렌과 엘렌 제임스파를 혼동하는

312

보다 어린 세대 이외에는 모든 미국인은 엘렌 제임스가 어떻게 혀를 잃었는지 알고 있었는데, 어린 세대의 그런 혼동은 그녀가 스스로 그런 짓을 했다는 오해를 받게 만들었기 때문에 엘렌에게는 지극히 고통스러운 일이었다.

"그녀로서는 마땅히 분개할 일이지." 엘렌의 수필에 관해서 헬렌이 가아프에게 말했다. "그런 글을 써야 할 필요성이 그녀에게 있었다고 난 확신하고, 이런 얘기를 모두 털어놓았다는 것이 엘렌에게 큰 도움이 됐으면 좋겠어. 난 엘렌에게 그런 얘기를 했지."

"난 이 글을 어디엔가 발표해야 한다고 엘렌에게 얘기했어." 가아프가 말했다.

"아냐." 헬렌이 말했다. "정말이지 난 그렇게 생각하지 않아, 그래 봤자 무슨 소용이겠어?"

"무슨 소용이냐고?" 가아프가 물었다. "뭐야, 이건 진실이지. 그리고 그건 엘렌에게도 좋을 거야."

"그리고 당신을 위해서도?" 엘렌 제임스파가 일종의 공개적인 치욕을 당하기를 남편이 원한다는 사실을 잘 아는 헬렌이 물었다.

"좋아." 그가 말했다. "좋아, 좋다구. 하지만 엘렌의 주장이 옳단 말야, 제기랄. 그 미친 것들은 '정통한 소식통'으로부터 얘기를 들어야 한다니까."

"그건 또 왜?" 헬렌이 말했다. "누구 좋으라구?"

"좋아, 좋아." 비록 마음속으로는 헬렌의 얘기가 옳음을 틀림없이 알았겠지만 가아프가 투덜거렸다. 그는 엘렌에게 수필을 치워두라고 말했다. 엘렌은 한 주일 동안 가아프나 헬렌하고 아무런 의사소통이 없었다.

존 울프가 가아프에게 전화를 걸었을 때까지 가아프나 헬렌은 엘렌이 수필을 존 울프에게 보냈다는 사실을 알지 못했다.

"그걸 어떻게 처리해야 좋죠?" 그가 물었다.

"맙소사, 원고를 돌려보내요." 헬렌이 말했다.

"아니에요, 제기랄." 가아프가 말했다. "그걸 어떻게 했으면 좋겠느냐고 엘렌이 바라는 바를 물어봐요."

"본디오 빌라도 선생처럼 손을 씻으시는구만." 헬렌이 가아프에게 말했다.

"당신은 그걸 어떻게 하고 싶어요?" 가아프가 존 울프에게 물었다.

"나요?" 존 울프가 말했다. "그건 나한테는 아무 의미도 없어요. 하지만 출판할 가치가 있다는 건 확신하죠. 내 얘긴, 글을 아주 잘 썼다는 뜻예요."

"출판할 가치가 있다는 건 그런 이유에서가 아니에요." 가아프가 말했다. "그리고 그건 당신도 잘 알죠."

"글쎄요, 그렇긴 해요." 존 울프가 말했다. "하지만 할 얘기를 훌륭하게 표현했다는 것도 사실예요."

엘렌은 존 울프에게 그것을 출판해달라고 부탁했다. 헬렌은 그러지 말라고 그녀를 설득하려고 애썼다. 가아프는 끼어들지 않겠다고 했다.

"당신은 이미 끼어든 셈이야." 헬렌이 그에게 말했다. "그리고 아무 말도 안 하는 걸 보니까, 그 고통스러운 공격이 출판되면 당신이 원하던 바가 이루어지리라는 사실을 당신은 잘 안다는 얘기야. 당신이 원하던 대로 될 테니까."

그래서 가아프는 엘렌 제임스와 얘기를 나누었다. 그는 엘렌이 어째서 공개적으로 모든 얘기를 다 털어놓아서는 안 되는지 열을 올리며 그녀에게 납득시키려고 애썼다. 그들은 병적이고, 슬프고, 혼란에 빠지고, 고통을 받고, 남들에게 시달리고, 이제는 자해까지 한 여자들인데, 새삼스럽게 그들을 비판해서 무슨 소득을 얻겠다는 말인가?

5년만 더 지나면 모두들 그들을 잊어버리리라. 그들이 쪽지를 내밀면 사람들은 이런 소리를 할 것이다. '엘렌 제임스파가 뭔가요? 벙어리라는 애깁니까? 혀가 없어요?'

엘렌은 단호하고도 화가 난 표정이었다.

난 그들을 잊지 못해요!

그녀가 가아프에게 썼다.

5년이 아니라 50년이 지나더라도 난 절대로 그들을 잊지 않겠고—내 혀를 기억하듯 나는 그들을 기억할 거예요.

가아프는 엘렌이 말을 강조하기 위해 특수한 문장부호를 훌륭하게 구사한 것을 보고 감탄했다. 그는 부드럽게 말했다. "내 생각엔 이걸 발표하지 않는 게 좋겠어, 엘렌."

만일 내가 이걸 발표한다면 당신은 나한테 화를 내시겠어요?

그녀가 물었다. 그는 화를 내지 않으리라고 다짐했다.

그럼 헬렌은요?

"헬렌은 나한테만 화를 낼 거야." 가아프가 말했다.
"당신은 사람들을 너무 화나게 만들어." 잠자리에서 헬렌이 그에게 말했다. "당신은 사람들에게 약을 잔뜩 올리지. 화를 돋운단 말야. 당신은 물러나야 해. 당신이 해야 할 일을 해야 한다구, 가아프. 당신

일만 해야지. 당신은 정치란 멍청한 짓이고 당신에게는 정치가 아무 의미도 없다는 말을 자주 했어. 당신 말이 맞아. 정치는 멍청한 짓이고, 아무 의미도 없지. 당신이 이런 일을 하는 건 자리를 잡고 앉아 아무것도 없는 데서 무엇을 창조하기보다 그것이 훨씬 쉽기 때문이야. 그리고 당신도 그걸 알아. 뭐 대단한 거라고 집 안 여기저기 책장이나 만들어놓고 마룻바닥 손질을 하고, 꽃밭에서 허송세월이나 하고 돌아다니는지 모르겠어.

내가 뭐 솜씨 좋은 머슴하고 결혼한 줄 알아? 내가 언제 당신더러 개혁운동가가 되라고 한 적이 있어?

책장은 다른 사람들더러 만들라고 내버려두고 당신은 작품을 써야 해. 그리고 내 말이 옳다는 건 당신도 알아, 가아프."

"당신 말이 맞아." 가아프가 말했다.

그는 「그릴파르처 하숙」의 첫 문장이 머리에 떠오르게 했던 원인이 무엇이었는지 기억해내려고 애썼다.

'우리 아버지는 오스트리아 관광공사에 근무했다.'

그 문장이 어디에서 튀어나왔을까? 가아프는 그런 문장들을 지어보려고 했다. 그의 머리에 떠오른 문장은 이런 식이었다. '아들은 다섯 살이고, 뼈가 앙상하고, 작은 그의 가슴은 기침을 감당하지 못하는 듯싶었다.' 그가 가진 재산은 기억이었고, 기억은 폐물이 되었다. 그에게는 더이상 순수한 상상력이 없었다.

레슬링 연습장에서 그는 중량급 선수들과 사흘 동안 내리 훈련을 했다. 자신을 벌하기 위해서였을까?

"말하자면 또 꽃밭에서 허송세월을 한 셈이지." 헬렌이 말했다.

그러더니 그는 필즈 재단을 위해 출장을 갈 일이 생겼다고 했다. 뉴햄프셔의 노스마운틴으로. 필즈 재단 기금이 트럭켄밀러라는 여자 때문에 쓰여져야 하느냐 마느냐 판단을 내리기 위해서.

“또 꽃밭에서 허송세월하겠다는 거지.” 헬렌이 말했다. “책장이나 또 만들고, 또 정치나 하고. 또 개혁운동이나 벌이고. 그건 작품을 쓸 능력이 없는 위인들이나 하는 일이야.”

하지만 가아프는 떠났고, 존 울프가 전화를 걸어 독자가 아주 많고 눈에도 자주 띄는 잡지에서 엘렌 제임스가 쓴 「왜 나는 엘렌 제임스 파가 아닌가」를 게재할 예정이라고 알려줬을 때 그는 집에 없었다.

전화를 타고 들려오는 존 울프의 목소리는 차갑고, 눈에 보이지도 않고, 혀를 재빨리 휙 놀리는, 그러니까 그것이 누구더라, 헬렌이 생각하기에는, 그렇다, 물밑 두꺼비의 목소리 같았다. 하지만 헬렌은 그 이유를 몰랐다. 아직은.

그녀는 엘렌 제임스에게 소식을 전했다. 헬렌은 당장 엘렌을 용서했고, 심지어는 그녀와 더불어 흥분을 나누기까지 했다. 그들은 던컨과 어린 제니를 데리고 바닷가로 드라이브를 나갔다. 그들은 엘렌이 좋아하는 바닷가재와, 바닷가재에 미치지는 않은 가아프를 위해 가리비를 충분히 샀다.

샴페인요!

차 안에서 엘렌이 썼다.

바닷가재하고 가리비가 샴페인 안주로 좋은가요?

“물론이지.” 헬렌이 말했다. “같이 마시면 좋아.” 그들은 샴페인을 샀다. 그들은 개머리 항구에 들러 로버타를 저녁 식사에 초대했다.

“아버지는 언제 돌아오나요?” 던컨이 물었다.

“뉴햄프셔의 노스마운틴이 어디인지는 모르겠지만, 식사 시간 전에 돌아와 같이 밥을 먹겠다고 그랬어." 헬렌이 말했다.

나한테도 그랬어요.

엘렌 제임스가 썼다.

뉴햄프셔 주의 노스마운틴에 있는 나네트 미용실은 알고 보니 이름이 해리엣인 케니 트럭켄밀러 부인의 부엌이었다.

"당신이 나네트입니까?" 눈이 녹기 시작해서 서걱거리고 소금이 허옇게 얼어붙은 바깥 층계에서 가아프가 그녀에게 주춤거리며 물었다.

"나네트라는 사람은 없어요." 그녀가 말했다. "난 해리엣 트럭켄밀러예요." 그녀의 뒤 컴컴한 부엌 안에서 커다란 개가 몸을 도사리며 으르릉거렸고, 트럭켄밀러 부인은 덤벼들려는 개를 길다란 엉덩이를 내밀어 가아프에게 접근하지 못하도록 막았다. 하얗고 상처가 난 발목을 그녀는 열린 부엌 문에다 끼웠다. 파란 실내화를 신은 그녀는 길다란 욕의를 걸쳐 몸매가 드러나지 않았지만, 목욕을 하던 중이었고 키가 크다는 사실을 가아프는 알 수 있었다.

"실례지만, 남자 머리도 손질해주나요?" 그가 물었다.

"아뇨." 그녀가 말했다.

"하지만 손질해주지 않겠어요?" 가아프가 그녀에게 말했다. "난 이발사들을 믿지 못해요."

해리엣 트럭켄밀러는 짧막한 목덜미에서 어깨까지 늘어진 숱이 많은 한 다발만 남겨두고 머리카락을 모두 가리기 위해 검정 실로 뜬 스키 모자를 귀까지 푹 눌러쓴 가아프를 미심쩍은 눈으로 쳐다보았다.

318

"당신 머리는 보이지도 않는데요." 그녀가 말했다. 그가 방울 달린 털모자를 벗으니까 정전기로 쭈볏쭈볏해진 머리가 찬바람에 뒤엉켰다.

"난 머리만 깎으려고 온 건 아닙니다." 여인의 야위고 구슬픈 얼굴과 회색 눈가의 부드러운 주름살을 곁눈질하며 가아프는 어정쩡하게 말했다. 빛이 바랜 듯한 그녀의 금발 머리는 말아올리는 집게로 감아놓았다.

"당신은 예약도 하지 않았잖아요." 해리엣 트럭켄밀러가 말했다.

그녀는 창녀가 아니라는 사실을 그는 쉽게 확인했다. 그녀는 지쳤고, 그를 두려워했다.

"아무튼 머리는 어떻게 해주면 좋을까요?" 그녀가 물었다.

"그냥 다듬기만 하세요." 가아프가 중얼거렸다. "하지만 약간 말았으면 좋겠군요."

"말아요?" 아주 뻣뻣한 가아프의 머리를 말아올린 모양을 상상해보면서 해리엣 트럭켄밀러가 말했다. "그러니까 퍼머넌트 얘긴가요?" 그녀가 물었다.

"글쎄요." 헝클어진 머리카락을 멋쩍게 손으로 쓸어넘기며 그가 말했다. "어떻게 해보실 수 있을 텐데, 아시잖아요?"

해리엣 트럭켄밀러는 어깨를 추스렸다. "나 옷을 입어야 되겠어요." 그녀가 말했다. 음흉하고 힘센 개는 탄탄한 몸의 대부분을 그녀의 다리 사이로 뽑고는 큼직하고 찡그린 얼굴을 덧문과 속문 사이의 틈에다 틀어박았다. 가아프는 공격을 받을까봐 긴장했지만 해리엣 트럭켄밀러가 큼직한 무릎으로 세차게 올려 차니까 주둥이를 얻어맞고 개가 비틀거렸다. 그녀는 손을 비틀어 개의 목에서 늘어진 살갗을 잡았고, 개는 낑낑거리더니 그녀 뒤의 부엌으로 슬그머니 사라졌다.

가아프는 얼음 속에 묻힌 개의 커다란 똥덩어리들이 얼어붙은 마당에다 이루어놓은 모자이크를 보았다. 마당에는 차도 세 대였지만, 가아프는 그 가운데 하나라도 움직이는지 의문이 갔다. 장작 무더기가 눈에 띄었는데, 아무도 차곡차곡 정돈해서 쌓아놓지를 않았다. 전에는 지붕 위에 달려 있었음직한 텔레비전 안테나는 이제 집의 베이짓빛 알루미늄 벽판자에 기대어놓았고, 그 줄들이 갈라진 창문 바깥에서 거미줄처럼 뻗어나갔다.

트럭켄밀러 부인은 뒤로 물러서서 가아프가 들어가도록 문을 열었다. 부엌으로 들어간 그는 장작 난로의 열기로 눈물이 마르는 것을 느꼈고, 해리엣이 영업 시설과 부엌으로서의 기능에 따라 분리한 듯싶은 부엌에서는 세발제와 과자 굽는 냄새가 났다. 머리를 감는 호스가 달린 세면대, 토마토 스튜 통조림들, 분장실 전등으로 테를 두른 삼면경(三面鏡), 조미료와 고기 저미는 기계가 놓인 나무 받침대, 줄줄이 늘어선 연고와 로션과 머릿기름. 그리고 처음 발명되었을 당시의 전기 의자처럼 위쪽 강철 막대기에다 머리 말리는 기계를 매달아놓은 철의자.

개는 사라졌고 해리엣 트럭켄밀러도 보이지 않았는데, 그녀는 옷을 입으러 들어갔고, 심술궂은 친구도 함께 간 모양이었다. 가아프는 머리를 빗고 자신의 모습을 기억해두려는 듯 거울을 들여다보았다. 그는 잠시 후에 아무도 알아보지 못할 정도로 달라지고 변하리라, 그는 상상했다.

그때 바깥으로 통하는 문이 열리더니, 빨간 나무꾼 모자에 사냥꾼 외투 차림의 덩치 큰 남자가 장작을 한아름 들고 들어와 난로 옆의 장작통으로 가지고 갔다. 그 동안 줄곧, 가아프의 떨리는 무릎에서 겨우 몇 센티미터밖에 안 떨어져 세면대 밑에 쭈그리고 있던 개가 남자를 맞으려고 재빨리 나왔다. 으르릉거리지도 않고 개가 슬금슬금 다가가는 모습을 보니 남자는 이 집에서 낯선 사람이 아닌 듯싶었다.

"가서 자빠져 있어, 병신 같은 자식아." 남자가 말했고, 개는 시키는 대로 했다.

"딕키야?" 집의 다른 쪽 어디에선가 해리엣 트럭켄밀러가 소리쳤다.

"누구 다른 사람 기다리고 있었어?" 남자가 소리쳤고, 시선을 돌린 그는 거울 앞에 선 가아프를 보았다.

"안녕하세요?" 가아프가 말했다. 딕키라는 덩치 큰 남자가 노려보았다. 그는 나이가 쉰 살쯤 되었고, 벌겋고 커다란 얼굴은 얼음에 긁힌 듯싶었으며, 던컨의 표정에 길이 들었던 가아프는 이 남자가 유리 눈알을 박았음을 한눈에 알아보았다.

"안녕하쇼." 딕키가 말했다.

"손님이 왔어!" 해리엣이 소리쳤다.

"보아하니 그렇구만." 딕키가 말했다. 가아프는 딕키가 보기에는 그냥 간단한 이발 정도만 필요하다고 생각할지 모르지만 이토록 멀리 뉴햄프셔 주의 노스마운틴에 있는 나네트 미용실까지 찾아와야만 할 정도로 그에게는 머리가 중요하다는 점을 딕키에게 암시하려는 듯 불안하게 머리를 매만졌다.

"손님이 컬을 틀고 싶대!" 해리엣이 소리쳤다. 딕키는 빨간 모자를 그냥 쓰고 있었지만 가아프는 남자가 대머리임을 쉽게 알았다.

"당신이 정말로 원하는 게 뭔지는 난 모르겠어요, 친구." 딕키가 가아프에게 속삭였다. "하지만 컬을 트는 이외에는 딴 생각 말아요. 알았소?"

"난 이발사들을 믿지 못해요." 가아프가 말했다.

"내가 믿지 못하는 건 당신이오." 딕키가 말했다.

"딕키, 그분은 아무 짓도 하지 않았어." 해리엣 트럭켄밀러가 말했다. 그녀는 그가 버린 낙하복을 가아프에게 연상시킨 몸에 상당히 꼭 끼는 하늘빛 슬랙스에 뉴햄프셔에서는 전혀 자라지 않는 꽃들을 잔뜩 박은 날염 블라우스 차림이었다. 머리는 짝이 맞지 않는 화초를 그린 스카프로 묶어 넘겼고, 얼굴을 손질하기는 했는데 화장을 하다 만 듯하여, 애써 몸단장을 한 이웃집 어머니처럼 '착해' 보였다. 그녀는 딕키보다 나이가 아래였지만, 몇 살밖에 차이가 안 나리라고 가아프는 추측했다.

"이 친구가 원하는 건 컬이 아냐, 해리엣." 딕키가 말했다. "무엇 때문에 머리를 단장하겠다고 그랬어, 어?"

"이발사들을 믿지 못하겠대." 해리엣 트럭켄밀러가 말했다.

문득 가아프는 혹시 딕키의 직업이 이발사가 아닐까 걱정했지만, 그런 것 같지 않았다.

"사실 조금이라도 그들을 깔봐서 그런 소릴 한 건 아니에요." 가아프가 말했다. 그는 알아야 할 만큼은 알았고, 필즈 재단으로 가서 해리엣 트럭켄밀러에게 그녀가 필요로 하는 돈을 모두 주라고 얘기하고 싶었다. "이러는 것이 혹시 누구에게라도 폐가 된다면, 난 그냥 가겠어요." 가아프가 말했다. 그는 빈 의자에 놓아두었던 파카를 집으려고 손을 뻗었지만 커다란 개가 파카를 마룻바닥에 찍어누르고 있었다.

"죄송해요, 계셔도 괜찮아요." 트럭켄밀러 부인이 말했다. "딕키는 날 돌봐주려고 그러는 것뿐예요." 딕키가 겸연쩍은 표정으로 무지막지한 장화를 신은 발을 포개어 딛고 서 있었다.

"마른 장작 좀 가지고 왔는데." 그는 해리엣에게 말했다. "내가 문을 두드리고 들어와야 하는 건데 그랬나봐." 그는 난로 옆에서 뚱한 표정을 지었다.

"그러지 마, 딕키." 해리엣이 말하고는 커다랗고 불그레한 그의 뺨에다 다정하게 키스했다.

그는 가아프를 마지막으로 한 번 더 노려보더니 부엌에서 나갔다.

"이발 잘 하쇼." 딕키가 말했다.

"고마워요." 가아프가 말했다. 그가 말을 하자 개가 파카를 물고 흔들었다.

"이런, 그러지 마." 해리엣이 개에게 말하고는 가아프의 파카를 다시 의자에 놓았다. "원하신다면 가셔도 좋아요." 해리엣이 말했다. "하지만 딕키가 당신에게 귀찮게 굴지는 않을 거예요. 그냥 나를 보살펴주느라고 그럴 따름이니까요."

"남편인가요?" 그러리라고는 믿지 않았지만 가아프가 물었다.

"내 남편은 케니 트럭켄밀러였어요." 해리엣이 말했다. "그건 누구나 다 아는 사실이고, 당신이 누구인지는 모르겠지만, 당신도 그 사람이 누군지 아실 거예요."

"그래요." 가아프가 말했다.

"딕키는 오빠예요. 나 때문에 걱정이 많죠." 해리엣이 말했다. "케니가 죽은 후로 몇몇 사내가 집적거렸어요." 그녀는 가아프 옆 환한 경대 앞에 앉아 길고 핏줄이 일어선 손을 하늘빛 허벅지에 놓았다. 그녀는 한숨을 지었다. 그녀는 가아프를 쳐다보지 않으며 얘기했다. "난 당신이 무슨 얘기를 들었는지 알지도 못하고, 개의치도 않아요." 그녀가 말했다. "난 머리를 해요. 머리만요. 정말 원하시는 게 머리 손질이라면 내가 해드리겠어요. 하지만 내가 해드리는 건 그게 전부예요." 해리엣이 말했다. "누가 당신에게 무슨 얘기를 했거나 간에 난 지저분한 짓을 하고 돌아다니지는 않아요. 머리만 하죠."

"머리만요." 가아프가 말했다. "나도 머리 손질만 원해요. 그게 전부예요."

"좋습니다." 아직도 그를 쳐다보지 않으며 그녀가 말했다.

작은 사진들이 틀 밑에 끼어 있거나 거울에 붙여놓았다. 하나는 젊은 해리엣 트럭켄밀러와 환히 웃는 신랑 케니의 결혼사진이었다. 그들은 어색하게 케이크를 자르는 중이었다.

다른 사진에서는 임신한 해리엣 트럭켄밀러가 어린 아기를 안았으며, 나이가 월트쯤 되는 다른 아이가 뺨을 그녀의 엉덩이에 대고 있었다. 해리엣은 지쳤지만 꿋꿋해 보였다. 그리고 보니 트럭켄밀러와 나란히 선 딕키의 사진도 눈에 띄었는데, 두 사람 다 내장을 제거하고 나뭇가지에 거꾸로 매단 사슴 옆에 서 있었다. 나무는 나네트 미용실 앞마당에 있는 것이었다. 가아프는 제니가 암살된 다음 전국적인 보급망을 가진 어느 잡지에서 본 적이 있기 때문에 사진을 곧 알아보았다. 머리가 단순한 사람들이 보면, 제니 필즈를 쏘는 이외에도 언젠가 사슴도 쏘았었기 때문에 케니 트럭켄밀러가 살인자로 태어나고 성장했다는 인상을 뚜렷이 받았다.

"왜 나네트라고 했죠?" 겨우 용기를 내어 그녀의 쓸쓸한 얼굴이나 자신의 머리가 아니라 차분한 그녀의 손가락들을 쳐다보며 가아프가 나중에 물어보았다.

"그러면 프랑스어 비슷하게 들릴 것 같아서요." 해리엣이 말했지만, 가아프가 바깥 세계의 어디, 그러니까 뉴햄프셔 주 노스마운틴 밖에서 온 사람임을 알았기 때문에 혼자 멋쩍게 웃었다.

"하기야 그렇긴 하군요." 그녀와 같이 웃으며 가아프가 말했다. "비슷해요." 그가 덧붙여 말했고, 두 사람은 다정하게 웃었다.

가아프가 갈 때가 다 되자 그녀는 파카에서 개의 침을 해면으로 닦아냈다. "아예 보지도 않으실 셈예요?" 그녀가 물었다. 그녀는 머리 모양을 두고 한 얘기였고, 그는 심호흡을 하더니 거울에다 자신의 모습을 비쳐보았다. 머리가 멋지구나! 그는 생각했다. 그의 머리 그대로였고, 빛깔도 그대로이고, 심지어는 길이도 그대로였지만, 평

생 처음으로 머리카락이 그의 머리와 조화를 이루는 듯싶었다. 머리
카락은 찰싹 달라붙으면서도 가볍고 풍성했으며, 약간 말아올렸더니
부러진 코와 뭉툭한 목이 눈에 덜 거슬렸다. 가아프는 여지껏 한 번
도 가능하다고 여겨지지 않았던 그런 면에서 자신의 얼굴과 하나가
되었다고 느꼈다. 물론 그가 미장원을 찾기는 이번이 처음이었다. 사
실 헬렌과 결혼할 때까지는 제니가 그의 머리를 깎아주었고 그후에
는 헬렌이 머리를 다듬었기 때문에 그는 한 번도 이발소에 갔던 적
이 없었다.

"멋있는데요." 없어진 귀가 기술적으로 가려진 그가 말했다.

"어서 가세요." 경쾌하게 슬쩍 그를 밀치며 해리엣이 말했지만, 그것
이 전혀 유혹을 암시하는 행위가 아니었노라고 그는 필즈 재단에 보
고를 할 생각이었다. 그래서 그는 자기가 제니 필즈의 아들이라는 얘
기를 해주고 싶었지만, 누구인가를 개인적으로 감동시키는 원인이 되
는 그런 행위는 동기가 전적으로 이기적이라는 사실을 그는 알았다.

"어떤 사람의 감정이 지닌 약점을 이용하려는 짓은 불공평하다."
논쟁을 좋아하던 제니 필즈가 썼다. 그리하여 타인의 감정을 이용하
지 말자는 것은 가아프의 새로운 신조가 되었다. "고마워요. 잘 있어
요." 그는 트럭켄밀러 부인에게 말했다.

바깥에서는 딕키가 장작 더미에서 나무를 패느라고 도끼를 휘둘
러댔다. 가아프가 나타나자 그는 도끼질을 중단했다. "잘 있어요." 가
아프가 그에게 소리쳤지만, 딕키는 도끼를 든 채로 가아프에게로 걸
어왔다.

"머리 다듬은 것 좀 봅시다." 딕키가 말했다.

딕키가 살펴보는 동안 가아프는 가만히 서 있었다.

"당신 케니 트럭켄밀러하고 친구였나요?" 가아프가 물었다.

"그렇소." 딕키가 말했다. "그 사람한테는 친구라고는 나 하나뿐이

었죠. 그 친구를 헤리엣한테 소개한 사람도 나였고요." 딕키가 말했다. 가아프는 머리를 끄덕였다. 딕키는 새로 다듬은 머리를 힐끔거렸다.

"한심하죠." 가아프는 지금까지 벌어졌던 모든 일을 두고 말했다.

"나쁘진 않군요." 딕키는 가아프의 머리 얘기를 했다.

"제니 필즈는 우리 어머니였어요." 누구인가는 알기를 바랐고, 전혀 딕키를 감정적으로 이용하려는 의도에서가 아니라는 확신이 들어서 가아프가 말했다.

"안에서는 그 얘기 안 했겠죠?" 길다란 도끼로 집, 그리고 헤리엣 쪽을 가리키며 딕키가 말했다.

"아뇨, 아니에요." 가아프가 말했다.

"잘했어요." 딕키가 말했다. "헤리엣은 그런 얘기 조금도 듣고 싶지 않을 테니까요."

"나도 그렇게 생각했어요." 가아프가 말했고, 딕키는 좋다는 뜻으로 머리를 끄덕였다. "당신 동생은 아주 좋은 여자예요." 가아프가 덧붙여 말했다.

"그럼요, 그래요." 힘차게 머리를 끄덕이며 딕키가 말했다.

"그럼, 잘 있어요." 가아프가 말했다. 하지만 딕키는 도끼의 손잡이로 그를 가볍게 툭 쳤다.

"나도 그를 쏜 사람들 가운데 하나요." 딕키가 말했다. "그거 아셨소?"

"당신이 케니를 쐈어요?" 가아프가 말했다.

"나도 쏜 사람들 가운데 하나였다고요." 딕키가 말했다. "케니는 미쳤어요. 누군가가 그를 쏘아 죽여야만 했죠."

"정말 안됐습니다." 가아프가 말했다. 딕키는 어깨를 으쓱했다.

"난 그 친구 좋아했었는데." 딕키가 말했다. "하지만 그 친구 헤리엣 때문에 머리가 돌아버렸고, 당신 어머니 때문에 돌아버렸어요.

끝까지 회복되지 않았을 거예요, 아시겠지만.” 딕키가 말했다. “여자들이라면 뱃속이 뒤집힌 거예요. 아주 갔죠. 다시는 절대로 말짱한 사람이 되지 못하리라는 게 뻔했어요.”

“끔찍한 일예요.” 가아프가 말했다.

“잘 가요.” 다시 장작 더미로 돌아서며 딕키가 말했다. 가아프는 마당에 얼룩덜룩 얼어붙은 개똥을 가로질러 차로 향했다. “머리가 근사해 보이는군요!” 딕키가 그에게 소리쳤다. 그것은 진심에서 우러난 소리 같았다. 차의 운전석에 올라앉아 가아프가 손을 흔들어주었을 때 딕키는 다시 장작을 패는 중이었다. 나네트 미용실 창 안에서 해리엇 트럭켄밀러가 가아프에게 손을 흔들었는데, 그 손짓이 그를 유혹하거나 하는 그런 시늉이 아님을 가아프는 확신했다. 그는 노스마운틴 마을을 지나 다시 차를 몰고 되돌아가면서 어느 간이 식당에 들러 커피를 한 잔 마시고 주유소에서 휘발유를 넣었다. 모두들 그의 멋진 머리를 쳐다보았다. 모든 거울에서 보고 가아프도 자신의 머리가 멋있다고 생각했다. 그리고는 집으로 차를 몰아 엘렌의 첫 작품 발표를 축하해주기 위해 때맞춰 도착했다.

그 소식을 듣고 가아프가 헬렌만큼이나 불안하게 생각했는지도 모르겠지만 어쨌든 그는 그런 내색을 하지 않았다. 그는 바닷가재와, 가리비와, 샴페인을 먹고 마시며 헬렌이나 던컨이 그의 머리에 대해서 한마디 하기를 기다렸다. 그가 설거지를 할 때가 되어서야 엘렌 제임스가 물에 흠뻑 젖은 쪽지를 그에게 내밀었다.

머리 손질하셨어요?

그는 짜증스럽게 머리를 끄덕였다.

“그 머리 마음에 안 들어.” 잠자리에서 헬렌이 말했다.

"난 근사하다고 생각하는데." 가아프가 말했다.

"당신하고는 안 어울려." 머리를 열심히 엉망으로 헝클어놓으며 헬렌이 말했다. "송장에 난 머리털 같아." 그녀가 어둠 속에서 말했다.

"송장이라니!" 가아프가 말했다. "맙소사."

"장의사에서 분장을 해놓은 시체 알잖아." 거의 미친 듯 두 손으로 그의 머리카락을 헤집으며 헬렌이 말했다. "한 가닥도 빼놓지 않고 모조리 질서정연하게." 그녀가 말했다. "너무나 완벽해. 당신은 살아 있는 사람 같지가 않아!" 그녀가 말했다. 그러자, 그녀는 울고 또 울었고, 가아프는 아내를 끌어안고 귓속말을 해주며 무슨 일인지 알아보려고 했다.

가아프는 그녀의 물밑 두꺼비를 이번에는 그녀와 함께 의식하지를 못했고, 아내에게 애기를 하고 또 했으며, 키스를 해주었다. 마침내 그녀는 잠이 들었다.

엘렌 제임스의 수필 「왜 나는 엘렌 제임스파가 아닌가」는 즉각적으로 요란한 반응을 유발시키지는 않는 듯싶었다. '편집자에게 보내는 편지'(미국의 대부분 신문 잡지에 실리는 고정 투고란으로, 독자의 견해가 많이 반영된다—옮긴이)가 게재되려면 시간이 좀 걸리게 마련이다.

가아프가 엘렌에게 경고를 했듯이, 그녀의 편이라고 자처하면서도 여자들을 뜯어먹고 사는 추악한 반여권주의 폭군들과 병적인 남자들의 제안이나, 백치들이 보낸 애도의 편지 따위, 예상했던 대로 엘렌 제임스에게 보내는 편지들이 도착했다.

"사람들은 항상 편을 만들지." 가아프가 말했다. "어딜 가나 말야."

엘렌 제임스파에서는 단 한 마디도 편지를 낸 사람이 없었다.

가아프의 첫 레슬링 선수단은 숙적인 배스의 '나쁜 녀석들'과 결승 2차전을 앞두고 시즌 통산 8승 2패의 성적을 냈다. 물론 선수단의 주력은 지난 이삼 년 동안 어니 홈이 선발해서 훈련을 아주 잘 시킨 레슬러 몇 명으로 이루어졌지만, 가아프도 모든 선수를 훌륭하게 정비했다. 이제는 스티어링의 설립자 가족의 추억이 얽힌 널찍한 집의 부엌 식탁에 앉아 가아프가 곧 닥칠 배스와의 시합에서 각 체급의 승패율을 미리 점치려고 머리를 짜내려니까, 한 달 전에 그녀의 수필을 게재했던 잡지의 이번 달 호를 들고 엉엉 울며 엘렌 제임스가 달려 들어왔다.

가아프는 잡지들의 생리가 어떻다는 점도 엘렌에게 경고를 해두었어야 좋았으리라고 느꼈다. 그들은 물론 엘렌 제임스파에게 이용을 당한 기분이며 그들을 싫어한다는 엘렌의 대담한 발표에 대해 이십여 명의 엘렌 제임스파가 반발한 긴 서한문식의 수필을 실었다. 그것은 잡지들이 좋아하는 바로 그런 종류의 논쟁이었다. 엘렌이 특히 배반감을 느낀 것은 엘렌 제임스가 지금 악명 높은 T. S. 가아프와 같이 산다는 사실을 틀림없이 제임스파에게 알려주었을 잡지의 편집자에게서였다.

그리하여 엘렌 제임스파는 불쌍한 아이 엘렌 제임스가 흉악한 남성인 가아프의 반여권주의 관점에 의해서 세뇌를 당했다며 물고늘어졌다. 자기 어머니를 배반한 인간! 여성운동 정치에 업혀 싱글벙글 좋아하는 자! 여러 편지에서 엘렌 제임스에 대한 가아프의 관계는 '유혹이 얽힌' '끈끈한' '음흉한' 따위로 묘사되었다.

미안해요!

엘렌이 썼다.

"괜찮아, 괜찮아. 엘렌의 잘못은 없어." 가아프가 그녀를 안심시켰다.

난 여권주의에 반대하는 사람은 아니에요.

"그야 물론이지." 가아프가 엘렌에게 말했다.

그들은 모든 걸 너무 극단적으로 따져요.

"정말 그래." 가아프가 말했다.

그렇기 때문에 난 그들을 미워하는 거예요. 그들은 자기들하고
똑같아지지 않으면 몽땅 적으로 몰아버리니까요.

"그래, 그래." 가아프가 말했다.

내가 말을 할 수 있었으면 좋겠어요.

그러더니 그녀는 더이상 주체하지를 못하고 가아프의 어깨에 기
대고 울음을 터뜨려, 어휘를 이루지 못하는 성난 울부짖음 때문에
커다란 집의 멀리 떨어진 독서실에 있던 헬렌이 깜짝 놀랐고, 암실
에서 던컨이 뛰어나오고, 낮잠을 자던 아기 제니가 깼다.
    그래서, 어리석게도, 가아프는 미치광이 어른들, 그들이 선택한 상
징에게 거부를 당했음에도 불구하고 엘렌 제임스에 관해서라면 엘
렌 제임스 자신보다도 자기들이 더 잘 안다고 주장하는 열성적인 광
신자들과 대결을 하기로 결심했다.
    "엘렌 제임스는 상징이 아니다." 가아프는 이렇게 썼다. "그녀는
섹스와 남자들에 대한 관점을 스스로 정립할 능력을 갖출 만큼 나이

330

를 충분이 먹기도 전에 강간을 당하고 불구가 된 폭력의 희생자이다.” 이렇게 시작한 그는 쓰고 또 썼다. 그리고 물론 그들은 조금이라도 불을 붙일 땔감이라면 즐거워서 그의 글을 게재했다. 그것은 또한 유명한 소설 『벤젠하버가 본 세상』 이후 T. S. 가아프가 처음으로 발표한 글이기도 했다.

사실 그것은 두번째 글이었다. 제니가 죽은 지 얼마 후에 어느 작은 잡지에다 가아프는 처음이고 유일한 시를 한 편 발표했다. 그것은 콘돔에 관한 이상한 시였다.

가아프는 그의 삶이 인간의 욕정에서 야기된 결과들로부터 자신과 다른 사람들을 구제하기 위해 인간이 고안해낸 콘돔 때문에 망쳐졌다고 느꼈다. 이른 아침 주차장에서 발견되는 콘돔들, 바닷가의 모래밭에서 놀던 아이들이 주운 콘돔들, (진료소 별관에서 그들이 살던 작은 아파트먼트의 문 손잡이에 그의 어머니더러 보라고 매달아 놓았던 것 같은) 무슨 의미를 전달하려고 사용한 콘돔들—우리들의 생애를 콘돔들이 항상 집요하게 추적한다고 가아프는 느꼈다. 스티어링 학교의 기숙사 수세식 변기에서 물에 씻겨 내려가지 않은 콘돔들, 공중변소 소변기에 여봐란 듯 버티고 떨어져 있는 미끈미끈한 콘돔들, 언젠가는 일요일 신문과 함께 배달되었던 콘돔, 언젠가는 차도 입구의 우편함 속에서 나온 콘돔, 그리고 언젠가는 낡은 볼보의 기어 손잡이 자루에 콘돔이 하나 걸려 있었는데, 누가 밤 사이에 차를 쓰기는 했지만, 그 용도가 타고 돌아다니는 것은 아니었다.

개미들이 설탕을 찾아내듯, 콘돔은 가아프를 쫓아다녔다. 그는 먼 거리를 여행하고 다른 대륙으로 갔지만, 다른 면에서는 전혀 티끌 하나 없이 깨끗하지만, 낯선 호텔 방의 비데 속에…… 택시의 뒷좌석에는 커다란 물고기에게서 빼낸 눈알처럼…… 어디에서 달라붙었는지는 모르지만 구두 밑바닥에도…… 모든 곳으로부터 콘돔들이 그를 찾아와 섬뜩 놀라게 만들었다.

콘돔과 가아프의 관계는 아주 옛날로 거슬러올라간다. 어쩐 일인지 그들은 처음부터 인연이 깊었다. 대포 구멍 속에서 본 콘돔들, 그 최초의 콘돔 충격이 그는 얼마나 자주 머리에 떠올랐던가!

그것은 괜찮은 시였지만 야비하다고 해서 거의 아무도 읽지 않았다. 엘렌 제임스와 엘렌 제임스파의 대결에 관한 그의 글을 읽는 사람이 훨씬 더 많았다. 그것은 뉴스거리였고, 최근 사건이었다. 슬프게도 그것이 예술보다 훨씬 흥미를 끈다는 사실을 가아프는 알았다.

헬렌은 가아프더러 공연히 얽혀들지 말라고 부탁했다. 엘렌 제임스까지도 이것은 그녀의 싸움이니까 가아프의 지원은 원하지 않는다고 말했다.

"또 꽃밭에서 허송세월을 하시는구만." 헬렌이 경고했다. "책장이나 또 만들고."

하지만 그는 분노에 찬 훌륭한 글을 썼고, 엘렌 제임스가 뜻했던 것보다 훨씬 단호하게 말했다. 그는 '여권주의의 이름을 더럽히는 그런 개수작'인 엘렌 제임스파의 '과격한 자해 행위'와 연관지어져서 괴로움을 당하는 진지한 여자들을 대변해서 웅변적으로 얘기했다. 그는 엘렌 제임스파를 몰아세우려는 충동을 억누를 길이 없었고, 목적을 잘 달성했지만, 헬렌이 묻는 말에도 일리는 있었다. "누구를 위해서 그러는 거야? 엘렌 제임스파가 미치광이들이라는 걸 벌써 알지 못하는 진지한 여자가 어디 있겠어? 그래, 가아프, 당신은 엘렌이 아니라 역시 그들을 위해 이런 짓을 한 거야. 당신은 염병할 엘렌 제임스파를 위해 그런 거라구! 당신은 그들에게 손을 뻗으려고 그랬어. 그건 왜 그랬지? 맙소사, 일 년만 더 지났더라면 그들을 아무도 기억하지 못했을 거고, 왜 그들이 그런 짓을 했는지 다 잊어버렸을 거야. 그들은 유행, 바보 같은 하나의 유행이었지만, 당신은 그냥 무시하고 넘어가질 못했어. 왜 그랬지?"

하지만 그는, 자기가 옳기 때문에 어떤 대가라도 치르려는 사람에게서 예상할 만한 태도였지만, 사뭇 못마땅해했다. 그러니까 자기가 잘못이라는 주장이 이상하다는 듯. 그런 감정 때문에 가아프는 모든 사람으로부터, 심지어는 엘렌에게서도 단절되었다. 엘렌은 아예 이런 사태를 시작한 것도 후회했고, 당장이라도 끝내고 싶었다.

"하지만 시작한 건 그 사람들이야." 가아프가 고집했다.

꼭 그렇지는 않아요. 누구인가를 강간하고, 여자가 얘기를 못 하도록 해치려고 했던 첫번째 남자, 그 사람이 시작한 셈예요.

엘렌 제임스가 말했다.

"좋아." 가아프가 말했다. "좋아, 좋아." 그녀가 얘기한 슬픈 진리가 그는 마음이 아팠다. 그는 오직 엘렌을 변호하려는 마음에서 그러지 않았던가?

스티어링의 레슬링 선수단은 시즌의 결승 2차전에서 배스 아카데미를 만나 승리를 거두어, 통산 9승 2패를 기록하고 뉴잉글랜드 대회에서 단체 준우승을 했으며, 가아프가 개인적으로 가장 훈련을 많이 시킨 167파운드 체급에서는 개인전 우승자를 냈다. 하지만 시즌은 끝났고, 은퇴한 레슬러 가아프는 또다시 시간이 남아돌았다.

그는 로버타를 많이 만났다. 그들은 스쿼시를 끝없이 해서, 두 사람끼리 하는 게임에서 세 달 사이에 라켓 네 개와 가아프의 왼손 새끼손가락이 부러졌다. 가아프는 뒤로 휘둘러 칠 때 부주의했기 때문에 로버타가 콧등을 가로질러 아홉 바늘이나 꿰매게 하는 부상을 입혔는데, 이글스 시절 이후로 상처를 꿰맨 일이 한 번도 없었던 로버타는 부상 때문에 불평이 심했다. 코트를 대각선으로 달려나가던 로버타의 긴 무릎에 가아프는 사타구니를 다쳐 한 주일 동안이나 절룩거리며 돌아다녔다.

"정말예요, 당신들 두 사람." 헬렌이 그들에게 말했다. "차라리 어디로 가서 화끈한 연애라도 벌이지 그래요. 그러는 편이 훨씬 안전할 테니까요."

하지만 그들은 가장 가까운 친구였으며, 가아프나 로버타에게 어쩌다 그런 충동이 혹시 생기더라도, 그들은 그것을 당장 농담으로 넘겨버렸다. 또한 로버타의 애정생활은 적어도 냉정하게 정돈이 된 편이어서, 태어날 때부터 여자였던 듯 그녀는 사생활의 비밀을 소중하게 여겼다. 그리고 그녀는 개머리 항구의 필즈 재단 이사직에 흡족했다. 로버타는 갑작스러운 방문과 밀회를 위해 항상 대기 상태로 기다리게 해놓은 애인들이 상당수에 달하는 뉴욕 시로 빈번하기는 하지만 절대로 과도하지는 않은 발산을 하러 다녀올 때를 위해 섹스의 힘은 비축했다. "그렇게밖에는 난 해결할 길이 없어요." 그녀가 가아프에게 말했다.

"그만하면 훌륭한 해결 방법예요, 로버타." 가아프가 말했다. "이런 힘의 분배를 갖춘다는 것. 모든 사람이 그렇게 운이 좋은 건 아니에요."

그래서 그들은 스쿼시를 했고, 날씨가 따뜻해지자 스티어링에서 바다까지 뻗어나간 구불구불한 도로를 따라 달렸다. 어느 도로는 스티어링에서 개머리 항구까지 평지로 10킬로미터였고, 그들은 한 저택에서 다른 저택까지 자주 달리기를 했다. 로버타가 뉴욕으로 일을 치르러 갈 때면 가아프는 혼자 달렸다.

그는 혼자였고, 달려갔다가 스티어링으로 돌아오는 반환점으로 삼은 개머리 항구까지의 길을 거의 절반쯤 왔을 때였는데, 더러운 흰

빛의 사브가 그의 옆을 지나가더니, 속도를 늦추는 듯싶다가 앞에서
냅다 달아나 시야에서 사라졌다. 이상한 일이라고는 그것이 전부였
다. 가아프는 가장 가까이 오는 차들을 볼 수 있도록 길의 왼쪽을 따
라 뛰었고, 사브는 차선을 제대로 지켜 그의 오른쪽으로 지나갔으니
까, 이상할 일이 하나도 없었다.

　가아프는 개머리 항구에서 열기로 약속했던 낭독회를 생각하고
있었다. 로버타는 필즈 재단에서 혜택을 받는 여자들과 초청 손님들
의 집회에서 작품을 읽도록 가아프를 설득했는데, 로버타는 소규모
음악회나 시 낭송회 따위를 자주 개최했지만, 누가 뭐라고 해도 이
사장 자리에 있으면서도 가아프는 그런 활동을 신통치 않게 생각했
다. 그는 낭독을 싫어했고, 엘렌 제임스파를 공격했기 때문에 그토록
많은 여자들의 분개를 산 지금 여자들을 앉혀놓고 낭독한다는 것은
더욱 마음이 안 내킬 노릇이었다. 대부분의 진지한 여자들은 물론
그의 견해에 동의했지만 그들 대부분은 또한 논리보다도 훨씬 강했
던 그의 엘렌 제임스파 비판에서 개인적인 원한을 인식할 만큼은 이
지적이었다. 그들은 가아프에게서 본질적으로 남성적이고 본질적으
로 용납해서는 안 되는 일종의 살인 본능을 의식했다. 헬렌의 말마
따나 그는 참지 못할 일을 너무나 못 참았다. 대부분의 여자들은 물
론 엘렌 제임스파에 대해서 가아프가 진실을 말했지만, 꼭 그렇게
거칠어야만 했을까 하고 의문을 품었다. 가아프 자신이 즐겨 쓰던
레슬링 용어를 빌려 표현한다면 아마도 가아프는 '불필요한 거친 행
위'를 범했는지도 모른다. 많은 여자들이 의심했던 바는 그의 거친
태도였고, 난폭함이 지금은 유행하지 않는 대학에서 주로 개최하던
낭독회에서 그가 책을 읽으면 남녀가 섞인 청중들까지도 그에 대해
침묵으로 반발을 표시하고는 했다. 그는 공개적으로 자제력을 잃은
셈이었고, 잔인한 인간이라는 가능성을 과시했다.

그리고 필즈 재단의 수혜자들이 본질적으로 적의를 품은 것은 아니지만, 그래도 경계는 틀림없이 하고 있으니까 가아프더러 섹스 장면은 읽지 말라고 로버타가 충고했다. "낭독할 만한 다른 장면들은 많잖아요." 로버타가 말했다. "섹스말고도요."

그가 낭독할 '새로운' 글이 하나라도 있으리라는 가능성은 두 사람 다 입 밖에 꺼내지도 않았다. 그리고 낭독할 새로운 글이 하나도 없다는 바로 그 이유 때문에 주로 가아프는 어디에서나 간에 낭독회에 간다는 일이 점점 더 마음이 내키지 않았다.

가아프는 스티어링과 바다 사이에서 하나뿐인 언덕이며, 검은 앵거스 종 소를 치는 목장 옆의 나지막한 언덕을 올랐고, 그가 달리는 길에서 3킬로미터 지점을 통과했다. 그는 얕은 돌담 너머로 쌍발 엽총처럼 그를 겨눈 소들의 검푸른 콧구멍들을 보았다. 가아프는 소들을 보면 항상 음머어거리며 말을 걸었다.

더러운 흰 빛깔의 사브가 이제는 그를 향해 왔고, 가아프는 도로 옆으로 연장된 푹신한 흙길로 들어섰다. 검정 앵거스 한 마리가 그에게 마주 음메에 대답했고, 두 마리는 돌담에서 뒷걸음질을 쳐서 물러났다. 가아프는 소들에게서 눈을 떼지 않았다. 사브는 별로 빨리 달리지 않았고, 운전도 험하게 하지 않는 듯싶었다. 차를 지켜볼 이유가 없었다.

그가 구제를 받은 까닭은 오직 기억력 때문이었다. 작가들이란 어떤 특정한 것들만 골라 기억하는 능력이 뛰어났고, 가아프에게는 다행한 일이었지만, 그는 반대 방향으로 가면서 그의 옆을 지나갈 때 더럽고 흰 빛깔인 사브가 속력을 늦추었으며, 운전자의 머리가 빠꼼이 거울로 그를 보기 위해 방향을 잡는 듯했다는 사실을 특별히 선택해서 기억했던 것이다.

가아프는 앵거스에게서 시선을 돌렸으며, 엔진을 끄고 사브가 소리 없이 푹신한 흙길을 따라 곧장 그를 향해 질주하며, 하얗고 소리 없는 차체와 잔뜩 긴장해서 도사린 운전자의 머리 위로 먼지가 구름 처럼 일며 따라오는 광경을 보았다. 사브로 가아프를 겨냥한 운전자 는 한참 바쁠 때의 원형 포탑의 포수가 어떤 모습인지를 가아프에게 가장 비슷하게 보여준 시각적인 영상을 제공했다.

가아프는 성큼성큼 두 걸음 돌담으로 달려가, 담 위로 두른 한 가 닥의 전기 철망을 못 보고 그냥 뛰어넘었다. 그는 전깃줄을 스치며 넓적다리가 찌릿하는 것을 느꼈지만, 다급하게 뛰어넘어서 앵거스 떼가 뜯어먹어 듬성듬성 팬 축축하고 푸른 들판에 떨어졌다.

그는 축축한 땅바닥에 달라붙어 엎드렸고, 칼칼한 목구멍에서 역 겹게 그 맛이 느껴지는 물밑 두꺼비가 우억거리는 소리를 들었고, 그에게서 도망을 치는 앵거스 떼의 발굽이 천둥처럼 폭발하는 소리 도 들었다. 그는 더럽고 흰 빛깔인 사브와 돌담이 부딪히는, 돌과 금 속의 충돌 소리를 들었다. 가아프의 머리통만큼이나 커다란 돌멩이 두 개가 그의 옆으로 둔탁하게 튀었다. 눈이 험악한 앵거스 한 마리 가 제자리에서 물러가지도 않고 공격 태세를 취했지만, 사브의 경적 이 고장나서 계속 울리기 때문이었는지 소는 돌격을 하지 않고 참았 다.

가아프는 자신이 살았음을 알았고, 입에서 나는 피는 입술을 깨물 었기 때문에 나는 피였다. 그는 담을 따라 사브가 들이받고 처박힌 자리로 갔다. 운전자가 잃은 것은 혀 정도가 아니었다.

운전자는 40대 여자였다. 사브의 엔진에 밀려 두 무릎은 우그러진 운전대 자루에 휘감겼다. 손가락이 짧고, 고생스러운 겨울을 겪어 발 개진 손에는 반지를 끼지 않았다. 운전석 쪽의 문기둥 아니면 앞창 의 틀에 얼굴을 맞아 한쪽 뺨과 관자놀이가 으스러졌다. 그래서 그 녀의 얼굴이 한쪽으로 약간 늘어졌다. 피로 뒤엉킨 갈색 머리는 앞

창이 달렸던 자리에 뚫린 구멍으로 불어 들어오는 따스한 여름 바람
으로 너풀거렸다.

　가아프는 눈을 들여다보고는 그녀가 죽었음을 알았다. 그는 입 안
을 들여다보고는 그녀가 엘렌 제임스파임을 알았다. 그는 여자의 손
가방도 뒤져보았다. 예상했던 대로 종이 뭉치와 연필만 나왔다. 사용
했던 쪽지도 잔뜩이었다. 그 가운데 하나는 내용이 이러했다.

　안녕하세요! 내 이름은……

하는 식이었다. 또다른 쪽지의 내용은—

　당신은 이런 꼴을 당해 마땅하다.

　가아프는 그녀가 그를 죽여 피투성이가 된 시체를 길가에 남겨두
고 갈 때 운동복 팬티 허리춤에다 쪽지를 끼워놓을 생각이었으리라
고 상상했다.
　또다른 어느 쪽지는 거의 서정시 같았는데, 그것은 신문에서 좋다
고 쓰고 또 쓸 그런 내용이었다.

　나는 한 번도 강간을 당한 적이 없고, 당하고 싶었던 적도 없었
다. 나는 남자하고 같이 지낸 적이 한 번도 없었고, 그러고 싶었던
적도 없었다. 내 모든 삶은 엘렌 제임스의 고통을 함께 느끼자는
데서 의미를 찾으리라.

　아, 맙소사, 가아프는 생각했다. 하지만 그는 쪽지를 다른 물건들과
함께 그대로 두었다. 그는 비록 어떤 메시지가 광적이라고 해도 중

요한 메시지는 감추려고 하지 않는 그런 인간, 그런 작가였다.

그는 돌담과 전기 철망을 뛰어넘느라고 사타구니에 입었던 상처가 아팠지만, 시내 쪽으로 다시 뛰어갈 수가 있었고, 요구르트 운반 트럭을 만나자 그 차를 얻어 타고 경찰서로 찾아가 신고했다.

요구르트 운전사가 사고 현장을 지나 가아프를 발견했을 때까지의 사이에 검정 앵거스 소들은 돌담이 무너진 곳을 통해 외국 차 속에서 죽음을 맞은 연약한 천사를 둘러싸고 애도하는 커다란 짐승들처럼 더럽고 흰 빛깔인 사브 주위에 몰려들었다.

아마도 내가 느꼈던 두꺼비는 그것이었나봐, 곤히 잠든 가아프 옆에 말짱히 깬 채로 누워 있던 헬렌이 생각했다. 헬렌은 그의 따스한 몸을 껴안았고, 그의 온몸에 스민 그녀 자신의 푸짐한 섹스 냄새로 파고들었다. 아마도 죽은 그 엘렌 제임스파가 물밑 두꺼비였는지도 모르고, 이제 그녀는 없어졌다고 생각하며 헬렌이 어찌나 힘을 주어 꽉 움켜잡았는지 가아프는 잠이 깨었다.

"왜 그래?" 그가 물었다. 하지만 엘렌 제임스파처럼 말없이 헬렌은 그의 엉덩이를 껴안았고, 그의 가슴에 대고 이빨을 덜덜 떠는 아내가 떨기를 멈출 때까지 그는 아내를 껴안아주었다.

엘렌 제임스파의 어느 '대변인'은 이 사건을 엘렌 제임스파 연합회가 교사한 것이 아니라 분명히 '전형적으로 남성 본위이고, 도전적인 T. S. 가아프라는 강간범 같은 인간' 때문에 야기된 우발적인 폭력 행위라고 발표했다. 엘렌 제임스파에서는 '우발적인 행위'에 대해서 아무런 책임감도 느끼지 않지만, 놀라지도 않았고 별로 가슴 아프게 생각하지도 않는다고 선언했다.

로버타는 가아프에게 사정이 이러니까 여자들을 위한 낭독회에 나가고 싶지 않다면 이해를 하겠다고 말했다. 하지만 가아프는 제니의 저택 아늑하고 편안한 일광욕실에서 백 명이 안 되는 사람들을 모아놓고, 필즈 재단의 수혜자들과 각 분야의 초대 손님들에게 그의 작품을 읽어주었다. 그는 「그릴파르처 하숙」을 그들에게 읽어주었고, 작품을 이렇게 소개했다. "이것은 나의 첫 작품이며, 지금까지 내가 쓴 모든 작품들 가운데 가장 훌륭한데, 어떻게 이런 글이 내 머리에서 나왔는지 모르겠습니다. 나는 이 글을 쓸 때는 내가 별로 잘 알지도 못했던 죽음을 작품에서 다루었다고 생각합니다. 지금 나는 죽음이 무엇인지 훨씬 많이 알지만, 글이라고는 한 글자도 안 씁니다. 소설에서는 열한 명의 주인공이 등장하는데, 그들 가운데 일곱 사람은 죽고, 한 사람은 정신이상이 되고, 한 사람은 다른 여자하고 도망갑니다. 나는 다른 두 사람에게는 무슨 일이 벌어졌는지 얘기하지 않겠지만, 이 단편소설에서 살아남을 확률이 별로 크지 않다는 사실을 여러분은 알 수 있을 것입니다."

그리고 그는 작품을 그들에게 읽어주었다. 어떤 사람들은 웃었고, 네 사람은 울었고, 바다의 습기 때문인지 재채기나 기침을 하는 사람이 많았고, 중간에 나가는 사람이 아무도 없었고, 모두들 박수를 쳤다. 뒤쪽 피아노 옆에 앉은 나이 많은 여자는 작품을 읽는 동안 줄곧 곤히 잤지만, 그녀까지도 끝에는 박수를 쳤는데, 박수 소리에 잠이 깬 그녀는 덩달아 신이 나서 박수를 쳤다.

이 행사는 가아프에게 기운을 북돋아준 듯싶었다. 아버지의 작품들 가운데 그가 가장 좋아했고, 사실은 던컨이 읽어도 좋다고 용납되었던 몇 가지 안 되는 작품들 가운데 하나였던 이 단편소설 낭독회에는 던컨도 참석했다. 던컨은 어리고 재능이 보이는 화가였고, 가아프가 모두 차에 태워 집으로 돌아간 다음 던컨은 아버지의 단편소설에 등장하는 주인공들과 상황들을 그린 50장 이상의 그림을 아버지에게 보여주었다. 어떤 그림들은 꾸밈이 없고 신선했으며, 가아프는 모든 그림에 흡족했다. 어울리지 않는 외바퀴 자전거를 삼켜버린

듯싶은 늙은 곰의 쭈글쭈글한 옆구리, WC 문 밑으로 드러난 성냥개
비처럼 연약하고 쇠약한 할머니의 발목, 꿈 얘기꾼의 흥분한 눈에
드러난 못된 장난기! 헤르 테오발트 누이동생의 창녀 같은 아름다
움, ('…… 마치 그녀의 삶과 그녀 주변의 인물들이 그녀에게는 전혀
대수롭지 않는 듯, 마치 그들은 부활하려는 우스꽝스럽고 숙명적인
노력을 항상 계속해왔다는 듯') 그리고 손으로만 걸어다니던 남자의
용감한 낙천성.

"너 언제부터 이걸 그렸니?" 너무나 자랑스러워서 흐느껴 울고
싶은 심정으로 가아프는 던컨에게 물었다.

여기에서 그는 많은 힘을 얻었다. 그는 존 울프에게 던컨이 삽화
를 그린 「그릴파르처 하숙」의 특별 출판을 제안했다. "이 단편은 이
것만으로 단행본을 만들기에 충분할 만큼 훌륭해요." 가아프는 존
울프에게 편지를 썼다. "그리고 책이 잘 팔릴 만큼 난 분명히 유명해
졌어요. 시시한 어느 잡지와, 단편집에 한두 군데 수록된 적은 있지
만, 이건 사실 지금까지 한 번도 단행본으로 출판된 적이 없어요. 그
뿐 아니라 그림이 좋아요! 그리고 줄거리도 정말 흥미 있죠. 난 작
가가 명성을 얻게 되면 거기 편승해서 썩혀두었던 허섭스레기를 모
조리 출판하고, 없애야 마땅할 케케묵은 글을 모두 재출판하기 시작
하는 걸 싫어하죠. 하지만 이건 경우가 다르고, 존, 당신도 이건 다
르다는 걸 알아요."

존 울프는 알았다. 그는 던컨의 그림이 정말로 꾸밈이 없고 신선
하지만, 사실은 별로 훌륭하지도 못하다는 사실도 알았는데, 아무리
재능이 뛰어나다고 해도 던컨은 아직 나이가 열세 살도 안 되었다.
하지만 존 울프는 출판을 위한 좋은 제안을 인식하는 안목도 지녔
다. 확신을 얻기 위해 물론 그는 책을 '질시 슬로퍼 비밀 시험'을 거
쳤는데, 가아프의 단편소설, 특히 던컨의 그림은 질시에게서 최고의

찬사를 들었다. 한 가지 그녀가 못마땅하게 여긴 점이 있다면 가아프는 질시가 모르는 어휘를 너무 많이 사용한다는 것이었다.

아버지와 아들이 같이 만든 책이라면 성탄절 때 잘 팔리리라고 존 울프는 생각했다. 그리고 단편소설에 담긴 나긋나긋한 슬픔, 넘치는 연민과 가벼운 격정이 어쩌면 가아프와 엘렌 제임스파의 대결에서 야기된 긴장감을 이완시킬지도 모른다.

사타구니의 상처가 아물었고, 가아프는 여름 내내 스티어링에서 바다까지 이어지는 길을 달리며 날마다 침울한 앵거스 소들에게 끄덕여 알은체했는데, 다행히도 돌담 때문에 그들은 안전하게 보호를 받았다는 공통된 경험을 나누었으므로 가아프는 이 덩치 크고 재수 좋은 동물들을 영원한 한 식구처럼 느꼈다. 즐겁게 풀을 뜯고, 즐겁게 새끼를 치고, 그러다가 어느 날 순식간에 죽음을 당하고, 가아프는 소들이 죽을 때의 생각은 하지 않았다. 그리고 자신의 죽음도. 그는 차를 경계했지만, 불안해서 그런 것은 아니었다.

"우발적인 행위였어." 그는 헬렌과 로버타와 엘렌 제임스에게 말했다. 그들은 머리를 끄덕였지만, 로버타는 가능하면 항상 그가 달리기를 할 때마다 같이 동반했다. 헬렌은 날씨가 다시 추워져서 가아프가 마일즈 시브룩 체육관의 실내 육상 경기장에서 달리기를 하면 훨씬 마음이 놓이리라고 생각했다. 아니면 다시 레슬링을 시작해서 밖으로 나가는 일이 아예 거의 없게 되거나. 조산아 보육기 속에서 지내듯 따뜻한 매트와 덮개를 댄 방에서 자란 헬렌 홈에게는 레슬링 연습장이 안전의 상징이었다.

가아프도 또다시 레슬링 시즌이 돌아오기를 고대했다. 그리고 T. S. 가아프가 글을 쓰고 던컨 가아프가 삽화를 그린, 아버지와 함께 만든 『그릴파르처 하숙』이 출판되기를 고대했다. 드디어 어른과 아이들을 위한 가아프의 책이! 물론 그것은 새 출발이나 마찬가지이기도

했다. 처음으로 되돌아가서 다시 새로운 기분으로 시작하지. '새 출발'이라는 개념과 더불어 얼마나 많은 환상들이 꽃피는가.

갑자기 가아프는 다시 글을 쓰기 시작했다.

그는 엘렌 제임스파에 대한 그의 공격문을 게재했던 잡지사에다 편지를 쓰는 데서 시작했다. 편지에서 그는 자기가 한 얘기에 드러난 경솔함과 과격함에 대해서 사과했다. "비록 나는 진짜 엘렌 제임스는 거의 신경조차 쓰지 않는 여자들에게 엘렌 제임스가 이용을 당한다고 믿기는 하지만, 어떤 경우에는 엘렌 제임스를 이용하려는 필요성이 순수하고 크다는 점을 이해한다. 물론 나는 나를 죽이려고 시도를 할 정도로 반발을 느꼈던 난폭하고도 무척 궁지에 몰렸던 여인의 죽음에 대해서 적어도 부분적으로나마 책임을 느낀다. 미안하게 생각한다."

참된 신봉자들, 그러니까 '순수한' 선을 믿거나 순수한 악을 믿는 모든 사람은 물론 그냥 사과를 받아들이는 일이 드물다. 편지로 반응을 나타낸 모든 엘렌 제임스파는 가아프가 분명히 자신의 목숨 때문에 두려워졌고, 그가 쓰러질 때까지 뒤를 쫓도록 엘렌 제임스파들이 보낼 암살자들의 끝없는 행렬 때문에 겁이 났다고 했다. 그들은 T. S. 가아프가 남성 본위의 돼지 같은 인간이며 여자들을 괴롭히는 위인일 뿐 아니라 '불알도 안 달린 병아리똥 같은 겁쟁이'라고 그랬다.

이런 응답들을 읽었는지는 모르겠지만 가아프는 전혀 읽지 않은 듯, 아무렇지도 않은 태도였다. 그가 사과의 글을 쓴 중요한 이유는 그의 창작 집필 때문이었는데, 그는 양심이 아니라 책상을 깨끗이 하려는 뜻에서, 다시 진지한 작품을 쓰려고 기다리는 동안 그의 시간을 잡아먹은 꽃밭 가꾸기나 책장 만들기 따위 하찮은 일들로부터 마음을 훌훌 털어버리기 위해 그랬던 것이다. 그는 엘렌 제임스파와 화해를 하고 그들을 잊어버리겠다고 생각했지만, 헬렌은 그들을 잊어버리기가 힘들었다. 엘렌 제임스도 분명히 그들을 잊어버릴 수가 없었고, 로버타까지도 가아프와 같이 외출을 할 때면 언제나 불안해지고 긴장했다.

어느 화창한 날, 목장을 지나 2킬로미터쯤 가서 그들이 바다를 향해 달리다가, 로버타는 반대편에서 오던 폭스바겐에 암살자가 탔으리라는 육감을 갑자기 느껴 멋지게 옆으로 몸을 날려 가아프를 푹신한 도로변 흙길에서 덮쳐 5미터나 둑을 굴러내려가 진흙 도랑에 빠지게 했다. 가아프는 발목을 삐어 개울 바닥에 주저앉아 로버타에게 고함을 질렀다. 로버타는 큼직한 돌멩이를 집어들고 폭스바겐을 위협했고, 바닷가에서 놀다가 돌아오던 차 속의 젊은이들은 새파랗게 질려 로버타가 시키는 대로 비좁은 차에 자리를 내어 가아프를 태우고 제니 필즈 진료소로 갔다.

"당신 이러다가 큰일나겠어요." 가아프가 로버타에게 말했지만, 잘 보이는 각도에서 치고 들어오거나 치사한 짓을 저지르는 적에 대한 타이트 엔드다운 본능을 지닌 로버타가 곁에 있었다는 사실을 헬렌은 오히려 무척 기뻐했다.

발목이 삔 가아프는 두 주일 동안 길에 나가지를 못했고, 집필에 더욱 전념했다. 그는 '아버지 책' 또는 '아버지들의 책'이라고 그가 부르던 작품에 착수했는데, 이것은 그가 유럽으로 떠나던 전날 밤 존 울프한테 의기양양하게 설명했던 세 가지 계획 가운데 첫번째 작품으로서, '아버지의 환상'이라는 제목이 붙은 소설이었다. 아버지를 상상해내어야 했던 터라 가아프는 「그릴파르처 하숙」의 불을 붙였다고 믿어지던 순수한 상상력의 정신에 훨씬 가까워진 기분을 느꼈다. 그로부터 오랫동안 그릇된 길을 따랐지만, 그는 이제 '일상생활에서 야기되는 단순한 사고와 희생자, 그리고 거기에서 연유하는 이해가 가능한 충격적인 경험'이라고 자신이 설정한 개념에서 강렬한 인상을 받았다. 그는 무엇이라도 상상해낼 능력이 생겼다는 듯, 다시금 자만심을 느꼈다.

"우리 아버지는 우리들이 모두 보다 훌륭한 삶을 살아가기를 바랐다." 가아프는 작품을 시작했다. "하지만 무엇보다 훌륭해야 할지는 아버지도 잘 몰랐다. 내 생각에 아버지는 인생이 무엇인지도 모르면서 그냥 더 좋아지기만 바랐던 것 같다."

「그릴파르처 하숙」에서 그랬듯이 그는 한 가족을 상상해내어서, 형제들과 자매들과 숙부를 설정했고, 다시금 소설가가 된 기분이 들었다. 구성이 짜여짐에 따라 그는 기쁨을 맛보았다.

저녁이면 가아프는 엘렌 제임스와 헬렌에게 소리내어 작품을 읽어주었고, 가끔 던컨도 자지 않고 들었으며, 어쩌다가 저녁을 먹고 가려고 로버타가 머물면 그녀에게도 읽어주었다. 그는 필즈 재단에 관한 모든 일에서 갑자기 너그러워졌다. 사실상 다른 이사들은 가아프가 모든 신청자에게 무엇인가 주기를 원했기 때문에 오히려 화를 냈다. "그 여자 진실해 보여요." 그는 입버릇처럼 말했다. "봐요, 그 여자도 고생을 꽤 했어요." 가아프가 그들에게 말했다. "돈은 충분히 있잖아요?"

"이런 식으로 쓴다면 사정이 다르죠." 마르시아 폭스가 말했다.

"당신이 제시하는 바 이상으로 신청자들의 선발 기준을 올리지 않았다간 우린 망해요." 힐마 블로크가 말했다.

"망하다뇨?" 가아프가 말했다. "우리가 어떻게 망해요?" 하룻밤 사이에 가아프는 가장 나약한 개방주의자가 되어서 아무도 평가하지 않으려 한다고 (로버타 이외의) 모든 사람은 생각했다. 하지만 그는 그의 소설에 등장하는 허구의 가족에 얽힌 슬픈 얘기를 잔뜩 상상하느라고 마음이 동정심으로 가득 찼으며 현실세계와는 동떨어진 상태였다.

제니의 암살과, 어니 홈과 스튜어트 퍼시의 갑작스러운 장례식의 일주기도 새로운 창조적 열정에 휘말린 가아프에게는 어느 틈에 빨리 지나가버리고 말았다. 그러자 레슬링 시즌이 다시 찾아왔고, 헬렌은 그토록 철저하게 집중하고 거침이 없으며, 그토록 몰두한 남편의 모습을 여태껏 본 적이 없었다. 다시금 젊고 꿋꿋해진 가아프를 보고 그녀는 사랑에 빠졌고, 그에게 어찌나 밀착감을 느꼈는지 헬렌은 혼자 있을 때면 이유도 모르면서 자주 울었다. 가아프가 다시 바빠지자 그녀는 혼자 지내는 시간이 너무 많아졌고, 헬렌은 자신이 너무 오랫동안 무기력했음을 깨달았다. 그녀는 자신의 지성과 사상을 다시금 활용하기 위해 스티어링 학교에서 일하기로 동의했다.

그녀는 또한 엘렌 제임스에게 운전을 가르쳤고, 엘렌은 한 주일에 두 번씩 주립대학교로 차를 타고 가서 창작 강의를 들었다. "이 집안은 두 사람의 작가를 둘 만큼 크지는 않아요, 엘렌." 가아프가 그녀를 놀렸다. 가아프의 이런 유쾌한 태도를 그들 모두 얼마나 소중하게 생각했던가! 그리고 이제 다시 일을 하게 된 헬렌은 불안감이 훨씬 줄어들었다.

가아프가 본 세상에서는, 저녁에 허리를 잡고 웃다가도 이튿날 아침은 살인적일 수도 있었다.

나중에 (로버타도 마찬가지였지만) 그들은 던컨 가아프가 삽화를 그린 『그릴파르처 하숙』의 초판이 성탄절에 맞춰 출판된 것을 가아프가 물밑 두꺼비를 보기 전에 볼 기회를 가졌다는 사실이 얼마나 다행이었느냐는 얘기를 자주 했다.

19

가아프 이후의 삶

「그릴파르처 하숙」에서 우리들에게 보여준 바와 같이 가아프는 에 필로그를 좋아했다.

그는 이렇게 썼다. "에필로그는 단순한 시체 확인이 아니다. 에필 로그는 과거를 청산한다는 형태로 사실은 우리들에게 미래에 관해 서 하는 경고이다."

2월 그날, 헬렌은 아침 식탁에서 엘렌 제임스와 던컨에게 가아프 가 하는 농담을 들었는데, 그는 분명히 장래에 대해서 자신이 있는 듯싶었다. 헬렌은 어린 제니 가아프에게 목욕을 시키고, 땀띠약을 발 라주고, 머리에 기름칠을 해주고, 앙증스런 손톱을 깎아주고, 전에 월트가 입던 노란 놀이옷을 입혀 지퍼를 채웠다. 헬렌은 가아프가 끓인 커피 냄새를 맡았고, 던컨을 등교시키느라고 가아프가 서두르 는 소리를 들었다.

"애야, 그 모자는 안 돼, 던컨." 가아프가 말했다. "그런 모자로는 새 한 마리도 따뜻하게 못 하겠다. 영하 6도야."

"'영상' 6도예요, 아버지." 던컨이 말했다.

"꼬치꼬치 따지지 마." 가아프가 말했다. "어쨌든 아주 추운 날씨
란 말야."

엘렌 제임스가 그때 차고 문으로 들어와 쪽지를 준 모양이어서,
잠시 후에 봐주마고 가아프가 말하는 소리를 헬렌은 들었는데, 보아
하니 엘렌의 차가 시동이 걸리지 않는 모양이었다.

그러더니 커다란 집은 얼마 동안 조용해졌고, 마치 까마득히 먼곳
에서 들려오는 듯한, 눈을 밟아 뽀드득거리는 장화 소리와 차의 차
가운 엔진이 천천히 회전하는 소리가 들려왔다. "잘 다녀오거라!" 학
교로 가려고 긴 자동차 진입로를 따라 걸어 내려가는 던컨에게 가아
프가 외치는 소리를 그녀는 들었다.

"그래요!" 던컨이 소리쳤다.

헬렌은 혼자서 커피를 마셨다. 아기 제니가 알아듣지도 못할 옹알
이를 할 때면 가끔 그녀는 엘렌 제임스파나 흥분했을 때의 엘렌 제
임스를 연상했지만, 오늘 아침에는 그렇지 않았다. 아기는 플라스틱
으로 만든 장난감을 가지고 조용히 놀았다. 헬렌은 가아프의 타자기
소리를 들었는데, 그것이 전부였다.

그는 세 시간 동안 글을 썼다. 서너 쪽을 쓰는 동안 타자기는 폭발
하듯 투다닥거리다가, 가아프가 숨이라도 끊어지지 않았나 헬렌이
상상할 정도로 오랫동안 잠잠해지고, 그리고는 그녀가 타자기를 잊
고 독서에 몰두하거나 제니 때문에 무슨 일을 하고 있노라면 또다시
타자기가 투다닥거렸다.

아침 열한시 반에 헬렌은 그가 로버타 멀둔에게 전화를 거는 소리
를 들었다. (가아프가 필즈 재단의 수혜자들을 일컫는 명칭이었지
만) '계집애들'한테서 빠져나올 수 있으면 레슬링 연습을 하기 전에

348

로버타와 스쿼시를 치고 싶다고 가아프가 말했다.

"계집애들은 오늘 어때요, 로버타?" 가아프가 말했다.

하지만 로버타는 스쿼시를 할 처지가 아니었다. 헬렌은 가아프가 실망한 목소리를 들었다.

나중에 가엾은 로버타는 스쿼시를 했어야 했다고 자꾸만 자꾸만 되풀이하게 되는데, 만일 같이 공을 쳤더라면 그것이 다가오고 있음을 의식했을지도 모르고, 신경을 곤두세우고 긴장해서 주변에 같이 있었더라면 가아프가 항상 무시하거나 소홀히 넘기던 음흉한 발자국들을, 현실세계의 추적을 인식했을지도 모른다는 얘기를 그녀는 자꾸만 했다. 하지만 로버타 멀둔은 스쿼시를 할 처지가 아니었다.

가아프는 반 시간 동안 더 글을 썼다. 헬렌은 그가 편지를 쓰고 있음을 알았는데, 타자를 치는 소리를 들으면 그녀는 그 차이를 느낄 수 있었다. 그는 『아버지의 환상』이 잘 진전되기 때문에 마음이 기쁘다는 편지를 존 울프에게 썼다. 그는 로버타가 맡은 일을 너무 진지하게 생각해서 몸이 망가졌고, 어떤 행정적인 일도 로버타가 필즈 재단에 바치는 만큼의 시간과 공을 들일 필요는 없다고 불평했다. 가아프는 『그릴파르처 하숙』의 판매가 부진하리라는 사실은 예상하던 바였고, 그래도 그것은 '아름다운 책'이어서 자기는 즐겨 이 책을 만져보고 사람들에게 선물했고, 그 작품의 새로운 탄생은 곧 자신의 새로운 탄생이라고 말했다. 그는 비록 무릎 수술 때문에 중량급의 주요 선수를 하나 잃었고, 하나뿐인 뉴잉글랜드 선수권 보유자가 졸업하기는 했어도 작년보다 이번 레슬링 시즌에 훨씬 좋은 성적을 거두리라고 기대했다. 그는 헬렌처럼 책을 많이 읽는 사람하고 같이 산다는 상황은 짜증스럽기도 하고 고무적이기도 하며, 아내가 다른 책들을 덮어버리게 만들 작품을 써내야 되겠다고 말했다.

정오에 그는 헬렌에게 와서 키스를 하고, 젖가슴을 만지고, 아기 제니에게 자꾸자꾸 키스를 하며 역시 전에 월트가 입었고, 또 월트 전에 던컨도 꽤 오래 입었던 방한복을 입혀주었다. 엘렌 제임스가 돌아오자마자 가아프는 제니를 탁아소로 태워다주었다. 다음에 가아프는 그가 늘 마시는 꿀을 탄 커피와 오렌지 한 개와, 바나나 한 개를 들려고 버스터 스낵 그릴에 나타났다. 달리기나 레슬링을 할 때면 가아프는 점심을 그 정도만 먹었는데, 그래야 하는 이유를 그는 영문과에 새로 온 선생이며 가아프의 작품을 흠모하는 대학원을 갓 졸업한 젊은이에게 설명했다. 그의 이름은 도널드 휘트콤이었고, 불안하게 말을 더듬는 그를 보니 가아프는 돌아가신 틴치 선생이 흐뭇하게 연상되었으며, 그는 아직도 앨리스 플레처를 생각하면 맥박이 고동치는 기분을 느꼈다.

이날은 유별나게도 그는 창작에 대해서 누구에게라도 얘기하고 싶어 열이 올랐고, 젊은이 휘트콤은 열심히 들었다. 돈(도널드의 애칭—옮긴이) 휘트콤은 소설을 쓰기 시작한다는 행위가 어떤 기분을 자아내는지 가아프가 그에게 한 얘기를 회고하게 된다. "그건 마치 죽은 자를 다시 살리는 기분이죠." 그가 말했다. "아뇨, 아니에요, 그런 게 아니죠. 그건 마치 모든 사람들로 하여금 영원히 살아가게 하려는 투쟁 같아요. 끝에 가서는 죽어야 하는 사람들까지도 말예요. 살아나가야 할 가장 중요한 사람들은 그들이죠." 결국 가아프는 흡족하게 느껴지는 그런 방법으로 이 개념을 표현했다. "소설가란 가망이 없는 환자들만 보게 되는 의사나 마찬가지예요." 가아프가 말했다. 젊은 휘트콤은 어찌나 매료되었던지 그가 한 말을 적어두었다.

앞으로 가아프의 전기를 쓰게 될 모든 사람은 몇 년 후에 휘트콤의 전기를 부러워하기도 하고 경멸하기도 하게 된다. 휘트콤은 가아프의 창작활동에서 (휘트콤이 붙인 이름이지만) '꽃 피는 시절'은 사실상 가아프가 필연적인 죽음을 의식했기 때문에 도래했다고 회고했다. 더럽고 흰 빛깔인 사브로 가아프의 목숨을 노렸던 엘렌 제임스파의 시도는 가아프로 하여금 다시 글을 쓰게 만드는 긴박감을 마련했다고 휘트콤은 주장했다. 헬렌은 그의 주장에 공감한다.

가아프가 들었다면 틀림없이 웃어넘겼겠지만, 그것은 나쁜 착상은 아니었다. 그는 정말로 엘렌 제임스파를 잊어버렸고, 더이상 그들을 경계하지 않았다. 하지만 어쩌면 무의식적으로나마 그는 젊은 휘트콤이 서술했던 긴박감을 느꼈는지도 모른다.

버스터 스낵 그릴에서 가아프는 레슬링 연습 시간이 될 때까지 휘트콤의 마음을 황홀하게 사로잡았다. (젊은이가 나중에 짓궂게 회고했듯이 점심값은 휘트콤이 내게 그냥 놔두고) 밖으로 나가던 길에 가아프는 심장병이 도져 만 사흘 동안 입원했다가 나온 밧저 학생감과 마주쳤다.

"탈이 난 곳을 하나도 찾지 못하겠다고들 하더구만." 밧저가 불평했다.

"심장은 찾았나요?" 가아프가 물었다.

학생감과 젊은 휘트콤, 가아프가 모두 웃었다. 밧저는 『그릴파르처 하숙』만 병원으로 가지고 갔는데 워낙 짧은 얘기여서 처음부터 끝까지 세 번이나 읽었노라고 말했다. 밧저는 병원에서 읽기에는 음침한 얘기였지만 아직 자기는 할머니가 꾼 꿈을 꾸지 않았으므로 당분간은 더 살아가리라고 즐겁게 말했다. 밧저는 작품이 마음에 들었다고 했다.

그러자 밧저의 찬사에 분명히 기분이 좋았음에도 불구하고 가아프가 점점 난처해했다고 휘트콤은 기억했다. 휘트콤과 밧저는 잘 가라고 그에게 손을 흔들어주었다. 가아프는 털 스키 모자를 깜빡 놓고 나갔지만 밧저는 휘트콤더러 자기가 그것을 체육관으로 가져다주겠다고 했다. 밧저 학생감은 레슬링 연습장으로 가끔 가아프를 찾아간다고 휘트콤에게 말했다. "거길 가면 그 친구의 참된 면모를 그대로 보게 되거든." 밧저가 말했다.

도널드 휘트콤은 레슬링 팬은 아니었지만 가아프의 작품에 관해서는 열을 올려 얘기했다. 젊은이와 노인은 가아프가 놀라운 정력을 지닌 남자라고 의견을 모았다.

휘트콤은 어느 기숙사 건물에 있는 그의 작은 아파트먼트로 돌아가 가아프에게서 받은 인상을 기록해두려고 했지만 저녁을 먹을 때가 되어 미처 마무리를 짓지 못한 채 중단했다고 회고했다. 식당으로 간 휘트콤은 무슨 일이 벌어졌었는지를 전혀 듣지 못했던 스티어링 학교의 몇 안 되는 사람들 가운데 하나였다. 식당으로 들어가는 젊은 휘트콤을 잡아 세운 사람은 눈이 충혈되고 얼굴이 갑자기 몇 년은 더 늙어 보이던 밧저 학생감이었다. 체육관에다 장갑을 놓고 온 학생감은 차가운 두 손으로 가아프의 스키 모자를 꽉 움켜쥐었다. 학생감이 가아프의 모자를 아직도 가지고 있는 것을 본 휘트콤은 밧저의 눈을 보기도 전에 이미 무엇이 잘못되었다는 사실을 깨달았다.

가아프는 버스터 스낵 그릴에서 시브룩 체육관으로 뻗어나간 눈 덮인 길로 터벅거리며 나가자마자 모자를 안 쓰고 나왔음을 알았다. 하지만 되돌아가는 대신에 그는 보통 때보다 발걸음을 서둘러 체육관으로 뛰어갔다. 3분도 안 걸려서 체육관에 도착했을 때 그는 머리가 차가웠고 발가락도 시렸으며, 김이 서린 트레이너 방에서 발을 녹인 다음에 레슬링 신발을 신었다.

그는 트레이너실에서 145파운드 체급 선수와 잠깐 얘기를 나누었다. 선수는 겨우 삔 정도라고 트레이너가 그랬지만 버틸 힘을 좀 주려고 새끼손가락과 무명지를 테이프로 붙이는 중이었다. 가아프는 엑스레이를 찍어보았느냐고 물었으며, 찍어봤더니 탈이 없다고 나타났다는 대답이었다. 가아프는 145파운드 선수의 어깨를 두드려주고는 계체량이 어떻더냐고 물었으며, 아마도 거짓말이겠지만 그래도 5파운드가 초과한다는 대답을 듣고 얼굴을 찡그리더니 옷을 입으러 갔다.

그는 연습을 하러 들어가기 전에 트레이너실에 또 들렀다. "한쪽 귀에다 바셀린을 좀 바르려고 들렀을 뿐이죠." 트레이너가 회고했다. 가아프는 귀가 찌그러지는 중이었고, 바셀린을 바르면 미끄러워서 그것을 방지하리라고 생각했다. 가아프가 레슬링을 하던 시절에는 귀가리개가 필수적으로 착용하는 운동복의 한 부분이 아니었고 이제 와서 새삼스럽게 착용할 이유도 없었으므로 그는 헤드기어를 쓰고 레슬링을 하기를 좋아하지 않았다.

그는 레슬링 연습장을 열기 전에 152파운드 선수와 실내 육상 경기장을 2킬로미터 구보했다. 가아프는 마지막 한 바퀴를 남겨놓고 학생더러 경주를 하자고 도전했지만, 152파운드 선수는 가아프보다 남은 힘이 많아 2미터 먼저 달려 들어가 가아프를 이겼다. 그리고는 준비운동을 하는 대신에 가아프는 레슬링 연습실에서 152파운드 선수와 '놀았다.' 그는 학생을 손쉽게 대여섯 번 눕혔고, 학생이 지친 기미를 보일 때까지 5분가량 그를 타고 앉아 매트 위에서 굴러다녔다. 그러더니 가아프는 학생이 자기를 뒤집어엎도록 하고, 152파운드 선수로 하여금 찍어눌러보게 내버려두면서 밑에서 방어를 했다. 하지만 가아프는 등의 근육이 팽팽히 당기며 충분히 풀리지 않았기 때문에 152파운드 선수더러 다른 학생하고 해보라고 보냈다. 가아프는 기분 좋게 땀을 흘리며 덮개를 댄 벽에 몸을 기대고 앉아 선수들이 방으로 가득 들어오는 광경을 지켜보았다.

그들에게 연습을 시키고 싶은 훈련의 첫번째 시범을 보이기 전에 그는 조직적인 체조를 싫어했던 터라 선수들끼리 준비운동을 저마다 하게 내버려두었다. "짝을 지어라, 상대를 고르라구." 그는 기계적으로 말했다. 그리고 그는 덧붙여 말했다. "에릭? 더 어려운 상대를 찾아, 에릭. 그러지 않으면 내가 널 상대하겠어."

133파운드 체급인 에릭은 에릭과 방을 같이 쓰는 가장 친한 친구인 115파운드 후보 선수와 어물어물 연습을 치르는 버릇이 있었다.

헬렌이 레슬링 연습장으로 들어왔을 때는 온도가 섭씨 30도 이상이었고, 거기서도 더 올라가는 중이었다. 매트 위에서 짝을 지은 선수들은 벌써부터 헉헉거렸다. 가아프는 열심히 기록 시계를 들여다보았다. "일 분 전!" 가아프가 소리를 질렀다. 헬렌이 옆을 지나갈 때 그는 입에 호루라기를 물었고, 그래서 그녀는 키스를 하지 않았다.

그녀는 그 호루라기와, 그에게 키스를 하지 않았다는 사실을, 무척 오랜 세월이지만, 죽을 때까지 기억하게 된다.

헬렌은 레슬링 연습실에서 선수들에게 잘 깔리지 않는 구석의 늘 앉는 자리로 갔다. 그녀는 책을 펼쳤다. 그리고 김이 서린 안경을 닦아냈다. 헬렌이 안경을 썼을 때, 헬렌에게서 가장 멀리 떨어진 쪽 끝에서 간호사가 레슬링 연습장으로 들어섰다. 하지만 매트에 요란하게 온몸이 쿵 떨어지거나 유난히 고통스러운 비명 소리가 나기 전에는 헬렌은 책에서 눈을 떼는 일이 없었다. 간호사는 안으로 들어서더니 레슬링 연습장의 문을 닫고 부둥켜안은 채 뒹구는 몸뚱어리들을 지나 입에 호루라기를 물고 손에 기록 시계를 든 가아프에게로 재빨리 다가갔다. 가아프는 호루라기를 입에서 떼고 고함쳤다. "십오 초 전!" 그것은 가아프에게 남은 시간의 전부이기도 했다. 가아프는 다시 호루라기를 입에 물고 불 준비를 했다.

간호사가 눈에 띄자 그는 그녀를 최초의 여권주의자 장례식에서 빠져나오도록 그를 도와주었던 도티라는 상냥한 간호사로 잘못 보왔다. 가아프는 쇠처럼 잿빛이고 친친 감은 밧줄처럼 따서 틀어올린 머리만 보고 그녀를 판단했는데, 물론 그것은 가발이었다. 간호사는 그에게 미소를 지었다. 가아프로서는 아마도 간호사와 같이 있을 때처럼 마음이 편할 때는 또 없었기 때문에, 그는 그녀에게 마주 미소를 짓고는 기록 시계를 힐끗 보았는데, 10초가 남았다.

간호사를 다시 쳐다보았을 때 가아프는 권총을 보았다. 그는 이때 어머니 제니 필즈가 이십 년쯤 전 레슬링 연습장으로 들어섰을 때 그 모습이 어떠했을지를 생각하고 있었다. 제니는 이 간호사보다 젊었으리라고 그는 생각했다. 만일 헬렌이 머리를 들고 간호사를 봤더라면 행방을 감춘 어머니가 마침내 모습을 나타내기로 결심했다고 또 한 번 속았을지도 모른다.

권총을 보았을 때 가아프는 그녀가 입은 제복이 진짜 간호사복이 아니라 가슴에 상징적인 빨간 심장 모양을 박은 제니 필즈 오리지널이라는 사실도 깨달았다. 그제서야 가아프는 간호사의 젖가슴을 보았는데, 작기는 해도 그것은 백발인 여자에게는 어울리지 않을 정도로 탄력이 있고 싱싱하게 벌떡 솟았으며 엉덩이도 너무 날씬하고, 다리는 정말 처녀 같았다. 가아프가 다시 그녀의 얼굴을 보았더니 밋지 스티어링이 그녀의 모든 자식들에게 물려준 모가 난 턱의 선과, 비계 스튜에게서 이어받은 비스듬한 이마가 이룩한 혈통의 특성이 눈에 띄었다. 그 두 특성이 어울려 퍼시 집안의 모든 아이들은 얼굴이 난폭한 해군함정 같은 인상을 주었다.

첫번째 총탄이 발사되자 호루라기는 날카로운 삐리리릭! 소리를 내며 가아프의 입에서 날아갔고, 기록 시계가 손에서 튀어나갔다. 그는 주저앉았다. 매트는 따뜻했다. 총알은 그의 위장을 관통하고 척추에 박혔다. 베인브릿지 퍼시가 두번째 발사했을 때는 기록 시계에 5초도 못 남았고, 총탄은 가아프의 가슴에 맞아 아직도 앉은 자세인 그를 덮개를 붙인 벽으로 더 밀어냈다. 남학생들뿐이었던 레슬링 선수들은 너무 놀라 움직이지도 못하는 듯싶었다. 푸우 퍼시에게 덤벼들어 매트에 쓰러뜨려 세번째 발사를 막은 사람은 헬렌이었다.

헬렌의 비명 소리에 레슬링 선수들은 정신이 들었다. 그들 중에서 중량급 후보 선수 한 명이 푸우 퍼시를 매트에 엎어 찍어누르고는 몸 밑에 깔린 권총을 쥔 그녀의 손을 잡아뽑았고, 그가 휘두르는 팔꿈치에 부딪혀 입술이 깨졌어도 헬렌은 그것을 거의 느끼지도 못했다. 새끼손가락과 약손가락을 테이프로 붙인 145파운드 체급 1진 선수가 푸우의 엄지손가락을 꺾어놓고 권총을 비틀어 빼앗았다.

뼈가 우두둑 소리를 내는 순간에 푸우 퍼시는 비명을 질렀고 가아프까지도 그녀에게 어떤 변화가 있었는지를 보았는데, 틀림없이 최근에 수술을 받은 듯싶었다. 소리를 지르느라고 벌린 푸우 퍼시의 입 속에서 곁에 있던 모든 사람들은 혀가 달렸던 자리에 남은 뭉툭한 덩어리에 몰려든 개미들처럼 까맣게 꿰맨 자국을 보았다. 중량급 후보 선수가 푸우를 보고 겁이 나서 너무 힘껏 누르는 바람에 그녀는 갈비뼈 하나가 부러졌고, 엘렌 제임스파가 되려는 베인브릿지 퍼시의 최근 광증은 확실히 그녀에게 고통을 안겨다주었다.

"애키!" 그녀가 소리를 질렀다. "이알 애키!" "이알 애키"는 '씨팔 새끼'였지만, 엘렌 제임스파가 아니고서는 지금 그녀의 말을 알아들을 수가 없었다.

145파운드 일진 선수는 팔을 길게 뻗고 권총을 들어 레슬링 연습실의 사람이 없는 구석의 매트 바닥에 겨누었다. "애키!" 푸우가 그에게 혀 잘린 소리를 했지만, 벌벌 떠는 남학생은 코치를 멍하니 쳐다보았다.

헬렌은 벽을 타고 미끄러지려는 가아프를 붙잡았다. 자신은 말을 할 수가 없고, 느낄 수도 없고, 만질 수도 없다는 것을 가아프는 알

았다. 그에게는 예민한 후각과, 잠깐 동안의 시각과, 생생한 기억만이
남았다.

가아프는 던컨이 레슬링에 취미가 없다는 사실을 처음으로 기쁘
게 생각했다. 수영을 더 좋아했던 덕택에 던컨은 이런 장면을 안 보
게 되었고, 던컨이 지금쯤 학교에서 나가거나 벌써 수영장에 가 있
으리라는 사실을 가아프는 알았다.

가아프는 현장에 있었던 헬렌에게 미안하게 생각했지만, 그녀의
체취가 아주 가까이서 났기 때문에 행복했다. 그는 스티어링의 레슬
링 연습장에서 나는 다른 다정한 냄새들과 더불어 그녀의 체취를 음
미했다. 말을 할 수만 있었다면 그는 헬렌더러 이제부터는 물밑 두
꺼비를 두려워하지 않아도 된다는 얘기를 했으리라. 그는 물밑 두꺼
비가 낯선 사람이 아니고, 신비한 인물조차도 아님을 깨닫고 놀랐는
데, 물밑 두꺼비는 그가 함께 자란 듯, 옛날부터 알았던 듯, 아주 낯
이 익었다. 그것은 따뜻한 레슬링 매트처럼 고분고분했고, 몸이 깨끗
한 남학생들의 땀, 그리고 가아프가 처음이자 마지막으로 사랑했던
여인 헬렌의 냄새가 났다. 물밑 두꺼비는 죽음에 길이 들었고 고통
에 대해 실질적인 반응을 나타내는 간호사 같은 모습일 수도 있음을
가아프는 이제야 알았다.

가아프의 스키 모자를 손에 들고 밧저 학생감이 레슬링 연습장의
문을 열었을 때, 가아프는 세상의 안전한 곳에서 4층이나 올라간 진
료소 별관 지붕으로부터 떨어지는 몸뚱어리를 잡으려고, 구조대를
구성하려고, 또다시 학생감이 도착했다는 착각은 하지 않았다. 세상
은 안전하지 못했다. 밧저 학생감이 최선을 다하리라는 것을 알았던
가아프는 고마움을 느끼며 그에게, 그리고 헬렌에게, 그리고 레슬링
선수들에게 미소를 지었고, 그들 가운데 몇 명은 이제 흐느껴 울었
다. 가아프는 푸우 퍼시를 매트로 짓누르고 흐느껴 우는 중량급 후

보 선수를 다정한 눈으로 쳐다보았고, 그 불쌍하고 뚱뚱한 남학생이 이번 시즌에 얼마나 고생을 할지 가아프는 알았다.

가아프는 헬렌을 쳐다보았는데, 그가 움직일 수 있는 부분은 눈뿐이었다. 그가 보니 헬렌은 그에게 미소를 지으려고 애썼다. 가아프는 눈으로 그녀에게 안심시키려고 했다—걱정하지 마, 내세(來世)가 없으면 또 어때? 가아프 이후에도 삶은 계속되니까, 내 말을 믿어. (죽은 다음에) 죽음 다음에 죽음밖에 없다고 하더라도, 예를 들면 섹스를 한 다음 태어남이 때때로 뒤따르니까, 자그마한 은총들을 감사하게 생각해야지. 그리고 혹시 아주 운이 좋으면, 때로는 태어난 다음에 섹스가 있어! 아, 있터요, 앨리스 플레처가 그렇게 말하리라. 그리고 삶이 계속되면 당신에게는 정력을 지닐 희망이 있어, 가아프의 눈이 말했다. 그리고 추억이란 것이 있으니까, 절대로 잊지 마, 헬렌, 그의 눈이 그녀에게 말했다.

젊은 도널드 휘트콤은 나중에 이렇게 썼다. "가아프가 본 세상에서는 우리들은 모든 것을 기억하지 않으면 안 된다."

가아프는 그들이 레슬링 연습장에서 들고 나가기도 전에 죽었다. 그는 서른세 살, 헬렌과 같은 나이였다. 엘렌 제임스는 막 20대에 들어서는 참이었다. 던컨은 열세 살이었다. 어린 제니 가아프는 곧 세 살이 될 예정이었다. 월트는 살았다면 여덟 살이었으리라.

가아프가 죽었다는 뉴스는 아버지와 아들의 합작인 『그릴파르처 하숙』이 당장 3판과 4판을 찍도록 하는 촉진제가 되었다. 격렬한 죽음이 장사를 위해서는 그토록 좋은 효과가 난다는 것을 보고 가끔 구역질을 느낀 존 울프는 기나긴 주말에 술을 너무 많이 마시고는 출판계를 떠날 생각을 해보았다. 하지만 가아프가 이 소식을 어떻게 받아들였을지 생각하니 울프는 마음이 놓였다. 그의 문학적 진지성과 명성을 굳히는 데 자신의 죽음이 자살보다 훨씬 좋은 영향을 끼치리라고는 가아프조차도 상상하지 못했으리라. 나이 서른셋에 훌륭한 단편소설 한 편과 세 권 가운데 한 권 반쯤 훌륭한 장편소설을 쓴 셈인 사람에게는 그리 나쁜 결과가 아니었다. 가아프가 죽음을 맞은 희귀한 상황은 사실상 어찌나 완벽했는지 존 울프는 가아프가 그 상황을 얼마나 흐뭇해했을지 상상하면 저절로 미소가 나왔다. 울프의 생각에 그 죽음은 세상이 어떻게 돌아가는지에 관해 가아프가 여태껏 써온 모든 글을 두드러지게 부각시키는 희극적이고 추악하고 괴이하며, 우발적이고 한심하고 불필요한 요소들을 드러냈다. 존 울프가 질시 슬로퍼에게 말했듯이 그것은 오직 가아프만이 글로 썼을 그런 죽음의 장면이었다.

따지고 보면 가아프의 죽음은 사실상 일종의 자살이었다고 헬렌은 쓸쓸하게 꼭 한 번 말했다. "어떤 면에서 보면 그의 삶 전체가 하나의 자살이었어요." 그녀가 아리송하게 말했다. 나중에 헬렌은 그 말이 '그이는 사람들을 너무 화나게 만들었다'는 뜻이었다고 설명하게 된다.

적어도 그가 푸우 퍼시를 너무 화나게 만들었다는 사실만큼은 확실했다.

그는 다른 사람들로 하여금 그에게 작고도 이상한 경의를 표하게 했다. 스티어링 학교 묘지는 비석을 세울 영광은 누렸지만 그의 시체를 안치시키지는 못했는데, 어머너나 마찬가지로 가아프의 시체가 의학을 위해 기증되었기 때문이었다. 스티어링 학교측은 또한 어느 누구의 이름도 따지 않고 그대로 남아 있는 한 건물에다 그의 이름을 붙여 가아프에게 경의를 나타내기로 결정했다. 그것은 밧저 학생감 영감의 착상이었다. 제니 필즈 진료소가 생긴 바에야 가아프 진료소 별관이라고 해야 되겠다고 마음씨 착한 학생감이 주장했다.

나중에 건물들의 기능이 약간 달라지기는 하지만 이름은 그대로 필즈 진료소와 가아프 별관으로 남게 된다. 필즈 진료소는 뒷날 새로 지을 스티어링 건강 진료소—실험실의 구관(舊館)이 되고, 가아프 별관은 의료, 취사, 교실 비품을 위한 일종의 창고가 되어 주로 물건들을 보관하는 건물이 되고, 전염병을 위해서도 쓰기도 했다. 물론 그후에는 별로 전염병이 많지 않았다. 창고 건물에 그의 이름을 붙인다는 착상을 가아프는 아마도 좋아했으리라. 그는 언젠가 소설이란 "소설가가 그의 삶에서 써먹지 못한 모든 뜻깊은 것을 저장하는 곳에 지나지 않는다"라고 썼다.

그는 에필로그라는 개념도 좋아했을 테니까, T. S. 가아프가 상상했음직한 '미래에 관한 경고를 담은' 에필로그를 여기에 쓰겠다.

앨리스와 해리슨 플레처는 험하거나 순탄할 때나 변함없이 결혼생활을 계속하는데, 그들의 결혼생활이 지속된 이유는 부분적으로 무슨 일도 마무리를 짓는 데 어려움을 겪었던 앨리스 때문이었다. 그들의 외동딸은 커다랗고 거추장스럽고 비단 같은 소리를 내는 악기인 첼로를 배워 어찌나 우아한 솜씨로 연주하는지 그 깊고도 순수한 소리를 들으면 앨리스의 언어 장애는 공연을 할 때마다 몇 시간씩 더 심해지고는 했다. 얼마 후에 복직이 되어 당분간 자리가 잡힌 해리슨은 딸이 진지한 음악가의 재질을 발휘하기 시작할 때쯤이면 예쁜 여학생들에 대한 그의 습성을 극복하게 된다.

두번째, 그리고 세번째나 네번째 소설을 끝까지 완성하지 못하는 앨리스는 두번째 아이도 끝까지 낳지 못한다. 그녀는 글을 쓸 때는 항상 매끄럽고 유창하지만 육체적으로는 고뇌에 빠진다. 앨리스는 가아프에게 매료되었던 그런 정도로는 '어떤 다른 남자'에게도 다시는 빠져들지 않으며, 기억 속에서도 그는 강렬한 격정으로 남게 되어 그녀는 헬렌과 다시는 가까워지지 못한다. 그리고 헬렌에 대해서 해리슨이 품었던 호감은 빠른 속도로 시들해지던 연애 사건을 거칠 때마다 희미해지다가 결국 플레처 부부는 생존하는 가아프 집안 사람들의 소식을 알아보는 일조차 드물어진다.

언젠가 던컨 가아프는 플레처의 딸이 위험한 도시 뉴욕에서 첼로 독주회를 한 다음에 같이 저녁 식사를 했다.

"그애가 엄마를 닮았더냐?" 해리슨이 딸에게 물었다.

"난 그 여자를 잘 기억하지 못해요." 딸이 말했다.

"너한테 추작은 걸지 않았고?" 앨리스가 물었다.

"그럴 눈치 같지는 않던데요." 엉덩이가 큼직한 첼로를 첫번째로 선택했고 언제까지나 가장 사랑하는 짝으로 삼게 될 딸이 말했다.

플레처 부부는 해리와 앨리스 두 사람 다 한창 무르익은 중년기에 성탄절 휴가를 즐기러 마르티니크로 가다가 비행기가 추락하는 바람에 죽게 된다. 해리슨이 가르치는 어느 학생이 그들을 비행장으로 태워다주었다.

"뉴잉글랜드에터 타는 타람이라면 햇빛 좀 받으며 휴가를 보내야 할 의무가 있는 템이야." 앨리스가 학생에게 털어놓았다. "안 그래요, 해리튼?"

헬렌은 앨리스가 '약간 돌았다'고 늘 생각했었다.

헬렌 홈, 평생 동안 거의 언제나 헬렌 가아프로 알려졌던 그녀는 오래오래 살게 된다. 마음을 사로잡는 얼굴에 치밀하게 언어를 구사하는 가무잡잡하고 날씬한 여자인 그녀는 몇 명의 애인을 거치기는 하지만 끝까지 재혼을 하지 않는다. 그녀가 사귀게 되는 모든 애인은 헬렌의 혹독한 추억뿐 아니라, 예를 들면 가아프의 책들과, 던컨이 그를 찍은 모든 사진들과, 심지어는 레슬링으로 가아프가 탄 트로피들 따위, 스티어링 저택에 잔뜩 늘어놓고 그녀가 늘 주변에 두고 지내는 물건들로부터 의식하게 되는 가아프의 존재 때문에 괴로움을 겪는다.

헬렌은 너무나 젊어서 죽어 그토록 오랜 삶을 자기가 혼자 살게 했다는 데 대해서 절대로 가아프를 용서할 수가 없다고 주장했으며, 남편이 자기에게 길을 잘못 들여놓아서 다른 남자와 같이 살 가능성을 전혀 고려하지 못하게 해놓았다고 했다.

헬렌은 스티어링 학교의 역사상 가장 존경을 많이 받는 선생들 가운데 한 사람이 되지만, 학교에 대한 냉소적인 태도는 끝까지 버리지 못한다. 많지는 않아도 이곳에서 그녀는 친구들을 좀 사귀는데, 그들 중에는 죽을 때까지 가까이 지낸 밧저 영감과, 가아프의 작품만큼이나 헬렌에게 매료된 젊은 학자 도널드 휘트콤, 그리고 로버타를 통해 헬렌이 인사를 나누게 된 초빙 작가인 어느 여성 조각가도 있었다.

헬렌은 평생 친구로 지낸 존 울프를 다른 점에서는 용서를 하지만 가아프를 성공시키는 데 성공한 데 대해서는 끝내 완전히 용서하지 못한다. 헬렌은 로버타 멀둔과도 가깝게 지내는데, 헬렌은 가끔 로버타와 어울려 뉴욕 시로 가서 로버타의 유명한 바람피우기를 같이 즐긴다. 점점 나이를 먹어가며 괴팍해진 그들 두 사람은 오랜 세월 동안 필즈 재단을 마음대로 쥐고 흔든 데 대해 죄의식을 느낀다. 사실상 바깥 세계에 관한 그들의 잇단 발언에서 보여준 재치는 개머리 항구에서 관광 명물이나 마찬가지가 되었고, 아이들이 다 자라서 다른 곳으로 떠나 그들끼리의 삶을 추구하게 되어 스티어링에 홀로 남아서 외롭거나 따분함을 느끼면 헬렌은 가끔 제니 필즈의 옛 저택으로 가서 로버타와 같이 지냈다. 그곳에 가면 항상 활기가 감돌았다. 로버타가 죽자 헬렌은 한꺼번에 스무 살은 더 먹은 듯싶었다.

아주 늙은 나이에, 좋아하던 같은 세대의 사람들이 모두 죽고 자기만 남았다고 던컨에게 불평을 한 다음에야 헬렌 홈은 갑자기 몸의 점막에 해를 끼치는 병에 걸린다. 그녀는 잠든 사이에 죽는다.

그녀는 가아프의 잔해에 우르르 달려들어 뜯어먹기 위해 그녀가 죽기를 기다리던 살기등등한 여러 전기 작가들보다 더 오래 사는 데 성공한다. 그녀는 가아프의 편지들과, 미완성으로 남은 『아버지의 환상』의 원고와, 그가 기록한 비망록과 대부분의 일기를 보호했다. 전기를 쓰고 싶어하던 사람들에게 그녀는 가아프가 틀림없이 했을 그런 말을 했다. "작품을 읽어요. 생애는 잊어버리고요."

그녀는 자기 분야에서 존경을 받을 만한 논문을 몇 가지 발표했다. 그 가운데 하나는 제목이 '서술에서의 모험 본능'이었다. 이것은 조셉 콘래드와 버지니아 울프의 서술 기교에 대한 비교 연구였다.

헬렌은 자신을 '세' 아이를 키우는 미망인이라고 항상 생각했는데, 던컨과 아기 제니와 엘렌 제임스는 모두 헬렌보다 오래 살았고, 그녀가 죽었을 때 마구 울었다. 그들은 가아프가 죽었을 때는 너무 놀라서 그렇게까지는 울지 않았었다.

가아프가 죽었을 때 거의 헬렌만큼이나 울었던 밧저 학생감은 투우처럼 끝까지 충실하고 변함이 없었다. 정년 퇴직을 한 훨씬 뒤에도 잠이 오지 않아서 밤이면 그는 아직도 스티어링 교정으로 느닷없이 들이닥쳐서, 포근한 숲 밑이나, 아름답고 낡은 건물들 옆 같은 곳에서 오솔길을 따라 살금살금 걸어가 푹신한 땅바닥에서 서로 껴안는 연인들이나 부랑자들을 적발했다.

밧저는 던컨 가아프가 졸업할 때까지만 스티어링에서 근무했다. "난 너희 아버지가 졸업하는 걸 지켜봤단다, 얘야." 학생감이 던컨에게 말했다. "난 네가 졸업하는 것도 지켜봐야 되겠어. 그리고 혹시 학교에서 날 용납한다면 난 네 여동생이 졸업하는 것도 지켜보고 싶구나." 하지만 학교에서는 다른 문제들도 있지만 예배 시간에 혼잣말을 하는 버릇도 있고, 금지된 시간인 자정에 남학생들과 여학생들을 잡아들이는 그의 해괴한 버릇 때문에 안 되겠다고 판단을 내려 그를 결국 권고 사직시켰다. 그들은 또한 학생감에게 자꾸만 되풀이해서 찾아오는 환각도 문제로 삼았는데, 오래 전 어느 날 밤에 그가 두 팔로 잡은 것이 비둘기가 아니라 어린 가아프였다고 그는 자꾸만 믿었으며, 퇴직을 한 다음에도 밧저는 구내에서 거처를 외부로 옮기기를 거부했고, 그의 고집에도 불구하고, 아니, 어쩌면 그 고집 때문에 그는 스티어링에서 가장 존경을 받는 명예 교수가 되었다. 그들은 학교에서 행사가 열릴 때마다 그를 끌어냈고, 어기적거리며 무대로 올라온 그를 그들은 이 사람이 누구인지 모르는 사람들에게 소개한 다음 다시 끌고 내려갔다. 좀 점잖은 행사가 열릴 때마다 그를 전시할 쓸모를 느꼈기 때문인지 몰라도 그들은 밧저의 묘한 행동을 참아 주었는데, 예를 들면, 칠순에 접어든 한참 후에도 밧저는 자기가 아직도 학생감이라는 사실을, 때로는 몇 주일에 걸쳐, 확신하고는 했다.

"당신이 진짜 학생감예요." 헬렌은 그를 놀리기를 좋아했다.

"물론 내가 학생감이지!" 밧저가 고함쳤다.

그들은 자주 만났고, 귀가 점점 더 안 들리게 되자 밧저는 듣지 못하는 사람들에게 얘기를 하는 방법을 알았던 착한 엘렌 제임스의 부축을 받는 모습이 훨씬 자주 눈에 띄었다.

밧저 학생감은 영광의 시절이 곧 대부분의 사람들 기억에서 희미해진 스티어링 레슬링 선수단에 대해서도 끝까지 의리를 지켰다. 레슬러들은 어니 홈에 맞먹을 만한 코치는 고사하고 가아프 정도의 코치조차도 다시는 구하지 못했다. 그들은 패배를 거듭하는 팀이 되었지만 밧저는 항상 그들을 후원했고, 초라한 스티어링 학생이 벌러덩 자빠져 곧 찍혀눌리게 될 마지막 시합까지 계속해서 고함을 질렀다.

밧저가 죽은 장소는 레슬링 시합에서였다. 보기 드물게 막상막하였던 무제한급 시합에서 스티어링의 중량급 선수는 마찬가지로 기운이 빠지고 몸집이 비대한 상대방과 함께 자빠져 허우적거렸고, 바닷가로 밀려 올라온 새끼 고래들처럼 그들은 시간과 다투며 유리한 자세를 취하고 점수를 따기 위해 바닥에 머리를 대고 버티었다.

"십오 초 전!" 방송원이 우렁차게 소리쳤다. 덩치 큰 선수들이 기를 썼다. 밧저가 몸을 일으키더니 발을 구르며 응원했다. "Gott(하느님—옮긴이)!" 결국은 독일어까지 튀어나오며 소리쳤다.

시합이 끝나고 관중석이 비었을 때, 은퇴한 학생감은 그의 자리에서 시체로 발견되었다. 밧저를 상실한 슬픔을 민감하고 젊은 휘트콤이 가누기 위해서는 헬렌의 위로가 많이 필요했다.

가아프의 재산과 가아프의 미망인을 손에 넣기를 갈망하던, 전기를 쓰려는 사람들 사이에 시기심에서 야기된 헛소문이 나돌기는 했어도 도널드 휘트콤은 한 번도 헬렌과 잔 적이 없었다. 휘트콤은 스티어링 학교에서 실질적으로 숨어 살다시피 한 평생 동안 승려처럼 은둔생활을 했다. 가아프가 죽기 직전에 그곳에서 가아프를 발견했다는 사실이 그에게는 기쁜 행운이었고, 헬렌과 친해져서 그녀의 보살핌을 받았다는 것도 기쁜 행운이었다. 헬렌은 자기보다도 훨씬 덜 비판적으로 그녀의 남편을 흠모하는 그를 믿었다.

가엾은 휘트콤은 영원히 젊기만 하지는 않을 운명이었어도 항상 '젊은 휘트콤'이라는 이름이 따라다녔다. 그의 얼굴에서는 전혀 수염이 자라지 않았고, 갈색이었다가 잿빛으로 변하고는 결국 서릿발처럼 하얘진 머리카락 밑의 두 뺨은 영원히 발그레했다. 그의 목소리는 더듬거리고 열띤 요들 같고, 끊임없이 두 손을 맞쥐고 비틀어

댔다. 하지만 헬렌이 가족과 문학의 기록을 맡기게 될 사람은 휘트 콤이었다.

그는 가아프의 전기를 집필하게 된다. 헬렌은 마지막 장 이외에는 모두 읽게 되는데, 그녀를 칭송하는 마지막 부분을 쓰기 위해 휘트 콤은 여러 해를 기다렸다. 휘트콤은 진짜 가아프 학자였고, 가아프에 관한 최후의 권위자였다. 던컨이 걸핏하면 농담삼아 말했듯이 그는 전기 작가에 어울리는 온순함을 지녔다. 가아프 집안 사람들의 관점에서 보면 그는 훌륭한 전기 작가여서, 휘트콤은 헬렌이 그에게 하는 모든 말을 믿었고, 가아프가 남긴 쪽지나, 가아프가 남긴 것이라고 헬렌이 얘기한 모든 쪽지를 믿었다.

"슬프게도 인생이란 훌륭하고 정통적인 소설처럼 구성되어 있지는 않다." 가아프는 이렇게 썼다. "그와는 반대로 흐지부지 사라져야 할 자들이 흐지부지 사라지고 나면 끝이 닥친다. 남는 것은 기억뿐이다. 하지만 허무주의자까지도 기억은 간직한다."

휘트콤은 지극히 변덕스럽고 지극히 오만할 때의 가아프까지도 사랑했다.

가아프의 물건들 중에서 헬렌은 이런 쪽지를 발견했다.

"내가 유언으로 무슨 거지 같은 소리를 하든지 간에, 제발 이런 말이었다고 전해줘. '나는 탁월함의 추구가 치명적인 습성이라는 진리를 처음부터 알았노라.'"

아이들이나 개들이 그렇듯이 비판도 없이 가아프를 사랑했던 도널드 휘트콤은 그것이 진실로 가아프의 마지막 말이었다고 그랬다.

"휘트콤이 그렇다고 그러면, 그건 그런 거예요." 던컨은 입버릇처럼 말했다.

제니 가아프와 엘렌 제임스, 그들도 이 말에 동의했다.

전기 작가들로부터 가아프를 보호하는 일, 그것은 집안 식구들의 의무예요.

엘렌 제임스가 썼다.

"그것이 뭐가 나쁜가요?" 제니 가아프가 물었다. "아버지가 대중에게 빚진 게 뭐가 있다구요? 아버지는 다른 예술가들과, 아버지를 사랑한 사람들에게 고마움을 느낄 따름이라고 늘 말했어요."

그렇다면 이제는 아버지에게서 덕을 볼 자격을 갖춘 사람이 또 누가 있겠어요?

엘렌 제임스가 썼다.

도널드 휘트콤은 헬렌의 마지막 소원까지도 충실하게 지켰다. 비록 늙기는 했어도 헬렌의 마지막 병은 갑작스럽게 닥쳤고, 임종 때의 요구를 지켜줄 사람은 휘트콤밖에 없었다. 헬렌은 가아프와 제니, 그녀의 아버지와 비계 스튜, 그리고 다른 모든 사람과 나란히 스티어링 학교 묘지에 묻히기를 원하지 않았다. 그녀는 시 묘지라도 상관없다고 말했다. 그녀는 시체를 병원에 기증하기도 원하지 않았는데, 너무 늙었기 때문에 그녀의 몸에는 어느 누구에게도 쓸 만한 부분이 거의 남지 않았으리라고 믿었다. 그녀는 화장을 하고, 재는 던컨과 제니 가아프와 엘렌 제임스에게 맡겼으면 좋겠다고 휘트콤에게 말했다. 재를 좀 묻은 다음에, 나머지 재는 마음대로 해도 좋지만, 스티어링 학교의 땅에는 어디에도 절대로 뿌리지 말라고 부탁했다. 그녀가 입학할 나이가 되었을 때 여학생들을 받아주지 않았던 스티어링 학교가 이제 와서 그녀를 조금이라도 차지하려는 모순은 용납하지 못하겠다고 헬렌은 휘트콤에게 말했다.

시 공동묘지에 세울 비석에는 그녀의 이름이 헬렌 홈이고, 레슬링 코치 어니 홈의 딸이었으며, 여자였기 때문에 스티어링 학교에 입학이 허락되지 않았고, 남자였기 때문에 스티어링 학교 묘지에서 비석을 찾아볼 수 있는 소설가 T. S. 가아프의 사랑하는 아내였다는 말만 새겨넣으라고 그녀는 휘트콤에게 말했다.

던컨이 재미있게 생각했던 이 부탁을 휘트콤은 충실하게 지켰다.

"아버지가 이걸 알았더라면 얼마나 좋아했을까!" 던컨이 걸핏하면 말했다. "맙소사, 아버지가 말하는 소리가 귓전에 들리는 것 같아."

헬렌의 결정을 제니 필즈가 얼마나 박수를 치며 환영했을까 하는 말을 제니 가아프와 엘렌 제임스는 자주 입에 올렸다.

엘렌 제임스는 자라서 작가가 된다. 가아프가 예측했던 대로 그녀는 '진짜'였다. 그녀의 두 스승이었던 가아프와 그의 어머니 제니 필즈는 두 사람 다 소설이나 비소설을 별로 많이 쓰지 않았기 때문에 엘렌에게는 어쩐지 거만하게 느껴졌다. 그녀는 아주 훌륭한 시인이 되었지만, 물론 순회 낭송회에 자주 등장하지는 않았다.

그녀의 멋진 첫 시집 『식물과 동물들에게 전하는 말』을 보았더라면 가아프와 제니 필즈는 그녀를 아주 자랑스럽게 여겼겠고, 헬렌은 정말로 그녀를 자랑으로 여겼으며, 그들은 좋은 친구이자 모녀 같은 사이가 되었다.

엘렌 제임스는 물론 엘렌 제임스파보다 수명이 길었다. 가아프의 살해와 더불어 그들은 더욱 깊이 지하로 숨어버렸고, 여러 해에 걸쳐 어쩌다가 표면으로 드러나더라도 거의 신분을 숨기고, 심지어는 거북해하는 듯한 태도까지 보였다.

안녕하세요! 나는 말을 못 합니다.

그들의 쪽지는 결국 이렇게 밝혔다. 또는—

나는 사고를 당했기 때문에 말을 못 합니다. 하지만 보시다시피 글은 잘 씁니다.

"당신 혹시 엘렌 뭔가 하는 그런 패거리는 아니겠죠, 안 그래요?" 그들은 가끔 이런 질문을 받았다.

그게 뭔데요?

그들은 요령껏 대답했다. 그리고 보다 솔직한 사람들은 이렇게 썼다.

아니에요. 지금은 그렇지 않아요.

이제 그들은 단순히 말을 못 하는 여자에 지나지 않았다. 허세를 부리지 않고 그들 대부분은 그들이 할 만한 일이 무엇이 있을지 알 아보려고 열심히 노력했다. 그들 대부분은 건설적으로 역시 무엇인 가 할 수 없는 사람들을 돕는 길을 택했다. 그들은 장애를 지닌 사람 들을 잘 도왔고, 자신을 불쌍히 여기는 사람들도 잘 도왔다. 점점 더 그들에게서는 꼬리표가 떨어져나갔고, 한 사람씩 한 사람씩 말을 못 하는 여자들은 저마다 그들 나름대로의 생활을 개척했다.

심지어 어떤 여자들은 그들이 이룩한 일로 필즈 재단의 장려금까 지 받았다.

물론 몇몇 사람은 엘렌 제임스파가 무엇인지도 곧 잊어버린 세상 에서 계속 엘렌 제임스파 노릇을 하려고 노력했다. 어떤 사람들은 엘렌 제임스파라니까 20세기 중반기에 잠깐 동안 이름을 날리던 범죄 조직이라고 생각했다. 희한한 일이지만, 또 어떤 사람들은 엘렌 제임스파를 전부터 그들이 반발하던 바로 그런 사람들인 강간범들과 혼동했다. 어느 엘렌 제임스파는 어느 어린 계집아이에게 혹시 엘렌 제임스파가 무엇인지 아느냐고 물어보았다가 엘렌 제임스파를 그만둬야 되겠다고 결심했다는 편지를 엘렌 제임스에게 보냈다.

"꼬마 사내아이들을 강간하는 사람 아닌가요?" 어린 계집아이의 대답이었다.

그리고 또한 가아프가 살해된 다음 두 달쯤 후에 형편없고도 아주 인기가 대단했던 어느 소설도 문제였다. 이 책은 집필하는 데 세 주일이 걸리고, 출판에 다섯 주일이 걸렸다. 제목이 '어느 엘렌 제임스파의 고백'인 소설은 엘렌 제임스파를 더욱 한심하게 만들고 멀리 쫓아버리는 데 큰 공헌을 했다. 소설은 물론 남자가 썼다. 전에 그가 쓴 소설의 제목은 '어느 포르노왕의 고백'이었고, 그 앞의 작품은 『어느 미성년 노예 상인의 고백』이었다. 계속 그런 식이었다. 그는 교활하게도 사악한 남자였으며, 육 개월에 한 번씩 다른 인간으로 둔갑했다.

『어느 엘렌 제임스파의 고백』에서 그가 잔인하게 동원했던 짓궂은 내용 가운데 하나는 일인칭 여주인공은 레즈비언으로서, 혀를 잘라버린 다음 사랑을 할 때 그녀에게 연인으로서 어딘가 모자라는 면이 혀가 없기 때문이라는 사실을 뒤늦게 깨닫는다는 내용이었다.

이 저속하고 쓰레기 같은 소설의 인기는 엘렌 제임스파를 죽을 정도로 난처하게 만들었다. 실제로 자살 사태가 벌어지기도 했다. 가아프는 이렇게 썼다. "마음속의 얘기를 털어놓지 못하는 사람들 중에는 항상 자살을 하는 자들이 나오게 마련이다."

하지만 결국에 가서는 엘렌 제임스가 그들을 찾아내어 그들과 친해졌다. 제니 필즈라면 그렇게 했으리라고 그녀는 생각했다. 엘렌은 목소리가 크고 우렁찬 로버타 멀둔을 데리고 다니며 시 낭송회를 개최하는 데 취미가 들었다. 로버타가 엘렌의 시를 읽는 동안 엘렌은 그녀 옆에 앉아 자기가 직접 그 시를 읽을 수만 있다면 얼마나 좋을까 하는 표정을 열심히 지었다. 이것을 계기로 역시 말을 할 수 있다면 얼마나 좋을까 하고 바라는 엘렌 제임스파가 잔뜩 표면으로 나타났다. 그들 가운데 몇 명은 엘렌의 친구가 되었다.

엘렌 제임스는 끝까지 결혼을 하지 않는다. 그녀는 가끔 남자를 사귀기는 하지만, 남자로서보다는 같은 시인으로서 사귄다. 그녀는 제니 필즈처럼 살아야 한다고 믿었으며, T. S. 가아프의 독특한 통찰력과 정력을 가지고 글을 써야 한다고 믿는 훌륭한 시인이요 열렬한 여권주의자였다. 다시 말하면 그녀는 개인적인 견해를 가질 만큼 고집이 있었고, 그러면서도 다른 사람들에게 친절했다. 엘렌은 사실상 동생이나 마찬가지인 던컨 가아프에게 평생 동안 꼬리를 친다.

엘렌 제임스의 죽음은 던컨에게 커다란 슬픔을 안겨준다. 나이를 먹자 엘렌은 필즈 재단의 이사 자리를 로버타에게서 물려받을 때쯤에 장거리 수영 선수가 된다. 엘렌은 몇 차례 개머리 항구의 넓은 입구를 헤엄쳐 건널 정도로 훈련을 쌓았다. 가장 훌륭한 말기의 시에서 그녀는 수영과 ‘바다가 끌어당기는 힘’을 비유로 썼다. 하지만 엘렌 제임스는 끝까지 저류를 완전히 이해하지 못했던 중서부 출신의 여자 그대로여서, 어느 싸늘한 가을날, 너무 지쳤을 때, 그녀는 저류에게 당하고 말았다.

“수영을 할 때면 난 당신 아버지하고 토론을 벌일 때의 격렬함, 그리고 우아함이 머리에 떠올라요.” 그녀는 던컨에게 편지를 썼다. “나는 또한 나를 낚아채려고 하는, 물에 젖지 않은 내 알맹이를, 물에 뿌리를 박은 내 마음을 정복하려는 바다의 발버둥도 느껴요. 물에 주저앉은 내 조그만 볼기짝을 바다가 노린다고 당신 아버지가 살아 계셨다면 틀림없이 한마디 하셨겠죠. 하지만 바다와 나, 우리들은 서로 배워요. 당신처럼 음탕한 사람은 아마 이것이 나에게는 섹스의 대용품이라고 하겠죠.”

가아프에게는 랄프 부인이라고 가장 잘 알려졌던 플로렌스 코크란 보울스비는 섹스의 대용품은 눈에 띄지도 않고 보아하니 욕구도 느끼지 않으며 들뜬 소용돌이의 삶을 살아간다. 그녀는 뜻했던 대로 비교문학에서 박사 과정을 마치고, 오직 그녀에 대한 공포 때문에 의견의 일치를 본 규모가 크고 뒤죽박죽인 영문과로부터 결국은 강의를 따게 된다. 틈틈이 그녀는 영문과의 나이 많은 교직원 열세 명 가운데 아홉 명을 유혹하고 조롱했는데, 그들은 교대로 그녀의 침대로의 초대와 비웃음을 받았다. 그녀는 나중에 학생들에게 ‘박력이 넘치는 선생’ 이라는 소리를 들어서 드디어, 자신에게는 아니더라도 다른 사람들에게, 섹스가 아닌 분야에서 적어도 어느 정도의 자신감을 과시하게 된다.

잔뜩 주눅이 든 그녀의 모든 애인들은 그녀 이야기를 하는 일이 거의 없었고, 다리 사이에 꼬리를 감춘 그들의 꼴을 보면 랄프 부인은 언젠가 가아프가 그녀의 집에서 나갈 때의 모습을 연상하게 된다.

가아프가 충격적으로 죽었다는 소식을 듣고 헬렌에게 동정심을 느껴 가장 먼저 편지를 쓴 사람들 가운데 한 사람이 랄프 부인이었다. “그분을 유혹했어도 아무 사건이 없었기 때문에 나는 항상 후회하면서 그를 존경했습니다.” 랄프 부인이 썼다.

헬렌은 이 여자가 꽤 마음에 들었고, 그래서 그들은 가끔 편지를 주고받았다.

로버타 멀둔도 역시 랄프 부인과 서신 왕래를 하게 되는데, 랄프 부인은 필즈 재단에 신청서를 냈다가 거절당했다. 로버타는 랄프 부인이 필즈 재단에 보낸 편지를 보고 상당히 놀랐다.

　　좆 빨아라.

　편지의 내용이었다. 랄프 부인은 거절을 당한 일이 유쾌하지는 않았던 모양이다.
　아들 랄프는 그녀보다 먼저 죽는데, 그는 상당히 훌륭한 신문 기자가 되어 윌리엄 퍼시나 마찬가지로 전쟁터에서 죽었다.

　가아프에게는 푸우라고 가장 잘 알려졌던 베인브릿지 퍼시는 오래오래 살게 된다. 마지막으로 그녀를 담당했던 한 무리의 정신과 의사들은 그녀를 새 인간으로 만들어놓았다고 주장했지만 푸우 퍼시가 더이상 난폭한 짓을 하지 않았던 까닭은 심리 분석과 수많은 수용소를 돌아다니다보니 단순히 너무나 철저하게 '따분함'을 느꼈기 때문이었다.
　하지만 어쨌든 성공은 성공이어서, 상당히 오랜 기간이 지난 다음에 푸우는 얌전히 사회생활에 다시 참여하게 되었고, 제법 안전하고 (결국은) 쓸모가 많은 사회인으로, 말은 못할지언정 가능한 기능은 발휘함으로써 공공생활에 다시금 뛰어들었다. 그녀가 아이들에게 관심을 가지게 된 시기는 50대에 들어선 다음이었고, 정신박약아를 특히 참을성 있게 잘 다루었다. 이런 일을 하면서 그녀는 여러 가지 방법으로 역시 새 생활을 찾았거나, 적어도 굉장히 달라진 다른 엘렌 제임스파를 자주 만나게 된다.
　거의 이십 년 동안 푸우는 그녀의 죽은 언니 쿠시 얘기를 입에 올리지 않지만, 아이들을 좋아하다보니 결국 그녀는 엉뚱한 짓을 저지르고 만다. (어떻게 그런 능력을 얻었는지 아무도 모를 노릇이지만) 그녀는 쉰네 살에 임신을 하고, 자기도 해산을 하다가 죽으리라고 확신했기 때문에 다시 병원의 감시를 받는 생활로 되돌아간다. 생각했던 대로 일이 돌아가지 않자 푸우는 헌신적인 어머니가 되고, 정신박약아들을 위한 일도 계속했다.

푸우 퍼시 자신의 아이는 어머니의 격렬한 과거 때문에 나이를 먹은 다음에 심한 충격을 받기는 하지만 다행히도 정신박약아는 아니었고, 사실 가아프가 살아서 그녀를 보았더라면 쿠시를 연상했으리라.

어떤 사람들은 푸우 퍼시의 갱생이 너무나 감탄할 정도여서 사형제도를 영원히 폐지해야 한다는 주장을 뒷받침하는 긍정적인 본보기라고 말했다. 하지만 스티어링의 레슬링 연습장에서 그녀가 마지막으로 '애키!'라고 소리를 질렀던 바로 그 순간에 푸우 퍼시가 죽었어야 마땅하다고 죽는 그날까지 생각했던 헬렌과 던컨 가아프는 견해가 달랐다.

어느 날엔가는 물론 푸우도 죽게 되어서, 그녀는 딸을 만나러 플로리다로 찾아갔다가 발작을 일으켜 쓰러진다. 헬렌이 그녀보다 오래 살았다고 해도 그 사실이 헬렌에게는 그리 큰 위안은 되지 못한다.

충성스러운 휘트콤은 최초의 여권주의자 장례식에서 빠져나온 다음에 가아프가 언젠가 그녀를 묘사했던 대로 푸우 퍼시를 묘사한다. "거의 십오 년 동안이나 기저귀를 차고 살아서 마음이 완전히 푹 젖어버리고 얼굴은 염탐꾼처럼 생기고 남녀 양성(兩性)인 못난이에요." 가아프가 밧저 학생감에게 말했었다.

도널드 휘트콤이 '광증과 비애 ─ T. S. 가아프의 생애와 예술'이라고 제목을 붙여놓은 가아프의 대표적인 전기는 존 울프의 동료들이 출판하게 되고, 존 울프는 이 훌륭한 책이 출판되는 날을 보지 못하고 죽는다. 존 울프는 조심스럽게 책을 준비하는 과정에서 많은 기여를 했고, 원고의 대부분에 걸쳐 휘트콤을 위해 편집자의 위치에서 일을 하던 중에 때아닌 죽음을 맞았다.

존 울프는 비교적 젊은 나이에 뉴욕에서 폐암으로 사망했다. 그는 거의 평생에 걸쳐 용의주도하고, 양심적이고, 주의깊고, 우아하기까지 한 남자였지만, 심한 불안감과 발산 못한 비관주의를 마비시켜 해소하고 가장하기 위해 열여덟 살 때부터 필터를 달지 않은 담배를 하루에 세 갑씩 피웠다. 다른 면에서는 차분하고 정돈된 분위기를 풍길 줄 아는 수많은 바쁜 사람들이나 마찬가지로 존 울프는 담배를 너무 많이 피워 죽음을 자초한 셈이다.

가아프와 가아프의 책에 대한 그의 공헌은 이루 다 헤아리지 못할 정도이다. 비록 가아프 자신의 격렬한 죽음을 초래한 명성을 굳힌 책임이 자기에게 있다고 때때로 자책했을지는 몰라도 울프는 그런 편협한 견해에 좌우될 만큼 순진한 사람은 아니었다. 울프의 견해로는 암살이란 '점점 더 인기가 높아가는 우리 시대의 아마추어 스포츠'이고, 그가 거의 모든 사람을 그렇게 불렀지만 '참된 정치의 신봉자'는 항상 '개인적'인 통찰력의 우월성을 오만하게 주장하는 예술가의 숙적이었다. 그뿐 아니라, 푸우 퍼시는 엘렌 제임스파가 되어 가아프가 던진 미끼에 입질을 하는 데서 그치지 않았고, 어쩌면 정치에 의해서 심해지기는 했지만 본질적으로는 오랜 세월에 걸친 기저귀에 대한 욕구 못지않게 깊었던 원한의 자극도 받았으리라는 사실을 존 울프는 알았다. 푸우는 가아프와 쿠시가 서로 섹스를 좋아했기 때문에 결국 쿠시의 죽음을 초래했다는 관념이 머리에 박혔다. 적어도 가아프에게 그것이 죽음을 초래했다는 것만큼은 사실이다.

스스로 창조해낸 지나치게 동시대성을 숭배하는 세계에서 잔뼈가 굵었던 존 울프는 죽을 때까지 그가 가장 자랑스럽게 출판했던 작품은 아버지와 아들이 함께 꾸민『그릴파르처 하숙』이었노라고 주장했다. 그는 물론 가아프의 초기 소설들을 자랑으로 삼았고,『벤젠하버가 본 세상』은 '가아프가 노출되었던 폭력을 고려하면 불가피한' 작품이었다고 말했다. 하지만 울프를 흐뭇하게 했던 책은『그릴파르처 하숙』과, 존 울프가 애착을 가지고 슬픈 마음으로 '가아프가 올바르게 글을 쓰기 위해 되돌아가던 길'이라고 간주했던 미완성 원고『아버지의 환상』이었다. 여러 해에 걸쳐 울프는 미완성 소설의 지저분한 초고(草稿)를 다듬었고, 여러 해에 걸쳐 그는 헬렌과 도널드 휘트콤과 더불어 그 원고의 장단점을 따졌다.

"내가 죽은 다음에나 어떻게 해보세요." 헬렌이 고집했다. "가아프는 완성이 되었다고 생각하기 전에는 아무것도 내놓으려고 하지 않았어요." 울프는 동의했지만, 헬렌보다 먼저 죽었다. 뒤에 남은 휘트콤과 던컨은, 사후(死後)치고는 꽤 오랜 기간이 지난 다음에,『아버지의 환상』을 출판하게 된다.

울프가 폐암으로 고통스럽게 죽어갈 때 존 울프와 가장 많은 시간을 같이 보낸 사람은 던컨이었다. 울프는 뉴욕의 개인 병원에 누워 가끔 목에 끼운 플라스틱 대롱을 통해 담배를 피웠다.

"이걸 보면 자네 아버지가 뭐라고 하셨을까?" 울프가 던컨에게 물었다. "아버지가 좋아하는 죽음 장면에 이것이 어울리지 않을까? 제법 괴기한 편이지? 아버지가 혹시 비엔나에서, 루돌피너하우스에서 죽은 창녀 얘기 해주지 않았어? 여자 이름이 뭐였더라?"

"샬로트요." 던컨이 말했다. 그는 존 울프와 사이가 가까웠다. 울프는 심지어『그릴파르처 하숙』을 위해 던컨이 초기에 그린 그림들까지 좋아하게 되었다. 그리고 던컨은 뉴욕으로 거처를 옮긴 후였는데, 뉴욕에서 최초의 여권주의자 장례식이 거행되던 날 존 울프의 사무실에서 맨해튼의 풍경을 보았을 때 화가뿐 아니라 사진 작가가 되고 싶다는 의욕을 처음 느꼈다고 울프에게 말했다.

임종 때 던컨으로 하여금 받아쓰게 한 편지에서 존 울프는 동료들에게 출판사가 그 건물을 쓰는 한 언제라도 던컨 가아프가 그의 사무실로 와서 맨해튼을 구경하도록 허락하라고 부탁의 말을 남겼다.

존 울프가 죽은 다음 여러 해 동안 던컨은 이 호의를 누렸다. 새 편집자가 울프의 사무실로 옮겨왔지만, 가아프라는 이름만 들어도 출판사의 모든 편집자들은 혼비백산을 했다.

여러 해 동안 비서들이 들어와 이런 말을 자주 했다. "실례합니다만, 어린 가아프 아시잖아요. 창 밖을 내다보고 싶다는데요."

던컨과 존 울프는 존 울프가 죽어가는 과정의 많은 시간을 가아프가 얼마나 훌륭한 작가인지 얘기하며 보냈다.

"아주 아주 보기 드문 작가가 되셨을 텐데." 존 울프가 던컨에게 말했다.

"되셨을 텐데라뇨." 던컨이 말했다. "그 말밖에는 못 하시겠나요?"

"아냐, 아냐, 난 거짓말을 하는 게 아냐. 그럴 필요가 없으니까." 울프가 말했다. "아버지에게는 통찰력이 있었고, 항상 언어를 마음대로 구사했어. 하지만 통찰력이 가장 큰 힘이었고, 아버지는 항상 독특한 관점을 살렸지. 잠깐 동안 정도를 벗어나기도 했었지만, 새 작품으로 다시 제자리를 찾았고, 올바른 충동의 힘을 되찾은 거야. 아버지의 작품들 중에서는 『그릴파르처 하숙』이 가장 매혹적이지만, 가장 독창력이 번득이는 작품은 못 되었고, 아직 너무 젊었던 터라 그런 얘기라면 다른 작가들도 쓸 수가 있었겠지. 『기나긴 기다림』은 독창적인 착상이고 기막힌 첫 소설이었지만, 첫 소설은 역시 첫 소설이야. 『간통한 아내를 둔 남편의 두번째 바람』은 아주 웃기고, 제목도 최고이고, 아주 독창적이기도 하지만, 형식에 치우친 작품인데다 상당히 제한된 소설이야. 물론 『벤젠하버가 본 세상』은 사실 저질 통속소설이기는 해도 가장 독창적인 얘기였어. 하지만 그건 너무 거칠고, 날고기—좋은 고기이기는 하지만 너무나 날고기였어. 내 얘긴, 그러니까 그걸 누가 좋아하겠느냐는 거야. 그런 참혹한 현실에 시달리고 싶어할 사람이 어디 있을까?

자네 아버지는 까다로운 친구여서 양보라고는 한 치도 없었지만, 항상 자기 코끝만 쫓아간다는 것, 어디로 가게 되든지 간에 항상 자기 코끝만 쫓아간다는 것, 그것이 좋았어. 그리고 아버지는 야심이 많았지. 맙소사, 아버지는 아직 풋내기 애송이였을 때 벌써 감히 '세계'에 관한 작품을 쓰겠다며 덤벼들었고, 끝까지 그걸 물고늘어졌어. 그러더니 얼마 동안, 수많은 작가들이 그렇듯이, 그는 자신에 관해서 말고는 작품을 쓸 힘이 없었고, 세계에 관해서는 썼지만, 그저 그런 작품이 말끔하게 빠지지를 않았을 뿐이야. 그는 자신의 삶에 관한 작품을 쓰기에 싫증이 나기 시작했고, 다시 세상에 관해 쓰기 시작했는데, 막 새 출발을 하는 셈이었어. 그리고, 맙소사, 던컨, 자넨 아버지가 젊었었다는 걸 잊지 말아야 해! 아버지는 서른세 살이었어."

"그리고 정력적이었죠." 던컨이 말했다.

"아, 가아프가 살았더라면 많은 작품을 썼으리라는 건 의심할 나위도 없어." 존 울프가 말했다. 하지만 그는 기침이 나서 얘기를 멈춰야 했다.

"하지만 아버지는 조금도 긴장을 풀지 못했어요." 던컨이 말했다. "그래서 무슨 소용예요? 어쨌든 그래 봤자 명만 재촉하는 거 아니었을까요?"

목구멍에 낀 대롱이 빠지지 않게 천천히 머리를 흔들며 존 울프는 기침을 계속했다. "가아프는 달랐어!" 울프가 숨을 몰아쉬었다.

"그냥 한없이 버티며 그렇게 살아갔으리라는 거예요?" 던컨이 물었다. "그렇게 생각하세요?"

기침을 하며 울프가 머리를 끄덕였다. 그는 기침을 하다가 죽게
된다.

로버타와 헬렌은 물론 그의 장례식에 참석한다. 존 울프가 군침을
삼키던 대상은 가아프의 '문학적' 재산이 모두가 아니라고 뉴욕의
좁은 사회에서 자주 얘기가 나돌았기 때문에 헛소문을 퍼뜨리는 사
람들이 수군거리게 된다. 헬렌을 아는 사람이라면 그녀가 존 울프와
그런 관계를 가졌으리라는 확률은 희박함을 알았으리라. 헬렌이 누
구하고 관계를 가졌다는 소문이 들려올 때마다 헬렌은 웃기만 했다.
로버타 멀둔이 그녀보다 더 열을 올렸다.

"존 울프하고요?" 로버타가 말했다. "헬렌하고 울프요? 농담이시
겠지."

로버타는 확실히 믿는 바가 있어서 그런 말을 했다. 뉴욕 시에서
멋대로 놀아나던 시절에 로버타 멀둔은 한두 차례 존 울프와 밀회를
즐겼다.

"그리고 당신이 뛰는 걸 내가 자주 구경했던 때를 생각해봐요!"
언젠가 존 울프가 로버타에게 말했다.

"내가 뛰는 건 아직도 보잖아요." 로버타가 말했다.

"난 미식 축구를 얘기하고 있어요." 존 울프가 말했다.

"축구보다 더 좋은 것들도 있어요." 로버타가 말했다.

"하기야 당신은 잘하는 게 너무나 많아요." 울프가 말했다.

"하!"

"정말예요, 로버타."

"모든 남자들은 거짓말쟁이예요." 전에 남자였기 때문에 그것이
사실임을 알았던 로버타 멀둔이 말했다.

전에는 필라델피아 이글스에서 90번 선수 로버트 멀둔이었던 로

버타 멀둔은 존 울프뿐 아니라 그녀의 애인들 대부분보다 오래 살게
된다. 그녀는 헬렌보다 오래 살지는 못하지만 성전환 이후의 생활에
마침내 익숙해질 만큼은 오래 산다. 쉰 살이 가까웠을 때 그녀는 헬
렌에게 중년 남자의 허영과 중년 여인의 불안감에 시달린다면서 이
렇게 덧붙여 말했다. "이런 상태가 좋은 점들이 없는 건 아니에요.
나는 남자들이 무슨 말을 하기 전에 벌써 그들이 무슨 말을 하려는
지 항상 알죠."

"하지만 그건 나도 알아요, 로버타." 헬렌이 말했다. 헬렌을 불안하
게 만드는 면이었지만 친구들을 곰처럼 덥석 껴안는 버릇이 있었던
로버타가 무시무시하게 우렁찬 소리로 웃었다. 로버타는 언젠가 와
락 끌어안느라고 헬렌의 안경을 깨뜨리기까지 했었다.

책임감이 강한 성격에 힘입어 로버타는 엄청나게 두드러진 자신
의 괴팍함을 두드러지지 않게 만드는 데 성공했으며, 대부분의 책임
감을 쏟은 필즈 재단을 그녀가 어찌나 정력적으로 운영했는지 엘렌
제임스는 로버타에게 별명까지 붙여주었다.

정력의 장군.

"하!" 로버타가 말했다. "진짜 정력의 장군은 가아프였어요."

제니 필즈의 저택이 옛날에는 그토록 존경받을 만한 곳이었던 적
이 없었고, 과거의 제니로서는 따라오지도 못했을 정도로 로버타가
시에 나가서 많은 활동을 했기 때문에 개머리 항구의 작은 사회에서
그녀는 굉장히 많은 존경을 받기도 했다. 물론 자신은 전혀 아이를
가질 수가 없기는 했지만 그녀는 십 년 동안이나 이곳 지역 학교 이
사회의 회장 노릇을 했다. 그녀는 뉴햄프셔 주에서 십이 년 동안 최
우수팀으로 군림한 록킹엄 카운티 여성 소프트볼 팀을 조직하고, 코

치를 하고, 투수로 활약했다. 언젠가 오래 전에, 바로 멍청하고 몰상식한 뉴햄프셔 주지사는 결승전에 출전시키기 전에 로버타에게 염색체 검사를 시켜야 한다고 제의했고, 로버타는 주지사가 '남자답게 싸울 능력을 갖추었는지 보고 싶으니까' 경기가 시작하기 직전에 투수석에서 만나자고 제안했다. 이 사건은 흐지부지 끝났고, 정치라는 것이 늘 그런 식이지만, 주지사가 시구(始球)를 했다. 염색체야 어쨌든 간에, 로버타는 상대방의 타선을 완전히 봉쇄했다.

그리고 스티어링 학교의 체육 부장 덕택에 로버타는 스티어링 미식 축구 팀에서 공격선 코치 자리를 제공받았다. 하지만 타이트 엔드였던 그는 점잖게 제안을 거부했다. "젊은 사내아이들이 그렇게 많잖아요." 로버타가 흐뭇하게 말했다. "난 굉장히 난처한 말썽에 얽혀들 거예요."

그녀가 평생 좋아했던 젊은 사내아이는 던컨 가아프여서, 그녀는 그에게 어머니와 누나 노릇을 했고, 향수 냄새와 애정으로 그를 숨막히게 했다. 던컨은 그녀를 좋아했고, 개머리 항구에 용납되었던 몇 안 되는 손님들 가운데 한 사람이었지만, 던컨이 어느 젊은 시인을 유혹한 다음에 로버타는 화가 나서 거의 이 년이라는 기간 동안 그를 초청하지 않았다.

"부전자전예요." 헬렌이 말했다. "매력이 있는 아이니까요."

"매력이 너무 많아서 탈예요." 로버타가 헬렌에게 말했다. "그리고 시인은 불안정한 상태였어요. 더구나 던컨에 비하면 나이도 너무 많았구요."

"듣자하니 당신 질투하나 봐요, 로버타." 헬렌이 말했다.

"그건 신뢰를 배반한 짓예요." 로버타가 소리를 버럭 질렀다. 헬렌은 그 말이 맞다고 수긍했다. 던컨이 사과했다. 시인까지도 사과했다.

"유혹한 사람은 나예요." 시인이 로버타에게 말했다.

"아니에요, 당신이 유혹한 게 아니에요." 로버타가 말했다. "당신이 그랬을 리가 없어요."

어느 해 봄 뉴욕에서 로버타가 불쑥 던컨을 저녁식사에 초대했을 때 모든 일은 용서가 되었다. "오직 던컨을 위해서 내가 기막힌 여자를, 친구를 한 사람 데리고 가겠어." 로버타가 그에게 말했다. "그러니까 손에서 물감을 지우고, 머리도 감고, 멋지게 모양을 내봐. 던컨이 착한 사람이라고 내가 얘기해놓았으니까, 그렇게 처신해주리라고 믿어. 내 생각엔 던컨이 이 여자를 좋아할 것 같아."

이렇게 그녀 스스로 고른 여자와 던컨을 짝지어놓고서야 로버타는 마음이 훨씬 놓였다. 오랜 기간에 걸쳐서 밝혀진 사실이지만 로버타는 던컨이 같이 잤던 시인을 증오했고, 그것이 가장 난처한 문제였다.

버몬트 병원에서 1킬로미터밖에 안 되는 곳에서 던컨이 모터사이클 충돌 사고를 일으켰을 때 가장 먼저 그곳에 달려온 사람은 더 멀리 북쪽에서 스키를 타던 로버타였는데, 헬렌보다도 로버타가 먼저 병원에 도착했다.

"눈 위에서 모터사이클을 타다니!" 로버타가 고함쳤다. "아버지가 계셨다면 뭐라고 그랬겠어?" 던컨은 귓속말을 하기도 힘든 지경이었다. 팔다리를 온통 모두 붙잡아매었고, 신장에도 말썽이 생겼고, 당시에는 던컨과 로버타 두 사람 다 모르던 사실이었지만, 한쪽 팔도 잘라내게 될 처지였다.

헬렌과 로버타와 던컨의 여동생 제니 가아프는 던컨이 위험을 벗어날 때까지 사흘이나 기다렸다. 엘렌 제임스는 너무 충격을 받아 그들과 함께 병간호를 하러 올 기운도 없었다. 로버타는 쉴새없이 화를 냈다.

"눈도 하나밖에 없으면서 도대체 왜 모터사이클을 타려고 그랬을

까요? 그래 가지고서야 시야가 제대로 트일 것 같아요?" 로버타가
물었다. "한쪽은 항상 장님이나 마찬가지인데."

바로 그런 사태가 벌어졌었다. 술 취한 운전사가 정지 신호를 무
시하고 달렸지만 던컨이 차를 너무 늦게 봤고, 재빨리 차를 피하려
고 했지만 눈 때문에 한 자리에 눌러붙은 그는 술 취한 운전사에게
는 거의 꼼짝도 않는 표적이나 마찬가지였다.

모조리 부러졌다.

"너무나 아버지를 닮았어요." 헬렌이 슬퍼했다. 하지만 정력의 장
군은 던컨이 어떤 면에서는 아버지와 다르다는 사실을 알았다. 로버
타의 견해로 던컨은 방향 감각이 없었다.

던컨이 위험을 벗어나자 로버타는 그의 앞에서 울음을 터뜨렸다.

"만일 네가 나보다 먼저 죽으면 말이다, 이 망할 자식아." 그녀가
소리쳤다. "그러면 나도 죽고 말 거야! 그리고 너희 어머니도, 그리
고 어쩌면 엘렌도 죽어버리겠지만, 분명히 나는 죽고 말 거야. 던컨,
이 쬐그만 녀석아, 그러면 난 틀림없이 죽겠단 말야!" 로버타는 울고
또 울었으며, 그 말이 진실임을 알았기 때문에 던컨도 울었으며, 로
버타는 그를 사랑했고, 그랬기 때문에 그에게 무슨 일이 생기면 매
우 심한 영향을 받았다.

대학에서 겨우 1학년이었던 제니 가아프는 던컨이 회복될 때까지
던컨과 함께 버몬트에서 지내려고 학교를 집어치웠다. 제니는 스티
어링에서 최우수 성적으로 졸업했기 때문에 던컨이 회복된 다음에
대학으로 돌아가기는 조금도 어려운 일이 아니었다. 그녀는 간호사
보조로 병원에서 일을 돕겠다고 자원했으며, 오래고도 고통스러운
회복기를 앞으로 치러야 할 던컨에게는 그녀가 커다란 희망의 샘이
었다. 던컨은 물론 회복기라면 경험이 꽤 많았다.

헬렌은 그를 만나러 주말마다 스티어링에서 찾아왔고, 로버타는

뉴욕으로 가서 한심한 상태인 던컨의 작업실 겸 살림집을 돌봐주었
다. 던컨은 그의 모든 그림과 사진, 그리고 전축을 도둑맞을까 걱정
이었다.

로버타가 던컨의 스튜디오 아파트먼트로 처음 찾아갔을 때, 그녀
는 온통 물감이 묻은 던컨의 옷을 걸치고 그곳에서 사는 호리호리하
고 흐느적거리는 젊은 여자를 발견했는데, 여자는 설거지를 별로 열
심히 하지 않았다.

"썩 꺼지지 그래, 아가씨." 던컨의 열쇠로 문을 열고 들어간 로버
타가 말했다. "던컨은 가족의 품에 다시 안겼어."

"당신 누구예요?" 아가씨가 로버타에게 물었다. "그이 어머니신가
요?"

"부인이라구, 아가씨." 로버타가 말했다. "난 옛날부터 손아래 남자
들을 좋아했거든."

"부인이라구요?" 로버타를 보고 입이 딱 벌어지며 아가씨가 말했
다. "던컨이 결혼한 줄은 몰랐는데요."

"아이들도 엘리베이터를 타고 올라오는 중이야." 로버타가 말했다.
"그러니까 아가씨는 층계를 이용하는 편이 좋겠어. 아이들도 거의
나만큼은 덩치가 크니까."

"아이들이라고요?"라고 말하더니 그녀는 도망을 쳤다.

로버타는 사람을 시켜 스튜디오를 깨끗이 치운 다음에 어느 아는
젊은 여자를 불러 이곳에 와서 살며 집을 봐달라고 부탁했는데, 얼
마 전에 성전환 수술을 받은 그 여자는 그녀의 새로운 존재와 어울
리는 새로운 생활 환경이 필요했다. "당신한테는 아주 잘 어울릴 거
예요." 로버타는 새 여자에게 말했다. "매혹적인 젊은 남자가 이곳에
사는데, 그는 몇 달 동안 오지 않을 거예요. 당신은 그의 세간을 정
리하고, 그에 관한 공상을 하고, 그러다가 당신이 나가줘야 할 때가

되면 내가 알려주겠어요."

버몬트에서 로버타는 던컨에게 말했다. "사생활을 좀 정리해야 되겠는데. 모터사이클 따위 한심한 짓들도 그만두고, 던컨에 관해서는 아무것도 모르는 그런 여자들도 만나지 마. 맙소사, 전혀 모르는 여자들하고 자다니. 던컨은 아버지하고 달라서 아직 제대로 일을 시작하지도 못했잖아. 정말로 예술가가 되겠다면 말야, 던컨, 그 따위 다른 지저분한 짓을 할 시간이 어디 있지? 특히 자기를 파괴하는 그런 한심한 짓들 말야."

가아프가 죽은 이제는 던컨에게 그런 식으로 얘기해주는 사람이 정력의 장군 한 사람뿐이었다. 헬렌은 그에게 야단을 칠 수가 없었다. 헬렌은 던컨이 살아 있다는 사실만 해도 너무나 기쁘고, 던컨보다 열 살이나 아래였던 제니는 오빠를 한없이 존경하고 사랑해서 회복이 되는 오랜 기간 동안 기꺼이 그의 곁에 머물렀다. 독점욕을 보이며 맹렬하게 던컨을 사랑했던 엘렌 제임스는 너무 화가 나서 종이 뭉치와 연필을 던져버렸고, 그랬으니 물론 그녀는 아무 말도 할 수가 없어졌다.

"애꾸눈에 외팔이 화가라니." 던컨이 투덜거렸다. "맙소사. 말도 안 돼."

"그나마 머리 하나하고 마음 하나가 남았다는 걸 행복하게 생각하라구." 로버타가 말했다. "두 손으로 붓을 들고 그림을 그리는 화가를 넌 몇 명이나 알지? 모터사이클을 타려면 두 눈이 필요하지만, 이 멍청아, 그림을 그리려면 하나만 있어도 넉넉해."

아버지를 정말로 알기에는 너무 나이가 어렸기 때문에 오빠를 오빠이면서 동시에 아버지이기라도 한 듯 사랑하던 제니는 병원에서 요양을 하는 동안 던컨에게 시를 하나 써주었다. 아버지나 오빠와는 달리 예술적인 소양이 없었기 때문에 어린 제니 가아프가 쓴 시는

이 한 편이 처음이자 마지막이었다. 그리고 월트가 어떤 소질을 갖
게 되었을지는 하느님말고 아무도 모를 일이었다.

　　한쪽 팔은 잘 놀려도 한쪽 팔은 없어지고
　　한쪽 눈은 환하지만 한쪽 눈은 꺼진 채
　　강렬한 가족의 추억을 되씹으며
　　키 크고 호리호리한 맏아들 여기 누웠도다.
　　가아프가 일으켜 세운 집안에서 폐허로 남은
　　이 어머니의 아들은 무사해야 하는데.

　　물론 형편없는 시였지만 던컨은 좋아했다.
　　"난 무사하도록 노력하겠어." 그는 제니에게 약속했다.
　　로버타가 던컨의 스튜디오 겸 아파트먼트에 데려다놓은 성전환을
한 젊은 여자는 뉴욕에서 던컨에게 회복을 비는 엽서를 보냈다.

　　화초들은 별일 없지만 벽난로 옆의 커다랗고 노란 그림이 뒤틀
려서, 제대로 펴서 당겨놓지 않았다는 생각이 들기에 내가 그걸
내려서 다른 그림들과 함께 훨씬 서늘한 식기실에다 기대어놓았
어요. 난 파란 그림과 소묘, 소묘는 모두 좋아해요! 그리고 당신
자화상이라고 로버타가 나한테 알려준 그림, 난 그게 특히 좋아요.

　　"아, 맙소사." 던컨이 앓는 소리를 했다.
　　제니는 가아프가 어릴 적부터 가장 좋아했던 작가인 조셉 콘래드
의 작품을 모조리 그에게 읽어주었다.
　　학교에서 가르쳐야 하는 일 때문에 던컨에 대한 걱정으로부터 관
심을 돌릴 곳이 생겼다는 현실이 헬렌에게는 다행이었다.

"저애는 정신을 차릴 거예요." 로버타가 그녀를 안심시켰다.

"던컨은 이제 다 컸어요, 로버타." 헬렌이 말했다. "아이처럼 굴기는 하지만, 이제는 애가 아니죠."

"내가 보기엔 모두들 애예요." 로버타가 말했다. "가아프도 애였어요. 여자가 되기 전에는 나도 애였고요. 던컨은 나에게는 영원히 애나 마찬가지예요."

"아, 맙소사." 헬렌이 말했다.

"무슨 운동을 좀 하시는 게 좋겠어요." 로버타가 헬렌에게 말했다. "긴장을 풀도록 말예요."

"제발 이러지 말아요, 로버타." 헬렌이 말했다.

"달리기를 해봐요." 로버타가 말했다.

"달리기는 당신이나 해요. 난 독서를 할 테니까." 헬렌이 말했다.

로버타는 늘 달리기를 했다. 50대 후반기에 그녀는 여성의 체격을 유지하려면 성전환을 한 다음 계속 써야만 하는 에스트로겐을 쓰는 것을 잊어버리고는 했다. 에스트로겐의 공급이 끊어지고 달리기를 열심히 하자 로버타의 커다란 몸은 골격이 달라지더니 헬렌의 눈앞에서 다시 변하기 시작했다.

"가끔 난 당신에게 어떤 일이 벌어지는지 모를 때가 생겨요, 로버타." 헬렌이 말했다.

"어쩐지 흥분을 자아내는 일이죠." 로버타가 말했다. "난 어떤 기분을 느끼게 될지 전혀 모르고, 어떤 모습이 될지도 전혀 몰라요."

로버타는 쉰 살이 넘은 다음에 세 차례 마라톤 대회에서 뛰었지만, 혈관이 파열되자 의사는 보다 짧은 거리를 뛰라고 그녀에게 충고했다. 던컨이 가끔 '90번 고참'이라고 놀리던 50대에 들어선 타이트 엔드 출신으로서는 42킬로미터는 무리였다. 로버타는 가아프와 헬렌보다는 몇 살 위였고, 그 차이가 항상 겉으로 드러났었다. 그녀는 가아프와 자주 달리고는 했던 스티어링과 바다 사이 10킬로미터에 달하는 옛 코스를 다시 뛰기 시작했고, 헬렌은 로버타가 땀을 뻘뻘 흘리고 헉헉거리며 샤워를 하고 싶다면서 언제 스티어링 저택으로 달려 들어올지 전혀 알 길이 없었다. 헬렌이 읽던 책에서 눈을 들어 보면 로버타 멀둔은 달리기 운동복 차림에 던져준 공을 잡던 큼직한 두 손에는 심장처럼 기록 시계를 쥐고 있었으며, 이런 때를 위해 로버타는 큼직한 욕의와 갈아입을 옷 몇 벌을 헬렌의 집에다 두었다.

로버타는 던컨이 버몬트에서 입원했던 그해 봄에 죽었다. 그녀는 개머리 항구의 바닷가에서 단거리 달리기를 했지만, 달리다 말고 포치로 올라오더니 머리 뒤통수인지 관자놀이에서 '탁탁 튀는 소리'가 난다고 불평했는데, 정확히 어디서 소리가 나는지 짚을 수가 없다고 말했다. 그녀는 포치의 그물 침대에 앉아 엘렌 제임스더러 냉차를 한 잔 갖다달라고 부탁하고는 바다를 쳐다보았다. 엘렌은 필즈 재단에 신세를 지는 어느 여자를 시켜 로버타에게 쪽지를 보냈다.

레몬은요?

"아니, 설탕만 넣어!" 로버타가 소리쳤다.

엘렌이 냉차를 가져다 주니까 로버타는 몇 모금에 꿀꺽꿀꺽 한 잔을 다 마셨다.

"아주 맛있게 탔구만, 엘렌." 로버타가 말했다. "맛있어." 로버타가 되풀이해서 말했다. "이대로 타서 하나 더 줘!" 로버타가 소리쳤다. "내 인생이 바로 이 맛 같으면 얼마나 좋을까!"

엘렌 제임스가 냉차를 가지고 다시 돌아와서 보니 로버타 멀둔은 그물 침대에 죽어 있었다. 무엇인가 탁 튀고, 무엇인가 터졌다.

로버타의 죽음에 충격을 받아 마음이 무겁기는 했어도 헬렌은 던컨 걱정을 더 해야 했는데, 이번만큼은 이렇게 신경을 다른 곳에 써야 하는 것이 고맙게 느껴졌다. 로버타가 그토록 열심히 지원했던 엘렌 제임스는 필즈 재단에서 로버타의 일을 인수받아야 했고, 그야말로 벅찬 자리를 떠맡게 되었으므로 갑작스러운 여러 의무 때문에 바빠 슬픔을 많이 잊게 되었다. 하기야 로버타가 차지했던 자리는 대단한 것이었다. 어린 제니 가아프는 던컨이 그랬던 것처럼 로버타와 그토록 가까웠던 적은 없었고, 가장 심한 충격을 받을 사람은 아직도 팔다리가 묶인 채 병원에 누워 지내던 던컨이었다. 제니는 그의 곁에서 자리를 뜨지 않고 격려의 말을 쉴새없이 늘어놓았지만, 던컨은 로버타와 그녀가 과거에 가아프 집안 사람들, 특히 자신을 도와주었던 때들이 모두 머리에 떠올랐다.

그는 울고 또 울었다. 그는 어찌나 심하게 울었는지 가슴에 씌웠던 석고를 바꿔야 했다.

성전환을 하고 그의 집에 머물던 여자가 뉴욕에서 던컨에게 전보를 보냈다.

난 이제 나가겠어요. R도 죽었으니까요. 내가 여기서 사는 걸 거북하게 생각하신다면 말예요. 난 가겠어요. 모르겠군요. R의 사진 내가 가져도 될지. R하고 당신이 같이 찍은 거예요. 내가 보기엔 당신 같은데요. 축구공 손에 든 사람. 너무 큰 셔츠를 입었는데 90이라는 번호가 찍혔어요.

던컨은 그녀가 보낸 엽서나, 그림들의 정확한 위치와 화초들의 생사에 관한 보고에 한 번도 답장을 낸 적이 없었다. 누구인지는 몰라도 던컨이 알기로는 로버타라면 친절히 해주었을 불쌍하고 어리벙

벙한 남자-여자에게 이제 와서 던컨이 답장을 쓴 까닭은 90번 고참
의 정신을 살리기 위해서였다.

　원하는 대로 언제까지라도 거기서 지내세요. 하지만 그 사진은
나도 갖고 싶어요. 내가 다시 걸어다닐 수 있게 되면, 당신만을 위
해 그 사진을 한 장 복사해주겠어요.

로버타는 삶을 꿋꿋하게 살아나가라고 그에게 말했었고, 던컨은
자기에게 그럴 능력이 있음을 그녀에게 보여줄 수 없게 된 것이 섭
섭했다. 그는 이제 책임감을 느꼈고, 그토록 젊은 나이에 작가가 되
었고, 그토록 젊은 나이에 아이들을, 던컨을 낳았던 아버지에 관해서
생각했다. 버몬트의 병원에서 던컨은 여러 가지 결심을 하고, 그 결
심을 대부분 실천하게 된다.

그는 사고 때문에 아직도 너무 충격이 심해 온통 석고와 핀투성이
였던 그를 보러 오지 못하던 엘렌 제임스에게 편지를 썼다.

　엘렌을 따라가려면, 밀린 일들을 따라가려면 내가 좀 고생을 해
야되겠지만, 우리 두 사람 다 일을 할 때가 되었어. 90번도 갔으니,
우리 가족은 얼마 안 돼. 더이상 아무도 잃지 않도록 우리들이 노
력해야 되겠어.

그는 어머니가 자기를 자랑스럽게 여기도록 노력할 생각이라고
헬렌에게 편지를 쓸까 했지만, 그런 소리를 하기도 우스꽝스러운 기
분이 들었고, 던컨은 어머니가 얼마나 강인한 사람이고 격려의 말
따위는 도대체 필요가 없는 여자라는 사실을 잘 알았다. 던컨이 새
로운 열성을 발산한 대상은 어린 제니였다.

"제기랄, 우린 정열을 가져야 해." 정열이라면 잔뜩 지니고 사는 여동생에게 던컨이 말했다. "아버지를 알지 못했으니까 넌 그걸 모르고 넘어간 거야. 정열! 넌 네 나름대로 그걸 찾아야 해."

"난 정열은 많아." 제니가 말했다. "맙소사, 내가 무얼 하며 살았다고 생각해? 그냥 오빠만 보살펴주었을까?"

일요일 오후였고, 던컨과 제니는 던컨의 병원 텔레비전으로 늘 그러듯이 프로 축구를 구경했다. 일요일에 버몬트 방송국에서는 필라델피아에서 열리는 경기를 방영했다는 사실도 또다른 하나의 좋은 징조라고 던컨은 생각했다. 이글스 팀은 카우보이스 팀에게 묵사발이 나려던 참이었다. 하지만 경기는 문제가 되지 않았고, 던컨이 고맙게 여겼던 부분은 경기 전에 거행한 예식이었다. 타이트 엔드였던 로버트 멀둔에게 조의를 표하기 위해 경기장에서는 반기를 달았다. 득점 기록판에서는 '90번!'이라는 글자가 계속해서 깜박거렸다. 던컨은 얼마나 시대가 달라졌는지를 의식했는데, 예를 들면 이제는 어디에서나 여권주의자 장례식이 거행되어서, 최근에 네브라스카에서 큰 행사가 열렸다는 기사도 읽었다. 그리고 필라델피아에서는 스포츠 아나운서가 반기를 단 까닭은 '로버타' 멀둔을 추모하는 뜻이라고 설명하면서 코웃음을 치지 않았다.

"그녀는 훌륭한 선수였어요." 아나운서가 중얼거렸다. "손을 굉장히 잘 썼죠."

"뛰어난 인물이었어요." 해설자가 맞장구를 쳤다.

첫번째 남자가 다시 말했다. "그래요." 그가 말했다. "그녀가 도와준 굉장히 많은 사람들은……"이라고 하더니 그는 적절한 말을 찾아내려고 애썼으며, 던컨은 괴짜들이라거나, 괴상한 친구들이라거나, 섹스 때문에 신세를 망친 사람들이라거나, 그의 아버지와 어머니와 던컨 자신과 엘렌 제임스 따위 말이 나오리라고 기다렸다. "그녀는 삶이 복잡한 사람들을 굉장히 많이 도와주었죠." 아나운서의 말을 듣고 아나운서 자신도 놀라고 던컨 가아프도 놀랐지만, 그래도 위엄은 지킨 셈이었다.

악단이 연주를 했다. 달라스 카우보이스 팀이 필라델피아 이글스 진영으로 공을 차냈고, 이 차내기로 시작해서 이글스는 여러 번 찬 공을 받아내게 된다. 그리고 던컨 가아프는 친절하게 신경을 써주느라고 애를 쓰던 아나운서를 고맙게 생각할 아버지의 표정이 눈앞에 어른거렸다. 던컨은 사실 로버타와 함께 고함치며 응원하는 가아프가 눈앞에 보이는 듯했는데, 웬일인지 던컨은 그녀 자신을 위한 찬사를 몰래 듣고 싶어 로버타도 그곳에 와 있으리라고 느꼈다. 그녀와 가아프는 어색한 뉴스를 듣고 한바탕 웃어젖혔으리라.

가아프는 아나운서의 말을 흉내낸다. "그녀는 골반 구조를 바꾸느라고 굉장히 많은 애를 먹었죠!"

"하!" 로버타가 고함친다.

"아, 맙소사!" 가아프가 소리를 지른다. "아, 맙소사."

가아프가 죽음을 당했을 때 로버타 멀둔이 다시 성전환을 하겠다고 위협했던 일을 던컨은 기억했다. "난 차라리 추악한 남자가 다시 되겠어." 그녀는 통곡했다. "그 더러운 컨트(여자의 성기를 뜻하는 말로, 여기서는 계집년이라는 정도의 의미이다—옮긴이)가 저지른 더러운 살인을 놓고 정말로 흐뭇해서 싱글싱글거리는 여자들이 세상에 존재하리라는 걸 생각하면 말야!"

그만해요! 그만해요! 그 어휘는 절대로 쓰지 말아요!

엘렌 제임스가 휙휙 갈겨썼다.

남자들이거나 여자들이거나 간에 우리들 중에는 그를 사랑했던 사람들과 그를 알지 못했던 사람들밖에 없었어요.

엘렌 제임스가 썼다.

그러더니 로버타 멀둔은 그들을 모두 한 사람씩 부여잡고, 진지하게, 격식을 갖추어, 너그럽게, 그녀의 유명한 곰 같은 포옹을 해주었다.

로버타가 죽었을 때는 개머리 항구에 있는 필즈 재단의 수혜자들 가운데 말을 할 줄 아는 어떤 사람이 헬렌에게 전화를 걸었다. 또다시 정신을 가다듬고 마음을 가라앉힌 헬렌은 버몬트의 던컨에게 전화를 거는 일을 맡는다. 헬렌은 어린 제니더러 던컨에게 소식을 어떤 식으로 알려줘야 할지를 귀띔했다. 제니 가아프는 병상에서의 세련된 예절을 그녀의 유명한 할머니 제니 필즈에게서 물려받았다.

"나쁜 소식이야, 던컨." 오빠의 입술에 키스하며 어린 제니가 나지막이 말했다. "90번 고참께서 공을 떨어뜨렸어."

눈을 하나 잃은 사고에서도 살아나고 한쪽 팔을 잃은 사고에서도 살아난 던컨 가아프는 훌륭하고 진지한 화가가 되어, 예술이라는 분야에서 아리송한 위치를 차지한 천연색 사진 분야를 화가로서 그가 지닌 빛깔에 대한 감각과 아버지의 습성이었던 끈질기고 독특한 통찰력에 힘입어 개발시킨 개척자 비슷한 역할을 했다. 안심을 해도 좋을 일이지만 그는 엉뚱한 영상을 만들어내지는 않았으며, 괴이하고 감각적이고 거의 서술적인 현실주의를 그의 그림에서 구사했으며, 그가 누구인지를 아는 사람이라면 그것이 그림에 속하는 기교가 아니라 오히려 소설가의 기교에 훨씬 가까웠다는 말을 했는데, 그가 그런 비판을 받았듯이 그의 그림이 너무 '서술적'이라고 비난하기는 쉬운 일이었다.

"그게 무슨 뜻인지는 도대체 모르겠지만요." 던컨이 입버릇처럼 말했다. "애꾸눈에 외팔이 화가이고, 가아프의 아들인 나한테서 그들이 무얼 기대하죠? 완벽성인가요?"

뭐니뭐니 해도 그는 아버지의 휴머 감각을 지녔고, 헬렌은 그를 무척 자랑스럽게 생각했다.

그는 '가족 사진첩'이라는 제목을 붙인 일련의 그림을 백 폭이나 그렸고, 그의 작품활동에서는 이 기간이 가장 잘 알려졌다. 이 그림은 사고로 눈을 잃은 다음 어렸을 때 그가 찍은 사진들을 모델로 삼아 그린 작품들이었다. 로버타와, 그의 할머니 제니 필즈와, 개머리 항구에서 수영을 하는 어머니와, 턱이 아문 다음에 바닷가를 따라 달리기를 하는 아버지. 더럽고 흰 빛깔인 사브를 그린 십여 개의 작은 그림으로 이루어진 시리즈도 제작했는데, 던컨의 말로는 세상의 모든 빛깔은 더럽고 흰 빛깔 사브의 열두 가지 변화에서 찾아볼 수가 있기 때문에 이 시리즈의 제목은 '세상의 빛깔들'이라고 붙였다.

제니 가아프가 아기였을 때의 그림들도 있었고, 어느 사진도 모델로 삼지 않고 주로 상상으로 그린 커다란 가족 그림도 있었는데, 비평가들은 반복적으로 등장하는 얼굴이 없거나 카메라로 등을 돌린 (아주 작은) 몸집의 인물이 월트라고 말했다.

던컨은 아이를 낳을 생각이 없었다. "너무 나약하거든요." 그는 어머니에게 말했다. "난 아이들이 자라는 걸 지켜볼 수가 없어요." 그가 한 말은 그들이 자라지 않는 것을 지켜볼 수가 없다는 의미였다.

생각하는 바가 그랬기 때문에 아이를 낳지 않는다는 것이 그의 삶에서 문제는커녕 걱정거리조차 되지 않았다는 사실은 다행한 일이었다. 그는 버몬트에서 넉 달 동안 입원생활을 한 다음 집으로 돌아왔고, 뉴욕에 있는 그의 스튜디오 겸 아파트먼트에서 사는 지극히 고독한 성전환 수술을 받은 여자를 발견했다. 그녀는 집 안이 마치 진짜 예술가가 이미 그곳에서 살았던 듯싶은 분위기가 풍기게 만들어놓았고, 그의 물건들에 대한 일종의 삼투 작용과 거의 비슷한 묘한 과정을 거쳐 그녀는 이미 그에 관해서 굉장히 많이 알아낸 듯싶었다. 그녀는 또한 그림들만 보고도 그를 사랑하게 되었다. 로버타 멀둔이 던컨의 삶에 베풀어준 또 하나의 선물이었다! 그리고 예를 들면 제니 가아프가 그랬지만, 그녀가 아름답다고 말하는 사람들도 있기는 했다.

성전환을 한 사람들에 관해서 마음속에 아무런 차별의식을 품지 않은 남자가 있다면, 던컨 가아프가 바로 그런 남자였기 때문에, 그들은 결혼했다.

"그것은 천국에서 이루어준 결혼이었어요." 제니 가아프가 어머니에게 말했다. 그녀의 말은 물론 로버타를 뜻했고, 로버타는 정말로 천국에 있었다. 하지만 가아프가 죽은 이후에는 대부분의 걱정을 그녀가 떠맡았기 때문에 헬렌이 던컨 때문에 걱정하는 것은 당연한 일이었다. 그리고 로버타가 죽은 다음에 헬렌은 모든 걱정을 자기 혼자 도맡아 해야 한다고 느꼈다.

"난 모르겠어, 난 모르겠다구." 헬렌이 말했다. 던컨의 결혼은 그녀를 불안하게 만들었다. "망할 놈의 로버타." 헬렌이 말했다. "그 여잔 마음먹은 일은 꼭 저지르고 만다니까!"

하지만 이런 식이 되면 원하지 않는 임신을 하게 될 가능성은 없어지잖아요.

엘렌 제임스가 썼다.

"아, 그만 해." 헬렌이 말했다. "내가 은근히 손주들을 바랐다는 건 알잖아. 아무튼 한두 명이라도 말이야."

“내가 낳아드릴게요.” 제니가 약속했다.

“아, 맙소사.” 헬렌이 말했다. “내가 그때까지 살아야 말이지, 얘야.”

슬프게도 그렇게는 되지 못하지만, 그나마 그녀는 제니가 임신한 것을 보고, 자기가 할머니가 되었다는 상황을 상상하는 단계까지는 이르게 된다.

가아프는 이렇게 썼었다. “무엇을 상상한다는 것은 무엇을 기억한다는 것보다 좋은 일이다.”

그리고 로버타가 약속했듯이 던컨의 삶이 올바르게 자리가 잡혔다는 사실은 분명히 헬렌에게는 기쁜 일이었다.

헬렌이 죽은 다음에 던컨은 마음 착한 휘트콤 씨와 아주 열심히 일을 같이 해서 가아프의 미완성 소설 『아버지의 환상』을 훌륭하게 만들어 내놓는다. 아버지와 아들이 함께 만든 『그릴파르처 하숙』에서나 마찬가지로 던컨은 『아버지의 환상』에 등장하는, 그의 아이들이 안전하고 행복하게 살아갈 수 있는 세계를 이룩하려고 야심만만하고 어처구니없는 시도를 하는 아버지의 초상을 삽화로 그렸다. 던컨이 제공한 삽화들은 거의 가아프의 초상화들인 셈이었다.

책이 출판된 얼마 후에, 던컨이 이름을 기억하지도 못하는 늙고도 늙은 남자가 던컨을 찾아왔다. 남자는 가아프의 ‘비판적인 전기’를 집필할 계획이라고 주장했지만, 던컨은 그의 질문이 기분 나쁘게 여겨졌다. 남자는 월트가 목숨을 잃은 무서운 사고가 일어났을 때까지의 사건들에 관해서 자꾸만 되풀이해서 물었다. (아무것도 아는 바가 없었으므로) 던컨은 그에게 아무 얘기도 하지 않으려고 했으며, 전기에 관한 한 그 남자는 빈손으로 돌아간 셈이었다. 그 남자는 물론 마이클 밀튼이었다. 던컨이 보기에 남자는 무엇인가 모자라는 듯 느껴졌는데, 마이클 밀튼에게 모자라는 부분이 음경이라는 사실을 던컨은 알 길이 없었다.

그가 집필한다던 책은 아무도 본 사람이 없고, 그가 어떻게 되었는지 아는 사람도 아무도 없다.

『아버지의 환상』이 출판된 다음 가아프를 단순히 '괴팍한 작가' 니, '훌륭하기는 해도 위대한 작가는 아니다' 라는 소리를 해서 비평가들의 세계가 만족을 찾았는지는 모르겠지만, 던컨은 개의치 않았다. 던컨 자신의 표현을 빌리자면 가아프는 '독창적' 이고 '알짜배기' 였다. 누가 뭐라고 해도 가아프는 장님 같은 맹목적인 충성심을 자극하는 그런 유형의 인간이었다.

"애꾸눈의 충성심이지." 던컨의 표현이었다.

그는 누이동생 제니와 엘렌 제임스하고 오래 지속되는 유대를 이끌어갔고, 세 사람은 도둑들만큼이나 사이가 가까웠다.

"정력의 장군을 위해서 한 잔!" 함께 술을 마실 때면 그들이 말했다.

"성전환한 섹스(性別)만한 섹스는 없도다!" 술이 취하면 그들이 외치던 이 소리에 던컨의 아내는 동의를 하면서도 가끔 거북해했다.

"정력은 어떤 상태야?" 어떻게 지내는지 알고 싶으면 그들은 서로 편지나 전화를 하거나 전보를 쳤다. 그리고 정력이 넘칠 때면 그들은 서로 '가아프가 넘친다' 고 표현했다.

던컨이 오래오래 살기는 하지만, 그는 한심하게도 그의 훌륭한 농담 감각 때문에 필요없이 죽고 만다. 그는 자기가 한 농담 때문에 웃다가 죽는데, 이것은 분명히 가아프 집안 사람들에게 어울리는 것이었다. 던컨의 아내의 친구이며 성전환을 최근에 한 여자를 위한 일종의 축하 파티에서였다. 던컨은 올리브를 빨다가 겨우 몇 초 동안 격렬하게 웃고는 목이 막혀 죽었다. 그것은 끔찍하고도 바보 같은 죽음이었지만, 그를 아는 모든 사람들은 그런 형태의 죽음이나 그가 살았던 삶을 던컨이 못마땅해하지 않으리라고 생각했다. 집안에서 다른 어떤 일에 대해서 어느 누가 겪었던 고통보다도 아버지는 월트의 죽음 때문에 훨씬 더 괴로워했다고 던컨 가아프는 늘 말했다. 그리고 선택한 죽음의 형태는 다를지언정 결국 죽음은 다 마찬가지였다. "남자들과 여자들 사이에서 평등하게 같이 나누는 것은 오직 죽음뿐이다." 언젠가 제니 필즈가 말했다.

유명한 할머니보다 죽음의 분야에서는 훨씬 구체적인 훈련을 많이 받았던 제니 가아프는 그 견해에 동의하지 않았으리라. 어린 제니는 남자들과 여자들 사이에서는 죽음까지도 평등하게 같이 나눌 수가 없음을 알았다. 남자들은 죽기도 더 많이 죽는다.

제니 가아프는 어느 누구보다도 더 오래 살게 된다. 만일 오빠가 목이 막혀 죽은 파티에 그녀가 있었더라면 제니는 아마 그의 목숨을 구했을지도 모른다. 적어도 그녀는 정확히 무엇을 해야 할지는 알았으리라. 그녀는 의사였다. 그녀가 의학에 투신하기로 결심했던 까닭은 제니 가아프가 남의 얘기를 통해서야 겨우 알았던 유명한 할머니의 간호사 경력 때문이 아니라 버몬트 병원에서 던컨을 간호할 때의 경험 때문이었다고 항상 말했다.

어린 제니는 우수한 학생이었고, 어머니나 마찬가지로 모든 것을 흡수했으며, 그녀는 배운 모든 것은 다시 남에게 전할 줄 알았다. 제니 필즈나 마찬가지로 그녀는 병원들을 돌아다녀서 사람들에 대한 감정을 훈련시켜 어떤 친절함이 가능하고, 무엇은 친절이 아닌지를 조금씩 터득했다.

인턴 생활을 할 때 그녀는 다른 젊은 의사와 결혼했다. 하지만 제니 가아프는 그녀의 이름을 포기하려 하지 않았고, 끝까지 가아프라는 성을 고수했으며, 남편과의 무시무시한 싸움을 거쳐서, 아이들도 역시 가아프라는 성을 따르도록 고집했다. 결국 그녀는 이혼을 하고,

재혼도 하지만, 전혀 서두르지는 않는다. 두번째 결혼이 그녀에게는 흡족하다고 여겨진다. 남편은 그녀보다 훨씬 나이가 많은 화가였고, 그녀에게 잔소리를 할 식구가 혹시 한 사람이라도 살았다면 제니가 남편에게서 던컨의 어떤 면모인지를 연상한 모양이라고 그녀에게 경고를 했으리라.

"그래서요?" 그녀는 말했으리라. 그녀의 어머니나 마찬가지로 제니는 그녀 나름대로의 이성을 지녔고, 제니 필즈나 마찬가지로 그녀는 자신의 성을 그대로 간직했다.

그리고 그녀의 아버지는? 그녀가 사실은 전혀 알지 못하는 그를 제니 가아프가 어떤 면에서 조금이나마 닮았을까? 가아프가 죽었을 때 그녀는 따지고 보면 어린 아기에 지나지 않았다.

하기야 그녀는 정말로 괴팍했다. 그녀는 책방이라면 아무 데나 들어가서 아버지의 책을 달라고 요구하는 버릇이 있었다. 책방에 책이 없으면 그녀는 주문을 해놓는다. 그녀는 작가의 불멸성에 대한 의식을 지녀서, 인쇄가 되고 책장 선반에 꽂혀 있으면 그 작가는 살아 있는 셈이라고 믿었다. 제니 가아프는 미국 각처에다 가짜 이름과 주소를 남겼고, 그녀가 주문한 책들은 누구에게인가 팔리리라고 그녀는 추측했다. 딸이 죽기 전에는 적어도 T. S. 가아프의 책들은 절판이 되지 않을 터였다.

그녀는 또한 유명한 여권주의자인 할머니 제니 필즈를 지원하는 데에도 열성이었지만, 아버지와 마찬가지로 제니 가아프는 제니 필즈의 '글'은 별로 신통치 않게 생각했다. 그녀는 『섹스의 이단자』가 선반에 늘 비치되도록 하기 위해 책방들을 괴롭히지는 않았다.

무엇보다도 그녀는 어떤 '종류'의 의사가 되었느냐 하는 점에서는 아버지를 가장 닮았다. 제니 가아프는 그녀의 의학적인 머리를 연구에 전념하게 된다. 그녀는 개인 병원을 개업하지 않는다. 그녀는 자기가 병이 났을 때만 병원으로 간다. 대신에 제니는 코네티컷 종양 등록소와 긴밀하게 여러 해 동안 일하고, 나중에는 국립 암 연구소의 어느 지부를 맡는다. 하나하나의 세밀한 부분을 사랑하고 걱정해야만 하는 훌륭한 작가나 마찬가지로 제니 가아프는 단 한 개의 인간 세포가 지닌 습성들을 관찰하느라고 많은 시간을 보낸다. 훌륭한 작가나 마찬가지로 그녀는 야심이 많아서, 암의 밑바닥까지 캐보려고 한다. 어떤 면에서 그녀는 뜻을 이룬다. 그녀는 암으로 죽는다.

다른 의사들이나 마찬가지로 제니 가아프는 이른바 의학의 아버지인 히포크라테스의 신성한 선서를 함으로써, 비록 가아프는 '작가'의 야망에 관해서 그런 얘기를 했지만 어쨌든 언젠가 가아프가 젊은 휘트콤에게 서술했던 그런 개념을 위해 자신을 바치기로 동의한다. ("……그건 마치 모든 사람으로 하여금 영원히 살아가게 하려는 투쟁 같아요. 끝에 가서는 죽어야 하는 사람들까지도 말예요. 살아나가야 할 가장 중요한 사람들은 그들이죠.") 따라서 그녀의 아버지가 소설가를 묘사했던 그런 식으로 그녀 자신을 묘사하기를 좋아했던 제니 가아프는 암의 연구를 답답하게 생각하지 않았다.

'가망이 없는 환자들만 보게 되는 의사.'

그녀의 아버지가 본 세상에서는 인간이 정열을 지녀야 한다는 사실을 제니 가아프는 알았다. 그녀의 유명한 할머니 제니 필즈는 언젠가 인간을 '외상' '급소' '결석생' 그리고 '갔어'로 분류했다. 하지만 가아프가 본 세상에서는 우리 모두가 가망이 없는 환자들이다.

존 어빙과의 대화*

토마스 윌리엄스**

버몬트 푸트니에서 어빙은 헛간을 개조하고 장작 난로를 들여놓은 집에 살고 있었다. 큰 방에는 발코니, 층계, 부엌, 커다란 떡갈나무 책상이 있다. 모든 것이 경사를 이루거나 낡았지만 튼튼한 버팀을 댄 집에서 존, 샤일라, 그리고 그들의 두 아들이 무척 활동적이고 행복하게 살아가는 것 같다. 높다란 벽에는 샤일라의 그림과 사진들이 붙어 있다. 책장의 책들은 손때가 묻어 있다. 버몬트에는 아직 눈이 많고, 스키 장비들이 눈에 띈다. 레슬러 출신인 존 어빙은 대학 선수 시절만큼이나 체격이 좋았다. 나이는 서른여섯이지만 훨씬 젊어 보인다.

---

* 이 글은 1978년 4월 23일자 뉴욕타임스 북리뷰에 실렸던 "Talk with John Irving"을 번역한 것이다.
** 토마스 윌리엄스(Thomas Williams, 1926~1990)는 『해롤드 루의 머리카락』 등을 쓴 미국의 소설가였으며, 뉴햄프셔 대학의 교수를 지냈다.

—당신은 『가아프가 본 세상』에서 '세상은 안전하지 못하다'고 말합니다. 이것은 적어도 소설 속에서 당신이 창조한 세계에는 확실히 적용되는 얘기죠. 예를 들면 꿈속에서 아이가 비행기에서 떨어지는 '뒷골목의 개, 허공의 아이'라는 장이 그렇습니다. 그러면서도 이 소설에는 희망과 흥분이 가득해요. 독자들이 주인공들의 운명에 관해서 심각한 불안이나 초조감을 전혀 느끼지 않으며 읽어나갈 수 있다는 점에서 재미있는 작품이라는 거예요. 물론 에필로그에서는 한 명도 남지 않고 다 죽지만요. 마지막 구절은 '우리 모두가 가망이 없는 환자들이다'입니다. 나는 활력과 냉정의 이 묘한 교착에 흥미를 느껴요. 숙명론인가요? 비꼬는 얘깁니까? 나는 왜 그토록 열심히 읽었을까요?

"글쎄요, 결국은 모든 사람이 죽습니다. 에필로그에서 소설이 그 자리에서 당장 끝나지 않고 주인공들이 어떻게 종말을 당하는지 알려주려고 했어요. 하지만 비꼰다는 기분은 전혀 없었어요. 오히려, 내가 말했듯이 우리들은 모두 '가망이 없는 환자'들이기 때문에 우리들은 가능한 한 열심히 살아야 합니다. 마찬가지 얘기지만 나는 비극과 희극이 상반된다고 생각하지 않고, 어떤 일이 동시에 우습고도 슬플 수 있다고 생각하며, 비극적인 종말을 맞는다고 해도 풍요하고 정력적인 삶은 손상되지 않는다고 믿어요. 죽음이란 무섭고 마지막이고 흔히 너무 일찍 찾아오기 때문에 행복한 종결이란 없습니다. 하지만 그것은 어떤 겸손한 비웃음이나 유치한 절망의 원인이 될 수는 없고, 목적 의식을 지니고 열심히 살 강렬한 자극제일 따름이죠. 그토록 많은 기쁨과 희극이 그토록 심한 폭력과 고통과 뒤섞이기 때문에 이상하게 여기는 독자들에게는 그렇게 대답할 수 있겠죠. 이상하지도 않고, 단순히 진실된 과장—내 생각엔 별로 심한 과장도 아니지만—일 뿐입니다. 사랑을 할 때, 오르가슴을 느낄 때 사람들이 기뻐하는 걸 보면 우리들이 정말로 무척 행복하다고 생각해요. 그리고 세상이, 특히 그런 순간이, 우습지 않다고 누가 말할 수 있겠어요? 하지만 우리들에게는 고통도 있습니다. 당연하지만, 고통이 승리하죠. 우리들의 사랑과 웃음을 박탈하는 폭력은 사랑과 즐거운 시절이 있었기 때문에 더욱 고통스럽다는 사실을 모르는 사람이 어디 있겠어요? 그런 것이 나에게는 이상하지 않습니다. 끝에서 두 번째 장에는 '가아프가 본 세상에서는, 저녁에 허리를 잡고 웃다가도 이튿날 아침은 살인적일 수도 있다' 라는 말이 나오죠. 이것을 굉장히 새로운 생각이라고 여기는 사람이 있겠지만, 나에게는 새로울 것이 하나도 없어요. 새로운 착상이란 소설가가 할 일이 아니니까 의상이나 자동차 산업에 그런 일을 맡겨두고 싶어요."

—당신은 작품에서 '플롯' 이라고 불리는 사건들의 연속, 그러니까 전환점과 반전과 우발적인 요소에 중점을 둔다는 사실이 드러나던데요.

"그래요, 나는 플롯에 많은 신경을 씁니다. 소설을 좋아하고 작가가 되기를 원하게 만들었던 첫 요소가 플롯이었습니다. 훌륭한 소설에는 그 작품에 등장하는 위대한 주인공들이 무엇 때문에 감동과 힘을 주는가 이전에, 플롯이 있습니다. 간단하죠—얘기가 훌륭한가? 훌륭하게 얘기를 한다는 것, 난 그것이 소설가의 의무 가운데 하나라고 믿어요. 그건 우리들이 상상력에 부과해야 할 짐이죠. 훌륭한 얘기를 지어내지 못한다면 그 작가는 훌륭한 소설에서 독자가 기대할 권리가 있는 무언가를 약탈하는 셈입니다. 나는 작가가 훌륭한 얘기를 하려는 관심이나 능력이 없으면, 사실적인 주인공들이 등장하고 잘 쓴 작품이라도 외면했어요. 적어도 이런 면에서 나는 아직도 어린아이 같은 기대를 품고 소설을 읽는다고 시인하고 싶어요. 나는 다음에 무슨 일이 벌어질지 알고 싶어서 기다릴 수도 없을 정도로 교묘하게 얘기를 이끌어나가는 소설가를 원해요."

—당신은 현대소설의 조류에 민감하다고 생각합니까?

"난 사실 최근 소설을 그렇게 많이 읽지는 않아요. 나는 학교에 다니는 동안 못 읽고 넘어간 책이 너무나 많아서, 그런 작가들을 되찾아 읽고는 하죠. 그리고 내가 좋아하는 책은 굉장히 열심히 읽어요. 난 콘래드를, 그의 두드러진 도덕성을 좋아해요! 나는 특유의 언어와, 우리들이 너무나 모르고 있는, 사실 그대로의 사람들을 철저히 진실하게 관찰하는 능력 때문에 버지니아 울프를 좋아합니다. 나는 준엄한 비판과 괴팍함 때문에 하디를 좋아해요. 그리고 호크스나 보네거트와 마찬가지로 독창성 때문에 로렌스도요. 나는 그 정력, 모든 것을 삶에 던지는 태도를 접하기 위해 디킨즈를 많이 읽었어요."

—가아프나 당신 소설의 다른 주인공들은 어느 만큼 당신 자신인가요? 당신이 쓰는 글의 어느 정도가 자전적입니까? 당신이 대부분의 자전적 소설을 싫어한다고 한 말을 알고 있지만 대부분의 사람들이 궁금해하는 부분이죠. 가아프는 당신 나이이고, 뉴잉글랜드의 도시에서 자랐고, 유럽에서도 부분적으로 교육을 받았으며, 레슬러였고, 아내와 두 아들이 있고, 소설가이입니다. 이 모든 것이 당신 그대로이지만, 당신은 자전적인 글을 쓰는 작가가 아니라고 말하죠.

"그렇습니다. 난 중요한 얘기는 모두 상상해버리죠. 나는 정말 재미없는 인생을 살아왔어요. 나는 내 생활이 그토록 평범했다는 것을 고맙게 생각해요. 나는 개인적으로 도끼 날을 세워야 할 일도 없고, 따라서 마음대로 가장 좋다고 생각하는 도끼 날을 세울 수 있는데, 그것이 소설에서 자전적인 요소를 부각시키려는 못된 고집으로부터 나를 자유롭게 한다고 믿습니다. 어린 시절 내가 겪은 고통이라고는 열다섯인가 열여섯 살 적, 작가가 되고 싶다는 생각을 했을 때였어요. 그게 얼마나 고독한 일입니까? 프랑스어를 전공하거나 법대나 의대에 갈 꿈을 꾼다거나 하는 게 전혀 없었고, 결코 원하지 않음에도 불구하고 다른 친구들과 내가 얼마나 다른지 의식하고는 참담해졌어요. 지금보다 젊었을 때 나는 보다 뜻깊은 고통을 겪었더라면 좋았으리라는 생각이 머리에서 떠나질 않았습니다. 칠레 작가 호세 도노소가 미국 작가들이 고통을 충분히 겪지 못했기 때문에 문제라고 한 말을 믿었고, 도노소는 (지금도 그렇지만) 깊은 감명을 주어서, 나는 내 삶에서 결여된 고통 때문에 걱정을 많이 했습니다. 그후에 나는 도노소의 얘기가 틀렸음을 깨달을 수 있었어요. 충분히 고통을 당한다는 것은, 무섭고 너무 일찍 찾아오는 죽음이라는 개념을 어린 나이에 확고하게 터득한다는 점과 훌륭한 상상력, 오직 그 두 가지만을 위해서 필요합니다. 언제 끔찍한 일을 당할지 모르는 정치적 풍토 속에서 살거나 어린 시절에 고통을 받을 필요는 없어요. 사실 심한 고통을 받은 사람들이 쓴 형편없는 책들은 수없이 많잖아요. 대부분의 경우에 그들이 겪은 고통이 그들에게 너무 벅찬 것이었기 때문에 그들은 판단력이 흐려져 좋은 작품을 쓰지 못하게 됩니다."

─당신은 단편소설을 거의 쓰지 않았는데요, 단편소설이라는 형식을 불편하게 생각하십니까?

“그렇습니다. 솔직하게 얘기하면 난 다시는 단편소설을 쓰고 싶지
않아요. 지금까지 내가 쓴 단편은 대여섯 편도 못 되는데, 그 가운데
두어 개만 그나마 괜찮고, 가장 좋은 것은 『가아프가 본 세상』에 포
함시켰죠. 난 장편소설만 쓰고 싶어요.”

—대하 장편소설 말인가요?

“글쎄요. 광범위한 소설이라고 할까—난 광범위하게 다루고 싶어
요. 어떤 사람이 성장해서 죽을 때까지, 인간의 일생을 다루는 소설
들을 쓰고 싶어요. 그러려면 어느 정도 포괄적일 필요도 있고 아마
길이도 길어야 하겠죠.”

—논문이나 평론 같은 비소설은 어떻습니까?

“아뇨, 절대로 쓰지 않겠어요. 장편소설만 쓰겠습니다. 지금 당신
처럼 다른 소설가를 인터뷰하는 것이라면 혹시 모르겠지만요. 하지
만 나는 소설가이고, 지금 당장 내가 쓰고 싶은 건 또다른 소설뿐입
니다. 그리고 시간이 남아 있는 한 또다른 소설을 쓰겠어요.”

옮긴이 **안정효**

1941년 서울에서 태어났다. 서강대학교 영문과를 졸업하고, 코리아헤럴드 기자, 한국브리태니커 편집부장, 코리아타임스 문화부장을 역임했다. 1983년 〈실천문학〉에 장편 「하얀 전쟁」으로 등단하여 「은마는 오지 않는다」, 「헐리우드 키드의 생애」, 「미늘의 끝」 등의 소설을 발표했고 「악부전」으로 제3회 김유정문학상(1992)을 수상했다.
「백년 동안의 고독」, 「뿌리」, 「가시나무새」, 「바람과 함께 사라지다」 등 지금까지 150여 권의 책을 우리말로 옮겼으며, 제1회 한국번역문학상(1982)을 수상했다.

문학동네 세계문학
가아프가 본 세상 2

1판 1쇄 2002년 2월 25일 ǀ 1판 3쇄 2011년 9월 29일

지은이 존 어빙 ǀ 옮긴이 안정효 ǀ 펴낸이 강병선

펴낸곳 (주)문학동네
출판등록 1993년 10월 22일 제406-2003-000045호
주소 413-756 경기도 파주시 문발동 파주출판도시 513-8
전자우편 editor@munhak.com ǀ 대표전화 031) 955-8888 ǀ 팩스 031) 955-8855
문의전화 031) 955-3576(마케팅) 031) 955-2652(편집)
문학동네카페 http://cafe.naver.com/mhdn

ISBN 978-89-8281-476-1 04840
        978-89-8281-474-7 (세트)

www.munhak.com